平行篇

-上册-

❄

菌行 著

CMS 湖南文艺出版社
PUBLISHING & MEDIA
中南出版传媒 HUNAN LITERATURE AND ART PUBLISHING HOUSE

博集天卷
CS-BOOKY

CONTENTS 目录

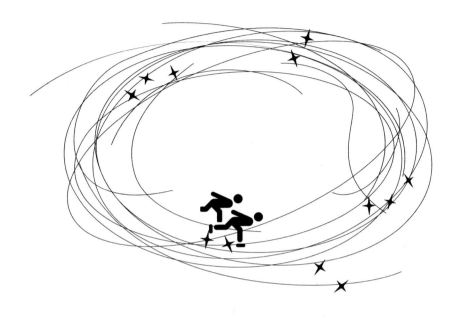

一　意外车祸

1. 一场车祸

2010 年年初，许德拉趴在床边，问张珏："哥，妈妈什么时候会醒呢？"

张珏揉了揉弟弟的头发，说："会醒的，她总有一天会醒的。"

许德拉腿受伤了，这会儿一瘸一拐的，张珏背着他回病房，然后回到妈妈的病房给她按摩四肢。

虽然张珏是个只有 12 岁的孩子，但前些天那场车祸让他迅速成熟起来。爸爸许岩还在住院，他自觉地把照顾弟弟的责任承担了起来。

医生在病房外和许岩、张俊宝说着话："张女士反应很快，在车子撞过来的时候护住了副驾驶位上的许先生。后面的小孩系了安全带，情况也不严重，但想要她醒来，恐怕只能看天了。"

"如果是在本院住院，走医保的话，一个月是一万块……"

一个月一万块，对许多家庭来说都是巨大的负担，虽然家里近些年宽裕了许多，但张青燕在培养小孩时下力气，钱花了不少。张珏上的芭蕾班、声乐班都是很贵的那种，老师都有国际比赛的经验，手上也有奖牌，许德拉上的小提琴班也是如此。

家里的存款是十万块，去掉这些天的治疗费用，剩下的顶多撑半年。

夜晚，张珏偷偷溜进许岩的病房，和他说："爸，把我的芭蕾班退了吧。"

许岩愣了一下："小玉？"

张珏坐在他边上，神态像个大人，他拍了拍许岩的手臂："爸爸，我本来就不喜欢上特长班，退了就退了。我之后专心学习，照顾二德和妈妈。"

这孩子如此懂事，让许岩心里一酸："可是老师说，你再练练就可以去参赛了，你的天赋那么好，放弃了太可惜了。"

张珏虽然是张青燕与她前夫的孩子，但养了这么多年，许岩对张珏和亲生儿子也没有区别了。这孩子性格好，对他，对同母异父的弟弟都是满怀真挚，许岩混过社会，知道这种性格的孩子有多难得。

这孩子聪明，又有天生的柔韧筋骨，表演也有灵气，许岩看得出来，只要好好栽培，小玉将来在舞蹈方面会有一个光辉灿烂的未来。

他如何舍得让小玉放弃？可是他也无比希望自己心爱的妻子张青燕能够活着，并且醒来。

最终，许岩卖掉了家里的饭店。他不怎么会经营，只有厨艺拿得出手，之前饭店是张青燕在管，现在也只能这么处理了。接着他退掉了两个孩子的兴趣班，总算是收回了不少钱。

许岩将所有的钱留在家里，提着行李，去京城的某家五星级饭店做主厨，据说做得好一个月能有两万多，上升空间也大。这是他家里的长辈给的机会，他十分珍惜。

张珏就这么和弟弟许德拉一起住进了老舅张俊宝的家里。

张俊宝是 H 省花样滑冰队的跳跃教练，一个已经 30 岁，但看起来还和大学生一样的男人。他身材健美，很会照顾人，每天都会提前把饭做好放在冰箱里，张珏和二德起床后只要用微波炉热热就好。

而上学、放学、写作业看两个孩子的自觉了，张珏脑瓜子灵活，只要上课听讲，下课后将作业写完，考试的时候就能轻松进全年级前五十名。现在一努力，立刻就冲到了前二十名。

二德读书没哥哥那么好，但只要认真起来也会有进步。

张珏想，现在爸爸要努力工作，养活妈妈和他们兄弟两个，所以他要懂事，照顾好弟弟，绝对不能给老舅添麻烦。老舅一边工作一边照顾两个男孩已经很不容易了！

张珏在去医院照顾妈妈的时候，撞上了一个大叔，这人因为护士给他家孩子打针打疼了，举着手要扇这个护士耳光。

这还了得?! 张珏果断将自己的背包扔了过去，下一秒，他从花坛旁边拿了块板砖冲了过去。

张珏，12 岁，已经是初二的学生。他乳名是小玉，爱称张小玉，身高刚好一米五，体重四十公斤，看起来是典型的小学生体形，但战斗力强悍到与体形不符。

在家人遭遇车祸，妈妈变成植物人，爸爸和弟弟腿部骨折以前，他是一个脾气非常火暴、时不时就要打架的惹是生非小能手。

现在的他比以前当然稳重了许多，但他在遇到不平之事时，仍会果断地采用武力去解决那些事。

张俊宝才带着省队的一群小孩练完当天的跳跃，就接到了医院的电话。

他那个小学生体形的外甥，在医院儿科急诊部，用板砖把一个一米八几的汉子拍晕了。

张俊宝沉默许久，终于憋出一句话："他是怎么做到的？"

2. 是鹿教练

张俊宝急匆匆地赶到医院的时候，张珏这事都要告一段落了。

那个要打护士的汉子不是个好东西，他的老婆却是个很通情达理的人，丈夫被小学生拍晕这事，让她产生了一种没脸和别人计较的心情。

被打汉子的老婆向护士道歉后，就急匆匆地牵着丈夫孩子走了，小护士则默默替张珏赔了打晕人家的医药费。张珏被塞了一包零食，坐在妈妈的病房里给她按摩。

张俊宝原本挺气张珏惹事的，但看到张珏跪在床边给妈妈按小腿的样子，心里的火一下就没了。

他蹲在床另一边按着姐姐的另一条小腿，小声道："你怎么就和个一米八几的壮汉打起来了？万一你被他打伤了可咋办？就你这小身板能挨人家几下？"

张珏眨巴眼睛。

老舅这话，他试着理解一下，意思应该是"你要打架也别挑那么危险的对手，免得我担心"。

不愧是他的舅舅，想到这一层意思，张珏就觉得心里暖暖的。他乖乖地应了一声。

张俊宝搂住张珏，揉了揉他的小脑瓜，和他一起为张青燕擦了身体，按了摩，完事后张俊宝和护士打了招呼，牵着张珏软绵绵的小手回家，回去的路上还给他买了杯烧仙草。

张珏用勺子舀着杯子里甜甜的红豆吃，有一句没一句地回答老舅问的今天在学校过得如何的问题。

"也就那样，老师讲的课都很简单，我在学校里就把作业写完了，等回去以后，我打算帮二德看看作业，顺便写点奥数卷子。老师说我的理科天赋很好，可以试试多在这方面下功夫。对了，我们月考的成绩单发下来了，在背包里，你自己拿吧。"

张珏转过身，露出方方正正的红色背包。这背包是许岩托人从日本买的，里面有报警器，遇到坏人时只要按一下，就会发出嘟嘟的声音。张珏从三年级背到现在。张俊宝猜测，张珏不仅用这个背包装书和文具，还经常拿它当打架工具，不过这个背包一直没坏过，可见质量很好。

张俊宝打开背包，从里面抽出成绩单，上面的分数都极为漂亮，哪怕是张珏没那么擅长的语文，距离满分都不到 8 分，主要是作文扣分较多。这小孩是真的很会念书。

张俊宝想，他家的小玉聪明又可爱，知道照顾弟弟，还很有正义感，实在是再好不过的小孩了。

张珏吃完烧仙草，将杯子扔进垃圾桶，张俊宝问他："小玉，走得累不累？要不要老舅背啊？"

张珏："才不要，我不是 2 岁，是 12 岁，老舅你不要把我当小孩。"

张珏跑开，背包在背上一晃一晃的，张俊宝心想，就这小身板还不是小孩？他脸上露出一丝笑，和外甥一起跑回了家。

许德拉比张珏小 3 岁，早就到了放学后自己回家的年纪。这小孩性格比张珏还要乖巧，一回家先把地板打扫干净，又用抹布将一些地方的灰尘擦掉，然后才打开书包做作业。

张俊宝家里多了两个外甥，压力却没怎么上涨，家里还比以前整洁干净得多。

可他们太懂事，张俊宝心里反而有些不得劲，许德拉还好，他性子像许岩，一直都是温柔好脾气的样子，闲着没事还会织毛衣；张珏则变了很多，他还记得姐姐、姐夫出车祸前，张珏是什么性子。

说句不好听的，别人家的调皮孩子是三天不打上房揭瓦，张珏是三天不打直接上天。张俊宝老家那边会把调皮的孩子叫作"飞天蜈蚣"，这里说的不是《水浒传》里被武松干掉的那个飞天蜈蚣王道人，而是指小孩子看到什么都要去摸一下，而且极度调皮。

张珏就是飞天蜈蚣型的小孩，拆家能力不比哈士奇差，小学时期甚至独自把电视拆成一堆零件，后来被他妈拿着晾衣架追着揍了三条街，直到现在张俊宝都不知道他是怎么把电视拆成那样的。

现在这么个小孩突然懂事了，不拆家了，也不出去和同学一起玩闹了，张俊宝心里有些难受。据说因为张珏个子太矮，想和同学一起打篮球，踢足球，同学都不肯。

张珏教弟弟写完作业，就开了电视看《武林外传》，张俊宝发现这小孩似乎比以前胖了点。

张青燕、张俊宝都是易胖体质，张珏也继承了这方面的基因，他以前经常去跳芭蕾，所以还能保持身材，现在不怎么运动，平时又吃得多，很快就像个发面团一样圆了起来。

老舅思来想去，最后躲进卧室里，偷偷打了个电话："喂，鹿教练，您好您好，我是张俊宝啊……哎，我现在在省队干得还行，您最近身体还好吧？是这样的，您还记得张珏吧……对对对，就是那个调皮捣蛋的小胖子……我想借您的场地，带他去练一练，他最近又胖了……"

张珏小时候因为贪吃，成了一个小胖子，为了让他锻炼身体，顺便减个肥，张俊宝曾经牵着他去自己的花滑启蒙教练鹿照升的冰场练过。可惜后来张珏嫌鹿教练太凶，练了四年就改练了芭蕾，不过他的父母还是会每年给他买新冰鞋，方便他在冬天去公园里的冰上玩玩。

如今鹿教练已是69岁高龄，早就退了休，现在在一个商业冰场里教小孩子花滑基础，以此打发时间。张俊宝思忖，自己还有点存款，足够支撑张珏去商业冰场办个卡，这样张珏就不用成天在家里看电视了。

许德拉的运动天赋不高，张俊宝就重新给他找了小提琴老师，虽说不是一对一的小班教学，但老师的名声不错，教学质量也还可以。

这些花费他压根没和姐夫许岩提，对两个小孩说话时，只说是他们爸爸工作顺利，所以打了钱回来，想让他们课余时间有点事情做，免得他们变成电视儿童或者是书呆子。张珏和许德拉对视一眼，都点点头。

周末，张俊宝开着他的金杯汽车载着两个孩子出发，先把许德拉送去兴趣班，然后把张珏拉到商场。他从后座拿出张珏的冰鞋在张珏眼前晃了晃："走吧，老舅带你去滑冰，滑冰很好玩的，心情再坏，只要在冰上滑一会儿就会变好。"

张珏说："是你心情不好的时候，只要滑冰就能开心起来吧？我又没你那么喜欢滑冰。"

张俊宝一时语塞，良久才道："你这臭小子，哪那么多话？你老舅我可是省队的跳跃教练，我教你滑冰还不好？"

张珏小声说："你确定这次带我来滑冰是想让我心情变好，而不是拿我当你的业余乐子吗？"

老舅："啰唆，去热身！活动关节，然后拉伸，高抬腿两百下，跳绳五百下，开合跳五十个，深蹲五十个，波比跳三十个，最后做个平板支撑！看看你能撑多久。"

张俊宝毕竟是花滑省队教练，他说的热身动作是运动员的热身，对普通小孩来说，这些热身动作的运动量已经很大了。

老舅也是说出口以后才发觉自己给张珏定的热身运动量似乎大了点，但张珏没有异议地去做了，脸上还带着"拿你没办法，既然你想玩，那我就好心陪你玩"的表情。

这孩子也不想想他老舅白天工作已经很辛苦了，下班后还特意自己掏钱带他滑冰有多么不容易。他的表情看得老舅手痒，但是很快，老舅就愣住了，他发现张珏的体力非常好，做完这些热身动作后，平板支撑的坚持时间还能超3分钟，最重要的是，他的这些动作完全没有变形，说明这运动量对他来说不在话下。对一个不是专门练体育，平时也不会去健身房的孩子来说，这样的体能基础已经很不错了。

"他的耐力还是和以前一样好，不过的确是胖了，小肚子都出来了。"

一个苍老的声音响起，张俊宝回头一看，面露尊敬的神色："鹿教练。"

鹿教练应了一声："他家里出了事？"

张俊宝脸色沉重起来："是啊，一下就成熟起来，最近都不怎么惹事了，他老师还给我打电话，夸小玉第一次整整两周没和别人打架。"按他大外甥那个习惯用武力解决大部分问题的暴脾气，这是真的难得，连鹿教练听着都面露惊讶。

就在此时，热身完的张珏微微喘着气过来，看到鹿教练，面露疑惑："老舅，这个爷爷是谁啊？"

鹿教练和张俊宝同时陷入沉默。

张俊宝指着老爷子："他是鹿教练啊，小玉，人家教过你四年呢，你不记得他了吗？"

张珏打量了老爷子一番，哈哈笑了起来："老舅，鹿教练有六块腹肌，这个爷爷那么胖，怎么会是鹿教练啊？"

在张珏的记忆里，鹿教练是一个很健壮、精神头十足的凶巴巴的老头子，面前这个爷爷和安西教练一样，圆乎乎的，怎么会是鹿教练呢？

听着孩子清脆的笑声，一股熟悉的头疼感让鹿教练的眉头一抽一抽的，而张俊宝看着老爷子越来越难看的表情，叹了口气，带着歉意对他鞠了一躬，然后把张珏拉到外面去了。

过了一会儿，张珏委屈地回来，看着已经上冰、指挥着小朋友练滑行的鹿教练，将信将疑："他真的是鹿教练？"

张俊宝："对，没错，他就是鹿教练，只是退休后发福了。而你，现在——立刻——马上去冰上！"

张珏哼唧："知道啦，你别凶嘛。"

3. 省队招新

在张俊宝的印象中，这小孩上次上冰还是 2009 年的 11 月，后来他家里出事，他连芭蕾舞都不跳了。按道理来说，这么久没上冰，即使是专业的运动员也会脚下生疏，打滑甚至摔倒都很正常，他也做好了张珏要摔几下的心理准备。

然而张珏在上冰以后，除了最开始晃了两下，很快就找准了身体在冰上的重心，刺溜一下滑了出去。他脚下的内外刃转换很利索，滑着滑着，他甚至跳了个 2S（后内结环两周跳）。

这一跳把鹿教练吸引了过来，他问张俊宝："小玉四年前从我这里退班后，还在别人那里练过吗？"

张俊宝连连摇头："没，他只是偶尔会去冰上玩一下，但已经好久没有专门练过了。"

身为花滑的教练，他们都很清楚花滑是一个需要童子功的项目，许多专业运动员都是三四岁就开始上冰训练，这样才能在之后攻克两周跳、三周跳。光是要完成两周跳，就需要他们保持偏低的体脂率，并进行专业训练提升肌肉力量，这样他们才能以正确的姿势起跳，在空中转体两周后又稳地落在冰上。

而三周跳，就已经是需要天赋去完成的动作了，别看现在国际上很多男单选手都开始拼四周跳，但实际上光是三周跳就已经卡死了一批想做花滑运动员但又没天赋的人。

张珏 4 岁开始学花滑，8 岁那年离开冰场，而在离开鹿照升之前，他已经攻克了六种两周跳，以及两种三周跳，论天赋当然是极高的，张俊宝甚至想过，要是张珏能一直走在花滑的路上，说不定这会儿已经可以去参加国际大赛了。

毕竟据他所知，都灵冬奥会的男单、女单冠军，都是在 8 岁左右出的三周跳，并因此一直被誉为天才。仅看跳跃天赋，张珏怕是不比那两位差多少，这可是奥运冠军级别的跳跃天赋啊，放在游戏里起码是个 SR① 的水平，可惜这小屁孩不喜欢凶巴巴的、总是批评他的鹿教练，最后硬是不肯继续练了，家人怎么哄都没用。

令两位教练惊讶的地方在于，张珏现在已经四年没上冰了，而且因为近些日子无所事事，养出了不少肉，可他依然能完成两周跳。

张俊宝微微皱眉，上前对张珏招招手："小玉，来，老舅问你个事。"

张珏滑过来："啥？"

张俊宝："你现在还会多少种两周跳？"

张珏双手叉腰，挺肚子："我都会啊。"

六种两周跳，他一种都没丢。两周跳家族中最难的 2A，也就是需要转体两周半的阿克塞尔两周跳，张珏在滑了两小时、把感觉找回来以后依然可以完成，完全看不出是两个月没上冰的样子。

张俊宝在他的身上，看到了名为天赋的光芒。

他是单人滑的教练，而在中国国内，目前天赋好点的孩子都会被送到双人滑项目，以至于单人滑越发式微，张俊宝的教练事业也因此并不顺遂。

但他从未想过，他这个易胖体质、又调皮又馋的大外甥，在放弃花滑四年后，还保留着如此惊人的能力。看着这个在冰上刺溜刺溜滑着的小孩，张俊宝摸了摸下巴。

鹿教练看着张珏的身影感叹道："当初他的天赋也曾令我惊艳，所以我对他的要求也比其他人高。说实话，收张珏做学生的时候，我甚至做过将来带着他一起参加冬奥会，他还上了领奖台的美梦。"

---

① SR 是各种卡牌类游戏中，卡牌稀有度级别为"超级稀有"的一种。

"但是他对滑冰不感兴趣。俊宝，这孩子天赋太好了，光靠天赋他就做到很多事情，所以他不愿意努力去打磨基础。或许我没有在应该夸赞他的时候及时给予夸奖，是将他推出这个项目的原因之一，但是如果你想让他走运动员的路子……这小子绝对会是个刺儿头。"

鹿教练已经 69 岁了，他见过许多运动员苗子，张珏绝对是他见过的最具天赋的那个，同时调皮捣蛋的能力也是最强的。那机灵的鬼主意一个接一个往外冒的脑瓜子，还有强悍的行动力、旺盛的精力，让张珏成为师长记忆最深的孩子。

以前他妈妈在的时候，还可以用晾衣架管管他，张俊宝？鹿教练可不觉得他管得住他这个外甥。果不其然，张珏在冰上滑了一会儿，就觉得老舅老是让他练跳跃太累了，在不小心摔了一跤后，他就坐在地上耍赖不起来，等张俊宝过去拉的时候，他直接扑进他老舅怀里，把老舅撞倒。

这两人干脆在冰上玩了起来，先是比谁滑得快，接着张俊宝举着张珏滑了一会儿，现场完成了一次双人滑里的托举动作，他们玩得很开心，其他还在学基础的孩子满脸惊讶。

这两个哥哥好厉害！

因为有一张娃娃脸，30 岁的张俊宝在外人眼里，就是张珏的哥哥。

等张珏被哄得高兴，劲头上来了，他便给他老舅表演了一个绝活——一边挖鼻孔一边跳 2A。

竟然真成功了！

张俊宝一开始还乐呵呵地鼓掌，接着才反应过来，他冲过去："挖啥鼻孔？不怕越挖越大啊?!"

张珏立刻不高兴了，他蹦着高顶嘴："我在给你表演跳跃呀！"

这小孩本来就是骨架偏小的类型，这么一蹦，就和个小蹦豆一样。张俊宝发现张珏在没有助滑蓄力的情况下，原地也能蹦得比自己还高，张珏的弹跳力应该非常强。

老舅安抚好这个小蹦豆，然后掐着张珏腰上的肉："别蹦了，再去练一练，你看看你，一个不小心就胖了。"

张珏也不想变成胖子，只好去冰上继续运动，鹿教练靠着挡板，调侃张俊宝："你现在看张珏的眼神，和我当年看他的眼神是一样的。"

他们都是教练，一直困在没有良才的局面里，张珏的天赋在他们眼中过于耀眼，如果能带好这个孩子的话，国内的花滑男单项目说不定能崛起，但那只是"说不定"而已，光有身体天赋，本身却不愿意为这项运动付出努力，不肯下苦功夫训练，最终能达到的高度必然有限。

张俊宝说："我想试试，不仅我自己想要带出一个振兴中国花滑男单的苗子，而且小玉也需要有点事情吸引他的注意力。"

这孩子不能一直沉浸在妈妈出事后，自己要把家庭好好扛起来的情绪中，他还只有 12 岁，正值年少。

老舅想了很久，在回去的路上，装作无意地提起一件事："你知道不？省队在这个赛季结束后打算招新。"

花样滑冰的赛事分为两个阶段，前半段是 8 月下旬到 12 月上旬，主要举办大奖赛，之后各国会举行内部的全国赛；后半段是 1 月到 4 月上旬举办的四大洲锦标赛、世锦赛，参赛选手是在全国赛中脱颖而出的选手，因为等级高的赛事参赛名额有限，只能挑厉害的去。

如果碰上四年一度的冬奥会的话，各国也是从全国赛的领奖台上挑出战选手。

如今正是 2010 年 2 月，温哥华冬奥会正在火热进行中，中国也派了好几个运动员去参加冬奥会的花滑项目，但可以预计的是，除了强势的双人滑项目，女子单人滑、男子单人滑、冰舞这三个项目都是拿不到好成绩的。

而在世锦赛比完后，这个赛季就结束了，接下来的 4 月到 8 月都是休赛季，H 省的花滑省队会招新人。张珏觉得这事和自己没什么关系，他又不练花滑。

张俊宝接着说："只要进了省队，就可以用省队的场地滑冰，免费吃食堂里的健康餐，每个月还能领运动员津贴，正式队员是 1800 块，如果在比赛里拿了奖牌，还有奖金……"

张珏的耳朵动了动。

张俊宝咳了一声："你也知道，花滑四项，双人滑、男单、女单、冰舞，国内有竞争力的只有双人滑，男单那边的招新要求不高，如果有两个三周跳，说不定就能成。我原本还说，你小子正好要锻炼身体，如果再努力一把，不仅能减肥，还能帮你爸爸减轻点压力。"

张珏没说话，但张俊宝知道，话说到这里已经够了。

第二天清早，张珏比平时提早一小时起床，去外面跑了一小时，9 到 10 公里的长度。张俊宝起来的时候，看到张珏冲了个澡，换上校服准备出门。

他随口问道："想好了没？"

张珏回道："想好了，今晚我还去滑冰。"

张俊宝应了一声："我这边还要带孩子们练跳跃，晚上 9 点以前都没法去找你，你自己自觉练练体能和滑行，等我到了再练跳跃。"

花滑的跳跃是高危动作，运动员在训练时摔出骨折、脱臼的伤势并不罕见，因此花滑运动员的运动寿命在各大体育项目里偏短，很多人年纪轻轻就伤退了。所以练跳跃时需要有人看着。

张珏应了一声，对正在吃油条的许德拉喊了一声："二德，走，我先骑车送你去小学。"

4. 编新节目

张珏是个行动力超级强的小孩子，主要表现在当他有了什么觉得有趣的想法时，他会立刻采取行动。

比如在墙上用水彩笔画月野兔，比如拿着幼儿园园长的拖鞋和隔壁班打架。包括鹿教练在内的所有张珏的师长都对他记忆深刻。

当他下定决心要进入省队的时候，他很快就做了张表，上面写着"目标：成为正式的省队花滑男单运动员"，还有自己每天的时间规划。他早上做一小时有氧运动加强体力，放学后去冰场滑冰，将滑行、旋转等基础捡回来，顺便加强跳跃。

他现在上学都从坐公交车改成了骑自行车，张俊宝观察了几天，就确定自己这个外甥别的不说，光有这份能吃苦的劲头，就很适合当运动员了。

张珏很快就从一小时跑 10 公里，进步到了一小时跑 12 公里。张俊宝啥话没说，默默给孩子买了双新的跑鞋，还有几双运动袜。

张珏的运动量上涨，饭量也相应地上涨了。他是易胖体质，吃得多很容易体现在体重上，偏偏要练花滑，就必须保持纤瘦的身材，这样既美观，而且跳跃时的身体轴心也会更小，空中转速会快些。体重太大的话，运动员完成跳跃落冰时，关节要承受的压力也会更大。

所以张俊宝把张珏的菜单给改了，碳水化合物的量削减到刚好能满足这个年纪的孩子生长的标准，牛肉、鸡肉、鱼肉等蛋白质的摄入量则增加了不少，如果张珏吃完这些食物还没有饱的话，就让他用生菜、白菜等热量低的蔬菜去填饱胃。

张珏自己每天跑12公里起步；骑车送弟弟上学，再从弟弟读的小学骑到自己读的中学，又是起码5公里；每天下午骑车3公里去商场；上冰前要做起码半小时的热身运动，接着去冰上滑行，旋转，跳跃；回家以后，张俊宝还会视情况带他做无氧运动，频率是隔一天练一次。

在这种庞大的运动量之下，张珏的小肚子以飞快的速度消失了，肌肉线条都变明显了。张珏称着只瘦了两公斤，实际上在努力减脂和适当增肌后，整个人看起来瘦了一大圈。

张珏本就是五官轮廓精致的类型，这么一瘦，骨相优势立刻凸显，清晰的下颌线及精巧的锁骨为他增添了轻盈灵动的气质，往冰上一站，他就像个小精灵。

花滑是含有艺术表演成分的竞技运动，所以裁判给运动员打分时，也会更加青睐容貌、身材上佳的运动员。

张珏曾被鹿教练看好，一是因为他真的很会跳，二是因为他长得好，三是因为他个子矮，重心低，这意味着他在跳跃时会比高、大、壮类型的人更稳当。骨架小，轴心小，转体速度就高，张珏实乃天生的花滑料子。

2月末，张俊宝完成工作跑到冰场时，看到鹿教练提着吊杆，带着张珏在冰上试跳了一个3Lo（后外结环三周跳）。

张俊宝忍不住笑了，心想鹿老爷子即使四年前被张珏放弃花滑那事气得够呛，现在还是重新开始教那孩子了。69岁的老人亲自提吊杆，不仅说明他对教学认真，更说明他对这个学生是真的上心。

提吊杆也是要穿冰鞋的，鹿教练这老胳膊老腿的，万一在滑的时候摔一跤，后果可就严重了。

鹿教练是真的对小玉寄予过很大的期望吧，张俊宝想，接着又察觉到不对。

花滑六种跳跃，从易到难分别是后外点冰跳（T）、后内结环跳（S）、后外结环跳（Lo）、后内点冰跳（F）、勾手跳（Lz）、阿克塞尔跳（A）。

一般来说，人们练习第一个跳跃时，都是从T跳和S跳这两个基础跳跃开始的，张珏怎么一下子就越过前两种，开始练 Lo 跳了？

等他们跳完一组 3Lo 下来，张俊宝就朝他们招手："小玉，你什么时候开始跳 3Lo 啦？"

鹿教练带着张珏到冰场边，语气平淡地解释道："他四年前就会 3T 和 3S 了，本来技术也没怎么丢。而且 12 岁的小孩比 8 岁的小孩力量更大、弹跳力更好，他瘦下来后就把技术找回来了，现在完全可以练新跳跃。"

张珏点点头："嗯，其实我去年还能跳 3T 的，因为上了初中，学习压力变大，我才放弃三周跳的。"

有关一个小孩子四年没进行专业训练，还能保留三周跳的能力这种事情，张俊宝已经不想评价了，他就记得自己在役时，屡次因为跳跃天赋不够而无法更进一步，最后只能眼睁睁地看着本项目的一哥不断去世界级大赛上消耗身体。他在职业生涯中只参加过一次四大洲锦标赛，那还是因为一哥受伤了，才让他这个替补捡到机会的。

相比之下，张珏以后一定不会因为天赋而落后于任何人吧，别人攻克个三周跳要死要活的，而对张珏来说，三周跳对他来说不过是 8 岁就已经轻松攻克的小玩意儿而已。如果这孩子那四年继续练花滑的话，现在将会到怎样的程度呢？

张俊宝看着张珏在冰上练跳跃的身影，眼中满是期待。

鹿教练提醒他："现在小玉已经可以做 3+2 的联跳了，3+3 对他来说应该也不难。"

根据国际滑联的规则，花滑比赛除冰舞之外，分为短节目和自由滑。

短节目是 2 分 30 秒（±10 秒），运动员要在短节目里完成一个 A 跳、一个单跳、一组联跳、一套接续步，以及旋转，考验的是他们的基础能力。

而男子单人滑的自由滑是 4 分 30 秒（±10 秒），节目包含五个单跳、两组二联跳、一组三联跳、一套接续步、一套舞蹈步法，以及旋转。

完成这些指定的技术动作就可以拿到基础的技术分，而裁判也会视技术的完成质量，给予 GOE（执行分），GOE 是 ±3 分，技术完成得完美就 +3，不好就要吃减号。

除此以外，运动员还要展现出表演的能力，所以运动员的最终得分，是技术分加表演分。

短节目表演分满分是 50 分，自由滑表演分满分是 100 分。

有关这些花滑的基础知识，张珏在 4 岁的时候就学过了，这些年来，国际滑联也会视项目发展，对一些规则的细微之处进行修改，但没有太大的变化。

从花滑节目的技术构成就可以看出一点，那就是联跳很重要，占不低的分值。

张珏恰好是个联跳天赋很高的小孩。他可以在跳完一个 3S 后，完全不需要调整身体重心，也不需要二次发力，就轻松第二跳，两个跳跃的衔接节奏非常漂亮流畅。

这既是因为他本身对已有的跳跃已经驾轻就熟，也和他的节奏感强有关。

如果要达到可以参加比赛的层次，首先要去参加花滑考级。张珏在 7 岁半的时候就将花滑等级提高到可以参赛的程度了，他是那一年通过等级考试的小孩里年纪最小的，才考完试就有好几个教练在问他的名字。

不过那时候那些教练都想拉他去练双人滑，因为张小玉长得像妈妈，年纪又小，身体娇小，很多人看到他的第一眼时，都觉得这孩子是个女孩，适合去做双人滑女伴。

被问了好几次"小妹妹要不要练双人滑啊"的张珏恼羞成怒，一手叉腰，指天发誓今生今世绝不会去练双人滑。谁敢在冰上举他，他就揍谁！当然啦，老舅除外。

完成这一天的训练，带张珏回家的时候，张俊宝提醒他："等到 4 月份，省队会有一次招新，到时候选材的教练主要会评估你的跳跃能力、滑行水平，不过你也要练一套节目才行。"

张珏："练啥？《望春风》吗？"

是啊，让小玉练什么节目呢？张俊宝一时没有头绪。

花滑考级一般都会有指定的节目让小孩练，像编排专属于自己的新节目这种事，都是已经可以参加正式比赛的运动员才有的待遇。

早些年水平不好、经济条件一般的运动员，甚至只能捡师兄师姐们的旧冰鞋穿，节目也都是用已经有的，有的人出赛时，穿的衣服甚至都是自己亲手拿缝纫机做的。

张珏家以前经济条件不错，他有自己的冰鞋，去考级时穿的衣服也是妈妈找人做的，可爱又精致，但练的节目还是上头指定的。

张俊宝知道这一点，但是身为舅舅，他不想让小玉由于家庭的变故，而在滑冰时产生落差感。最初张俊宝决定让小玉恢复滑冰，也是为了让这个孩子多点事情做。运动可以改善一个人的情绪状态，减肥都是次要目的。

老舅舍不得张珏在滑冰时不开心，他想了很久，在看到张珏洗完澡，换上睡衣准备休息时眼前一亮——这睡衣是他妈妈出事前买的，是一套鳄鱼模样的连体睡衣。

老舅一拍大腿，说："小玉，我给你准备一套新节目吧，你听过一首叫 *Schnappi*（《小鳄鱼》）的曲子吗？"

5. 可疑生物

早晨 6 点 30 分，许德拉的闹钟响起。他起床，一边揉眼睛一边找今天要穿的校服。3 月的东北 H 省 H 市还是挺冷的，二德穿了一件厚厚的棉衬衣，又穿了毛裤和毛背心，最后才在外面罩上校服。

接着他以飞快的速度将今天要带的书本、作业、文具塞进书包，而他的老舅张俊宝正在厨房里做饭。

过了一阵子，他哥晨跑回来，一进屋就开始脱外套，一边脱一边冲进卧室，冲了个 2 分钟的战斗澡，然后跑到餐桌边吃早饭。

张珏的早饭称得上丰盛，有水煮蛋、水煮牛肉和鸡胸肉，以及两根水煮玉米和大量的蔬菜水果。吃起来其实口感不怎么样，油盐也放得少。高蛋白质低脂肪，正常人坚持吃这些东西都会瘦下来，何况他的运动量还那么大。

男性花滑运动员的体脂率普遍在 10% 以下，他们很瘦，但又拥有足以支撑高难度跳跃的肌肉力量。

张珏是在没减肥、四年没正式训练的情况下还能保留六种两周跳的人，瘦下来后他就捡回了 3T 和 3S。现在他一边减脂增肌，一边练其他跳跃，进度快得惊人。

张珏现在已经到了开始攻克 3Lo，甚至是偶尔试着跳一跳 3Lz，连带着2A+3T、3S+3T 的联跳都可以完成的程度。

他现在的身体比以前更有力，力量的上涨，让张珏觉得三周跳也没有小时候那么难了。3Lz 是三周跳中分值第二高的跳跃，张珏没有先去跳分值比 3Lz

低一点的 3F，而是选择 3Lz，是因为他没有 F 跳基因。

F 跳和 Lz 跳虽然都是右足点冰起跳，但 3F 要求左脚是内刃，而 3Lz 是外刃。

很多运动员都是能压好内刃，外刃就不行；压得好外刃，内刃又压不好。

张珏恰好是后者，他可以完美地压出漂亮的外刃，然后完成 Lz 跳，但 F 跳所需的内刃就是搞不定。

虽然张俊宝是张珏的舅舅，但他也是有工作的，不可能一直专心地带这个学生，所以给张珏的时间有限。不过他没指望一下子让张珏变得很厉害，只要这小孩能完成三周跳，进个省队的青年队就可以，至于技术瑕疵的问题，等进了省队再说吧。

只要能进省队，那么就像他对张珏承诺的，张珏可以开始领津贴，为他心爱的许岩爸爸分担很多压力了。

根据国际滑联的规则，花滑比赛分为成年组和青年组，而青年组的年龄限制是 13 岁至 19 岁，只要在今年的 7 月 1 日前满 13 周岁，就可以去参加青年组的比赛。张珏生日是 6 月 29 日，天赋又这么好，如果这孩子再加把劲，说不定可以争取到去参加国际上的青年组赛事的机会。看到张珏最近的表现，老舅不由得多想了些。

"希望是有的。"不知为啥，在执教张珏后瘦了一大圈的鹿教练打击着张俊宝，"但小玉对比赛应该没什么热情，他根本不喜欢花滑。"

张俊宝梗着脖子："可他有天赋啊，现在国内的花滑男单式微，小玉只要再努力一点就能冒头了。"

鹿教练摇摇头："你还是没懂我的意思，我知道以小玉的水平，想要冒头让上头的人注意到他，进而将国际赛事的名额给他其实并不难，但竞技运动的损耗有多高你我心知肚明。你自己就是伤退的，小玉不喜欢这项运动，你觉得他愿意去吃那些苦吗？"

竞技运动可是挑战人体极限的项目，哪怕是相对没那么激烈的青年组，只要进入国际赛场，就意味着要开始在冰上挑战自己这个年龄的极限。届时辛苦的训练和不知何时就要到来的伤病，都够一个小孩子受的了。

鹿教练本着惜才之心，这阵子顺便带一带张珏，在和张珏的交谈中他得知张珏的学业成绩非常好。

用张珏的话来说就是"虽然升入初中后作业多了点，但只要上课听讲，理科考满分比较轻松。作文难搞了点，需要睡前多背背范文"。

理科考满分比较轻松……既然靠学习就能有不错的未来，张珏就不是非花样滑冰不可，他肯吃那些苦吗？鹿教练对此持怀疑态度。

这个问题让张俊宝沉默下来。

"至少现在，张珏是愿意去省队的，先让他进去再说吧。"张俊宝无奈道。

就在此时，冰上传来孩子们嬉笑的声音，两位教练看过去，就见一群小孩在冰上玩开火车的游戏，张珏在最前方做火车头，后面跟着一长串小孩。

鹿教练沉默不到一秒，然后将拐杖往旁边一扔，抬脚就往冰上冲："臭小子们！不好好训练，要翻天啊！"

张俊宝想：我好像知道鹿教练是怎么瘦下来的了。

看这老爷子需要拄拐杖，原本还以为他腿脚不好呢，结果这会儿他不仅不用拐杖，还能在冰上冲刺，合着之前是胖到需要拐杖啊。

鹿教练上了年纪，脾气好了不少，所以小孩子们再闹腾，他也只是把他们吼去训练，但他对张珏就没那么宽容了。

没人比鹿教练更清楚张珏有多皮实，他将张珏单独带到场外，对着他一顿收拾。张珏一脸无所谓，还对张俊宝笑，闹得张俊宝那一刻对鹿教练心生浓浓的歉意。

对不起，鹿教练，我曾经让这么调皮捣蛋的外甥祸害您四年，现在又把他丢到您这儿，让您不得不天天燃烧脂肪追着他跑。难为您在被气得半死的同时，还教会了小玉 3Lo。

张珏小学时曾经在鹿教练的外套背后贴小字条，又趁老爷子午睡时给他画猫脸，还拿水彩笔涂老爷子的满头银发，行为恶劣。鹿教练现在所做的一切真是以德报怨啊！想明白这一点，张俊宝被鹿教练的师德感动到险些热泪盈眶。

张珏被收拾了一顿，之后训练时就老实了一点，起码教练喊干啥他就干啥了。在鹿教练的指导下，张珏继续训练，其他的都很顺利，可他的 3Lz 一直稳不下来，经常是起跳、转体完三周，然后在落冰时摔成滚地葫芦。

多摔了几次，他就开始闹脾气，靠在挡板边喝水，然后一直咬着吸管慢吞吞地吸，就是不想回去继续练。

张俊宝哄他："练花样滑冰就是这样，天天都要摔，你是男子汉嘛，坚强一点，好不好？"

张珏站直，不满地仰着小脸："可是我这儿都破皮了！刚才摔的时候又蹭了这里几下，好痛！"

他拉开袖子，露出已经涂了红药水的伤处，白白嫩嫩的皮肤衬托得那块伤口越发可怕。

对运动员来说这不算什么伤，说不值一提都轻了，张俊宝正要继续哄，路过的鹿教练语气冰冷地来了一句："说白了，你就是跳不好 3Lz，现在就想放弃，和你老舅撒娇了。"

张珏跳脚："我没撒娇！"

他这种神态别提多搞笑了，鹿教练和张俊宝都想笑。张珏被鹿教练激将，又气哼哼地去练他的 3Lz 了。

鹿教练和张俊宝说："对付这小子，你要连哄带激，最好再带点威严，才能让他听话。还有，不能和他来硬的，不然他能和你对抗到底。"

老舅："他这性子也太难对付了。"

鹿教练："对付不了就趁早放弃，我把劝你的话放这里。不过你要是能顶住减寿十年的压力，带着他在这条路上走下去，那小子的确有潜力带你去国际赛场。"

张俊宝想，话是这么说，但他觉得自己一个人恐怕对付不了张珏。

一股冲动驱使着他对鹿教练的背影喊道："教练，如果张珏将来能拿到国际赛事的入场券的话，您能和我一起执教他吗？"

鹿教练愣了下，然后头也不回地对他挥手："到时候再说吧。"

这天的训练结束后，张俊宝带着外甥回家，他看着背着背包溜达的外甥的身影，问外甥："小玉，和鹿教练上课的感觉怎么样？"

张珏踢着路边的石头："还好吧，他还是喜欢让我练那些基础，步法、旋转之类的，变着法折腾我。"

步法和旋转虽然是很重要的基础动作，但训练起来很枯燥，没有跳跃那么刺激，张珏不喜欢练。

但从他的回答来看，鹿教练命令他去练那些东西的时候，他还是乖乖跟着做了。

张俊宝问："小玉，明天就要去省队了，紧不紧张？"

张珏回头看了张俊宝一眼，表情复杂："还好吧，就是觉得有点丢脸。"

丢脸？张俊宝摸不着头脑，心说不就是去参加个入队测试吗？他给小玉准备了新的节目和可爱的衣服，他们快快乐乐地去就好了啊，有什么丢脸的？

第二天，H省花滑省队总教练宋城走进场馆，看到场边有不少家长与教练紧张地为孩子们整理衣服，女孩子们的家长还要给她们补妆。

今天来参加入队测试的都是10岁到14岁的小孩子，大多都是下面的城市、俱乐部输送上来的人才，而省队要做的就是优中选优，把最厉害的留下来培养。

滑行教练明嘉站在边上感叹道："这年头的小孩吃得都好，一个个的都个子偏高。尤其是咱们北边，小学就一群一米六、一米七的高个子，偏偏练花滑还是要矮点才好。"

真是让人为难。

宋城笑呵呵地回道："个子高也不全是坏处，四肢修长，看着也好看嘛。高个的男孩要是愿意，还可以去练冰舞和双人滑，做负责托举的男伴。"

明嘉："但单人滑还是需要那种娇小且四肢比例好的孩子，可惜这种好材料也难找。"

省队青年队的其他成员，比如男单的柳叶明也跑过来看小朋友们的测试赛。明嘉看了那边一眼，心想若是今年男单还挑不出好材料，国内赛的时候还是要派柳叶明过去了。

明嘉继续和宋教练交谈着，就在此时，一个绿绿的、腹部有米黄色圆形图案，身后拖着尾巴的"可疑生物"从他们身边路过。

该生物路过哪个地方，哪个地方就会安静下来。

众人心想：那是什么？鳄鱼吗？

张姓鳄鱼溜达到一个折凳旁，背后的尾巴一晃一晃的。

只见这个"可疑生物"旁若无人地一脚踩在折凳上，抬起一只手，他的弟弟许德拉递过去一个很有年代感的搪瓷杯，然后这个"可疑生物"一手叉腰，一手举杯，用一种十分豪爽的姿势仰头喝水。

6. 恢复多久

正如张俊宝所预计的那样，他外甥这么打扮的确特别好，一出场就吸引了所有人的目光。现在张珏若无其事地在场上走一圈，基本等于无意识卖萌了一圈。

许多家长都看着那边，心说这个小朋友长得好可爱，是来参加女单测试的吧？

张小玉如果听得到别人的心声，肯定会反驳：小爷我是男单选手。

每个运动员在正式上冰前都要先做陆地运动，热好身了再上去，张珏上场前跳双摇热身，身体没费什么劲就能蹦得老高。

许德拉乖巧地坐在一边织毛衣，要是他哥想喝水了，他就递水壶，他哥出汗了他就递毛巾，体贴得不行。张珏是为了钱而来，对花滑的热爱程度可能是全场最低的，不过对钱的渴望让他对其他人都抱有竞争的心态，他暗暗地将周围可能是自己对手的人都观察了一下。

省队这次招人时，男单项目只要 17 岁以下的，据说他们原本只招 16 岁以下的，可近年来男单人才稀少，他们不得不放宽了选材年龄。张珏是这次来参加男单选材的人里面年纪最小的。

女单的话，因为她们普遍出成绩比较早，巅峰期就在 15 岁到 20 岁，所以选材年龄放得更低，高于 14 岁的都不考虑了。

17 岁以下的青年组男单选手一般是什么水平呢？

一般来说，由于男女体质差异，女单选手会在发育前达到竞技巅峰状态，发育后会随着身体的曲线明显、脂肪增加而技术下滑，男单选手则会在发育时长肌肉，所以发育后才会更强。

根据对花滑一线选手的采访，世界冠军级别的欧洲男单运动员麦昆在 12 岁那年完成了第一个三周跳，之后逐渐掌握其他三周跳与联跳。虽然他掌握三周跳的时间比其他同级别男单运动员晚点，但最后他也走到了相当高的层次。

所以 13 岁前能完成三周跳，青年组时期能集齐除 3A 以外的五种三周跳，再有拿得出手的联跳，比如在 3F+3T、3Lz+3T、3F+3Lo、3Lz+3Lo 这四个分值超过 9 分的高级联跳里开发出一个，这个男单选手的潜力就不算差，接着只要滑行、旋转和表演不拖后腿，走到二线是可以的。

而等完成发育以后，能否攻克四周跳，就成了他们能否冲击一线的重要指标。

在这次来参加选拔的男单小选手里，大多数人只能完成 3+2 的联跳，偶尔有人能完成 3T+3T、3S+3T，但年纪也偏大了，而且他们未必已经掌握那五种三周跳。

张珏年纪最小，技术实力却不算弱，看了一会儿，他就安心了。

只要这次没在跳跃的时候摔跤，他进省队应该是很稳的吧，毕竟其他人都一般。

如果对手只有这个水平的话，他绝对能赢！

他跳完绳，一边一手叉腰喝了两口水，一边这么想着，然后不自觉地骄傲地挺了挺肚子，他可是很强的！

就在此时，老舅过来拍了拍他的肚子："别喝了，准备上场。"

张珏"哦"了一声，拉着一个箱子走到某个小板凳旁边，从箱子中拿出鞋子，乖巧地换冰鞋。

冰鞋下方是冰刀，平时都要用刀套罩着，免得生锈。刀套分两种，一种是运动员踩着冰鞋走路时用的硬刀套，一种是不穿时套上去的软刀套。

许德拉是个喜欢做手工的男孩子，他特意为哥哥做了一副绿绿的小鳄鱼毛绒刀套，看起来十分可爱，和他哥现在穿的表演服非常配。

顺便一提，花滑的表演服也叫考斯腾（costume），专业的运动员上场表演节目时必须穿这个，张俊宝给他外甥整的考斯腾，就是张珏现在穿着的卖萌效果非常好的鳄鱼连体衣。

张珏上场时，周围有很多人看着他，不少人露出惊愕的表情。他看起来小小的，穿的衣服后面又有累赘的尾巴，他能在冰上跳起来吗？

张珏满脸自信，抬脚就往冰上迈，张俊宝看到他的冰鞋，伸手叫道："张珏，你刀套没摘。"

然而老舅出声晚了，可怜的小鳄鱼还没正式登场，就先在冰场边摔了个屁股蹲儿，并发出啊的惨叫。现场响起一阵低低的笑声。张珏眼睛睁得圆圆的，自觉丢了大脸，臭着脸将刀套摘掉扔到老舅怀里，滑到冰场中心。

宋城总教练看着他的身影也忍不住笑："这个小朋友就是张俊宝说的外甥啊？长得挺好的。也不知道谁给他整的这一身，太好玩了。"

国际滑联规定过，正式比赛的单人滑节目音乐不能选有人声的，但他们这毕竟不是正式比赛，而是一场选拔，所以也不乏小朋友用有人声的歌曲，只要他们能表现出应有的技术就好。

但当张珏的表演音乐响起时，不少人又笑起来。

张珏的表演用曲目，居然是一首名为 *Schnappi* 的外国儿歌，翻译一下就是《小鳄鱼》。恰好张珏也长得可爱，音乐开始后节目效果十分好。

明嘉看着这小孩滑行的姿态，有些意外："这小孩的冰上滑速很快啊。"

身为滑行教练的他很清楚这个年纪的小孩在冰上一个压步能有一两米的距离就算不错了，但张珏明明看起来没怎么用力，却能一个压步就滑出去七八米。

他的滑行技巧和用刃都算不上精妙，很明显纯粹是滑行天赋上佳。

张珏滑行时上半身的姿态也足够稳定，而且看起来并不紧绷，甚至称得上放松。

明嘉："这小孩有点东西。"

正常的 12 岁小孩能有这个滑行水平，拉去练花滑四项中最注重滑行的冰舞都够了，不过冰舞的男伴需要做托举动作，这孩子个头太小了，别说托举女伴了，女伴托举他还差不多。

很快，张珏到了他的第一个技术动作，几乎是本能地，他的起跳正好压在音乐的节点上，踩着节奏起跳、落冰，跳跃不说特别有力和高远，但十分轻盈和从容，落冰时同样和音乐契合，展现了他出色的乐感与节奏感。

如果说滑行、乐感这种能力是专业的教练才能观察到的，那从这个跳跃开始，几乎全场的人都可以确定一件事，那就是这个孩子真的很厉害。

花滑是最看天赋的行当之一，有天赋的人 8 岁出三周跳，没天赋的人练到膝盖重度磨损都未必能有个三周跳，最后只能认清自己吃不了这碗饭的现实。

毕竟无论是什么项目，大家的目标就是冠军。从市区比赛开始，再到省级比赛、全国比赛、世界比赛，一路走下来，要先将国内所有的天才都赢下来，才能拿到国际赛的名额，接着又要在国际上将同时代的天才都击败，才能拿到世界冠军。

别说是冠军了，但凡走到世界前十，谁不是天才中的天才啊？

由于恢复训练的时间尚短，在张俊宝和鹿教练看来，张珏的技术还粗糙得不行，但他的确已经拥有了 3T、3S、3Lo，以及成功率五成的 3Lz 这四种三周跳，并且有 2A+3T、3S+3T 两种联跳。

最重要的是，在国内大部分运动员专注攻克技术，表演方面只能说是"打"广播体操的情况下，张珏却有着很好的乐感，并且有好几年的芭蕾基础，肢体动作称得上优美，也就是自带表演属性！这可是长了眼睛都能看出来的好料子啊！

正如张珏自己感觉到的那样，其他人和他一比不值一提，自从他开始表演后，所有想找男单料子的教练眼睛都亮了。

张俊宝走到宋城边上，轻咳一声，满脸掩不住的得意："宋教练，这我外甥，嘿嘿，12 岁，在鹿教练那边启蒙的，天赋挺好的，8 岁就能跳 3T 和 3S，就是后来转去学了四年芭蕾，现在恢复训练才三个月不到。怎么样？他可以进省队吧？"

宋城手抖了一下，他回头不敢置信地问道："你说啥？他恢复训练才多久？"

张俊宝口齿清晰，得意扬扬地说："不到三个月！"

就在此时，张珏结束了卖萌，垮着脸下了冰场，并找到张俊宝，扑进他怀里。

他委屈巴巴地说："老舅，我屁股疼，肯定摔青了。"

张俊宝不解："所以呢？你摔这一跤不是因为你自己马虎吗？找我干吗？"

张珏："虽然我屁股疼，可是我今天表演的时候都没摔！"

老舅愣了一下，悟了，他配合地露出喜悦的表情，揉着张珏的脑袋："小玉真棒，都摔了一跤了，跳跃还那么稳，你还是第一次当着这么多人的面表演吧？太厉害了，老舅我当年第一次比赛的时候可紧张了，摔了好几次呢。"

他用好话将小孩夸了一通，张珏这才露出心满意足的表情，甩着"尾巴"去找弟弟。

宋城旁观了一会儿，身为张俊宝在役时期的教练，他回忆过往："我记得你一直是大心脏，第一次比赛的时候也完全没失误，就是表演的时候有些紧绷。"

张俊宝对他拱了拱手，宋城挑眉，揣着手："行了，让你家小朋友明天来省队报到，正好你手下没什么学生，这孩子你就亲自带吧。"

甭管这小孩是什么脾气，他现在显露的天赋已经让所有有点志气的教练眼馋不已了，宋城绝不可能将送上门的天才放掉。

既然如此，那就让张俊宝好好培养。

"对了，这小孩什么时候生日？"

张俊宝顺口回道："6 月 29 日。"

也就是说，张珏会在 7 月 1 日前两天满 13 岁。宋城瞪圆了眼睛。

"哎哟，那他这生日真是不错。"

他们这些年都见惯了明明实力足够，但因为生日在 7 月后，所以只能延迟一年升组的优秀小运动员，相比之下，张珏这个生日好得简直是为花滑而生的，生得也太是时候了。

不过参加国际赛的名额是有限的，张珏年纪又小，力量还没发育好，技术也不成熟，能不能赶在新赛季开始前增强到足以去争取名额的程度也不好说。

在表演结束后，许德拉能明显感觉到许多目光都集中到了他哥的身上。许德拉满心骄傲，而他哥毫不在意这些目光，大大落落地换下冰鞋，从包里拿了根香蕉，吃得小脸鼓鼓的。

许德拉真心实意地夸张珏："哥哥真厉害，你是出场的男单选手里最厉害的那个。"

张珏揉着弟弟的脑袋："以后我还会更厉害的。二德，你等着，以后我还会参加比赛，只要能拿奖牌的话，就有奖金入账，这样你学小提琴的时候也可以找更贵的老师了。"

滑冰能赚钱，而张珏恰好有滑冰天赋，所以他下定决心，不要辜负老天爷给自己的这份天赋，用滑冰帮爸爸把这个家撑起来。

虽然在第一次当众表演节目时，他内心有点紧张，而且还觉得这身鳄鱼衣服很滑稽很丢脸，不符合他一贯的帅气风格，但他还是坚强地忍住忐忑和尴尬，很努力地一边滑冰、跳跃，一边认真卖萌。他是哥哥啊。

许德拉没想到他哥会说出这样的话，很明显地愣了一下，然后感动地抱住他哥的胳膊。虽然哥哥的身板单薄，但在二德的眼里，张珏已然是世界上最高大帅气的男子汉了。

7. 校园侠客

"妈妈，经过努力，我已经进入了花样滑冰省队，这样爸爸也能减轻一点压力了，现在一想，老天爷给我花滑的天赋也是好事。省队还带我去检测了骨龄，检查结果说我以后长不到太高，不过对花滑来说，矮点似乎是好事，因为个子高了，跳跃重心就高，练跳跃更难，花滑就数跳跃的基础分最高了。"

张珏给妈妈按摩着小腿，汇报着最近发生的事情。

其实身为男孩子，他怎么会不想长高呢，尤其是在北方。如果他最后只能长到检测结果的高度，那他的身高用寒酸一词都不足以形容，但如果这样的身高有利于赚钱，矮点就矮点吧。

张珏叹了口气："还有，我不是做了运动员吗，以后不能参与暴力事件，否则可能会失去比赛的机会，我还挺想多拿几个奖牌赚奖金的，现在就不打架了。昨天有人找我的麻烦，我直接就跑了，他们也追不上我。"

张珏完全没意识到对着亲妈遗憾地说"可惜我练了花滑，不然我一定是一代校霸"这件事有哪里不对。

他妈要是醒着，大概也会吐槽"那你岂不是学校历届最娇小的校霸"，但现在病房里只有他是清醒的，妈妈还在做"睡美人"，张珏也只能撇撇嘴，端着热水去厕所里倒了，又和照顾妈妈的护士姐姐说好话，送她们礼物。

现在张珏算是明白为什么从小到大，父母都会对他的老师们十分尊敬了，他现在对护士姐姐们也毕恭毕敬。

他通过这种残酷的方式，明白了父母的深爱。

睡得久了，人的肌肉会萎缩，哪怕天天按摩，也只能减缓萎缩的速度。

"早点醒过来吧，妈妈，不然以后我再调皮的话，你都追不动我了。"张珏喃喃道，背着小书包回了家。

相较于其他有追梦想法的青少年，张珏练花滑的目标很明确，就是赚钱，为他可怜的爸爸减轻赚钱压力，让弟弟可以多依靠自己。

没办法，原本家里有爸爸妈妈两个支柱，所以两个孩子也可以在父母的庇护下过着愉快的生活，但现在妈妈倒下了，爸爸一个人支撑肯定很辛苦，他作为长子就该帮忙了。

张珏早早就有了进入社会的自觉，既然省队给他免费的冰场使用，包他的餐饮，还给发津贴，那他收钱办事也是理所当然的。因此他训练时也不怎么喊苦了，他会积极表现，争取早日让上头给他涨工资。

张俊宝也不是不知道外甥的想法，毕竟用金钱诱惑张珏来滑冰的就是他，现在张珏的心理压力太大，没有心力分给梦想，也只能用钱诱惑着他往前走。

自从知道国内青年组男单项目没几个强者后，张珏就给自己定下目标，要在今年8月的国内测试赛崭露头角，拿下之后新赛季的青年组国际比赛的出赛名额，然后争取本赛季上一个国际赛事的领奖台，多赚点奖金回家。

张珏不希望某天老妈醒来后发现自己成绩下滑，所以在训练的同时也会尽量兼顾学习，保证年级排名不下滑。平时他训练完就蹲在一边看书写作业，从不和别人说话，玩闹，进了省队一整个月，怕是都没认全同队的队友。在他人看来，张小玉就是个性格桀骜又孤僻的天才。

那些曾经是运动员、现在退役做教练的师长，以及张珏的同队运动员，认识这个小孩后的最大感触，就是在竞技运动里，天赋差距能逼死人。

正常的、天赋比较好的花滑运动员，练一个新跳跃需要两个月到半年，练成以后，在赛场上的成功率通常是在 50% 到 70%。

别以为这个成功率低，拿一线男单选手必须攻克的四周跳为例，能把四周跳家族基础分最低的 4T 的赛场成功率提升到 60%，这个运动员就已经是顶级男单选手了。

张珏异于常人，他现在练一个新的三周跳，一般是五到七天成功落冰第一次，接着通过训练来提升成功率，比如 3Lo，他从练成到将成功率提到 85% 以上，只用了一个月。

进了省队以后，他以极快的速度练熟了 3Lz，同时把 3S+3Lo、3Lo+3T 也练好了，就是后面两个联跳的成功率还需要继续提升。不仅如此，他就连滑行和旋转的进步也是全队最快的，而这就得归功于鹿教练的指导了。

张珏从小就滑得比别人快，可以轻轻松松完成一个冰上加速，并且善用灵活的小关节发力。

他空了四年没滑，加速的天赋还在，但滑行时的用刃比较模糊，放在赛场上很容易被判为"用刃不清"。鹿教练在教张珏的时候，教 3Lo 都只是顺带的，主要是给张珏补滑行课。

不是省队的明嘉教练不能教张珏滑行，是滑行太枯燥了，没个厉害的教练压着，张珏立马就去练分值更高的跳跃了。

他歪理还一堆："我本来就不指望靠步法和旋转那点分数占什么便宜，再说花滑的新人不都是靠厉害的跳跃出头的吗，我也要走这条路线，像滑行和旋转之类的先往后放放吧。"

这熊孩子打小就聪明，也非常有主见，宋总教练想劝一劝，态度稍微严一点，张珏就有逆反心理。他也不和顶头上司硬撑，只露出一副委屈巴巴的样子，让人不好意思继续骂下去，接着继续我行我素。

宋总教练也没真的恼，就是产生了"不愧是张俊宝的外甥"的想法。想当年张俊宝在役时也是个让教练头疼的孩子，具体怎么个头疼法，只能说，宋总教练执教张俊宝前还有一头浓密的黑发，等张俊宝退役的时候，他的头发已经彻底无法挽救了。

张俊宝作为舅舅，从张珏能走路开始就帮姐姐管教这个外甥，现在张珏12岁了，他也成功没管住这个孩子。

他现在只能继续把张珏拉去那个商业冰场，和鹿教练说好话，请他把臭小子管起来。

这臭小子别的不怕，对鹿教练的拐杖却怕得很，看来鹿教练的威慑力还在。

5月份，一直老老实实的张珏惹事了——他在学校里打了一场群架。

接到电话的张俊宝慌张道："他……他打了几个人？"

从老舅没问张珏是否受伤，只问有几个人被打，就可以知道他到底多了解张珏了。

班主任叹着气："不多，也就五个吧。看着都挺严重的，除了你外甥，其他人都鼻青脸肿的。他们的家长也过来了，张珏他舅舅，你也过来一下吧。"

张俊宝无奈地摸出钱包，找宋总教练请了假，跑到张珏读的中学去了。

张珏自幼成绩好，读的也是市里的重点中学，学校里能考到全市前五百名的大有人在，张珏的班主任周老师更是经验丰富，参与过数个教学竞赛，带班也认真负责，管教小孩子很有一套。

当然，周老师的发际线并不安全，在手底下多了个张珏后，周老师现在春、秋、冬三季都开始戴帽子遮脑袋了。

在张女士出事之前，张珏基本是三天一小冲突，五天一大冲突，让诸多老师根本闹不清楚他怎么就能闹出这么多矛盾。要说张珏性格多坏成绩多差吧，也不至于。张珏暴躁归暴躁，本性却称得上正直善良，就是说话太直，而且喜欢用肢体动作代替语言与人交流。

这小孩成绩一直很好，又不欺凌弱小，他来了以后，他所处的初中几乎没有了校园霸凌现象。因为所有恶霸都将火力集中到张珏一个人身上了。在经历了数次战斗后，身材娇小、年龄也比同学们小的张珏硬是在校园内建立起了人望。除了那些实在不甘心的人，其他被他收拾过的，反而对这个身材娇小的男孩产生了崇拜之情。

张珏同学，年纪虽小，却有侠客品行，路见不平便会直接拿折凳、板砖、扫把、拖把等武器战斗，为人爽快。

张俊宝赶到的时候，办公室里还有个女孩子不停地和班主任及被揍少年的家长辩解着："张……张珏打他们，是因为他们开了过分的玩笑，因为我拒绝了刘坤的奶茶，他们就说我不知好歹，以后要我喝他们的牛奶，张珏听不下去才动手的。都是因为他们坏了张珏的规矩！"

班长陈思佳鼓起勇气站在张珏的面前，奋力解释着事情的原委，被揍的少年们蔫头耷脑地站在家长旁边，而毫发无损的张珏双手插在裤兜里，昂着小脑袋站在一边。在挨揍的少年看向他时，他还会瞪回去，吓得一群个子更高的少年恨不得全躲到班主任后面去。

张俊宝看到这一幕嘴角抽搐，其他家长看到张俊宝到来，松了口气。自家孩子是什么德行，这些家长其实都清楚得很。

原本张珏要是给个面子，不那么一直犟着，家长们就坡下驴也就把事情了结了，反正这小伙子也没对自家孩子下重手。结果张珏硬是一声不吭，坐在旁边臭着脸，班主任问话也不理会，一副"爷没什么好解释的"的模样，让事情陷入了僵局。

张俊宝的到来让事情有了缓和的余地。他过来以后没骂外甥，只和其他家长道了歉。家长们连忙踩着阶梯下来，嘴里说着"哪里哪里，你家张珏只是脾气急"，事情在大人们的转圜下宣告结束。

就算是脾气最大的家长，看到张俊宝那粗壮的、肌肉鼓鼓的膀子，也顶多憋出一句："你们家张珏居然还有什么规矩了，和黑帮老大似的，张珏家长你也多管管吧。"

别的不敢说，怕。

好不容易哄走了挨揍的同学们的家长，发现事态没想象中那么严重的张俊宝叹了口气，脱下运动鞋在周老师的办公桌上狠狠一拍，开始管教外甥："张珏，你长本事了，我送你来学校是为了让你读书，结果你小子还学会为女孩子打群架了？"

没走远的陈思佳立刻冲回来："张叔叔，我和张珏不是早恋，是那些人坏了张珏的规矩，说了不该说的话，您别怪张珏。"

这姑娘是一点委屈都不乐意让张珏受，老舅才来得及吼一声，她就过来护上了。

张珏还是那副模样："那些人活该。"

面对这样的张珏，张俊宝没别的想法，只感觉头痛欲裂。

姐啊，您快醒来吧，您要是醒来得晚了，弟弟我就没法保留满头秀发见您啦！

8. 准备编舞

张珏这规矩一立，引来了无数次战斗，但间接保护了一批校园霸凌受害者。这就导致很多人心里都挺喜欢这个性格暴躁的同学，甚至自发地认为他立的规矩是正确的，大家要老老实实遵守，不能在他面前侮辱人，不许在校园里勒索。

张珏越来越霸道的性格就是这么被周遭环境惯出来的。

反正不知道从什么时候开始，大家都默认了张珏享有校园一霸的待遇，有什么事情都会让着他，吃午饭时，还有女孩子会主动将自己买的饮料放在他的桌子上。

但他无论怎样被女孩子送吃的，都绝对不会让人联想到暧昧层面。

谁叫他矮。

张珏在进入初中后，每年过儿童节还是能收到大批礼物。张珏可是那种在儿童节当天，连上课的老师都要揉着他的小脑袋说一句"节日快乐"的孩子。

可能是因为已经见识过大外甥在儿童节时抱着满怀的礼物回家的惊人场面，对于有女生很努力地护着他这件事，张俊宝也觉得没什么了。

不就是自己的外甥很讨女孩子喜欢，而自己已经单身三十年了吗？这有什么大不了的?! 堂堂男子汉就不要在意这些小事了！

老舅怀着一种自己都说不清的心情，把张珏抽了一顿，然后把他带回省队训练。

张珏还是臭着脸："我不觉得这一架打得不对。"

张俊宝："我没说你错了。"

张珏愣了一下，意外地转头看老舅。老舅握着方向盘，无奈地说道："可能是你还小吧，不知道有些男生进了青春期后，基本的礼貌和教养都没了。在这个时期，他们思考时用的不是脑子，懂吧？"

"你妈妈把你教得很好，虽然你脾气暴躁了点，但还算正直。我没说你保护女同学不对，但你小子画什么地盘？就算你想当学校的老大，那你还能大得过校长？现在你都进省队做运动员了，万一真的闹出什么严重到需要让你退役谢罪的事可怎么办?!"

老舅此话在理，张珏没那么犟了，他扯着书包带子："我……我就是看不惯嘛。"

"老舅，你说我没法理解有些大一点的男生不用脑子思考，那你呢？你在那个年纪是什么样的？"

张俊宝陷入了沉默，身为一个从记事起就在冰上练习，后来滑到20多岁才伤退的男人，张俊宝的青春岁月就是训练——打架——打完架被姐姐揪着耳朵去学习——训练的无限循环，忙碌到没有多余精力对异性产生非分之想，满脑袋都是滑冰。

老舅也打过架，可是这件事绝对不能让张珏知道，否则这小子说不定会得意扬扬地说："真不愧是我老舅，就是像我。"

结果张珏真跷着二郎腿，得意扬扬地说："老舅年轻的时候肯定也打架，妈妈和我说过，我比当年的你还难管教，所以你当年也是需要管教的。真不愧是我老舅，就是像我。"

张俊宝想：张小玉，你老舅是真的很了解你。

回到冰场，张俊宝想的是，现在最重要的事是让张珏练到五种三周跳齐全。

跳跃一共有六种，其中分值最高的 A 跳比较特殊，因为它的起跳是向前发力，与其他跳跃完全相反，空中转体也比其他跳跃多半圈，不少人都练不好 A跳。所以五种三周跳齐全，说的是运动员除 A 跳以外，掌握了其他五种跳跃的三周跳。这是评价一个小运动员水平的标准之一。

张珏的 F 跳一般般，他总是觉得 F 跳的内刃压不下去，进而只要跳 F 跳就容易出现轴心歪斜的问题，人在空中的轴心都不正了，落冰自然难度倍增。

这一天的训练开始时，张珏提出他希望跳过 F 跳，先开始练习 3Lz+3T 联跳。也就是说，他准备开发一个基础分值在 9 分以上的高级联跳了。

可以倒是可以，毕竟掌握高级联跳，可以极大地丰富张珏的技术储备。

毕竟短节目三组跳跃，其中一组必须是联跳，自由滑八组跳跃，需要有三组联跳，所以掌握的联跳分值越高越好。

"张珏，今天先不忙着训练，你来看个东西。"

宋城总教练叫了一声，张珏便刺溜一下滑到场边，一边摘手套，一边拿起水壶喝了一口："什么事啊？"

宋城笑呵呵的："带你看看上赛季世青赛冠军、亚军的视频，他们都只比你大2岁，但水平很好。"

花滑在国内的热度不高，花样滑冰的世锦赛国内电视台还会直播一下，但世青赛直播时间恰好和足球比赛撞上了，被放到了凌晨转播，张珏当时睡得正香，压根没看。

如今总教练说起这事，他也就乖乖跟过去看了。

视频里出场的第一人是一个金发蓝眼的美少年，身材修长，长得像是风雪中走出来的精灵王子。

果然，花滑这个项目总是吸纳一些长得好看的运动员。

"他叫伊利亚·萨夫申科，是俄罗斯目前的花滑男单一哥瓦西里的师弟，下半年才会满15岁，五种三周跳齐全，据说已经开始练3A了。他有不错的舞蹈功底，所以表演也可以，这次世青赛拿了37分的表演分。"

张俊宝疑惑："这不是成年组二线男单选手才有的表演分待遇吗？"

宋城："毕竟花滑就数俄系、欧系、北美系三家打分待遇最好嘛，萨夫申科又是俄系太子爷，他们这一代花滑男单选手里，除非北美系、欧系能出一个和萨夫申科一样的天赋异禀的选手，不然没人在打分待遇方面比他强。"

伊利亚·萨夫申科的世青赛自由滑是钢琴曲，要说表演真的多么精彩也不至于，但青年组的选手能拿出这个水平，又有国籍优势，已经足以让裁判青睐了。

相比之下，这一届的世青赛亚军，据说只比伊利亚大一个月的寺冈隼人在滑行和表演方面有更好的表现，光看他在冰上滑行都觉得是视觉享受了。

寺冈隼人看起来是个俊秀温柔的小帅哥，目前算是亚洲男单选手里裁判缘最好的，赛场表现很亮眼，表演滑特别有男子气概。

而对张珏来说，寺冈隼人的选曲很好，张珏坐在座位上，听着那支不知名的曲子，有一团模糊的记忆在他脑海中浮现。

"是米切尔·莱格兰德作的曲，他是法国人，这是他为电影《1942年夏天》

创作的配乐，好像拿了 1972 年的奥斯卡最佳原创配乐奖来着。"

张珏转头看着老舅，老舅揉了揉他的脑袋："你妈妈怀你的时候，要我找那些有好音乐的磁带寄给她，其中也有米切尔·莱格兰德的作品，据说那些磁带是给你做胎教用的，在你 2 岁前，她也经常给你听这些曲子。我一直觉得你之所以乐感那么好，跳芭蕾和学声乐时都被老师不停地夸，跟她对你的音乐启蒙有关。"

张珏低下头，眼中带着茫然："我不记得我有听过这个音乐家的曲子，不过听起来很亲切是真的。"

有些事情即使已经被尘封在记忆的角落，它存在过的痕迹也还是在。

明明宋城拉张珏和队里的一群青年组男孩过来，是为了让他们认识那两个已经开始在世界舞台上发光的对手，并希望借此告诉张珏：你小子虽然天赋绝顶，但毕竟空过四年，技术和表现力都离这些顶级青年组选手有一段距离，平时不要那么骄傲。

可是看到这孩子靠着他老舅，听老舅讲妈妈的故事时的表情，宋城觉得心里软了下来。

没想到这个平时孤僻高傲的小天才，居然还可以露出这么柔软温暖的表情，双眼明亮，如同倒映着夏日星空的清澈湖面。

那一刻，宋城意识到了这个孩子与同龄人的本质区别。

张珏在拥有极高的天赋的同时，也比其他男孩更早地意识到了家人的珍贵，他的情感说不定很丰富。

"俊宝……"宋教练突然出声，"你和张珏开始选喜欢的曲子吧。"

张俊宝和张珏一同回头，不解地看着他。

宋城和蔼地说道："张珏不是开始练高级联跳了吗，我看鹿教练把他的滑行和旋转也带得很好。正好今年金梦和姚岚在温哥华冬奥会拿了金牌，冬季项目这边批的经费也比往年多，大家都找找自己喜欢的曲子，和教练商量好后报上来，我给你们批编舞费，编新节目迎接新赛季！要是咱们队有谁表现得好，拿到下个赛季去国际赛的名额的话，说不定就能和电视里那两个人交手。"

张珏还没反应过来，旁边的柳叶明已经高兴地跳起来："好呀！我们要有新节目啦！"

找编舞编新节目是要花很多钱的，哪怕是最便宜的那种三线编舞，收费也得五位数，而运动员参加一场比赛，需要准备短节目、自由滑、表演滑三套节目，很多选手为了省钱都是一套节目用两三个赛季。

张珏运气好，才入队不到几个月就可以拥有属于自己的节目。

张珏对编舞的概念还停留在他老舅的《小鳄鱼》上面，可是既然总教练都这么说了，他也就顺从地从自己听过的曲子里专门找出那些没有人声的，又选了一些自己喜欢的交给老舅。老舅看着他交上来的排满一整张纸的歌曲名，脑袋发疼："小玉，你就没法挑出其中自己最喜欢的两支曲子吗？"

张珏满脸无辜："我也不知道哪支曲子适合用来编花滑的节目，不是说短节目和自由滑还有时长限制吗？"

张俊宝："时长不是问题，可以剪辑，重点是你觉得其中哪首曲子自己能滑好，滑出其中的感情。"

张珏要是知道答案的话，也不至于干出交出这么多曲子的事了，他想了半天，只选了其中一首。

最后张俊宝干脆拉着张珏去找了一个人，如果是那个人的话，说不定可以给他们好的建议。

9. 石破天惊

花滑是含有表演、艺术性质的竞技运动，除了要把跳跃、滑行、旋转等技术动作练好，还得提升表演能力。

张珏的乐感很强，也有舞蹈底子，平时在家里会压腿，偶尔跟着音乐复习一下芭蕾的动作。他之前已经练到了参加市级比赛可以拿金奖的程度，至于省级赛……他还没来得及参加更高级别的比赛，家里就出事了，然后他就学不下去了。

省队的小朋友们也有平时会去练舞的，只是学的程度不如张珏，有些人会在编舞那里进修一下。大家只是省队的，大部分人连国内赛都拿不到特别好的名次，所以也没有谁去请国际知名的编舞来编新节目，大多都是找熟悉的省内舞蹈学院的老师搞定的。

而张俊宝要找的人就是他为张珏物色好的新赛季编舞，一位 2006 年宣告退役的前冰舞运动员，名叫金塑龙，据说是个满族帅哥。

张珏不关注冰舞，这会儿很蒙："这个人很厉害吗？"

张俊宝："他退役前是我们国家冰舞项目的一哥！当上一哥时才18岁！"

冰舞，作为花滑四项（男单、女单、双人滑、冰舞）中唯一一个没有跳跃动作，以滑行、捻转、托举为重点的项目，是最看重表现力的，很多知名编舞在退役前都是冰舞运动员。

从20世纪开始，练得起花滑的家庭经济条件都挺好的，金塑龙不仅练过冰舞，还参加过钢琴比赛并且表现优异，后来又毕业于中央民族大学的美术学院，现在开了家服装设计工作室。

张珏："人家这不是已经退出花滑界了吗？他的专业是搞设计啊！"

老舅："你懂啥，我这个老同学要不是女伴在发育期一口气冲到一米七六，他又不想和对方拆档去给别人做女伴，以他的乐感和表现力，本来是可以走得更远的。而且他有音乐底子，可以帮你剪辑音乐，以他的专业程度，你的考斯腾也有人设计了。"

简直就是花滑全能辅助！

张俊宝蹲着悄悄和张珏说："这个人脾气很好，耐心足，我带上个学生的时候找他设计考斯腾，把设计方案打回去重做十多遍，最后选了第一版，他都没有一点怨言。而且因为我是他老队友，他还可以打折。"

张珏可算明白为什么老舅要找对方了。

这不光是"脾气好"了，这是"好欺负"。

金塑龙是个身高一米七五的帅哥，比他现在的妻子（前女伴）还矮1厘米，长着一张眉清目秀的脸，十分温和。张珏被老舅领进金老师的办公室后，金老师便客客气气地请他们坐下，先去饮水机那儿倒了温水过来。

他的沙发是那种大布袋的款式，松软舒适，张珏往下一坐，整个人都差点陷进去。金塑龙看他一眼，笑呵呵地和张俊宝说："这孩子一看就是练单人滑的好材料。"

这么娇小的身材，一看就重心低，跳跃稳。

张俊宝就喜欢别人夸张珏有花滑天赋，闻言露出了笑："你不是第一个这么说的。"

被讽刺身高不高的张珏臭着脸，捧杯听他们说话。

金塑龙脾气好到压根不像是曾被张俊宝打回十多遍设计方案的样子，他看着张俊宝递过来的选曲单，面露意外："哟，这都是张珏自己听过觉得好听的曲子？"

小伙子品位很好啊。

他点了点画了红圈的那首："这首的时长适合剪辑成短节目。自由滑的选曲，你们有想法了吗？"

张俊宝："这小子现在的表现力怎么样，没放到赛场上展示过，我们也不清楚，所以想挑提升裁判缘，而且能炫技的曲子。"

教练说想让张珏炫技，说明这孩子有技可炫。

金塑龙："他跳跃很好吗？"

中国男单的历代一哥都是表演一般般的技术流，也只有跳跃最值得拿出来说了。

张俊宝瞥张珏一眼："他跳跃还行吧，主要是节奏感好，柔韧性也不错，我和鹿教练也有试着让他练出别的男单选手做不了的柔韧方面的技术，作为标志性动作，加深裁判的印象。"

金塑龙懂了，这小孩应该很强，他低头："行吧，那张珏，你喜不喜欢维瓦尔第？"

安东尼奥·维瓦尔第，一位意大利神父，也是世界知名的作曲家、小提琴家，时至今日，大部分人提起维瓦尔第时，都会说"他是了不起的音乐大师"，神父这个身份被提起来的反而比较少。

张珏说："还行，写作业的时候听他的曲子，还挺提神的。"

那就是可以了，张俊宝和金塑龙就曲子的问题聊了起来，张珏走到阳台边，沐浴着午后的阳光，甚至有点想打瞌睡。

5月的东北，天气比较暖和。

一个身材高大的少年提着一篮子菜走在回家的路上，不经意间抬头，就看到一个小孩趴在窗台上，看起来怪好玩的。少年的眼睛是灰色的，如同西伯利亚阴天时的天空一般，张珏低头，正好与他对视了几秒。

就在此时，街边传来一阵轮胎摩擦地面的声音，接着是车鸣声、撞击声，街上有两辆车发生了撞击。那个刚才看着他笑的男生这会儿把菜篮子一丢，跑去为受伤的人进行急救了。

张珏视力很好，又在二楼，能很清楚地看到那个大男生，他帮人止血、包扎的动作非常熟练。张珏眨巴着眼睛，转身下楼。

不一会儿，救护车过来将伤者拉走，秦雪君站在路边，长长地舒了口气。

他是就读于水木大学的医学生，趁着"五一"劳动节放假回东北老家探望爷爷奶奶，没想到买个菜的工夫，还能遇到车祸，幸好伤者的情况不严重。

等等，菜篮子呢？刚才人那么多，不会被踩坏了吧……

清脆的声音在他身后响起："给你。"

秦雪君回头，就见那个趴在窗台上的孩子举着他那从爷爷辈用到现在的家传菜篮。

这个小朋友好小啊，已经一米九一的16岁少年这么想着，俯身接过菜篮："谢谢你，小朋友。"

小朋友双手插在裤兜里，黑亮的眼珠子里满是好奇，秦雪君懂了对方的意思："我奶奶是俄罗斯人，所以我眼睛的颜色和你不一样。"

张珏"哦"了一声，又摸出一包湿纸巾递过去："给你擦手。"

然后这小孩就走了，似乎没有和秦雪君多交流的意思，秦雪君也没别的想法。他随便拐进路边一家商场，找到卫生间将手上的血冲干净，又提着菜回家。

经过商议，张珏的短节目被确定使用好莱坞著名作曲大师约翰·威廉姆斯为1970年版本的《简爱》创作的同名主题曲 Jane Eyre Theme，自由滑则选用维瓦尔第的《四季·夏》。

在选好曲目后，金老师就经常跑到省队来帮张珏编舞，于是张珏不仅要练习跳跃，还要开始不断地磨合节目。编舞会通过选手与节目的契合度，不断对其中的动作进行改进。

有些厉害的大牌编舞在一个休赛季能接到二十个以上的编舞单子，而且编的速度很快，有的编舞可能许久也编不出一个新节目。

金塑龙就属于那种比较慢的，直到7月份，他才说短节目已经完工，连带着将张珏的考斯腾设计稿交给了张俊宝。

两个月了，他居然还没把自由滑编完。

由于张珏本身的外貌与身材比例出众，又只是青年组的成员，老舅对他穿着的要求并不高，只要求金塑龙把衣服的重量尽可能减轻到350克以下。

金塑龙闻言大为疑惑："花滑服装不能太重我能理解，但把重量压到350克以下是女单那边才有的情况，男单这边，只要考斯腾重量不超过 850 克都是可以的吧？"

老舅一指大外甥那小巧的身影："你觉得他的负重能力能比女单选手强到哪里？"

金塑龙被说服了："我还是回去再改改设计稿吧，制作材料就用那些很轻的纱可以吧？"

话是这么说，金塑龙过来一趟也不可能只是确定自己要再次改设计稿，他还得让张珏将节目完整地滑一次，看看表演效果。

张珏穿着黑色训练服，手上戴着防止摔倒时手被冰屑划伤的皮手套，正在练一组 Y 字转，旋转时长腿高高抬起，整个人如同一个小烛台。

听教练们叫他的名字，张珏利落地停住转体，两秒就滑到场边，接过磁带放入录音机，动作干脆。不知从何时起，其他人都下了冰，教练们也将目光放在他身上，张珏没有丝毫的紧张，平静地滑到中心，在张俊宝做了预备的手势后，摆好起始动作。

和那个只是用来卖萌，连动作设计都没有满足比赛节目标准的《小鳄鱼》不同，《简爱》才是张珏第一个正式的节目，而现场的这些教练、队友，就是张珏的第一批观众。

这是他第一次如此正式地滑冰，说这是国内测试赛开始前的省队测试也没有问题。此时大部分人对张珏的期待都是好好完成技术动作，最好再贴合下节奏。

在国内男单选手的表演水平都只有广播体操水准的时候，没人对张珏的表演抱有期待，毕竟这孩子天赋再好，他恢复训练也不到一年呢。

这也就导致在张珏认真滑完这个节目后，许多人都失去了言语。

只有一个词可以形容这一刻人们的感受——石破天惊。

10. 两代一哥

A 级赛事的名额有限，所以在新赛季开始前，国内会进行一次内部测试赛，运动员们要在自己所在的组里拿到至少前三名，才能有出赛的机会。

也就是说，如果测试赛成绩不好，接下来的整个前半段赛季，运动员都只能参加那些给钱就能比的 B 级赛了，然而无论是张俊宝还是宋城总教练都坚定

地认为，张珏需要去比赛，而且是去高手如云的 A 级赛事比赛。

这孩子拥有极大的潜力，而激烈的竞争和强大的对手才能激发他的斗志，让他的潜力得到发挥，如果只是 B 级赛的话，在找不到对手的情况下，张珏说不定就懈怠了。

在进行了省队内部测试后，张珏、柳叶明、郑家龙三名青年组男单选手，被添加进了去京城参加国内测试赛的队伍。和他们同行的还有青年组的女单、双人滑、冰舞，以及成年组花滑四项的运动员们。

张珏以前也不是没有出门旅游过，他爸妈曾经带着他和弟弟一起去大草原骑马。但总体来说，他其实没有离开过东三省的地盘。

这会儿张珏满心稀奇，左看右看，一起跟过来的许德拉就沉稳得多。许德拉打开背包，又检查了一遍晕车药和呕吐袋是否放置妥当，他哥第一次出门旅行是三年前，在全家人都开开心心看风景的时候，唯有张珏趴在椅背上蔫巴巴的，被晕车折磨得不行。这次他们进京坐的是高铁，虽然不知道张珏晕不晕高铁，但有些东西还是事先准备为好。

张俊宝看二外甥一眼，提醒道："运动员不能随便吃药，因为药里有些成分会导致药检阳性。如果张珏不舒服的话，就在他的太阳穴上面涂点清凉油，然后让他靠着我睡觉就行了，实在不行找队医拿药。"

许德拉摸出一个小瓶子："我带了百草油，这个可以吧？"

大家准备万全，张珏却幸运地不晕高铁，坐车的时候还有心情缠着他老舅和弟弟陪他坑飞行棋，完全没有紧张感。要知道，这次他要是表现不好，前半个赛季就得不到什么出赛机会了。

柳叶明比张珏大一点，今年 14 岁，是个人高马大的东北小伙，作为男单选手个头偏高，是张珏入队前 H 省省队最拿得出手的青年组男单小选手。

他在张珏玩的时候提醒他："你比赛的时候还是要注意一点，上海队的石莫生可是陈竹的徒弟。陈竹你知道吗？"

张珏："我当然知道啊，1998 年的冬奥会女单铜牌得主，我国单人滑唯一的世锦赛金牌持有者。她退役以后在做教练，对吧？"

柳叶明认真点头："对，我国男单女单加起来就那么一块世锦赛金牌，就是陈竹在役的时候拿的。她还拿过两届冬奥会铜牌。还有 L 省省队的金子瑄，他今年还去了俄罗斯外训，听说快把 3A 给练出来了。"

张珏："哦。"

你"哦"是什么意思啊?!柳叶明很抓狂，他觉得自己白操心了。他坐回原位，嘀咕道："算了，我还是先顾着自己吧，今年怎么也要拿到分站赛的名额。"

张俊宝笑了一声："青年组赛季前半段最重要的比赛就是大奖赛，大奖赛有六站分站赛，每名运动员最多可以参加两站分站赛，最后根据排名计算积分，积分排前六的进大奖赛总决赛。如果你能拿到测试赛第一的话，我国的冰协就会给你两个分站赛出战名额，如果能拿到前三，应该也会给你至少一个分站赛名额，掉出前三就什么都没有了。"

大奖赛是青年组除世青赛外唯一的 A 级赛事，很多青年组的运动员崭露头角，都是从大奖赛开始的。

不过以张珏的实力，争个国内青年组男单的前三，应该是没有问题的吧，张俊宝这么想着，心里放松了一些。

张珏这会儿安静下来，看着自己的手掌心，像是突然对上面的纹路感兴趣起来。

如果他能在今年就冲进总决赛，甚至上领奖台，奖金应该会更多吧?

今年过年的时候，爸爸忙着赚钱没能回家，如果自己能多赚一点，是不是爸爸过年的时候就可以回来了? 他想当第一，非常想。

各国惯常在赛季初进行国内测试，一般参加这种比赛时，运动员们都不用专门换考斯腾，穿着训练服就可以了，中国国内的测试赛甚至不对观众开放。而俄罗斯、日本这些花滑较发达的国家的测试赛就声势大一些，尤其是俄罗斯，他们的花滑测试赛都是放在正儿八经的场馆里，观众要购买门票才能入场观赛，场馆还常常能坐满。

张珏的训练服是他老舅给买的小码，黑衣服黑裤子，没有任何装饰，除了手上一副皮手套。但因为他身体比例好，穿着这种贴身的衣服时，整个人显得鹤立鸡群。

许多人第一次看到张珏时都会惊叹这个孩子外貌出众，已经担任国家队总教练二十余年的孙千是看着张俊宝这一批运动员从在役走到退役的，这会儿他看这小子领着个小男生，不由得露出稀奇的神情。

"俊宝，这就是你做教练后收的徒弟?"

张俊宝一脸献宝的表情："是，孙指导，这是我大外甥张珏，天赋不错，在鹿教练那里启蒙的，今年满 13 岁。宋总教练说把他拉过来试试。"

孙千性格和善，每个在他手下混过的运动员都与他感情深厚。两人聊了起来，张珏觉得无聊，就借口要上厕所，溜了。

张俊宝聊着聊着，便提起了一个人："沈流最近怎么样？"

他口中的沈流是当前国家队男单一哥，23 岁，一个可以完成 4T 的运动员，虽然表现力差了点，但因为能跳，也数次在四大洲锦标赛进入前五名，甚至在今年的四大洲锦标赛拿了枚铜牌，在世锦赛也进了好几次前八名，目前他是中国历代男单一可里成绩最好的。

最重要的是，沈流是张俊宝的师弟，他们同样在鹿教练手底下启蒙，在 H 省省队待过，又先后进入国家队，只是张俊宝退役了，沈流还在滑。

孙千语气沉重："沈流不太好。他的膝盖伤病挺严重的，而且单人滑是什么情况你也知道，他们要不停地练跳跃，关节的负担重，男单过了 23 岁就是老将，什么时候退役都不奇怪了。只是现在底下没有新人出头，沈流只能硬扛着。"

他们的男单人才储备太差了，除了一个沈流，其他男单选手能五种三周跳齐全就不错了，拥有 3A 单跳的居然只有一个董小龙，但董小龙那点难度放在国际赛场上，连个水花都掀不起来，一旦沈流退了，他们的男单就断档了。

不仅男单，他们的女单也是青黄不接的状态，最厉害的米圆圆拼死拼活也只能滑进世锦赛前 15 名。

双人滑那边其实也只有 J 省的一对小朋友还可以，但那一对的女伴才 13 岁，今年才进青年组，而升成年组的最低年龄是 15 岁，为了等他们升组，今年已经 30 多岁的双人滑老将金梦和姚岚也不得不继续撑着。不过比起连接棒的人都没有的男单、女单，双人滑起码还有个盼头。

冰舞……中国的冰舞存在感离零也差不了多少，可见情况有多差。

孙千愁啊，他看着国内花滑的现状头发一把一把地掉，然而老天爷一点也没怜惜他的头发，好心降个天资卓越的紫微星下来拯救他的意思。张俊宝看了一眼孙千的发际线，心想就算有天赋特别好的紫微星降临，恐怕也救不了他的发际线。

张珏的天赋对省队来说已经是特别大的惊喜了，结果这小子一点也不安分。张俊宝自己有喝小酒的爱好，结果张珏因为好奇偷他的酒喝，张珏还不知道用了什么法子哄着柳叶明给他放风，等张俊宝反应过来，张珏已经跑去体院的操场上和别人踢足球了。

他是带着醉意去的，要不是张俊宝发现得及时，那小子差点一个滑铲把人家足球队队长送进医务室，这事吓得宋总教练和人家足球队教练赔了好久的不是。

足球队教练："要我放下这事也不是不行，你们张珏天赋挺好的，醉得脚打晃还能滑铲我们队长。我觉着吧，花滑本来在国内就是冷门运动，那小子与其继续滑冰，不如……"

宋总教练差点和足球队教练打起来。

至于张珏，他和柳叶明写完检讨以后，关系就越来越好了，而张俊宝吸取教训，咬着牙把酒给戒了，省得张珏继续偷他的酒喝。在张珏入队三个月后，宋总教练就彻底放弃了继续研究防脱洗发水和生发水的想法，去剃了光头。

国家队训练场馆外面有一排梧桐树，长得枝繁叶茂的，树冠发达，在夏季遮阳效果特别好。

沈流在三院做完身体检查，拉着装着冰鞋的箱子走在这条路上，心里沉甸甸的。

检查结果显示，他顶多能再撑一个赛季，可是小龙的能力不够，没人能接过中国男单在国际赛场上的旗帜，怎么办？

他想了很久也想不出答案，最后只能叹气，将这件事先抛到脑后。算了，今天会举办青年组的测试赛，去看看有什么好苗子吧，说不定其中就有厉害的年轻人呢。不过男单运动员一般都是 18 岁进入黄金时期，就算青年组有厉害的，等他们成长起来也还要好几年吧。

就在此时，沈流看到了前方某棵树上垂下来一条腿。啊？那是人腿吧？！沈流被这一幕吓得差点后退一步，但很快反应了过来。他有个师兄年轻的时候也喜欢爬树。

他走了过去，抬头看着坐在树上玩手机的少年，那孩子和他记忆中的某个人很像，只是轮廓更加立体精致，气质也更加冷傲。

这一幕太过熟悉，让沈流愣了好久。过了一会儿，他叫道："嘿，小朋友，张俊宝是你什么人？"

少年低头，回道："他是我老舅。"

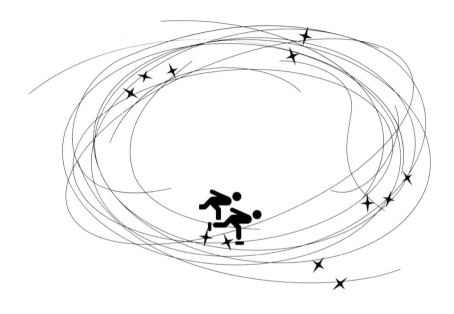

二　花样滑冰

11. 签运不错

张珏是认识沈流的，他不仅是老舅的师弟，还是由鹿教练启蒙的学生，更是目前国内的男单一哥。张珏不可能不知道对方的名字，听说这个人在温哥华冬奥会拿到了男单第六名，刷新了国内男单选手在冬奥会上的最佳成绩。

张珏从树上跳下，拍了拍身上的灰，抬头问沈流："你这赛季为什么要选古典乐？明明不适合你，你在比赛的时候完全和音乐脱节了。"

小孩会问这个问题，完全是出于好奇，如果换了另一个大人被后辈如此质问，说不定会生气，但沈流很难对张珏有不好的印象。他微微俯身，好脾气地回道："因为裁判们欣赏能滑古典乐的运动员，为了给他们更好的印象分，我的教练组为我选了古典乐。"

张珏"哼"了一声："裁判们明明喜欢的是技术全面，而且能够合乐的运动员。"

沈流："但我不擅长合乐，所以我退而求其次，选择裁判会喜欢的曲子。"

好吧，即使是张珏也知道不是每个人都拥有强大的乐感，这是天生的，怪不了任何人。

他双手插回兜里，慢吞吞地往回走，沈流就跟在他后面。哎呀，这小个子和他师兄小时候也好像呢，张师兄也是自小就个子不高，成年以后也只有一米七。

东北的大多家庭都是独生子，张师兄没有亲姐姐，这孩子应该是他的堂姐张青燕的儿子吧？没想到和张师兄年轻时那么像，就连这种孤僻又叛逆的个性都像了个十成。

在沈流的记忆中，张俊宝的乐感和表现力是很好的，但是张师兄有先天的髋骨缺陷，再怎么练也只能跳3A，四周跳是不要想了，所以直到退役张师兄都只是个三线选手。张珏的天赋也不知怎样。

沈流想了想："你今年满13岁了吧？"

张珏："是啊。"

青年组的年龄限制是 13 岁到 19 岁，而每个国家升组的名额都是有限的，不可能说升就升，大部分男单选手要是十七八岁还升不了成年组，不是转项目去练冰舞或者双人滑，就是直接退役了。

也就是说，张珏能在省队里脱颖而出，代表着 13 岁的他在很多方面已经胜过了比他大好几岁的其他青年组男单选手。

青少年之间只差 1 岁都会导致体能的巨大差异，所以年纪小、能越级挑战的天才才会更加可贵，张珏应该就属于此类。

沈流想了想，和张珏套近乎："我记得你小时候也是鹿教练启蒙的吧？他和我说过你。"

鹿教练说过，他曾经教过一个特别调皮的小胖子，是张俊宝的大外甥。没想到张珏一点也不胖，瘦瘦小小的。据沈流所知，张师兄是遗传的易胖体质，在役时期最愁的就是体脂率的控制问题，张珏恐怕和他老舅一个体质，也不知道他是怎么瘦下来的。

对了，师兄退役多年，而大部分运动员退役后都会发福，师兄也 30 岁了，该不会也胖了吧？

等见到张俊宝时，沈流十分惊讶。

张师兄不仅没胖，还在退役后努力健身，成功练出一身健美的肌肉。现在是 8 月，京城相当热，张师兄只穿了一件薄薄的白 T 恤，看起来健美而不笨重。

单人滑选手要控制体重，免得落冰时关节压力太大，沈流都不敢练这么多肌肉出来。

沈流颤巍巍地伸出手："好……好久不见，张师兄。"

张俊宝应了一声："你小子好像比上次见面时长高了不少。"

沈流不好意思："毕竟咱们上次见面都是八年前了。"

张俊宝爽朗地笑起来，捶了一下沈流的肩膀，差点把他捶趴下。

张珏双手托腮蹲在旁边，脸上带着百无聊赖的表情。张俊宝和师弟叙完旧，就提着他的衣领，像提小鸡崽一样带去抽签了。抽签的地方就在冰场旁边，国家队滑行教练，也是国内仅有的三个拥有国际赛事裁判证的人之一的江潮升抱着个箱子招呼着孩子们。

"来，随便摸个纸团，A 省的先来。"

他们是按照省份的首字母排序的，不过由于花滑更适合在寒冷地带练习，所以南边除了那几个经济发达的省份，压根没什么花滑人才，其中有一个直接用俱乐部的名义过来参加的测试赛。

在这群孩子中，最引人注目的还是石莫生、金子瑄这两个去年就表现得很出众的孩子，张珏上台抽签时，随手掏了个纸团，江潮升打开。

"H省男子单人滑青年组，张珏，第二组第二个出场。"

这个出场次序不错，一般来说，花滑比赛里第一个登场的运动员会被裁判压分，这是为了防止一开始就打出高分，万一后面再出现更厉害的，他们不好再安排。

但最后一个出场也不好，因为冰面被太多人使用过的话，上面难免会有些凹槽，容易卡冰鞋。

张俊宝："小玉今天的签运不错嘛。"

但是很快，他就不这样说了，因为金子瑄被安排在第二组第一个出场，而石莫生在第二组第三个。

张珏被两个强手夹击了，接下来但凡他在场上表现得差一点，都很可能被比下去。孙千看着张珏，他的脸上没有丝毫惧色，只是低头戴上手套，然后转头去吃香蕉。

运动员赛前吃香蕉是很常见的，这是因为香蕉含有较高的糖分，可以快速补充体力，支持运动员进行高强度运动，里面含有的钾离子则可以帮助运动员平衡身体电解质。

最重要的是，张珏是易胖体质，自从重新开始练花滑，他的饮食就被控制得很严格，体脂率也被压得很低。

他的体脂率是标准的运动员体脂率，但对正常人来说就过低了，这会导致他出自本能地想吃东西。对张珏来说，能往胃里多塞一根香蕉，他就不会少吃。

不过赛前还有心情吃东西，可见这小子起码肠胃好。

孙千瞟了现任一哥沈流一眼，这小子有肠易激综合征，一紧张就拉肚子，拉完肚子又腿软，因为这毛病比赛发挥不佳也不是一两回了。

然而国内真的没有比沈流更厉害的了，所有人的表演水平都在广播体操和军体拳之间徘徊，能有四周跳就足以称王了。金子瑄作为青年组最出色的运动员，今年15岁，他的短节目音乐来自电影《红磨坊》，少年打算在节目中上

3A、3F+3T、3Lz。

很遗憾，他的第一跳 3A 出现了严重失误，之后他的表演就崩了，但后续两个跳跃及旋转动作总算保住了完成度。

张珏掐指一算："他的分数应该不错。"

金子瑄的 3A 是足周的，只是落冰时摔了一跤，而 3A 的基础分就有 8.5 分，就算他摔了一跤导致 GOE-3，外加摔倒导致 -1，也还剩 4.5 分。

对比其他只能上 3+2 联跳的小孩子，他已经很不错了。

金子瑄的教练显然也是这么想的，他搂着小伙子一脸满意，应该是在夸他。

"小玉，别愣着了，上去。"张俊宝推了他一下，张珏应了一声，低头摘刀套。

广播声里播出他的名字："H 省代表运动员，张珏。"

他的短节目是《简爱》，这是张珏自己选择的曲子，不算古典乐，却带着古典乐的气息。一开始知道张珏的选曲时，没人认为一个 13 岁的孩子能够演绎这个节目，但张珏演完这个节目后，他就成了省队里第一个拿到测试赛名额的人。

宋城认为他必须将张珏送到这里，让孙千，让国家队看到这个孩子的存在。

12. 我讨厌输

音乐响起的那一刻，张珏仍然垂眸站在冰上，他的神情冷傲，带着一种孤芳自赏的感觉，又几个音符落下，他才开始滑行。

清脆的点冰声响起，张珏轻盈地起跳，落冰后在完全没有二次发力的情况下，利索地接上了第二跳——3T，他完成得非常稳。

接下来的跳接燕式旋转、甜甜圈旋转、提刀燕式旋转同样完成度极佳。他的转速很快，虽然旋转时出现轻微的轴心偏移，代表他的核心力量还没有强到让他稳住这样的高速旋转，但他的柔韧性很出色，提刀燕式旋转时，他一只脚作为滑足撑住全身，浮足则被他轻易地提到超过头顶的高度。这说明他的腰也很软，在柔韧性方面，他绝对堪比女单选手。

接着是 2A，这一跳就更漂亮了，张珏空了四年都没丢过 2A，现在这一跳只会更漂亮。

陈竹是参加过无数国际大赛的选手，此刻，她看出来了张珏不同于其他人的地方。

这个孩子并没有做出夸张的表情，但他的滑行、跳跃、肢体的舞动，都完美地契合在音乐的节点上，他没有和音乐脱节，甚至让人感到他和简·爱这个角色的灵魂是有相似之处的。

这说明一件事，那就是张珏理解了简·爱的故事，并将诞生在 1970 年、述说着爱情与自尊的音乐演绎出了独属于他的版本。

孙千也察觉到了这点，他看着张珏的身影，喃喃道："有点东西。"

杰出的乐感，还有惊人的肢体感染力，这正是国内许多男单选手缺乏的东西，但张珏拥有这些，他才 13 岁，对艺术的理解与感悟已经超过了许多成年运动员，这让他的节目看起来具备了故事性和深度。

此时音乐进入了高潮，少年一掰右腿，旋转后燕式滑行。这个动作在他做来，竟如同飞翔一般，将氛围感彻底表现出来了。

正如陈竹所想，张珏能理解简·爱的故事，甚至与之产生了共鸣。

我很渴望幸福，如果上天让他们那天不出车祸，我一定可以比任何人都快乐，肆无忌惮地做风一样的少年，无忧无虑地享受青春。

即使父母不在身边，我还是我，我选择担起家庭责任，做运动员，吃竞技运动的苦。为了钱滑冰，这样的人生也并没有低谁一等。

张珏很倔强，自尊心也很强，家里出事后，他没有了零花钱，也不敢花钱。同学们买了新的名牌鞋炫耀的时候，他就安静地坐在一边，但他从不觉得自己过得不好，更没有觉得委屈。

他也不觉得为了金钱滑冰是在玷污这项运动，因为他的精神和任何人都是平等的。他遵守规则，使用规范的技术，努力献上真诚的表演，他对得起脚下的冰刀，就算遭逢磨难，他也没有丢掉骨气。

少年总是羞于将爱用言语说出口，张珏也是这样，所以他把这些想法放在了自己的表演中，于是他的表演就拥有了打动人心的力量。

张珏出色的感染力让他的对手们目瞪口呆，也让孙千、沈流等人的眼睛前所未有地亮了起来。

在一段下腰鲍步后，张珏再次右足点冰，以内刃起跳，这一跳张珏完成得不行。他天生不擅长压内刃，因为起跳过于用力，他总是控制不好空中轴心，轴心一歪，落冰就有瑕疵。不过他的运气好，轴心歪掉了也没有摔跤，整个人晃了晃还是站稳了。

现场有教练小声夸道："轴歪成那个样子都能落冰，这小朋友厉害啊，和不倒翁似的。"

H省队捡到宝了。

张俊宝想：我明明是捡到鬼了！

而在节目末尾，张珏进入了躬身转，转了八圈后，他单手提着浮足往上一举，身体弯成一个美丽的水滴形状。

场内响起一片惊叹："哇——"

是贝尔曼旋转！

在节目结束的那一刻，作为国家队总教练的孙千第一个鼓起掌来。

老教练毫不吝啬赞美之词："天赋绝伦，真是天赋绝伦，我好久没在国内的比赛里看到过表演能力这么强的选手了，上一个还是小陈呢。"

他口中的小陈就是陈竹，一位同样擅长合乐的天赋派表演型选手。

张珏舒了口气，嗖的一下滑回场边，接过毛巾使劲擦汗。其他青年组男单选手看向他的目光中已经多出了一份敬畏，对他们而言，这位对手就像是石头缝里蹦出来的，他的出场石破天惊。

在第二天的自由滑中，张珏拿到了本次测试赛的第二名，他比较遗憾地在那个噩梦般的3F上摔了。

而他最强的对手金子瑄这次虽然在短节目因为心理状态不行而出现了严重的失误，却在自由滑完成了3A，最终以技术分优势惊险地赢过了张珏。

14岁的石莫生也顶住了压力，但他的跳跃难度和张珏差不多，表演不如张珏，只能屈居第三名。

不过很多人心里都明白，这次测试赛最亮眼的还是张珏。国家队好几个教练都想把这个好苗子拉进队里。

国家队男单二哥董小龙戳了一下沈流的手臂："接档的可算来了，就是年纪小了点。"

按照男单选手崛起的黄金年龄是18岁至22岁来看，他们还要再扛起码五年，才能等到张珏在成年组赛场具备竞争力。而张珏在那之前是否会被发育关击倒，是否会有影响实力的伤病，都是未知数。

沈流："我哪里撑得到他崛起的时候，接我们班的应该还是金子瑄。"

董小龙："可是金子瑄的抗压能力一直很差，去年他差点就可以进总决赛了，结果到了关键时刻摔成那个鬼样子。真让他接班，那小子还不得被压垮啊？"

他们担忧的，也恰好是孙千所担忧的，老教练看着手里的名单陷入了沉思。

以中国冰协的能力，他们目前只能为一个青年组男单选手运作到两个分站的出赛名额，所以测试赛的第二名、第三名都只能拿到中国站的出赛名额，第二站就不要想了。

毕竟男单储备就那么一点，一开始冰协也没想到他们需要运作出更多名额，谁知道等到测试赛，H省突然蹦了个张珏出来。

那孩子的表现力太好了，高超的柔韧性与旋转能力更是足够给裁判留下深刻的印象。而且他的跳跃很稳，目前来看还是个抗压能力很不错的大心脏，最重要的是，他恢复训练的时间很短，却已经轻松赢过了许多比他训练时间更长的大男孩。

孙千有预感，这孩子的上限非常高，但是恢复训练时间过短正是张珏最大的缺陷，孙千不知道这孩子在测试赛展现出来的状态是不是昙花一现。而且，那孩子再强，也强不过已经拥有 3A 的金子瑄，强不到足以冲进总决赛。

他下定决心，作为总教练，他必须按照比赛结果公正地给予名额，但是，他会给张珏一个机会。

与此同时，许德拉小心翼翼地推开酒店房间的门，低声问道："哥？你还好吗？"

室内一片黑暗，张珏没有开灯，赤着脚踩在地毯上，冰鞋和奖状被随意地丢在地上。

许德拉默默将东西捡起来放好，张俊宝跟着进来，叹了口气："你小子脾气太大了吧，好好的扔什么东西啊？"

张珏咬住下唇，一把夺过那张第二名的奖状，撕成了两半。这一下让老舅、二德都看傻了，张俊宝连忙从他手里将已经变成两半的奖状夺下来："你干吗？好不容易拿到了奖状，干吗撕啊？"

张珏冷着脸："谁稀罕这个第二名！"

第二名有什么了不起的？只有第一名才能拿到参加两次分站赛的名额，才能拥有进入总决赛的机会，第二名什么都不是！

如果不能拿到有分量的奖牌，奖金数量就会很有限，过年的时候也不能让爸爸回家了，而且他讨厌输！

张珏从小就极端地好胜，而在这几个月，他为了花样滑冰付出了太多，练到脚起血泡，摔得满身青紫，在练跳跃时摔得额头流血，还有为了练贝尔曼旋转接受地狱级的软开度训练……他那么努力，却还是输掉了。想到这里，张珏的眼圈发红，最后气得哭了出来："如果那个 3F 没有摔，我就赢了，如果我没有摔就好了。"

"小玉，小玉，别这样。"张俊宝蹲下，按着外甥的肩膀，温柔地哄他，"你已经是运动员了，竞技运动就是这样的，哪怕拼尽全力还是会输，因为竞技的世界永远都是一山还比一山高。我知道你不甘心，但我们可以更加从容地接受这场失败，你还小呢，以后还有更多机会……"

张珏倔强地看着张俊宝，不吭声，却把头埋进老舅的颈窝，小手接过二德递过来的纸巾，胡乱地擦着脸。走廊上的金子瑄停住脚步，敲门的动作也停住了。想了一会儿，小伙子放下手，轻手轻脚地走了。

张珏似乎很不甘，金子瑄是个很容易因为比赛而紧张的性格，一直以来也没有享受过比赛，赢了自然高兴，输了比赛也只会产生一种"终于结束了"的松口气的感觉。

他很喜欢张珏的表演，之前张珏一直臭着脸，金子瑄也不敢和张珏搭话，好不容易鼓起勇气过来了，又听到了这样的动静。

金子瑄想：我是不是被张珏讨厌了？

13. 前往都灵

张小玉这孩子丢了测试赛第一名后，他就难受得不行，连晚饭都不想吃，最后被老舅强行背着去了餐厅。运动员是不能不吃东西的，尤其是处于生长发育期的孩子，他们更需要吃好睡好。

进餐厅后，张珏被放到沙发上。他两只手平放在大腿上，坐姿乖巧，对服务员说："来一杯热牛奶，一份鸡腿饭，还有一份白灼时蔬。"

柳叶明笑道："张珏，你又跟张教练撒娇了。"

张珏涨红了脸："撒……撒娇，和老舅之间的那能算撒娇吗？"

他又说了些"我们这是感情好""我才不会撒娇"之类的话，H 省省队众人都笑了起来，餐桌间满是愉快的笑声。

张俊宝叮嘱他："少吃点。"张珏就"嗯嗯"应付老舅。

看这个小朋友敞着肚皮吃东西的模样，一般人恐怕都会无法理解他为何还能保持现如今的苗条身材，张俊宝却知道，以这孩子的饭量，恐怕自从开始练花滑后，张珏就没吃饱过了。

也是苦了他了，吃不饱，训练又辛苦，最后还没拿到想要的名次，心态崩溃也正常。不过在哭完以后，张珏的心态就恢复得差不多了。

可能是因为已经经历过一场家庭变故，张珏接受现实的能力已经超出了他在这个年龄本应有的水平，细究他这份坚强心态的来源，老舅还有点心疼。

东三省这些年来扛起了中国冰雪运动的半壁江山，每届冬奥会的代表团里都有不少操着东北腔的运动员，所以东三省的花滑运动员们对彼此不说特别熟，起码也是个点头之交。

今年张珏第一次参加全国性质的比赛，老舅就顺便带着他和在餐厅里吃饭的其他人认识了下，万一大家以后要一起出国参加比赛，也好互相照顾。张俊宝发现这些小运动员大多对张珏态度很好，只有金子瑄不怎么理他们。

对张珏态度最好的是 J 省的一个双人滑组合，这个组合的教练姓马，退役前是温哥华冬奥会双人滑金牌得主金梦和姚岚的师兄，而马教练和那个金牌双人滑组合的教练，正是国家队总教练孙千。

算起来这个组合也是出身名门大派，女伴叫黄莺，只比张珏大一个多月，是全场唯一比张珏矮小的人；男伴叫关临，比他们大 3 岁，沉稳温和，给人一种靠谱的感觉。他们是这次测试赛青年组双人滑的第一名。

也就是说，他们才进青年组，就已经压过青年组的其他运动员了。

他们三个之所以能聊到一起去，是因为关临带了个游戏机，可以玩《宝可梦》的那种。

张珏可是 10 年皮卡丘粉丝，家里有皮卡丘连体睡衣。

小朋友一改面对其他人时不爱搭理人的模样，坐在关临旁边，和黄莺一样"临哥、临哥"地叫，很亲热的样子。相应地，他还和关临一样叫黄莺"莺莺"，而黄莺和关临则叫他"小玉"。

要是换了别的家长，肯定不乐意见自家小孩沉迷游戏，但张俊宝不同，他常常忧心张珏将难受的情绪全咽到肚子里。孩子能表现得开朗点，老舅很欣慰。

这时，关临想起一件事："对了，张珏拿了第二名的话，应该是参加本国的分站赛吧。"

只参加一站分站赛的话，运动员只要在本国的赛场比赛就行了。

张珏点头："是啊，今年的青年组中国站是在10月国庆节假期的时候吧，到时候都不用和学校请假，直接过去就行了。"

这么一想还挺方便的。

张珏现在也想开了，他在跳跃技术分上败给了金子瑄，因此在赛季前半段比赛不多，但是没关系，等到了12月下旬的全锦赛时，他还有·次国内赛的机会，到时候只要拿下第一，就可以拿到在赛季后半段举行的、青年组最重要的比赛——世青赛的名额。

他年纪小，输得起，这次机会没抓住，那就为了下一次努力！现在离12月还有四个月，他有时间。仔细想想，不用去国外比赛，也是一件好事。他的理科成绩很好，英语却不咋行，笔试算是中上水平，听力完全不擅长，口语也烂。

这样的他要是到了国外，一旦迷路，真是连上哪里找广播播报"张俊宝先生，您走丢的外甥正在服务台等您"都不知道。

关临微笑："我们本赛季的第一场国际比赛在美国站，在普莱西德湖。"

今年的美国站是大奖赛分站赛中的第二站。

黄莺叹气："唉，我英语不好，到时候只能紧紧跟着临哥了。"

关临揉了揉小姑娘的脑袋："放心，我会和教练一起好好看着你的。"

之后张珏又听他们提起，金子瑄也要去普莱西德湖参加赛季第一战，到时候他们会一起出发。

吃完晚饭后，拿到通知的宋总教练一脸疑惑地过来了，他告诉张珏："小玉，你是今年国内青年组最早去国外比赛的那一批选手。"

"上头打算安排你参加大奖赛青年组第一站分站赛，是意大利都灵站，8月28日开赛，你要提前两天过去。"

张俊宝一脸蒙："怎么就给小玉报第一站了？这时间也太紧了。"

按上头这个安排，他们距离出国只剩下15天不到的时间，还好老舅早在赛季开始前就给张珏准备好了护照和一切出国需要用到的东西。

老舅捂脸："小玉的考斯腾都没做完呢。我回去以后得催一催金塑龙，原本他说还有两周的工期，做完后还要根据小玉近期的体形变化做修改，这下不知道来不来得及。"

宋总教练安抚张珏宝："小玉的体形没什么变化啊，顶多最近瘦了点，但身高和原来比几乎没什么变化。放心，那考斯腾肯定用不着大改。"

"长高困难户"张珏认为自己再次被讽刺了身高。

但宋总教练是他的顶头上司，打不得骂不得，张珏只能端起牛奶一饮而尽。

孙千这时也过来了，他笑呵呵地说："对了，许多成年组的运动员在赛季初都会参加一些 B 级赛作为热身战，沈流今年就打算参加意大利的伦巴第杯，举办地也是都灵，到时候你们可以一起过去。他可是京城外国语大学的硕士，英语特别厉害，国际比赛经验也丰富，正好带带小玉。"

老爷子的话意味深长："小玉，你到时候可要好好比。"

张珏想：为什么现在连国家队的总教练都知道我的小名是小玉了。

张珏沉默一瞬，从许德拉的背包里摸出一个小本子，在上面飞快写下自己的名字"张珏"，然后指着"珏"字问孙千："孙指导，你觉得这个字念 jué 还是 yù？"

孙千坚定地回答："当然是念 yù 啦！"

破案了，这也是个把珏（jué）念成 yù 的人，难怪他叫张珏"小 yù"呢！从小到大被无数次叫错名字的张珏叹了口气，踮脚拍了拍孙指导的肩膀，坐回去了。

虽然准备的时间仓促了些，但着急的也只是作为教练的张俊宝而已。老舅将一切杂事都揽到自己身上，张珏只要努力训练就好了。

测试赛的失败拨动了张珏心中那根弦，并让张珏燃起了胜负欲。他想赢，非常想！

就在这短短半个月内，张珏在被鹿教练指导的时候，成功学到了一个新技能——延迟转体。

一般来说，运动员身体腾空后就要开始转体，落冰时必须转完指定的周数，跳跃才能算成立。有部分运动员为了拿到更多技术分，就使用了一个歪招——提前转体，也就是在身体腾空前，就先在冰上转大半周，这种技术也叫 pre，总之是很不干净的那种技术。

延迟转体和提前转体完全相反，使用这种技术的运动员，在身体腾空到最高点时只转完了第一周，然后在降落时才加快转体速度，转完剩余的周数。

这种跳跃技术的优点是在视觉上会有极强的滞空感，看起来十分美观，相比普普通通地完成跳跃，更有利于从裁判那里拿到更多 GOE；缺点就是对运动员的技术水平要求高，需要天赋才能练成。

中国的女单前一姐陈竹在退役前就以出色的延迟转体闻名业界，恰好，张珏最不缺的就是天赋了。他本来就身体瘦，轴心小、转体快，又有提升技术的决心和鹿教练的合理指导，所以他很快就练出了这项新技术。

8 月 20 日，金塑龙和手底下的裁缝一起动手，总算赶在最后期限前把张珏的考斯腾送了过来。与此同时，宋总教练为张珏介绍了一位名叫杨志远的队医。

他告诉张珏："你小子是个敏感的体质，别的运动员训练时都要戴个护臀，往脚腕上绑个运动绷带保护身体，你小子别说戴护具了，穿的袜子不合脚都会影响你的状态。你不喜欢戴护具，受伤的概率肯定比别人高，所以我特批杨队医跟着你。"

杨志远以前是双人滑的运动员，后来女伴伤退，他就也跟着退了。张珏站在人高马大的杨队医面前，心想能把自己当小鸡崽提起来的人又多了一个。

张俊宝还挺开心的，他热情地捶了杨志远一下："老杨，嘿，你小子这眼镜片看着比以前更厚了，现在几百度啊？"

杨志远咳了一声："七百多度吧。还好，也就是摘了眼镜，十米开外男女不分的程度而已。"

8 月 25 日，张珏和老舅、杨志远一起抵达京城，在机场与沈流会合，准备登上前往都灵的飞机。

14. 迷路事件

张珏发现了一个很严重的问题——他晕机。自从上了飞机，他脑子里就好像有什么东西在吱吱地叫，让小孩不胜其烦。

同行的沈流本来还想和这个天赋出众的小朋友聊聊天，说些出国比赛时要注意的事项，看他这副蔫巴巴的样子，他就什么都不说了，只是找空姐要了毯子把张珏裹好，看着张珏蹙着眉头不安稳地睡觉。

等张珏的呼吸平稳以后，沈流才敢和张俊宝小声说话。

"他好像很不适应坐飞机，而且现在就睡的话，之后倒时差怎么办？"

张俊宝也很郁闷："我也不知道他反应这么大，明明出发前还挺精神的，在队里还和其他人比柔韧性，把左脚搁到右肩膀上。"

沈流一惊，那种姿势是怎么做到的?!

张俊宝又问师弟："上头怎么就把张珏排在第一站了？这一站高手如云，我看了参赛名单，伊利亚·萨夫申科和寺冈隼人可都在。"

青年组男单最强的两人，也是新生代打头的两个，注定要在都灵站斗得天昏地暗，他家小玉虽说有点本事，但和那两个据说已经练出 3A 的也没法比啊。

这种新人就适合去那种没什么强手的地方，万一运气好，别人失误，而他没失误的话，凭借出色的滑行、旋转和表现力，说不定还能冲上领奖台。

沈流沉默一会儿，小声回道："上头大概是想看看，小玉在测试时的状态是不是昙花一现，抗压能力好不好，再看情况确定是否往男单这边多投点资源。"

张珏有潜力有天赋，这是只要长了眼睛的人都能看出来的事，但金子瑄何尝不是有天赋和潜力呢？说到底，能把自己的天赋发挥到什么程度，也看运动员本身的素质，如果心态不能稳住，没法在比赛时使出应有的实力，运动员的潜力再大、纸面实力再强，那都是虚的。

像金子瑄，他有个外号叫"内战之王"，也就是国内赛总能比出不错的状态，但到了重要的国际比赛上就频频"抽风"，因为他那颗脆弱的玻璃心扛不住国际比赛的压力，但凡他前面出场的选手里有一个发挥得不错的，金子瑄都可能心态崩溃。

如果张珏也是内战型选手的话，那上头还不如继续将男单目前的所有资源放在技术更强的金子瑄身上。

反正只要男单选手里没有人争气到足以在国际赛上崭露头角，那上头也只会意思意思给点资源，只给最厉害的那个运作两个分站赛的出赛名额，保证中国男单在国际赛场的存在感就行了。

沈流给张师兄使一个眼色："你也知道，大奖赛的分站赛是积分制度。第一站是竞争激烈，但只要张珏拿到前五名，就可以积累 7 分，之后我们再给他运作一个竞争小点的分站，他再稳住上个领奖台，还是有冲进总决赛的机会的。"

也就是说，如果张珏在第一站扛住压力，冲到至少第五名，孙千就会为男单这边投更多资源，争取再给张珏一次比赛机会，加大在男单项目下注的力度。

一切的前提是张珏争气。

张俊宝眨眨眼睛："这小子的潜力就这么打动孙指导？"

沈流："何止是打动，你想想，自从陈竹退役后，我们国家都多久没出过表演型的单人滑选手了？"

张俊宝掐指一算："有十年了吧。"

这么一想，中国的单人滑选手在国际赛场上的"只会跳跃，滑行、旋转和表演通通不行"的形象也维持十年了。

要知道表演分在节目里的占比可大了，短节目里 50 分，自由滑里 100 分，表演靠谱的顶尖选手应该分别拿到 40 分和 85 分以上的，但国内压根就没这种人，大家都偏科严重，只有技术能看。这事想想都令人悲伤。

被寄予厚望的张小玉在下飞机的那一刻差点摔了个大马趴，倒不是他还在晕机，而是因为从京城到罗马的十多个小时里张珏都在睡，这会儿还没彻底清醒。

此时罗马正是下午 6 点，再过几个小时就到晚上了，大家也该睡觉了，但张珏睡了挺久，可以预计的是，他在接下来起码半天的时间里都将保持旺盛的精力，别说合眼倒时差了，不像猫咪一样跑酷都算他老实。

初到异国他乡的张珏乖乖和教练们一起去拿行李，并第一时间检查了箱子里的冰鞋和考斯腾是否完好，接着喝了点水。

在路过机场厕所时，张珏没想太多，就顺口和身边的人说了句"我去解决点小问题"，然后拐进了机场卫生间。

张珏的习惯是在睡一觉起来后，在厕所里思考人生。他觉得老舅和他住在一起那么久，应该很了解这点才对，所以他上得十分安心，谁知走出厕所以后，就发现周围没了任何熟悉的身影。

张珏露出茫然的表情，人呢？

张珏的第一反应是他的老舅在异国他乡走丢了，很快他又意识到走丢的是自己。

完蛋了，就算是在以英语为官方语言的国家走丢，张珏都不确定自己在迷路后能找到帮助自己的人，何况现在是在意大利呢？他会的意大利语单词只有"ciao（你好）"。

恰好在此时，他背后响起一个声音。

"ciao."

张珏回头，就看到一个穿着运动服，面容俊美，带着王子气质的金发男子用忧郁的神情望着他，吐出一串弹舌音多得压根没法听懂的英语。

他说的真的是英语没错吧？由于对方的口音太重，张珏完全没法辨别这个人说的是英语还是俄语。

认出对方是谁的张珏挠头。

伊利亚·萨夫申科，俄罗斯青年组的男单王者，外号俄罗斯太子，以优秀的外表和过人的跳跃技术闻名，然而这位在花滑项目备受瞩目的冰上王子，英语口音超级重！

两个英语水平稀烂的人站在机场厕所门口，同时用茫然的眼神注视着对方。

一个大碴子味的我如何拯救一个大列巴味的你？

先冷静下来找机场的服务台！那里总有会说英语，甚至说汉语的服务人员，不是说航空公司有一大堆精通多国语言的大佬吗？

张珏左看右看，用直觉认准一个方向就准备往前走，他身边那个俄罗斯少年挠了挠头，下意识地抬脚跟在张珏身后，两个人走了一会儿，张珏叫了一声。

他们快走到机场出口了！不对不对，服务台不在这边！

张珏掉头往回走，但是他又意识到这么瞎找没意义，他看着伊利亚，发现他还是那副"我是谁，我好帅""我在哪儿，我好帅""我是不是走丢了，我好帅"的表情。

察觉到张珏的目光时，伊利亚用强装冷静的眼神回视，冷傲里还带着点忧郁。

算了，这个人指望不上的。

张珏深呼吸，摸出一个小本子，在上面写了一行英语。

"please help me, I'm looking for my uncle.（请帮帮我，我在找我舅舅）"

其实把 uncle 换成 coach（教练）会比较合适，毕竟张珏是以运动员的身份过来比赛的，找教练更为精准和有指向性。

但张珏真的不想在初次出国比赛时就以中国小运动员的身份给听到寻人广播的外国友人留下"走失儿童"的印象。

接着张珏把那张纸撕下来，举在胸前站在原地，伊利亚站在他旁边，似乎是觉得站累了，又蹲下，还摸出一个口香糖在张珏面前晃了晃，似乎是在问他要不要吃。

过了一会儿，一个戴着棒球帽的中性风美女停在他们面前。她看起来20岁出头，有着东欧美人常见的浅金色长发、薄荷绿的剔透眼眸，面部轮廓立体，鼻梁细高，一双腿修长。

她至少有一米八五高，表情是和伊利亚如出一辙的冷傲，她先是对着同是东欧长相的伊利亚说了几句话，但听起来不是俄语也不是英语。

张珏和伊利亚同时歪头，对这位美人说的拉脱维亚语完全无法理解。

大姐姐见伊利亚听不懂，只好对张珏抛下一句"I can help you, follow me.（我可以帮你，跟我来）"。

张珏立刻跟上，两个男孩被这位帅气的姐姐领到服务台，工作人员看到张珏手里的纸，立刻跑到他面前，试着用英语和张珏交流。

张珏磕磕绊绊地和他们说话，帅气的姐姐也试着帮他们，最后服务台的姐姐拉过来一个黑色鬈发的男士，对方对张珏微笑，用怪腔怪调的汉语问道："有什么我可以帮你的吗？"

终于遇到可以交流的人了！

张珏眼前一亮："请您用广播帮我找我的舅舅，他叫张俊宝。"

鬈发男士爽快一笑："好的，没问题。"

他又问了张珏几个问题，然后利索地打开麦克风，下一秒，广播内传出有磁性的男声，怪味的汉语回响在整座机场中。

"走失的张俊宝先生，请您到机场服务台来找您的外甥小玉。"

说完这一句，这哥们又用英语播报了一遍——"Handsome baby Zhang, Your nephew is looking for you."。

张珏一愣，我舅舅的名字还能这么翻译吗？！

找人找得焦头烂额的张俊宝一个趔趄，被沈流扶了一下，才没直接摔个大马趴。

等那位男士把伊利亚的寻人广播也播了以后，机场内又有好几个人表情变得奇怪。

带徒弟来意大利参赛的鲍里斯教练嘴角抽搐："那个臭小子……"

另一边，才下飞机的日本青年组男单一哥寺冈隼人迷惑地摸了摸脸，对同行的一位容颜俏丽的女孩说道："妆子，我刚才是不是听到萨夫申科的名字了？"

日本青年组女单一姐白叶冢妆子"嗯"了一声，回道："他是又走丢了吧？

我记得萨夫申科的英语一直挺烂的，去年在日本参加青年组总决赛的时候，他也在羽田机场迷路了，后来是我妹妹把他领到教练身边的。"

15. 专业老舅

一个满头银发的红脸老头冲到服务台，指着伊利亚叽里咕噜训了起码 3 分钟，无奈地把他领走了。

张珏想：啊，那个就是鲍里斯教练吧。

张珏知道鲍里斯这个名字，毕竟作为俄罗斯的花滑教父，世界知名的培育优秀单人滑选手的教头，鲍里斯光是奥运冠军级别的徒弟就有好几个了，干这一行的没人不认识他。

可以这么说，伊利亚·萨夫申科之所以在青年组时期就备受关注，和他是鲍里斯的徒弟有不小的关系。

出身名门大派就是不一样。

在花滑这项运动里一直存在着一个潜规则，那就是如果一名选手出身于花滑大国，比如俄罗斯、北美两国（美国、加拿大）或者是一些欧洲国家，而且自己的教练也很有名气的话，他们在比赛中得到的 GOE 与表演分就会更高。

比如伊利亚，他的实力不差，并且打分待遇比和他一个水准但出身亚洲的寺冈隼人就要更好。国籍之争是花样滑冰项目里长期存在的阴影，不仅亚洲选手要吃亏，花滑大国的运动员也逃不掉。

鲍里斯手下的瓦西里目前是花滑男单成年组的 1 号选手。在温哥华冬奥会时，由于北美系裁判与俄系裁判那点纠葛，国际滑联在整个温哥华周期制定的规则并不重视四周跳，加上温哥华是北美系主场，瓦西里遗憾地败给了并没有四周跳的北美一哥，错失了奥运金牌。而他的技术难度、表现力却一直是关注花滑运动的冰迷们公认的当代世界第一。

沈流凭借高质量的 4T 一度在 A 级赛事里冲进世界前十，瓦西里则是现在世界上唯一一个掌握了两种四周跳的花滑运动员，在 18 岁后，瓦西里只要出赛，就不会不上领奖台。

遗憾的是，目前这位男单 No.1 还在圣彼得堡的医院里养自己的韧带伤，并不打算参加本赛季初的任何 B 级赛，鲍里斯只带了伊利亚一人来意大利参加大奖赛青年组的第一站分站赛。

参加这场比赛的除了伊利亚和日本的寺冈隼人两位男单新星，还有女单项目中备受瞩目的新人白叶冢妆子，她的跳跃能力极强，已经掌握了对女子单人滑来说难度最高的单跳——3A。

因为女单向来是花滑四项里关注度最高的，从某种意义上来说，白叶冢妆子才是这一站人气最高的明星。

头一回出国比赛的张小玉相比这些业界明星，只能说是个默默无闻的新人。鲍里斯领走伊利亚后没多久，张珏"走丢"的老舅也冲到服务台，黑着脸把小孩提走，一边走一边用一口东北话把小屁孩骂了一顿。

沈流和执教他的齐教练无奈地看着闹腾的舅甥俩，队医杨志远拖着两个大箱子跟在他们后头，等到了酒店后，老舅找出一个瑜伽球打气，一边打气一边罚张珏举哑铃。按他的说法就是，先激活一下各部位的肌肉。

沈流看张珏臭着脸，笑了笑，也拿了器材站在旁边，对张珏露出鼓励的表情："小玉，我陪你一起做。"

反正比赛要过两天才开始，他们每天做适量的训练，也有益于保持状态。沈流倒不觉得师兄这是纯粹地惩罚张珏，作为 211 级别体育大学毕业的科班教练，张俊宝别的不说，带孩子练肌肉和体能都挺有一套的。

张俊宝带过的学生也不少了，但从没听说他手底下有人是因为练他给的课程而练伤的，这说明他很注意保护小运动员。

把肌肉、平衡能力练好，本来也可以更好地保护运动员的筋骨，延长运动寿命呢。张珏才 13 岁，就天天跟着张俊宝进行科学的力量锻炼，长此以往，他会得到很多好处。

沈流越想越觉得张师兄的执教水平其实很高，只是之前一直没碰到合适的苗子，带出足以让大家关注到他这个年轻教练的运动员，才华被埋没了。

他们做完 40 分钟无氧运动，接着进行体能训练。

张俊宝面无表情，看起来还在生气："开合跳 50 个，波比跳 20 个，跳绳 100 个为一组，先来五组循环。"

张珏做的波比跳不是寻常那种俯卧撑后跳起的普通版，而是俯卧撑后直立，接双腿跨步跳的进阶版。

张珏练完五组循环以后居然只是正常程度地喘气流汗，张俊宝给他测心率时，这小孩的心率才 120 多。沈流一直觉得自己的体力还行，但不间断地做了五组循环下来，心率也冲上了 140，比张珏还快点。

齐教练也神情一变，他小声问同样出自 H 省省队的杨志远："张珏的体能很好吧？"

杨志远应了一声："嗯，他属于天生耐力强的类型。"

齐教练："那他的力量怎么样？"

杨志远："相比耐力和柔韧性没那么出色。"

柔韧性和力量本就是难以兼得的两项属性，张珏柔韧性特别好，力量却不算强，但比起许多同龄人，张珏的力气已经算大的了。

做完了体能训练，最后还有一套加强核心力量专用的 plank 套餐。

plank 其实就是平板支撑，不过对张珏这种运动员来说，单纯的平板支撑已经没用了，所以他做的依然是进阶版。

像 plank 蹲跳，就是以平板支撑为起始动作，然后双腿并拢发力向前跳，整个人跳成蹲的姿势，然后又跳回去变成支撑的姿势，循环 100 次。

做完这个，还有 plank 抬对侧手脚，也就是在保持支撑姿势的时候，交替举起左手右脚、右手左脚，循环 100 次。

这时候沈流已经汗如雨下了，而张俊宝又给一个瑜伽球打好了气，两个运动员从平地支撑换成了撑在球上，然后两条腿做开合跳 300 次。这个动作如果没有强大的核心力量的话，不说累倒，人会先从球上翻下去。

沈流呼哧呼哧地喘气，心想：我不能比小玉先滚下去，坚持住啊，为了成年人的尊严！

plank 套餐只是张珏在日常训练里常做的基础锻炼，毕竟他在跳跃的时候需要进行空中转体，而核心力量和上肢力量如果够强，就能进一步提高他的空中转速。

张俊宝告诉他们："累了可以缓几秒，但必须做完。"

"好，我知道啦。"张珏还是那副蔫巴巴的表情，动作却依然稳定，没有丝毫变形。

明明去年他还是个有点小肚子的孩子，自从跟着老舅练花滑，他腹肌都出来了。

杨志远在一边淡定地感叹："我听说张珏以前胖过，但没用多久就瘦下来了，原来是张教练的功劳啊。"

在杨志远看来，如果每天都这么练，同时调整饮食，瘦下来就是分分钟的事情。要是这么搞还瘦不下来，他会建议这个人去查一下内分泌。

张俊宝还一脸苦恼："可惜这小孩不长个，按道理来说，用科学的方法锻炼，再吃营养餐，好好睡觉，怎么都得长高了，但是小玉今年只长了1厘米，可愁人了。"

矮个子的确适合花滑，但如果张珏长大以后连一米六都没有的话，那也太惨了吧。老舅在北方算矮的了，可他也有一米七呢，这孩子莫不是在这方面全像妈？他妈妈只有一米五八。

对男单选手来说，一米七到一米七五是一个比较合适的身高，这个高度不会影响跳跃，看起来也算正常，毕竟张珏也不是滑一辈子的冰，即使牺牲身高换来了绝世容颜，老舅还是觉得至少要有一米七，才更容易找到对象。

沈流对他的忧虑很了解，单人滑的教练们在选材时不会找那些父母个子高的，他和张俊宝发育前都是一米六不到的矮个体形，两人年轻时都怕自己成年后太矮。

他安慰着张俊宝："没事，张珏的头身比例好，骨架小，手长腿长，在没对照物的情况下，看起来比实际身高高不少。"

在花滑这种项目上，这样的身材最有视觉优势了。

张俊宝更愁了："腿太长也不好，重心偏高。"

张珏的跳跃轴心原来有点歪，跳起来容易摔，有老舅使劲给张珏做核心力量训练，又有鹿教练耐着性子给他调整技术细节，这才把他的跳跃轴心正过来。

做完张俊宝安排的训练，张珏通过飞机上的睡眠补起来的精力被耗掉了不少，接着张俊宝让张珏做做拉伸，让身体缓下来。过了一会儿，张俊宝就把张珏推去冲澡："把汗味冲掉，熏鼻子。"

张珏乖乖地去了，洗完澡的时候，他发现老舅给他从餐厅端来了三明治、番茄酱通心粉、牛肉和牛奶，足够的碳水化合物及蛋白质的摄入，成功让张珏产生了一点点睡意，发觉这点的张俊宝立刻催他去睡觉。

要不是换了时区，张珏这时候也该午睡了。

明明不是擅长倒时差的类型，但在老舅的安排下，张珏居然又睡了六个小时，第二天爬起来还能去晨跑10公里，等他跑完回来，沈流还在睡觉呢。

意大利时间早上 6 点，他回到酒店门口，一个留着娃娃头的女孩子正在那里喊着口号做热身运动，她是白叶家妆子，女单新星。

与此同时，鲍里斯搬着凳子坐在门口，手里掐着表，过了一阵子，伊利亚跑过来，被他戳着脑门训了一通，估计是对伊利亚的速度不满意。而在另一个路口，出现了日本男单新星寺冈隼人的身影。

张珏眨了眨眼，心想，这些在青年组就崭露头角的新星，努力程度都不亚于他。

他们都是会看到清晨 5 点太阳的人。

明明张珏自认对花滑没什么热情和感情，但不知为何，这一幕有点打动他，让他的心情也好了起来。

这时候酒店的餐厅还没有开始营业，张珏准备回房间吃个苹果垫一垫肚子，在等电梯的时候，有人拍了拍他的肩膀。

张珏吓了一跳，回头一看，发现是一个看起来一米八几的亚洲中年男性，他用一种友善但让张珏不适的眼神看着他。

这个男人身边还跟着一个一米七五左右的俊秀少年，他神情阴郁，在张珏看向他时，却不着痕迹地挥挥手，似乎是示意张珏离开这里。

中年男性说："你也是来参加花滑比赛的运动员？"

这英语带着韩国味，英语听力不行的张珏面露茫然。他指着耳朵，又一摊手，用带着大碴子味的英语回道："我听不懂，抱歉。"

他无视了那个少年的手势，没走，等电梯到了，他就把手揣进外套口袋里。

因为张珏还未成年，而且英语稀烂，在国外的自保能力不强，为了保证他的安全，老舅也做了一些准备。比如一个和冰鞋一起托运出国的蜂鸣报警器，还有一瓶辣椒水。

那个中年男性没有再出声，在电梯到达张珏所住的 22 层时，张珏走了出去。

身后的电梯门合上后，他回身看着显示电梯所在楼层的数字屏。

他住在 22 层，而那个让他不舒服的中年男性所乘坐的电梯，停在了 25 层。

16. 榨菜之缘

不是张珏吹，就他这张脸，从小到大不知道被多少人感叹过，这孩子怕不是把余生可以长的身高都拿去换了颜值。

在读小学的时候，他曾经碰到过想占他便宜的成年人，但那些人都不知道，他的妈妈张青燕女士在他很小的时候，就已经给他做过安全教育了。小孩自己机灵，家长也有这方面的安全意识，所以每个意图猥亵小孩的人遇到张珏，都无异于鬣狗遇到巅峰期的狮王，除了倒霉就是倒霉。

他甚至没把这事看得太严重，因为老舅在身边给了张珏极大的安全感，他不觉得有谁能突破张俊宝的保护伤害到他。

所以张珏这一天过得十分自在，他和老舅一起去参加了抽签，并顺利抽到了倒数第二组第三位出场的签位，接着他首次参加了赛场合乐。花滑的合乐就是在比赛前几天选手上冰熟悉场地，主办方会按顺序播放他们的比赛用音乐。

这场比赛的冰场位于都灵，而都灵是 2006 年冬奥会的举办地，场馆的设施齐全到可以直接举办冬奥会。唯一令人遗憾的就是青年组的赛事关注度有限，能到现场观赛的大部分是来凑热闹的本土观众。

冰刀掠过冰面，张珏试跳了几次三周跳，然后看到沈流朝他挥手。

张珏滑到场边："沈哥，怎么啦？"

沈流笑眯眯地问他："我听张师兄说，你的合乐在之前结束了？感觉怎么样？"

张珏："就那样呗，我今天状态不行，有两个跳跃失误了。"

张俊宝补充道："他时差还没调好，刚才还犯困呢，我差点都不想让他在合乐时跳跃了，万一摔出什么毛病，比赛都要跟着黄。"

张珏："我就是打不起劲嘛。"

能在打不起劲的情况下将节目演一遍，且只失误两次，已经算是不错的表现了，沈流心中高兴，嘴上提醒着："以后还是别这样了，你还小，不知道伤病对运动员来说多可怕。"

张珏还真不知道伤病的滋味，他从做运动员以来，遇到的最苦恼的事情，就是刚和老舅训练那一个月肌肉酸痛得走路都费劲，伤病他现在还没遇到。

张珏的生物钟是中国时区版本的，等熬过白天的困倦，到了晚上他就兴奋起来了。他在床上翻滚着，实在睡不着觉，干脆起来满卧室地跑，不停地做波比跳，让已经倒好时差、睡意渐浓的张俊宝不胜其烦。

老舅扔一个枕头过去："别出声，快点睡！"

张珏抱着枕头挪到床边，推着老舅抱怨："老舅，我睡不着！我想二德，他不在，都没人给我念英语课文。"

他本就语言天赋不行，学起来吃力，所以一听英语就犯困。

不行了，他想弟弟。

张珏摸出自己套着猪猪侠手机壳的手机，一通跨国电话打出去。

"二德，你还好吗？今天有没有好好吃饭啊？"

二德那边还是白天，两兄弟就这么顺利地聊上了。

张俊宝双手交握，姿态放松地躺着，而张珏打完电话，居然又跑去跳绳，跳的还是双摇。

不行，再让他这么吵下去，老舅的睡意也要没了！

老舅爬起来和外甥商量："我给你拍背，你试着闭眼，行不？"

张珏停下来，不满地看着老舅，一脸难以置信的表情，似乎在说："我才练出点汗，你居然叫我停下。"

这小子精力太足了！

不过张珏还算听老舅的话，不情不愿地去洗了个澡，回来鼓着脸侧躺下，而张俊宝一边打着哈欠，一边跪坐在床边拍着小孩的背。

这身板太瘦了，他都不敢用力拍。

这么想着，张俊宝开始背一段英语课文，其实他自己都不记得这段课文是什么时候记下来的了，说不定还是他自己上中学时学到的课文。

他的口音很标准，课文是 *A lesson from nature*（《大自然的教训》），这么折腾了半小时，张珏进入了睡眠，时间也已经走到了夜晚 11 点。

张俊宝本拥有上佳的睡眠质量，只要一闭眼，就可以一夜无梦到大天亮，然而这一天晚上，他只要一闭上眼睛，就梦到自己耳边出现一个巨大的滚轮，一只猫咪大小的奶茶仓鼠穿着一件鳄鱼连体睡衣在里面不停地奔跑，吵个没完。

因为张珏，老舅压根没睡好，等醒来以后，他就发现罪魁祸首不在房间里，不知道上哪儿浪去了。

张俊宝捂着额头倒在床上，心想，随那小子去吧，只要他带好报警器和辣椒水，老舅已经不在乎他要去干吗了。

张珏这次晨跑跑了 12 公里，跑完以后，酒店餐厅依然没开门，幸好他早有准备！

他从包里摸出一袋榨菜，准备好好享用自己的小零食。

虽然食堂的宁阿姨叮嘱过他，不能吃口味重的食品，但他可是运动员啊，本来就饭量大，睡一觉起来就很饿，才运动完，那就更饿了，他必须补充能量，预防低血糖。

张珏捧着榨菜，走到酒店大堂的皮沙发边，一屁股坐下去，然后听到一声惊呼。

"啊——"

张珏也啊一下跳起来，手一松，榨菜滑落，而一个裹着毯子的女孩骨碌碌滚下沙发，脑袋在沙发旁的茶几腿上磕了一下，发出响亮的声音。

另一个沙发上一个少年将脑袋探出来，他焦急地吐出一串韩语："美晶，怎么了？发生什么事？"

那个被张珏坐了一下的少女按住后脑勺，眼泪都疼出来了，她顶着一头蓬乱的头发，吸吸鼻子："我……我没事，这是什么味？"

她往头顶一摸，等等，这是什么东西？

那是张珏没能享用的榨菜。

他看着牺牲的榨菜，目瞪口呆，而那个少年看着张珏也愣了一下："啊，是你啊！"

少女回头："怎么？你们认识啊？"

张珏看着少年，也认出了对方，对方是张珏昨天在电梯里遇到的那个偷偷对他挥手，示意他快离开的少年，现在这人的表情没昨天那么阴沉。

三个未成年人面面相觑，都对这个场景不知所措，尹美晶是最早反应过来的人，她将头顶的榨菜袋子拿下，捏着一角，对张珏友善地笑笑："嘿，我是韩国的冰舞选手尹美晶，这是我的搭档刘梦成。抱歉，我们吓到你了吧？"

尹美晶的英语没什么韩国味，张珏听懂了大概的意思，他眨巴着眼睛，从背包里摸出一个小本子，在上面书写着："我们能用文字交流吗？我听力不好。"

书写下来的文字如果他们看不懂，他的背包里还有一本英语词典。

刘梦成也走到张珏面前，用圆珠笔写道："我是刘梦成，韩国冰舞选手，我的旁边是我的女伴尹美晶，你呢？"

张珏接过笔写道："我是张珏，中国男单选手。"

尹美晶和刘梦成知道这个孩子是中国的。因为在昨天，他们的教练金玄特意在男单抽签会时等在附近，等台上的工作人员喊到张珏的名字时，他才离开。

想到这里，尹美晶心中一紧。她和梦成自小一起搭档，两年前在国内赛拿了好成绩，就被金玄以"优秀的选手要接受更高层次的训练"为由，将他们从启蒙教练手中夺走。但事实上这个人执教水平一般，而且手不干不净，常常借着训练占她的便宜。

梦成为了保护她反抗过一两次，结果那个人渣连梦成都盯上了，他甚至以"梦成，你训练不认真"为理由，把梦成拉到办公室扇耳光，还要脱梦成的裤子用戒尺打他。

他们试图反抗，也和家里说了，但是因为受到骚扰的是梦成这个男孩子，两边家长都觉得他们的控诉不靠谱，是在借机逃避训练，从而不予理会。

这次比赛的时候，那个人渣订了两个房间，尹美晶还好，独自住一间，另外一个房间是人渣教练和梦成一起住，竟然是个单人间，那个人渣显然是迫不及待要和梦成睡一张床了。

尹美晶甚至不能邀请刘梦成去自己的房间睡，因为上一个用这样的方式保护男伴的女孩，被韩国冰协的高层以"行为不检点"为由强行与男伴拆开，两人分别被分配到脾气不好的前辈那里重组，原本潜力不错的年轻人因为不适应新的搭档，从此泯然众人。

她不能让梦成哥受伤害，便拖着行李箱和刘梦成在有监控的酒店大堂将就了一晚，这里人来人往，睡在这儿也不会被说不检点。

美晶原本以为她这么做会被教练阻拦，但是那个人渣没有这么做，因为从昨天开始，那个人渣就在搜集眼前这孩子的信息。

她打量着张珏，毫无疑问，这孩子去做童星也绰绰有余，精致得简直像个瓷娃娃，而且他长得非常瘦小，看起来很容易得手。

尹美晶和刘梦成对视一眼。

刘梦成低声问："怎么办？"

作为两人的精神支柱的尹美晶沉思一会儿，下定决心。

她转头，俯身，用一种带有压迫感的姿态逼近张珏，整个人的态度变得相当不好。

尹美晶在纸上写道：小朋友，我的头发被你的零食弄脏了，你要负责。

张珏很蒙：啥？负啥责？

17. 他们可是……

尹美晶决定给这男孩留下"韩国人不好惹，你别靠近我们"的印象，先把他得罪了，让他再也不敢靠近说韩语的人。

所以她压根没想到，张珏居然真的为她的头发负责了，他甩出一句"Follow me.（跟我走）"，领着他们去敲了沈流的房门，双手合十请求精通英语的沈一哥和这两个外国人交流，并请求将浴室借给尹美晶使用。

沈流看着这两个明明是来参赛，却拖着行李箱无处可去的小运动员。身为成年人，他是不想惹麻烦的，万一这两人背后有人来玩阴的……他会不会被冠以"让未成年人进自己房间的糟糕大人"的恶名呢？

戒备心有点强的沈一哥在昨晚就发现这两个孩子睡在酒店大堂了，但他和大部分人一样，当没有看见。没想到张珏会把他们领过来。

不过大堂那里有监控，而张珏又说他在酒店大堂用榨菜弄脏了尹美晶的头发，那么让这两个孩子在自己这里休整一下，也算名正言顺了。

作为成年人，看两个孩子无处可去，他心里也不是不发堵的，得是多糟糕的大人，才会放任两个未成年人出国比赛时，连张睡觉的床都没有呢？

善良压过了顾忌，沈流沉默一下，招招手："进来吧。"

张珏被安置在阳台上的吊椅上，惬意地吃着沈流带过来的牛肉干，和沈流一间房的齐教练用酸奶泡了麦片递给他："离早餐还有半小时，吃点麦片填填肚子。"

张珏接过麦片碗，一脸感激："谢谢齐教练。"他的肚子应景地叫了一声。

自从开始练体育，张珏就觉得自己的胃如同一个无底洞，才吃晚饭那一个小时还算好，但只要超过两小时，饥饿感就会再次袭来。他现在超容易饿，但是为了控制体重，在吃完营养师算好的分量后，他就只能靠吃水煮白菜撑着。

齐教练心想，要不是你这个小朋友进来时还没来得及说话，肚子先叫了一通，我也不想给你吃东西。

张珏是易胖体质这一点，齐教练在沈流和张俊宝聊天的时候，也跟着知道了。齐教练是个很有责任感的人，而且经验丰富，在第一次看到张珏的跳跃时，他就知道这孩子是个转速流。

一般来说，花滑跳跃的技巧有很多流派，光是俄系、日系、北美系、欧系就可以分出很多支派，男单女单的常用跳法也不同，男单选手力量较强，但身体更宽大，所以多是以力量跳到足够高的位置，并争取到更多的滞空时间来完成转体。女单选手普遍身轻体柔，跳不了那么高，但是她们先天拥有更强大的髋骨，所以转体速度会更快。

张珏天生的柔韧性好，力量不算出色，加上骨架小，身体轴心小，虽然跳起来不算低，但他现在完成跳跃主要还是靠转速，而转速流跳法最忌讳的就是身体变重、块头过大，因此运动员必须非常严格地控制饮食。

另一边，沈流负责和两个韩国小运动员交流。

"你们的教练呢？"

两个孩子不回答，只是眼中浮现了厌恶。因为在冰上运动混了很多年，去年在温哥华冬奥会还见过韩国速滑教练对女运动员拉拉扯扯的沈流心中了然。

他也不是对韩国有偏见，毕竟无论什么地方都有好人、恶人，只是那边的人已经给他留过那种不好的印象了，所以大家只要一看到某些情况，就很容易联想。

他又问："你们没地方住吗？联系过家长了吗？身上有钱吗？"

两个孩子还是不回答，但面上带着窘迫，沈流这下什么都明白了。要是他们的家长靠谱，或者是身上有钱的话，昨晚他们也不用过得那么可怜了。

他轻咳一声："我去给你们开两个房间，然后你们好好歇着吧。"

尹美晶小声问道："这样不会给您添麻烦吗？"

沈流愣了下，没想到这个女孩都混得这么惨了，居然还在为他考虑。他立刻硬气起来："放心，我是成年人，平时也行得正坐得直，既然决定对你们伸出援手，我就做好应对一切的准备了，再说，我也就在意大利的这段时间可以帮你们。"

不就是得罪一个品行不端的外国教练吗？等比完赛，沈流就直接回国了，那人渣还能跑到中国找他的碴不成？

有种就来，他沈流也不是吃素的！大不了提着板砖去街上过过招，谁怕谁啊！

尹美晶和刘梦成在这一刻都觉得沈流看起来特别霸道。

沈流带着俩孩子去开了两间22层的单人间，叮嘱他们："有什么事就告诉我，别怕，至少在这儿，我会帮你们。对了，这个你们拿着。"他塞给他们一些欧元现金，不算多，只有两千，但足以让他们在比赛期间没有经济方面的担忧。

少年少女眼圈一红。

尹美晶捧着钞票，小声说道："请……请给我们联系方式，我们以后会还钱的。"

沈流倒是想说不用还，但顾及他们的自尊心，还是留下了自己的电话号码和通信地址，并贴心地告诉他们："这些换算成人民币是 17000 元。"

其实是 17200 元左右，沈流暗暗把零头给抹了。

"有什么事就给我打电话。"沈流说着，还想揉揉刘梦成的头，结果发现他比自己还高，就只能拍拍肩膀。

他是男单选手嘛，身高不如人家需要练托举的冰舞男伴不是理所当然的吗？现在的年轻人一个个不知道吃什么长大的，个子都长得老高，只有他们家小玉，不管食堂阿姨多么努力地给他补蛋白质和钙质，身高硬是没怎么变过。

分开前，刘梦成对沈流说："请您最近多注意 Jue。"

尹美晶补充道："Jue 太漂亮了，而且年纪小，看起来没有反抗能力，很多变态就喜欢对这种孩子下手，请注意不要让他被占便宜。"

他们话没说完，就发现沈流的表情突然变得十分恐怖，他分明还在笑，但看起来下一秒就能抄起菜刀在街上砍人，令人心中发寒。

两个年轻人大惊：中……中国花滑男单一哥真的没有在滑冰的同时兼职什么不得了的副业吗？

不过想到可爱的张珏身边有这样靠谱又可怕的前辈在，他们就安心了很多。

张珏回到自己的房间，吃完麦片一小时后，肚子再次叫起来，张俊宝翻着白眼，和杨志远一左一右地提着他去餐厅吃早饭。张珏很不自在："你们不要提着我走。"

他是最矮的，站两个大人之间，就成了一个"凹"字，看起来比平时更加像小学生。

张俊宝揉着他的脑袋："你闭嘴，这是在国外，我们都会紧紧跟着你。不然你要是被哪个坏人拐跑了，我怎么和你爸妈交代？"

张珏摸摸自己兜里的报警器，心想，你早上还放我一个人出去晨跑呢。

等到吃早饭的时候，张珏才坐下，他的迷路之友，简称"迷友"的伊利亚·萨夫申科就端着餐盘走到他边上，用弹舌音说了一通话。

张珏依然没听懂，张俊宝凝神细听，勉强分辨出对方要表达的意思："他说教练和朋友出去喝咖啡了，他只有一个人，希望和我们一起吃。"

张珏恍然大悟，做了个请的手势，伊利亚顺势坐下。但是不知道为什么，这个人从坐下吃东西，到起身离开，一直没有笑过，看起来冷冰冰的，也不像是来交朋友的，让中国队这边十分迷茫。莫不是对方真的只是因为一个人吃饭很寂寞，所以来找他们？

这群人当然不知道，俄罗斯人一直觉得无缘无故地笑是很傻的行为，所以他们不会随便笑，而伊利亚过来说要一起吃饭，张珏点头许可，这对伊利亚来说，就是友谊的种子已经生根发芽的明证。

张珏就这么保持着按时运动、吃饭、睡觉的规律生活，在老舅、队医杨志远、一哥沈流和齐教练的陪伴下，迎来了2010—2011赛季的花样滑冰大奖赛青年组的第一场分站赛——都灵站分站赛。

分站赛共有三天，第一天的赛程如下：

14:00—15:45 男单短节目

16:25—19:00 冰舞韵律舞

19:30—21:20 女单短节目

男单是最先开始比赛的，张珏本以为自己不会紧张，但是以往吃完午饭还能再午睡两小时的他，这一天出乎意料地没能在午睡时间睡着。

他睁着眼睛在床上躺着，天花板是仿穹顶壁画的设计，画中只有黑白两色，画的是芭蕾名伶、现代舞大师皮娜·鲍什，她在去年，也就是2009年的6月因为癌症去世，从查出病症到去世仅有五日。

张珏练过芭蕾，学习的时候也听老师提起过这位大师的名字，那时候他还好奇，什么人的姓氏念起来居然是"宝石"，后来才知道是"鲍什"。

直到看完对方演绎的最经典版本的《春之祭》，他才意识到，自己在知道这个名字前，已经看过她的作品。

皮娜因部分男性对女性的践踏而愤怒，并将这份愤怒融入自己的作品，她丰富的情绪让她的舞蹈拥有了灵魂。

所以，有情绪的作品才能打动人心这个道理，张珏在不到 10 岁的时候，就通过这位舞者的作品悟出来了，他的老师因此夸赞他天赋绝伦，但张珏最后因为家里的变故没在芭蕾的路上走下去，这被他的老师引为憾事。

老师甚至说过，如果可以的话，她可以资助张珏继续练芭蕾，但他的自尊心不允许他接受这样的帮助。

花样滑冰被称为冰上芭蕾，再过一个多小时，他就要踏上赛场展示自己的节目，他还是在跳舞，只是把表演的场地从陆地换成了冰上。

年仅 13 岁的张珏意识到自己在紧张，手心出了点汗，可是他又有点跃跃欲试。

张珏早就有了觉悟，要努力赚钱，照顾弟弟，等待妈妈苏醒。但如果妈妈醒不过来，他也要安慰好爸爸，照顾好弟弟，成为对方心灵的依靠，他觉得自己要扛的责任很多。

而且如果在第一场国际赛出现失误的话，以后上面还会给他出国比赛的名额吗？如果不能比国际大赛，队里也不会提高他的奖金吧？这种现实的因素也给了张珏不少压力。

张俊宝睡了没一会儿，就又被大外甥闹出的动静吵醒了，他扯下眼罩，转头一看，发现那个熊孩子正在床上翻滚。

老舅沉默两秒，一枕头扔过去："别瞎闹，睡觉！不然你等会儿比赛又没精神了！"

张珏振臂，呼喊着："睡不着！要拍背！"

老舅："你好烦啊！"

张俊宝给张珏拍了一中午背，张珏还是没睡着，等到上了去赛场的大巴车，他在车行驶的抖动中睡得打起了呼噜，下车时还在揉眼睛。看他这副模样，老舅哭笑不得，在去热身室前，先拉着张珏去厕所，接了凉水拍他的小脸蛋。

他念叨着："你该睡的时候不睡，现在才犯困，我担心你在冰上摔成滚地葫芦，到时候大家都瞅着你笑。你是不是怯战啦？"

张珏握拳，强装出自信满满的模样："我堂堂东北爷们，才不会被这种小场面吓到！"

张俊宝心想，要是你到了场上也这副自信放光芒的样子就好了。

就在此时，一个看起来是亚裔的中年男人走入卫生间，站在小便池旁，瞥着那中国少年精致的侧脸。张俊宝眯起眼睛，默不作声地让张珏先出去，然后站在洗手池旁，手往水龙头上一堵。

一股水流喷了出去，在"阿西吧^①"的愤怒喊声中，张俊宝似笑非笑地看着那人，面相相当不善。对面渐渐没了声音，他才吹了声口哨，潇洒地走了。

张珏站在门口不解地看着老舅："老舅，里面是咋啦？"

张俊宝揉揉他的脑袋："没事，先去换衣服。"

在老舅看来，小玉才 13 岁，正是该被好好保护和照顾的年纪，所以只要作为成年人和长辈的他没死，那些脏污的事情就轮不着这孩子管。

张珏只要去赛场上燃烧热血，挥洒青春就行了，这就是张俊宝领他做运动员的初衷。

18. 超级新人

老舅找了个没人的角落，从杨志远手里拿来浴巾展开，包住张珏。

"你现在换衣服。"

张珏挠头："老舅，我是男孩子啊，你这个阵势太夸张了啊！"

他看其他男运动员都是直接在热身室扒了衣服当场换的，为啥他就和朵娇花似的，要躲着人换啊？他自从练出了腹肌后，就一直不介意当着其他男生的面换衣服了，只要周围没女孩子，脱就脱呗。

张俊宝："别吵，快换。"

张珏："哦。"

他的短节目考斯腾主色调是宝石绿，制作材料是很轻且延展性很好的弹力丝绒、弹力纱、高弹性氨纶等，上面镶了细碎的水钻，重量仅有 342 克。等张珏换好衣服，老舅给他拉上后背的拉链，替他整理好袖子和衣摆。

沈流站在一旁摸下巴："这个设计看起来就自带轻盈感。"

张珏穿上这件考斯腾往冰上一站，简直像个被绿色的风裹住的小精灵。

张俊宝得意地夸奖着他发现的设计师："是金塑龙做的。这小子脾气好，设计考斯腾的时候被我打回去十多个方案，最后我选了第一版，他都没和我发

---

① 韩语아！씨발！的音译，意为浑蛋。

火呢。"

沈流："真的啊？那我明年也找他！"

老舅又给张珏整理了一下头发，因为这会儿还不冷，他没让张珏穿外套，直接把他领到了热身室。

寺冈隼人正在努力地压腿，就听到白叶冢妆子在旁边惊叹："卡哇伊①——"

她的教练也在旁边笑："是啊，花样滑冰每年都会新增可爱的幼崽呢，今年的花滑最萌幼崽大赛的冠军一定是这个中国孩子吧。"

寺冈隼人心里吐槽：什么时候还有这种比赛了？

张珏首次进行正式比赛的热身，刚开始也有点蒙，张俊宝这时担负起了引导他的责任，先搬了把椅子过来，让孩子扶着椅背甩腿放松胯部，接着又让他做了些拉伸，比如双腿叉开贴墙站立，上身往后贴着小腿，可怕的柔韧性看得现场不少在训练的男单选手都感到身体发麻。

练花滑的大多要进行柔韧性训练，但张珏这个软开的水平实在是太惊人了。要不是女单选手的考斯腾都是裙子，而张珏穿着男单选手表演时的黑裤子的话，大家都以为这个小孩是稀里糊涂混进男单选手热身区的女单选手了。不，许多女单选手的柔韧性都未必有这孩子强。

等确保身体活动开了，张珏又做了一套激活肌肉的动作，跳了一百下双摇，才开始做陆地跳跃。他助跑几步，身体朝前跳起，轻快地完成了一个陆地2A。

接下来的几个陆地跳跃也很流畅，张俊宝蹲在一边紧盯着他的身影，沈流观察着周围，防止张珏在蹦蹦跳跳的时候不小心和别人撞上。

鲍里斯教练在盯着伊利亚的时候，也往这边投了点目光。

作为新人的一员，中国男孩的柔韧性和外表条件都很好，看他现在跳跃的姿态，应该是转速流，毕竟那种小骨架能挂住的肉不多，力量发展也会受到限制。但他的爆发力不差，而且他跳得很干脆，基本上说跳就跳毫不犹豫，看起来很稳很自信，不知道在赛场上表现如何。

沈流小声问他："你刚才遇到那个人渣了？"

张俊宝点头："嗯，在厕所遇到的，一边脱裤子小便一边偷看小玉。当我是死人呢，我教训了他一下。"

---

① 日语かわいい的音译，意为可爱。

齐教练突然说出惊人之语："附近有个工地，可以去那里找麻袋，沈流的手套借我一下，好遮指纹。"

杨志远："别说了，你们的对话让我汗毛都立起来了。"

杨志远长得很老实，其他三人都有点愧疚在他面前说这事，结果杨志远来了一句："直接找个没监控的地方打他颈动脉窦就可以让他晕倒了，我读大学的时候和一个师兄学了这招。套麻袋打人不安全，他被袋子遮着，不小心把他颈椎踩断了都不知道。"

张俊宝、沈流、齐教练一阵惊惧：合着你也不是啥好人。

以上四人都是 H 省省队出身，齐教练是宋总教练的师弟，另外三个在役时都是宋总教练亲自招进队里的，再加个张珏……难怪宋总教练后来放弃了拯救发际线，直接去剃了光头。

正式比赛六人一组，这次分站的男单选手总共有三组人，每组正式比赛开始前，都会集体上冰进行为时 6 分钟的练习，算是最后一次熟悉场地。一组运动员比完后，就会有工作人员上冰将多了不少划痕和凹坑的冰面整平。

第二组的 6 分钟练习开始时，广播一个个喊运动员的名字，张珏戴上与考斯腾同色的手套，与其他五人一起上冰。

青年组的人气一向不高，观众席这次却意外地有七成左右的上座率，其中一片人特别多，沈流往那边一看，就发现意大利的成年组男单一哥，去年世锦赛的银牌得主，仅次于瓦西里的男单强者麦昆也在那儿。

看来对方是提升上座率的原因之一。

麦昆也是成年组的 B 级赛伦巴第杯的东道主选手，沈流这次出赛的最大对手，虽然世界排名仅仅在 11 位的沈流各方面都无法和对方媲美。

就在此时，张俊宝叹了口气，沈流下意识往冰上一看，就见张珏摔了一跤，正拍着屁股爬起来。

他问道："怎么了？他刚才是跳 3F（后内点冰三周跳）了吗？"

齐教练一边开摄像机一边摇头："没，他跳的是 3Lz（勾手三周跳）。不过起跳的时候身体有点僵，没足周就落冰了，所以没站稳。"

张珏的勾手跳向来很漂亮，在国内赛的时候完成得轻松自如，优美标准得可以当教科书。以他的转体能力，也不存在连三周都转不满的情况。

张俊宝："那还是紧张。"

齐教练提醒他："要不你待会儿给这孩子紧紧弦？孙指导特意叮嘱我把张珏的比赛录下来带回去给他看，如果他没比好，第二站的名额可就悬了。"

万一张珏真是金子瑄那种扛不住压力，只能在国内赛表现出色的"内战之王"，上头就会放弃在他身上下注了。

张俊宝皱紧眉头，他看着张珏的身影，在看到孩子跳了个 2A，并再次摔倒，然后一捶冰面爬起来的时候，他突然放松了："不，这个时候让他自己调整会更好。"

张珏不是那么脆弱的性格，恰恰相反，他非常要强，从小就好胜心强得令家长头疼。

之后张珏没有再尝试跳跃，而是一边滑行一边观察着冰场，内心默默演绎自己的节目，将自己在音乐进行到某段要在哪里起跳等都想好并记下。6 分钟练习结束，第一个上场的选手留在冰上，其余人下冰。

张珏压根不看场上的人怎么运动，自己找了个地方坐着，嘴里念念有词，张俊宝守在他边上，在他背上一下一下地拍着，但张珏又往前挪了挪，无声地拒绝了他的安抚。老舅无声地笑了一下，孩子大了，要面子了，明明小时候特别喜欢被爸爸妈妈和他这么拍背，现在在外面都不肯让人这么做了。

张珏之前出场的两人表现得中规中矩，一个联跳只上了 3+2，还有一个的联跳是最简单的 3T+3T。

张俊宝知道，如果张珏不是新人，他的真实实力是能被安排进最后一组的。

"小玉，该你上了。"

张珏站起来，踩着冰鞋吧嗒吧嗒地走过去，摘掉刀套踩上冰。他一边深呼吸，一边扶着场边的挡板踢着腿。

鲍里斯在伊利亚的坚持下走到场边，看着张珏说道："那小子的比赛经验一定很少。"

伊利亚眼中闪过一丝忧虑。

看到张珏 6 分钟练习时的表现的人，都认为这孩子即将翻车。尹美晶和刘梦成也关注着这个给他们带来帮助的孩子，尹美晶握拳，小声叫着："加油！"

张珏深呼吸，扬起下巴，垂下眼眸，神情孤傲起来。

他告诉自己，想想皮娜·鲍什，她是芭蕾与现代舞的宝石，要像她一样，把情绪放进表演里。

音乐在这一刻响起，他朝场边看了一眼，抬手像是拥抱什么，脚下开始滑行，就是这一眼，搭配上音乐，让他的表演与之前的所有选手划分出了界限，没人看好这个来自单人滑并不出众的国家的小男孩，但他的滑行不是空洞的，而是有故事的。

那是一种能被资深冰迷评为"有点东西"的特殊的感觉。

第一跳。

张珏沉住气，右脚足尖点冰，左脚崴成标准的外刃，轻盈地蹦了个3Lz。

仅仅第一跳，张珏就抓住了现场所有人的眼球，这是延迟转体，但绝非一般的延迟转体，而是那种在跳到最高处时能出现非常明显的滞空感的延迟转体。接着张珏又在完全没有蓄力的情况下，接了一个同样延迟转体很明显的3T。

尹美晶睁大眼睛："好干净！"

她是动态视力很强的那种类型，所以有些运动员技术里有什么瑕疵，她会比别人看得更清楚。有些运动员做点冰跳的时候，根本不是用足尖点冰，而是直接整个冰刀踩下去才能带动身体跳起来，还有的运动员在点冰后身体都没有跳起，而是在冰上扭了半圈才起跳。

前者被称为踩刃，后者则是偷周，都是不干净的技术，许多二三线的运动员，还有青年组的小运动员都有这个毛病，大多是开始练花滑时没能培养出规范的跳跃习惯，后来很难改过来。

相比之下，张珏的技术简直太干净了！足尖点冰，点完立刻双脚离冰腾空，一点也不拖泥带水，起跳前还做了个花滑滑行难度技巧里的乔克塔，也就是难度进入。

这种质量的跳跃，就算是GOE加满都不稀奇！

接着是张珏最擅长的2A，这一跳就更漂亮了，张珏在跳这一下的时候，甚至如同1988年冬奥会男单冠军布莱恩·博伊塔诺一般，在跳跃时举起右手。这种举单手的动作也被称为Tano，张珏本就四肢修长，小手一举，看起来舒展而从容。

沈流惊讶地"咦"了一声："他居然还会这一招？平衡能力和对轴心的把控力都很强嘛。"

张俊宝想：可不，他都能一边挖鼻孔一边跳2A了，相比之下，举个右手已经不算啥了。

　　只是老舅也没有想到，张珏居然会在赛场上使出这一招，但对张珏来说，这不过是他早就做好的决定，身为一个小冰迷，他看过很多比赛，在他看来，每个新人其实都是靠技术出头的。

　　因为竞技运动就是这样，随着时间推移，任何运动都会要求更高更快更强，所以如果要在这条路上走下去，就必须在一开始就将目光放长远，把目标定为"在技术方面，我不仅迟早要追上当前的世界顶级选手，还要超越他们，只有这样，才能拥有足够的竞争力"。

　　这个想法他只和鹿教练一人说过，当时老教练看了他很久，才慢慢地点了头，表示他赞同张珏的思考结果。

　　鹿教练对他的评价是："张珏，你是个天生的运动员，而且是真的在用脑子滑冰，这是好事。"

　　因此，在身体的机能还不足以支撑他完成四周跳的时候，张珏想通过别的方式来展示自己的技术，光跳跃干净规范还不行，对男单选手来说超级稀奇的贝尔曼旋转，还有举手的动作，都被他放入了考虑的行列。

　　之前在国内赛的时候，因为状态没调整好，张珏在自由滑摔了一跤，惜败于金子瑄，在刚才的合乐训练中，他也老是出现失误。

　　但他不会再失误了，少年这么想着，在一个下腰鲍步后，又一次右足点冰，完成了一个落冰超级平稳的3F。花滑运动员可是冰上的舞者，舞者的义务就是给观众看一场他们觉得精彩的表演！

　　等到那个贝尔曼旋转出现时，许多观众都惊喜地鼓起掌来。

　　做完所有技术动作的张珏摆出结尾姿势，明明短节目的体力消耗对他来说不算什么，可他已经浑身是汗，紧张地喘着气，心脏也扑通扑通跳得特别猛。

　　他又转头看他老舅，张俊宝连忙对他做了个行礼的动作。

　　小玉，快向裁判席和观众席行礼啊！别愣着！

　　初次上场比赛的小朋友这才手忙脚乱地朝四周行礼。

　　麦昆站在场边，忍俊不禁地说道："今年的新人王挺有意思的。"

　　他的教练挑眉："新人王？赛季才开始，你还没有看全所有的新人，谁是这一期最厉害的还不好说。"

　　麦昆很肯定地说道："相信我的眼光，老大，这一个就是最厉害的。你看他那个样子，我敢保证，这是他第一次参加这样的比赛。他在 6 分钟练习时的表现烂透了，可是你看他在比赛里的表现，多棒啊。"

在训练中磨炼出优秀的技术和表演只是成为优秀运动员的基础，但到了赛场上能稳住，这个运动员才能成为最后的赢家，抗压能力强几乎是世界冠军必备的素质。

而且那个中国男孩非常可爱，麦昆听着耳边的掌声，咧开嘴。

看来这孩子的观众缘也很不错。

19. 以一敌三

花滑有观赛礼仪——在选手完成跳跃时、完成节目时都可以鼓掌，其他时间不要随意大声尖叫鼓掌，避免影响运动员的发挥，而且，如果很喜欢一名选手的话，在他的节目结束后，可以将购买的玩偶、用塑料纸包好的花束抛到冰面上。

张珏只是新人，不敢想自己能拿到什么花啊娃娃啊什么的，谁知道在节目结束后，却真的有人给他扔了东西。

一束漂亮的、白色的蔷薇。

张珏滑过去捡起，发现那位在机场找到过他的高个子姐姐怀里还捧着一束淡黄色的小雏菊，脸上是淡淡的笑意。

他感激地挥挥手，下场了。

才开始比赛的新人的 GOE 和表演分不会太高，所以他们要不断参赛，并一直拿出不错的表现，提升裁判缘，这样打分待遇才会慢慢上升。

其中发挥稳定，能一直 clean 比赛（零失误）的在这方面会更有利，所以花滑是将稳定性看得非常重要的项目。

如果是出身俄罗斯或者北美两国的运动员，就不用管这一条了，他们都是出道即王者，打分待遇一开始就好，如果还师从名教练，那就更不得了了。

根据教练们的预估，张珏的技术基础分应该有 40 分以上，男单短节目的表演分满分是 50 分，他应该可以拿到 25 分吧。

沈流当年第一次比赛的时候，表演分只有 20 分。

也就是说，如果裁判吝啬，张珏也可以拿个 65 分，要是裁判今天打分正常，他是该拿到 70 分以上的，毕竟技术的底子在这儿摆着。正所谓表演分跟着技术走，技术动作全部高质量完成的他怎么也不可能拿最低一档的待遇。

过了一会儿，计分板上出现张珏的分数。

技术分：42.9

表演分：29.33

得分：72.23

这是比赛开始到现在的全场最高分，张珏的排名一下就蹦到了最高处，虽然萨夫申科和寺冈隼人的裁判缘比张珏更好，只要不失误，分数一定比张珏高，但教练们根据自己的经验判断，这个分数起码能保证张珏排在短节目第三！

"做得好！"张俊宝拍拍张珏的背。

张珏矜持地笑了笑，微微挺起小胸脯："还好啦，原本可以更好的，我还没用全力呢。"

看他这小尾巴要翘不翘的，张俊宝忍了忍，还是没忍住，伸手摸了一把小孩的头。

杨队医从包里拉出保存得很好的冰袋，准备去给张珏做赛后冷敷。对运动员来说，激烈运动后冷敷，可以保护关节，减缓疲劳，减轻运动损耗，在球类运动、田径运动、冬季运动中都是已经普及的保养方式。

张珏不喜欢冷敷，他总觉得硬硬的冰块压在身上让他不适，可他反抗不了这个。无论是老舅还是队医，都不是那种小孩耍耍赖就放弃保护他的性格。

运动员最大的本钱就是健康，因伤退役的张俊宝和杨志远都对这点再清楚不过了。

很多老将在职业末期不是水平下降了，事实上随着时间推移，他们的滑行、旋转和表演功底会越来越深厚，但跳跃能力会因为伤病而不断下滑，直到他们不得不离开赛场的那一天到来。

齐教练保存着手头的录像，满脸高兴。

老孙啊，咱们这次捡到宝了，张珏不是"内战之王"，他对外战斗力明显更强啊！

干花滑这一行这么多年，齐教练也不是没见过天才，但张珏的天赋依然让他眼馋。

白叶冢妆子坐在座位上，和自己的小伙伴说道："要是他在自由滑不失误的话，应该可以拿到铜牌。"

寺冈隼人："何止，他要是一直有这个稳定性，今年的总决赛都能进，这小子实力不错。"

但对寺冈隼人来说，也就是不错而已，他是有 3A 的，张珏的技术底子没他高，上限并不高，上领奖台就是张珏的极限。

比完这一场后，张珏又犯困了，中午没睡午觉，老舅就让他靠着自己睡半小时。

他们都没有立刻离开比赛场地，张俊宝看比赛，并确定自家小孩的最终排名，张珏只耍裹着小毯子继续睡就行了。

男单的短节目比赛最终以寺冈隼人取得第一告终，萨夫申科第二，张珏不出意外地拿了第三。

而在萨夫申科的比赛结束时，那位模特姐姐则把小雏菊扔给了他，小伙子捡起花，看起来很高兴，似乎还想找个空去和姐姐说话，但因为语言不通，只能遗憾放弃。

之后比的则是冰舞的韵律舞，原本最被看好的是一个俄罗斯组合，但真到了赛场上，表现最好的却是那个昨天过得狼狈至极的韩国冰舞组合尹美晶和刘梦成。

他们的节目音乐来自某部不出名的电影，剪辑得非常粗糙，技术动作的编排比较一般，但两人十分默契，男伴托举动作完成得非常出色，女伴感情热烈且敢于展现自己，在冰舞这个重视表现力的项目里，他们是凭借自身的素质，直接与周围所有同龄人拉开了差距。

因为两位选手优秀的演绎，那个质量平平的节目看着居然挺好的。

是的，他们身上的那种感觉很多人在张珏身上也感受过，就是纯粹的表演天赋强到超过其他人。

沈流说道："天赋很强的一对，感情也好，这两人要是好好练，前途不可限量。"

如无意外，未来两个奥运周期里，这一对是亚洲最有希望进入世界前六的。不，应该说但凡给他们个好点的节目编排，他们都该爬上去了。

尹美晶和刘梦成的节目质量是真的不行，一看就是某十八线编舞根据以往的套路，东拼西凑搞出来的粗糙货色，张俊宝甚至觉得这个节目的质量还不如他自己的编舞初作《小鳄鱼》。

老舅稳稳地坐着，说道："这一对的滑行也不知道是怎么练的，用刃清晰干净得像是对着滑联给的技术规范守则练出来的，很扎实，而且男伴对女伴特别好，扶得很稳，女伴也很相信他。"

张珏小时候就在鹿教练的指导下，看着国际滑联的规范动作光碟练基础，他怀疑这俩孩子也这么干过。

沈流："嗯，不过这是他们的启蒙教练教出来的，现在的教练似乎是个品行不端的庸才。"

张俊宝："那可惜了。"

沈流："太可惜了。"

都是在体育系统里混的人，他们还不清楚一个差劲的教练意味着什么吗？即使是再好的苗子，碰上这种人也只会废掉。

在尹美晶和刘梦成的比赛结束后，他们必须像其他运动员一样，与自己的教练在 kiss&cry，也就是等分区等待裁判给出分数。他们的教练，也就是那个才被张俊宝收拾过的中年人黑着脸，张嘴对着俩孩子一通骂。

尹美晶满脸无所谓，牵着男伴的手，一下一下地拍着他的手背，刘梦成搂着她的肩膀，两人和教练之间泾渭分明，冷漠到在镜头面前都不装了。

而轮到女单的比赛时，即使还没开始，大家也知道，除非出现什么大的意外，不然在本分站，赢面最大的就是日本的青年组一姐，白叶冢妆子。

这是一位只比张珏大 1 岁的女孩，但她的难度早已超过所有成年组的女单选手，如无意外的话，明年她就会进入成年组。白叶冢妆子在比赛里十分稳健，她没上最大难度，但每个动作都完成得干净有力，可见又是一位技术规范的选手。

长期以来，每一位运动寿命长一点的王者级别的运动员都是技术规范的，符合规则的发力方式也能让他们避开一些不必要的运动损伤，进而运动寿命都比别人长一些，相对地，那些喜欢偷周的运动员更容易关节受伤。

白叶冢妆子的跳法还挺特别，因为她的技术特征和张珏是反的。

张珏，男单选手，跳跃技术却是转速流，这是女单选手常见的跳跃方式。

白叶冢妆子，女单选手，跳起来超级有力量。

仅仅是看到她的跳跃，众人就明白，这个女孩是非常难得的力量型女单选手。

这一款女单选手没别的特色，就是在女性运动员普遍进入发育关，也就是身上的脂肪变多，曲线变得明显，导致身体变重、跳跃重心失衡的时候，比转速型更容易过这一关。

女单选手过发育关是生死劫，一旦没过好，就只剩下退役一条路可走。无数天才少女都是折在这一关，而力量型选手一开始就是凭肌肉力量去跳，身体变化后，适应起来就更快，白叶冢妆子不仅是力量型选手，她还有着女性特有的娇小轻盈的体形，以及出色的滑行技术。

沈流暗暗思忖：这一批新人天赋都太好了，我们小玉在里头，居然也没那么显眼了。

这孩子最可惜的地方就是之前空了四年，高级 3+3 联跳都是今年临时练出来的，要是张珏一直在花滑这一行，现在肯定也是不逊于萨夫申科、寺冈隼人的选手了。

然而到了晚上，张珏在教练们那里就只剩下糟心熊孩子的印象了。

白天补了一觉，导致张珏晚上再度精力满满，受不了的张俊宝借口要洗澡，把张珏寄放在沈流那里。不到半小时，沈流就想撞墙。

他除了是运动员，还是外国语大学的在读硕士生啊！他要在明年休赛季把毕业论文交上去啊！他在写论文啊！这熊孩子好闹腾啊！给他看意大利的电视节目，他还说看不懂，继续缠着齐教练要练体能！

沈流想开口提出异议，齐教练还一脸"你怎么事这么多"的表情瞪着他："你几岁，张珏几岁啊？我没叫你和他一起练就不错啦！"

最后还是杨志远走过来敲他们的门，转移了沈流的注意力："沈流，齐叔，尹美晶刚才在比赛场馆的楼梯间被她的教练推了一下，把左脚给扭了，刘梦成把她背了回来，我去给她看看。"

张珏扭头："美晶受伤了？"

小孩是个暴躁脾气，他立刻站起来，气势汹汹地往外边冲，嘴里骂骂咧咧的："那个瘪犊子！"

沈流和齐教练一起扑过去，先把张珏给摁住，人高马大的杨志远把他一扛，不管张珏如何哇哇大叫和挣扎，硬是把他送回了他的房间。

穿着熊头 T 恤的伊利亚路过，看着这一幕目瞪口呆，下意识地抄起路边的垃圾桶往这边赶，张口就是一串俄语："你在干什么，放下他！"

穿着自带的浴衣路过的寺冈隼人愣在原地，恰好张珏这时朝伊利亚和隼人所在的方向伸出手，大喊："Help!"

隼人茫然，这孩子是向我求救吗？他是被绑架了？妈妈啊，他可是小学生，我得救他！

隼人也冲了上去。

杨志远纳闷：咋回事？张小玉还有外国人救援啦？

场面一时间非常混乱。

等好不容易把张珏送到张俊宝那里，老舅惊讶地发现，张珏、杨志远都灰头土脸的，后面还跟着两个蔫头耷脑的小男单选手。以一敌三获得胜利的杨志远气喘吁吁地把张珏往张俊宝的床上一放："俊宝哥，这三个娃归你管了，我还得去跟沈流、齐教练他们一起办一些事，先走了。"

张俊宝道："你去吧。小玉，你又干什么啦？"

这个"又"字就很有深意。

小孩揣着手，一扭头，哼哼唧唧："他们做好事不带我！"

20. 洞洞凉拖

张珏从小就是能说会道、小嘴一张就不停的类型，听他讲完事情的始末，张俊宝立刻无比感激自己靠谱的师弟和齐教练把小玉摁住了。

不然在几个大人联手教训人渣的时候，天降一只小鳄鱼，手里提着不知道哪里来的武器，乘人不备在混乱之中顺手打断人家哪根骨头。到时候小玉别说是拿到第二站的比赛名额了，能不能继续在省队里待下去都是个问题。

熊孩子下手没轻没重的，这事就不能让他插手，只能由他们这些大人来办。

老舅从未怀疑过大外甥的战斗力，毕竟，张小玉小朋友在读小学五年级的时候，就因为帮女同桌暴打猥亵她的堂哥，被女同桌夸赞"小玉的身影比我爸爸的还伟岸"。

读五年级时才一米三五的张珏身影伟岸？嗯。

幸好另一边有三个东北大汉在处理人渣，他在这里只要管好小孩子就行了。张俊宝回过神来，发现三个小孩居然交换好了邮箱，甚至打开电视看意大利语版的动画片《狮子王》。

他们是怎么交流的？

张俊宝凝神观察，发现寺冈隼人是三人交流的关键，他听得懂俄味英语，对大碴子味的英语也不在话下，他随身带了个小本子，实在不行还可以用笔交流。这个小伙子的语言天赋应该相当不错，他甚至还能说一两句汉语、俄语，据说是去年出门比赛时顺便学的日常交流用语。

有寺冈隼人夹在中间，张珏和伊利亚终于能进行有效的交流了！

他们还正式做了自我介绍。

伊利亚："我是伊利亚·伊万诺维奇·萨大申科，今年 15 岁，中学三年级，爱好画画，喜欢的女孩子类型是性格成熟理性的类型，尤其是那种知道自己要什么的聪明人，总觉得那样的人很有人格魅力。"

张珏："啊？要说喜欢什么类型的女性吗？你们好，我是张珏，今年 13 岁，初二，爱好电影和音乐。我喜欢的女孩子的类型是做饭好吃，打架厉害，有原则而且很酷的人；还有，我喜欢年龄比我大的。"

他喜欢妈妈那样的女性。

寺冈隼人心想：哦，原来你们的爱好是这样的，等等，既然他们都介绍了自己，那我也……

他说道："我是寺冈隼人，15 岁，中学三年级，爱好是逛超市和搞卫生，还有在冬天窝在被炉里一边吃饼干一边看电视剧。我也喜欢那种有原则的人，最好是不喜欢什么就立刻表现出来，这样的人比较好相处。"

在意识到自己说出实话以后，寺冈隼人慌乱了一瞬。糟糕，和这两个人相比，他的爱好一点都不高级！

谁知张珏却眼睛亮亮地看着他："你也喜欢逛超市和打扫卫生啊？我弟弟也喜欢！"

许德拉，张珏同母异父的弟弟，性格友善、爱干净，因为小时候的一些经历，二德很喜欢去超市买一大堆吃的回家囤着，如果张珏家出现什么冻了半个月的肉，那绝对是二德干的。

旁听的张俊宝被迫知道了并不想知道的事情，这三个年轻人似乎都喜欢性格独立强势的那类人，并因此一见如故。

张珏觉得这两个人都很有意思，这两个人也觉得张珏有意思，不过寺冈隼人和伊利亚看对方时都下意识地露出厌恶的眼神，两人交流时的态度挺不友好，似乎是因为在赛场上正面对抗了太多次，把火气带到赛场外了。

接下来一个13岁的男孩子和两个15岁的男孩子并排坐着看《狮子王》，其间各自的教练都来找过人，发现他们和同龄人玩的时候，那两个教练都很放松地挥挥手，叮嘱他们在晚上10点前回去睡觉，然后就走了，走的时候带着"可以暂时解脱一下了"的表情。

张俊宝产生了一种"我这里好像被当成托儿所了"的感觉。不知道是不是巧合，两位教练离开前，都检查了一遍自家孩子身上的报警器在不在。

原来给孩子准备报警器的教练不止他一个，但是不对啊，他是作为张珏的舅舅才考虑这么多的，而且张珏对他来说和儿子也差不多了，难道那两个教练也是以养儿子的心态在带运动员吗？

张俊宝是个肠胃功能很好的人，但架不住国外的主食是他并不喜欢的面包和意大利面，这几天他只能以牛排为主食，排泄就从一天一次变成了两天一次，耗在厕所里的时间也长了点。

这天他才坐上马桶5分钟，外面就是一阵大呼小叫，一阵脚步声逐渐远去，等他再出厕所的时候，房间里已经没人了。

他不会把俄罗斯和日本未来的男单一哥给弄丢了吧？

能在不熟悉的情况下把杨志远整得那么狼狈，那三人的战斗力绝不亚于同等数量的哈士奇，就算有寺冈隼人跟着，也不能排除三人在异国街头迷路，然后被路过的意大利黑手党绑进地下室的风险。毕竟张珏太会惹事了。所以张俊宝当即无比焦虑地冲出去找人，并在酒店大堂碰到了他们。

他的外甥张小玉脚踩一双洞洞凉拖，大口吃着香蕉，寺冈隼人手里提着一把香蕉，而伊利亚打开一罐不知道从哪里买来的啤酒，嘬了一口，露出嫌弃的表情。

张珏看到张俊宝的身影，"啊"了一声，露出心虚的表情。伊利亚推了推他，露出鼓励的表情，张珏才跑到老舅面前。

"老舅，对不起，刚才我们觉得空调吹得室内太干燥，就开窗户透气，结果一阵穿堂风把你一条裤衩吹下去了，我在街上找了好久都没找到。"

老舅："哪条？"

张珏："最花的那条。"

张俊宝一直认为在潮湿的卫生间晒衣服会让衣物发霉，所以将自己和外甥的衣服都晒在了阳台上，在得知自己的大外甥带着两个别国运动员出门找自己的花裤衩后，他尴尬到想连夜游泳回国。

而张珏还在那里说着话："不过也没关系啦，你还有其他裤衩啊，回去以后我给你买新的吧。来，吃根香蕉。"

张俊宝木然地接过香蕉，带熊孩子们回房间，在他们闹腾的背景音中，他戴上 MP3 的耳机，躺好，耳边是一个男声，用俄语如泣如诉地唱着对姐姐的思念。

姐姐，我想你了，你什么时候醒来揍你儿子？

老舅连张珏什么时候和伊利亚、寺冈隼人挥手道别的都不知道。

张珏送两个才认识的朋友离开，回到房间，就看老舅睡得安稳。他歪歪脑袋，无奈地摇摇头，给老舅腰上搭了条毯子。

张珏被领去场馆准备自由滑的热身时，伊利亚跑到他旁边，叽里咕噜地说了串话，张珏面露惊讶："啥？韩国一个冰舞教练昨晚在公共厕所摔了一跤？那个瘪犊子——不是，那个教练没事吧？"

伊利亚露出一种想吐的表情："没什么大事，就是倒下的时候脸朝着马桶，没冲的那种。"

张珏捂住嘴，也差点吐出来。

由杨志远、齐教练、沈流组成的东北战团战力不俗，而且相当损，让张俊宝十分遗憾自己没能参与。

沈流小声和张俊宝说着话："杨志远把那人放倒的时候，齐教练顺便戴着手套查了一遍他的手机，发现里面有段录像。"说到这里，沈流面露厌恶："是他欺负另一个小运动员的录像，美晶拿走了。这种用不正当手段拿来的东西不适合做证据，不过美晶说会尽力说服那个女孩帮他们的忙。"

事情发展到这一步，沈流已经下定决心持续关注，并在必要的时候给予帮助了。毕竟如果涉及未成年人的话，作为有正义感的成年人，沈流没法说服自己无视。

"美晶的脚踝伤得不轻，但她没说退赛，应该还是想进总决赛。我打算趁这几天找机会再和她聊聊，那个女孩脑子很好使，但带着点年轻人的偏激，我怕她被逼急了，做出偏激的举动伤到自己。"

就在此时，张珏在寺冈隼人的示范下，试着做了个陆地 3A。

寺冈隼人是真的好意，他在昨天的比赛中就看出张珏跳 2A 时周数相当富余，转完两周半后又明显地缓了一下才落冰，而他又是典型的日系技术代言人，日本人对阿克塞尔跳有种特别的情结，将之称为王者的跳跃，对这个跳跃也有不少独到的理解。他判断，张珏是有潜力练出 3A 的。

张珏几个助跑后就直接开跳，跳前完全没有犹豫，带着一种无畏的气质，张俊宝和沈流才说完话，就看到他们家小玉转了三周半后砰一声落地，落地时左摇右晃。

张珏：哎呀，要摔了！

嘿嘿，其实没摔！

但是他这一跳，却让伊利亚手里的小熊水壶落到了地上。

他是看着张珏被寺冈隼人指点的，所以他和寺冈隼人同样清楚一点，那就是张珏之前并没有尝试过 3A。

可是这个孩子，只用了一次，就完成了陆地 3A。

沈流也傻眼了，作为靠四周跳占据国内男单一哥位置的跳跃天才，他首次产生了一种在天赋方面被完全超越的感觉，而给他这种感觉的是一个孩子。

张俊宝是唯一大脑清醒的人，他提醒道："周数不够，你跳得还是不够高。"

张珏："不好意思，我都习惯那个跳跃高度了。"

A 跳是唯一起跳时方向朝前的跳跃，张珏跳了太久的 2A，习惯了用 35 厘米的高度转两周半落冰，没法立刻调整好。

但他的确是具备尝试 3A 的能力的，有关这一点，长了眼睛的都看出来了。

21. 夏日雪光

张珏作为短节目第三，在自由滑时，被排到了最后一组第四位登场，他的"迷友"伊利亚和"架友"寺冈隼人则在他后面出场。

此时，场边有人大喊："Dream come true.（美梦成真）。"

冰舞的比赛要开始了，关注着冰舞的冰迷们在都灵站此时最看好的就是来自韩国的尹美晶和刘梦成，他们拥有在花滑项目中都称得上出色的外貌，以及出色的表现力和技术，被许多冰迷认为前途光明。

与此同时，他们还是大部分喜欢嗑 CP① 的冰迷最为关注的小冰舞组合之一。

毕竟双人滑和冰舞都是男女搭配的项目，且普遍男性高大，女性娇小，时不时滑个爱情主题的节目，CP 感立刻就出来了。别说冰迷们嗑 CP，裁判和解说员也嗑，为了提升裁判好感度，有些组合甚至会专门表现得暧昧，只为争取更多印象分。

滑着滑着就结婚的也有不少。

尹美晶和刘梦成的组合被粉丝们称为"美梦成真"，是今年青年组冲击冰舞总决赛的热门组合，他们的特征就是即使教练组给的编舞再烂，他们也能通过表现力，将节目演绎得让冰迷产生"这个节目好像还行"的感觉。

但现在的问题是，尹美晶的脚踝受伤了。

张珏看着那边，眼中闪过不解："为什么美晶要带伤比赛啊，她的脚踝都肿了，还硬要去比，万一加重伤势怎么办？"

比赛虽然重要，但健康也很重要啊，在身上有伤、状态不佳的情况下去比赛只会增加受伤概率，万一断掉某根韧带、伤到重要的筋骨的话，下半辈子走路都一瘸一拐的咋办？

像张珏自己，他是明确地为了赚奖金补贴家用才跑过来当运动员的，为此受点小伤都没啥，但如果让他为此赔进过多的健康，他就会思考这样值不值了。

沈流看着他，眼中闪过一丝怀念，他按住张珏的小脑袋揉了揉："我最开始和你一样，也觉得为了竞技赔进去太多的健康不值得。"

他还想告诉张珏，当你站在赛场上，背负着荣誉和责任时，有些事情就再也由不得你，因为当你只能看着其他国家的国旗在赛场上方升起时，你心中的不甘与愧疚会比任何人都多。而且作为运动员，他们本就是好胜心最强的那批人，既然参与了竞赛，就没有人不想赢吧。

但这些话对一个 13 岁的孩子来说还是太重了，所以在张珏转头看他时，沈流暗暗叹了口气，用温和的语气说："所以你要注意健康，多听教练和杨队医的话。"

---

① 网络词语，指对情侣或想象的情侣表示喜欢和支持。

小朋友理直气壮地问："我什么时候不听他们的话啦？"

张俊宝心里吐槽：你什么时候听我的话了？

老舅昨天晚上叮嘱小玉乖乖待在房间里不要乱跑，结果这孩子不还是带着寺冈隼人和伊利亚跑出去了？想起那条找不回来的花裤衩，张俊宝心一痛。

和张珏这种即使第一次上赛场，但教练和编舞都尽力用现有资源为他准备当前能有的最好的节目和考斯腾的小朋友不同，尹美晶他们的节目是真的质量不行。

尹美晶和刘梦成的节目是《天鹅湖》，是的，就是那个每个赛季，赛场里都会有人选用的经典花滑曲目。

他们的考斯腾也很简单，男伴穿一件纯黑的、没有一点装饰的衬衫，是与芭蕾题材搭配后不伦不类的胸前低 V 领设计，看起来像是拉丁舞的男伴服装；女孩只穿了一件白纱裙，头上戴着个廉价感十足的王冠。

按理说能学得起花滑的家庭起码是中产，要么是张珏这种老舅就是省队教练，上头还给发津贴。上了国际赛场的小运动员怎么也不会穿得太寒酸，"美梦成真"组合却看起来比兜里长期只有五块钱零花钱的张珏还朴素。

但就是在如此艰苦的环境中，他们拿出了很好的表现。

张珏靠在场边，看着他们在冰上相依相偎，手臂放松地在舞蹈中交缠，如同在湖面上翩翩起舞的天鹅。

他们看起来不是《天鹅湖》故事中的公主与王子，更像是两只一起面对自然风雨的动物，他们的羽翼不够丰满强大，却牢牢地盖在对方身上。

少年的演技比较稚嫩，不足以演绎太多别人的故事，所以他们表达的故事就是他们自己的。

看到这一对的表演，齐教练举着摄像机感叹："这一对真的厉害，脚下功夫扎实不说，表演的灵气太足了，这份默契和抗压能力也不得了。"

由于女伴的脚踝受伤，男伴在承担了更多技术动作的同时甘当绿叶，让女伴能更加完整地展现自己的出色的表现力，在女伴出现小失误时，他不着痕迹地将之弥补。

齐教练这几天和这对组合接触下来，发现这个组合的精神支柱是女伴，那个女孩性格倔强而勇敢，很好地支撑起相对她来说性情柔和的男伴。

杨志远说话更直，他毫不客气地评价道："这一对是真正的天才，可惜身处的环境不好。"

再好的种子，落在荒漠里也长不成大树。

张俊宝这时发现一件事，那就是张珏没声了。

他低头看着张珏的侧脸，发现他十分专注。虽然这孩子并不赞同美晶带伤出战，但是现在，他已经被"美梦成真"组合的表演打动了。好的花滑运动员可以将观众带入自己的节目中，尤其是那些对艺术敏感的人，他们会更容易沉浸其中。

在节目结束的那一刻，少年少女手拉手向观众席行礼，有观众抛出玫瑰花束，除此以外，落在冰上的还有一包炒蚕豆。

张俊宝觉得那包蚕豆看起来好眼熟，好像是他炒好，塞到袋子里给张珏做零食的那包。

他瞪着张珏，张珏不好意思地挠头："刚才想扔点什么表达下心情，手头只有一包蚕豆。"

老舅抬手，在张珏脑门上敲了一下，张珏捂脑门，压根没被打痛，还冲老舅贱萌贱萌地笑。

"哎哟……"

"美梦成真"组合因为脚伤导致的失误，最终以微小的分差败给一个俄罗斯组合，拿到了银牌，在他们的第一站取得了 13 积分。

沈流还和张珏掰着手指算："冠军积分 15，亚军 13，季军 11，第四名 9 分，第五名 7 分，第六名 5 分。比完两站以后，积分排名前六的进总决赛，但一般来说，拿到 22 分就有希望了。"

张珏拿着刘梦成送回来的蚕豆嚼着，一边听一边点头。

冰舞之后就是男单的自由滑比赛，他们将会在这场比赛中决出都灵站的排名，鉴于张珏在短节目时曾因为紧张导致 6 分钟练习时狂摔，这次张俊宝就更加注意他了。

结果这小孩吃完蚕豆一抹嘴，先架好马步打了一套军体拳，接着又蹦了个后空翻，比峨眉山的猴子还有活力。

据张俊宝说，这是因为他在午睡时睡饱了，又可以跑酷了。

齐教练捧着摄像机，偷偷把这一段也录下来，然后转头给孙指导发消息。

老孙，好消息，张珏不仅不是"内战之王"，似乎还有点大心脏的味！不但只用一场短节目比赛就适应了赛场，而且瞅他那斗志昂扬的模样，绝对是状态大好！

你想想乒乓球那边几个姓张的是不是都特别从容，甭管上多大的比赛，赛前该咋样咋样，甚至还有睡觉的，比赛时心态也一个比一个稳，成绩特别棒。

咱花滑莫不是也捡到这样的宝了？

接到消息的孙指导发出指令："再探。"

张珏要是真有大心脏的潜力，他立刻让国家队招新！

然后到了 6 分钟练习时间，他依然摔得很惨，但也不是因为紧张，而是这小子连陆地 3A 都没练好，就迫不及待地在冰上开蹦了。

不摔才怪呢！3A 要是一跳就成的话，也不至于让那么多人折戟了！这世上有多少男单选手是能完成四周跳，却总是跳不好 3A 的啊？那种独特的往前的起跳方向，就注定让无数人为之脑袋痛了。

张珏保持了他一贯的大胆精神，说跳就跳，其中一个似乎离足周只差了 100 度不到，在当时国际滑联的规则中，只要缺失的周数低于 120 度，这个跳跃就是被认可的。

和他同时上冰练习的最后一组的其他男单选手都快看呆了，估计是没想到这个新人居然能强成这样，寺冈隼人更是因为过度关注张珏，差点在滑行的时候撞上挡板。

幸运的是，张珏在摔了几次后，总算认清了自己没法短时间内蹦出 3A 的事实，并转而跳 2A。他的 2A 周数还是那么富余，跳跃姿态优美从容，跳跃的远度还好，他甚至能在跳跃时举手，可谓满分跳跃。

就在 6 分钟练习进行到一半时，张珏扯了扯衣襟，直接将外套脱了下来，露出里面的衣服。正在场边蹦蹦跳跳的白叶冢妆子停止动作，发出惊叹："天哪！"

那是一件灵感来自冬季大兴安岭的考斯腾，有着茫茫雪野，雪白丝缎般的河流，偏有一道艳丽的红从腰部攀升到肩部。这是金塑龙在被张俊宝打回了十多次方案后灵感爆发，创作出来的一件将美感提升到极致的考斯腾！

这件衣服的存在，说明了一件事——设计师的最佳方案都是压榨出来的。

22. 天赋惊人

维瓦尔第的《四季·夏》其实是一首适合张珏，但又不适合他的曲子。

夏应当是灼热的，热情、激情等一切情绪燃烧在其间，如火一般直白地带来热意，张珏性格是挺直白的，但他的外表偏冷傲，金塑龙就以燃烧的雪为主题，做出了这么一件考斯腾，来配这位气质独特的小选手。

从张珏脱掉外套露出考斯腾开始，他就成了全场目光的焦点。

张珏如同一只幼鸟，在冰上轻盈地飞过，身上一抹火焰似的红进入视网膜，并不刺眼，却令人印象深刻。

他的节目开始时，已经有人露出期待的神情，说句不好听的，许多冰迷最开始关注花滑时，恐怕都是冲着花滑选手们漂亮的考斯腾、天鹅般优雅的身姿而来的。

所以花滑喜爱美人，欢迎美人。

他在短节目的出场对新人来说已足够令人惊艳，但在他穿着考斯腾开始自由滑的时候，这座赛场的人，都记住了他的名字。

来自中国的张珏，有着精灵般美丽的面孔，还有精湛的跳跃技巧。

张珏的第一跳是 3Lz+3Lo 联跳，而他的二联跳技术特点就是第一跳结束后，完全不蓄力，凭肌肉力量、转体能力立刻做第二跳，所以他的联跳看起来连贯、节奏好。

麦昆："他的跳跃很棒，是的，非常棒，即使是刃跳也没有 pre。他有延迟转体的技术习惯，这让他的跳跃观感非常好。"

这孩子在短节目展现贝尔曼旋转的时候，就已经证明他是柔韧性非常好的选手，但与之对应的是，他的力量并不出色，但他的教练不知道使用了怎样的训练方法，硬是让这么一个本应该更适合纯粹的转速流跳法的孩子，在跳跃时一定程度地提升了高度。

麦昆的教练在旁边摸着下巴："他的联跳节奏很好，上次看到这种节奏，还是在乔治没有退役的时候。"

对编舞来说，张珏在短节目已经投入了足够的感情，那么在自由滑方面就要换换思路，更好地展现张珏的技术优点，也就是炫技。

所以在剪辑音乐的时候，金塑龙就很努力地将这支曲子里的重音都标注了出来，并将所有跳跃都安排在重音上，包括联跳。跳跃踩点在花滑项目中就是将现场气氛点燃的最好方式，而这也是让不善于合乐的新人滑出好的节目效果的小技巧。

相比那些被铭刻于花滑殿堂的经典节目，《四季·夏》的编排远远算不上规整和精致，连框架都做得有点随意，毕竟重点都在于技术动作踩点了，其他的难免顾及不到位，可张珏的姿态非常好，扎实的舞蹈功底让他的动作比别人多出了一层名为"优美"的特效滤镜。

最重要的是，他成功表演出了属于他的"夏"，那个"夏"并不灼热，带着潮湿和闷热，并不令人愉快，但运动员的每个跳跃，又像是对心灵的冲击，对困境的反抗，特别有激情，也特别阳刚。

虽然脸蛋稚嫩，但张珏的自由滑表演风格出乎意料地男性化，并不是说他的肢体不柔软，而是更偏向有力而优雅，柔和刚完美地呈现在这位小选手身上。

受邀来此的俄罗斯裁判卢金本应只是单纯地为选手的技术做评判，此时却在心里算起这个孩子应该拿多少表演分。编舞还行，滑行和旋转没话说，神态和肢体动作都和音乐搭配得当，这样的表演放在成年组也不算弱了。

男单的自由滑表演分满分是 100 分，如果是这个孩子的话，给他 80 分也不过分，他已经好久没见过灵气这么足的孩子了。卢金看得出来，张珏并没有什么表演技巧，更像舞者，而非表演者，但他就是能将"夏"这个概念通过节目展现出来。

节目结束的那一瞬，卢金感叹道："难得的天才。"

然而节目结束，那个孩子带着一身汗回到教练身边时，大屏幕上出现的分数却并不如卢金想象的那么高，张珏的技术分有 70 多分，但表演分仅仅是 66.79 分，他的自由滑最终得分是 137.81 分，加上短节目的 72.23 分，张珏的总分达到了 210.04 分。

这已经是寺冈隼人和伊利亚没有出场时的全场男单最高分了！对一名来自亚洲的新人来说，这个分数足够漂亮，卢金却还是不满地皱起眉头："如果让我来打分的话，这孩子应该拿到 230 分以上。"

在 2010 年，四周跳还是世界排名前列的顶级男单选手的专属技术，国际滑联修改了男单的赛事规则，并推动这个项目走向四周跳时代。六种四周跳，被攻克的只有难度最低的 4T 和 4S，许多二三线的男单选手也不过是五种三周跳齐全的水平而已。在卢金看来，张珏的技术已经能和那些人比了。

卢金身边是他的老朋友萨兰娜，她同样欣赏张珏："那孩子的教练水平不错。"

运动员的技术就是教练的脸面，张珏规范得如同教科书一般的技术，让张俊宝被不少人明里暗里地打量了一番。

老舅本就是娃娃脸，明明已经三十了，走在大街上还会被误以为是大学生，在很多人眼里，他那脸去冒充高中生都够了，虽然一般高中生的胸肌练不到那么大……这位看起来年轻的教练绝对有两把刷子，来自单人滑并不兴盛的中国的这位教练与这位运动员，在都灵站的比赛结束后，已经入了好几位水平卓越的同行的眼。

寺冈隼人看着张珏的旋转，沉思片刻："这种单手提刀贝尔曼旋转应该对腰的柔韧性要求很高才对，他腰不疼吗？"

这个动作对男单选手来说，极其容易提升腰部伤病率吧？

如果寺冈隼人的想法被张珏知道了，张珏大概要用两根食指比个小小的叉："兄弟，我腰不疼，疼的是腹股沟。"

如果有人做过瑜伽的眼镜蛇式的话，大概就会明白那种腹肌被拉扯的感觉，而做贝尔曼旋转时，这种肌肉被拉扯的感觉会更强烈，下腹部的肌肉会产生肌肉纤维都要拉断的错觉。之所以是错觉，主要是张珏柔韧性真的很好，所以还没断，但拉伤还是有的。

在比赛结束后，他难得乖乖抱着杨队医给的冰袋压着下腹，委屈地抱怨："每次冰敷这里敷久了，我都想拉肚子。"

杨队医头也不抬地回道："那我下次用艾灸给你理疗。"

张珏："现在是夏天，我不要艾灸，太热了。"

这也不要那也不要，这小破孩子哪来那么多名堂？杨志远看张俊宝，大意是"你管管你外甥"，张俊宝清清嗓子，正要说话，就看到张珏把冰袋一扔，嚷着"我要上厕所"，跑了。

张珏上完一趟厕所回来，手里还拿着一块巧克力，他往张俊宝手里一塞："老舅，你最近不是主食只有肉，所以总怕便秘不敢多吃吗？来，用这个填填肚子。"张珏很多时候都看不惯张俊宝的饮食习惯和熬夜工作的习惯，他觉得自己有必要管管老舅。

　　张珏的第一次国际赛事以一枚铜牌作为最终结局，在很多粉丝眼里，不是金牌就没有提起的价值，但这是中国花样滑冰项目本赛季在国际赛场上的第一块奖牌。

　　沈流之后参加了伦巴第杯，但因为伤病造成的失误，他只拿到了第四名，距离领奖台仅一步之遥。张珏带着奖牌回家的时候，孙千特意于百忙之中抽空来接机，拉着张俊宝说了很久的话，张珏也被孙指导揉了脑袋。

　　齐教练热情地邀请他们在京城多留几天，他提议道："张珏的潜力不错，让他在国家队给其他教练也看看呗。"

　　听到这句话，张俊宝的手突然握成拳，又松开，他低头看着张珏："小玉，留不留？"

　　张珏不明所以地看他一眼，果断摇头："我想回去，二德一直待在二爷爷和二奶奶家里，肯定特别想我了。"

　　对啊，这孩子家里情况特殊，他家里还有个弟弟等着呢，孙千不便多留，只好不舍地和他们道别。

　　张俊宝火速带着张珏买票上火车，被时差、晕机折腾得蔫巴巴的张珏靠着老舅昏昏欲睡，火车上的冷气开得足，张俊宝给他披了件外套，叹了口气。

　　以小玉的天赋，进入国家队是迟早的事情，听孙指导和齐教练的口气，恐怕国家队现在就有教练看上了张珏。但是作为教练，他自信可以带好小玉，可是他在小玉前没有出色的执教成绩，而教练跟着运动员一起进国家队的情况太少了。

　　很多时候，优秀的小运动员冒头后，就会被安排去那些经验更丰富的名教头手下，可是小玉的父母都不在他身边，如果身为舅舅的自己也放手，这孩子肯定会很孤单吧，而且他那么调皮，又倔，教育他时不能一味地严厉，而是要刚柔并济。要是换了教练后，恰好新教练是个严肃的脾气，小玉还不得和人家干起来？

　　他搂着外甥，发现这孩子怀里还抱着一盒巧克力。都灵的巧克力很有名，这盒巧克力价格不菲，是不舍得给自己花钱的张珏，专门为弟弟买的礼物。

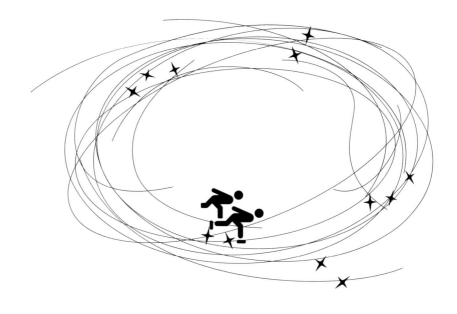

三　京城集训

23. 他的思念

张珏的妈妈张青燕和张俊宝是堂姐弟，他们的父亲则是兄弟，张青燕的父母已经去世。张珏的母亲由于前夫家暴而与之离婚，后与许岩再婚并生下许德拉，张珏因此随母姓，管妈妈的父母叫爷爷奶奶。

张珏和张俊宝外出比赛时，许德拉被寄养在了张俊宝的父母，也就是张珏的二爷爷二奶奶家，老两口在一个小镇承包了几百亩果园，专门种梨子，过着宁静的日子。别看张俊宝退役后做教练似乎不是那么成功，但其实人家也是有几百亩地可以继承的男人。

回到 H 市的第二天，张俊宝给张珏热好早餐，就急匆匆地出门回老家接二德，他自己开车上高速，大概两个小时就能到他家所在的章佳镇。

章佳镇是人口两万、满族人占了 40% 的多民族混居小镇，居民的主业是种梨子、种田和养猪。镇子土地肥沃，气候在 H 省这种高纬度地区也算可以，起码张珏小时候到这边玩的时候，是敢在冬天只穿了一件衣服出门和别人打雪仗的。

这也是金塑龙的故乡，张俊宝折磨了金塑龙那么多次，人家还没和他翻脸，和同乡也有点关系。张俊宝在来之前，是已经做好二德因为过度思念哥哥，加上住得不习惯而瘦一点的心理准备的，结果他才到门口，就看到脸圆了一圈的许德拉坐在地上吹着小风扇，一手拿一片西瓜，一手抱着只小土狗。

在看到张俊宝的身影时，许德拉明显愣住了，他咽下嘴里的瓜，把狗和没吃完的瓜都放到一个方凳上，双臂打开跑了过来，拖长了声音喊："舅——舅——"

随着二德的奔跑，那大腿的肉都在抖，老舅木着脸架好马步，张开双臂接住这颗冲锋的小肉球。这一刻张俊宝无比庆幸他当初没有放任小玉继续胖下去，而是领着孩子去滑冰锻炼，不然以张珏和他弟相同的易胖体质，以及他那相当于二德两倍的饭量，还不知道能胖成什么模样。

张二奶奶这时抱着那条小狗也走到门口："小宝，来接二德回去？小玉没来吗？"

张俊宝："没，他说想去看看他妈妈。这孩子有时候喜欢一个人去看妈妈，估计有些话，当着别人的面，没法对他妈妈说出来。"

张二奶奶点头，又叹气："小玉也是苦啊，他就是看着活泼，其实比他弟弟懂事敏感好多。燕子这么睡着，最难过的就是她男人和小玉了，幸好你还能带他。"

张俊宝转移话题："我吃个午饭再走吧，家里有啥要我干的不？"

张二奶奶："嘻，没啥要你干的，小沈经常上家里来帮忙。"

她口中的小沈是张家果园的帮工，早些年从南方过来，无依无靠的，就被张家老两口认了干儿子。前几年在张二爷爷的说合下娶了个本地姑娘，是个干活麻利的好人。

亲儿子难得回来一趟，张二奶奶心情挺好，张罗了一大桌好菜，杀猪菜和地三鲜、豆角炖排骨、锅包肉、锅贴饼子不说，还有一道梅菜扣肉。

张俊宝平时为了保持身材，吃的东西没比张珏的运动员餐多多少油水，结果等亲爹和干兄弟回来，加上他妈，好几个人都往他碗里夹菜，硬是把他这个前运动员给吃撑了。二德天天都吃这种重油盐的菜，也难怪他胖得那么快，和二德的伙食一比，张珏简直活在庙里。

张二奶奶还指着那条小狗："你看这狗，长得好不？这是金阿姨家那条15岁的老母狗今年生的，你看这个耳朵和舌头，正宗的白土松，寿命长。而且它娘有灵性，能看家，性子稳，没老的时候还能接孩子放学。带回去养不？"

张俊宝面露震惊："15岁的狗相当于七八十岁的老人了，居然还能生？"

张二奶奶："是啊，那狗耳朵也聋了，叫也不听，居然还能老树逢春再下四只崽，这不更说明这狗的血统好吗？那母狗的亲妈听说活了十九年，死的时候牙齿还没掉光，特别能活，我看那些几万块一条的狗都不如这个。"

老人家抱着小狗显摆："小沈说，这种狗只有广东和广西的村里才有，就你金阿姨的老公1996年去那里做生意，才带回来一对。这只小的品相特别好，耳朵厚，头大，骨架壮，脚粗，毛色好，下巴四条须，他们说这种狗打架很厉害，而且很讲义气，不欺负小狗，沉稳不爱叫……"

简直就是土狗里的珍品，最厉害的是，据说这狗的爹年轻的时候敢和藏獒对着吼。要知道土松成年后也就三十来斤，属于小体形犬种。

听着张二奶奶对这种狗的性格的描述，张俊宝脑海里莫名其妙地闪过张珏的笑脸。

他无奈地回道："我的妈啊，我哪有空再养条狗啊？"

光是养两个孩子他都忙不过来了。

张二奶奶踹他一脚："傻！土狗又不要你精细着养，它们吃剩饭也能活，少给它吃盐就没事了。"

她左右看看，凑近儿子："而且小玉爸妈都没在身边，他做运动员又那么辛苦，还要忙着学习，压力多大啊，带条狗给他耍耍嘛，万一养不过来送回来，我养！"

都说调皮孩子招人惦记，张珏虽然很多时候堪比峨眉山的猴子，在长辈面前却嘴甜得很，张二奶奶可疼他了。

张俊宝也疼大外甥，被亲妈一撺掇，走的时候车上不仅多了个二德，还多了条小土狗。

另一边，张珏睡醒后，自己搭公交车到了医院，医生护士对这个小孩都很熟了，纷纷对他露出笑脸，张珏和这些大人礼貌地打招呼，才进了妈妈的病房。

"妈妈，你看我带什么来了？"

张珏举起挂在脖子上的奖牌，笑嘻嘻的："看，这是我赢的奖牌，我这次是第一次去国外比赛，好多地方不适应，所以只拿了个铜的。等下一次，我一定会拿金牌过来。"

他念了一会儿，见母亲没有回应，就跪坐在病床边，趴在床边看着妈妈的脸。

张青燕还有张珏、许德拉三人都是易胖体质，现在张青燕瘦了好多，张珏也瘦了，看来等妈妈醒来以后，家里需要为减肥困扰的就只有二德了。

这么想着，小孩端了盆水，给妈妈擦身体，又给她按摩四肢。

张珏有点点心疼，他妈妈以前一直是微胖美女，现在却只能做骨感美女了。

他对妈妈说道："妈，你快点醒过来，不然我出门比赛的时候，二德只能去二爷爷二奶奶家待着，不是说二爷爷二奶奶他们不好，但他肯定更喜欢和我们在一起。"

而且我也很想你，妈妈，我想你，还想爸爸。

病房内安静下来，过了一会儿，男孩吸了吸鼻子，又抹抹眼泪，出国这几天，张珏总是很担心妈妈在医院里很寂寞，也想过会不会在比赛的第二天，突然接到妈妈苏醒的电话。

他幻想过好多奇迹，但那些奇迹全都没有发生。

原本张珏打算下了火车就过来看妈妈，结果他在车上睡着了，最后被老舅背回了家，睡了一觉，今天早上才过来。

张俊宝是了解张珏的，在陪他和二德一起过来的时候，张珏从来不把心里的难受表现出来，只有独自在这里，张珏才会哭。

张珏的哭是很短的，也就是掉几滴眼泪，等胸中的郁气散开，他就收拾东西回家。

张珏做了运动员，所以食用的食材也是从省队那里拿的，免得误食加了瘦肉精或者打了激素的肉类，导致药检不过关。

他蒸了一锅紫薯饭，做了鱼头豆腐汤、水煮时蔬和水煮鸡胸肉，考虑到二德的口味，他又加了道西红柿炒蛋。

等听到门锁转动的声音，他关火朝客厅走去，正好看到开门进屋的许德拉，立刻冲过去把弟弟抱了起来。他这一抱的力气不小，许德拉绝对能扛下来，但被许德拉抱着的小狗却清脆地叫了一声。

"汪！"

张珏被吓得往后一跳："这啥玩意儿？"

二德献宝一样举起小土松："哥，这是二奶奶送的，40天大，还没取名字。"

张珏愣了好一会儿，露出了大部分儿童见到宠物时会有的惊喜神情。他看看张俊宝，见老舅冲他点头，才喜滋滋地伸手。

那小手在土狗的后颈一捞，然后这狗就到了张珏怀里。

张珏只思考了两秒，就果断说："叫它苞米吧。"

张俊宝看着两个孩子围着小狗转的身影，拿出手机拍了张图，偷偷开了电脑发了出去。

京城，许岩才指导完一位后辈，就听到身后响起叮咚一声，他怔了一下，意识到那是他的邮箱的来信提示音。

知道他的邮箱地址的人只有两个，一个是妻子，一个是小舅子。

许岩走到电脑边开了邮箱，然后笑了起来，他感叹道："这两个孩子都没有长高啊……"

24. 你的宝宝

虽然张珏自己没把那块分站赛的铜牌当回事，和他妈妈汇报时也暗暗嫌弃那块奖牌的颜色不是金色，但这块奖牌其实还算有点分量。

一块铜牌，证明了张珏不仅不是"内战之王"，还是外战高手，往年国家队也不是没派过优秀的小运动员去国外比赛，暗地里给他们争取参加第二站的机会，但真抓住这个机会的，至今为止也就张珏一个。有这块奖牌在，起码在 H 省省队，张珏是一哥。

发觉自己在省队的津贴又变多的张珏既喜悦又纳闷：这个队内地位的提升速度太快了点吧？

鹿教练想：傻小子，你怕是不知道我国的单人滑之前差到什么程度，后继无人的情况又有多严重。

设身处地地替孙千想想，身为花滑国家队的总教练，最被期待的双人滑组合只有关临和黄莺这一对独苗接班；女单只有一个天赋不出色，世界排名连前二十都勉强，还一身伤病的米圆圆撑着；男单之前冒头的好苗子金子瑄是"内战之王"，外战不太行；冰舞完全没有存在感。

难怪老孙的发际线一年比一年高，这也太愁人了。

在这种情况下，张珏的出现就像是小小的救命稻草，看起来不粗壮，但大家都没别的选项可以选了，只能紧紧抓住他。希望这小孩长大后，能接沈流的班，把男单这个项目撑起来。

张珏不知道鹿教练想了那么多，只是耸肩："算了，教练，我们来练跳跃吧。我算是明白了，竞技运动中技术为王，我表演再好，没有更高难度的跳跃撑着，就得被其他人压住。"

他输给伊利亚和寺冈隼人的时候没有再不甘心到哭出来，他只是开始逐渐习惯赛场，并学会接受一时的失败，却不代表他接受一直失败。

张珏可好胜了，他喜不喜欢花滑是一回事，但不管干哪一行，他都会想拿第一名。

用张俊宝的话说就是："我的外甥如果要干一件事，就要干到最好，如果他说要打扫卫生，就会把家里打扫到地板光洁得可以坐着吃饭。"

这种性格放在竞技运动上，简直就是天赐。

不知何时已经瘦出腹肌的奔七老人鹿教练踩着双冰鞋，亲自提着吊杆，带张珏适应跳 3A 时的跳跃高度。

这对一个老人来说是有点风险的做法，毕竟张珏在冰上摔几下无所谓，鹿教练摔一跤却可能出大事。但他还是觉得自己得上，一对一地盯着这个天赋过于出色、性格也过于调皮的小崽子。

他呵斥道："起跳的时候要收紧身体！延迟转体是你完全掌握一个跳跃后才能使用的技巧。现在先收紧！"

旋转轴心越小，转体就越快，这就是身材纤瘦的人更适合花滑的原因。张珏本就骨架小，再在起跳时收紧身体，可以进一步让身体的轴心变小。

但这种技术对上肢与核心的力量要求不低，张珏有时候甚至会产生肌肉收紧过度导致受伤的错觉。

等适应了吊杆的高度后，张珏立刻脱杆练习，只用了三天就落了第一个 3A。

这种速度简直不可思议，虽然国外也有过某位男单选手练习四周跳 10 天后就落了第一个的情况，但成年组男单选手和青年组男单选手的身体素质完全不同，光是张珏没有发育，因此肌肉力量不足，就让他在很多方面落后了。

当然了，落第一个跳跃只是开始，要把一个高难度的跳跃稳下来，大多需要一个月到半年的时间。

张俊宝靠着挡板，想，小玉的天赋这么好，也许他真的属于那种无论跟哪个教练，最后都能滑出头的类型吧。

张珏的天赋好到什么程度呢？从寺冈隼人引导着他跳出第一个陆地 3A 开始，到他成功落稳第一个冰上 3A 之间只隔了 7 天。

重点在于，他的 3A 都是足周的！

在花样滑冰之中，T、F、Lz 被列为点冰跳，也就是起跳前要用点冰足的足尖刀齿点一下冰面，借力起跳，而 S、Lo、A 则是刃跳，而刃跳在起跳时，会有一定程度的提前转体，这是这种跳跃的技术特性决定的，不超过 90 度就没关系。

而张珏的 3A 的提前转体非常少，一方面是他自己长期使用延迟转体导致的技术习惯，还有就是鹿教练传给他的技术都太标准和干净了。

甭管张珏失误时摔跤有多狼狈，但凡是他跳成了的跳跃，全是十分美观、干净利落的，这就是启蒙教练水准过硬带来的好处。

张珏之前也有点旋转轴心不稳定、滑行时脚下用刃不清楚的毛病，最近几个月被鹿教练一通狠抓，在拐杖和咆哮的威压下，张珏那点技术里的瑕疵被改过来了好多。

这也是张珏为啥一上赛场，就特给张俊宝长脸的原因，他的技术好，象征的是教练的优秀。不过和大众以为的不同，张珏的跳跃、旋转和滑行技术源于鹿教练。

但张俊宝也不是没用，毕竟张珏之所以能在骨架细到挂不住多少肌肉，并因此力量有限的情况下，硬是拥有了目前在同龄人里也不算差的跳跃高度，这个功劳可以全放在他老舅身上。

他的老舅，是一位京城体育大学毕业的专业教练，特别擅长给运动员安排力量训练。而且张俊宝心思很细，能带着小朋友一起钻研表演技巧，和小运动员谈心，凡是张俊宝带过的孩子，没有抗压能力弱的，而且没有表演很差的。

在国内的单人滑选手普遍专注技术，表演的水准在军体拳和广播体操之间徘徊的时候，张俊宝带过的孩子都算是另类了。

遗憾的是除了张珏，张俊宝也没遇到过什么好苗子，大概是之前攒着运气，就等外甥回归花滑赛场了吧。

宋城看着张珏的身影，怎么看怎么喜欢："我一直知道鹿老哥水平高，你和沈流都是他带出来的，但我没想到他那一套用在张珏身上，能出这么好的效果。"

他一拍张俊宝的肩膀："还有你，你这身本事撞上好苗子，也是相得益彰，看来在沈流之后，我们又能为国家队输送一位优秀的选手了。"

张俊宝愣了一下："小……小玉才青年组，现在就去国家队是不是早了点？"

很多运动员都是跟着启蒙教练过完青年组的时光，在进入成年组后，为了寻求更多的可能，才去那些名教头手下的。小玉才跟了他一年不到呢，远远不到要换人的时候吧！

宋教练挥手："没说现在就让他进国家队，不过上头说要更好地观察这个孩子，所以孙指导提议，让他去京城短训一段时间。到10月份的时候，中国站比赛开始，他们就送小玉去比赛。"

张俊宝恍然大悟，小玉的第二站名额已经下来了？这是好事啊。

可他还是舍不得送走张珏，张珏对张俊宝来说不是单纯的学生，还是他当儿子养的外甥啊。

"这孩子还处于练3A的紧要关头，现在送他离开的话……"

宋教练："国家队说，沈流可以带小玉一起练3A，还有一位赵教练，她以前也教过好几位成年组男单选手的3A跳法。"

话说到这里，张俊宝算是明白了，不管他多舍不得，上头想要张珏的心思已经坚定到他没法更改的程度。

他沉默下来。

这是他第几个有点起色以后，就被其他人挖走的孩子呢？

是第四个了吧，这个还是对他来说最重要的。

张珏在知道自己要去京城短训时，也露出了不高兴的表情："我又要去出差啊？可是我之前去比赛的时候就请了一周的假，现在又请长假，我班主任要闹了，他脾气很差的！"

张俊宝："我更正一下，能忍你将近两年的老师绝对脾气好得能领大红花。还有，你的学习成绩明明没受影响啊？"

张珏蹦起来："那是因为我去比赛的时候也带了好多卷子！但是没老师指导，光靠自己看书，我也很累的！"

"小玉！"张俊宝蹲下，按着他的肩膀，温和地说道，"小玉，去京城的话，你就可以见到你爸了。"

张珏不蹦了，他眨巴眼睛，小声问："那你不和我去吗？"

这孩子，面对能见到爸爸的诱惑，居然还惦记着他，老舅心里感动，但还是摇头："不了，我要去下面的市队选材，还要带二德，不能和你去。"

这臭小子立刻和老舅翻了脸，他往后退了几步，指着老舅，满脸不敢置信："我有哪里不好，你居然要去找别人了？难道我不是你唯一的宝宝了吗?!"

25. 前往京城

"你是抱脸虫啊！"

张俊宝咆哮着，被小玉牌的抱脸虫折磨得喘不过气来，还要护着这熊娃别在折磨自己的过程中掉到地上受伤。

像张珏这个级别的熊孩子要是闹起脾气来，别说折腾张俊宝一个了，让一整个省队都不得安宁也不是问题，要不是鹿教练听到动静拿着拐杖过来看了看，今天张小玉能直接当着总教练的面在冰上打滚。

看到他这副样子，宋总教练的内心也不由得忧虑起来，他摸了摸头皮，心想，就张珏这个性子，他去了国家队，那位赵教练顶得住吗？

她不会被小玉欺负得很惨吧？

是的，一般的小运动员临时去陌生的地方短训，长辈们会操心他会不会碰上很凶的教练，然后被训到哭，但如果这个小运动员是张珏的话，大家只会担心教练。

唉，如果鹿教练也能跟小玉一起去京城就好了，就是老人家估计不乐意出差。

被摘桃子还要包售后，别说鹿教练这种打冰球出身的火暴脾气了，换脾气好的也咽不下这口气啊。虽说这次也不过是短训一个多月，训练结束以后，那边还要把张珏还回来，可是运动员训着训着就在国家队留下的情况也不少。

不过仅看张珏的脾气，他被退货的概率也挺高。

鹿教练把这孩子抽了一顿，张珏捂着屁股还一脸倔强和委屈地盯着老舅，把张俊宝盯得又心疼又心虚。

张珏训练时愣是没再理他老舅，只和鹿教练说话了。

为了赔罪，老舅在张珏吃晚饭时，特意和管理食堂的宁阿姨偷偷说："给张珏多打点虾肉丸吧。"

这玩意儿味道也很淡，但河鲜和海鲜自带鲜味，算是营养餐里比较好吃的。

宁阿姨今年50多岁，身高一米八，膀大腰圆，说起话来中气十足，一头烫成大波浪的黑发。她早年打排球，退役后学营养学，获得了硕士学位，最近还在读博，业务水准相当过硬。自从宁阿姨掌管省队食堂后，队里的教练就没有说过她不好的。

不过在运动员这边，找宁阿姨叫苦的却不少，毕竟运动员的营养餐谁吃谁知道，少油少盐没味道，如果处于减脂期的话，真是能把大部分正处于发育期的小伙子小姑娘吃得脸发绿。

张珏现在的体脂率仅有9%，不仅是张俊宝的训练有效，还因为宁阿姨的减脂餐厉害。

以上两个人在不损害张珏健康的情况下，用科学的方法，让张珏在体脂率降到个位数的情况下，还顺利完成了他这个阶段的增肌目标。

没宁阿姨精心喂养，13岁的张珏要练出一身支撑他去完成3A的肌肉还真不容易。

张珏吃完宁阿姨做的手打虾肉丸，脾气消下去一点，他拉着老舅的袖子："就不可以不收其他人吗？"难道他一个人还不够老舅折腾的？

老舅想，别说，你还真是凭一人之力把我折腾得够呛。

然而去下面选材势在必行，张俊宝不可能不收新学生，他知道，如果自己还想继续给张珏做长期教练，就必须展现出自己不仅能带小玉这个天才，还能把其他孩子也培养成才的执教能力。

不然这么一个好苗子，凭什么让他这个没有亮眼资历、在役期间成绩也不辉煌的人来带呢？

以前也不是没有出现过启蒙教练一直将小运动员带进国家队的情况，那些教练大多很排斥自己带出来的孩子被其他人接手，但这么做的话，也很容易被人说"死死攥着天才运动员不放手，糟蹋好苗子"。

张俊宝是不甘心被这样评价的。

哄了两天，张珏终究不情不愿地提着行李箱跟杨队医上了火车，这时候他的3A成功率已经稳定在了30%。

虽然老舅没法跟过去，杨队医倒是能全程跟着张珏，在上车前，宋总教练拉着杨志远小声叮嘱："一定要看紧这孩子，至少在国家队期间，别让他打架……"

那儿可没张俊宝和鹿教练去治张小玉，而且国家队的教练和领导对张珏也不像省队里那么包容。

退役前是双人滑男伴，力气大，战斗经验丰富，可以一人顶住张珏、伊利亚、寺冈隼人围攻的杨志远郑重点头。

大概是心情不好，身边没老舅陪着，张珏这次晕车特别严重，才上车一小时，他就吐了好几回，惹得车上的乘务员小姐来看望了他好几次。给他递晕车药，这小朋友还不肯吃。

张珏捧着酸梅汤摇头："我……我喝这个压一压就行了，不吃药。"

他连在外面的饭店吃红烧肉都不敢，就怕撞上瘦肉精，其他药物也是能不碰就不碰。作为运动员，不乱吃药是基本的要求。

看他这副难受的样子，杨志远叹气，就在此时，他们后座有人说："扯一下他的耳朵。"

张珏回头，看到一张非常立体和帅气的脸，以及一双灰色的眼睛。

该怎么说呢，那双眼睛总是能让人联想到西伯利亚平原的冬季，天空是阴冷的色调，却又广阔辽远。

这是一位很典型的混血帅哥，杨志远看到他的时候却惊呼："小秦，你也在这儿啊？"

张珏蔫巴巴地扭头，觉得这人看起来有点眼熟，而混血帅哥则点头应道："杨哥。"

在杨志远的介绍下，张珏得知这位帅哥叫秦雪君，是省队里退休的老队医秦堂的孙子，现在就读于水木大学，是一名大二医学生。值得一提的是，他才16岁，是一个曾跳过级的学霸，还拿过什么奥林匹克化学竞赛的金奖。

对了，他的祖母叫米娅·罗西巴耶娃，听说曾在俄罗斯某芭蕾舞团做过首席，所以这位帅哥，的确有四分之一的俄罗斯血统。

"小秦，这是张俊宝的外甥，我们队里的青年组男单选手，叫张珏，比你小几岁，也是小时候跳过级的，现在读初二了。他水平不错，前阵子才在都灵拿了块分站赛的奖牌，这次我带他去国家队做短训。"

秦雪君伸手："你好。"

张珏记起这个人来了，但他这会儿还很难受，只能无精打采地和秦雪君握手："你好。"

秦雪君有一手继承自祖父的中医推拿手艺，没从小学毕业的时候就能流利地辨认人体穴位。他看着张珏，说话的语气温和："难受的话，我帮你按一下头好不好？"

张珏有气没力地应道："好啊，谢谢你。"

秦雪君和杨志远换了位置，他一站起来，那一米九以上的大身板，瞬间将杨志远都衬得矮小了。

这人的手也大，五指一张，手掌能盖住张珏整张脸还多。他给张珏按揉穴位时的力道并不重，有种恰到好处的温柔感。

他只下手2分钟多一点，张珏就知道这人有真功夫，因为他确实没那么难受了。不知不觉地，张珏闭上了眼睛。秦雪君又给他按了一会儿，给他把毯子盖好，看着杨志远，想和杨志远换回去，杨志远连连摆手。

"别，让他睡，最好睡到车到站。"

秦雪君便任由张珏靠着他睡，还给张珏调整了一下睡姿，省得小朋友醒来以后脖子疼。

杨志远压低嗓音说："你不是在京城念书吗？怎么回家了？"

秦雪君摇头："我爸最近结婚，我不想参加婚礼，就回来待几天。"

杨志远见这个问题涉及人家的家事，立刻识趣地住口，转移话题："你看这小屁孩，是不是特好看？我看比张俊宝年轻那会儿还精致，这鼻梁高得不输你们混血儿吧？"

秦雪君看张珏的鼻子，轻笑："我知道在冰上训练容易流鼻涕，你让他擤鼻子轻点，都破皮了。"

杨志远："嘻，这不是擤鼻子时弄破皮的，是他一边挖鼻孔一边练三周跳的时候不小心弄的，教练已经收拾过他，不许他那么干了。"

秦雪君无语。

一边挖鼻孔一边跳三周跳是什么奇怪的姿势？

不对，正常运动员就算以标准的姿势去跳三周跳，都有不低的失误率，一边挖鼻子一边跳，这平衡能力得多强啊？

这就是所谓的小身板大力量吗？

不知不觉，秦雪君的胳膊湿了，因为张珏流口水了。

有点洁癖的准医生秦雪君沉默好久，转头露出求救的表情，希望杨队医及时发现情况和他换班，他想去换个衣服，结果他发现杨队医沉迷于手机小游戏，正在玩汤姆猫跳箱子。

在张珏与周公会面的时候，张俊宝在鹿教练的推荐下，蹲在一个又黑又壮的小学生跟前："你叫察罕不花，对吗？"

小男孩腼腆地看着他："嗯，张教练好。"

鹿教练介绍道："这孩子是我在公园的滑冰场遇见的，今年10岁半，他骨架大，力气特别足，而且体能特别好。我在商业冰场那边训了他两个月，现在已经五种两周跳齐全了。"

最重要的是这孩子一看就脾气特别好，看着憨憨的，即使是恶霸也下不去手欺负。

就张小玉那个样子，要是找个脾气和他一样暴躁的师弟师妹回去，张俊宝手底下得乱起来，察罕不花这样的就正好。

察罕不花的哥哥还在旁边嘀咕："我家小牛真能滑冰？不是说这个项目要长得好看的吗？我弟弟那么黑……"

鹿教练看着察罕不花那张脸，点头："可以，放心，以我的经验，你弟弟长大后会很帅。"

巧克力肤色的帅哥也是帅哥。

与此同时，一个叫徐绰的小女孩被妈妈领着上了去京城的飞机，她今年12岁，也是受邀参加国家队短训的小运动员。

26. 他欺负我

在颠簸感中，张珏迷迷糊糊地睁开眼睛，发现自己正被人托着屁股，用抱小孩的姿势抱着，杨队医拉着行李箱走在旁边。那抱着他的人是谁？

记忆里上一次被人这么抱着还是在小学三年级，张珏的父母都不是高个子，许岩爸爸一米七五，妈妈一米五八，等他的身高超过一米三后，家里就没人会这么抱他了。

察觉到张珏的呼吸不再舒缓，秦雪君掂了掂他："醒了？"

张珏揉眼睛："嗯，你是秦……秦哥？"

"是啊，是我，不是什么人贩子。"秦雪君把他放在车站的椅子上。张珏坐了一会儿，清醒了。

他打量着这个明明只比自己大3岁，却和个小巨人一样的大男生，没挨着地的双脚晃啊晃。

"谢谢你之前帮我按摩，把我送到这里。"

秦雪君半蹲着回道："不客气，我还要去学校，这就走了，拜拜。"他看了杨志远一眼，对方友善地挥手。

张珏也挥手："拜拜。"

他看着秦雪君的背影叹气："要是我以后也有这么高就好了。"

杨志远笑着摸张珏的头："你是男单选手，真高成那样的话，就只能转项目去练双人滑了，单人滑还是矮点好。"

张珏辩解道："可是隼人和伊利亚都有一米七五以上啊。"

比他大 2 岁的寺冈隼人和伊利亚都已经完成了发育，全是高个子，至少在花滑项目里，他们都很高。

杨志远心想，所以他们发育期间经常失误啊，直到现在，伊利亚·萨夫申科的跳跃稳定性都没彻底恢复，寺冈隼人倒是还好，但他在发育前其实比伊利亚高，发育期只长了 5 厘米，调整起来也容易。

像小玉的话，他现在一米五二，骨架又这么细，看起来不像能长高的，不晓得成年以后能不能超过一米六五，但这就是很适合练单人滑的身高。

接着他们又坐了一会儿。一个穿一身西装，提着单肩皮袋的女性走到他们面前，她看起来 40 来岁，穿一双羊皮高跟鞋。

她见着张珏就笑，看起来很亲切的样子，眼中带着喜爱和兴奋："是张珏吧，我姓赵，你在国家队这阵子，由我带你。"

张珏打了招呼，还是一副没精神的样子，杨志远连忙打圆场："这孩子晕车晕机的毛病特别严重，现在还没缓过来呢。"

赵教练："是这样啊？那他以后可得多练练，不然出国比赛的时候会很不方便。"

她转身带他们离开，张珏拒绝了杨志远帮他拎包，自己背了一个大大的书包，拖着有猪猪侠图案的行李箱，轮子在地上滚动，发出咕噜咕噜的声音。张珏这时候最庆幸的，就是赵教练穿着高跟鞋，走起来不快，他还跟得上。

赵教练没有开车过来，据说是因为从车站到体育馆太远了，还是坐地铁方便。

张珏跟着大人们进入这个繁华而陌生的巨型城市，四处都是人，偶尔还能看见和伊利亚一样的外国人，心里却不怎么得劲。

赵教练和杨志远聊起了天，她夸张珏："我看过他的节目，很有灵气，跳跃也很干净，国内能把延迟转体练到他那个水平的很少，孙指导说这孩子可能有点难带，不过我看他还蛮乖的……"

杨志远干巴巴地笑着，心想要是张珏都能用乖来形容的话，差点被抱脸虫憋死的张俊宝又该怎么说。

"这次各省省队都有青年组的小队员过来，比如金子瑄，还有樊照瑛，女单那边有陆晓蓉和一个市队上来的叫徐绰的女孩子，双人滑和冰舞那边我不清楚，不过双人滑的人要多一点。我听说张珏不住宿舍，对吗？"

张珏回道："我爸爸也在京城，我去他那里住就可以了。"

他现在先去报到，然后跟着大部队一起训练，晚上他爸爸会叫人来接他。

赵教练和气地点头，又装作无意地提起："可惜陈竹教练说石莫生处于改善滑行的关键时期，所以他这次不来，不然他就可以和你一起练 3A 了。你现在可以脱杆了吗？"

张珏："可以。"

其实按鹿教练的说法，张珏已经把这个跳跃练出来了，剩下的事情就是提高熟练度，再将技术里的一些瑕疵修正掉，要不是这样，H 省省队也不会放他过来。

毕竟就算长辈们再怎么对他放心，也不能在他练新技术的关键时刻把他丢到一个陌生的环境里，还换个新教练。这种做法不叫帮助孩子，而是坑孩子。

杨志远心里觉得陈竹的做法挺对的，石莫生那孩子也在国内的青年组赛事露面好几次了，他天赋不高，但家里舍得投入，陈竹给他打打基础，他还是能更进一步的。

而像张珏，以他的技术水平，进国家队其实已经够了，这次把他派过来也是让上头验验货。省队还是太小，能给张珏的资源有限，别的不说，万一孩子比赛成绩再好点，有个国家队的身份，也好接到广告赞助，减轻他们家的经济压力。

不过原本宋总教练、杨志远都以为接手张珏的是齐教练，这样他就可以和沈流一起训练了，谁知道沈流脚伤太严重，他手底的另一个董小龙也有伤病，上头可能是觉得齐教练的练法太伤身，不敢把好不容易冒头的幼苗张珏再放在他那里。

结果就是，这次来国家队短训的单人滑小运动员，都归赵教练管。

赵教练之前专带女单选手，但即便张珏的柔韧性和跳法和女单选手有相似之处，赵教练能不能带好他也是个未知数。这小子自我意识过强，就算是鹿教练和张俊宝带他的时候，也要把为什么要做这个训练，这个训练练的是什么地方，加强这一块能有什么好处都说清楚。

有时候杨志远会觉得，那两个教练不仅在帮张珏锻炼身体，也在心智方面帮助张珏成长。

还好下午小运动员都来集合报到，然后大家一起做体测的时候，张珏没有闹事。

旅途的疲惫让张珏没了闹事的精力，不过他的体测数据依然在所有人中名列前茅。

他最突出的柔韧性和体力不说，就连爆发力、力量、技术难度都很强，在测试跳跃技术储备的时候，张珏和金子瑄是所有 16 岁以下的小运动员中仅有的拿得出 3A 的人。

他的跳法和金子瑄还不一样，金子瑄跳 3A 用的是高度型跳法，这也是男单选手出 3A 时最常用的跳法，而张珏则是依靠过人的滑行速度换取跳跃远度，再加上极高的转速，才出的 3A。

孙千特意过来看了孩子们的测试。他指着张珏的身影，和队里的滑行教练江潮升笑着说："你看这小子，身体天赋真是没话说，别人跑完 30 圈怎么都会有点喘，就他，之前第一个跑完不说，还和没事人似的。"

江潮升满脸赞赏："鹿老哥启蒙的孩子要么不出头，要么就是滑得很好，这一个尤其好。你看他那个用刃，比在测试赛的时候更深更清晰，绝对是下了苦功夫练的。"

根据上头透露的口风，中国是准备在索契冬奥会结束后，争取申请 2022 年冬奥会的，所以越发重视储备新生代的冬季运动人才。这也是队里有经费邀请孩子们来做短训的原因。

"那个叫徐绰的也不错，她年纪最小，连 13 岁都没有，但在之前的俱乐部联赛里拿出的跳跃难度，压过了好几个青年组的女孩子，跳跃高度相当可观，不输给男孩，就是体力还差点。"

对小孩子来说，1 岁的年龄差都意味着巨大的体能、力量的差距，在体测结束后，徐绰是喘得最严重的。她想擦汗，偏偏穿的是短袖，身上也没有毛巾，只能艰难地眨着眼睛，羡慕地看着唯一能站直的张珏。

他的体力真好啊。

张珏也有点疲惫，但这份疲惫更多地来自那几个小时的长途跋涉，要说体力值耗尽是不可能的。他先甩头，提着衣领擦脸，又走到场边拿水壶。

赵教练拦住他："激烈运动后别立刻喝水，你再去走走。"

张珏面露茫然："啊？我没觉得这个运动很激烈啊？"

这个运动量连他平时的三分之一都没到。

赵教练拿走水壶，说道："别强撑，你看看你这身汗。"

张珏踮脚去够水壶："不是，我只是比较容易出汗，我就这个体质啊。"

虽然他看起来像是被水洗了一遍，但他真的还剩不少体力，现在立刻去场上来一场自由滑都可以。

赵教练还是把他的猪猪侠水壶拿走了，张珏心里不高兴，也只能溜达到金子瑄旁边，毫不客气地伸手。

"借我水喝。"

金子瑄僵住了，他捧着自己的米老鼠水壶，结结巴巴地回道："我……我已经喝过了，要不我再给你买瓶新的？"

张珏不耐烦："你这杯盖不是挺大的吗？拿它接水给我啊。"

这种保温水壶的盖子都很大，本来就是接水用的。

金子瑄哆哆嗦嗦，照办了。

此时中国青年组男单的头号选手，人称金一哥的金子瑄心情相当复杂，他觉得张珏还是不喜欢自己，不然没法解释为什么全场那么多人，他就挑自己一个抢水喝。

早听教练说过 H 省省队早年专出"恶霸"，不想他今日也碰上了，接下来大家还要一起训练一个多月，他的日子该怎么过啊？

金子瑄心里流泪，因为张珏长得好看，所以他还挺喜欢这个小朋友的，结果张珏是个恶霸，他现在也只能祈祷张珏别天天逮着自己欺负就好。

张珏接过那一杯盖的水，没用自己的嘴碰人家的杯沿，一仰头，将水精准地倒入口中。

江潮升乐了，他指着那边："嘿，孙指导你看，金子瑄怕那小子。"

孙千面露慈爱："没想到，咱们新生代最优秀的两个小朋友关系这么好。"

经此一遭，小赵应该也察觉到这孩子难管的地方了，张珏是个自我意识很强的性格，这种孩子表演有灵气，但也很有主见。小赵是执教多年的老教练了，接下来就看她怎么让张珏认可她了。

这么想着，孙千离开了场馆，留下江潮升在原地摸着下巴。

"啧啧，有意思，赵兰嫣终于碰上厉害角色了。"

27. 兄弟交流

张珏从小学开始就展现出一种特质，那就是他不怕老师，对长辈缺乏敬畏心，用他已过世的亲爷爷的话来说就是——这小子是个山大王脾气。

张青燕夫妇在张珏小的时候工作繁忙，有段时间就请保姆照顾他和许德拉，结果保姆品行不好，做事懒散，只丢给孩子们一些零钱买零食，等发现许德拉胳膊上有被掐出来的淤青后，张珏就爆发了。

这个小孩提着折叠凳，和已经是成年人的保姆打了一架，代价是掉了牙，而在那以后，张家父母再也不敢请保姆，有时候忙得没空回家做饭，就由张珏踩着小板凳煮面喂弟弟。

张俊宝就记得有一天他姐姐突然打电话给他，哭着说她下班回家，累得直接在沙发上睡着了，等醒来以后，就看到大儿子用筷子喂弟弟，然后自己去热面汤当作晚饭，还问她要不要吃。吃完面，洗了碗，张珏还自己提着小书包去把作业给写了。

那一幕让作为母亲的张青燕心疼坏了。听了姐姐的哭诉，张俊宝退役后回了老家，就和姐姐说，万一孩子们以后没人带，可以送到他那里去。

不过那个时候，张珏早就连炒菜都会了，而他的父母也结束了奋斗期，开了属于自家的饭店，一家人的物质生活还算不错，直到一场车祸毁掉了一切。

在保姆事件发生的时候，许德拉才记事没多久。他从小婴儿时期就亲近哥哥，在看到他哥敢为了他和成年人打架后，张珏就算指着骡子说那是头大象，许德拉也只会点头。也是由于曾有饿肚子的经历，二德小朋友养成了在家里囤食物的习惯。

在张珏的心中，成年人并不一定都是好的，也不一定都是坏的，他不会用性别、年龄、职业、他人的言论来判定一个人是好还是坏。

所有人第一次站在张珏面前时，只会有一个身份，就是普通人。最初大家礼貌客气地相处，随着对彼此的观察，双方在一个又一个节点决心靠近或远离对方，决定给予友谊或当对方是陌生人。

小玉大王有一套自己悟出来的为人处世的方式，那就是去标签化。他不因赵教练有教练的身份就对她言听计从。要他尊重和服从一个教练可以，但对方必须像鹿教练、老舅一样有真才实学。

江潮升观察了一会儿，确认张珏果然如传言所说的，自我意识相当强，而且心思很正。

在训练的过程中，这孩子再苦再累也一句抱怨都没有，非常能吃苦，没有任何偷懒耍滑的小心思，赵教练指出他的动作哪里不标准时，他也不觉得丢脸，该改的就改，这就是心思正。江教练最欣赏这种类型的运动员。

在喝水事件后，赵教练明显开始对他投入更多的关注，会在他训练时站在边上。正常的孩子会因为师长的关注而感到有压力，可张珏看起来相当自在，也不知道是抗压能力出色还是压根没把人家放在眼里。

他甚至会在一个阶段的训练结束后，无视赵教练欲言又止的表情，直接去找金子瑄要宿舍门号和联系方式，而连带着接收更多赵教练目光的金子瑄看起来都要流冷汗了。

难怪张珏第一次去国际比赛就能迅速适应赛场，甚至是展现出比训练时更好的水准，这是个标准的大心脏运动员。

江潮升嘀咕："我该说宋城捡到宝了，还是说他捡到鬼了呢？"

这种类型的运动员只要没折在伤病关和发育关上，冲击世界赛场一线几乎是必然的事，但也得高水准的教练来带他才行，那教练脾气还不能软，最好像鹿老哥一样一手拐杖一手鸡蛋糕，咆哮声大得能震飞天花板。

听说这孩子之前的主教练是张俊宝，他镇得住自己的外甥吗？

想起鹿教练家的鸡蛋糕，江潮升不自觉咽了下口水。

唉，运动员本就容易在退役后发胖，何况鹿老哥的老婆做饭那么好吃，难怪上次见面时，那位曾经的混血老帅哥胖成了安西教练，也不知道他现在是不是更胖了。

一天训练结束，大部分小朋友都是没精打采的，大家一身臭汗，要先去冲澡换衣服，再去食堂吃饭。张珏没让国家队给他安排宿舍，这会儿本应无处可去，赵教练和江潮升都打算把他叫过去，结果张珏找金子瑄去了。

他踮脚拍拍金子瑄的肩膀："子瑄，借我一下浴室行不？我明天给你带酸奶好不好？"

金子瑄："什么子瑄？"

张珏一脸莫名其妙："金子瑄啊，你怎么啦？"

金子瑄恍恍惚惚，难……难道张珏不是讨厌他，而是亲近他，把他当朋友，今天才一直找他说话吗？

恍然大悟的金一哥点头："那……那走吧，珏……"

哎呀，张珏是单字名，只叫他珏的话，会不会太像台湾偶像剧了？

张珏大方地挥手："叫我小玉就行，走吧。"

金子瑄受宠若惊，他非常自觉地让张珏第一个进浴室，还站在浴室门口问他要不要穿自己的拖鞋。

在张珏开箱子拿东西的时候，金子瑄发现张珏的行李箱里除了花滑用品和必要的换洗衣物，其他的全是和学习相关的东西。教科书、课外复习资料、厚厚一沓卷子，还有一盒中性笔芯和一套尺子。

他应该学习很努力吧。

作为金子瑄室友的樊照瑛张了张嘴，心想：兄弟，你在让张珏第一个去洗澡的时候，有没有想过这间房里还有我存在？你不说张嘴问问我，起码看我一眼啊！

张珏在浴室里干脆地拒绝："不要，我有鞋子。"

他一直是懂事的性子，这会儿用的是别人的浴室，自然不好意思待太久，只冲了个3分钟的战斗澡就换了衣服出来。

小孩穿着奥特曼图案的白T恤，牛仔七分裤，脚穿鳄鱼洞洞凉拖，一张萌脸面无表情，让樊照瑛也没了脾气，他甚至下意识地从床底摸出一罐可乐。

"你喝不喝？"

正儿八经的运动员这会儿应该义正词严地拒绝对方，并表示："你作为运动员怎么可以喝碳酸饮料呢？含糖量高，还会影响钙质吸收……"

但张珏不是正经人，他在家也是个会偷老舅酒喝的熊孩子，他左右看看。

"算了，我是易胖体质，多吃一点，上秤立刻就显出来了。"

他现在看到秤就冒冷汗，有时候都不愿意上去，他老舅直接扛着他上秤，再单独上秤，减掉自己的体重来算张珏的体重。

张珏也这么测自家苞米的体重。

樊照瑛被拒绝了也不恼，还笑："那你也不容易，易胖体质练花滑特别难。"

张珏："可不是吗，光是最初的减脂就苦死我了。"

等金子瑄洗完出来，这两人已经交换了电话号码，甚至打起了扑克牌，还一起骂营养餐难吃。

张珏："等我退役了，第一件事就是做一大盘红烧肉，吃到饱！"

见金子瑄出来，樊照瑛抱怨："你好慢啊。"

金子瑄小声道："对不起。"

他们本以为张珏会和他们一起吃饭，结果张珏拿出一个保鲜盒打了饭菜带走了，说是赶着回家去见爸爸，就不久留了。

其实许岩还有 30 分钟才能到这儿，但张珏了解他爸，那是个只要和人约好时间，一定会提前 15 分钟抵达的人，他怕自己因为吃晚饭，错过了第一时间和爸爸见面。

张珏蹲在体育馆门口，晒着傍晚 6 点 30 分最后那点残阳，嘴里嚼着蔬菜和鸡胸肉、柠檬汁拌的沙拉，眼巴巴地看着路口。沙拉吃完了，爸爸还没来，他低着头将饭盒收进行李箱。

就在此时，有人叫了他的名字。

“小玉。”

这个声音温和而清亮，分明是男声，却莫名带着甜甜的感觉，好听得很。

张珏转头，怔住了。

见小孩呆呆地看着自己，许岩揉了揉他半湿的头发：“你这孩子，满头的汗，怎么啦？”

张珏噘嘴，眼圈也红了起来。雪水洗过的黑曜石般的眼覆上一层水光，表情看着委屈。张珏小声叫道：“爸爸。”

许岩应了一声，把张珏搂进怀里，张珏靠着他，吸着鼻子，抹着眼泪，渐渐地，还是哭出声来。

我好想你，二德也想你。

“爸爸，爸爸……”

夕阳下，张珏靠着父亲的肩膀，明明不想哭的，眼泪却怎么也止不住。他捂着眼睛，坦率地说出思念。

许岩摸着孩子单薄的背，眼眶也在发热，他闭上眼睛深深吸气，再睁眼时，就露出一个笑。

“你瘦了好多啊，做运动员是不是很辛苦？我问过俊宝了，运动员可以吃海鲜，爸爸给你煮大虾吃好不好？走吧。”

他伸手，张珏乖乖把书包递过去，自己拉着箱子跟在爸爸身后，心安定了下来。

直到此刻，京城这座城市在张珏眼中终于褪下国际大都市的遥远感，令人头疼的喧嚣声变成了令人向往的热闹，那些繁华也让他有了探究的欲望。

是的，自始至终，让张珏答应来京城的理由只有一个，就是看爸爸。

坐在公交车上，张珏摸出手机，发了条短信。

【小玉：二德，我和爸爸会合啦，他看起来很精神很健康，之后我还会继续观察他，over（结束）。】

【二德：哥，你走以后，老舅就背了一箱啤酒回家，over。】

【小玉：反了他了！等着，我到地方以后就打电话训他！over！】

28. 据理力争

之前张珏听爸爸在电话里说，他在京城是住在二大爷家的一套老房子里，离他训练的地方只有两站地铁，交通还算方便。张珏心想爸爸不是个舍得花钱的人，也做好了和爸爸一起住地下室的准备，不过情况比他想象的好得多。

那是一个老旧的小区，看起来是 20 世纪 80 年代的那种分给员工的筒子楼，每间房有独立卫浴和厨房，不过楼梯过道的声控灯时灵时不灵。

进了门以后，张珏发现这屋子还不错，两室一厅，有一套红木家具，被收拾得干干净净的。

"知道你要来，我买了新的床单。"爸爸这么说着，把张珏的行李放在有空调的房间里。整个屋子也就那个卧室有空调。

张珏眨眨眼睛："爸爸，我不喜欢吹空调，容易得鼻咽炎。"

许岩揉揉他的脑袋："没事，你睡觉前开一小时的空调，把房间温度降下来，之后开风扇就行了。这里可热了，不吹空调不行，你怕鼻咽不舒服的话，我给你在里面放盆水。"

"房间和柜子桌椅都擦干净了，你自己收拾，爸爸去做虾。"

张珏被揉了脑袋，独自坐在已经铺了凉席的床上，呆呆地看着周围，思来想去，还是决定先打电话给老舅。

许岩做饭的时候，听到自己的儿子在训小舅子："酒精不是好东西，喝多了要人命，你也是 30 岁的人了，咋还不知道这点道理呢……"

哎哟，这个小大人。

许岩心都软了，他同情了小舅子一秒，接着做饭。原本张珏吃虾是要蘸辣味的蘸料的，不过他现在是运动员，油炸辛辣的东西一律不能吃，只能用醋代替。

张珏一边叮嘱老舅戒酒，并让他把电话给二德，指示着二德把酒全部扔掉，一边将衣物和书本拿出来。

即使出门短训，也不能放弃学习，虽然按照宋总教练的说法，张珏只要以后能拿到一次全锦赛的冠军，他们可以保送张珏进张俊宝的母校——京城的体育大学，但张珏有自己心仪的学校，他还是打算参加高考的。

爸爸过来的时候，张珏还戴着耳机在看书，难怪在客厅叫他的时候，这小孩没反应。

许岩回到客厅，将虾壳剥了，放在碗里，和醋碟一起端到张珏旁边。

"下学期就初三了，你想考哪个高中啊？是 H 市的，还是进了国家队以后到京城念书？"

张珏想了会儿，自信地回道："我不想和老舅、二德他们分开，所以除非老舅和我一起到国家队，否则我会在老家念书，目前目标是三中。"

呵，这小子直接把目标定在了全市第一的重点高中，有志气。不过张珏也有这个底气，他每次考试的成绩单都会被发到许岩这里，这小孩成绩不仅没退步，反而越来越好，上次期末考试时排到了全年级第七。

张珏读的本来就是重点初中，全年级前四十名都是能进三中的，许岩不担心孩子的学习问题，只希望张珏别太累了。

"对了，我记得俊宝说过你是要控制体重的，多吃点没事吧？"

张珏掐指一算，摇头："没事，我平时晚上也吃这么多。"

哪怕是减脂时期，他晚上也是吃一些鸡胸肉、一小块土豆或紫薯，还有一杯低脂牛奶。碳水化合物、蛋白质的比例搭配得刚刚好，老舅说这是因为他还没成年，需要健康的饮食结构保证骨骼、肌肉的生长发育。

有健壮的好筋骨，对长远发展乃至一生都是有利的。

现在张珏的减脂期已经结束，正处于增肌期，这个时期他要摄入更多蛋白质。虾肉就富含优质蛋白质，很适合运动员食用。

今天国家队食堂给张珏的晚餐比他减脂期的食物还素，幸好有爸爸在，张珏可以通过他给的加餐，将营养补充到应有的分量。

张珏夹起虾肉，内心忧愁。来之前，宋总教练也没诉他国家队能吃的这么少啊，明明他以前都嫌弃宁阿姨给的营养餐寡淡无味，结果和国家队的食堂一比，宁阿姨也令张珏思念起来。

"对了，小玉，你偷偷给自己加餐没关系吧？"

张珏抬头，对爸爸点头："嗯，放心吧，我不是偷吃违规的东西，只要你不说我不说，别人不会知道的。"

许岩心想：可是你小子吃点什么东西，立刻就显在秤上了啊，这样真的不会被拆穿吗？

第二天，张珏早上 5 点爬起来去晨跑，他本来身体底子就好，省体院里其他项目的老师看着都羡慕。经过老舅的科学训练，张珏 10 公里只用 37 分钟就可以跑完，是国家三级运动员的水准，这还是他没放开全力的水平，不然能更快点。

以他的身高和年龄，这种速度已经很惊人了，也是因为天生耐力强悍，张珏才能在长跑方面进步得这么快，所以有一段时间，田径队的某个教练老是蹲在操场边看着张珏，看得胳膊比张珏大腿还粗的张俊宝立刻跑过去赶人。

15 公里跑完以后，张珏回家，喝下一杯牛奶，吃了个煮鸡蛋，跑到楼顶背书。他每天都要背 20 个单词，接着背诵语文的古诗词、文言文，以及历史的重点知识点。

不过要继续保持自己在学校里的排名的话，仅仅做基础题还不够，需要多买几本难度更高的题集做一做才行。但那些题目仅凭自学难度太高了，偏偏许爸爸也不是学习特别厉害的类型，不知道沈哥有没有空帮他的忙。

张珏揪了揪自己的耳垂，有点头疼。

到了早上 7 点，张珏回到屋子里，将冰鞋、毛巾、水壶和换洗的衣服塞到箱子里，拿着地铁月卡出门。

其实这会儿张珏还是很饿，不过没关系，短训的小运动员都会去食堂吃早饭，他再去那里吃点就行了。

早上的地铁人特别多，张珏在车里，仰着小脑袋看上面的指示牌。

"你再过两站就到了。"有人这么说着，一只手撑着墙，将张珏从拥挤的人群中拉到自己与墙壁的间隔处。

张珏抬头："秦哥？"

秦雪君冲他点头："我住你楼上。"

在秦雪君的讲述中，张珏才知道原来秦雪君和朋友在他楼上租了房子，而且他们每天早上也是这个时候上地铁去学校上课。秦雪君今早在阳台照顾他的太阳花时，正好看到了晨跑归来的张珏。

他的室友老徐也跟张珏打招呼："小朋友好，我叫徐正松，你秦哥的室友。"

按这两个人的说法，他们和许岩也是认识的，毕竟大家都是邻居。有一次他们的水管坏了，还是许岩帮忙修的，知道张珏要过来的时候，许岩去采购风扇和凉席、空调被、蔬菜，徐正松也帮忙搬了东西。

秦雪君是一米九二的中俄混血儿，徐正松是个一米八五以上的山东大汉，有他们两个帮忙，张珏轻松地挤出地铁，及时赶到国家队的食堂。

似乎无论是哪里的食堂阿姨，都深谙抖勺绝技，张珏捧着餐盘跑去排了几分钟队，和阿姨见面时报了名字。阿姨点头，拿出小本子一瞅，大勺就往蔬菜沙拉那边挪。起初，她舀了满满一勺，接着她手一抖，里面的蛋白滑落，就只剩菜了。

除了这些蔬菜，她还给张珏半截玉米做主食。

张珏发出哀号："阿姨，这么点东西吃不饱，我会没力气训练的！"

阿姨心里也觉得张珏吃得有点少，但教练那边打过招呼，希望这孩子的食物分量跟女单选手一样，她只能和蔼可亲地笑笑，又往张珏盘子里放了几瓣苹果："那阿姨再给你一点。"

张珏垂头丧气地走开，一个同样端了一盘子蔬果的女孩子对他腼腆地笑："你好，我是徐绰，也是H省的，之前在Q市那边滑冰。"

张珏看她，发现这姑娘是整个短训营里唯一一个比他矮的，好感度立刻噌噌地涨。

他轻咳一声，矜持地回道："我是张珏。"

徐绰是个看起来很乖的女孩子，她跟在张珏身后。两人说了几句话，张珏就知道这姑娘从小就练滑冰，妈妈是双人滑教练，但期盼女儿能在单人滑上有所成就。据说她原本要去陈竹那里拜师，不过在得知有参加短训营的机会后，她妈妈就把她送到了这里。

小姑娘一脸我有绝密消息的表情："我妈妈说，在短训营表现得好了，说不定可以提前进国家队，哪怕只是二队，也比在省队好。"

张珏心里吐槽：有吗？我现在还没察觉出这里比省队好，虽说场地的确是比省队大。

又过了一阵子，金子瑄和樊照瑛急匆匆地跑过来，两人衣衫凌乱，樊照瑛还在抱怨："说好了只睡 5 分钟，结果你多睡了 30 分钟，麻烦你自己定个闹钟好不好？下次我不叫你了！"

金子瑄连连道歉，张珏看着他们，问徐绰："你们几点起床的？"

徐绰回道："食堂早上 7 点开门，7 点 45 分停止供餐，8 点正式开始训练，在那之前起来就行了。"

张珏挠头，心想他自从开始和老舅一起训练，就已经习惯每天看到凌晨 4 点 30 分的 H 市了。只是昨天坐车时吐得太难受，今天才多睡了半小时。再想想他在都灵看到的和他一样会凌晨起床晨练的伊利亚、寺冈隼人、白叶冢妆子，难怪那群人那么厉害。

他真诚地表示："其实短训营的起床时间还可以再早点。"

徐绰道："不要啊，昨晚赵教练把我们叫到小会议厅一起看金梦和姚岚的比赛合集，观察他们的滑行技巧，回去以后大家又闹了一会儿，睡得都挺晚的。"

张珏满脸疑惑的表情："滑行可以放在滑行课上学啊，晚上还折腾那些干吗？晚上的时间不是应该留给你们看书学习的吗？"

"学习？"樊照瑛和金子瑄一起坐在他们旁边，"我们是来训练的，而且大家年龄也不一样，没法集中起来一起上文化课，回去再补就好了。"

再看徐绰，她对此也是一脸赞同，可张珏觉得不得劲。按照时间算，短训结束的时候，国庆节也快到了，按照正常的学习进程，今年很多学校的期中考都在国庆之后，这个时候不看书，期中考不得考砸吗？

这个时间安排明明不合理，这群人怎么不和教练们提出异议呢？不对，如果可以选，张珏其实也更愿意看动画片，玩游戏，加上这里的人有不少都想走体育生的路子，可能对他们来说，学习的确不是重点吧。

想到这里，张珏就闭嘴了。他一直觉得自己的性格比大部分同龄人更现实，他滑冰主要是为了赚钱帮到家里，学习是为了就算将来滑不动了，还可以通过学习有个好的未来。

他不能放手一搏去逐梦，因为他背后有一个家，有沉睡着的妈妈，有依靠他的弟弟，还有辛苦的爸爸。

如果不是重重的责任压在身上，谁不想放松一下，真以为自律是什么轻松的事吗？

总之，混完这个月还是回去吧，张珏对进国家队没有兴趣，毕竟要论学习环境的话，还是学校更好。

他吃完早饭，和大家一起去跑操，做陆地热身运动，然后上冰训练。

今天他们上的是跳跃课，不仅短训营的主管教练赵教练在，沈流和齐教练也过来了。经过体测，教练们已经将孩子们擅长的跳跃种类，以及先前在省队正在攻克的跳跃都记录汇总了，今天一个一个安排就好。

赵教练心里最重视张珏，昨天也体会到了这个孩子的自我意识有多强，此时走到他面前，拿着小本子和他说话。

"张珏，我看了你教练给的数据，你正在攻克 3A，还有 3F+3T 的联跳是不是？我是这么想的，你不擅长 F 跳，所以只要练成单跳就够了，联跳可以放放，咱们全力攻克 3A 就好。"

她一副要和张珏商量的样子，张珏也给面子，友善地说出他的想法："我并不觉得练习 3F+3T 会干扰到 3A 的训练进程，我可以兼顾的。"

赵教练："可是这个跳跃对你来说没有意义啊，我记得你已经学会 3S+3Lo，还有 3Lo+3T 了，加上 3Lz+3T，你的二联跳储备已经够用了。"

"就这么办吧。"她合上本子，拍板了。

就在此时，张珏将刀套不轻不重地拍在挡板上，发出"啪"的一声！正在附近热身的沈流也看了过来。

怎么了？这孩子咋看着不高兴？

想起张珏那个谁都敢顶撞的脾气，沈流立刻专心盯着这边，生怕赵教练惹着这个小朋友。

张珏倒没发脾气的意思，只是皱起眉头："赵教练，请您听我把话说完。为了提高技术的难度储备，我近期正准备把 3Lz 放到三联跳里面，也就是练习 3Lz+1Lo+3S 的夹心跳，而一个跳跃在比赛里顶多重复两次，3Lz 放在单跳和三联跳的话，二联跳就会出现技术空缺，这时候就必须把 3F+3T 补进去。"

像 3S+3Lo 这组跳跃，以张珏的联跳技术特点来看，他的第二跳蓄力时间几乎没有，所以连上 3Lo 这种跳跃时对状态的要求很高。如果他状态不好，或者腰不舒服的话，就会出现连不上的情况，这个时候，有个 3F+3T 的跳跃储备，不仅是以防万一，也可以让他心里更有底气。

攻克新的二联跳，是他和老舅、鹿教练经过商讨后一起做的决定！

"最后再补充一句，我并不觉得增加联跳的训练，会耽误我练习 3A。因为我的教练说过，我的 3A 完成度已经很高了，现在缺的就是熟练度。"

张珏打开水壶喝了口水，拧好盖子放回去，对赵教练点头："所以请您将我的跳跃训练再重新安排一下吧，我的能力比您想象的更强。"

周遭一片寂静，徐绰看着张珏据理力争的模样，呆住了。

原来运动员是可以和教练这样争论的吗？

29. 小玉委屈

有那么一瞬间，赵兰嫣差点以为自己和张珏的位置互换了，作为教练的不是她，而是张珏。这个孩子有着强烈到极端的自信，他觉得自己才是对的。果然不是一般地难带。

这不是一个可以用教练身份压着的孩子，他满脸都是"我不好糊弄"的神情，不和他讲清楚的话，他会做出什么反应不好说，但绝对会在心里瞧不上她。

其实并没有空去瞧不上谁的张珏还挺客气的："不好意思，要麻烦您重新修改我的训练单了。"

赵教练俯身，拉近和张珏的距离："张珏，短训营里不是只有你一个孩子，你的意思是，要我按照你的方向去做一个新的吗？"

张珏挠头："是啊，您要是没空的话，让沈哥或者齐教练去做也可以，对吧？"

他看向站在旁边的两位熟人，沈流愣了一下，心想，这还有我这个运动员的事啊？但张珏是他亲爱的张师兄的宝贝，这时候他肯定是胸一挺，点头说是。

"是，我们和小玉还挺熟的。"

齐教练笑眯眯的："是啊，正好最近我也挺闲的。"

他之所以闲，主要是赵教练之前和他竞争短训营主管教练的位置时，用齐教练手底下两个男单选手都是伤员为理由把他给 PK 掉了。要是真这个时候低头，让他们把张珏带走，赵教练就白忙活了！

她勉强一笑："没事，我再做一个新的也可以。"

张珏举手："我还有一件事。"

赵教练深呼吸："还有什么事啊？"

忍住，张珏只是来短训的，他还不是她的学生。以张珏的天赋，进国家队是迟早的事情，如果这次短训不能和他把关系搞好，以后她就得不到张珏了。

但如果想要更进一步成为单人滑的主管教练的话，她就必须展现出带男单运动员的水平才行，比如说张珏，她有信心让他在最短的时间里冲进一线。

张珏抱怨着："我发现食堂阿姨给我吃的东西好少，我最近正在增肌，能麻烦您和她说一声，给我多加点蛋白质吗？牛奶的分量也要多一些，我要补钙。还有运动员需要补充的钙片、维生素片，麻烦都给我安排一下。如果您没空，我叫杨队医去帮我领也可以。"

正站在不远处的整冰车旁边收集碎冰的杨志远对赵教练友好地挥手。

谁都没觉得张珏说话的语气不对，虽说这熊孩子对大人没有敬畏感，但因为家教良好，所以一直很礼貌，语气也不冲。在省队的时候，他这么和宋教练说话也不是一两次了，连宋教练都觉得这孩子这个语调没问题，其他人也就淡定了。

教练们多掉点头发又算啥，只要这熊孩子把成绩滑出来就行。

不过现在看到张珏又祸害了新的教练，作为队医，他还觉得蛮有意思的，甚至考虑暗暗提醒赵教练近期把洗发水换成防脱发的。

跳跃训练的方向可以改，涉及饮食问题，赵教练就坚定起来。

她摇头说道："张珏，以你的技术特征来说，你不能吃那么多，忘了吗？你是靠转速出跳跃的，如果没有了转速，你还可以出 3A，可以出 3F+3T 吗？"

其实张珏的体脂率已经很低了，在昨天的体测中，他是全场唯一一个体脂率只有个位数的小孩子，但他的体重不轻，赵教练认为他还可以更轻一些。

所以在这种情况下，她要控制张珏的饮食，加大他的有氧训练比例，剔除无氧训练，让他把肌肉也减掉一些。

因此赵教练并不赞同张珏增肌，尽量减重分明才是让张珏取得更好成绩的方法。

张珏纳闷了："我只是增肌，又不是增脂肪，您不要怕我吃多了长胖，我的体力特别好，为了保持这项优势，我每天都要做很多的有氧训练。"

应该说，就食堂阿姨现在给他的那点分量，光是填张珏每天有氧运动带来的消耗缺口都不够，如果一直只吃这么多的话，他连去玩器械的心思都不敢有，怕营养跟不上，影响他的健康。

就算是为了钱才做运动员，他还是很重视自己的身体的，因为他还有个年幼的弟弟、一个爱偷喝酒的舅舅、一个躺着的妈妈，还有为了家庭付出都不知道说声辛苦的爸爸，在这种情况下，他根本没有拼健康的本钱啊。

毕竟如果连他都不健康，谁来替他照顾他的家人？如果他身体不好，是不是爸爸的负担也会更重？

最重要的是，只有长久地滑下去，他才能有更多的收益，所以短期内拼健康出成绩的方案从来不在他的考虑范围内，即使竞技运动一定会带来伤病，那也是不得不拼的时候才拼，日常训练、饮食还是要稳着点来。

张小玉想：我真是太不容易了！周围的大人都有这个或那个问题，也只能我自己多担待一点了。

因为自认是个心胸宽广的强者，所以他没和"似乎不太聪明"的赵教练多计较，而是很有耐心地继续和她交流。

他踮脚拍了赵教练肩膀一下，都不用敬语了："你傻啊，我要是不增肌才出不了 3A 呢。3F+3T 都是点冰跳，点冰跳就是要力量足够才能更稳，这是常识吧？你没看过我以前的比赛吗？那时候我就是力气不够，所以就算勉强完成跳跃，落冰时也容易身体晃悠。你有研究过我的比赛吗？"

张珏说话的时候还笑呵呵的，对方是教练，他也不是很想得罪对方。

赵教练想：这个小孩子，真是太不懂尊重长辈了，他说谁傻？

旁观的徐绰嘴越张越大，作为一个从小被妈妈管束着的小姑娘，她还是第一次看到张珏这种主见强到教练都拿他没办法的小孩子。

此时徐绰有一种见识新世界的奇妙感受。

张珏只参加过两次比赛，一次是国内测试赛，一次是都灵站分站赛。测试赛的时候，她正忙着带座下大弟子竞争测试赛第一名，没注意张珏这个新人，等比赛结束后，她才知道 H 省冒出来一个小天才。

都灵站分站赛是国外的比赛，但冰雪运动本就在国内属于小众运动，何况张珏比的还只是青年组的比赛，即使有齐教练带回来的录像，清晰度也就那样，顶多让他们认识到这小孩的延迟转体和举手很精彩。

因此，赵教练并没有把张珏的技术研究到那么细致的地步，她也是抱着先把人争取过来，再慢慢了解的念头。

结果张珏一看她犹豫，也惊呆了："你……没研究过我的技术，就把我的训练单和食谱改了？"

他露出震惊的表情："你是认真的吗？"

他滑冰是来赚钱的。作为一个经济困难的人，很多事情一旦牵扯到钱上，哪怕对面是个国家队的教练，张珏也顾不得给她留情面了。

他着急地又问了一句："赵教练，你真的了解我的情况吗？你有没有问过我在省队的教练，我是处于减脂期还是增肌期？"

赵教练还真没问过，张珏一看她的表情，快气死了。他一边下冰，一边骂骂咧咧的。

"有没有搞错啊大姐！我是听说短训营能给我做加强训练才过来的，为了这事我连课都不上了，打算带书自习，还做好了期末考年级排名下降的准备，结果你给我来这一套！我就知道上大班要不得，教练只要不是一对一，好多地方就不细致。"

张珏现在就读的学校有一个制度，就是期中期末考都能维持年级前十的孩子会有5000到10000块的奖学金，所以他冒着学习下滑的风险过来短训，是真的付出了很多的。

说到这里，张珏又想起他可怜的弟弟二德，那孩子原本学小提琴时也是上的小班，老师顶多一次性教三个学生，可在家里出事后，那孩子先是决定不上小提琴班，等张珏滑冰领津贴后，二德又只肯报那种便宜的大班教学。

那是能把人教成才的地方吗？大班只能算兴趣班，要大幅提升能力还是得上小班，张珏越发坚定了自己要好好滑冰多赚钱的念头。

他们这边动静不小，冰上好多人的目光都投了过来，让赵教练下不来台。张珏把冰鞋一脱，赵教练追下来："张珏，你要干什么？罢训吗？"

运动员冲动、脾气大可以理解，但罢训就不对了。张珏要是被冠以这个罪名，绝对要写检讨的。

他把运动鞋一脱，瞪着大大的眼睛："我要去找孙指导反映这个事。短训营这么多小孩，只有一个教练根本管不过来，你压根没搞清楚我的情况，就又是改训练单又改食谱的，我理解你忙，但这样不行！"

赵教练怎么都没想到，她只是几句话没说好，张珏就爆发了。旁观的杨志远也傻眼了，他知道以这个女教练的性子，大概率要在张珏这里吃亏，但也没想到张珏的杀伤力这么大。

张珏还委屈呢，他可是要拼中国站金牌的，怎么能一个多月都让这么个稀里糊涂的教练管着，那不是拖他后腿吗?!

张珏出发的时候就已经从宋总教练那里得知，自己的名字被放在了中国站分站赛的参赛人员名单里，而且最重要的是，报这一站的运动员里，没有寺冈隼人和伊利亚那样的厉害角色。

只要他可以在这一站拼出好成绩，他就可以进总决赛了，而冲进这种国际大赛就意味着他的奖金会更多，现在张珏对这一场的胜利可谓志在必得，又岂能因为区区一个赵教练就出岔子！

所有人都目瞪口呆了，旁观的齐教练和沈流也愣了。等会儿，虽然他们也不喜欢赵兰嫣，可小玉也没必要在短训正式开始的第一天就直接捅破天啊。但是张珏太灵敏了，大家还没来得及劝他，他已经一溜烟先跑了，别人追都追不上。

这事最后还是被张珏闹到孙千那里去了。

张珏还穿着那身黑色的贴身训练服，坐在椅子上，两只脚都碰不到地面。他双手抱胸，神情倔强又委屈。

他付出那么多来短训，不是让人来坑的！就算是国家队，也不能这么欺负小朋友啊！

孙千看着他，突然就明白了宋教练为什么剃了光头。

原来紫微星这玩意儿根本拯救不了发际线，只会摧毁老孙花了数十年挽留的头发。

30. 蝉声颤抖

为什么宋总教练一定要返聘已经退休的鹿老哥呢？

很简单，因为在鹿教练正式回归岗位前，张珏的杀伤力已经大得宋总教练快扛不住了，张俊宝的确能一定程度上管住小玉，但张珏真的脾气上来了，张俊宝也吃不消。

这小破孩一个抱脸虫式使出来，张俊宝也是要窒息的，他连找新徒弟都要去找个子没张珏高、看起来憨厚的类型，可见都被小玉折腾出心理阴影了。

张珏确实天赋极高，而鹿教练也的确有真才实学，所以宋总教练就亲自出山把鹿教练请了回来，管教张珏的压力终于转移到了鹿教练身上。

在很多运动员眼里，胳膊比张珏大腿还粗的张俊宝就是教练里的狠角色了，鹿教练这个扫地僧更不用说了，他俩在孩子们眼里很有威信。这两个狠角色一起上，才让张珏保持了一个还算听话的状态，可见小王的战斗力有多强。

孙千醒悟过来，为什么在他说张珏上京城不用带教练时，宋教练的语气会那么复杂，甚至带着点幸灾乐祸。

合着他这个老朋友早就料到张珏不是那么好接手的类型。

他是天才，没错，恢复训练不足一年就练出了3A，国内有这个天赋的仅有张珏一人，但他的教练也必须很有水准才行，不然这孩子根本不服气。

当然，最让孙千没想到的，还是短训才开始第一天，张珏就已经对赵教练不满了，不过张珏不满的点在于赵教练的训练不适合他，而追过来的赵教练则苦笑，表示他们可能性格不合。

听到她的话，张珏挑了挑眉毛，两天来头一次对某个人露出真情实感的不喜欢，他冷漠地点头："是挺不合的。"

赵教练愣了下，她突然意识到，这个小孩子虽然表现得横冲直撞的，此时的表现却意外地十分成熟。

他好像不是一时冲动才闹到总教练这里的，他是想好了，思考清楚了才这么做的。

孙千没说什么，只是让追过来的赵教练把张珏在省队的训练单、食谱，以及赵教练安排的训练单和食谱都拿过来。

别看孙千今年的工作重心转移到了行政方面，金梦和姚岚这对全中国唯一的双人滑奥运金牌得主还是他一手带出来的呢！而黄莺、关临那对青年组的双人滑小组合，则是孙千的大徒弟马教练执教的，是他正儿八经的徒孙！

很多事情，老爷子看一眼就明白怎么回事了。

作为中国双人滑的祖师爷，孙千从20世纪80年代便开始为国家队服务，先后培养出好几代的双人滑一哥一姐，并且改良了抛跳技术，使得中国的抛跳更加轻盈美观，从此在国际上独树一帜。

顺便一提，他手底下的金梦和姚岚不仅是中国花滑第一对在奥运赛场摘金的运动员，更是全世界第一对挑战抛4S的双人滑选手。只是现在作为接班人之一的黄莺只有13岁，她的搭档关临也只能陪她继续待在青年组，金梦和姚岚为了等两个孩子升组，才撑着伤病严重的身躯继续比赛。

也是因为金梦的伤势加重，孙千为了爱徒心痛不已，其他工作也不少，才想着提拔一个年轻点的教练上来帮忙，顺便培养接班人。双人滑那边的马教练进入国家队不久，工作经验不丰富，无法服众，他也没有自己出身双人滑就要捧双人滑压单人滑的意思，于是直接从单人滑那边找了。

齐教练和赵教练都是执教数十年的老教练了，其中齐教练先后带出了好几代一哥，他现在手下的沈流和董小龙就是上赛季全锦赛的冠军和亚军。

而沈流是目前国内唯一一个拥有稳定四周跳的男单选手，正儿八经的一哥。遗憾的是，因为只有他最能扛，所以很多比赛他都不得不上，搞出一身伤病。在孙千看来，这倒不是教练的问题。

毕竟独出一哥一姐在赛场上孤军奋战，哪怕受了伤也不敢退赛，日子久了满身是伤这种事，他也看了太多了。张珏以后要能滑出头，而金子瑄又一直是那副外战外行的样子的话，他的处境恐怕不比沈流好。

最宝贝的徒弟重伤以后，作为教练有多心力交瘁这一点，孙千比谁都清楚，随着沈流进入职业生涯末期，齐教练恐怕也没多余的精力去管另一个孩子。

赵教练手里带的女单选手大多在温哥华周期结束后就退役了，女单本就是出了名的花期短，她现在手里只有一个米圆圆勉强撑着。她积极地表示自己想要新学生，张珏也确实身体条件与女单选手相似，孙千便给了她一个机会。

然而一切都截止于孙千看到赵教练给张珏安排的训练单和食谱。

孙千上次看到这种训练单和食谱还是在20世纪80年代呢，那时候大家都没什么科学的训练方式，只能死命地狠练，尤其是花滑、体操这样的项目，许多运动员为了瘦下去，都是三月不知肉味，一餐饭只吃几根清水煮面条，为的是扛起本项目在国际赛场上的旗帜。但那其实是很无奈的做法，很毁运动员的身体，近些年大家也都讲究科学训练了。

极端的方式顶多让运动员短期内绽放光芒，但那种练法只会毁掉他们的潜力，尤其是张珏，作为男单选手，他的潜力很大，如果他能在发育期长足够的力量，说不定就能冲上成年组A级赛事的领奖台。

赵教练对他的练法……作为教练而言，太过自私了，就像是只把张珏当作取得成绩的工具使。张珏也是血肉之躯，他的潜能、他的未来、他长远的健康，都十分重要，只有把这些都考虑进去，那人才配做教练。

张珏大概也是这么想的吧，不，如果是他的话，恐怕还没有认可过除他老舅和鹿老哥以外的人。

孙千看着张珏，发现张珏还是坐在那个椅子上，看着小小的，袖子不知何时被撸起来，胳膊很细，但能看到明显的肌肉线条。

他的腹肌、大腿的肌肉线条也挺明显的，只是看着瘦，实际上力量在同龄人里是很足的。

如果在发育前就得到科学的力量训练，那么在发育关到来，身高急速增长、身体重心大幅度变化时，运动员也有更多的余裕调整自己。而且很多运动员之所以过不去发育关，是因为他们力量太小，等发育时身体变重了，肌肉力量没法再支撑他们起跳。

张俊宝现在就开始为他的大外甥过发育关做准备了啊，到底是亲外甥，H省省队应该从一开始就没考虑过让张珏用健康换成绩。

孙千叹了口气："小玉啊，你放心。"

张珏歪头，他放心什么？

孙千对张珏微笑："放心，我会给你找个靠谱又管得住你的教练的。"

张珏脑子里冒出许多问号，咋啦，他都越级把事情闹到孙指导这个国家队总教练这里了，孙指导居然还不打算退他的货吗？他都已经做好提前买车票回家的准备了。

孙千才不退货，张珏可是他觍着脸从老宋那里临时讨过来的，现在灰溜溜地把张珏送回去，他老孙的面子又往哪儿搁？

他来到训练场，轻咳一声，看着齐教练："老齐啊，我知道你最近在帮韩国那两个小朋友，但这事让江潮升去忙也可以，他才是管滑行的，可以教冰舞。你呢，还是来帮我多挑点担子吧。"

当天下午，小朋友们就收到通知，有氧训练和跳跃课要换一下，接下来孩子们要坐大巴车，去京城体育大学上运动医学的大课，主要是听一位老教授讲述如何在受伤后好好处理伤口，以及保护自己的关节和韧带。

"还有，我们请的文化课老师明天就过来了，大家做好准备，该学习还是要学习的。"孙教练说完这句话后，全场除了张珏，几乎所有人都哀号出声。

年轻人有几个喜欢学习的？

关临是罕见的没有哀号的人，因为这会儿他正苦着脸和自己的女伴说话。

"莺莺，我都读高中了，自己的作业都写不完，真没法再帮你写。你有不懂的可以问我，好不？还是认真学一下吧，你也要考试呢。"

看他的表情，俨然是一个殷殷劝学的老父亲。

张珏挠头，在体大上了一下午课，第一次产生了"我在这个破短训营总算学到了一点东西，不算来浪费时间"的感觉。

等吃晚饭的时候，张珏在食堂接到了爸爸的短信。

【爸爸：小玉，爸爸今晚要和二大爷去加班，你要乖，自己坐车回家。】

看来今天是没有爸爸给加餐了，小朋友摸摸早已空空如也的肚子，垮着脸去打饭。

食堂阿姨看到他："张珏是吧，来。"

老阿姨给了他一大块紫薯，一堆蔬菜，一杯豆浆，以及一块煮得很烂的牛腱子肉。咦，她居然给张珏肉吃了！

张珏眼前一亮，对阿姨甜甜一笑，眼含期待："还有吗？"

阿姨微笑："没有了。"

花滑运动员没有资格在晚上大吃大喝。

张珏还和阿姨讨价还价："再给我一点蔬菜嘛，阿姨，那个吃了不长胖的，我想用蔬菜填肚子啦。"

没变声的男孩声音又软又甜，阿姨想了一下，把张珏那盘淋了点沙拉汁的蔬菜端走，给了他一盘更多的蔬菜，上面只有柠檬汁。

"这样可以不？"

张珏："可……可以了。"

行吧，这也算是他平时会吃的分量了。

张珏不知道的是，在他离开后，食堂阿姨和同事聊天："我才看了那个张珏的增肌进度表格，他预计在这个月增重三斤，来之前已经完成一半进度了。"

这里的增重不是指发胖，而是让运动员长三斤肌肉，属于技术活。

其他人纷纷惊呼："哎呀，那他的营养师水平很高嘛，之前沈流增个肌要死要活的，不管我怎么喂他，他都不长……"

阿姨呵呵一笑："那边的食谱其实早发过来了，喏，就那张 H 省的传真。啧啧啧，听说那边那位营养师还打算以张珏为实例写论文呢。"

第二天，齐教练及几个二队的教练，总共六个人接手了短训营，场边还蹲着俩队医，一个据说是举重队退下来的，手劲特别足，什么壮汉都按得动，还有一个就是杨志远。

两个大汉往那儿一站，使得训练场馆的气氛都变了。

直到此时，张珏才觉得这个短训营是个像样的地方了，甚至还透着股让他熟悉的气息，新上任的齐教练也很照顾他。

某天午休结束，张珏本该借住沈流的宿舍，结果孙千开完一场会回来，就看到这熊孩子提着个空水瓶和金子瑄、樊照瑛、关临几个男孩嘻嘻哈哈地玩闹。

孙千教过的小屁孩多了去了，一看这情形，就知道是熊孩子精力旺盛，中午睡不着，跑出来调皮捣蛋了。

他喝道："你们几个，干什么去了？别跑！过来！张珏你别跑，就你那矮个子，隔老远我都知道是你！"

听到教练的声音，第一个反应过来要跑的张珏一个急刹车，蔫头耷脑地和小伙伴走到孙指导面前，还露出个讨好的表情。

"嘿——"

看到他这个样子，其实孙千还真有点不想罚他，他咳了一声："你们几个中午不睡觉，搁这儿干吗呢？"

几个男孩子面面相觑，张珏站出来，举着瓶子一脸献宝的表情："宿舍楼旁边有棵树，老是有蝉在叫，樊照瑛说睡不着，我今天就帮他个忙，去把这些蝉都逮下来。"

要不是他们都是要注意入口食材来源的运动员，张珏说不定会把这些蝉给炸了做零食呢。

总之他也不是出来调皮的，他就是帮被蝉吵得睡不着觉的朋友们的忙而已。

谁知在看到瓶子里那奄奄一息、快要升天的蝉时，孙千的手微微颤抖起来。

这一刻，他无师自通了鹿教练的独门绝技——鹿氏咆哮。

"臭小子！你们知不知道就京城这环境，近些年来还有蝉住着的树越来越少啦？"

教导熊孩子总是需要劳心的，而运动员们普遍精力旺盛，管理起来十分费劲。花滑还这么小众，成绩不算出色，作为国家队总教练的孙千，日子过得甭提多糟心了，而当他完成了一天的工作后，靠着树听蝉鸣，看夕阳，感叹一番人生，便是他排遣压力的方式。

现在这蝉都被张珏逮了，孙指导那颗心啊，都要碎了！

还有……

"张珏，谁让你爬树的！"

31. 落冰压力

张珏惹得孙指导咆哮的样子有多酷，他挨揍的时候就有多狼狈。

在张珏将训练馆旁唯一一棵还有蝉鸣的树上的蝉灭了满门的第二天，一个69岁的老人穿着白T恤、长裤，脚穿牛津鞋，拖着大大的行李箱，肩扛一根拐杖下了火车。

别人的拐杖是用来挂着辅助走路的，这位满头银发、五官清晰的混血老帅哥的拐杖却是对某个熊孩子的威慑性武器。

时值夏日，京城热得能让非洲大兄弟都中暑，鹿教练也出了一身汗，上衣贴在身上，显露出明显的肱二头肌，令无数路人为之侧目。这老头看起来是个不得了的猛男啊。

去迎接鹿教练的人是他年轻时就认识的老朋友江潮升，看到老头的那一瞬间，江教练露出了一种不敢置信的神情。

"鹿……鹿老哥？"

鹿教练："是我。"

江教练颤抖着手："你……你怎么瘦成这样了？"

你原来的体形不是都堪比安西教练了吗！

鹿教练答道："因为我给张珏做了十个月的教练，所以就瘦下来了。"

江潮升哑口无言。

看来这还是个管理张珏的专家。江潮升默默转身，把他送去宿舍安置。鹿教练拉开一个皮包，往里面塞了厚厚的文件，提着拐杖去找张珏。

鹿教练走入场馆时，张珏正拿着自己和金子瑄的刀套扔来扔去，和玩杂技似的，金子瑄在旁边弱声弱气地提醒他："张珏，可……可以还给我了吗？"

齐教练因为接收了整个短训营，哪怕还有几个二队的教练帮忙，还是忙得不行，才结束上午的体能训练，这会儿还要和一位名叫陆晓蓉的女单选手的教练就食谱问题争论，举着电话焦头烂额的，也没空管这边。杨志远则是只要张珏不打架，一切好商量，一时之间也没人管这熊孩子。

孙千指着张珏："就这么回事，老齐一个人搞不定他，二队的那些更别提了，有几个经验不丰富，差点被张珏倒过来忽悠去给他买饮料。"

张珏之所以杀伤力那么大，不仅是因为他战斗力强悍，还因为他脑瓜子灵活。

鹿教练点头："行，我知道了。"

老头提着拐杖，从张珏背后接近，张珏身前的樊照瑛一愣，正想问问张珏认不认识身后那个爷爷，就见那老头用拐杖尖点了点张珏的肩膀。

张珏往前一跳，不满地回头："谁啊……"他只说了半句话，接着就没声了。

下一秒，这熊孩子抬腿就跑，鹿教练拔腿就追，两人围着冰场跑了两圈。张珏个头不高，腿长有限，加上才做完体力训练，身体还残留着疲惫，最后还是被鹿教练抓住抽了一顿。

张珏委屈巴巴地抱头蹲着，鹿教练毫不客气地骂了他一顿。张珏抬头，小心翼翼地露出一个讨好的笑："嘿嘿。"

鹿教练："嘿嘿你个头，把东西还给金子瑄，和他道歉。"

张珏："哦。"

张珏终于老实了，金子瑄捧着刀套，对鹿教练满心感激。

鹿教练对齐教练、孙指导来说，简直就是救世主，就连沈流都松了口气：太好了，他的启蒙恩师有多少本事他也清楚，绝对教得了小玉。

短训从这一刻正式开始。

齐教练作为新上任的短训营主管教练，做的第一件事就是和小运动员们过往的教练沟通，更进一步地了解他们的具体水准和短板，并重新调了一遍孩子们的食谱。

总不能让孩子们在地方上都吃得好，到了国家队反而吃不好吧？那他们也太没脸了。

接着就是分组，齐教练最擅长的还是教人跳跃，沈流就是他一手从初入国家队的新人带到了如今的世界排名前十二名的运动员。

这是一个非常有意义的名次。

在花滑项目上，一个国家的运动员在世锦赛这样的大赛里的参赛名额，由该国上赛季的成绩决定。

有运动员拿到第一名和第二名的国家在新赛季有三个世锦赛参赛名额，如果该国有两名运动员参赛，且他们的名次加起来不超过十二，也是三个名额。比如第四名和第八名相加等于十二，这就是三个名额了。

如果只有一个运动员参赛，但进入了前十二名，则该国在本项目拥有两个参赛名额。

自从沈流滑了出来，中国男单才时不时可以拿到两个世锦赛名额，所以哪怕沈流本人有肠易激综合征，一紧张就拉肚子，且不擅长滑行，柔韧性不够好，表演平平，他一哥的位置还是坐得很稳的。

接着江潮升被拉过来教滑行，他是冰舞项目出身，本就擅长滑行，还是中国仅有的三位得到国际认可的花滑正式大赛的裁判之一，教一群小朋友自然是够格的。

鹿教练其实最擅长的是给人纠正技术，比如许多运动员的 Lz 跳和 F 跳总会有一个出问题，也就是用刃不标准，只要给鹿教练足够的时间，他可以帮人改刃。这是一个说出去，能让无数运动员闻风而至的能力，因为就算是顶级赛场的一线女单选手，也有人怎么也改不了刃。

但鹿教练连 F 跳极差的张珏都可以教到如今的地步，带别人也是可以的。

问题在于短训只有一个月，改刃是不够的，鹿教练想了想，就揽过了帮人改旋转技术的事。

张珏最初恢复训练的时候，旋转位移严重到了肉眼可见的地步，这就是空了四年的后遗症——基本功千疮百孔。

在鹿教练出手后，张珏的旋转如今已经拿得出手了，尤其是他的贝尔曼旋转，在男单选手里可谓是独一份。

除此以外，他们还请了舞蹈老师来给孩子们上课，增加肢体优美度，提升柔韧性，增加点表演属性。

效果咋样不知道，但齐教练也是尽力用最短的时间，把短训营安排得有模有样了。

因为大家的情况和年龄都不同，所以训练单也不一样，比如张珏，别人早上跑操跑个 20 圈就够了，他得跑 40 圈；再比如舞蹈基础，他也是最好的一个，柔韧性……他的柔韧性比上课的老师还强，跳跃课也是和比自己大几岁的金子瑄一起上。

别看金子瑄经常在赛场上"抽风"，其实他在训练里还是很不错的，3A 的成功率比张珏还高一点，让齐教练很是欣喜。

但齐教练也不是很擅长治"抽风"，沈流之前也不是没有因为发挥失常掉到二十几名的情况，那时候师徒俩只能一起抱头痛哭。

几个国家队的教练暗地里瞅着，在私底下聊天的时候，还是叹着气认为张珏更有冠军相。这小孩胆大心细，敢拼敢闯，心智也成熟，扛得起压力和期待，最重要的是，他的进步太明显了。

在众位教练都在现场观赛的国内测试赛时，这小孩的 F 跳还是他的弱点之一，但是在都灵站的时候，这个跳跃已经开始能拿分了，到了现在，他连 3F+3T 都开始攻克了。

有人羡慕地对鹿教练说道："鹿叔，你们家张珏以后绝对不得了啊，他是真的天才。"

鹿教练翻着张珏的资料，眉头皱得死紧："还行吧……"

伊利亚和寺冈隼人据说已经在练习四周跳了，他们家小土虽然拼，但目前最高的自由滑配置也不过是双 3A。

一个跳跃在一套节目里顶多重复两次，他在让张珏提升 3A 成功率的同时，把 3A+2T（3T 还在修炼中）也排进了训练表里，张珏最近状态不错，练得也快。

但技术的储备如果跟不上的话，那个孩子就要一直被伊利亚和寺冈隼人压着了，这就像张珏明明在测试赛表现得不错，却因为没有 3A 而被金子瑄压住一样。

那小子不会甘心一直做第三名的。

可是张珏现在就开始练习四周跳的话，那具连发育期都没有进的小身体受得了？

运动员跳一个四周跳落冰的时候，关节要承受人体本身体重 5 到 8 倍的重量，如此损耗，也是花滑男单选手普遍职业寿命不长，超过 23 岁就可以被视为老将的原因。

除非能有个法子，减轻张珏在落冰时的关节压力。

然而就在当晚，有关是否让张珏去攻克更高技术的问题，就被张珏自己找出了答案。

由于每天训练结束后，孩子们都会一身臭汗，尤其大家都处于夏日的京城，不洗洗换身衣裳，身上的味道会浓得连他们自己都忍不了。

张珏依然不住宿，要洗澡就借金子瑄和樊照瑛的浴室，午睡的时候就找沈流借个地方。这小朋友走到哪里都有人关照,于是不知从何时起,他洗完澡,换上卡通风格的 T 恤,踩着洞洞凉拖走进食堂的样子,也成了一道独特的风景。

他是真的很可爱。

短训营里有个才从体大毕业、专门教舞蹈的老师,20 来岁的漂亮姑娘,每次见了张珏都一脸笑。在经过张珏的同意后,她拍了和张珏的合照发了微博。

舞蹈肖老师
在今年的国家队短训营里看到了一个超可爱的小朋友,他的天赋很棒!

此时张珏在国内冰迷里,也算是多了一点存在感。

对资深冰迷来说,他们不仅会关注那些正当年的运动员,也会关注那些有潜力的小将,不少人还会从小运动员的青年组时期开始就看他们的比赛,像伊利亚和寺冈隼人、白叶冢妆子这批青年组的小运动员的粉丝大多就是这个类型。一旦小朋友成长到进入一线选手的行列,粉丝的感受就和买彩票中奖一样,相当舒爽。

遗憾的是中国花滑除了双人滑,其他项目在近些年都没有亮眼的新人。大家都是好不容易找到一个还能看得过去的独苗一哥一姐,看他们拼死扛上许多年,能够接班的选手迟迟不出现。所以很多国内的粉丝,硬是没能找到值得关注的小选手。

在这种环境里,张珏的出现是一个实实在在的惊喜。

此时测试赛还是不允许观众去观看的内部赛事,大家也只知道今年第二名没有被安排到国内的分站赛,而是去比了第一站,但那个时候关注这件事的冰迷加起来还不超过两位数。

等到张珏拿了铜牌时,国内才开始有更多人关注他,准确地说,是关注伊利亚和寺冈隼人的冰迷,在看到这一场分站赛的领奖台三人合照时,惊讶地发现第三人是自己国家的娃。

而且张珏有不少让人记忆深刻的点,他会 Tano 姿态的举手,会贝尔曼旋转,表现力很强,还有一张精致可爱的脸。他还是全场年纪最小的参赛人员。

年纪最小,参赛男单选手里个子最矮,上领奖台时,寺冈隼人还伸手要扶他,让他看起来特别娇小可爱。

许多冰迷在看到张珏的第一眼，就确定这是个值得关注的好苗子，紧接着，那位很喜欢张珏的舞蹈老师，又拍了一个张珏被沈流带着玩四周跳的短视频。

视频时长仅有 8 秒，视频中，男单一哥沈流跳了个 4T，稳稳落冰，而张珏在旁边也跟着跳，最后在离足周还有 100 多度的时候落冰，摔了个屁股蹲儿。

冰迷们纷纷点赞，夸小朋友天资卓越，沈哥后继有人。

鹿教练看着这个视频，陷入沉默，半晌，他给张俊宝打了个电话。

"喂，小宝，我记得你以前在髋骨伤病最严重的时候，为了延长在役时间，有自己琢磨出一套落冰的发力方法。你把资料整理一下，等短训结束回去的时候我要看。"

第二天上午，跳跃训练结束后，鹿教练提着一根吊杆朝张珏招手："小玉，过来，要不要玩点有难度的？就是试一试用吊杆感受一下四周跳？"

张珏挠着头过去了："啊？那个我不行啦，昨天晚上就被沈哥带着玩过了，我没法足周。"

鹿教练沉着地说道："所以我让你用吊杆，还有，这次别试 4T，那是点冰跳。你的肌肉有限，点冰以后腾起的高度不够你玩四周跳。试试刃跳吧，比如你最擅长的 S 跳。"

S 跳，又称后内结环跳，是张珏最擅长和喜欢的跳跃。

小孩挠着头，感觉稀里糊涂的，但他是个啥都敢尝试的性子，最后还是被怂恿着挂上了吊杆，然后开始助滑。齐教练在鹿教练的委托下，在场边举着摄像机。

助滑了小半座冰场，张珏双足呈八字，唰啦一下，冰刀在冰上刮出一层冰花。他起跳转了四周，然后在落冰时一个趔趄差点摔倒，但因为有吊杆吊着，所以被吊在半空原地转了一圈，又靠自己站稳了。

鹿教练心里默数着，果然刃跳比点冰跳更适合现在的张珏。

一般别的选手上吊杆，是指望举杆的人在他们起跳时往上一提，帮助他们获得更高的高度，但在张珏跳跃的时候，鹿教练故意没有提杆，放任张珏自己去完成这个跳跃。

这次测试的结果时，张珏的 4S，在不考虑落冰的情况下，离足周有 90 度左右，但绝对不超过 100 度。

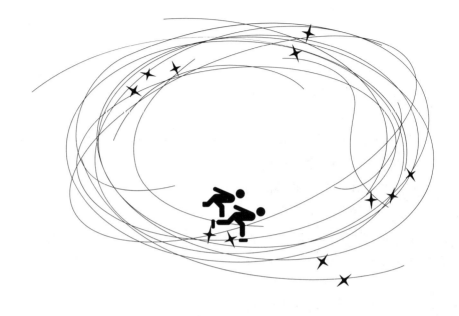

四 小玉大王

32. 寻找爸爸

"嗯，好，没事的……美晶，你多照顾搭档一些……"

在某天下午，张珏上完舞蹈课的时候路过走廊，就听到沈流用英语打着电话。他的英语非常流畅清晰，和张珏作为学生经常听的听力材料差不多，所以哪怕是张珏，也听懂了一部分。

电话那头的人应该是和沈流在道谢吧，然后沈流则表示不用谢，还问对方缺不缺钱，一副很关心的样子。

沈流挂掉电话的时候，一转头，就看到张珏抱着换洗的衣服歪着脑袋打量他。他吓了一跳，随即反应过来："小玉，你洗完澡了？怎么还不去吃饭？"

张珏："我这就去呢。"

看到张珏离开的身影，沈流心想，这熊孩子到底听了多少？算了，反正这事对张珏影响不大。

过了一阵子，孙指导的咆哮声响彻整栋大楼。

"金子瑄，谁让你把油炸的蝉放在我门口的？什么？张珏让你放在这儿给我赔罪？那他人呢？"

沈流内心默默吐槽：好家伙，这是扎孙指导的心啊，张小玉你果然还是记恨孙指导把你的克星鹿教练叫过来了！

沈流莫名想起了鹿教练以前在电话里和他说过，张珏小时候在他那里练滑冰的时候，经常撺掇一个叫二胖的小伙伴和他一起调皮捣蛋，往往是被鹿教练逮到以后，二胖才知道自己被忽悠了。但张珏在那个时候，似乎是把二胖当作最要好的朋友的。

张珏小时候是个小胖子，人称大胖，与二胖一同组成了最让鹿教练头疼的小胖子组合。

听说那孩子因为后来个子太高，被拉去练了双人滑，也不知道练得怎么样了。不过既然是鹿教练点头认可能走职业运动员道路的，想必天赋不差。

金子瑄现在的待遇和二胖当年差不多，张珏对他的好感应该已经很高了吧，就是不知道金子瑄能不能承受张珏对好朋友的爱了。这孩子似乎是个玻璃心呢。

张珏挨了一顿骂才终于吃上了晚饭，但对调皮孩子来说，一顿骂而已，不痛不痒，他端了一盘子蔬菜和鸡蛋、鸡胸肉，找到还在哭的金子瑄，在他边上坐下，拍拍他的后背。

"你现在抓紧时间哭也挺好的，以后到了赛场上别哭就行了。"

金子瑄哭声一停，他把餐盘一推，趴在桌子上哭得更厉害了。张珏觉得金子瑄能毫无顾忌地人哭也挺好的，自己就是太要面子了，有时候明明很难过，也要找没人的地方偷偷掉几滴眼泪，眼泪掉完，然后告诉自己，这事过去了，接下来得朝前看。

国家队的成年组女单一姐米圆圆轻声笑起来，她摸出一粒软胶囊往嘴里塞，喝了口水咽下去，说道："你们感情真好。"

张珏拿起一个热乎乎的鸡蛋往金子瑄眼睛上头摁："没办法啊，小金要没我看着，还不知道被怎么欺负呢。"

金子瑄抽噎道："最喜欢欺负我的就是你了！"

张珏瞪大眼睛："你这个人，说清楚我怎么欺负你了？难道我不是从训练到玩耍都带着你吗？"

众人闻言，都陷入了沉默，旁听了一会儿的青年组双人滑一哥关临把剥好的鸡蛋放进女伴盘子里，转移话题道："圆圆，你吃的是什么药啊？"

米圆圆眨巴眼睛："是维生素 E 啦，我之前减重太过，体脂率也太低，所以有三个月没来月经了。医生叫我补充这个，说是能保养卵巢，防止早衰，辅助治疗月经不调。"

说起这事，米圆圆也没觉得不好意思，其他人同样一脸淡定。女性的体脂率低于百分之十五就容易不来月经，女运动员里有这个毛病的不在少数，就连男性运动员，因为体脂率过低而畏寒，还有因为脂肪太少导致更容易骨折的也是有的。

只是既然他们已经投身竞技运动了，在很多事上就没的选，只能看营养师和教练怎么给他们调了。

张珏大口大口地往嘴里塞没有什么味道的柴柴的鸡胸肉，以及绿绿的蔬菜，小脸鼓鼓的，看起来吃得挺香的。黄莺则苦着脸，营养餐实在不好吃，面对这种玩意儿，她反而宁肯阿姨打饭的时候能手抖一下了。

算了，谁叫他们是运动员呢？干这一行就是得埋头苦练，死命吃饭，才能拥有强健的体魄。在吃完难吃的营养餐后，孩子们一同举起一杯绿色的蔬菜汁干了杯，祈祷明天鹿老头能手下留情。

自从摸清楚路线后，张珏就是自己上国家队训练然后自己回家了，他忙完一天之后到家时通常是晚上 8 点。张珏压根没坐下，将被汗浸湿的衣服丢进洗衣机，把冰鞋放好，然后抱着书本上楼，敲响了秦雪君家的大门。

"嘿嘿，秦哥，我又来你这儿写作业了。"

秦雪君手拿一本《柳叶刀》，对张珏友好一笑："进来吧。还是老规矩，有不懂的可以问我，渴的话冰箱里有矿泉水。"

自从得知楼上住了个学霸，张珏再也不担心自己碰到难题时无处可问了。

而且秦雪君很大方，在张珏写完作业，他检查一遍确认没问题后，还会借电脑给张珏用一小时，张珏一般会用这段时间看看动画片，再看一下自己的邮箱。

今天，他收到了来自伊利亚的邮件。

> 亲爱的 Jue，你和我说的闯祸以后"嘿嘿"笑的方法我已试过了，但是在我"嘿嘿"笑以后，瓦西里的怒火没有消失，反而脱下鞋子把我抽了一顿。鲍里斯教练在旁边叫好，还把我用酒精泡了一周的香蕉、苹果、胡萝卜都扔了。看来这个方法并不适合我。
>
> ——你的朋友伊利亚

> 亲爱的伊利亚，我告诉过你，用酒精泡水果并不能让你得到能喝的果酒，请克制你对酒精的渴望。我不想在某天听到你为了摄入酒精跑去喝沐浴露，那真的太蠢了。
>
> ——你的朋友张珏

张珏关掉电脑，对借给他电脑的秦雪君道谢，秦雪君点头，问他："要不要酸奶？我冰箱里还有两盒。"

水木大学有专门的奶源，里面的酸奶也算学校特产，在校内还挺有名的。

张珏摇头，秦雪君又问："那我送你回去睡觉？"

张珏摇头又点头："我先回去吧，不过一时半会儿应该睡不着。"

秦雪君微微屈膝，手放在大腿上，语调温和地问他："怎么睡不着了？是今天太累了，肌肉又疼了？"

"不是，我就是在想，爸爸最近工作太辛苦，我要醒着等他回来，劝一下他，让他别那么拼了。"

他爸明明是个厨子，但最近老是加班到晚上10点多，最后晚上11点才回家，这也太夸张了吧？还是说他跑到烧烤店兼职赚钱了？

张珏从不怀疑他爸爸能为了妈妈一天二十四小时连轴转地工作，以至于把健康值都耗尽，因为他就是那种把妻子、孩子看得比什么都重，愿意为之付出一切的男人。

证据就是张珏的妈妈在出车祸前，明明年纪比许岩大，生育了两个孩子，但她看起来比同龄的女性年轻起码10岁，一看就是过得超级幸福的女人。张珏明明只是许岩的继子，但因为许爸爸给了张珏足够的安全感，即使从小就知道他们没有血缘，张珏还是觉得他爸就是这个人。

许岩是张珏的人生榜样，是教张珏如何做一个男人的父亲，可是作为儿子，他哪里舍得爸爸那么劳累啊？

秦雪君想了想，觉得放这个小朋友独自在家等大人，似乎怪可怜的，他明天休息，便提出陪张珏一起。张珏眨巴眼睛，一口答应。

结果等到了他们家，秦雪君就被招待着坐下，面前摆了水和零食，张珏自己则拿着抹布和扫把、拖把在家里搞卫生。

他是不打算把家务留给爸爸做了。

秦雪君捧着一包紫薯干发了一会儿呆，心想，如果是他的爸爸，绝对不会为了妈妈拼命工作，而他也不会为了爸爸晚归而着急，毕竟他爸爸还没有和妈妈离婚的时候，就已经常常夜不归宿了。

后来妈妈再婚，有了新的家庭，最近还怀了孕，秦雪君也没有恨她。在他的成长过程中，爷爷奶奶的存在感更强，老是争吵并漠视他的父母则只留下了陌生的背影，若他们有了新家庭，秦雪君只会看在生恩的分儿上祝福他们。

他大概理性过头了，即使家庭不和睦，也没有为此伤心太多次。

张珏不一样，他和许叔叔没有血缘关系，却和许叔叔感情那么好，但这才是罕见的……

时间到了晚上 11 点 30 分，爸爸还没回家，已经开始犯困的张珏脑袋一垂一垂的，秦雪君准备给他盖一条毯子时，张珏突然清醒了。

小孩嗖一下站起来，拉开一个小背包，往里面塞了辣椒水喷雾、报警器、美工刀和手电筒，直直地朝门口走。

秦雪君拉住张珏的胳膊："张珏！太晚了，别出门，你还小呢。"

但是在少年回头时，秦雪君愣住了。

这个孩子一定不知道自己是什么表情。

明明平时看起来是个沉稳懂事的小大人，此时看起来却如此不安。

秦雪君突然想起来，在去年，他跟着老师一起去国外时，曾经见过一个才经历了车祸的孩子，他在父母的保护下平安无事，父亲却还在手术室里抢救，那时有一个心理医生坐在旁边为那孩子做心理疏导。

而张珏呢？他的母亲出事快一年了，有人为他做过心理疏导吗？

一年了，他似乎依然困在对"失去"的恐惧中。

他们对视了一会儿，秦雪君明白张珏这是想去找爸爸，心一软："我陪你去。"

不能让这个未成年人在晚上独自出门。这么晚了，地铁和大部分公交都停运了，秦雪君拉着张珏走了 1 公里路，晚风迎面吹来。热浪冲脸，两个小孩都满脸汗，好不容易拦到了一辆出租车，车内的冷气又让张珏打了个喷嚏。

体脂率个位数的人抗寒能力弱一点，秦雪君搂着他问司机："师傅，能把空调关掉不？我弟弟有点感冒。"

司机叔叔很好说话，还关心道："你弟弟咋了？生病了吧？是去医院吗？"

秦雪君回道："不是，去后海那边，找爸爸。"

他报了个地址，说是后海，其实只是靠近那里，张珏坐着，小声说了"对不起"。

秦雪君不解："你说对不起做什么？"

张珏转过脸："我给你添麻烦了，对不起。"

要是别人遇到小孩子半夜喊着出门跨越半个城市去找爸爸这种情况，指不定就要训斥小孩子不懂事，给大人添麻烦什么的，反正居高临下地斥责别人又不费力气，到时候把门一锁，回头还能和他的家长邀功，说"我帮你看住了小孩"。

但秦雪君心里清楚，张珏已经够懂事了。

他揉揉小朋友的脑袋："没事，你是小孩，我是大人，帮你这点小忙而已，算不上麻烦。"

最初选择医学，只是因为祖父也是医生，后来他是真的想帮帮那些被病痛折磨的人，即使不能完全治愈他们，能给些关怀也好。

现在他的面前就有一个小病人，他被名为不安的病缠上了，作为准医生，他想治愈这个孩子。

抱着如此想法的秦雪君，这一年也还未成年。

夜晚，灰眼睛的秦雪君牵着背着包的张珏，走在吹拂着夏风的京城街头，其实他们都是孤单的孩子。

33. 两个爸爸

其实对张珏来说，正常情况下，这会儿他应该去睡觉了，毕竟运动员就是需要作息规律，保证每天都能有个好的精神面貌去训练。

这会儿张珏已经开始打瞌睡了，还悄悄掐自己大腿。

秦雪君想了想，决定用聊天的方式让张珏精神起来。

这位医学生清了清嗓子："上周五下午，我们教授提了一桶牛蛙过来。"

张珏迷迷糊糊："啊？你们要聚众吃牛蛙吗？"

"不是，是解剖课。老徐你认识吧？他手没握紧，让一只牛蛙跳了出去，蹦到了教授的头上。教授是个强者，没什么头发，洗起来还算比较方便，不过老徐还是被骂得好惨。"

张珏清醒了。他看着秦雪君，犹豫要不要说"那我们 H 省队的宋总教练岂不是战神再世？"，宋教练压根没头发。

不过张珏还是很给面子地笑了一下，问道："老徐最近怎么不回来啊？你们很忙吗？"

秦雪君："他不是忙，是坐久了得了痔疮，然后做了手术。对了，给他开刀的就是他暗恋的学姐。术后他哭了一会儿，还打电话叫我给他带皮蛋瘦肉粥。"

张珏沉默几秒，略过痔疮的话题，说起他在 8 岁半那会儿得过病毒性心肌炎："生病住院那阵子妈妈特别紧张，专门请了假来照顾我，爸爸那时候就用去了油花的骨头汤煮饭，里面加了嫩嫩的白豆腐和葱花，还有去了刺的鱼肉。"

张珏感叹着："那个吃起来其实没什么味道，但是闻着很香，可惜现在教练绝对不会让我吃这个了，碳水化合物的摄入不能超量，我有时候都只能吃紫薯和玉米。"

为了控制体重，他连白米饭和馒头、面条都吃得少了，所以当有人想在这个基础上继续削减他的伙食的时候，他就闹了起来。

秦雪君很同情张珏，运动员这不能吃那不能吃，就连生病了都不敢随意吃消炎药，怕影响药检。像张珏，他现在连吃薯条和土豆泥的勇气都没有，饿了？只能吃煮白菜。

顺便一提，张珏现在已经不吃煮白菜了。他在前天吃煮白菜时吃到吐出来，据说是训练结束后肚子太饿了，便使劲用那玩意儿填肚子，最后吃吐了。

现在食堂阿姨只能让他改吃煮菠菜，并加入西红柿调味。他有时候训练过头的话也会吐，而且如果吐的时候胃里没东西，就会把才喝下去的水吐出来。

这小孩饭菜吃没吃饱不知道，运动员的苦却是真的吃饱了，就这，他还不觉得自己是最苦的。

像樊照瑛，他之前左脚的韧带伤严重到差点让他退役，养了好久才回来。再比如米圆圆，只比张珏大 2 岁，花一样的年纪，身体差到三个月不来月经，现在不得不吃药调理；她还得增肥，这脂肪一长，技术还能不能保住就是个问题了。

而且她本来是京城一个俱乐部的运动员，在上赛季全锦赛被看上了，最后被讨到国家队，现在却是这么个结局，想想都令人惋惜。

据鹿教练说，这姑娘的技术有点小问题，她的体重一高，就重心不对，接着跳 3Lz 的时候脚踝就压不住外刃了，刃不对就要扣分。虽然鹿教练说是会给她调一下，但据说这是个半年起步的事，要从发力方式、技术习惯、力量训练、体形控制等各方面下手，米圆圆有没有空跟着鹿教练长期改刃还是个问题。

体育这条路就是用泪水和汗水一起铺出来的，要不是家里困难，张珏也不确定自己是否能吃这份苦。

等到了靠近后海的地方，风似乎湿润了一些，路过鼓楼的时候，张珏看着那里，告诉秦雪君："我妈妈喝醉的时候和我说过，她和我爸第一次见面的时候就是在这里，那时候他在这儿跟人打群架。"

秦雪君震惊："许叔叔还打群架？"

许岩看起来就是一副好脾气的样子，也不高壮，怎么看也不像会打群架的人。

"不是不是，不是我这个爸爸，是我生父。"张珏连连摇手，"不过我对他不怎么了解，我妈说过他特别爱喝酒，大概是我出生没几个月的时候，他嫌我哭了吵，又酒劲上头，就动手砸东西，还给了我妈一拳，我妈立刻还手，然后抱着我和他离婚了。"

提起那个未曾谋面的生父，张珏的表情和谈论陌生人时一样。

等靠近酒吧一条街的时候，耳边开始响起民谣，歌者的嗓音微微沙哑，低沉又醉人，张珏好奇地往那边一看，感觉被吓到了。

那是一个看起来不比秦雪君矮、身材瘦削的男人，他穿着黑夹克、牛仔裤，腿巨长，外套敞开，露出结实的腹肌，一头及腰黑发下面烫成大波浪，最上面那一撮立成鸡冠的模样。那人脸涂得非常白，嘴唇发黑，眼影和眼线上得特别重，鼻环、唇环、耳环甚至是脐环都有。

在把自己打扮成这样的情况下，还能给人一种"帅"的感觉，这家伙的底子绝对很好，可对从未接触过化妆的张珏来说，这家伙的外表太夸张了。他抱着把吉他坐在一家酒吧门口唱歌，这期间也有看起来很漂亮的年轻女孩去要电话，他都没搭理，张珏则只想快些离开。

秦雪君往那边看了一眼，将张珏拉到身边："没事，那是视觉摇滚的打扮。"

就是不知道为啥有人能带着摇滚的打扮唱民谣，算了，他先带张珏去找爸爸吧。

当他们找到许岩工作的地方的时候，那里早就打烊关门了。

张珏站在那家店门口发着呆，过了一会儿，他跑到隔壁的便利店，向里头的老板娘询问旁边那家店的关门时间。

老板娘正在核账，闻言放下计算器："那家啊？晚上9点30分就关门了，他们不搞夜宵。"

张珏"哦"了一声，买了根棒棒糖，转头递给秦雪君。离开的时候，他们还听到老板娘跟员工抱怨："今天许生要去演西皮流水，他水准不错，与许爷一般功底，身手更利索，我和那边的舞台只隔了 1 公里，却没空去看。"

他们说的应该是京剧的事，秦雪君不懂这些，就跟在张珏边上，拉着小朋友的手，安静地走着。

过了一阵子，张珏吸了吸鼻子，拿出手机打电话。之前在家总是打不通的电话，这时候却打通了，里头传来许爸爸的声音。

"喂，小玉，怎么这么晚还不睡，要给爸爸打电话？"

张珏："我在后海，你工作的店门口。"

接着他就挂了电话，直接关机，然后在路边一个阶梯上坐着，双手托腮，臭着脸："爸爸是坏蛋。"

秦雪君坐在他旁边，好心劝道："你还是开机吧，我看你打了这一通电话，许叔叔要急死了。"

张珏："不开！"

这小朋友到底是个 13 岁的少年，那股倔强劲儿上来了，体贴父亲的心思也被抛到了脑后。

张珏就要在这儿等着，看他爸过来以后怎么和他解释。

秦雪君无奈，干脆去便利店里买了碗桂花凉粉，坐在张珏旁边吃。张珏不敢吃外头的东西，只能盯着他，秦雪君也没有感到不自在。

过了一阵子，张珏拿脑门撞了撞他的手臂，又靠在上头不动了。

张珏再度被困意侵袭，秦雪君心想，他睡了也好，自己低着头给许岩发短信。

那边回信很快，说立刻赶过来，秦雪君心中一定，仰头看天空，一颗星星都没见着，过了一阵子，倒是听见附近热闹了起来。

还有人在喊："有个武旦和兰叔打起来啦！"

张珏一个激灵，醒过来，左看右看："怎么啦怎么啦？有人打架啦？"

那语气听着很兴奋，他起身，拉着秦雪君的手往那边跑。

秦雪君看明白了，这小朋友有点唯恐天下不乱的毛病，两人没过一会儿就到了热闹的中心。一个还没卸妆、只取了假发的武旦正和刚才他们见过的视觉系摇滚歌手打架。

场面十分热闹，还有好事者打开手机，播放着经典名曲 *It's Raining Men*（《天上下男人》）。

现在正打架的那两个人战斗力很强，武旦提着个拖把舞得虎虎生风，视觉系摇滚歌手则拿着他的吉他左劈右砍，仿佛那不是吉他，而是把斧子。

看热闹的张珏看着看着，脸上的兴奋消失了，惊恐浮现在那张小脸上。

过了一会儿，他上前几步，叫道："爸！"

场上打架的两人同时回头，武旦立刻僵住了，那视觉系摇滚歌手看着张珏的脸，不知道为啥，居然也跟着僵住了。

张珏心想：爸爸你在干什么啊爸爸?!

许爸爸想：小玉你怎么在这里啊小玉?!

秦雪君发现四周突然安静了下来，他捧着凉粉，叹了口气。

今晚的风真喧嚣，就在此时，人群里挤出来一个比秦雪君还高的长腿帅哥，他五官轮廓清晰，提着把贝斯，瞪着那个视觉系摇滚男子。

"大伯你在做什么啊大伯?!"

34. 生死之恋

那个最后出场，看起来两米，实际身高一米九八，手里还提着把贝斯的加大码帅哥自称兰润，是视觉系歌手"兰叔"的弟弟的儿子。他有一张俊美的雕塑脸，看起来像是才从 T 台上走过来的男模，一路走来吸引了不知道多少目光。

而在仰头仰得脖子都酸了的张珏眼里，这家伙很靠谱。

兰润制止了视觉系摇滚歌手和武旦的斗殴，并驱散了人群，把他们领到了一家酒吧的休息间，给张珏递了一瓶可乐。

张珏摇手："我是运动员，不喝碳酸饮料。"

兰润应了一声，就给他倒了白开水，秦雪君还捧着那碗凉粉，兰叔和许岩分别坐在房间的两端，看起来都灰头土脸的。

张珏跑到许岩边上，摸摸他还有京剧妆容的脸："爸，我先不问你怎么这副打扮，你怎么和人家打起来了啊？"

他这一声爸叫的，那个视觉系歌手又看过来了，张珏却完全没注意对方，许岩神情复杂地看着张珏，内心闪过无数思绪。

这孩子和妈妈长得像，许岩当初爱张青燕爱得放下一切和她回到东北，对这孩子也是爱屋及乌地照顾，等时间长了，两人早和亲父子没两样了。

说句不夸张的，如果有一天张珏出了什么事，要换个心啊肝啊，只要能配得上，许岩愿意把自己的给他，死前还要留遗嘱，说家产分成平均的三份，妻子和俩儿子一人一份。

他们都是他的挚爱，可是对张珏来说，他是否有想过和亲生父亲相处呢？

何况他们家的规矩就是万一发生重大的事情，哪怕俩孩子由于年纪小还没有决策权，但知情权是一定会有的，大家是一家人嘛。

所以许岩犹豫了几秒，还是抬手指着那个视觉系歌手："小玉，今天……我遇到你妈妈的前夫，他问我你妈妈的情况，知道她不好后，他很愤怒，就和我打了一架。"

张珏心想：啊？

秦雪君想：完了！

兰润同样想着：完了！

三个年轻人本以为这只是一场需要调解的动作剧，结果生活立刻给他们转到了家庭伦理剧。

好神奇。

突然就从事故家属变成家庭伦理剧主角的张珏目瞪口呆，脑子也跟着晕了，他转头看着那个一脸浓妆的高个子男性，心想，这就是他的生父？听老舅说，当年他打了妈妈以后，妈妈立刻还手，之后两人双双入院，算是战平了。

可是他妈只有一米五八啊，这个男的看起来起码一米九三！看起来比秦雪君都高！他妈的战斗力到底有多强！

兰润也目瞪口呆，他们兰家从祖父辈开始就出体育人才，他亲爹和大伯年轻时都是篮球运动员，亲爹如今做篮球教练，大伯开酒吧玩摇滚，反正两代人就没出过一米九以下的，结果现在他发现自己居然有个已经13岁了，却还只有不到一米六的小堂弟？

开玩笑吧！他13岁的时候就已经一米八三了！

其实不仅张珏仰头看人脖子酸，他亲爹和堂哥低头看他的时候也脖子酸，尤其是他亲爹，早年和前妻在离婚前干了一架，当时张青燕女士朝他扔了个电视，最后把他砸得脖子脱臼，在那之后他的颈椎不太好，导致他特别不爱低头。

室内一片安静，没一个人主动出声，张珏看看亲爹，又看看许岩，眼中满是正常 13 岁小孩突然遇到糟心事时的茫然。

许岩闷不吭声，而张珏的亲爹兰瑾，则一直欲言又止。兰润心中感叹大伯到了关键时刻就掉链子，怕不是真的被酒精泡坏了脑子。

终于吃完凉粉的秦雪君将塑料碗往垃圾桶里一扔，拉着张珏的胳膊："走吧，回去休息，你明天还要训练呢。"

他这句话说得似乎有点突兀，却着实拯救了室内的其他人。张珏站起来，跟着秦雪君快步离开了，连句话都没和他亲爹说。

许岩连忙跟上，三人走了一半，兰润追上来："小玉，你现在还是这个小名对吧？你在练体育？是什么项目来着？"

张珏的脚步停住，回头，语速极快地回道："我练花样滑冰的男子单人滑。"

哦，原来是滑冰啊，兰润舒了口气："那……那挺好的，我听说你舅舅以前也是这个项目的，他很厉害的，当初你爸妈离婚的时候，他还拿砖把我爸的脸给拍了呢，哈哈哈。"

兰润说着说着干笑起来："那什么，我爸爸是你爸爸的孪生弟弟，两人长得一模一样。你看我们两个其实也有点像，你……你要不留个联系方式？"

张珏不吭声，明显是不想留，兰润也不勉强，又提出要开车送他们。已经夜深了，现在去外面也不好拦车。

张珏应了一声，兰润回头嚷了一句："大伯，我去送小玉，你自己处理下伤口，早点歇着吧。别忘了你心脏不好。"

说完这句，他才去地下停车场开了辆 SUV 出来，车型比较旧了，车内空间却很宽敞。秦雪君主动坐在了副驾驶位上，以前因为个头太高，出租车这类小车的空间对他来说很是逼仄，他腿不知道往哪里摆，头也只能低着，所以只要条件允许，秦雪君出行的时候都是坐高铁、公交的。

今天这种大车不错，等他成年后考完驾照了，也要买这样的型号。

后座一片寂静，谁也没有说话，秦雪君通过镜子看看后排，发现张珏不知何时已经靠在了许叔叔身上，小手握着许叔叔的大拇指，许叔叔则拍着他的背。

从后海到许岩的住处也不算近，张珏最后靠着许岩睡着了，下车的时候被爸爸背着。兰润看着他们，不知道说什么，只道了晚安，默默记下他们住的小区的名字。

回去的路上，许岩听到张珏和他说："爸爸，你不会赶我走吧？"

许岩心里一紧，然后笑起来："不会赶你走，倒是你，不会想换爸爸吗？"

张珏的生父混得还不错，开了家酒吧，经济方面不错，而且家里在体育系统也有人脉，兰瑾在和张青燕离婚后不曾再婚，就张珏这么一个孩子，想必对张珏也不会坏吧。

张珏小声回道："你是最好的爸爸，我不想离开你。"

这一晚实在是让张珏受到了刺激，但他的睡眠质量很好，第二天破天荒地睡到早上 7 点才醒。他急匆匆地跳起来去洗漱，提着东西往外边冲。

许岩热好了牛奶，看见儿子，唤道："小玉，来喝点东西吧，我顺便告诉你我现在做什么工作。"

张珏匆匆忙忙地把脚往运动鞋里塞，头也不回地喊道："你发短信告诉我吧，我得出发了，不然赶不上早餐了。我要是吃完以后 10 分钟内就开始训练的话，练的时候又要吐了。"

"那牛奶……"

张珏伸手，许岩递杯子，然后张珏仰头将牛奶一饮而尽，拔腿就往外边冲，差点和正在上楼的秦雪君撞个满怀。张珏急急道了声歉，带着奶胡子继续跑。

看他这副活力满满的样子，秦雪君和许岩对视一眼，许岩尴尬一笑："不好意思，小玉那孩子急起来就不看路。"

秦雪君眨眨灰色的眼睛，举起手里的包子："许叔叔，你吃早饭了吗？这家的驴肉包子很好吃。"

许岩："不了，谢谢，你今天不上课吗？"

秦雪君缓慢地摇头，慢吞吞地回道："今天也放假。不过没关系，就算不上课，也可以继续'蓝色生死恋'。"

医学生的教科书就是蓝色的，秦雪君的书架上摆满了蓝色封皮的书，医学生在为这些书付出精力的时候，也会自我调侃在与蓝色书籍进行一场生死之恋。

此时说完这话，秦雪君还觉得自己挺幽默的，笑了一下，很遗憾的是，这里没有能理解他笑点的张珏，只有一个已经是中年人的许岩。

走廊安静了几秒，许岩干脆转头："你等着，我去给你拿杯热牛奶，你喝了再回去恋爱吧。"

秦雪君连忙解释："我……我不是和人谈恋爱，我是和书，我没成年，是单身……"

话是这么说，秦雪君还是接过了许岩递过来的牛奶，看着温热的液体在杯子里晃荡，秦雪君不经意间想起一件事——原本在看过许岩和张俊宝的身高、又得知张珏的母亲身材娇小后，他以为张珏以后也会是个娇小的男子。但是现在看来，那个孩子的体内还藏着来自篮球运动员的小巨人基因。身为运动员，张珏经常锻炼，又天天吃钙片，喝牛奶，等进入了发育期，他说不定会长得挺高的呢。

等等，对单人滑运动员来说，个子太高不好吧？秦雪君挠头，好心提醒道："你们有给小玉做过身高检查吗？我是说查骨龄、预判他成年身高的那种。"

35. 重测骨龄

小玉，爸爸想了很久，有些事情还是不该瞒你，毕竟你是个大孩子了，爸爸其实出生于一个好几代以京剧为生的家庭，我有一位二大爷，他叫许雪龙，你要是看央视十一台的话，说不定听过他的名字。

在你妈妈出事后，我回到了家里，做回了武旦。幸好我这些年也没疏忽练功，二大爷练了我半年，我也就重新登台了。昨天和你的生父打起来是因为一些口角，你也知道，我们都喜欢你妈妈，是情敌，见了面自然要斗起来，但他是爱你的，下面是他的电话号码。如果你想和他多接触的话，就打给他吧，他很期待与你说话……

张珏很忙，训练占据了他太多的时间，他余下的时间又要被来自队医的按摩、针灸，还有他自己的学习占完。

所以就算不经意间和生父撞了个面，等投入训练的时候，他就一点杂念都没有了。他不想和对方有过多交集，对他来说，父亲只有一人，那就是许岩。

曾经殴打妈妈的男人不值得被叫爸爸。

除了鹿教练，大部分人对张珏的训练进度都相当满意。这小伙子能吃苦，而且很会琢磨，每天练习完后都会拿小本子将自己训练时发现的问题记下来，然后一个个改，技术进步相当快，进集训营没多久，3F+3T 的成功率就提高了不少。

而张珏本就已经练出框架，只等提升熟练度的 3A 更是成功率涨得飞快。短训还没结束，他的 3A 成功率已经超过金子瑄了。

张珏告诉鹿教练，他已经做好准备去赢更多的人了，老教练摸了摸他的头。

看国家队的意思，他们现在真的很想留下张珏。对单人滑运动员来说，进入国家队不是什么坏事，这里有更好的资源和舞台，津贴和接代言广告的机会也比在省队多，国家队那边想接张珏的教练也不少。

但张珏恐怕是不会乐意换教练的，这样一来，上头一旦露出要让小孩换教练的意思，张珏立刻就会拒绝国家队的邀请跑回省队去。

除非那些正在暗地里活动的教练停手，张俊宝才有跟着张珏一起进国家队的希望，实在不行的话，让齐教练接张珏也可以。

就在此时，孙千过来叫了张珏的名字："张珏，过来，有人找你。"

张珏看了鹿教练一眼，见鹿教练点头，才换了冰鞋跟孙指导走了。没人知道他们要去做什么，才结束滑行训练的黄莺趴在挡板上，满眼好奇："上头一般不会在我们训练的时候把人叫走的。"

关临猜测着："可能是因为有商演品牌看上了张珏，想邀请他出去表演？我记得这些事情要和白主任打报告，等他接洽沟通以后才能定下来。"

花滑商演就是运动员们在没有比赛的时候，前往约定的场地进行冰上演出，出场费按照运动员本身的成绩和名气来定，一般越受观众欢迎的运动员越吃香。

大家都毫不怀疑张珏将会是很受商演品牌喜爱的类型，因为长得好看真的可以当饭吃，何况张珏的实力也很强。

鹿教练耐心地教导着米圆圆练习 3Lz，根据她的情况修改她的起跳发力方式，虽然时间不长，但这位一姐在跳 3Lz 时总是习惯性平刃的毛病已经好了一点。

在鹿教练看来，这姑娘的天赋并不差，在发育前也一度是国内看好的冲击一线的新星，只是发育关没过好，技术只有巅峰期的百分之八十，好多体态轻盈时期能做的动作现在都变形了。

但以她的能力，如果加强核心力量和平衡能力的训练的话，她还有更进一步的希望。

张珏直到吃午饭的时候才回来，神情和以往相比没什么变化，似乎没什么大事。

金子瑄关心道："教练他们喊你过去做什么啊？"

张珏挠头："我妈妈前夫的弟弟过来了。"

众人大惊：啥？

张珏："就是我二叔，他是篮球教练，以前和我生父都是篮球运动员，不过我从没见过他。我现在的爸爸今早特意去联系他们，问他们当年测骨龄的事情，然后我二叔说他和我生父当年测骨龄都没测准，我爸爸委托他找孙指导，重新给我安排了骨龄检测。"

小伙伴们花了点时间才理清张珏的家庭关系，并理解他的情况。

樊照瑛知道得多一些："我记得测骨龄算身高，好像是根据什么标准来的吧？然后人种不同的话，标准也会不一样。"

关临叹气："目前中国这边是按《中华05》标准的。"

他和黄莺也检查过骨龄，结论就是，他俩都挺适合花滑的，不过关临作为男伴不够高壮，他差点因为这事被淘汰。

张珏："对，之前我测的时候，骨龄鉴定师说我以后大概长不到一米七。但今天我二叔说，他当年做检测的时候，也被说是长不到一米八，可他现在都一米九一了。好像是因为他们家的基因，比如说身体比例、骨骼成长方面和黑人很像，没法用《中华05》标准。"

黄莺不解："可你又不黑。"

别说黑了，张珏几乎是全队最白的，去国外比赛的时候还被外国人称为瓷娃娃呢。

至于手长脚长这种优势也不是黑人专属的，在俄系选手里同样常见，比如说如今的男单世界第一的瓦西里，他就是出了名的大长腿。

虽然腿太长也不是好事，太长的话，联跳时第二跳的二次发力会很明显，最后导致联跳节奏不好，看起来怪怪的。

而且跳跃结束后，人体会有一个从收紧到展开的过程，他在展开时，那双长腿……说实话，看久了会让人眼晕。

瓦西里在职业生涯早期就是因为联跳不够好，表现力也不够强，被意大利一哥麦昆压了两个赛季。

至于身为超长腿，但联跳节奏十分流畅的张小玉……大家认为这小孩是因为个头太矮，身体太轻，技术太规范，所以中和了腿长带来的劣势。

张珏："才不是呢！我的联跳节奏好，是因为我都是仗着腿部肌肉力量发达，所以直接起跳的啊！"

听清楚了，他的联跳没有二次发力的问题！

"你们怎么老喜欢嘲讽我个头矮？明明黄莺和徐绰比我还矮！"

樊照瑛哈哈笑起来："张珏，黄莺是双人滑的女伴，徐绰比你还小，你和她们比，好意思吗？"

只有关临不露痕迹地打量了张珏的腿。

徐绰和张珏只差了2厘米，但张珏的腿肉眼可见地比徐绰粗一圈，而且他的跟腱很长，这代表踝关节更灵活、爆发力和弹跳力更强。

比如说 NBA 里就有很多跟腱超长的黑人运动员，随便一跳就能徒手摸篮筐。

拥有这样的身体条件，张珏的生父和叔叔会去打篮球也很正常，联想到张珏曾说过他妈妈以前也可以跑马拉松，而且瑜伽水平很好，这小子的耐力和柔韧天赋也有了来由。

关临问道："那你的骨龄检查结果怎么样？"

张珏垮着脸："不好，他们说我以后可能会长到一米八二到一米八六，孙指导差点当场劝我转项练双人滑。"

他指着自己："双人滑是要托举的啊，我能举别人吗？别人举我还差不多！"

张珏还是有自知之明的，他的力气可以支撑自己完成高难度跳跃，把一个小姑娘举起来，又或者把人家扔出去做抛四周跳什么的，那是根本不可能做到的。

什么等他发育完以后就可以给人又举又抛的，天知道他什么时候发育啊！而且现在用不同的标准给他测骨龄，得出的结论也不同，谁知道他最后会以哪个标准长呢？

还不如顺其自然，先把眼下的路走好。

"对了，我得提前回去了。"张珏语出惊人，其他人都看向他。

"什么？你要回哪儿？"

张珏回道："当然是回省队啊。我老舅说了，既然我不想转项目，为了提高过发育关的概率，他要给我制订新的训练计划，进一步提升我的力量。你们没发现国际上那些力量型女单选手过发育关的概率远超其他人吗？而女性发育时不仅要长高，还要长脂肪，我作为男性，如果把力量练好，起码比女性更好过发育关。"

总而言之，他得走了。

樊照瑛目瞪口呆，他心想，今年短训营里发挥出色的小朋友不是有希望留在国家队吗？以张珏之前的表现，留队的概率是最大的，他说要走，国家队肯放人吗？

关临却想明白了。

或许原来那个看骨龄检查结果，成年后不足一米七的张珏有足够的价值让人抢着要，但如果张珏发育关很难过的话，他就成了烫手山芋。万一他发育前战绩辉煌，发育后迅速沉底，那教练是不是也要担责任？

在这种情况下，只有张珏的现任主教练，他的舅舅张俊宝，才会不顾一切地提前把他喊回去，为他想办法增加过发育关的概率。

关临的心中对那位张教练有了一丝钦佩。

关临本人的骨龄检查结果出来的时候，他的恩师马教练没有放弃他，死保他和黄莺继续一组，如今张珏陷入类似的困境时，张教练也没有放弃他。

第二天许岩将张珏和鹿教练、杨志远送上了回家的火车，张珏问他："有什么要我转交给二德吗？"

许岩摸摸他的脑袋："把你自己平平安安地送回去就够了。喏，这几张京剧脸谱你收着，好好照顾自己。"

张珏跟他抱了一下："我知道，爸爸，你也要照顾好自己……如果，今年我能在大奖赛夺得奖牌的话，队里会给我发奖金，那个时候，你能不能回来和我们过年啊？"

许岩愣了一下，张珏没等他的答案，转身跳上了车。

对张珏来说，能够提前回家当然是好事，这意味着他可以回去正常上课，还能给二德一个惊喜。

当然啦，在那之前，他还得去队里报个到，结果让他意外的是，当他回到省队的时候，张俊宝正在指导三个小孩子训练。

画重点，三个。

杨志远完全没意识到事情的严重性，大大咧咧地叫道："张教练，看我把谁送过来啦？嘿，你家小玉想你想得不行，为了给你个惊喜，连电话都不许我打。"

张俊宝浑身一僵，立刻转身，就见一个小玉牌抱脸虫愤怒地朝他扑了过来。

36. 就是他吗

张俊宝付出了巨大的努力，在鹿教练、杨志远和宋城的帮助下，终于将那个小抱脸虫从身上卸了下来，喘了口气。

张珏愤怒地瞪着他："我才走了多久，你就找了这么多人?!"

他一指冰上那三个孩子，那三个孩子也跟着僵住了，由于这次张俊宝找徒弟的标准除了天赋高，还要脾气好，所以他们面对气势汹汹的大帅兄的手指头，心里都战战兢兢的。

张俊宝抹了把脸。

"小玉，你冷静。"

张珏从杨志远肩膀上挣扎着落地，扭头："哼！"

张俊宝唉声叹气，心想这小子果然如他预料的一样难哄。他回忆着办公室里那本读了两遍的《猫咪心事》的内容，凑过去安抚大外甥。做教练做到他这样也是没谁了，换句话说，除了他，还有谁受得了这孩子的脾气啊。

张珏听了老舅的软话，轻哼一声："其实我现在反对也没用了，人都来了，我还能把他们赶回去吗？早知道他们在这儿，我今天就不来了。"

他只是霸道一点，又不是会为了一时之气，就把人家已经进了省队的小孩强行赶走的任性孩子，他也没那个本事，最后还不是只能认了？现在发火，其实也有点无能狂怒的意思。

张俊宝尴尬地咳了起来，大外甥这语气现在又能让他联想起林黛玉了。

鹿教练走到张珏身后，对他的后脑勺扇了一下，张珏捂着脑壳蹲下："痛痛痛！"

老爷子面无表情，毫无怜惜之情："你老舅是教练，不可能一辈子只有你一个学生。要发脾气也让你发够了，没事干的话，就去和宁阿姨打招呼，人家隔得老远还天天挂心你的饮食，怎么也该道声谢吧？"

张珏乖乖地去了，张俊宝对鹿教练满脸感激地说道："幸好有您在，不然这孩子我一个人真是管不住。"

身为师长,他们不仅要管孩子的技术,还要为他们指引品德与心性的成长,以前这个责任都由张珏的妈妈担着,现在张女士还睡着,张俊宝面对正处于青春期的张珏甫提多头疼了。

鹿教练心说这孩子是挺难管的,虽然比同龄人懂事,但那股任性、自我、霸道的劲也是没谁了,像以前的二胖、现在的金子瑄,他们明明是张珏的朋友,但总是被张珏欺负,虽说张珏也不是有意的,但这不代表他们能不去管教他。

所以在张珏坑金子瑄的时候,鹿教练一定会训他,压着他去给金子瑄道歉,让他明白什么能做,什么不能做。对照顾他的人,比如孙千、宁阿姨、宋总教练,他也要明白感恩和道谢。

张俊宝是个正直的好小伙,他有时候真的狠不下心去骂他外甥,只能由鹿教练来了。

如今鹿教练也只能庆幸张珏的原生家庭很好,心思正,教起来比想象中的省力,不然他这把老骨头也未必顶得住。

宋教练看着张珏的背影,和滑行教练明嘉嘀咕:"如果他将来真要一口气冲到一米八以上的话,就是 30 厘米的成长了。你去和小宁说一下,加大给孩子补钙的力度。"

国家队的一些单人滑教练怕张珏的发育关难过,他们省队可不怕,本来这个天才就是靠张俊宝捡的,得之我幸失之我命,何况张珏自己都没说放弃,他们做教练的还能先放弃?

再说,在宋城的记忆里,世界级赛场上曾经出现过一位在 14 岁那年发育,却一边发育一边出更高难度技术的女单选手,那人最后长到了一米七,但也是拿过世锦赛金牌的。

只要力量练好了,是能出奇迹的!

张珏绷着脸和他的师弟师妹们相认了。

张俊宝指着一个身材矮壮、黑巧克力肤色的男孩:"这是察罕不花,今年 10 岁半,他是蒙古族,名字的意思是白犍牛,叫他不花也可以。"

察罕不花腼腆一笑,小心翼翼地抬起手打招呼:"大师兄好。"

张珏语气硬邦邦的:"二师弟好。"

嗯，不怕他脸色差，只要肯出声就好。大家心里都松了口气，张俊宝继续介绍。

他指着一个看起来瘦小得不行，看人喜欢眯眼的男孩："蒋一鸿，9岁。"

蒋一鸿摸头，看起来比察罕不花更腼腆内向："大师兄好。"

张珏："你好。"

最后，老舅指着一个扎着羊角辫的小女孩："她是秦萌，今年6岁，从J省那边过来的。小姑娘还在打基础，你平时多照顾下小师妹。"

秦萌年纪小，性格却比两个师兄开朗些，她礼貌地叫道："大师兄好，我是萌萌，今年小学一年级啦。"

张珏问："老舅，你怎么连这么小的都收？"

张俊宝挠头："哎呀，她天赋不错，刚好父母也乐意把她送过来，我就收了呗。"

其实是因为张珏从来不打女孩子，所以他想着弄个小丫头过来，让张珏想发火也不好意思直接动手。

虽然最后老舅还是被抱脸虫袭击了，但对这三个徒弟，他心里满意得很。

张珏虽然没给笑脸，但他也没臭脸，很快就跟着教练去做训练了。毕竟师弟师妹们不是还在打基础的小不点，就是现在连个三周跳都没练出来，无论是训练量还是难度都不适合和张珏放在一起。

鹿教练接手了这几个小孩，张俊宝则拉着小孩去做力量训练，以前张珏是隔一天做一次60分钟的无氧训练，现在他的无氧训练时间被提到了100分钟，从宁阿姨给的食堂餐来看，教练要让他增肌的意图相当明显。

而等到了跳跃训练时，无论是宋总教练还是张俊宝眼中都升起了期待，鹿教练打电话的时候说这小孩近期进步很大，到底是怎么个"很大"法，大家现在就来观摩观摩。

张珏首先展示的就是3A。

只见小孩微微一笑，在不到6秒的助滑后干脆起跳，和其他起跳前要降速缓一缓的运动员不同，张珏起跳前都是以百米冲刺的劲头去加速的，跳起来的视觉效果也和起飞一样，高远度更是惊人。接着他就撞上了挡板。

砰的一声，张珏以一个搞笑的姿势趴在冰上。

教练们目瞪口呆，杨志远立刻冲上冰："张珏，你没事吧？"

张珏爬起来："没事！我只是之前习惯了国家队那个大冰场，助滑的起点没挑好。"

鹿教练帮他改进了 3A 的起跳方式，进一步提高了助滑滑速的同时，也提升了他的跳跃远度，跳 3A 时整个人就像是一个竹蜻蜓，嗖的一下飘出去老远，偏偏张珏起跳前还不爱往后头看，结果就出了意外。

幸好没受伤。

滑行教练明嘉扶了扶眼镜："哎哟，不提撞挡板的事，他这个远度真是不得了，用壮观二字来形容都不夸张。"

现场看花滑是最能体会到跳跃的视觉震撼力的，毕竟那可是一个大活人一边转体一边跳出去三米多远。在张珏跳跃的时候，他的师弟师妹也在旁边发出"哇——"的惊叹声。

宋城也赞叹道："他这个远度啊，看着简直让我恍惚中生出一种错觉，就是如果张珏的转速和高度再提高一些的话，说不定连 4A 都能在某天完成。"

果然是进步巨大。

而张珏展现的第二项新技术，就是他的 3F+3T 了。

小孩轻快地起跳，然后接 3T，还是令人赏心悦目的联跳节奏，第二跳还使用了单手上举的 Tano 姿态，看起来像个飘逸的小螺旋桨。

宋城眼前一亮："他这一跳的成功率已经高到可以举手了？"

鹿教练面无表情："不能，他这组联跳的成功率只有 60%，所以他还是决定把这组跳跃作为储备技术，正赛用 3A+3T。"

其实 60% 的成功率已经很好了，很多运动员做单跳的成功率也只有这么高，但张珏很嫌弃这个成功率，练还是会练，比赛的时候却未必会用。

宋城震惊："他之前不是在练 3A+2T 吗？怎么这就变成了 3A+3T？"

鹿教练："因为他跳 3A 比跳 3F 从容，在训练的时候也发现在 3A 后面接 3T 更轻松，就干脆把这招练起来。"

这话要是让顶级赛场上那些能完成四周跳，但就是搞不定 3A 的运动员听到了，还不得把这小子打一顿？

看完张珏展示的能力，大家越发对他在中国站拿到好成绩有信心了，而师弟师妹看大师兄的眼神也不再只是敬畏，还多出了一份崇拜。

竞技运动，强者为王。

9 月底，张珏提前几天抵达了魔都，用三天时间缓解了晕机和水土不服带来的身体不适，其间发了个烧，但在杨志远和老舅的照顾下成功康复。

张俊宝对此特别庆幸，他对张珏说："幸好我们听鹿教练的话提前出发了，你小子要是到了正式比赛的时候出毛病，中国站就要崩了。"

张珏系好冰鞋的鞋带，坚定地回道："才不会崩呢，如果是现在的我的话，就算发烧，也能把这一站的所有人摁着打。"

他这话说得猖狂，他的教练们却没有人觉得不对。

正好路过附近的魔都队总教练陈竹不由得多看了这孩子一眼，露出了然的神情。

这就是那个据说发育关会很难过，没有留在国家队的孩子？

37. 他是天才

张珏是一个很有大赛气质的运动员，上场时不骄不躁不紧张，关键时刻能爆发，而且气势极强。

张珏才进热身室的时候，戴着耳机，穿着中国队的外套，双手插在外套兜里，神情冷峻，眼神犀利，看起来像是来打架的，一下子吸引了大部分人的目光。

来中国站比赛的韩国青年组男单选手崔正殊看着张珏，忍不住笑了笑。

哎呀，果然和美晶说的一样，是个长得很可爱的小朋友。

央视五台记者舒峰带着拍摄组在现场摄影，一看这小孩的脸，立刻让摄影师把镜头对准他。

他翻着小本子："这是今年最被看好的男单新人，看起来还挺自信的，不错。"

同等身高下，张珏的胯与别人的腰同等高度，手长脚长，看着比例好，虽然张珏的体形只能和一些年龄与他差不多的女单选手、双人滑女伴相比，但他的腿又肉眼可见地比别人粗，说明肌肉练得好。

接着他们就看到一个满头银发的帅爷爷在这个小可爱的后脑勺上扇了一下，操一口东北话骂骂咧咧："脱啥衣服，比赛还没开始，你给我捂严实了。本来就才退烧，万一复发了怎么办?!"

山大王一样的张珏捂着脑袋，用可爱的声音回道："知道了啦。"

这声音触动了舒峰的基因。

这……这种声音，听起来和他的童年回忆动画片《鼹鼠的故事》里的主角小鼹鼠好像啊！

这部作品诞生于1957年，是一部温馨的经典作品，创作者是捷克的艺术家兹德内克·米莱尔，他用了自己女儿小时候的录音来为鼹鼠配音，鼹鼠的声音因此十分可爱。

张珏声音软，身体也软，拉伸时随随便便就能把身体拗成别人做不到的姿势，但他的脾气很硬，即使才从一场疾病中缓过来，他依然坚定地要在中国站的比赛中上难度。

他试跳了一次陆地3A。

鹿教练捏着前额的头发："他的落地方式还是不行，要改，换成你那种减轻对关节压力的方式才行，不然更高难度的技术我都不敢让他练太多，怕他身体受不了。"

张俊宝苦笑："改技术哪有那么容易？"

"所以才要趁他还小的时候开始改，等他再大一点，技术彻底定型了，要做出改变就更难了，说不定还要付出伤病的代价。"

教练们能看到运动员技术中的瑕疵，但在其他人看来，这个13岁的小将居然拿出了3A，简直是太可怕了。

纵观整个中国站，有3A储备的人都只有两个，张珏算一个，金子瑄算一个。

6分钟练习时，张珏是全场最耀眼的一个，大家都将目光集中在这位本国的小选手身上，关注技术的冰迷都会注意一下金子瑄，而更多地关注选手长相的冰迷的镜头则对准了张珏。

场内的观众不算少，魔都本就是陈竹在退役后主要驻扎的城市，由她率领的魔都队的训练场地，也是本次比赛的场地，旁边就是个大商场。在比赛开始前，主办方就开始了宣传，而青年组的分站赛的门票相当便宜，买得起奶茶也就买得起门票。

几个女冰迷看着张珏滑过场边的娇小身影，目光都亮亮的，网上的花滑粉丝群聚集地"冰天雪地"论坛也开了有关张珏的帖子。

冰天雪地 – 男单 – 青年组中国站男单赛事直播

【那个全场最矮的小朋友长得真好看！是国家队的吗？】

【不是不是，他是H省省队的，你们看他刚才路过挡板的时候，H省省队的宋总教练就在和他说话。】

【我查过官网了，这个小可爱据说是今年全世界年龄最小的花滑青年组运动员，6月29日满的13岁。朋友们，这孩子会挑出生日子啊，花滑规定7月1日前满13才能升组，小可爱只差两天就要多等一年才能进青年组了。】

【这生日在花滑项目上是天赐之子了吧？这要是女单选手，教练嘴都要乐歪了，可惜是男单选手。男单选手的黄金岁数是18岁以后，不像女单选手一发育就容易技术打折，要赶着踩年龄线升组。】

【等等！这个孩子是都灵站的铜牌得主啊！我刚才翻了那一站的视频，他五种三周跳齐全，用刃很标准，有3Lz+3T这个高级联跳，跳跃特别稳定，滑行流畅，表演出彩，而且还能玩贝尔曼旋转！综合能力超强！国家队短训名单上也有他，但不知道为什么，他短训没参加完就回省队了。】

【贝尔曼旋转！令人震惊！那是男单选手可以做的动作？他的腹股沟和腰受得了？】

【看体形，这莫不是个走柔韧和转速流路子的？跳跃低吗？有没有大佬回答我一下？】

【回楼上，他的跳跃一点也不低，看视频，高度合格，远度很棒，还带延迟转体。老天爷啊，上次见到水平这么好的本国幼苗还是陈竹横空出世那会儿呢。】

【我看他那个架势就知道他不简单，光教练就有两个，一个不认识的老爷子，还有盐湖城冬奥会周期的前二哥张俊宝，旁边有队医给按摩，总教练也跟着，绝对是H省省队备受重视的苗子了！刚才看了大佬上传的视频，这小孩表演真的厉害，其他人和他完全不是一个档次的！】

【看楼上各位大佬说的那么牛，我也期待起来了！咱们国家的单人滑选手除了陈竹和张俊宝，好像没有表演厉害的，不知道张二哥培养的这个孩子到底有多强，如果有张二哥当年的一半，哪怕他没小金那个技术水平，我也关注了！】

孙千坐在场中，掰着手指算："石莫生和樊照瑛都在，他们应该不是张珏的对手。金子瑄的技术储备和张珏一个水平，但表现力不如张珏，捷克的尤文图斯是第一站的第四名，应该可以冲上领奖台……"

无论怎么算，那个发育关注定难过，一旦发育，指不定就能长个30多厘米。

孙千越想越不是个滋味："他怎么就有个身高一米九三的亲爹呢？"

但凡他爹矮个10厘米，国内未来的男单一哥非张珏莫属啊。

张珏这次的出场位次很好，这小孩签运极佳，每次都能抽到第二位、第三位登场。

比赛开始前，舒峰特意专注于拍摄张珏和教练在冰场边的互动。

鹿教练冷静地对张珏下指令："到了场上该怎么滑怎么滑，如果失误了就换方案，你心态稳，随机应变这方面我不担心，好好滑吧。"

老爷子执教经验丰富，很清楚花滑是个失误率相当高的项目，如果在节目里失误，导致技术的基础分不够高的话，就很可能与荣誉失之交臂。所以他让张俊宝给张珏练了好几套跳跃方案，如果某个跳跃失误了，就要立刻提升后半段的跳跃难度，将分值补回来。

除此以外，练的方案多了，运动员心里有底，面对意外状况时就能更加及时地反应过来，不容易慌，可以提升自信值和稳定性。

在国家队训练的时候，鹿教练就将这个法子教给了心态不稳定的金子瑄，目前效果咋样不好说，鹿老头也管不了别人家的孩子，张珏这边他是心里有数的。

少年点头，和老头对了一拳，又和老舅抱了一下，转身朝冰上滑去，自信又干脆。光看他的表情，本国的冰迷就产生了一种"孩子看起来很行"的感觉。

因为是本国比赛，比赛的时间也不是什么黄金时段，所以央视五台总算意思意思地给了个报道，女解说员赵宁拿起节目单："下面出场的选手是中国H省的张珏，他的节目是《简爱》。"

穿着宝石绿考斯腾的少年神情冷漠，眉眼一抬，如刀刃般锋利，又在音乐响起的瞬间柔和下来。张珏的俊美长相自带表演分加成，而当他开始滑行时，许多人都眼前一亮。

舒峰赞叹："滑行很快，用刃很清晰，滑行姿态很好。"

果然是比其他青年组选手高好几个档次的表现力，老道的冰迷一眼就能看出这个孩子有舞蹈底子，他滑行时肢体舒展，一下就把印象分提起来了。

喇啦，冰花溅开，张珏整个职业生涯中第一个正式比赛中的 3A，轻盈地绽放在了赛场上。

"哇——"

【3A！】

【这个孩子真牛！】

【他那么瘦，居然还能用典型的男单力量型跳法完成 3A，我敢打赌，这绝对是男单选手的跳法！怎么练的啊?!】

【起跳前加速，这一跳好爽！看起来就带劲！】

…………

舒峰也被吓到了："嗬！这小朋友难度不错啊！"

在 3A 现世后，张珏最后一块不如金子瑄的短板也被补了起来，他本就有着相对于同龄人来说更加早熟的艺术感知力，又生来乐感出色，在接下来的表演中完全超出了人们的想象。

少年眼眸一转，与音乐契合的情绪就出来了，柔软的手腕发力，带动着全身做出优美的舞姿，每个节点的表演都有张有弛，用一个词来形容就是舒服。

他的表演并不用力，但该展现的都展现了，简·爱这个角色的坚强不屈、温柔与善解人意，都随着音乐的流动，被他用肢体演绎了出来。

跳跃更是稳稳当当的，当他的联跳 3Lz+3T 出现时，延迟转体外加 Tano 的跳跃姿态，让裁判们眼前一亮。

这一刻，即使张珏的身上还有着发育过度的隐患，病愈不久的身体还不是正常状态，但他终究是将一场对青年组选手来说十分经典的节目带到了这个赛场上，让国内那些期盼着中国单人滑崛起太久的冰迷看到了他的存在。

陈竹也看得瞪大眼睛："这么优秀的孩子，老宋是从哪里挖来的？"

她手下的石莫生虽然天赋不高，但比较努力，脾气也好，能力在国内的青年组已经是排得上号的了，但张珏是独一档的，他在场上的那种感觉，其他人模仿不来。

陈竹感觉得到，这是一个真正的天才。

在节目的末尾，张珏用贝尔曼旋转作为结束动作，最后一个音符在他结束动作的瞬间飘然远去，紧接着，热烈的掌声响起。

38. 一条裤衩

因为国内花滑热度比不过球类、田径、游泳等夏季奥运项目，直到中国站的比赛开始，张珏才首次在国内的冰迷中获得一定的知名度。

运动员最好的名片就是成绩，而张珏第一次在本土的国际赛上亮相，就以比第二名高5分的差距将金子瑄、尤文图斯、石莫生、樊照瑛、崔正殊甩在了身后。

综合一下，他的技术分胜过第二位的金子瑄5分，虽然两人的跳跃配置差不多，但张珏的跳跃落冰更稳，有举手和延迟转体，因此GOE更高，而他的旋转和滑行比只有跳跃出彩的金子瑄更胜一筹。

在表演分方面，他冠绝全场。

大奖赛好歹也是国际赛事，请的裁判也都是国际滑联那边的，因此打分自有一套标准，所有裁判都更青睐技术、表演都很优秀，旋转和滑行没有短板，综合能力出色的选手，张珏正好就是这一类人。

仅仅看张珏在短节目的表现，谁能想到他才到魔都的时候还在发烧，躺到比赛前一天才退烧呢？

等下场的时候，张珏还是有点喘，他轻轻地扯着衣领，满脸是汗，脸色发白，喊着："好累。"

杨志远握住他的手腕估了下脉搏："没恢复好的身体就是更容易疲惫。还好，你的心率才一百出头，心肺没什么问题，肌肉状态不行。把外套披上。"

张俊宝将一件红色的外套罩在张珏身上，搂着他的肩膀："回去好好休息。"

对张珏在短节目上的表现，教练组都没话可说，这小孩不仅才病完就把3A放在容错率较低的短节目中使用，还成功地clean（所有技术的GOE都为正）了比赛，可谓又大胆又稳定。

张珏最终拿了75.65分，而金子瑄、尤文图斯则排在他后面，短节目比赛结束后，三个小朋友还要参加小奖牌颁奖仪式。

正式比赛中，短节目的前三名都可以从主办方手里领到一枚小小的奖牌，也就是小奖牌，其间主办方会引导三位选手说些话，让记者拍摄和采访，以便拉人气，提升热度。

张珏是东道主选手，加上本就长得可爱，主持人看着他就不由得露出慈爱的笑容："你好，张珏。"

张珏礼貌地回道："你好。"

他一出声，冰天雪地论坛的帖子里也是一片感叹。

【啊，这个孩子声音好软，可爱度再次上升！】

【镜头拉近以后，我不由得感叹，这孩子的五官真不是一般的精致，尤其是眼睛，清亮有神，完全没有那种木木的呆滞感，特别灵动，难怪表演的时候情绪展现得那么好。】

【哈哈哈，小朋友明明比金子瑄矮一截，两个人的腿居然差不多长。小金啊，你这是被比下去了啊！】

光从外表和声音来判断，张珏就是典型的乖孩子，很容易让人产生一种"这么娇小可爱的小朋友一看就是脾气好的，说不定从小到大一直乖乖的，从来不打架的感觉"。

然而这都是错觉，在张珏和主持人交流的时候，张珏的教练组严阵以待，生怕这熊孩子嘴一张，说出啥不得了的话来。

主持人："张珏同学现在是在上小学吗？"

张珏："没啊，我跳过级，现在读初三。"

主持人："哦，原来是个品学兼优的小同学。"

张珏："还好啦，我的学习是不错，品德方面也行。"

说这话时，小孩还看了鹿教练一眼，一副"我真的品德不错，就是偶尔调皮捣蛋让你们脱发"的模样。

这回答有点怪怪的，主持人还没品出味来，旁边的金子瑄已经神情古怪起来。显然，小金同学想起了自己在国家队短训期间被张珏坑的日日夜夜。

张珏人很好和他不是乖孩子这点从来都不冲突，但所有人都只能任由主持人一厢情愿地认定张珏如同他的外表一样乖，这真是个天大的误会。

张珏一脸坦荡，他说话声音软，叙事逻辑很清晰，表达能力很强，给人的感觉就是脑子很清楚。即使没有刻意展现自己的聪明劲，也能让人看出他绝非脑袋空空之辈。他极有教养，脊背无论何时都挺得笔直，气质十分优雅，能够轻易地给观众留下很好的第一印象。

有人问他："你这个赛季的目标是什么？"

通常这种情况，运动员会说尽力，又或者说争取上个总决赛的领奖台什么的，但张珏灿烂地笑起来。

他说："我想拿完这个赛季剩下的所有比赛的金牌。"

一句话，便让这个纤瘦的少年身上多出一份狂气。

张俊宝捂脸，长长地叹气："我就知道。"

在分站赛或国内赛的青年组赛事拿金牌对张珏来说很容易，但总决赛可是有寺冈隼人和伊利亚两只拦路虎的，这小子喊着要金牌，简直就是没把那两个人放在眼里。

主持人也惊了一下："看来张珏同学很有志气。"

张珏："我是运动员嘛，所以在确定自己能力不错的情况下，试图冲击更高的领奖台是理所当然的，要是连这点志气都没有的话，我还不如回去专心读书。"

本赛季目标是上分站赛领奖台，争取冲进总决赛，但从没想过金牌的金子瑄默默捂住心口。他总觉得自己被张珏讽刺了，等他发现张珏一边说话一边带笑望着自己的时候，他的心一跳，越发觉得那不是错觉，他就是被讽刺了。

下台的时候，张珏摸出一盒巧克力棒，拿出一根叼到嘴里，又将盒子往前一递，对尤文图斯和金子瑄抬抬下巴。

尤文图斯怔了一下，说了声"Thanks."，接过一根巧克力棒，也学张珏叼着。金子瑄慢吞吞地拿起一根，犹豫地问："我看起来真的是很没志气的样子吗？"

张珏点头："是的，你这个问题还挺明显的，你只要在我之后出场比赛，整个人就是完全没斗志的样子。我记得你是可以延迟转体的，但你就是不敢用，顾及这个顾及那个，你就没有彻底放下负担，拼尽全力来一场的时候吗？"

金子瑄苦笑："你说得容易……"不是每个人都能和你一样，带着满身自信去冲击顶端的。

他想解释几句，结果张珏压根不等他把话说完，挥挥手就走了。

张珏才回去，喝了杯红糖姜茶，连牙都没刷，就躺在床上闭上了眼睛，没过一会儿就睡熟了。

张俊宝为他盖好被子。手机震动了几下，为了不打扰张珏，他去了阳台上。

"喂，二德啊……你哥没事，比完以后累了，吃了东西在睡觉。"

年轻人的恢复速度本就快，睡了十二个小时起来，张珏捧着老舅递给他的人头大的碗吃了一碗面，擤了个鼻涕，擦擦汗，仰头将面汤全部灌下，活力完全恢复了。

杨志远看着他一脸感叹："张珏这个身体底子是真的好啊，昨天还有点蔫，现在又是一副能拆房的样子了。"

张俊宝踹他一脚："我外甥是哈士奇吗？"

杨志远正要回一句"哈士奇何能及小玉也"，宋总教练就将他们分开："行了行了，你们先停。张珏啊，你还饿不饿？要不要再来一碗？"

张珏眨巴眼睛，正要顺势应下，却被鹿教练拍了一下："还吃，那么大一碗还不够你消化的？饿了找你老舅要黄瓜，不许再吃面了。"

要不是看在张珏身体才恢复，正经教练哪会给一个易胖体质的花滑选手吃这么多面条？

张珏的碗被拿走了，他恋恋不舍地伸着手，见鹿教练没有还给他的意思，只好到凳子上坐好，听老爷子做赛后总结。本来这个总结在比赛结束后就要做的，只是他昨天不舒服，就推迟到了今天。

"你的跳跃轴心还是有点歪，是不是起跳的时候光顾着收紧上身，腹肌没绷住？还有你的落冰，早告诉你落冰的时候要把膝盖再弯下去一点缓冲力量，怎么还绷那么紧？你一着急就把我的话抛到脑后了！"

鹿教练一边说话，一边拍张珏的手心，力道不大。张珏哼唧着："比赛的时候脑子里哪里记得住那么多？"

鹿教练："所以才让你在训练的时候就把这些刻在脑子里，结果你就知道蹦跶，不听话！"

但凡张珏能早点把张俊宝的落冰缓冲技术练好，鹿教练都有把握把张珏的技术分再往上提个起码 10 分。

不过……毕竟还是时间紧，逼得太紧也不好，鹿教练念叨了一通，还是把他放出去找金子瑄玩了。

虽然有点对不起小金（张珏一露面，金子瑄肯定没法安心吃早饭了），但教练们也是胃里空空的，先前光顾着张珏了，现在张珏状态挺好，他们就先把这个闹腾的小子丢去小金那里待一阵子吧。

宋总教练拿出一个袋子："这是我在一个巷子里买到的梅菜扣肉饼，可香了，可惜张珏吃不得啊，之前他在这儿我都不敢拿出来，不然他又得闹起来。来来来，大家一人分一个，我还在肯德基点了鸡翅和蛋挞的外卖，待会儿就送过来了。"

张俊宝也拿出他藏在行李箱底部的啤酒，用塑料纸杯给其他人一人倒了半杯，鹿教练小心翼翼地翻出临出发前老婆塞给他的鸡蛋糕，杨志远则拿出一包辣条。

教练们开心地分享起运动员不能吃的美味，张珏则跑到电梯口。作为参赛运动员，他们住在主办方指定的酒店，张珏住在16层，金子瑄在22层。

电梯半天没上来，张珏眨眨眼睛，就要转身去爬楼梯。六楼而已，对他而言不算啥。

就在此时，有人对他说道："你的气质很纯真、忧郁，而且有贵气，表演起来很有故事感，为什么自由滑要选《四季·夏》，而不是《罗密欧与朱丽叶》？我觉得那个更适合你。"英语十分标准，张珏也能听得懂。

张珏回头，看到一个英俊的外国人，他疑惑地用英语问道："你谁啊？"

外国人咳了一声，左右看了看，将背包拿到身前，拉开拉链："我是弗兰斯，在本赛季的伦巴第杯比赛做现场解说员，当时和你们住同一个酒店。是这样的，有一天，我在街上捡到了这个。"

弗兰斯说着，从包里拿出一条洗得干干净净的花裤衩。

39. 寻物启事

张珏、伊利亚和寺冈隼人是有一个三人小群的，虽然由于网络和时差，他们不是每天都能聚在一起聊天，但也有例外的时候。

这一天，张珏熟练地登上微信，进群吆喝了一声："我老舅的花裤衩原来是被弗兰斯·米勒给捡到了。"

另外两人纷纷发出震惊的表情，弗兰斯·米勒？那不是英国的男单前一哥吗？他退役好几年了，怎么还能和张珏老舅的花裤衩扯上关系呢？

张珏又和他们说："应该是我们的寻物启事起了作用。"

张珏在离开都灵前拜托寺冈隼人用临时学会的意大利语，以及他们本来就会的英语写了个花裤衩相关的寻物启事，放在了酒店前台。该启事是这样写的：

【家住中国 H 省 H 市的花样滑冰运动员张珏的教练在晾衣服的时候，不慎让风将心爱的裤衩吹走了，请捡到的朋友将之邮寄到 ×××，联系方式 ××××，必有重谢。】

不知道是不是张珏的错觉，这玩意儿才放在前台的时候，服务员脸上还带着一种"谁家教练这么倒霉摊上你这么个熊孩子"的表情，但花裤衩现在的确是回来了，说明他的法子十分有用。没错，找回裤衩的大功臣是他小玉！

弗兰斯这次其实是来中国躲情敌的——恋人脚踏多条船，其中一个是个战斗力很强的拳击手，为了不被对方送进医院，弗兰斯果断跑路。嘿嘿，对方再怎么厉害，也不能追到中国来揍他啊。再说弗兰斯也是受害者，劈腿的是他的伴侣又不是他！

当然，弗兰斯来到中国还有一个原因，就是他真的很好奇会有那么一条花裤衩的到底是什么奇人，这不，正好张珏的名字出现在了中国站的参赛人员名单上，他就过来了，发现张珏的艺术表现力超强则是意外之喜。

即使已经退役，弗兰斯也没有彻底离开花样滑冰这项运动，赛场解说、帮小运动员设计造型和妆容、为他们剪辑比赛的音乐和编舞都在弗兰斯的业务范围内，其中编舞是主业。

然而再好的节目，也需要一个表现力不拖后腿的人来演绎，弗兰斯作为编舞并不出名，找他的大多是青年组的小孩子，他们没什么钱请大牌编舞，本身演绎节目的能力也很有限。

但是张珏不一样啊，弗兰斯看得出张珏的编舞仅仅是中上水平，从剪辑到动作的设计都过于规矩了。因为小孩本身的表现力很强，才让许多人产生了一种"这个小朋友今年的节目十分精彩动人"的错觉。

如果让他滑自己编的节目的话，一定可以有更加惊人的视觉效果！

弗兰斯这么想着，越发坚定了要和即将见面的张珏的教练打好关系的念头。

然后，他就看见这个小朋友收起手机，拿出房卡准备去开门，但接下来的一幕让他愣住了。

在 1605 号房间门口，宋教练正从一个外卖员手里接过一个袋子，听到张珏的脚步声，他扭头，然后露出惊恐的表情。

张珏沉默几秒，立刻冲进房间，正好撞上张俊宝拿着啤酒罐仰头痛饮。

张珏不敢置信地大叫："张小宝——"

张俊宝一口啤酒喷了对面的杨志远一脸，杨志远反应过来，连忙将辣条塞到屁股底下，而鹿教练将吃了一半的鸡蛋糕塞回了盒子里。

张珏的熊孩子模式、抱脸虫模式同时启动！

在一阵混乱后，张珏捧着鸡蛋糕愤愤地吃了一大口，指着弗兰斯："他在都灵捡到了老舅的东西，正好这次来中国旅游，就把东西送了过来。"

张俊宝唉声叹气地捧着被张珏倒空的啤酒罐，满脸纳闷："我有什么东西丢了啊？"

他回国之前特意检查过行李箱，里面的东西都排得整整齐齐的，没丢什么呀。

杨志远想起了什么，表情奇怪起来，张珏则提示着老舅："就是那个大红的花裤衩啊。"

弗兰斯听不懂中文，他从进屋开始就一直怔怔地看着张俊宝……在张珏伸手指他的时候，他腼腆一笑，从包里拿出那条花裤衩。

"先生，这条裤衩，是你的吗？"

张俊宝沉默了。

这一刻，他只想坐着火箭离开地球前往火星，开始全新的生活。

张珏还哼了一声："幸好我在都灵留了个寻物启事，人家才知道把裤衩还到我们这里来。对了，我在寻物启事上说了必有重谢的，老舅，你把邦尼兔给我。"

张珏有一只浅棕色的 36 厘米的正品邦尼兔玩偶，是他的宝物，张俊宝木然地将兔子递给他，张珏转头将其塞到弗兰斯怀里。

"送你啦。"

弗兰斯愣了一下："啊？嗯……哦，谢谢。"

之后张俊宝客客气气地招待了弗兰斯。张俊宝一直没什么表情，弗兰斯也不好过于热情，最后张俊宝在礼貌而尴尬的气氛中将弗兰斯送走了，弗兰斯连个电话号码都没要到。

张俊宝把门给关了。

张珏还没察觉出不对，继续嘟囔："原本还想把这个当惊喜给你看呢，没想到你们居然背着我吃好吃的，别的不许我吃就算了，鸡蛋糕难道我也不能吃吗？这不就是面粉和鸡蛋做的吗，没有违禁成分的呀……"

鹿教练看着张俊宝的表情，好心地将拐杖这种过粗的棍子收了起来，杨志远重新掏出辣条，一副看好戏的样子，宋总教练则用满是同情的目光看着张俊宝。

太惨了。

老舅一声怒吼："张——珏——"张珏立刻如同受了惊吓的雪豹般一跃而起，下意识地想跑，却发现教练们和队医已经熟练地将可以逃跑的路线都堵住了。

怒火使老舅的呼吸越发沉重，一呼一吸间，饱满的胸膛剧烈起伏着，他将张珏往腿上一按，脱了鞋子，啪啪啪扇在张珏屁股上。

此时，看完张珏的消息的伊利亚还满心欣慰，觉得张珏的苦心没有白费，他最终成功地帮他的教练找回了裤衩。

寺冈隼人则感觉有些不妙，其实在张珏拜托他写寻物启事的时候，他就担心过这个孩子会挨打，不过那位教练看起来很疼张珏的样子，而且张珏下午还有比赛呢，应该……应该不会吧。算了，能找回来就好。

只有对此一无所知的金子瑄吃了一顿舒心的早饭。没有张珏，没有压力，只有香喷喷的煎鸡腿肉、夹了厚蛋烧与番茄的三明治和一杯牛奶，他脆弱的心得到了抚慰。

他的教练端着咖啡喝了一口："哎呀，今天的餐厅真是安静。"

金子瑄颔首："是啊。"

下午，张珏拉着装有冰鞋的拖箱，黑着脸走进比赛场馆。明明他已经拿了短节目第一，但无论是运动员还是教练都没什么好脸色。

杨志远憋着笑给张珏铺了瑜伽垫，让他做拉伸。

张珏指挥着："别铺这个啊，二德给我买了条毯子，我要用那个。"

张俊宝："就20块的毯子，值得你这么惦记？还从H市拉到魔都。"

张珏啧了一声:"原价100块,打完折20块好吧?再说,这是我弟弟专门给我买的。"

其实吧,只要能让他坐着压腿,是不是瑜伽垫也没那么重要。记得往脚底下垫两块瑜伽砖就好。

大家都在备战的时候,韩国的崔正殊突然捧着手机喊了一声"阿西吧!",然后和他的教练争执了起来。

过来看金子瑄和张珏热身情况的孙千也接了个电话,急匆匆地出去了。

张珏看着他的背影不明所以,被鹿教练赶去跳绳,而杨志远则像是察觉到了什么,拿出手机给沈流打了个电话。

"喂,是我……韩国那两个孩子怎么样了……什么?"

韩国的花样滑冰项目出了个大新闻,一名已经退役一年的前冰舞小运动员,与她的父母一起将她的前教练,也就是尹美晶和刘梦成的现任教练告上了法庭。

那个女孩才15岁。

而在这起新闻出现不到一小时,尹美晶和刘梦成紧急宣布与这个教练脱离关系,放弃接下来的大半个赛季,站在了他们的师姐那一边,答应为她出庭做证。

尹美晶想:反正老娘都准备带着男伴投奔隔壁国家了,接下来这个赛季就放弃了,正好做出一副能来事的硬茬子的形象,让其他人渣不敢起摘桃子的心思,方便和梦成哥运作转籍。

40. 进总决赛

寺冈隼人和伊利亚出生前的那一届世青赛的冠军叫大卫,他的最高难度配置,就是在短节目和自由滑中各上一个3A。

而且他仅仅在大奖赛总决赛、世青赛这两项重要赛事里完成了这个配置,在分站赛、国内赛的时候失误率并不低,不过这和大卫的身高偏高,身材没那么适合男单也有关系。若不是这位选手出身花滑并不发达的比利时,以他的身高,其实去练双人滑或冰舞会更合适。

在寺冈隼人和伊利亚进入青年组后,青年组的自由滑最高难度配置就成了在自由滑里上两个 3A，一个是 3A 的单跳，一个是 3A+2T。

张珏的升级版《四季·夏》出场后，这个最高难度配置则被他升级成了 3A、3A+3T。

正所谓江山代有人才出，一代更比一代强，尤其是竞技运动的技术发展，永远都是越来越难的。

张珏本身擅长联跳，加上教练训练得当，他自己的身体控制能力又强，有时候第一跳落得不稳定也没关系，他可以强行在后面接一个 3T，用鹿教练的话说就是"这小子的 3T 已经可以随便接了"。

如果什么时候张珏可以修炼到 3Lo 都随便接的话，他就真的在联跳这方面超神了。

要说《四季·夏》这个节目，其实从编排来看，真的没有什么内涵，就是冲着炫技去的，每个技术动作，比如跳跃和旋转都是卡着音乐的点，看起来很有激情，但经不起深究，之所以表演分还不错，主要是演绎的运动员厉害。

张珏的演绎，让这个节目多出了一份夏季特有的沉闷和灼热，以及含蓄内敛的情绪爆发，这也是弗兰斯看到张珏的短节目时眼前一亮的原因。

真就是纯靠运动员的高水平拉高了节目的档次啊。

寺冈隼人和伊利亚都是少年天才，在各自的国家青年组赛事中属于打遍天下无敌手的状态，他们能对张珏另眼相看，不得不说有张珏实力强劲的原因。

张小玉长得可爱也算原因之一啦。

而到了中国站，《四季·夏》的完成度明显更高了，虽然感情演绎的部分有限，但运动员本身对音乐、步法的磨合，还有对比赛的投入都达到了更高的层次。

当孙千在场边看比赛的时候，他意识到了一点——金子瑄从赛季开始到现在，除了 3A 更加稳定，没有别的变化，而张珏的变化非常大，如果当初在测试赛时张珏有现在的实力的话，赢金子瑄并不难。

孙千的老搭档江潮升因为即将得到的一个紫微星级别的冰舞组合不在身边，这会儿只能自言自语。

"张珏的进步速度太快了，我记得他在短训的时候已经尝试过 4S？万一真让他练成了，再把滑行、旋转打磨一下，直接去成年组冲一线都够了。"

到目前为止，世界上拥有稳定的四周跳，且综合属性无短板的男单选手也就那么几个，张珏离那个层次并不遥远。

男单的黄金年龄是 18 岁到 22 岁，如果在那之前就能展现出一线的水平，进入黄金年龄后就是妥妥的冠军苗子。

思及此，孙千摇摆的心再次坚定起来。

他已经不年轻了，如果在退休以前，能看到单人滑崛起的话，孙千的职业生涯才算无憾。

这个孩子值得他投入，但凡张珏的发育关过得不是很差，不说在四年后的索契冬奥会，在八年后的平昌冬奥会，张珏绝对能扛起男单的担子。

根据业内情报，从索契冬奥会开始，花样滑冰就要多出一项团体赛，中国的双人滑是传统强项，冰舞那边即将有好苗子进来，男单要是也争气的话，他们说不定能竞争一下铜牌。

孙千闭了闭眼，给一个同事发了信息，以往他要帮运动员转户籍都由这位同事去跑程序。那孩子的妈妈似乎是植物人，京城这边有更好的医疗条件。

张珏家里要是肯付出相较于现在 1.2 倍的医疗费用的话，完全可以将他的妈妈转到京城的医院里。

唉，也难怪那孩子小小年纪就在艺术方面早熟，家庭的变故总是能催熟一个人，而磨难是艺术的源头，张珏也是不容易。

哪怕张珏没有展现出现在这个级别的天赋，孙千也愿意力所能及地帮助这个孩子。

短节目排名第一的张珏是自由滑里最后一个出场的，在他之前，除他以外的所有男单选手都完成了比赛，分数也清清楚楚地排在电子计分板上。

要说压力，他还真是没有，在自己国家比赛，全场全是自己人带来的某种奇妙的忐忑心理才是他的主要压力来源，但是等上冰以后，张珏就把什么顾忌都抛掉了。

他很擅长在表演时进入心无旁骛的状态，等自由滑结束，张珏就知道这枚金牌稳了。

等分的时候，张珏看着计分板，突然说道："我觉得还可以往后半段多放两个跳跃。"

张俊宝挠头："别人的节目是头重脚轻，你头轻脚重的，别搞得前半段空落落的。"

鹿教练："再放两个还是可以的，后半段的跳跃有基础分乘以 1.1 的加成。"

这种体能红利不吃白不吃，张珏又不是吃不下。

他们三个聊的时候表情平淡，一副"金牌到手不过是意料之中"的从容模样。

直到离开镜头，杨志远给张珏压了冰块后，小孩才哇哇叫起来。

"冷！冷！先放开！"

杨志远按住他："忍忍，自由滑的强度会给关节带来很大的压力，要冷却一下。怎么这么怕冷啊你？"

张俊宝拿了另一块冰袋压在张珏的髋关节上："体脂率低，没脂肪御寒，抗寒能力就差。"

分站赛金牌价值 15 积分，加上在都灵站夺得铜牌拿下的 11 分，张珏在两站分站赛中总共积累 26 分，位列当前大奖赛青年组男单积分排行榜第二位，获得了一个总决赛的席位。

时隔六年，自沈流升组后，中国终于再次出现了一位能冲进总决赛的小男单选手，哪怕冰迷们都很害怕伤仲永，还是忍不住欢欣鼓舞。

冰天雪地论坛上的讨论也十分火热。

【好消息！张珏在自由滑的 3A 比短节目的时候还漂亮，3T 接得比其他人的低级 3+3 联跳更流畅，太厉害了！】

【起跳前加速的技术虽然难练，视觉效果真是不一般，跳起来和飞一样！国内有这水平的不超过五个，不知道这孩子怎么练的。】

【阿姨把话撂这儿了，这个小朋友绝对是不逊于沈流的好苗子，跳法太干净和干脆了，他的教练很强啊！】

【他不仅跳得干脆，还稳！我看了他在都灵站的视频，第一次比国际赛就上领奖台，这次中国站更是一点失误都没有。】

【对对对，他的 3A 是去短训前才练出来的，真正练好的时间不到一个月，第一次拿到比赛上用就成了。】

【朋友们，你们发现没有，他比完自由滑以后只是汗流得多，但喘气还没短节目那会儿严重，三个联跳全压在后半程，体能相当充足。】

【小张是很厉害，大家也不要夸得太狠，他毕竟还小，咱们克制一点。看看小金，他这次也发挥得很好，铜牌应该是稳的，万一运气好，也是能进总决赛的。】

【两个男单选手进总决赛？今年的男单项目是走了什么大运啊！要是小张在总决赛也能保持这样的状态，绝对能继续上领奖台！】

虽然张珏表现出色，可他毕竟出道时间短，冰迷们还只敢说他上领奖台，金牌、银牌都不敢奢望，只有少数人心里抱着期待。

伊利亚和寺冈隼人的发育期才结束，两人都长到了一米七五以上，而且正在攻克即使是顶级男单选手，成功率也只有 60% 的四周跳。万一这两个人鹬蚌相争，争相上难度动作时出现失误，而他们家的小朋友稳定发挥的话，怕不是能拿到铜牌以上的成绩。

但这也暂时只是个梦而已，大部分人认为张珏即便在青年组可以成为小霸主，但如果要拿 A 级赛事金牌的话，还是得等伊利亚和寺冈隼人升组以后。

他们并不知道，被讨论的伊利亚和寺冈隼人面对张珏时，真的感到地位受到了威胁。

寺冈隼人拿出手机，看着那个沉寂的聊天群，陷入了沉思：他很强。

张珏的跳跃高度不如他和伊利亚，但远度和转速远胜他们，而且因为体形优势，张珏的跳跃非常轻盈，落冰时的关节压力也低于他们两个，在教练和队医看顾得好的情况下，张珏现阶段的耐久度也比他们好。

想起自己练习 4T 时摔的那一身伤，还有才好了没两天的脚踝扭伤，寺冈隼人暗暗叹了口气。

与此同时，伊利亚则十分直白地在群里发了消息。

【期待与你们在总决赛再会。】

寺冈隼人正要回复"+1"，就见张珏回了信息。

【再会是肯定的，我正在药店里，伊柳沙，你上次说想请我帮忙买东西带给家里人是吧？我没记住那些东西的名字，你再报一下。这次总决赛在我们国家的首都体育馆，你决定好要什么，我回去以后买好，等比赛的时候交给你。】

伊柳沙是"伊利亚"这个俄文名字的昵称之一，是好感度达到一定水平的亲朋好友才能叫的，在寺冈隼人没有意识到的时候，这两个人的友谊已经进展到一定的程度了。

寺冈隼人眯起眼睛，总有种自己输给了伊利亚的不爽的感觉。

伊利亚则很快给张珏发了个单子，包括但不限于痔疮膏、清凉油、枇杷膏等中国在国际上很有名的国货之光。其中有些东西作为运动员未必能用，他们也用不着，但伊利亚的亲友里是有很多人想要这些的，至于伊利亚本人则更想要二锅头，但张珏不肯给他买。

作为一个有操守的竞争对手，张珏是不可能给伊利亚送损害运动员体质的酒的，哪怕伊利亚 10 岁出头就偷喝过伏特加了。

之后伊利亚也答应张珏，等要比赛的时候，给他带俄罗斯本土的护手霜、面膜，以及经典的涂抹式玻尿酸。

其实张珏对俄罗斯也不是很了解，但伊利亚很肯定地告诉他，这些东西是游客们最喜欢带的。

至于东西到手后怎么解决嘛……家长就是这时候派上用场的。

别以为出国比赛带点东西回家对花滑选手来说是什么稀罕事，毕竟花滑是出了名烧钱的运动，从器材到教练费都不便宜。伊利亚是国家队成员，花销算少的，加上成绩好，形象佳，参加商演的机会多，基本能达成收支平衡。但他是单亲家庭的孩子，为了减轻妈妈的压力，他也会做力所能及的事情。

张珏也是这个项目里比较省钱的，亲舅舅做教练，器材和场地使用、编舞、考斯腾费用由省队报销，还能拿津贴，寺冈隼人则是日本冰协的特别强化级选手，同样有补贴拿，但他其实是三人中代购经验最丰富的一个，因为他也是单亲家庭，家庭条件还没伊利亚那么好。

寺冈损人的语言能力，就是在外出比赛顺道去免税店买东西时练出来的。

总之，只要不影响比赛和训练这些正事，小运动员想给家里帮帮忙，研究如何代购并不丢脸，青年组男单三巨头的友谊，也在这样的合作中变得更深厚了。

41. 并不辛苦

张珏比中国站的时候，心里很重视这场比赛，但又没将之看得太高，因为他的起点太高了，对别人来说很难的高级 3+3 联跳，他恢复训练没多久就会了，许多人一辈子都练不出的 3A，他练了三个月不到就成了。

他在青年组赛事里找不到让他觉得"绝对赢不了"的对手，所以也没有很多人以为的"比赛经验不多所以会很紧张"的心态。

所以其实他在比赛时还算放松，金牌也拿得很从容，比赛结束后的期中考试才让张珏压力更大。

就算是张珏，在考完期中考试的时候，也有种猫掉进水井里，靠垒石子垒了个小山坡才终于爬出去的辛苦感。他们班主任一边收拾卷子，一边和他们说话。

"学校争取在上学期把初三的课提前给你们上完，下学期全力以赴备战中考。张珏啊，你这个英语不行，还要补。"

看班主任准备逮着他唠叨一通，张珏拔腿就跑："在补了在补了，我保证这次考试会进步！"

他可是经常用英语和外国的小伙伴交流的，口语和听力都有进步，中国站的时候，他已经能在领奖的时候和排在第二位的捷克选手尤文图斯说恭喜啦！

班主任看着自己班上这个又矮又萌的孩子的背影，叹了口气："也不用这么怕我啰唆吧？"

等读完初三，张珏以后想听他的啰唆也不容易了吧？而且班主任对张珏一直挺放心的，这孩子以前虽然能闹事，但大错从来不犯，如今家里出了变故，他还能一边做运动员一边用心学习，实在是不容易。

其实在张珏奔赴赛场前，为了给张珏家里减轻点压力，班主任甚至准备给他申请贫困生补助，而且是悄悄地去办，因为贫穷对孩子来说也是一种隐私。

可是那孩子一下就冲到省队里去了。

班主任喃喃道："张珏的天赋应该很不错。"

哪怕对运动没兴趣，班主任也听人说过，这个行当最看天赋，到了世界级的赛场上就是一群天才在竞争，老天在张珏最困难的时候给了他这碗饭，这是好事啊。

张珏也感激这碗饭的到来。下午放学后，他骑着单车去小学接许德拉，同样拿了成绩单的小男孩跑过来，给哥哥看他的期中考卷。

初三的张珏要看个小学生的试卷还是轻轻松松的，而且许德拉的卷子其实不用看，数学满分，语文就是作文扣了一分，这个张珏也帮不上忙。

张珏自己的作文分扣得比弟弟还多。

他点头："可以，这个成绩能给妈妈交差了。"

接着张珏又载着弟弟去了医院，这里的护士对这两兄弟已经熟得不行了，张珏每次来都会提一袋子饼干分给护士姐姐们，嘴巴又特别甜。有时候一袋子饼干送出去，他能收获一大盒比饼干更贵的巧克力。

由于运动员有饮食限制，张珏的零食通常会进许德拉的肚子。

哥哥牵着弟弟进了妈妈的病房，他们的妈妈还是静静地躺在床上，苍白而消瘦，早没了曾经的丰腴与美丽。

张珏带着弟弟老老实实地汇报了成绩，他考了全年级第四，许德拉考了全班第三，比以前都有进步。尤其是许德拉，以前成绩只能算中上，如今能进步这么大，完全是他使劲努力的结果。

之后张珏把病房打扫了一下，在床头柜上放了一盆小雏菊，又坐在病床边看着妈妈。

"妈妈，昨天宋总教练问我要不要去国家队，然后孙指导也给我打了电话，他们说，希望我和老舅、鹿教练一起去京城，把你也带过去。我琢磨着，这个主意可以，京城的医疗条件肯定比这里好，说不定有神医可以叫醒你，实在不行，让你的住院条件好些也好。"

张珏绝口不提京城那边的治疗费用更高的事情，只说了如果自己进国家队，拿到的津贴会更高，而且可能会有商业资源。

"他们说，离我最近的一个代言就是一个梯子山牛奶，可我这么瘦，代言入口的玩意儿能有说服力吗？不过我现在也是瞎想，一个 A 级赛事的奖牌都没有，想要代言是做梦，所以我得想法子赢伊利亚和寺冈隼人才行。"

一听哥哥说要想法子，许德拉的眼睛亮了起来："哥哥，你是打算在比赛前把他们打一顿吗？"

张珏汗颜："才不是呢！"

以前有运动员去韩国比赛，因为喝了他们提供的酸奶拉肚子拉到成绩暴跌，从此导致许多花滑运动员再也不敢碰韩国酸奶，张珏要是能搞出类似的事情，他老舅能当场逼他退役。

张家家规：做事之前先学做人，做不好人就先把事放在一边，揍一顿长长教训。

张珏从小到大调皮那么多次，被亲妈揍的次数也不少了，有些原则问题是绝不会犯的。

许德拉憨笑："开玩笑嘛，你别每次来妈妈这里都不高兴的样子，咱们一家马上要在京城团聚了，高兴点啊。"

张珏没想到弟弟还挺关心他的情绪，他咳了一声，扇了许德拉后脑勺一下："知道啦。"

之前为了给张女士治病，许岩卖掉了家里的饭店，但这次去京城时，他们不打算卖房。

许爸爸说："如果将来有一天妈妈回来了，希望还有个熟悉的地方可以让她回家，要是睡一觉起来，发现什么都变了，她肯定会难受的。"

张珏默默地想：爸，你可真是个模范男人。

要搬家也不是一时半会儿的事情，哪怕再怎么着急，张珏也得读完这个学期，起码让他在学校里把初三的课都上完，这样就算去了京城，他也有信心自己完成最后的复习。毕竟就算楼上住了个学霸，但请人上课和请教问题的麻烦程度也是两回事。

对于初三最后学期转户口、换学校这种事情，许岩也不是没有犹豫过，但张珏在这件事上的态度也是很坚定的。

只要有条件给妈妈换更好的地方，他做点牺牲又怎么样！

再说了，别看他在期中考试年级排名进步，可实际上做了运动员以后，他真的能全天在学校里上课的时间很少，所以换不换学校，影响并没有大到难以接受的地步。

时间在令人无尽疲惫的训练和学习中过去了，转眼就到了 12 月上旬，2010—2011 年度的花滑大奖赛总决赛终于到来。

由于大奖赛总决赛的青年组、成年组的赛事是在同一场完成的，所以此时的京城，已然满是来自世界各地的冰迷。

今年青年组的男单总决赛名单是：伊利亚（俄）、寺冈隼人（日）、张珏（中）、尤文图斯（捷）、亚里克斯（法）、安格斯·乔（美）。

张珏无比倔强地拒绝了爸爸接车的提议，和老舅各拖两个大大的箱子，艰难地从车站到了居住的小区，又在背了老大一个包的情况下，憋着劲拖了其中一个箱子走楼梯。

这种老破小的楼是没有电梯的，要上去只能走，而今年才 13 岁，身高仅有一米五三的张珏要在扛着重物的情况下上去还真不容易。

还比较轻松，只是因为只有两只手而无法提更多东西的老舅说："小玉，你还是下去帮忙看东西吧。老舅来提行李就好，马上就比赛了，万一你磕碰到哪儿就不值了。"

张珏："不行！我不能让你一个人辛苦！"

张俊宝目光向下一扫自己发达的肱二头肌、饱满的胸肌："我不辛苦啊！"

你对老舅是不是有什么错误的认知？

他们爬了两趟楼才把所有东西都拉上去，二德因为还要上学，所以依然被放在了张俊宝的父母家。张珏喘着气，在京城 12 月的大冷天中硬是热得满头大汗。

张珏扯开红红的围巾："好热，我穿得太多了。"

这条二德亲手为哥哥织的围巾，戴起来暖暖的。

张俊宝推了推小孩："我来收拾东西，你快去洗澡吧。"

张珏翻出浴巾，一边脱衣服一边往浴室里冲。

"我去啦！"

2 分钟后，张珏裹着浴巾、披着外套、穿着凉拖跑出来："老舅！热水器坏啦！"

"啥？"张俊宝吓了一跳，让他再加件外套，跑去检查热水器，然后露出为难的表情。

真的坏了。

老舅没出什么汗，在这大冷天的一天不洗澡也没事，张珏一身臭汗，如果不洗澡的话，以这小子的洁癖，今天晚上是甭指望他安分睡觉了。

运动员不睡觉可不行，张俊宝挠了挠头，看着裹着黑色羽绒服，乖巧地坐在沙发上，里面啥也没穿的大外甥，陷入了苦恼。

张珏眨巴眨巴眼睛，给了个主意。

他们去楼上敲响了秦雪君的大门，询问能不能借个浴室。

秦小哥站在门口，看着穿着明显大了好几号的衣服，仰着头看着自己，大眼睛扑闪扑闪的张珏，陷入了沉默。

半晌，他让开。

"进来吧，别着凉了。"

42. 这货纯吗

今年的大奖赛总决赛是9号举行，张珏提前几天过来，主要是为了适应场地，许多花滑项目的明星级运动员都会聚集在总决赛。

首都体育馆恰好能容纳上万的观众，是不折不扣的大馆，比赛用的冰场也质量更高，配得上大奖赛的水平。

而这里，也将是张珏目前能登上的最大的舞台。

在许爸爸身边休整了几天，张珏打起精神，又拉着箱子去了主办方指定的住宿酒店。

反正是公家报销住宿费，住过来就住过来嘛，正好家里的热水器坏了，新的要等许爸爸忙过这一段时间才有空装，他又不好意思天天蹭雪君哥的热水。

那个人体贴得很，张珏每次去洗澡，都能被附送一小时的补习，酸奶什么的都是随时都有的，必要的时候雪君哥还会给张珏切个果盘，问问张珏在热身的副馆练习时会不会肌肉酸痛，要不要他推拿一下。

秦雪君是H省省队前队医秦堂的孙子，爷俩一脉相承的推拿手艺，比杨志远还地道些，被他推拿一下确实很爽，但张珏不好意思过多地麻烦他。

杨志远听完张珏的讲述，问："所以你就好意思麻烦我？"

张珏："嘿嘿，腰那块再用力点。"

就算即将比赛，该做的训练也不能免，张珏作为男性却经常使用贝尔曼旋转，加上他近期述在练3Lz+3Lo这个联跳。连Lo跳嘛，对腰力的要求就大，这个部位的肌肉难免更加紧，队医需要多下点劲。

杨志远摁了一会儿，给张珏上了电针，坐到一边看书去了，张珏自己也捧着本《水浒传》，腰上的肉因为电针的作用轻微地抽动着。

不过运动员对这种东西一般都挺习惯了，按他们的运动强度，如果不做一大堆理疗，大多撑不到巅峰期就伤退了。

就是大冬天的，即使屋子里开了暖气，脱了衣服做针灸还是有点冷，做完理疗，张珏赶紧起来穿衣服，拉着他的箱子去了酒店大堂。

酒店大堂，这是一个发生过无数事情的地方，张珏曾在酒店大堂里一屁股为国家队坐回一个天才冰舞组合（虽然他自己还不知情），也在这里与许多朋友相遇和离别。

过了一会儿，有人惊喜地叫他："Jue！"

张珏回头，就看到伊利亚拉着箱子走进来，旁边是他的大师兄，世界第一的男单运动员瓦西里，还有世界排名第三的二师兄谢尔盖，教练鲍里斯，以及他们的队医。

见伊利亚这么热情，张珏觉得自己怎么也要回应人家一下，于是他也朝着那边跑去。

"伊柳沙！好久不见！"

能互相叫昵称已经足以证明这两个小朋友交情不错，在场的另外四个俄罗斯人都继续往前走，准备放两个小孩好好叙旧。接着他们就看到伊利亚带着纯真的笑，将那个娇小可爱的中国男孩举了起来。

本来只是想和伊利亚握个手、互相捶肩膀的张珏突然起飞了，他双手打开，发出疑惑的声音。

"啊？"

正好和寺冈隼人、白叶家妆子走进来的日本记者小村下意识地举起照相机咔嚓一下，然后反应过来："哎呀，张选手和萨夫申科选手的感情意外地好呢。"

伊利亚这时候也把张珏放下来，如同一只熊伸出爪子一样，伸手按在张珏的头上："Jue，和上次见面相比，你好像高了1厘米的样子呢，而且也变重了，不过看起来还是很瘦。你最近有增肌吗？"

这人的英语还是带着俄式风味的弹舌音，但就如张珏和他的班主任老周说的那样，他真的在努力补英语，所以这会儿他听懂了。

他没有回答伊利亚的问题，伊利亚等了两秒，俯身："Jue？你怎么不说话？没听懂的话要不要用手写的英语交流……"

张珏揪着他的脸，愤怒地大叫："你神经病啊！谁让你举我的?!"

伊利亚嗷嗷地叫，委屈地用俄语大喊："瓦先卡，救我！"

瓦先卡是瓦西里的昵称，伊利亚觉得张珏突然欺负自己，他又不好还手，只能一边挣扎一边向大师兄求救。

不知道是不是伊利亚的错觉，他亲爱的大师兄似乎露出了一个幸灾乐祸的、"你个傻子终于被揍了"的笑，转头就走了，还和谢尔盖说："他们的感情真不错。"

谢尔盖真诚地点头："是啊，伊利亚能交到 Jue 这样的朋友真是太好了。"

其实他们根本就不认识张珏，就是看到伊利亚被打很开心而已！毕竟伊利亚调皮到和张珏没见过几次面都能把张珏气晕，身为他的师兄，瓦西里和谢尔盖平时想脱鞋子抽他的时候可多了去了。

最可气的是，因为伊利亚有一张高冷的脸，别人都认定他不可能是个憨子，所以在瓦西里和谢尔盖训他的时候，路人总是会露出一种"你们真是蛮不讲理"的表情。

如果说张珏在 H 省省队是"团宠"的话，伊利亚就凭实力成了鲍里斯门下的"团欺"，当然，只有自己人能欺负，别人要是真使劲欺负伊利亚的话，他的两个师兄还是会动手的。

毕竟大家都是战斗民族，还是有点脾气的。

鲍里斯教练看那边一眼，心念一动，被扯住耳朵的伊利亚面露希望。

老教练慢条斯理地理了理衣袖："京城的冬天很暖和，我好像穿多了，先去房间放行李吧。"

瓦西里和谢尔盖点头赞同，大家就这么无视伊利亚，走了。

反正那个叫 Jue 的男孩子看起来小小的，战斗力绝对很有限，伊利亚在出发前还和他商量代购的事情，还问了他好多问题，可见关系很不错。

随他们闹吧。

此时张珏已经使出了他的独门绝技——抱脸虫式，伊利亚无法再发送求救信号，不过小伙子显然力气不错，身上有个张珏，还能站得稳稳的，他甚至好心地托住张珏的大腿，免得他一个重心不稳跌下去。

最后是看够好戏的寺冈隼人拿着一根香蕉去把张珏哄下来，然后站在两人中间，拉着他们坐好，并哄张珏："好啦，这个蠢货也不是故意的，他之前也不知道你讨厌被人举啊！"

张珏愤愤道："我看起来就那么好举吗？从小到大，无论参加什么花滑比赛，总是有教练以为我是女孩子，然后推荐我去做双人滑的女伴，还有男孩子自以为是地邀请我做他的女伴……"

这是小玉的童年阴影，也是他曾经愤而离开花滑的原因之一，没有人喜欢被当成异性，而且被人邀请做女伴时，对方那副自信过头，一副"我可以包你的部分训练费用，只要你给我做女伴"的模样，真是让张珏恶心到了。

呸，如果张珏真的是女孩的话，他这种 8 岁就攻克三周跳的天才，也是不可能去练双人滑的。

伊利亚虽然被打了，但大概因为在家里就常常被其他人打，他并没有生气，只是熟练地整理好衣服，感叹："没想到 Jue 看起来很乖，居然也会欺负我呢，你的弹跳力真强，居然能一下子蹦到我脸上。"

即使张珏是在蓄力、助跑之后才完成了这件事，这跳跃能力也够强的了。

张珏："因为最近在练无氧运动。你说我变重了是事实，我的腿围粗了不少。"

另外两人闻言看了看他的大腿，被包在黑色运动裤里的大腿并不粗，也没法观察到他的肌肉线条，但比起以前略显空荡的裤筒，这会儿张珏的肌肉已经能很好地把裤子撑起来了。

几个月的时间不见，张珏的增肌很顺利嘛。

张珏还挺得意："我们家的体质就是这样，长胖很容易，增肌也很容易，只要是长肉，不管是肥肉还是肌肉，长的速度都很快。"

就连他们食堂的宁阿姨都说过，再没见过比张珏更好喂养的孩子了，不挑食，长肉快，除了不长个子，其他的都很好。

张珏小朋友揉揉脸，打开他的行李箱。

"喏，货都在这儿了。"

伊利亚拿起一盒痔疮膏，看着上面方方正正的汉字，虽然一个字都看不懂，却还是摆出一副严肃的表情："纯吗？"

张珏得意地轻哼一声："自从拿到你的货单后，我就给住在我家楼上的一个名牌大学的医学生打电话打听过哪个厂家的药好了。放心，我拉来的都是好货。"

寺冈隼人也拉开他的箱子。

"这些是你们要的美臀香皂、宝宝霜、防晒霜、抹茶味的化妆油和零食、药膏……"

三个人分别将自己的货分成两份给另外两人，然后对了对账。不同国家的钱汇率也不同，他们折腾了好一会儿才拉着重新被填满的箱子离开。

旁观的白叶冢妆子愣了好一阵子，正要张嘴，就见寺冈隼人对她做了个噤声的手势。

"我知道你的意思，但我们三个也是生活所迫，好的赛级冰鞋要 17 万日元，自从开始练四周跳后，我一个赛季就要换三双，这还不算备用的。"

即使是青年组的男单三巨头，也是要吃饭的，寺冈隼人觉得他们一没偷二没抢，正儿八经靠自己赚钱。跨着国家带东西也不容易呢。

妆子愣了一下，随后回道："我想说的是，你要是还有类似的生意可以把我也叫上，我可以帮忙。"

难道她练 3A 时损耗的冰鞋就少吗？别看女单比男单更赚钱，她可是正儿八经的单亲家庭，这倒不是她父母也离婚了，而是她家有遗传性白血病的基因，一不小心就死得早。

走在他们旁边的教练已经不想说什么了。

你们这群还在混青年组的小朋友在搞钱方面比教练还努力！

43. 要有心气

货到手了，如何处理就是家长的事了，张珏把箱子丢给老舅，自己先去冲了个澡，然后打开语文教科书看。

小伙子在考试时最容易丢分的地方有两个，一个是语文的分析题和作文，还有一个就是英语的听力和作文，其中听力进步很大，他连俄罗斯味的英语都可以听得懂了，但英语作文就……

他就是很典型的偏理科的学生，理科认真一点就可以拿满分，但文科稍弱，一个不留神就会拖总分的后腿。

就文科来说，多读多背总是涨分的好法子。

背书，吃饭，睡觉，这就是张珏在大奖赛总决赛开始前的两天做的事情。

当然，每天下午，他还会乘坐巴士和同国的运动员一起前往副馆进行赛前合乐，这次的大奖赛总决赛成年组中没有中国选手，唯一有希望拿奖牌的双人滑一哥一姐金梦、姚岚还在养伤，青年组却比以往的每一届都争气。

双人滑有黄莺和关临入围，男单则有张珏，冰舞看似无人，但是即将属于中国的尹美晶、刘梦成组合一度是这次分站赛的积分排行榜第一名，只是他们为了帮师姐打官司，以及为转籍做准备，放弃了这个赛季剩下的所有比赛。

孙千难得觉得中国花滑未来可期，转头又和江潮升说："让程序那边走快点，早点把人拉过来。那个人渣快要吃牢饭了，给不了他们训练方面的帮助。"

江潮升比了个 OK 的手势："已经在搞了，放心，我比你还着急呢。"

那对苗子曾通过网络给他看训练的情况，哪怕视频卡顿，画质不佳，江潮升也凭借经验判断出这对苗子有巨大的潜力。

这两个孩子只要不被伤病击倒，冲一线的概率比张珏还高，张珏还有个发育关等着呢，尹美晶和刘梦成的骨龄检测显示他们未来的身高将会是冰舞的黄金身高！

冰舞黄金身高：男伴身高在一米八三到一米八六之间，女伴身高在一米八五到一米八八之间。这样的身高差做托举比较合适，看起来也会很搭。

曾经在 1994 年、1998 年两届冬奥会取下连冠的冰舞传奇 GP 组合就是这样的黄金身高，而"美梦成真"组合和 GP 组合的天赋几乎差不多。

比例优越，无论男伴女伴都有一双修长笔直的腿，外貌出色且乐感强，表现力上佳，基本功扎实且冰上滑速极快，而且，美梦成真组合的默契也超高。

最重要的是，他们在一个人渣的迫害下，在脱离了启蒙教练两年后，靠看滑联公布的教学视频，拥有了现在的技术。

尤其是女伴，她非常有主见，心性坚定主意正，是个完美的"六边形战士"，男伴除了心理脆弱一点，上场前要握着女伴的手撒娇以外没啥毛病。

那个人渣教练？不好意思，他是拖后腿的，并没有给予这个组合任何成长方面的帮助，除了暴力、骚扰和不断地贬低斥骂，那家伙没有别的技能了。

相比之下，张俊宝和鹿老爷子作为教练的价值，却真真切切地入了孙千的眼。

舒峰记者在青年组中国分站赛拍摄的视频在央视五台播出，得到了许多冰迷的好评。大家可以看到鹿教练在张珏上场前对小孩的叮嘱、张珏赛后的冰袋冷却等片段。

孙千认为鹿教练的赛前指导很好，他们给了张珏备用的比赛跳跃方案，也很注意保护小运动员的身体。张珏在赛场稳定的发挥是鹿教练的脸面，他饱满了一圈的大腿肌肉，则是食堂阿姨和张俊宝这个力量训练高手的脸面。

他看着张珏穿着贴身的黑色运动服上冰练习滑行，比 10 月份更加稳定的

3A+3T 令人眼前一亮，而小朋友新练出来的 3Lz+3Lo 则直接宣告张珏已经攻克了四个最著名的高级 3+3 联跳里的三个。

3Lz+3Lo、3F+3Lo、3Lz+3T、3F+3T，除了第二个，其他的跳跃都被张珏练成了，他还有双 3A 配置。

俄罗斯的单人滑教父鲍里斯看着小徒弟伊利亚在冰上试跳 3A 的身影，叹了口气："起跳前还是有点卡顿。"

二徒弟谢尔盖冷着脸看着师弟的跳跃姿态，回道："高速滑行还有加速起跳的确很美观，但需要更好的平衡性和熟练度来支撑，不然失误的风险太高了。我要是状态不好，起跳前也要减一下速。"

花滑是冰上的冒险，没人知道在滑溜溜的冰面上，下一秒会发生什么。好多技术不是练不出来，而是不能在比赛里好好使出来，这对选手的身体状态、心理素质都有很高的要求。

就连男单最强的瓦西里，也是在温哥华冬奥会结束后，才痛定思痛，心理素质蜕变，把起跳前使劲加速的招给练到大成的。

相比之下，只要起跳必加速，就怕自己速度不够快的张珏俨然是一个异类，滑得不比他慢的寺冈隼人则在上赛季就已经被吐槽过了。

滑行好了不起啊？在冰上飙高速好玩吗？

张小鳄鱼、寺冈隼人其实都觉得：滑行好真的很了不起，飙高速也不是一般的好玩。

花样滑冰是接近飞的运动，有时，张珏在冰上高速滑行，会真的产生一种自己正在飞的错觉。

他打开双臂，左脚作为滑足，右腿被双手拉着抬到脚比头高的程度，以后燕式滑行姿态掠过小半座冰场，接着又转为侧燕姿态，最后转为提刀燕式滑行。

长距离的燕式滑行是女单节目里常见的动作，对男单选手来说，在有限的节目里，将做更多步法动作的时间拿来做燕式滑行是一种不划算的做法，所以即使有燕式滑行动作的安排，维持的时间也会偏短。

张珏也不是真的要把这个动作编进节目里，只不过后燕式滑行练臀大肌和腘绳肌，侧燕姿态练股外侧肌，所以做这些动作，可以很好地激活这些肌肉部位。

张俊宝将燕式滑行、蟹步、侧弓步等冰上滑行动作，搭配舞蹈编出了一套激活肌肉的热身训练，这个训练可以一定程度地磨炼运动员的乐感，以及做步法时调整身体重心的技巧。

张珏配着场地中的音乐做这套热身训练时，冰刀在冰上留下一道道痕迹，运动员的动作行云流水，整个人姿态舒展、张弛有度，搭配洁白的冰面，如同掠过冬季的风。

舒峰和小村记者不约而同地扛着摄像机拍下这段热身。

不知不觉间，寺冈隼人也停住了动作，站在场边看着这一幕，他的教练是一个头顶光溜溜、挺着大肚子的老年男性，他感叹道："这个孩子的滑行功底很不错。"

张珏的用刀不深，但基本找不出错，小关节灵活，加上滑行时上身姿态很优美，就有了一种不同于日式滑行的轻快和灵动。

他很灵动，这是很多国内冰迷看完张珏的节目后给出的评价，灵气满满之类的词语也出现过不少次。

热身之后，张珏的自由滑音乐响起，他没怎么滑行，就是当音乐走到跳跃的点的时候跳一下找找感觉，在他之后又轮到了寺冈隼人。

日本太子滑他的，张珏自己在角落里又抬脚来了个3A。

鲍里斯疑惑："他的落冰姿态……和以前不同了？"

准确地说，张珏的落冰方式和其他运动员都不一样，膝盖蹲得更深，上身绷得很直很稳，打开时稳稳当当，看得出四肢和身体核心都在使力。

与此同时，他落冰后，冰刀在冰上画出的椭圆弧线非常漂亮。

接着张珏就由于绷得太紧，太过于关注肌肉发力，一个没稳住坐在了冰上，摔了。

小孩双腿打开，两只手放在腿间，看起来好像摔蒙了，他左右看看，似乎觉得没人关注他，就装作没事人的样子爬起来拍拍屁股，回到场边伸手。

"我要喝水。"

鹿教练把水壶塞到他手里："打开的时候要适当放松，这样才显得你这个跳跃轻松从容。"

张珏："可事实是我一点也不轻松啊。"

跳跃很费劲的，他有时候跳得多了，走路时腿都打晃。

鹿教练："跳跃看起来轻松也是GOE的加分要素之一。"

只要看起来轻松美观，谁管你是不是觉得很累！裁判又不在乎！

此时有广播提示小运动员们下冰，他们的合乐时间到了，接下来工作人员要去整冰，让成年组的运动员过来合乐。

张珏直接往前一蹦，从挡板处爬到了外面，张俊宝吓了一跳，让张珏扶着自己的肩膀把刀套戴上。

因为在分站时积分排在第七、遗憾错过总决赛的沈流笑呵呵地对张珏说："怕什么呀，看起来急急忙忙的，人家又没催你。"

张珏嘻嘻一笑，就要去找香蕉吃，教练们顺手将他牵到观众席坐好，指着已经入场的几个成年组男单认人。

"看到那个麦昆没有，这次男单的成年组总决赛金牌，就是他和瓦西里争了。然后法国的马丁应该会和俄罗斯二哥谢尔盖争铜牌，这是两个著名的竞争组合，从青年组到现在一直互相看不顺眼。"

张珏疑惑："那沈哥和哪个运动员互相看不顺眼啊？"

沈流一顿，露出苦笑："我没什么看不顺眼的人，别人也不会看我不顺眼。"

鹿教练眉头一皱，训道："你这个心态不行，身为运动员必须盯上一个对手，然后以对方为目标使劲竞争，你要有斗志。看看张珏，他就是为了钱来滑冰的，但他永远看那些赢过他的人不顺眼。"

张俊宝："那可不，他在测试赛的时候不是输给金子瑄一次吗，哎哟赛后那个脾气发的呀，我都快不知道怎么哄了。"

在测试赛后，小金再也没有赢过张珏了。

张珏靠着老舅的胸肌吃香蕉，闻言露出无辜的表情："啊？我发脾气了吗？我怎么记得没有？"

小玉没做过那么幼稚的事情，他不承认。

这下大家的神情都微妙起来，虽然不是每个人都看过测试赛后的张珏，但在场的教练们绝对都见过张珏在都灵站时只拿了铜牌的表情。

当张珏发现自己只能站在领奖台最低的位置时，他一直面无表情，眼神飘着不知道想什么。旁边的寺冈隼人想和他说话，他还做出"我听不懂，不想理你"的样子，也亏得寺冈隼人和伊利亚都脾气好。

伊利亚赛后还请他吃紫皮糖，张珏这才别别扭扭地请他们吃巧克力棒。

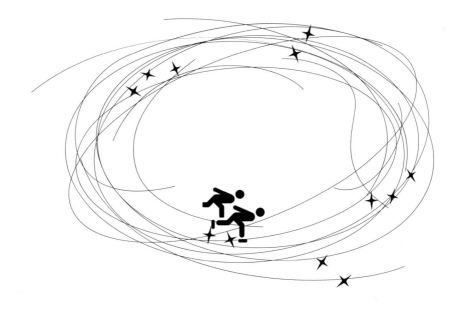

五　全锦银牌

44. 他很愉快

香蕉曾被一些营养师评为美腿神物，其中丰富的钾可以预防腿抽筋、帮助伸展肌肉，每天吃适量的香蕉，做适量的运动和拉伸，有助于美腿。

这些是不是真的张珏不知道，他只是喜欢吃而已。

关临苦口婆心地劝着女伴："就算你把香蕉当饭吃，也顶多美化一下肌肉线条，莺莺，你的比例已经很好了，别吃了，教练该瞪你了。"

黄莺泪眼汪汪的："可是在差不多高的时候，张珏的胯和腰一样高，和他站在一起，我快被比成小短腿了。"

关临咳了一声："那倒不会，而且腿长也未必是好事，你看张珏练了腹肌和腰肌以后，那点腰线都快没了。"

正在冷敷的张珏提出抗议："喂，安慰女伴可以理解，别讨论我的身材好不好？而且青少年发育都是先长下面再长上面，等我的腿长完，上半身开始长的时候，我的腰线就回来了！"

扯完这个，他们突然发现俄罗斯男单二哥谢尔盖给了伊利亚一拳，下冰走了。伊利亚委屈地捂着脑袋走到张珏身边坐下，自然地拿过一个冰袋摁在自己膝盖上。

和张珏不一样，张珏每次摁冰袋都要打个寒战，伊利亚却面不改色，凸显出战斗民族可以在零下几摄氏度依然光着身子和小伙伴玩耍的身体素质。

上头那句话不是胡诌，张珏真的在伊利亚的社交账号上看到过他只穿了条短裤，在冬令营和同学打水仗的照片。

出于对朋友的关心，张珏问："谢尔盖为什么打你啊？"

伊利亚摸摸脑袋："哦，他要去拉屎，我提醒他不要拉太久，因为我爸爸当初就是因为总在需要照顾我的时候借口拉屎跑掉，才让我妈忍无可忍甩掉他的。"

张珏面露震惊："你为什么要和他说这个？"

伊利亚笑得像只哈士奇："因为谢尔盖喜欢上了一个女兽医，却不知道怎么追求人家，我和他认识这么久了，得告诉他一些追求女孩时要注意的事。"

张珏不是很明白伊利亚的思维模式。他想，伊利亚的师兄应该是真的很疼他，要是换了张珏自己摊上这么憨的师弟，早就把他塞到水泥桶里了。

相比青年组顶天拿个 3A 的难度，成年组男单就是当前花滑项目最高跳跃难度的先锋，仅论跳跃，他们最强。

花滑六种单跳，T、S、Lo、F、Lz、A，其中四周跳已经被攻克了最简单的 4T 和 4S，而一线男单选手的入场券就是至少要掌握一个四周跳，而且赛场成功率高于 60%。

沈流今年差点就能冲进一线了，可惜伤病太重影响了发挥，最后没能进总决赛，而进不了总决赛的，一律不配称一线。

瓦西里在跳跃的时候，试了 4T 和 4S 两种四周跳，他也是目前世界上唯一掌握两种四周跳的人，但这次他的 4S 摔了。

伊利亚悄悄和张珏说："自从瓦西里伤了脚踝，4S 就跳不好了，其实在没受伤的时候，他已经有点要挑战第三种四周跳的意思了。"

张珏安慰他："没事，你师兄就算受了伤，也依然是世界排名第一的男单选手。"

伊利亚摇摇头："维持不了几年的，鲍里斯说过，竞技运动的难度只会不断上升，除非我们能以超越时代的速度不断进化，否则最终都会被时代抛弃。"

而以花滑的伤病率，即便运动员自己有进取之心，但被伤病拖得只能待在原地等待被超越的情况也是无法避免的，曾经被誉为超级天才的瓦西里，现在也陷入了这种窘境。

张珏："看来瓦西里也只是看着风光，其实也有不少苦恼呢。"

旁听两个年轻人讲话的沈流陷入沉默，瓦西里都世界第一了还被他们这么说，那从未进过一线的自己岂不是更惨？

就在此时，张珏的肚子叫了起来，他面色不变地揉了揉肚子。

伊利亚看着他："你……饿了吧？要不要去吃东西？"

其实他更想问的是张珏中午有没有吃饭，不然他怎么会饿得这么快，现在离午饭时间过去才不到两个小时吧？

张珏十分淡定："没事，我习惯了，沈流，把花给我。"

身为本国一哥，沈流进场的时候被粉丝送了花。他闻言将花递给了张珏，就见张珏扯了花瓣塞到嘴里。

不能吃肉、甜食、零食填肚子，张珏不得不开始吃花瓣。

伊利亚瞳孔地震，Jue，原来你为了减肥这么拼命吗！太可怕了吧！

其实并没有减肥，但因为易胖体质在饮食方面被管得十分严格的张珏满心麻木，他知道花瓣填不了肚子，但只要嘴巴不空着，他就还能撑住。有些观众看到本国小选手吃花瓣，还觉得张珏像个小精灵，没人知道事实多么辛酸。

还在生长发育、体脂率个位数的张珏食欲惊人，他的大脑几乎每时每刻都在督促他去摄入更多的碳水化合物、蛋白质、脂肪，如果真放开吃的话，这身材也不用要了。

张珏可以三天内把自己吃胖五斤！

麦昆和瓦西里不对付，他们的冰迷互相看不顺眼，在成年组男单的合乐进行到一半时，一个俄罗斯冰迷和三个意大利冰迷打了起来。

俄罗斯冰迷赢了，但他和三个意大利冰迷一起被工作人员请了出去。

既然人到了京城，有些该去的地方还是要去的。张珏又坐了一阵子，就起身离开场馆，张俊宝跟在他身边，两人回酒店换衣服。

12月的京城冷得很，张珏换上一身一看就十分温暖的小熊造型的绒衣，脚穿雪地靴，外裤里面裹着羊毛内衬的秋裤，老舅想少穿一件，被张珏训了一句。

"你也不看看现在什么天气，去把秋裤换上！"

张俊宝那一刻差点以为站在自己面前的是自己的姐姐，张珏他妈。

不对，要是换了张青燕本尊在这里，她会要求他们连袜子一起换掉。

张珏在老舅的陪同下前往许爸爸今天表演的地方，据许爸爸自己说，他现在不是主角，但正式登台的资格是稳稳的，因为老底厚，吃这碗饭对他而言不难。

听到"饭"这个字的时候，张珏下意识地回道："有肉菜吗？碳水化合物摄入量多少？你们那儿的晚饭介意带家属吃吗？我想喝胡萝卜玉米排骨汤，再来个凉拌海带、拍黄瓜和红烧肉，肉要五花的……啊！"

张俊宝一巴掌把他剩下的话扇了回去。

"过来看看爸爸的舞台吧。小玉，以前爸爸离开过这个舞台很多年，最开始也不后悔，觉得自己更想做厨师，想自由地追求梦想，想和你妈妈还有你、二德在一起。现在回首过去，爸爸发现虽然京剧排在了很多东西后面，但我对它是有感情的，上台表演时也不是单纯的上班打卡的心情，而是想要好好献出一场精彩的戏，我想让你看看。"许岩对张珏说。

张珏不是很懂爸爸的意思，而且他也对京剧没什么兴趣，比起出门，他更想留在酒店里做题，张俊宝却懂了什么，摁着张珏的脑袋说一定去。

表演在晚上 7 点开始，张珏是提前吃了晚饭过去的，在路上的时候还捧着根玉米棒啃，为了防止他着凉，张俊宝将有小熊耳朵的兜帽也给他戴好。即使是在这样冷的天气，他们到了剧院入口的时候，那里也排了不算短的队。

现代社会的票友越来越少，不耽误许岩的二大爷作为许派传人，仍有不差的票房号召力，这就像花滑再小众，明星运动员们聚在一起比赛时，场馆坐满一万多人也是轻轻松松的。

张俊宝比张珏知道的东西多，一边往里面走，一边和张珏说："你爸爸年轻的时候是被当家里的继承人教的，最开始学的都是些很正经的青衣戏，知道青衣吗？"

张珏挠头："呃，就是京剧这一块的大女主？戏份最多的那个？"

张俊宝："差不多吧，不过你爸爸毕竟多年没唱了，虽说他没懈怠，但毕竟少在他二大爷手下吃了那么多年的苦。现在许二爷就在培养亲外孙，那小子身段好，就是接近倒仓①的年岁，近一年许二爷就不许他过度用嗓，也不许他频繁上台，应该是觉得还没打磨好。

毕竟京剧和竞技运动还不一样，竞技运动都是从小比起，要一直一直在同龄的群体里做第一，才能代表国家去国际舞台上继续参赛，在此期间会不断进步，所以哪怕是再强的运动员，在青年组时期都是新人。

京剧却是要先在台下把功夫磨炼到能看的程度，接着再上台，他们不能将一个不够好的角儿送到观众前头，唱得不好还指望人家体谅。

张珏问："那我爸现在主要是做配角，对吧？"

张俊宝："没错，而且他唱得特别好。"

作为小舅子，张俊宝对许岩的业务水平相当认可，还和张珏嘀咕："你爸当

---

① 戏曲演员在青春期发育时嗓音变低或变哑。

年受不了家里，其实主要是他的路子和家里不一样，许派这边擅长贵妃、虞姬什么的，你爸他却喜欢关肃霜，爱武戏，想试小生，被人强迫练自己不爱的风格，谁受得了啊？"

他们找到地方坐下的时候，现场已经有了挺多人了，张珏乖巧地坐好，然后发现自己看不见前面。

因为坐在他正前方的人特别高，坐下来也能挡住不少人的视线，何况张珏又不高，张珏睁大眼睛，敲了敲椅背。

"哥们，能不能低个头？"

高个子和他边上的人回头，高个子露出惊讶的表情，他旁边一个戴着金丝边眼镜，瞅着挺斯文的白皙帅哥友好地笑笑："小朋友，要不我们和你还有你的家长换个座位？这样就不挡了。"

他叫了一声，发现张珏和同伴还在对视，他犹豫着问道："小润，你认识这个小朋友吗？"

等会儿，他才发现这个小朋友和兰润有很明显的相似之处，尤其是那个雕塑鼻，简直就是一个模子里印出来的！

兰润咳了一声，小心翼翼地看着张珏的表情："他是我堂弟。"

小玉似乎是不打算认大伯，但他会认自己这个堂哥吗？会吗？

张珏眨了眨眼睛，慢慢点头："嗯。"

万岁！他承认我！

兰润心中的小人举起双臂欢呼，脸上的笑容立刻热情起来，他起身："小玉、张叔叔，我们换个位置吧，我块头大，不换小玉就看不到了。小玉，吃了晚饭没？我这儿有巧克力，你能吃吗？"

万泽也连忙起身，两边换了位置以后，张珏的视野终于没遮挡了，没过多久，他手里还多了一杯两个大哥哥买过来的热果汁，他看张俊宝一眼，张俊宝点头。

可以喝。

就在此时，张珏边上的少年不好意思地咳了一声："小弟弟，你这个胳膊，能不能放下去一点，有点顶着我了。"

张珏回头，又看到一个俊美的少年，他眉眼有些细长，眼睛清亮，神态如暖阳一般，笑起来还有点喜气。

重点在于，这个人看起来没比张珏大多少啊，也是一米五出头的样子。

张珏收回胳膊："我不是小弟弟。"

少年抿嘴，忍俊不禁："我今年已经读初二了，只是看着比较小。"

张珏朝他龇牙："我今年初三！"谁还不是个读初中的小个子！

此人面露震惊，半晌，他用一种看着同类的目光伸出手："你……你好，我叫许小帆，你呢？"

张珏心想，这个人莫不是要和我建立矮子的友谊？可是我成年后据说能有一米八，算了，既然他已经伸出手……

他与许小帆短暂地握了个手："张珏。"

许小帆对他很友好："你是第一次来这里？我以前没见过你。"

张珏耸肩："嗯，我以前都没在京城。"

就在此时，一声梆子响，大家停止了交流，不约而同地看向舞台之上，有穿着表演服装的青衣奔出，张嘴便是清亮得不行的嗓子，他没戴麦克风，声音却清晰地响彻整个剧院。

通过发声方式，让整个剧院都能听到自己的声音的方法，在京剧、歌剧里都是有的，张珏自己学声乐的时候都被教过，只是还没练到家，而当他现场听这种声音的时候，他肯定是能感受到震撼力的。

许二爷的表演开始了，他技巧娴熟，没什么多余的动作，一扶鬓，一挥袖，却能让第一次看京剧的人看明白他要表达的角色是什么性格，有什么故事。肢体语言的运用搭配背景乐，不可谓不精妙。

即使张珏是花滑行业的，而许二爷是京剧行业的，两个隔着行当，但那种表现力、艺术性，张珏是感觉得到的。

没过一阵子，张珏就用手指敲着膝盖，默默地跟着打起节拍来，张俊宝看他一眼，面露微笑。

他就知道这小子看得懂。

张珏背后的兰润和万泽对视一眼。万泽低头，用手机打字："你别老是看着你堂弟了，专心看戏啊，弄到这么好的座位的票不容易，你倒是真给我看出个写歌的灵感来啊！"

兰润露出阳光的笑，冲他挤了挤眼睛。

等到许岩出场的时候，张珏隔着妆也立刻认出那是自己的爸爸，他坐直，神色更加认真，还差点伸手挥一挥，被张俊宝按住了。

许岩压根没看台下怎么样，就专注地舞自己的剑，他的风格没许二爷那么沉稳，带着点满场飞的跳脱，嗓音却同样清亮动人。

最重要的是，他的神态非常投入和认真，看着他和许二爷的表演，没人能否认他们对自己正在做的事情的喜爱。

张珏看着爸爸的身影，一个模糊的念头在心中浮现。

张珏看得出来，爸爸站在台上，是很愉快的。

他不知道，这也是许岩和张俊宝想告诉他的东西，即使生活压力很重，即使是为了赚钱才做这一行，但是就算有这些前提，也不是不能爱自己的职业的。

张珏喜不喜欢滑冰他们不知道，但他已经有把运动员的身份当工作的觉悟，那么，他们希望这个孩子能享受自己的工作。

因为越是需要艺术表现力的行业，比如花滑和京剧，就越是需要表演者喜爱自己的职业，这样才能迸发出更加迷人的光彩。

45. 才能展现

看京剧现场有个特点，就是台上的角儿卖力表演的时候，台下的票友们也不吝啬于叫好和掌声，待在那个氛围里，对任何从事表演行业的人来说都不失为一种享受。

许岩下台的时候，许二爷调侃他："你还是那么浪，上台舞剑的姿势和平时打架舞拖把都是一股劲的感觉，今天还特别兴奋，怎么？就这么喜欢你那个儿子，他来了你就喝了十斤鸡血了？"

许岩咧嘴一笑："他对我而言和一百斤鸡血也差不多了，要是他妈妈在这里，我能喝一千斤鸡血！"

许二爷翻了个白眼，挥了挥手，意思是让许岩赶紧走，去和他心爱的大儿子会合，别在这儿碍他的眼。

"去吧，我在这里等小帆。"

许二爷口中的许小帆正是他的亲外孙，这孩子和许岩家的大儿子张小玉一个情况，也是父母离婚后孩子跟了妈妈，然后随母姓。因为那孩子天赋好，对京剧也有兴趣，许二爷近几年做什么都带着他。

许岩急匆匆赶出去，有人在许二爷耳边说道："看小岩这个样子，有点许家老太爷年轻时的样子，那位年轻时也是满场飞，过了三十才稳定下来。"

许二爷笑着摇头："我爷爷当初稳下来，也是世道乱。他吃了很多苦，人生际遇让他的心没法像以前一样到处飞了，小岩到底还是差点。"

不过这世上也没规定说艺术一定要用痛苦打磨，小岩就继续保持这个风格，说不得哪天也能走出适合他的路子，如果他哪天不想唱了，要去做别的，许二爷也会随他去。

他早不是当年那个强迫家中小辈练功的暴脾气了。

在剧院后门看到了张珏，此时天上下了雪，张珏没举伞，就戴了个帽子站在雪里，灯光照着他，帽子上的熊耳朵被风吹得一颤一颤的，让他看起来像是一只没有冬眠的小熊。

许岩想，要是此时路灯边上不光有张珏，还有另一个没比张珏高多少的身影的话，他一定会感激上苍到哭出来。他心中一酸，小跑到张珏身边，揉揉儿子的脑袋："等久了吗？"

张珏将一杯热热的果汁饮料塞到许岩手里："没等多久啊，我们是打车回去吗？"

许岩点了点头，搂着儿子的肩膀对张俊宝点头，三人一起回去。

这样就可以了。

张俊宝看着张珏的身影，脸上带着笑。兰润那个朋友刚才很热情地说要开车送他们，连豪车都开到路边了，张珏就是不肯上去，让他们先走，自己站在这里等爸爸。

这孩子就是这样，姐夫对他一片真心，他也还以一片真心。

姐姐，要是你也在这里就好了。

其实这世上心怀思念的人很多，但不知从何时开始，大家都学会了将思念藏在心底，藏在他们在舞台上的演出中，藏在午夜梦回中。

第二天，总决赛正式开始。

张珏不知怎么犯了鼻炎，热身时一直在吸鼻涕，花滑运动员都是天天上冰吸冷空气的，不少都有点鼻子方面的小问题。

张俊宝在张珏热身的时候，顺嘴和他分享了一条隔壁双人滑的八卦新闻："比如黄莺，因为鼻炎严重，他们教练每个月都要去超市花30块钱买一大袋子抽纸，关临有时候也跟着去，帮忙提东西。你说这小姑娘，在她教练和搭档身边和个小公主一样。"

张珏吐槽："她难道不是被教练和搭档当女儿养吗？"

接着他的教练组就异口同声地对他喊道："他们才不是父女！"

花滑是一个流行嗑CP的行业，这主要是针对双人滑和冰舞，毕竟这两个项目都是男伴和女伴一起上冰表演。手拉手滑行、托举什么的动作一出来，水平好的默契都高，默契高的CP感就强，最后导致上至裁判，下至冰迷，中间一群同行，全是嗑CP的。

CP感强的搭档表演分高，这在双人滑和冰舞之中是真实存在的状况。CP要是最后没能在一起，能有一群人哭出来，大喊自己上了泰坦尼克号，沉船了，要是CP最后奔向结婚生子，大家则欢呼雀跃大呼自己成功靠岸了！

张珏嘴巴一张，直接把青年组最被看好的一对说成是父女，实在欠揍，也不解风情到了极点，他本人还挺委屈。

"他们不是父女就不是嘛，干吗对我这么大声？"

张珏气哼哼地把瑜伽垫拖到伊利亚身边，趴在上面做猫式伸展，鲍里斯看了一会儿，吐出了几句话。

张珏没反应，伊利亚戳了他一下："我教练说，我们以后可以多分享一些旋转方面的心得，他很欣赏你在旋转动作方面的细节处理。"

张珏："啊？细节？我的动作细节都是鹿教练帮我完善的啊。"

他回答伊利亚用的是英语，鲍里斯听完，就直接朝张珏的教练组走了过去。鲍里斯的大弟子瓦西里走过来，蹲在他们旁边盯着。

这个老教练还挺好的，热身期间骂了伊利亚几句，但骂完以后又开了两袋果冻，张珏也分到了一袋。鲍里斯因此在张珏这里获得了极高的印象分。

直到比赛开始，6分钟练习开始，六个大男孩陆续上冰。

因为是东道主选手，很多原本对花滑没有热爱到出国看比赛的本土冰迷也进了场馆观赛，有人看着冰上，向伙伴们询问：

"我们国家的选手是哪一个啊？"

往往在这个疑问后，立刻就有人回道："最矮的那个就是了。"

冰天雪地论坛上也由此出现了一个新帖。

【各位，今天大家回答了多少次"那个最矮的就是我们国家的张珏"？】

【回楼上，两次。】

【回一楼，四次。】

【回一楼，三次。】

…………

【哈哈哈，你们觉不觉得张珏这个小运动员有点憨憨的，他长得真的很好看，但是自从他上中国分站赛的领奖台开始，我就觉得他好好玩。】

【冠军站中间，结果中间那个最矮，最后领奖台合影的时候，台上三个人组成了一个"凹"字，张珏就是凹下去的那个，哈哈哈！】

【还有他参加都灵站的时候，不是教练丢了条裤衩吗？然后他就留了寻物启事，据说还是找寺冈隼人写的，这件事后来被意大利本土的冰迷发现，然后拍照发到了网上。笑死我了。】

【请问丢的是张教练的裤衩吗？就是那个身材特别好的张教练。】

【请问他丢的是花裤衩吗？】

【请问他丢的是什么颜色的裤衩？】

从这一层开始，整栋楼就彻底歪掉了，大家笑完张小玉又一起笑他的舅舅，笑完他的舅舅，又一起说起沈一哥的翘臀，之后又聊到某双人滑男伴的肱二头肌。

第一名选手开始上场比赛后，论坛里才安静了一点，有热情的冰迷开了直播帖，实时点评某小选手今天的联跳节奏不行，某小选手今天的旋转不行，某小选手的滑行太慢，脚下步法太仓促，一卡一顿的，基本功不够好。

直到积分排行榜第三位、倒数第三位出场的张珏上冰，全场才安静下来。

不管大家是否熟悉这位小运动员，但广播里传出"接下来登场的选手是张珏"的时候，大家就都明白，这是自家孩子，他们得安静下来支持他。

张珏站在挡板边，鹿教练伸出手，张珏扶着他跳了两下。他外套已经脱下，里面宝石绿的考斯腾露出，他手上戴了一副长手套，将美妙的手臂线条衬托得很明显。

鹿教练叮嘱他："把训练时的水平发挥出来就够了，好好滑，别紧张。"

张珏一点也不紧张，他笑嘻嘻地反问："真是只拿出训练的水平就够了？"

鹿教练顿了顿，伸出拳头："你要是能超水平发挥，我肯定更高兴。"

张珏和他碰了一下拳："我尽力。"

少年的眼中带着强烈的自信，鹿教练怔了一下，看着他无比自然地朝赛场滑去，双臂打开，一点也不怯场。

掌声响起，大家都对自家孩子给了十足的鼓励，而张珏站在冰上，心想，要试着更投入一点吗？就像上芭蕾课的时候，被老师催促着投入表演中一样，将他给予芭蕾的投入程度放在花滑上，甚至给出更深的投入，试着去喜欢这个项目……

张珏闭上眼睛，不，他其实一直都很喜欢花滑，因为在冰上滑行的感觉，就和飞一样，即使这种程度还比不上其他在这个项目里奋斗多年的运动员，但他的确是喜欢这个项目的。

动人的小提琴声响起，张珏张开双臂开始滑行，风声掠过耳边，冰刀滑过冰面的声音是沙沙的。

然后唰啦一下，少年起跳，完成了个3A。

哗啦啦的掌声再次响起，这一次，张珏将鹿教练千叮咛万嘱咐让他练好的缓冲落冰技术完美地使了出来，冰刀落冰后在冰上画了个大大的椭圆弧线。

坐在前排的冰迷惊呼起来。

就在这一跳中，张珏的跳跃远度已经达到跳过九个座位的程度，并给近距离观赛的观众带来极大的视觉震撼感。

【天……天哪！好远！】

【不仅远，高度也有进步！这是什么高远度啊?!】

【这个高度有60厘米了吧? 绝对有了吧！转速也好快，轻盈但是有力，赞！】

【绝对有60厘米了！我看麦昆合乐的时候，他的4T高度通常是62厘米到65厘米，张珏的这一跳比他低不了多少！真厉害，再努努力，这是足以出四周跳的高度了！】

但是接下来，论坛里有关张珏的直播发帖数量急剧下降，不是张珏表演得不好，恰恰相反，他的表现太好了。

以往张珏的表演是不让人出戏，有灵气，能准确地让大家感受到他要表达什么，但是这一次，他的肢体感染力仿佛上了一个档次，有了将人拉入他的故事中的力量。

这是张珏与生俱来的天赋，以前他在练芭蕾的时候曾参加过一些比赛，也与人一起跳过《胡桃夹子》的芭蕾舞剧，那个时候他总是同龄人里的领舞，因为老师认为他是最擅长表演的那个。

他是一个天生的表演家，从来如此。

而当他决定将这项才能献给花滑的时候，他就带来了一场震撼人心的表演。

场边的孙千看得眼泪都快下来了，你说这么厉害的人，怎么偏偏有个一米九三的亲爹呢?!

46. 通通鼻子

呼哧，呼哧。

张珏并不疲惫，精神状态相当亢奋，却下意识地大口喘气，有种血液要沸腾的感觉。

有人在呼喊他的名字，有人为他鼓掌和吹口哨，有人为他丢下玩偶和花束，还有的人举起有着他名字的牌子。

他们都很喜欢我的表演的样子！

张珏清醒了，他一抹额头，四处鞠躬，然后回到冰下，他第一次觉得自己在比完赛后如此兴奋。

屏幕上出现他的成绩，张珏满足地笑起来，他指着大屏幕："我快 80 分了啊。"

78.65 分，感觉离 80 分也不是很远的样子了。

老舅揉着他的小脑袋："嗯，你很厉害，继续加油。"

张珏一举压过了之前暂列短节目第一的安格斯·乔，在伊利亚和寺冈隼人没登场的情况下排在第一位！

安格斯·乔是个美籍亚裔，他在看到张珏的分数的一瞬间，脸就黑掉了。

这位被张珏压住的选手不知道的是，张俊宝和鹿教练表面高兴，心里对张珏这个分数还挺不满意的。毕竟安格斯·乔没有 3A，点冰跳的时候姿势不标准，别人拿刀尖点冰，这家伙直接整个冰刃都踩在冰上起跳，也就是起跳踩刃严重，结果他的分数居然和张珏只差 1 分！

虽然美国的运动员在花滑项目上总是能拿到更高的 GOE 和表演分，裁判们给东道主选手张珏的分数也算公正，但安格斯·乔的分数水分还是太高了。

其实寺冈隼人在上个赛季没出 3A 的时候，也在安格斯·乔那里吃过类似的亏，短节目硬是只排在第二，等他靠自由滑翻盘拿了那一站的第一后，他就专门戴着金牌在安格斯·乔旁边晃悠。

嘿——就是玩。

就算你有裁判偏爱，我就是赢了，咋的！

而美国冰协后来还找了那一场比赛裁判的麻烦，认为他们对安格斯·乔的用刃模糊判定及减分方式是错误的，安格斯·乔的蹲转也应该是四级而不是三级。一场申诉下来，安格斯·乔的分数高了 6 分，但他的分数还是没能高过寺冈隼人。

等到第二站，寺冈隼人的 3A 也随之出世，后来他就再也没输给过除伊利亚以外的选手了。

在比赛开始前，寺冈隼人还专门找到张珏，和他嘀咕："等会儿要是你觉得裁判给你的待遇和北美那边的不一样也别对着镜头生气，不然容易被找麻烦。反正以你的实力不可能输，要找那边不痛快，就私底下戴着奖牌过去晃，那个乔是个小心眼，要气他很容易的。"

张珏不明所以，但还是点头表示明白，安格斯·乔是在他前一位出场的，所以在对方比完赛的时候，张珏也算明白了友人的意思。

听说伊利亚和安格斯·乔在分站赛比过一次，那次比赛结束后，裁判那边争执了许久才出分，俄系裁判和北美系裁判差点当场打起来，就是因为这事吧？

不过从那一站的结果来看，彪悍的俄系裁判可没有让自家选手吃一点亏，他们脾气上来了，能直接让安格斯·乔的每个技术动作都吃零分 GOE，即使北美系裁判给自家选手的每个动作都打 +3 的 GOE，但平均下来也没多少了。

现在张珏果然赢了，他吸了吸鼻子，没有像其他选手一样坐在等分区和教练拥抱，而是赶紧离开等分区，然后抽了一把纸擤鼻涕。

鼻炎发作的苦真是谁体验谁知道，作为运动员，像一些鼻通灵之类的喷雾他都不敢用，就怕吸收啥过不了药检的成分。

其实他这还算好的了，关临之前和他们吐槽过，黄莺的鼻炎十分严重，到了过敏季的时候，那个呼吸声古怪得都不能听。

张俊宝蹲在他旁边问道："要不要回去的时候咱们买瓶醋？你妈说过，鼻子堵了，就拿醋熏。"

张珏："试一试吧，我现在一躺下就堵鼻子，再这么下去，晚上也甭睡了。"

他现在觉得自己的呼吸声已经怪得没法听，和猪叫一样。

之后是伊利亚上场。

其实和寺冈隼人、张珏比起来，伊利亚的表演不算出色，但架不住他的教练给力，给他安排了最符合外表的表演风格，连考斯腾都精致得很，加上俄系也有打分优势，所以表演分一直都很好看。

张珏看了一会儿，和老舅嘀咕："我觉得他有点平淡。"

张俊宝摸摸下巴："是啊，看起来是还没找准自己的风格。"

在仅有的几次接触后，张俊宝觉得这位俄罗斯太子不是什么心思细腻的人，还有点憨，在积累足够的人生阅历前，指望他多么细致地感悟音乐情感然后表达出来是很难的，除非能给他适合他的风格，这样他才能在表演方面有所突破。

张珏："啊？他最适合的不就是现在这种优雅风格吗？我觉得是他的肢体动作练得不够，所以才感染力不行的。"

老舅摇头："不是，你看啊，伊利亚他只是看着很优雅，性格其实完全不是那么回事对吧？风格和性格的关系是很大的。"

伊利亚的性格？张珏想了想，觉得老舅说得在理，伊利亚的性格就像哈士奇，哈士奇适合高贵优雅风吗？

那肯定不能啊。

但是不可否认的是，在实力相当且同样 clean 了技术动作的情况下，伊利亚总会比寺冈隼人高那么一两分，短节目也是这样。

之后寺冈隼人拿了 79.5 分，伊利亚则拿了 80.83 分，两人分别位列第一和第二，张珏又排在了第三。

但他也算是习惯了，就像寺冈隼人和他说过的那样，自由滑再追嘛，又不是短节目就定了输赢。

在领小奖牌的时候，寺冈隼人和伊利亚都默默做好了再看张珏一副臭脸的准备，谁知道张珏熟练地摸出一个盒子，打开盒盖，里面出来两根巧克力棒。

"来，大家辛苦了，吃点甜的补补。"

然而外面是有媒体在进行拍摄的！怎么能让他们这样去镜头前面呢？于是三人的教练一人给了他们一下，面面相觑时有点惺惺相惜。

哦，原来你家也有个熊孩子吗？我家也有啊！

三人拿完奖牌，站在一起听主办方派来的主持人说话。被问及对彼此的观感时，伊利亚作为第一名第一个发言："我很高兴站在我旁边的是这两位选手，他们很有实力，而且为人真诚，我们交流起来很愉快。"

言下之意就是以前他的身边出现过没实力、为人不真诚、交流起来不愉快的人。

寺冈隼人应道："有关这点，我赞同伊利亚。"

虽然是赛场上互看不顺眼的对手，但他们一起嘲讽起之前被誉为青年组三哥的安格斯·乔时也挺默契的。

张珏微笑："我觉得他们人都很好，隼人还请我吃过香蕉，希望到了自由滑，我们还能继续奉献精彩的比赛。"

说完，他又吸了吸鼻子。

因为青年组双人滑的短节目比赛就在男单之后，张珏留在了场馆里观赛，顺便为黄莺关临举个小红旗喊加油。

也就是说，他已经做好了继续堵一下午鼻子的准备，谁知道坐在位置上没到 10 分钟，就有人拍拍他的肩膀。

"你鼻塞？"

张珏回头，愣了一下："雪君哥？你怎么来了？"

秦雪君很自然地坐下："看你比赛啊，你鼻子通了没？"

张珏努力地吸了一下："一边是通的，另一边堵着，它们交替着堵。"

"我帮你通一下吧？"秦雪君这么说着，伸出手，露出询问的眼神。

张珏仰头："来吧！你是要给我按穴位吗？"

秦雪君："没必要什么事都扯到穴位上，就刺激一下鼻窦多余黏液的流动。不过做完以后脸有点疼，你不怕疼吧？"

张珏："秦医生，我不怕疼，我打针的时候从来都不哭！"

"我没考执业医生的证，你还不能叫我医生。"

秦雪君说着，左手大拇指按住张珏颧骨下的肉，往外侧一扒，另一只手的食指中指摁着他的鼻子往反方向扒，他用的力气不小，要是换了隆过的鼻子，八成假体都能被挤出来。

张珏痛得惨叫一声，连忙挣开，然后露出惊喜的表情："真的通了！"

秦雪君默默将沾在手指上的鼻涕擦掉，又告诉张珏："另一边也要来一次。"

这次小朋友就特别积极地仰脸。

后来这个技巧成了张珏通自己鼻子的绝技，成年后也一直在使用，而他大大咧咧把自己的脸扒到变形的样子，也成了张珏成名后，诸多冰迷对别人解释"虽然我们一哥是神颜，但他真的从没整过容"的铁证。

47. 小暴脾气

张珏这人只是有点迟钝，不代表他没心眼，所以在他发现秦雪君为自己通完鼻子后沾了一手鼻涕时，他非常抱歉地摸出湿纸巾给他擦手，然后提出要请他吃饭。

秦医生很淡定："没事，我上解剖课的时候，徒手捏青蛙、解剖大体老师之类的事情都做过，我还能用试验用的兔子皮做手套，你这不算什么。"

学医嘛，会因此产生洁癖是可能的，但因此对更多常人觉得恶心的东西免疫也是真的。

张珏摸摸自己的小脸蛋，还是很不好意思，他亲自剥了根香蕉递过去："大哥你吃这个。"

这时他们后面传来一句酸溜溜的话："我都没吃过你亲手剥的香蕉。"

张珏吓了一跳，和秦雪君一起回头，发现接近两米个头的兰润委屈巴巴地缩在一个位置上，穿着老厚的羽绒服，里面似乎还有件羽绒背心。

张珏嘴角一抽，对秦雪君说："这个是我堂哥，你们见过的，他是兰……"

兰什么来着？

兰润一听弟弟肯承认自己是哥，眼神就亮了："我兰润，你爸爸叫兰瑾，你爸爸的双胞胎弟弟，也就是我爸爸叫兰琨。你好啊，这位同志，我是小玉的哥哥，怎么样，我们像吧？"

秦雪君和兰润握了握手，慢慢点头："嗯，挺像的。"

之前秦雪君牵着张珏去找爸爸的时候，就知道张珏有两个爹，但心里更偏向许爸爸。不过他亲爹和兰润的父亲是双胞胎，他们之间的关系自然也比普通的堂兄弟要更亲近，但小玉一副连人家的名字都没记住的样子。

兰润和张珏的外貌相似度，比许德拉还要高一点，但张珏待他远没有对许德拉那样随意，二德在身边的时候，张珏会很自然地让他帮忙提包拿东西，剥了水果也会顺手往弟弟嘴里塞，有什么事站在弟弟前面，但对堂哥就不行。

兰润这次来居然还和他说了正事："那个……小玉啊，你不是打算进国家队吗？我爸爸现在是篮球队的教练，他和孙指导一起跑了程序，加上许叔叔本来也是京城户籍，现在的问题就是你想要上哪所学校。"

他拉开背后的包，拿出一个牛皮纸袋塞到张珏手里："里面有两所是你可以直接转进去的，还有一所是私立学校，而且进去前要考试。在这家私立学校里，考试成绩好可以给奖学金，但成绩低于年级前五十名的话，还是要正常交学费的，学费也比较贵。"

张珏捧着资料："没关系，随便给我安排就可以了，我把中学的知识都学好了，现在已经进入复习阶段，到时候我参加中考，自己考个好高中就行。"

从一开始，他就不指望别人能为作为体育生的自己安排什么特别好的学校，反正就剩最后一年了，努努力自己考呗。

秦雪君想了想，点头："可以，海淀'六小强'、西城'四金刚'那边的普通班都是 520 分以上就可以考的。你的话，京城范围内的好学校随便上。"

张珏在参加学校里的第一次模拟考时，满分 760 分，他考了 723 分，就算京城这边考试制度和那边有些许不同，可以拿的总分低了两百多，但以张珏现在稳中有升的学习成绩，只要正常发挥，加上运动方面的特长，重点中学也是随便他挑的。

张珏揉揉眼睛："不过最近看书太多了，我爸还带着我去配了保护视力的眼镜，镜框好重，感觉能把鼻子压塌。我想要那个红色的轻一点的，他还说不行，我不就是有一次不小心坐坏了镜框吗，后来我都注意了啊。"

秦雪君伸手："我看看。"

张珏拿出眼镜盒递过去，那是一个外面有着猪猪侠的红色盒子，里面是一副金丝眼镜，秦雪君拿着在张珏脸上比画了一下，怔了怔。

许叔叔，你的审美好棒啊，你儿子戴金丝眼镜的视觉效果简直绝了。

等看完比赛，精力充沛的张小玉就回去看书，不过在做完两张卷子后，伊利亚就敲响了他房间的门。

张小玉跑过去，就看到这位好朋友举着一个画板。

"Jue，你喜欢什么动物？"

张珏定睛一看，发现画板上是白色的冰面，正中间站着一头熊。

"我喜欢鳄鱼吧，还有猪也不错。"

张珏把自己的眼镜盒拿过来，指着上面的猪猪侠："这是我最喜欢的动漫人物。"

接着他拿出自己的表演滑服装，也就是那件连体的鳄鱼睡衣："这是我的睡衣，我会在表演滑穿它。"

伊利亚的眼睛一下亮了："你穿这个一定很可爱！"

张珏盘腿坐好，问他："你要画我们两个的画像吗？那要不把隼人也加进去？"

伊利亚沉思片刻，勉为其难地说："那好吧，我回去以后画好了发出去，你关注一下我的号。"

当晚，俄罗斯画圈的知名新星"西伯利亚蜂蜜罐"就发了张图，里面是三个分别穿着熊、鸟、鳄鱼的动物连体衣的男孩，他们穿着冰鞋双手叉腰站在冰上，雄赳赳气昂昂，就是鸟的脖子特别长，嘴边还有胡子，看起来像个中年大叔，而鳄鱼的高度只到他们的腰。

那一刻，张珏相信伊利亚是有意地嘲讽着隼人，顺带无意地嘲讽了自己。

第二天的自由滑，寺冈隼人的脸色非常难看，他的脸前所未有地光滑，像是剃了胡子后又拿保湿水、面霜抹了一层，最后还上了粉底的那种光滑。他还修了眉，打了发胶，看起来油头粉面，越发像花花公子了。

6分钟练习时，他的斗志前所未有地强烈，在冰上的滑行用刃都带着杀气，仿佛下一秒就要脱下冰刀去和伊利亚决斗。

唰啦一下，冰花溅开，寺冈隼人完成了一个4T，落冰时狼狈地打了个滑，单手在冰上撑了一下才站稳。

路过的张珏遗憾地拍大腿："哎呀，扶冰了，这一跳得GOE-3。"

但4T的基础分是10.3分，即使扣3分也还有7.3分，这个分数在三周跳家族中也只有3A能比了，可见四周跳的价值有多高。

本来张珏也有点生气的，可是看到隼人的表情，他又觉得自己的怒火算不了什么了。

就在此时，小朋友耳朵一动，背后似乎有风声，他停止要起跳的动作，转身朝旁边一跳，安格斯·乔在他旁边掠过，张珏惊了一下，这才发现自己凭感觉避开了一次危险。

他这小身板太轻，一旦和起码比自己高了15厘米、而且体格更壮、骨架更大的安格斯·乔相撞，对方有没有事他不知道，但他肯定得飞出去。

安格斯滑开以后，还对张珏露出一个虚伪的笑："哟，不好意思，我刚才滑的时候没看旁边，毕竟你太不起眼了。"

安格斯一开始就不喜欢这个小孩，对美籍华裔的他来说，张珏就是一种穷亲戚，但偏偏因为都是花滑赛场上的黄皮肤男单选手，所以他们总是被拿到一起比较，但问题也在这里。

张珏比安格斯小，也不像他一样是富二代，无论哪方面都不如他，但就是比他好看，技术比他更强，更有潜力，从出道开始就在方方面面压过了他。本来在华裔群体里，他是最受欢迎的花滑选手，但现在很多关注度都转移到了张珏身上，而以往总是瞧不上他的伊利亚、寺冈隼人对张珏的态度，也热烈到了让他嫉妒的程度。

凭什么啊？

所以安格斯总想让这个小孩不痛快，反正6分钟练习时出现点小意外是很常见的，别人也没证据说他是故意的。嘴上说点让张珏不爽的话就更容易了，谅张珏也不敢因为这事找他麻烦。

然而张珏要是连这种挑衅都能忍下来的话，以前在学校里就不用被请那么多次家长了。

他露出气笑了的表情，直接将外套一抓往旁边的挡板上一扔，挽着考斯腾的袖子立刻就要冲过去找安格斯·乔评理，离他最近的亚里克斯立刻冲过来拉住他。

"嘿，别生气！你在比赛！冷静点！"

要是在总决赛因为当着这么多人的面打架被取消比赛资格的话，这事可就成大新闻了，本来还一边瞪伊利亚一边练四周跳的寺冈隼人也冲过来拉住张珏。

"冷静，Jue，我请你吃香蕉好不好？咱们现在去场边吃香蕉，别和那个白痴计较！"

张珏一憋气，双手一扬，硬是凭着爆发力冲开了束缚，大乱斗的场面立刻吸引了全场冰迷的目光。

冰天雪地论坛某讨论帖。

【天哪！那个安格斯好贱！差点撞上我们宝宝了！】

【天哪！宝宝不会被欺负吧？他看起来就好乖，很容易被欺负的样子。】

几层楼后，帖子里的风向变了。

【乱斗啦！】

【哎哟张珏这小暴脾气，亚里克斯快招架不住了！】

【日本太子也过去了……厉害！】

幸好这时候鹿教练也反应过来了，他一拍挡板，如同愤怒的老狮子吼道："张珏！回来！"

张珏定住了。

他慢慢回头，不甘又气愤地看着教练，最后噘着嘴，也不练习了。他直接下冰，张俊宝过来给他把袖子整理好，杨志远拿着外套给他扇风。

"消消火，别和那种人计较，你要是真揍了他才是如他的愿，他就是想把你折腾下场呢。"

张珏委屈地叫道："他干吗想要撞我又挑衅我呢？我之前明明从没和这个人有过交集。"

鹿教练敲了他一下，张珏痛叫一声，捂着头。

另一边，孙千正在和赛事主办方交涉，反正孩子们还没真的打起来，刚才那段就当没发生过吧。对了，摄像组呢？这一段可以剪掉吗？

舒峰："剪不了，这是直播……"

老教练沉声叫道："张珏。"

张珏抬头看他："干吗？"

"赛场就是赛场，不能在这里使用暴力是规则，你吃这碗饭就要守规矩。想要教训他的话，就去赢他，用你的实力把他压到泥里！"

48. 小玉爆发

其实在总决赛开始前，张珏的形象就是看起来很乖很听老舅的话，而且天赋很好的可爱男孩。毕竟张小玉那外表太能糊弄人了。

唯有他的教练们了解情况。不说鹿教练这位张珏的启蒙教练当年被气了多少回，张俊宝被张珏的老师叫去学校的次数也不算少。

这个熊孩子的杀伤力有多大，他们都清楚得很。

正是因为张珏的存在，老舅才能够在成为教练以后这么多年，从来没有遇到过降不住的学生。带过张珏这种最高级的磨人怪以后，普通熊孩子已经难不住他了。

很难说张珏和教练组之间是怎么互相成就的，但双方都在这个过程中积累了满肚子的怨气，不吐出来就是他们最大限度地给彼此留了脸面。

然而还是会有忍不住的时候，张珏在自由滑也是第四个出场的，在他之前有三个人要比赛，然后在他们比赛的时候，教练组轮番上阵骂小孩。

鹿教练骂完张俊宝上，张俊宝骂完宋总教练上，宋总教练骂完孙千上，孙千骂完了，张珏被赶去热身了。估计从中国出现花样滑冰运动员以来，还没出现过这种被国家队总教练、省队总教练、主教练、副教练围着收拾的。

现场观赛的冰迷不知为啥，被这种一群教练训一个熊孩子的画面吸引，总觉得这场景比场上那些不咸不淡的节目更精彩，甚至还有人打开手机拍摄视频，有人还在群里说，他们即将录下本国男单项目的镇圈之宝。

> **群友**：所以咱们的镇圈之宝就是未来一哥的黑历史吗？这玩意儿除了能在搞笑方面远胜花滑圈其他镇圈之宝还有什么作用？

在张珏准备上场时，鹿教练摸着自己的头发，和张俊宝说："我这次接受老宋的返聘，付出的代价真是太大了。"

能在奔七的岁数瘦出腹肌，血糖血脂回归正常、糖尿病风险降低本来是好事，可他那原本浓密的银色鬈发却也越来越少了。

要不是鬈发自带蓬松发量多的效果，老教练早就学宋总教练去理光头了。就算如此，他在快70岁的时候，时隔四年又去琢磨选购防脱洗发水，想想也挺无奈的。

张俊宝是教练组里唯一一个没有为头发发愁的人，他讪讪一笑："您多担待，多担待。孩子还小，长大就好了。"

鹿教练："等他长大，我都不知道还在不在了，我都半只脚进棺材的岁数了！"

张俊宝对他竖起大拇指："老师您要对自己有信心，就您现在这身板，再活三十年不成问题。"

鹿教练能活多久大家不知道，但张珏这会儿上场了，大家都将目光投到这个无论年龄还是体形都是全场最小的这个运动员身上。

张珏上场前小声问："比完以后我可以把那个人套进麻袋里吗？"

鹿教练面无表情："不可以，滚去比赛！"

张珏干脆地上了冰。

就在刚才，张珏差点成为近十年来第一个因为暴力事件被迫退赛的运动员，但他的外表让大家都觉得这小孩暴躁起来也很可爱，而且他那暴躁起来后能把寺冈隼人、亚里克斯两个一米七以上的运动员推开的力气也让大家眼前一亮。

这小娃子居然力量很不错！

张珏的力量在同体形的人里绝对是最强的那一拨了，之所以力量上限不高，主要是体格限制，但张俊宝的确是尽力把他的力量基础打得相当扎实了。

从赛季初到现在，小孩的大腿肉眼可见地饱满了一圈，穿着短裤的时候，甚至能看到腿部肌肉的青筋，力量的上涨极大地提升了他的跳跃高度，加上鹿教练让张珏修炼的起跳后立刻收紧全身的技巧，他的跳跃技术进步程度大到孙千看到的时候都感到心惊。

此时全场总分最高是安格斯·乔的 197.6 分，这已经是很高的分数了，他的自由滑接近 120 分，其中表演分占一半，完全靠并不存在的艺术表现力支撑分数，不负"艺术水母"的称号。

连伊利亚的表演分也会比技术分低 5 至 10 分，表演分与技术分持平是令大部分冰迷都无法理解的。

张珏活动着肩膀，拍着大腿和臀部的肌肉群，进一步激活这些肌肉，拍到右边大腿的时候发出啪的一声。他在训练时摔了一跤，因为习惯侧身用大腿、臀部的肌肉落冰，时间长了，这部分的肉都是青的。

这一场的《四季·夏》，张珏滑得很有杀气。

到底是孩子，火气上来了一时半会儿是消不下去的，他干脆带着怒火滑，眼神前所未有地凌厉，动作也更加有力。然而这样的气势并没有脱离"夏"的主题，伴随着快节奏的古典乐，少年双足呈八字起跳，唰啦一下就来了个S跳。

张珏一边起跳一边咬牙切齿：今天我一定要赢给所有人看，然后戴着金牌去那个王八蛋面前晃悠！

带着火气的小王转了四圈落冰。

孙千一个趔趄："这啥玩意儿？4S吗？"

宋总教练扶额："看起来是足周的，真亏他练成了啊。"

跳跃的练习，是一个肌肉记忆的过程，即使是天才，要让身体记忆四周跳的感觉，也需要一个漫长的过程，张珏这阵子也是受了老大的罪了。

张俊宝长长地吐了口气："第一个赛场上的四周跳居然是这么使出来的。"

明明训练时的成功率还只有50%，为了赢就直接搬到赛场用了，看来他是真的很想赢了。

这是一个从编排来看其实没啥内涵的节目，创造的初衷就是炫技，现在张珏的表现倒是无限贴合节目主题，炫技炫得相当厉害。不论是超高速的滑行、接下来轻松的3Lz+3Lo联跳，还是流畅的旋转，都让观众们大饱眼福。

张珏很完整地展现出了花滑竞技的魅力，并用踩点的技术动作使节目热烈了起来，而他天生的乐感、出众的肢体美感则让节目的观赏性远胜前面出场的三位小运动员。

【这……这就是降维打击？】

【天哪！刚开始还以为是数错了，一二三四，真是四周跳啊！】

【神级旋转，柔软的身体做旋转动作真的和别人不一样，动作做得特轻松。】

【这娃像团小火花一样啊！为什么有人能在滑得这么热血沸腾的时候还那么萌?!】

【我怎么也没想到，那个上赛场前走路气场像山大王的孩子，居然这么强！】

…………

这也许不是张珏情感最细腻的一版《四季·夏》，但绝对是滑得最卖力的，等他滑完下场的时候，整个人坐在kiss&cry，连和教练说话的劲都没有，光顾着喘气了。

张俊宝拿毛巾搭在他脑袋上："滑得不错。"

亏得这小子情绪暴躁成那样了，表演也没有偏离主题，技术动作也全部clean，第一次把加了四周跳的节目放在赛场上，居然一点失误都没有，已经非常难得了。这是运动员本身状态上佳、运气也不错的结果，而且他们是主场比赛，裁判应该不会压分，张珏的分数会很漂亮。

但教练们都看得出来，张珏的 4S 完成得非常勉强，属于可判四周跳也可判三周跳的水平，距离足周差了 80 度左右，即使成立 GOE 也不会多高。

鹿教练沉思，如果张珏的四周跳质量只有这个水平的话，以后在赛场上的成功率恐怕会一直五五开，还是要想法子提升这孩子的能力，但他的各方面都练到顶了，还有什么法子呢……

张珏头冒热气，他断断续续地说："我想拿金牌。"

一个 4S，两个 3A，其他联跳也是他能完成的最高难度，张珏也是拼了。

鹿教练拍拍他的肩膀："有希望的。"

接下来张珏的成绩如何，就看伊利亚和寺冈隼人的发挥了，花滑赛事能拿什么奖牌其实很看运气，有时候可能出现一群一线选手摔倒，然后二线选手捡便宜拿金牌的情况，还有的时候则是一群人 clean 节目，最后变成修罗场。

不过张珏拿出了这么高的难度，现场的观众们也很兴奋，为了不被张珏的主场优势及观众们的喝彩声影响到发挥，那两个孩子应该也会尽力上难度才对，据说他们本赛季都在练习四周跳了。

就在此时，屏幕上出现了张珏的得分。

技术分：83.75

表演分：70.21

张珏的自由滑得分是 153.96 分，加短节目的 78.65 分，张珏的总分是232.61 分，一下子甩开安格斯·乔 30 多分，跃居首位。

最重要的是，那个 153.96 后面，有一个醒目的 WR 标志。

这代表着一个新的世界纪录的诞生！

现场的气氛越发热烈起来，有冰迷欢喜地尖叫起来。

许多中国冰迷看了这么多年男单比赛，张珏是他们见过的最争气的！

49. 萌神降临

教练们所料不虚，在张珏之后出场的伊利亚和寺冈隼人对视一眼，纷纷决定不能输给小玉，他们也要上难度！

寺冈隼人动了动脚踝，眉头一皱，他在练习四周跳时受的伤早就好了，但那时候带来的心理阴影，总是让他在再次挑战四周跳的时候不敢用全力。

教练劝说道："不要勉强。"

小伙子深吸一口气："我知道，我会根据状态来决定。"

话是这么说，他还是在自由滑勇敢地使出了 4T，这次他没有扶冰，却因为重心问题，在落冰后整个人原地转了一圈才终于站稳，这就是过周。

唉，这一跳的 GOE 又要吃减号了，他心中暗叹口气。接下来的表演中，他稳住了技术动作，将整个节目完整地演绎了出来，展现出了优秀的稳定性。

相比之下，鲍里斯教练对伊利亚就粗暴多了，他冷酷地表示："你不能把训练时的成功率都只有 50% 的跳跃拿到赛场上使用。"

不管是什么跳跃，赛场成功率都比训练场成功率低 10%，在赛场上总有各种各样的意外及心理、生理、体力因素让选手的跳跃成功率直线下降。

张珏那种熊孩子是属于教练说了不听，想上难度没有人拦得住，喜欢自作主张的类型，但在被安格斯·乔气到怒火攻心之前也没有上四周跳的意思。即使如此，他本人也承认那个 4S 能成，有很大的运气成分。

伊利亚很委屈："可是 Jue 都用四周跳了，这是他的战书，我必须迎战！瓦西里也说过，是男人就上四周跳！"

瓦西里冷淡地回道："才 15 岁的男孩子不算男人。"

伊利亚面露震惊："可是……嗷！"

他捂着脑袋蹲下去，瓦西里收回手："我比你大，不怕被鞋子抽就尽管上四周跳。"

然后伊利亚就真的上了，虽然不是最稳定的那一类运动员，但伊利亚在俄罗斯国内的青年组比赛中，还是比其他人要稳一些，原因就在于他的性格是非同一般的傻大胆，这让他的抗压能力很好，但他有时候也会因此翻车。

今天的伊利亚就果不其然在四周跳上翻了个底朝天，下场时蔫头耷脑的，等分的时候捏着衣角。

"只能拿铜牌了。"

鲍里斯抬手，在他后脑勺上扇了一下："傻小子，你要是把双 3A 拿出来，起码能赢寺冈隼人。"

后来瓦西里拿鞋子把他抽了一顿，总算让傻师弟记住要根据自身状态和敌人的状态调节配置，以确保获得当前能获得的最好的成绩的道理。

打完了师弟，瓦西里还要准备自己的比赛，青年组的总决赛在下午举行，成年组的则在晚上，而瓦西里的主要对手有两个，分别是意大利的麦昆、法国的马丁。

另一边，张珏登上了总决赛青年组男单的冠军领奖台。

张珏的身高是一米五三，寺冈隼人一米七五，伊利亚一米七六，而冠军领奖台在中间，于是当张珏努力蹦上领奖台最高处站稳时，整个领奖台就呈现出一种极为搞笑的视觉效果。

三个人并排站着就像一个"凹"字，而张珏就是中间那个最矮的，当比他大 2 岁的对手们已经完成发育，看起来是介于少年与青年的模样时，实际上已经是初三学生的张珏看起来像个小学生。

颁奖的是本国冰协的领导，老人家看着一副慈眉善目的样子，给张珏戴金牌的时候还调侃："年轻人脾气挺火暴的嘛，幸好你的教练管得住你。"

张珏讪讪一笑："嘿嘿。"

黄莺和关临对视一眼，都看到了搭档眼中的羡慕。

他们的水平算得上不错，但滑行还有待磨炼，和另一对俄罗斯的组合相比是不相上下，能不能拿冠军还是未知数。

而张珏才恢复训练一年左右，就成功拿到了一枚 A 级赛事的金牌，可以预见的是，他将是本项目未来一个周期内的重点培养对象。

自然，在领完奖后，张珏还特意跑到安格斯·乔旁边去晃了两圈，就差当场跳个小鳄鱼舞了。

看到安格斯不痛快，张珏就高兴了。

下午的比赛其实还没结束，因为女单的短节目也在今天比，但由于女单的青年组并没有中国的小选手入围，所以观众们没有那么热情。

这还挺罕见的，因为通常女单的热度才是花滑四项里最高的，加上她们发育关更难过，大多花期不长，18岁以前算巅峰。

除此以外，今天下午还要比冰舞的韵律舞。

张珏又开始吃花瓣了，他坐在椅子上，一条腿搭在秦雪君的大腿上，低头一片花瓣一片花瓣地往嘴里塞，然后苦着脸咀嚼。过了一阵子，他老舅将一盒只滴了柠檬汁的沙拉递到他手里，他就捧着盒子吃菜叶子，小脸都吃绿了。

秦雪君用了点力："你肌肉绷得很紧啊。"

张珏疼得下意识往回缩，秦雪君叮嘱道："一般像你这种情况，医生都会建议你好好休息一阵子，要是一直负荷太大的话，迟早会有伤病出现的。说到底你甚至还没开始发育，就已经开始跳四周跳了，身体会受不了的。"

张俊宝拿出小本子记下："我们已经在限制他的训练次数了，他的四周跳训练时间每天不超过30分钟，平时我们还会给他拿中药泡脚，做各种理疗。"

要不是给的训练时长太短，以张珏的能力，四周跳的成功率也不至于总是只有50%，而且那些给张珏泡脚的中药也不便宜，在这方面的花销比他的伙食费都高。

过了一阵子，张珏又开始吐槽："这姐们儿的旋转怎么回事啊？和安格斯一样，蹲转的时候根本蹲不下去啊，屁股都撅着。这也有四级?!"

他拿起自己在赛后领取的小分表，上面显示他的蹲转是三级，这次他在《四季·夏》里面表现得过于激情洋溢，大开大合的，像旋转轴心这种细节还是有点失控，被严苛的裁判抓了毛病。

直到白叶冢妆子出场后，张珏才露出享受节目的表情。

这位年轻的女单选手正在过发育关，但她是女单选手里罕见的力量型，哪怕身上出现女性的曲线，脂肪量增加，她也能保住她的最高难度的跳跃——3A。

鹿教练对白叶冢妆子也很是欣赏："这姑娘的身体天赋绝了，和张珏绝对是一个层级的天才，我还是第一次看到女单选手能有这种力量感的，而且她的表现力也出色，各方面都打磨得很精致，心态稳，是个冠军苗子，可惜体力差了点。"

白叶冢妆子自出道以来几乎不败，然而在自由滑后半段常常出现体力不支而导致的失误，这是她的主要丢分点。如果她能把体力补起来的话，鹿教练可以肯定，这女孩起码能保持一个周期的赛场统治力。

鹿教练："在当下的女单赛场里，天赋和心性能和白叶冢妆子媲美的几乎不存在，她妹妹参加商演的视频我也看过，那个女孩子心态也好，可惜身体方面的天赋不如姐姐。"

张俊宝、沈流、张珏都是老教练启蒙的弟子，他们还是第一次听到这老头对一个女单选手有如此高的评价。

老爷子瞥他们一眼："惊讶什么？我也是会夸人的。"

比如说张珏、白叶冢妆子、尹美晶这三个小孩，他们不仅外表出色到可以称为女娲炫技单品，最重要的是人均大心脏，在他们之下才是其他选手。

关临其实也不差，算双人滑的顶级冠军预备役，但他个头矮了点，未来怎么样，还得看他的女伴发育后会不会长高长胖到让他接不住的程度。

过了一会儿，张珏的手机震了震，小孩拿出来一看，撇嘴。

张俊宝："怎么啦？"

张珏："伊利亚约我今晚联机打游戏，带他玩是可以，但是肯定会输的啊。"

张珏像个大人一般叹气："这年头，九十条腿的蝌蚪好找，去切尔诺贝利那里蹲个几万年说不定就碰上了，想找个能在游戏里带赢伊利亚的，难哪。真有这种连伊利亚都乐意一盘一盘带下去的活菩萨，我会建议伊利亚以身相许。"

兰润给堂弟剥了根香蕉："你那个俄罗斯朋友水平就差成这样啊？"

张珏认真点头："对，他就是有这么差。"

众人就这么在意外的情况下知道了俄罗斯未来男单一哥的黑历史。

为期三天的总决赛过去，中国队的收获比他们想象的要多，在成年组的金梦、姚岚去养伤后，大家都做好了本届比赛颗粒无收的准备，谁知张珏突然崛起，带着怒气把金牌拿下了，接着黄莺、关临也不负众望，拿了枚银牌。

当成年组的选手们逐渐被伤病拖住的时候，小将们以初生牛犊不怕虎的精神，在赛场上拼出了属于他们的好成绩，也让许多人看到了属于中国花滑的美好的未来。

然而，张珏在比完赛后还是被罚了写检讨，甭管他成绩多好，差点当着全世界冰迷的面整出暴力事件这事依然不可取。

不过到底是独苗，上头骂完了，还默默给他提了奖金。

领导们当然不知道，张珏那篇仅仅隔了一夜就交上去的3000字检讨其实只花了张珏10分钟的时间。

因为张珏过往被罚检讨的时候太多了，不知不觉间，他就积累了大批可以拿去当模板用的范文，只要稍微改几个字眼就可以拿去交差。

顺便一提，这是张俊宝教的，因为老舅年轻的时候也干过这事。

总决赛的最后一天，下午3点整，表演滑开始，花滑四项的成年组与青年组的奖牌持有者们都收到了表演邀请。

舒峰一如既往地带着摄影师勤勤恳恳地到处拍摄，就当他在后台，对着镜头笑容满面地进行报道的时候，一个穿着绿色鳄鱼连体衣的萌娃摇晃着尾巴走过。

摄影师和屏幕前的观众朋友都疑惑，刚才是不是有什么可疑的生物走过去了？

那萌娃有着娇小的体形，霸气如山大王的走路姿势，双手背负身后，和土匪巡山一般，他老舅追在后面。

"张珏，来擦点腮红啊。"

在老舅的心目中，参加这种大比赛的表演滑，就和"六一"儿童节的学校汇演一样，小孩最好脸上带着两坨喜庆的红上场。

张珏扭着身子就跑。

"我才不要擦那个，好傻！"

舅甥打闹间，张珏每跑过一个地方，那个地方就要多出几个面露"我已经被他的可爱征服了"的迷醉表情的人。

当张珏正式穿着那身鳄鱼连体衣走上冰场时，全场冰迷都沸腾了。

50. 全锦银牌

舒峰正在剪辑有关张珏的10分钟短片。

屏幕上出现张珏戴着金牌站在总决赛领奖台上的照片。

"张珏，1997年6月29日出生，是当前世界上最年轻的花滑A级赛事金牌持有者，他在12月上旬的花样滑冰大奖赛青年组男单总决赛中，拿出了一套含有四周跳的自由滑配置，打破世界纪录夺冠。"

接着屏幕上又出现了张珏穿着校服背着书包的日常照。

"这位出生于 H 省 H 市的年轻人就读于 ×× 实验中学的三年级，小学时期就两次跳级的他成绩优异，近一年每次考试都能进年级前十，擅长理科，据说只要发挥正常，数学和物理都可以拿到满分。我想即使不滑冰，他也能在学业方面有所成就。"

然后屏幕上出现张珏第一次上冰时的童年照。

"他的启蒙教练是曾为我国优秀男单运动员的张俊宝、带沈流启蒙的鹿照升教练。张珏 4 岁时在他的老舅张俊宝的引导下走上冰面，但在 8 岁那年，选择放弃花滑转而学习芭蕾，直到不久前，他才恢复了花滑训练，并在一年时间内在他参加的每一场赛事里都获得了奖牌。"

舒峰感叹一声："少年天才啊！"

越是看张珏的资料，他越觉得，竞技运动中的"天赋压死人"现象在这个孩子身上展现得淋漓尽致，就算空了四年，这孩子依然能不断地赢下那些不间断训练到大的孩子，而且他那扎实的芭蕾功底，让他在表演、身体姿态方面占尽优势。

但是与此同时，更令舒峰关注的，是张珏背后的教练组。

能让这个孩子在短时间内恢复技术，甚至不断进步，在整个赛季中一场比一场强的教练员，绝对是扫地僧级别的人物吧。

这位被冰迷们爱称"淑芬"的体育记者收拾好材料，往床上一倒，睡吧，他明天还要出发去拍摄今年的全锦赛呢。

和国际赛不同，国内赛虽然也是少年组、青年组、成年组分开比，但他们的分数是一起算的，所以也不乏青年组的天才因为分数太高登上成年组领奖台的情况，尤其是女单选手，许多女单选手在青年组时期比成年组更能打。

男单选手这边，除非是发育期长得太猛了，实在适应不过来新的重心和体重，不然他们往往会因为发育而得到的更加有力的肌肉而更上一个台阶。

临近全锦赛，张珏的期末考试也越来越近了，这就导致他不打算在合乐结束后还继续留下和其他同行打招呼增加交情。

当场上属于张珏的《简爱》的音乐结束后，张珏立刻下冰做身体冷却，提着包急匆匆地走人，然后蹲在酒店房间里，开了笔记本电脑。如果遇到看不懂的题目他就通过手机拍照、上传电脑，最后发到班主任的 QQ 上。

舒峰就是在这种情况下被张俊宝带进张珏的房间的，张珏戴着金丝眼镜，低头认真做题的样子也进入镜头之中。

没人打扰张珏，张珏在做完手头的题后，也主动放下笔，将眼镜一摘，坐在老舅搬过来的椅子上，和舒峰相对而坐。

舒大记者友善地对他说："别紧张，就是问几个小问题，待会儿我还要去找黄莺、关临他们聊聊。"

因可爱的长相一度在冰迷中掀起波澜的天才小选手抿嘴笑了笑，点头："您说。"

说实话，张珏看起来真的挺文静的。

舒峰微笑："我和鹿教练聊过，他说你是 4 岁就开始滑冰，当时你没有怎么认真练，就已经很轻松地在技术方面胜过了同龄人，回来以后也是这样，那么在赛场上，你有感受到过困难的时刻吗？"

张珏眨眨眼："有啊，这世上不输给我的人有很多，在经历过和他们的竞争后，我也常常会有即使拼了全力也未必能赢的感觉。"

舒峰："所以现在这项运动对你来说是否比以前更有趣了？"

张珏看向门外，鹿教练没有在这里，但莫名地，小孩察觉到什么，他说："是的，现在的我比以前很多时候，都更加喜欢这项运动。"

舒峰："因为你在这个赛季接触到了更激烈的竞争吗？"

张珏："也不是只有这个，我在这里碰到了不少有趣的对手，他们不光实力强，性格也很好，和他们一起玩很开心。最重要的可能还是，他们给我看到了热爱能带来的东西。"

他掰着手指："其实可能在很多人看来，练得起花滑的家庭都不会穷，但事实并非如此，有很多运动员是因为天赋好才一直走到了现在，但他们的家庭并不富裕，很多人都是顶着压力继续往前走的。可即使这样，他们在赛场上，在镜头前从来不说自己为此吃了什么苦，只是尽力比赛，把最好的自己呈现出来，我觉得这是很成熟很了不起的做法。"

小孩没有具体地说那些人是谁，因为贫穷对任何人来说都是隐私，但无论是他的代购小伙伴们，还是惨到一度连住的地方都没有但还是想要继续滑冰的尹美晶和刘梦成,都给他带来了这些感触。

张珏是为了钱滑冰,他们是为了滑冰努力赚钱,双方对花滑的热爱程度是不一样的。

舒峰也不细问,他转而问道:"做运动员是很苦的,对你来说,这项运动最让你感到辛苦的地方是什么?"

张珏:"吃东西很严格吧,我在恢复训练前饭量就是同龄人的两倍,但是做运动员的话,饮食结构和饭量都被调整过,所以经常会饿肚子,可是为了保持体重,只能吃蔬菜充饥。"

因为饮食结构过于健康,经常饮水和运动的关系,张珏的肠胃也越发健康,消化功能也越来越好,饿得越来越快,简直是恶性循环。

话音才落,一阵声音传出,张珏表情自然地揉了揉肚子:"其实我的教练都不会让我节食,有时候还会往我的盘子里塞肉,说给我补充蛋白质,但我就是很容易饿。"

舒峰看着张珏那很瘦但是很匀称的上身,还有他那看得到青筋的腿,心想这身材不是很好吗,又瘦又有力气,很多人求都求不来这个身板。

一场采访下来,舒峰认为,日常版本的张珏其实给人一种挺沉静的感觉,说话前可能会出现停顿,但谈吐很清晰,逻辑很流畅,是个言之有物,而且对自己的未来有想法的年轻人,简单来说就是肚子里有货,不光有脸还有脑子。

他或许脾气上来了会火暴到想要和人打架,让教练组操心个没完,但张珏本身的智商、情商绝对是不低的。

之后舒峰又去采访了双人滑的好苗子黄莺、关临,黄莺天真可爱,加上浓浓的东北腔,听她说话就有点听相声的感觉,关临给人的感觉则和张珏相似。

联想到关临和张珏都是典型的大心脏选手,舒峰心中了然。

而在这一届的全锦赛上,舒峰采访的小选手都展现出了优秀的竞技水准,张珏没有再上 4S,但稳定的双 3A 配置也让他以超越大部分成年组选手的总分,坐上了成年组亚军、青年组冠军的位置,收获了一金一银两块奖牌。

当这个矮小的少年和沈流一起站上领奖台时,许多人都认为他们看到了中国男单的希望。

双人滑那边则是同样的局面,金梦、姚岚养了半个赛季的伤,终于赶在全锦赛紧急回归,且一举夺得全锦赛冠军,黄莺、关临则拿下亚军。

值得一提的是，这两对都出自孙千门下，一对是孙千的亲传弟子，另一对是孙千大弟子马教练一手培育的。

对张珏来说，国内赛已经没啥难度了，而且这场比赛给他带来的更大问题就是，又有人想和他抢老舅。

曾与他在短训营里见过面的 Q 市小女单选手徐绰在比赛结束后，主动捧着花找到张俊宝，表示希望转入他的门下。

小姑娘看起来比以前更瘦了，眼睛也大大的，但是看起来很有精神。

"我希望能加入 H 省省队，我爸爸也很支持我。张教练，您是目前国内最好的单人滑教练之一，而且看张珏的体格，您很擅长训练力量型选手对吧？"

徐绰举起手臂，努力挤出肱二头肌："我……我很能吃苦！真的，不管是多辛苦的增肌训练，我都绝对没问题！"

51. 新的师妹

张珏有三个师弟师妹，他们分别是察罕不花、蒋一鸿以及秦萌，全是脾气好，看起来憨憨的，让霸道任性的大师兄都没法下手欺负的类型。

自然，他们都是张俊宝趁着张珏出门时收的，像徐绰这种当着张珏的面给张俊宝送花求拜入门下的勇士还是第一个。

张小玉觉得在这种情景下他应该表达愤怒，但是因为徐绰是个女孩子，而且在短训的时候跟在他边上也挺礼貌的，真发脾气又好像不太好。

在他犹豫的时候，老舅已经收下了小女孩的花，还对人家的跳跃技术进行了精准点评，得到了徐绰闪亮亮的目光的回应。

鹿教练瞥张珏一眼，被张珏纠结的表情逗笑了。

他对小孩招招手："过来喝牛奶。"

张珏跑过来，捧着杯子闻了闻："这个奶腥味好重，我就不能喝奶粉吗？"

鹿教练神情冷淡："不行，有鲜牛奶喝就不错了，你嫌弃个屁，有些奶粉为了通过蛋白质测试，有不少都加入了……"

"三聚氰胺嘛，我知道啊，因为很多人检测蛋白质含量用的是凯氏定氮法，三聚氰胺含有大量的氮，所以鲜奶相较于奶粉会安全一些。"

化学成绩特别好、时不时还能从秦雪君那里补到超越初中阶段知识的张珏苦着脸将牛奶一饮而尽。

虽然张珏经常抱怨食堂饭不好吃，但不得不说作为运动员，他入口的食物的质量其实胜过很多人，而且教练组很少给他喂蛋白粉，都是直接通过补充优质肉、蛋、奶来补充钙质、蛋白质。

张珏或许没有健美人士那样夸张的肌肉块，但他通过运动和饮食获得的肌肉显然质量更高，连带着健康状态也特别好。不夸张地说，如果让张珏所处的那个年级的所有学生去体检，张珏除了身高，其他方面的素质能完胜所有人。

如果徐绰真的想走女单选手之中罕见的力量路线的话，那她绝对是找对门派了，以鹿教练为师祖，已经培养出沈流、张俊宝、张珏的鹿门绝对是国内在这方面的佼佼者。

由于每个人的体质不同，竞技运动又是很容易被先天身体素质限制天花板的行业，所以鹿教练培养出来的运动员在赛场上的成绩也大不一样，有张俊宝这种因先天髋关节缺陷而到退役为止也只爬到国内二哥位置的二线选手，也有沈流这种攻克了四周跳占据一哥地位，但因心理问题而发挥不稳定的准一线选手，同时也有张珏这种随时能冲一线的。

但鹿门弟子的特征就是肌肉绝对扎实、技术规范，表演不说特别好也绝对不差，滑行和旋转能不能练到顶尖不好说，但技术的细节被要求得很精致，而且无论男女，都没有栽在发育关的。

简言之，能不能成一线选手要看运动员本身的资质，但只要不是天赋太差，鹿老头起码能给你带到很不错的水平。

徐绰的妈妈是双人滑那边的教练，水平并不出色，但有一个培养出卓越单人滑选手的梦，这就导致徐绰从记事开始，便被她妈妈拉到冰上开始训练。练了这么多年，她也算国内比较被看好的小选手了，但遇到了瓶颈，不知如何更进一步。

她的时间不多，女单能练出最高难度的跳跃时间是在 14 岁前，14 岁以后大多会陆陆续续进入发育关，那时候再出难度动作就难了，而徐绰今年已经 12 岁了。

就两年的时间，她离把五种三周跳练全还差一个 3Lo，滑行平平，旋转时由于柔韧不出色，做贝尔曼旋转时特别难受，表演更是呆板，全靠从小的古典舞功底在撑，但情绪等于零。

这个时候她可以走的路只有两条，一是像大部分女单选手一样去节食，使劲减轻体重以攻克更高难度的跳跃，但她不愿意，她的跳跃高度一直比同龄女孩高，本身力量也不错，就这么放弃先天优势去转练平庸的转速流，她是真的不甘心。

尤其是张珏之前为了不练转速流，还能当着一群人的面去怼国家队的教练，可见这条路也不是多么光明吧？

二是换教练，请那些已经培养出大量优秀运动员的名教头给她指一条明路。这条路似乎更靠谱一点。

小姑娘不敢说拜入鹿教练门下，因为她要是这么说了，总像是要给张珏做师叔，和张俊宝、沈流平辈一样，容易被张珏发射死亡眼波。

她小心翼翼地向张俊宝请求给一个机会，等全锦赛结束后，张俊宝给大获全胜的张珏煮面吃时，小姑娘还很懂事地送来一碗剥好的蒜，俨然是把要进鹿门先讨好大师兄的秘诀摸透了。

小玉大王捧着一碗蒜沉默了许久。

在期末考试结束后，张珏首次冲入年级前三名，恰好他本人手里还拿着全锦赛的成年组银牌、青年组金牌，花样滑冰大奖赛总决赛的青年组金牌，可谓文体两开花。在放寒假前的家长会上，他被班主任专门拿出来做榜样夸了一通。

鉴于这小子曾经是个校霸，当然他现在也是，当年 H 省电视台直播大奖赛总决赛，想要支持家乡的孩子时，张珏撸袖子要揍别人最后被教练喊回去的样子也上了屏幕。

但他的成绩进步实在太大了，班主任没法不夸他。

张俊宝以前也不是没给张珏开过家长会，这还是他头一次听到老师说张珏好话的，一整天嘴角都没下去过。开完会他立刻去省队食堂要了新鲜的牛肋条、牛胸肉，施展他平生所学，给大外甥整了一桌全肉大餐。

只见老舅将盘子往张珏面前一摆："来，吃饭！"

张珏愣住了，他犹犹豫豫地上前，又往回缩，一副"这么多肉真的是我可以吃的吗"的不敢置信的表情。

老舅揉揉他的小脑袋瓜："就是给你吃的，快吃，我再去给你剥几个蒜。"

张珏："那我吃了啊，我真的吃了啊，我会全部吃光啊！"

张俊宝："尽管吃，不够还有。"

张珏和许德拉对视一眼，犹豫了一下，去拿了个碗，从肉盘子里分出一部分给了弟弟。许德拉也是易胖体质，又不像哥哥一样天天运动，早就有了小肚子，最近被张俊宝勒令减肥，他摸摸腹部的脂肪，舔舔嘴巴，大着胆子伸出了筷子。

要长胖也不差这一口了，吃饱了才有力气减肥嘛。

第二天，张珏一点也不意外地发现自己的晨练训练量翻了一倍。

吃得多自然也得动得多，老舅是不可能放任他的饮食与运动量不均衡的。

徐绰和爸爸背着行李过来的时候就看到了这一幕，69 岁高龄的鹿教练亲自扛着拐杖赶着张珏在操场上一圈一圈跑，看起来居然不比张珏慢多少。

徐绰的爸爸嘴巴抖了抖，问旁边的宋总教练："鹿教练陪张珏跑了多久了啊？"

宋总教练掐指一算，微笑："我来接你们的时候，他们才跑了两圈，大概800 米的样子，现在应该有 3000 多米了吧。"

徐绰的爸爸当即拍板："好！那我女儿就交给你们了！"

其实徐爸爸不是特别懂花滑的人，他只是听到女儿打电话表示不想走妈妈安排的练习艺术体操增加柔韧性、节食减重的路线时，作为父亲下意识地帮助了下孩子。

但当他发现这个队伍的教练，从老到少几乎全是体脂率低到能看见清晰腹肌的健美帅哥时，徐爸爸立刻坚定地认为把孩子交给这种一看就很自律的教练比交给那些带人训练时还穿高跟鞋和裙子的教练好。

起码他们自己已经练出了健康的体格，女儿就算和他们练不出什么好成绩，练个好身材也是不亏的嘛。

此时，鹿门的弟子已经达到了五人，张珏、察罕不花、蒋一鸿、秦萌、徐绰，其中年纪较大的徐绰在下个赛季就要进入青年组，最小的秦萌才上小学一年级。

因为这群弟子不是体形娇小如小学生，就是货真价实的小学生，这导致所有教练来看鹿门弟子时的第一反应就是低头，蹲下，露出和蔼的笑。

在入队后，徐绰在鹿教练、张教练、大师兄的围观下，战战兢兢地表演了一次她为来年准备的自由滑节目——《杜鹃圆舞曲》。

曲毕，小女孩满怀期望地看向这三位，却发现鹿教练在喝枸杞水，张教练在笔记本上写着什么，而张珏面无表情。

鹿教练放下水杯，点了张珏的名字："小玉，看出来什么问题没有？"

张珏点头："她在滑行的时候脸上没什么表情，手臂动作僵硬且单一，和音乐的融合度低。"

张俊宝补充："这孩子滑速其实还可以，因为她的腿部肌肉力量很发达，要加速不是问题，但是前半程加速太努力，没注意体能分配，所以后半段出现了两次失误，要加强耐力锻炼。"

鹿教练看向徐绰："听到没？"

徐绰滑过来，小声回道："听到了。"

老爷子起身："那行，俊宝给她做训练单，我去和她的前教练交流一下，把电话号码给我。小玉，去跑圈，你今天还有 8 公里没跑完。"

"在世青赛开始前，我要你继续增强体力，争取到时候在不用四周跳的情况下，用另一种方法取得技术分优势。"

张珏懒懒地应了一声，朝门口跑去，鹿教练点点小姑娘："去换鞋子，然后和张珏一起跑 10 公里。"

徐绰："是！"

52. 世青赛场

唰啦，啪！

冰刀滑过冰面，还有落冰的声音响起，场上的张珏再次做完一组四周跳训练。

鹿教练凝神看着他的跳跃姿态："怎么样？"

张俊宝调整了一下对准冰面的摄像头，敲着电脑："张珏在不举手的时候，完成四周跳的转速是每秒 5.2 圈，举手的话，转速可以提升到每秒 5.8 圈。而且他腿长，核心力量还没练成，所以跳的时候容易轴心晃悠导致跳跃失败，举手的话也可以更好地稳定轴心。"

结果还是要举手才能完成高质量、游刃有余的四周跳吗？

鹿教练叹气："必须加强他的核心力量，轴歪的跳跃就等于根基也歪了，就算凭着举手将四周跳练好，也是根基不正，这样的跳跃对脚踝负担大。如果他什么时候可以不举手也照样完成四周跳的话，他才有真正的冲击高级四周跳的资本，那时候举不举手才随他。"

不过在小孩发育以前，他的力量有限，跳跃高度、空中转速都有限，这时候使用举手的方式提升跳跃成功率，也是不得已为之了。

有人问："世青赛让他上四周跳吗？"

鹿教练眯起眼睛，果断点头："短节目和自由滑加起来，只能让他上一个，到底把这一招放在什么时候，让他自己决定。还有，再把他的四周跳训练时间减10分钟，只要保持住感觉就够了。"

丰富的经验告诉鹿教练，张珏的发育关绝对不好过，他的腿太长了，光看着那双腿，就让人觉得他将来矮不了。为了减少张珏未来的伤病，为了从现在开始就为他过发育关做准备，他们需要再一次调整张珏的训练重点。

鹿老爷子觉得自己就像是一个捞鱼的渔夫，张珏就是一只幼鲸，一旦对方什么时候沉下去了，他就得去捞。由于鲸鱼的重量太大，他必须现在就开始花大钱购置各种昂贵的打捞器械。

算了，反正羊毛出在羊身上。

说起来，徐绰也是个腿特别长的姑娘，别看她现在比张珏还矮点，但根据骨龄检测结果来看，这姑娘以后起码一米六八。

也就是说她还有17厘米要长。

鹿教练捏着孩子们的检查报告，当场退休的心思都快有了。

后来是蔡罕不化、将一鸿、秦萌的检查报告拯救了教练们，这三个孩子成年以后顶天了长到一米七、一米七二、一米六一。

多么安全的身高啊，一看就是只要发育的时候注意点，连捞都不用捞的好孩子。

张珏在知道自己以后会长高以后，神气了那么一段时间，很有一种"虽然我现在是个小不点儿，但我以后可以俯视众生"的感觉，只差没双手叉腰挺肚子了。

说起来他在总决赛那会儿的表演滑也算出圈了，央视五台是很少转播青年组表演滑的，但张珏那天滑的《小鳄鱼》，人家一秒都没剪。从张珏上冰开始到下冰，小鳄鱼漫长卖萌的镜头那是一个都没错过，不过由于满场尖叫声太大了，音乐压根听不清楚，摄制组不得不找他们要了音乐，连同影像一起放。

现在国内只要是看滑冰的，都知道未来的男单一哥极有可能就是 H 省省队的大萌神。

萌神正要启程去韩国江陵比世青赛。

才下飞机，张珏看着蔫巴巴的，这次他晕机到整个行程都抱着呕吐袋，精气神也下滑得严重。

最后他被老舅背着去了酒店，鹿教练跟在一边叹气："幸好现在你还背得动他，等他成年以后，我们怕不是要弄一辆推车来推。"

张俊宝忍不住笑起来："哪有那么夸张？"

杨志远附和："就是，明明只要带个担架就行，我和俊宝一起抬他过去。"

鹿教练："给他惯的！"

话是这么说，其实教练们心里还是很疼张珏的，这孩子吧，说他调皮那是真的调皮，说他懂事也是真的懂事。

一想起他滑冰的原因，还有至今未醒的妈妈，大家就明白张珏心里是压着事的，对他也多照顾一些。

然而虽然比赛在韩国，今年韩国没啥人参加世青赛，四个项目都安排了人，但水平不行，能进自由滑都要看有没有"做慈善的"。

在花样滑冰中，一旦有选手发挥失常，让底下的人有机会排名上升，这名选手就被称作做慈善的、送福利的、好心人。

最有希望在青年组滑出成绩的尹美晶和刘梦成则正陪着他们的师姐打官司，顺便暗中准备转籍的事，这个赛季只比了一场，后续的比赛全部都放弃了。

相比之下，中国的世青赛战团也是人数不多，夺牌点却有两个，一个是男单，一个是双人滑，整体上竟然也算是半个花滑强国了。

当然，现在的他们还比不上传统花滑强国的俄系和北美系，俄罗斯和加拿大都是常有好手出现的，日本的单人滑在近两年也涌现出了好苗子。

竞技运动最不缺的就是对手。

而在各国媒体中，最喜欢关注青少年小选手的就是俄罗斯和日本。俄罗斯是因为国内的花滑天才多到可以举办综艺节目，热度自然也高；日本则是一直都有关注优秀小选手的传统，有的在人家小时候就会拍摄影像资料，若是其中有人在未来走到世界的舞台上，他们小时候的片段也会被加入纪录片中。

张珏清醒过来后，由于有伊利亚和寺冈隼人这两位好朋友，连带着得到了俄罗斯和日本的体育媒体的关注。

外表非常精致可爱，性格火暴又直率的张珏其实在国外也是有冰迷的，尤其是在伊利亚不要命地举了他一次以后，他越发给人一种很好举的错觉。

此番他倒完时差开始在冰场合乐的时候，就有日本记者专门分出一个镜头拍摄张珏的合乐情况，以及他和寺冈隼人的互动。

松岛是一名日本冰上运动解说员，在世青赛正式开始前，媒体将寺冈选手、白叶冢选手的合乐热身片段传了过来，做了一期专题节目。现场还有几位已经退役的花滑选手，以及要明年才会进入青年组的白叶冢妆子选手的妹妹，庆子小姐。

他对镜头露出明朗的笑："各位早上好，据悉，世青赛将在两天后正式开始，让我们看看我国的寺冈选手与白叶冢选手的状态。"

屏幕上立刻出现了寺冈隼人和白叶冢妆子的跳跃画面，他们分别练出了4T和3A，跳跃也完美符合高飘远的特点，看起来很是美观。

嘉宾们立刻配合地做出"哇"的表情，庆子则很冷静，松岛解说员问道："庆子酱，看到姐姐的跳跃，是否有感到向往呢？"

白叶冢庆子肯定地点头："是，姐姐的跳跃非常棒，寺冈前辈的4T也非常漂亮，我一直以他们为榜样而前进，经常想着如果能像他们一样完成那么厉害的跳跃就好了。"

松岛："原来如此，庆子酱在今年的全国比赛中也拿到了金牌，并登上了青年组的领奖台，我们相信庆子酱将来也会有所成就，和姐姐一样在冰场上绽放光芒的。"

接着屏幕上又出现其他几名青年组有名的小选手的跳跃视频，其中最吸引人的当数伊利亚和张珏。

伊利亚的四周跳比总决赛时期更加成熟些，如今仅仅在训练中的话，他的4T成功率已经提升到了百分之六十。

张珏在合乐期间只试跳了一次4S，但他的跳跃是最令人惊艳的。

当举双手的Rippon姿态的4S出现时，所有人都露出了惊讶的表情。

松岛震惊地叫道："那……那个是使用了难度姿态的四周跳呢，真不愧是帝国的冰上精灵！小坂田选手，您认为呢？"

小坂田选手是一位已经退役的男单运动员，他一脸羡慕地表示："这种难度姿态的跳跃很考验身体的协调能力，还有对跳跃的熟练度，绝对是苦练加天赋的结果。虽然是今年全世界最小的青年组花滑运动员，张选手的天赋和竞技水平，却已经突破年龄的限制，耀眼到让人眼睛都快瞎了。"

他说得夸张，周围人却都笑了起来。

另一位女选手则表示："我看过这位选手的表演滑《小鳄鱼》，他真的是我见过的最可爱的小运动员之一，如果今年商演的时候可以和他合作就好了。我好想和他合影啊。"

也不知道是不是巧合，每次国外的冰迷讨论张珏时，不是说他的举手技术很强，就是扯到他的外表上，如果是和外貌有关的话题，最后冰迷们又会不约而同地表示想现场看看这位少年。

女娲炫技单品的惊人魅力，在青年组就已经开始无可阻挡了。

就这么努力了几天，张珏总算适应了江陵的水土和赛场，精神也恢复了过来，在世青赛开幕前一天，他和其他男单选手一起前往会议厅参加抽签仪式。

在接近大门口的地方，他看到了一个矮矮的少年，他是韩国本土的男单选手崔正殊，比张珏大一些，个子却没高多少。

他等了一会儿，看到了张珏，露出复杂的笑意。

崔正殊的英语很流利："你好，Zhang，非常感谢你在都灵对美晶他们的帮助，这个是谢礼，请收下。"

他递过来一个竹蜻蜓，和张珏握了握手，低声说道："以后……他们就拜托你多照顾一下啦。我能和你交换联系方式吗？"

即使以后不再是同一个国家的同伴，但他依然是他们的朋友，崔正殊虽然只是个少年，却也希望能通过这样的方式，表达自己的关心和对朋友的支持。

张珏面露茫然，在他背后，张俊宝却露出了然的眼神，他按住外甥的肩膀，温和地说道："小玉，和他换吧，多交一个朋友也挺好的。"

53. 男单三傻

张珏抽到了最后一组第二位出场，这是一个非常好的出场位次，也是小朋友经常抽到的位次。

抽完签当然要找小伙伴一起玩耍啦。

他和伊利亚和寺冈隼人排排坐，商量玩什么。

伊利亚和许多少年一样，对打游戏抱有极大的热情，他本身又在不知道哪个师兄的影响下有了偷酒喝的爱好，瓦西里屡揍不止。顺便一提，如果伊利亚偷喝的是啤酒，哪怕是他的教练和师兄也不管。

毕竟啤酒和水差不多，只要比赛前不碰，其他时间少喝一些不影响的。

但是没有人愿意和伊利亚打游戏，因为他水平太差了，连俄罗斯方块都玩不好，扫雷把把出雷，带不动。

寺冈隼人提议："那我们去逛街？"

张珏两只手在胸前打叉："不要，之前已经把要买的东西买好了，现在我不想出去，不然走不了多久就要接教练的电话。"

伊利亚："而且我和 Jue 语言不通啊。"

不是每个人都和寺冈隼人一样，到一个陌生的国家不出一周，就能掌握基本的日常用语的。伊利亚和张珏要是走丢了，寺冈隼人找都找不到。

至于张珏……他想提议写作业，全锦赛那会儿他在备考，现在初三下学期又开学了，为了考入好高中，他在飞机上是一边吐一边背书的。

最后不知怎么回事，他们就开始玩 cosplay（角色扮演）了。

这个主意据说是寺冈隼人打电话从妆子的妹妹那里讨来的，按他的话说，这位庆子妹妹很擅长给人想办法，每当寺冈隼人遇到需要想办法的情况时，有选择困难症的他就会下意识地找这个妹妹。

张珏："合着你把人家当哆啦 A 梦呢。"

寺冈隼人咳了一声："庆子说森树美教练会带儿童班的孩子们用现有的东西扮演各种电影角色，然后通过不同角色的演绎培养他们的表演欲望，让他们更放得开。"

在场三人除了张珏没人是儿童，但是没关系，他们的童心依然熠熠生辉。

玩 cosplay 的材料也很好找，张珏和老舅住一间，老舅亲口说过，缺啥东西可以直接翻他的箱子。张珏缺衣服，想必老舅也是不介意帮个忙的，寺冈隼人也有队友支援，同行的妆子在接到电话后，拿了一条白色的百褶半身裙过来。

伊利亚最大气，他直接把自己还有教练的行李箱都拖过来了。

大家都是经常在场上表演节目的，而且表现力在同年龄段里都拿得出手，这时候也没啥放不放得开的问题，游戏开始没多久，这三个人就玩得投入了。

伊利亚嘴上叼根棒棒糖，假装那是烟，两颊还含了棉花糖，穿着黑衣黑裤，表情严肃，抱着他睡觉时搂着的玩偶，这是教父。

寺冈隼人更讲究一些，他是三人中唯一一个掌握了修眉技术的人，只见他拿水性笔小心翼翼地在脸上画了痣，白裙子一穿，捂住裙摆，这是梦露。

张珏用白袜子包住两只手，把他老舅装零钱的袋子摆在肚子上，搭配睡衣演了一把哆啦A梦。

这三个人还互相换衣服和角色玩，其间张珏还用老舅的花裤子搭配袖筒生动形象地扮演了一把他老家楼底下早餐店的大婶。

屋子里满是欢声笑语，不知道谁的手机放着美少女战士的变身音乐。

最受欢迎的 cosplay 装备除了妆子的裙子，就是张俊宝的花裤衩，张珏硬是用他进步不少但依然磕磕绊绊的英语讲述了弗兰斯千里跨国还裤衩的事迹，寺冈隼人和伊利亚闻言均哈哈大笑，下定决心回去以后要和认识的人分享这个有趣的故事。

接着他们每人保持着外人见了要喊"妖魔鬼怪"的打扮，盘腿坐着分享各自的零食，张珏甚至拿出了他珍藏的飞行棋。

当张俊宝在酒店健身房结束努力，无视了数个"嘿，帅哥"的招呼声，回到房间的时候，面对的就是三个如同雪橇三傻一样带着灿烂的笑，听着音乐在床上蹦迪的小伙子。

最可怕的是，他们有的穿着裙子，有的在学狼叫，他的亲外甥更是把浴巾系在肩膀上，把他的花裤衩外穿，不知道是不是在模仿超人。

天哪——

男单三傻被各自的教练收拾了一顿，幸好年轻人普遍恢复力上佳，第二天依然能精神百倍地去比赛，看到他们的脸的人，怎么也不会想到他们干过什么蠢事。

白叶冢妆子玩着手机，和坐在旁边的俄罗斯女单选手赛丽娜说："你知道吗？在我国的网络上，网友们发起了一场投票，评价谁是花样滑冰最聪明的选手。在男单小组，你们国家的伊利亚排在第一。"

赛丽娜面露震惊："认真的吗？"

伊利亚难道不是个让所有熟人都无语的憨子吗？虽然他学习还可以，但那是他的妈妈提着锅、外加大师兄瓦西里用鞋子进行威慑才逼出来的成绩，其实只要对伊利亚多了解一点，就知道他本人认为许多理科学科很难，还是学艺术更轻松。

妆子接着说道："第二名是安格斯·乔，因为他们认为美国华裔普遍很会读书。"

另一位美国女单选手克拉笑起来："安格斯才不聪明呢，他和我一个学校，成绩只能说是中上。不过他家里有钱，又有不错的体育成绩，大概也能上个不错的大学吧。"

而被业内公认滑冰时特别聪明，不管是临场应变能力还是学习成绩都很优秀的张珏则因为长得太萌，加上差点在冰上发生暴力事件的关系，仅仅在本次排名中排到第七。

天地良心，张珏的理科恐怕是所有花滑选手里最好的，寺冈隼人遇到了不懂的题目，随便翻译成英语通过邮箱发给张珏，他能回好几个简洁易懂的解答方式回来，经典名言"数学和化学随便考考就满分了嘛"在好友之中广为流传。

伊利亚听完这句话，立刻鼓着脸把张珏高高举起，就算被抱脸虫捂住脸也在所不惜。

而语言天赋极高、到一个地方不到两天就能调查清楚适合购买的货物的价格与特色的寺冈隼人则被大众公认为"看起来像个没头脑的花花公子"，在本次投票中排在了倒数第一。

三个小女单选手交流着，最后纷纷表示："这年头凭脸去判断一个人的头脑真的不行。"

不过男单选手的智商排名其实不重要，因为在花滑聪明人的排行榜上，前五名全是姑娘，第一名是上个赛季退役、转头就考进剑桥的一位英国女单选手，第二名已经在哈佛念完博士，第三名则是全花滑项目公认的收入最高的运动员海伦娜，她早就入读意大利最好的大学一年了……

虽然姑娘们普遍长得很漂亮，其中海伦娜更是正宗的金发碧眼的外表，但她们实绩在手，比什么都有说服力。

而等世青赛正式开战后，整个江陵冰场乱成了一锅粥。

也许是温哥华周期国家滑联更看重动作完成度，不看重四周跳的缘故，男单那边的四周跳第一人瓦西里在温哥华冬奥会输给了只有三周跳的北美一哥。

鉴于温哥华就在北美，人家一哥占着主场优势，那人拿了金牌以后，瓦西里也只能认，而女单那边厉害的老将纷纷退役，一位去了剑桥大学，另一位创业去了。

当时间推移到索契周期，也就是现在，国际滑联更改了规则，让四周跳重新成为重中之重，男单这边便开始自然而然地涌现出掌握了四周跳的小将，比如昨天被教练揍了一顿但在冰迷之中人气极高的男单三傻。

女单这边，虽然她们在 20 世纪 90 年代就已经出现了掌握了 3A 的选手，但直到现在，3A 依然是只有少数人才能掌握的技术，目前能在国际赛场上稳定输出 3A 的更是只有白叶冢妆子一人。

这就导致在单人滑的赛场上，男单首次在精彩程度上胜过了女单。

张珏将仅有一次的使用四周跳的机会，用在了短节目之中，举手 4S 首次在正式赛事中亮相，就立刻赢得了 +2.4 的 GOE。

短节目是求稳的，选手们在此期间大多只会使用自己把握很大的动作，先确保晋级自由滑再说，张珏的做法固然有点冒险，但收益也大。

他顺利地拿到了短节目第一，不仅如此，他还打破了青年组的短节目世界纪录。

看到分数的那一刻，张珏用力挥拳，鹿教练看他一眼，淡淡地问："所以你还是决定在自由滑用那套极限配置？"

张珏对他竖起拇指："嗯，您说过，合理运用自身优势，再吃透规则是运动员的必修课，这次我就要试试我能不能把我的优势放大到最大。"

54. 终有回响

短节目结束后，张珏排名第一，伊利亚排第二，寺冈隼人排第五。

本来隼人的分数还能再高点，但他这次冒了险，在张珏于短节目中使用四周跳后，他也紧随其后上了，不成熟的四周跳使他在落冰时扶冰，扣了好几分珍贵的 GOE。

他这个赛季除了全日锦标赛，几乎没有在赛场上把 4T 跳成过，说他是一路摔到现在都不为过，但他也挺倔强的，摔再多次也不肯放弃四周跳。

无论是张珏、寺冈隼人还是伊利亚，他们都坚信四周跳是花滑的未来，如果想要在未来争夺世界冠军的位置，就绝对不能放弃挑战这个极限跳跃。

之后的女单则是白叶冢妆子一家独大，这位曾好心借男单三傻裙子的善良女孩，是百分百的力量型女单选手，而且滑行、旋转、表演完全没有短板，属于那种所有人都认定只要她升组就绝对可以去竞争世界冠军头衔的天才。

别看她现在受限于年龄还在青年组，其实她是同辈花滑选手里第一个开始接商业代言的，代言费还不低。

当然，在女单比赛的时候，三傻也齐聚于观众席观赛，然后一起对人家指指点点。

"这个女孩子的蹲转不行，没蹲下去……"

妆子用极高的分数获得短节目第一，第二名比她低了 20 分，除非自由滑的时候妆子摔成骨折，否则其他人翻盘的概率不大。

女单一姐比完以后，无比自然地坐到三傻旁边，对隼人伸手："你什么时候还我裙子？"

三个在外人看来俊美逼人的少年身体一僵，那条裙子啊……哈哈哈哈，是那条裙子啊，他们昨天在玩的时候，不小心用水彩笔在上面画了猪猪侠、草帽路飞、小鼹鼠、丘克和盖克，隼人只能临时去买了去污的洗洁精泡着，但是直到现在都没有泡掉。

隼人去借裙子的时候当然有想过要完好地还给人家，但一玩上瘾了，理智也跟着飞了。

所以那条裙子大概率是还不了了。

妆子一阵沉默，拍拍隼人的肩膀，用只有两人才听得懂的日语说道："你没对我的裙子做什么奇怪的事吧？"

隼人连连摇头："没有没有，我对能提着棒球棍把在队里霸凌的男人全部打进医务室的母猩猩没有兴趣啊！"

妆子恶狠狠地给了他一脚："那你倒是把母猩猩的裙子还回来啊！"

隼人熟练地抱头蹲防，大喊："被水彩笔弄脏啦，洗不干净了，我给你赔钱好吗？"

妆子："不好！那是我妹妹给我买的，早知道借给你裙子后会变成这样，我就不借了，混蛋！"

隼人十分无奈，白叶冢妆子，你又有哪条裙子不是你妹妹买的？

许多人都认为白叶冢妆子是个衣品上佳的时髦女中学生，可那并不是事实，其实她的真身是一个常常提着棒球棍教训别人的大姐大，由于天生力气大，扔铅球的水平拿过全校第一，全力冲刺起来可以把比自己高 10 厘米的男人撞飞，曾有外号"疯狂的野猪"，她看着精致完全因为她有一张精致美少女的脸，而且有个勤劳的妹妹庆子。

如果没有庆子在，妆子大概就会变成那种会在白风衣背面写上"狂龙神尊天下无敌"，然后穿着这么一件衣服招摇过市的暴走族女老大吧。

她把隼人揍了一顿，拿了赔偿的钱，张珏连忙递上巧克力棒："大姐来一根，别生气了。"

妆子拿了一根叼在嘴里，她看着这位可爱的本届花滑第一萌神："你就是小鳄鱼？我记得鳄鱼的英语是 crocodile，叫你 coco 可以吧？"

张珏："可以的，那我叫你妆子？"

可能是因为两人同是校霸，相同的气质令他们莫名地惺惺相惜，妆子的外语也很好，他俩交流起来没有太大的障碍，没一会儿，他们就交换了联系方式。

她从口袋里摸出一个苹果给张珏："来，你吃这个。"

张珏捧着苹果吃得香甜，临走前还被赠送了一根棒棒糖，张俊宝看到他拿着棒棒糖回来的样子，十分乐和。

"你小子怎么走到哪儿都能连吃带拿的？"

张珏想了想，将糖递给老舅，两只手捧着小脸蛋，歪着脑袋。

"大概是因为脸好看？"

张俊宝服了，他把糖剥开，在张珏眼前晃了一下，塞到自己嘴里："你今天吃得够多了，这颗糖就由老舅替你享受吧。"

说完这句话，张珏扑到张俊宝脸上，杨志远立刻放下手机冲过来："小玉，你老舅不是故意的，先放开他！"

张珏愤怒地叫道："不！他就是故意的！他抢我的糖！"

路过的舒峰拍了张照，心里默默叹气：我国未来的一哥看起来真不好带，他的教练真是太不容易了。

鹿教练瞥那边一眼，叹了口气，这舅甥俩闹起来一时半会儿不会停，他还是再给张珏今天的表现做个书面总结，然后发给远在京城的孙千比较好。

有时候这人就经不起念，鹿教练才翻开笔记，旁边的包里就传来《数码宝贝》的进化曲，老爷子眼皮都懒得抬一下。

"小玉，下来，让你老舅接电话。"

张珏悻悻地蹲到一边，从包里翻出一根黄瓜吃着，张俊宝一边调整呼吸一边接通电话。

"喂，孙指导……是的，小玉的比赛状态非常好，短节目第一……什么？"

不知道孙指导说了什么，张俊宝怔住了，他快走几步到旁边，感激地说："真的……太谢谢了，这件事我会和小玉说的。"

他放下电话，拉着张珏回了酒店，正儿八经地坐在张珏对面。

"小玉，孙指导那边打了电话和我说了些事情，你妈妈有关。"

植物人有50%的概率在半年以内苏醒，一旦超过半年，就会出现永久性的脑功能障碍，苏醒的概率会降低到可怕的程度。所以在张青燕最初失去意识的半年，张珏还能坚持去看望她，和她说话，为她按摩，但越是临近半年的期限，张珏的情绪就越糟糕，等半年以后，他还找了个地方，背着二德和老舅狠狠哭了一场。

到了现在，张珏依然抱有希望，但他也做好了妈妈一直睡着的心理准备。

小朋友坐在椅子上，脚尖都碰不到地，看起来浑身稚气，在听到妈妈这个关键词后，一下子沉静下来。

张俊宝摸摸他的小脑袋："你妈妈在转院到京城后，上面说是出现了一种神经电刺激的疗法，有80%的患者在经过治疗后，开始对外界有反应了，还不确定能否一定成功，但的确是有恢复的希望。虽然如果病人脑组织损伤过重，再怎么刺激也救不回来，但你爸爸的意思是想试试，所以托我来问问你的意思。"

"孙指导原本是想等你比赛结束后再让我告诉你的，免得打扰你比赛的状态，但我觉得一定要现在就和你说。小玉？"

吧嗒。

泪珠落在孩子的手背上，张珏低着头，吸了吸鼻子，一眨眼，又落下两滴泪珠。

他安静地流着泪，时不时用袖口擦脸，张俊宝微笑起来，将少年搂进怀里，拍了拍他的背。

张珏趴在老舅怀里，断断续续地说道："要治……不管失败率多高，只要有希望就一定要治。"

"不管结果怎么样，我都不怨任何人，但是一定要让我妈妈接受这次治疗，就算希望再小，我也不会放弃她……"

2009年年末，一场车祸几乎夺走了张珏的家庭，之后他不得不快速成熟，把自己当大人。

现在是2011年年初，一年多过去了，植物人的最佳苏醒期也过去了半年，一丝希望又落在了张珏面前，不管结果如何，他一定要努力抓住。

因为这件事，张珏又一次没能在比赛前睡好，起来的时候脸上还挂着黑眼圈，但他整个人气质变得明朗起来。

鹿教练瞥他一眼："昨晚睡了几个小时？"

张珏不好意思地摸着后脑勺："最后一次看手机是凌晨4点，不过我觉得状态还可以。"

老爷子瞅着他，轻笑一声，挥挥手："去热身。"

张珏就蹦蹦跶跶地去拉伸，之后又完成了跳绳、陆地跳跃。

鹿教练看着他的身影，平静地说道："站在教练的角度，你应该听孙指导的，把这个消息往后推到比赛结束，但站在这小子长辈的角度，我可以理解你的做法。"

张俊宝低头："抱歉，老师。"

老爷子："回去以后写八百字检讨给我。"

张俊宝站直："是！"

没睡好的话，别说是四周跳了，原本张珏和教练组定下的利用规则而特意设计的跳跃方案也不能使用，但这会儿他也不在乎了。

小朋友把跳跃配置换成他在赛季前半段常用的双3A，用稳定的发挥，加上短节目优势，再次滑出了总分236分的高分。

伊利亚则在自由滑里再次勇上四周跳，但不幸摔倒，加上节目后半段也出现了两次失误，只能遗憾地总分落后于张珏6分，寺冈隼人却在自由滑中翻盘，完美clean了加入四周跳的节目，险之又险地超过张珏1分。

这一届世青赛就此结束，隼人金牌，张珏银牌，伊利亚铜牌，而伊利亚和隼人在下个赛季进入成年组，去挑战更高级别的赛场。

颁奖仪式结束后，两个大男孩不约而同地对张珏发出了邀请。

"我在成年组等你。"

　　张珏拎着他的银牌，眨巴着眼睛："你们在说什么呢？大奖赛的总决赛可是青年组成年组一起举办的，我明年肯定能进青年组决赛，你们两个到了成年组，还能不能排到积分榜前六就不好说了吧？到时候应该是我等你们啊。"

　　这位来自中国的花滑少年弯弯眼睛，露出灿烂的笑容："伊柳沙、隼人，下个赛季，我会在大奖赛总决赛等你们的。"

　　此时的张珏或许并不知道，这是他自认识伊利亚和寺冈隼人以来，对他们绽放的最真实的一个笑脸，以至于伊利亚都露出了受宠若惊的表情，而隼人目光闪了闪，俯身抱了抱他。

　　或许是因为希望吧，在张珏快要在某件事上绝望，却还不敢让他人发现自己的绝望时，上天又给了他一缕希望。

　　只要有希望在，他就可以更加坚强。

　　这次世青赛只拿了银牌，要说张珏完全甘心是不可能的，在回程的路上，他坚定地告诉鹿教练："教练，以后不管发生什么，我都还想继续滑冰，我想去成年组继续和伊利亚、隼人他们竞赛，顺便赢更多比他们还厉害的选手。"

　　鹿教练眼中闪过一丝欣慰，不管张珏是因为什么而发生了思想的蜕变，现在他确定这小子对花滑有了更深的感情。

　　"知道了，回去后我会给你提训练强度的。"

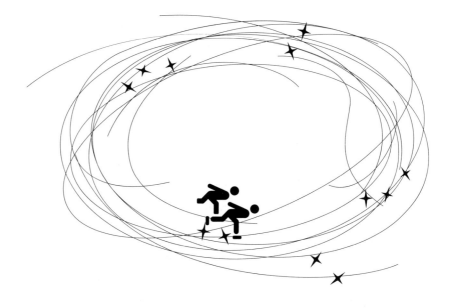

番外

我有一个朋友

在一个午后，姜秀凌的双人滑搭档洛宓突然问起了他和张珏的事，这个女孩似乎对自家搭档和男单一哥的童年往事很是好奇。

姜秀凌将一瓶运动饮料塞到她手里："我和张珏啊？那可真是很久以前就已经认识了。"

姜秀凌遇到张珏的时候，是搬家后的第一天，他爸妈和搬家工人一起把家具运到家里，他就在楼底下，坐在门槛上吃冬瓜糖，然后一个穿着鳄鱼连体衣的2岁小娃娃走到他面前，含着手指，一副很馋冬瓜糖的样子。

彼时姜秀凌虽然也才3岁，但已经有了谦让的美德，所以他伸出手："你吃糖吗？"

小娃娃张珏口齿清晰地回道："吃。"

等张珏的父母找过来的时候，姜秀凌兜里所有的冬瓜糖都被张珏吃完了，张青燕十分不好意思，抱着孩子和姜秀凌爸妈道谢，又在新邻居搞开灶仪式时送了红包过去，两家的关系从此亲近起来。

姜秀凌脾气好，自小就是个胖娃娃，张珏父母都擅长做饭，张珏又长了一副能容纳三四碗饭的好肠胃，个子又矮，看起来就比姜秀凌更圆了，时间久了，这总是一起玩的胖哥俩就获得了小伙伴们赠予的外号——大胖、二胖。

张珏是大胖，姜秀凌是二胖。

张珏对外号不在意，依然每天到处捣蛋，玩够了就回家找爸妈要吃的，日子过得无比快活，姜秀凌却头一回心宽不了了，他捏捏自己肚子上的肉，小小的脑袋里满是疑惑，我很胖吗？胖是不是很不好啊？

胖自然不是太坏的事，只要不影响健康，孩子身上有点肉很正常，不正常的是那些对着他们指指点点的人。

姜秀凌想不通这些，便带着一腔忧郁的心思，被父母送进了幼儿园小班，也没什么心思交朋友。结果他进幼儿园的第二天，就看到穿得红扑扑的像个年画娃娃的张珏被老师牵进了班里。

米老师说："这是小玉，他从今天开始也是玉米班的小朋友啦。"

张珏左看看右看看，眼睛一亮，朝姜秀凌跑来，甜甜地叫道："二胖，我来找你玩啦！"

姜秀凌震惊："小玉！你怎么来这里的？"

张珏回头看看教室外面，回头严肃说道："我是走楼梯来的，二胖，我没想到小班居然在二楼。"

姜秀凌："可是你家说明年再送你上幼儿园呀！"

张珏："嗯嗯，可我想和你玩，所以我要和二胖上一个班。"

原来张珏是为了和二胖一起玩才提前上幼儿园的，姜秀凌心生感动，当即决定这个小名"小玉"的大胖就是他最好的朋友！

谁知张珏不是个老实孩子，他就像屁股下面长了钉子一样，总是不能好好坐着，也不太遵守老师教的规矩，坐不到 10 分钟，就站起来要去爬窗户，把保育员阿姨吓得够呛。

米老师连忙将张珏抱下来："小玉，你要做什么呀？"

姜秀凌心想：小玉应该要摘叶子。

张珏指着窗外："我要摘叶子贴到纸上作画。"

玉米班窗外有一棵三十年的大树，枝繁叶茂，枝条延伸到窗外，翠绿的叶片看起来嫩嫩的，张珏的爸爸就曾用菜叶、花瓣、小石头、鸡毛贴出一幅画送给他的妈妈，颜色很丰富，看起来很漂亮，姜秀凌可羡慕小玉有这样一个心灵手巧的爸爸了。

米老师懂了，她没有为此责怪孩子，只提醒道："可是小玉，好宝宝不能爬窗户，因为这样很危险，如果你不小心受伤的话，爸爸妈妈还有老师都会伤心的。"

这位毕业不到两年的老师并不严肃，说话也温柔可亲，是个很讨孩子喜欢的大姐姐，她这么一说，张珏也不闹腾了，回座位时，还偷偷和姜秀凌说："米老师好漂亮。"

其实姜秀凌可以做证，那时候的张珏哪里懂什么漂不漂亮，不过是刚满3岁的他只会用漂亮来夸赞女孩子而已，姜秀凌的妈妈给他手里塞肉包子的时候，他也会说"阿姨你好漂亮"。

但一个长得可爱的小朋友只要嘴甜一点，就能成为周围长辈心里最可爱的崽了，托张珏那张嘴的福，无论大胖二胖在他们的幼儿园生涯中闯了多少祸，米老师都没责怪过他们，反而会被逗得哈哈大笑。

闯祸的一般是大胖张珏，二胖姜秀凌是无辜的，他通常是被大胖忽悠过去做了不知情的帮凶，然后在挨骂的时候又帮大胖分担部分火力。

张珏活泼好动，敏捷且力气大，脑瓜子也转得快，不管是恶作剧还是打架，都是幼儿园一霸的水准，有他在，整个哈尼宝宝幼儿园从园长到煮饭阿姨，都能过上精彩的每一天。

二胖被大胖罩着，再也没有同龄的小孩敢当着他的面嘲笑他的胖了。

因为张珏的逻辑是这样的："什么？你说二胖浑身是肉不好看？那我更胖，是不是我更不好看？你敢说我不好看？我跟你没完！"

张珏入园不到半个月，惹了二胖就是惹大胖便成了哈尼宝宝幼儿园一众幼儿心中的真理。

这大概就是无论后来姜秀凌怎么被大胖坑，都坚定地认为张珏是他好朋友的原因之一。张珏保护他，带他一起玩，这对一个孩子来说，实在是太珍贵了。

在张珏的带领下，姜秀凌的幼儿园三年留下了无数精彩的黑历史。

比如中班的时候，两人一起被幼儿园外来的一个大哥哥带着玩跳马，在张珏已经可以前空翻后空翻随便跳的时候，姜秀凌却把脚给摔崴了。

来幼儿园选材的体操教练指着张珏："这孩子要是减减肥，以后说不定是奥运冠军呢！他天赋很不错，和我走吧！"

张珏一边拖着米老师去给哭得一把鼻涕一把泪的姜秀凌拍照，一边回头说："那二胖呢？"

体操教练："啊？姜秀凌吗？他不太合适。"

张珏是胖，但是他跳得起来，和个小蹦豆一样，天赋满满，姜秀凌却似乎只是普普通通一个小胖子而已。

张珏："那我不练体操了，我要和二胖一起玩，而且我也不想减肥。"

减肥就意味着要少吃饭，不碰蛋糕糖果，那是幼儿园时期的张珏绝对不能接受的。

姜秀凌又感动了："小玉，你对我真好，呜呜呜。"

张珏走到他身边，搂着他的肩膀，对着米老师的镜头比胜利的手势："当然啦，我是你最好的朋友嘛。"

姜秀凌吊着鼻涕，也比了个胜利的手势，抽泣着："嗯！我们永远是好朋友！"

米老师按下快门，咔嚓，黑历史留影成功。

等时间到了他们大班的时候，米老师将《灌篮高手》和《美少女战士》的碟片带到了班上播放，这两款经典动画快速在幼儿之中流行开来。

于是那年的"六一"演出前，玉米班全体女娃投票，决定排一个《美少女战士》的舞台剧，他们班女生数量高出男生一些，所以女娃说要演啥，大家就要演啥。

张珏快乐地穿上反派的连体衣，张牙舞爪地准备去演大反派，姜秀凌抽签抽到了夜礼服假面。

当舞台剧开始时，小怪兽张珏朝着姜秀凌扑过去，姜秀凌立刻转身，哇哇大哭："妈妈！老师！救命啊！"

小怪兽紧追不舍，左后方的米老师蹦出来："水兵月变身！夜礼服假面，我来救你啦！"

穿着夜礼服假面衣服的姜秀凌被小怪兽抓住，哇哇大哭："水兵月，我要被怪兽吃掉了，哇啊啊！"

水兵月米老师只好赶紧把人抱起来哄。

小怪兽张珏则跳起来："怪兽一方胜利啦！"

台下的观众哈哈大笑，拍下照片无数，后来玉米班的节目拿了全园第一。

等到学前班，为了让精力过于充沛、天天闯祸的张珏有个运动的地方，张珏的父母痛定思痛，终于做出把他送去学体育的决定，正所谓二胖是大胖的跟屁虫，大胖要去哪儿，二胖也要去，所以姜秀凌也被父母送到了那个冰场，接触了花样滑冰。

这个决定影响了张珏和姜秀凌的一生。

在一个不大且很旧的冰场上，张珏遇到了他的恩师鹿教练，他优秀的冰上天赋得到了挖掘，姜秀凌也找到了自己喜欢的事情，那就是花样滑冰。

鹿教练也同样是姜秀凌的恩师。

虽然在许多人眼里，姜秀凌天赋不如张珏，在张珏开始攻克跳跃时，姜秀凌只能磕磕绊绊地练习滑行，但是没有关系，滑冰很快乐，在冰上表演，对姜秀凌这个有点害羞却又喜欢表演的孩子来说，也是很棒的体验。

在这种感觉的督促下，姜秀凌最终做出决定，他要滑冰，而且是和张珏一起滑。

鹿教练听到他的话时，沉吟片刻，问他："那如果张珏哪天不滑冰了，你也不滑了吗？"

姜秀凌想了一阵子，回道："就算小玉不滑了，我也想继续滑冰。"

姜秀凌没有意识到，那是他第一次脱离追着张珏的脚步跑的思维，在经过思考后，决定要走的一条路。他甚至直到成年后，才惊讶地发现，原来小时候的自己有过那么坚定的时候。

鹿教练鼓励他："那你好好滑吧，你有天赋，说不定能滑出很不错的成就。"

姜秀凌惊讶："我有天赋吗？可是我跳跃不好啊。"

鹿教练说："但你的上肢力量很不错，或许你不适合单人滑，但花样滑冰也不是只有男单，双人滑和冰舞说不定会很适合你。"

姜秀凌便说："那我以后练双人滑。"

他就在那样一个稚嫩的年纪决定了自己一生的道路。

后来姜秀凌便搬家了，父母工作的变动，让他离开了童年好友张珏，去了另一座陌生的城市。但他还在继续滑冰，因为他觉得自己只要好好滑冰，以后就能在赛场上看到张珏，到时候他是双人滑冠军，张珏是单人滑冠军，那多好啊。

姜秀凌不知道张珏后来会放弃滑冰，转去练芭蕾四年，等他知道的时候，张珏已经在命运的推动下回到了冰上。

而且托那天资的福，张珏还是先姜秀凌一步取得了冠军，而姜秀凌则和他的双人滑搭档一起在后面不停地追赶。

但这一次，他觉得自己终有一日可以追到张珏身边去。

听完这段故事，洛宓双手托腮，问道："二胖哥，你既然说你现在已经不是为了追着张珏跑而练花滑了，为什么还想到他身边去呢？"

姜秀凌也双手托腮："嗯——大概因为他是我最好的朋友吧。"

好朋友不就是要肩并肩吗?

在那段充满了滑稽事件的童年时光中,姜秀凌总是没法忘记,在他被其他小朋友欺负得满脸眼泪时,是张珏过来赶走那些欺负他的孩子,牵着他的手回家。

彼时他们还年幼,天高云淡、阳光洒落,他们的手握在一起,走着走着就跑了起来,然后他们推开大院的门,兴奋地叫着"爸爸妈妈,我回来啦"。

有些朋友是人生的过眼烟云,有些朋友是人生的一部分,张珏对姜秀凌来说,便是后者吧。

此时手机发出铃声,姜秀凌打开,是一条短信。

【二胖,奥运集训快开始了,你想不想我爸做的榨菜?我可以在集训时帮你多带一罐子,只要你叫我哥哥就行。——张珏】

姜秀凌笑出声来,他在手机上摁着。

【你想得美。——姜秀凌】

父母爱情

张珏从一开始就知道许岩不是他的生父，这事是母亲张青燕告诉他的，张珏一开始也迷茫过，既然他不是爸爸亲生的孩子，那他的亲生父亲是谁？

"是我爱过的人，但我后来才发现他无法摆脱酒精、暴力这些不好的东西，所以我就带小玉离开他了。"张青燕很坦然地摸摸张珏的头，"不过小玉可以放心，你是因为爱而诞生的孩子，妈妈爱你爸爸，所以和他生了你。"

张珏歪头："那现在的爸爸是因为爱妈妈，所以也爱我？"

张青燕："大概是吧，妈妈除了他的确将你作为孩子爱护这一点，其他的都不能肯定呢。"

张珏："那我自己观察啦。"

张青燕："好。"

张珏的父母从不在一些家庭大事上瞒着他，虽然年幼时，他在家庭大事决策方面没有投票权，但知情权是一直有的，所以他看到听到的东西，比其他家的孩子要多一点，他也因此懂得多了一点。

许岩爸爸是爱他的，不然他不会冒着雨去幼儿园接他放学，不会天天捧着营养食谱，看做什么东西能让自家的孩子长得健康又聪明，不会耐心地捧着故事书，教张珏学会拼音和五百个汉字及 26 个字母。

许岩在张珏身上投注的心血是实打实的，所以张珏从不疑惑爸爸爱不爱自己，至于爸爸是因为妈妈才这么爱他什么的，张珏不在意，毕竟只要爸爸对他的爱是真的，谁管这爱是怎么来的呢。

所以张珏的疑惑只有一个了，爸爸对妈妈到底有多爱呢？

在许多小孩眼里，家庭由爸爸妈妈组成，多的还有爷爷奶奶、外公外婆，但他们肯定都是和自己有血缘的亲人，没有血缘的便是外人。

但由于家庭的特殊性，在张珏这里，爱与血缘无关，因为许岩爸爸待他和待许德拉一样，他们都是爸爸的孩子。

这是爸爸爱妈妈的第一个证明——爱屋及乌到张珏和许德拉得到了同一个档次的父爱。

第二个证明，大概就是那些花了。

在张珏的童年时期，家里有很多很多的花。

从春天的迎春花，夏天的栀子花，秋天的桂花，到冬天的梅花，这些四季之景都会被许岩爸爸在某个晴天带回家，有时候花外面就裹了一层报纸，带着自然的香气，进入张珏的鼻子。

然后张青燕会捧着花露出个笑，晚上爸爸就会吃到他最爱的炖大鹅。

张珏是个善于观察的孩子，他知道小学班上有些同学的家里总是充满了争吵，其中有个女孩子，小小年纪就说将来不要恋爱结婚。张珏听到这番话后，想了想，觉得自己以后是想恋爱结婚的，因为爱情是很美好的东西，可以让人很幸福，这是父母的爱情带给他的认识。

小学六年级的下午，张珏上完芭蕾课，拖着有点累的身体往回挪，路上接了弟弟，哥俩手牵手回家，才走到小区门口，就看到救护车停在自家楼底下，他爸爸被用担架抬着上了车，妈妈急匆匆地跟在后头。

"小玉，二德，你们爸爸肚子疼，可能是阑尾炎，妈妈带他去医院，我给你们老舅打了电话，他待会儿过来，你们要乖啊。"

张珏应了一声，看着救护车远去，有点担心，但许德拉这时问他："哥哥，爸爸会死吗？"

这小小的孩子对阑尾炎是什么病症还没概念，张珏摸摸他的脑门："不会的，阑尾炎是一种不严重的病，只要救治及时，就不会有事。"

然后他用钥匙开了家门，让许德拉去写作业，自己踩着凳子炒菜煮饭，不一会儿老舅来了，接着哥俩该做什么做什么，第二天也照常上学。

阑尾炎的确不算重病。

张珏第二天提着流食，带着弟弟，跟着老舅张俊宝一起去了医院探望父母，到地方的时候，就看到父母抱在一起絮絮低语着什么。

"如果我有什么事，保险受益人是你，好好把小玉和二德养大，要再嫁也可以，但要看清楚那个男人，别让自己受委屈。"

"我不打算再结婚了，这辈子就你了。"

张俊宝拉住两个外甥，将他们带到走廊里，坐了半小时，回去再看那两口子，还抱着呢。张俊宝无奈地咳了一声，他们才分开。

许岩露出一个阳光灿烂的笑："嘿，俊宝，你们来了。"

张俊宝像是每一个擅长伪装的成年人那样，若无其事地打招呼："姐夫脸色不错，看来没什么大碍。"

张青燕说："到底是割了块肉，回去以后得好好养着了。"

张珏走进去，看到父母的手握在一起，十指交扣。

啊，爱情啊。

这可比《泰坦尼克号》更能给孩子冲击力，但张珏是希望父母是一直这样感情深厚的，要说理由的话，他喜欢爸爸妈妈，不想他们受伤肯定是最大的原因，第二个原因是他也喜欢现在的家庭。

如果一直这样就好了。

那个时候，张珏是这么想的。

所以在爸妈、二德乘坐的汽车出车祸，妈妈变成植物人的时候，张珏也一点不担心爸爸会丢下妈妈，他甚至觉得以爸爸的性子，自己只需要担心他过于辛苦就可以了。

他亲眼看到了父亲执着地趴在病床前呼唤母亲的名字，看到了爸爸眼中的泪，也看到了他卖掉饭店也要为母亲治病的决心。

"小玉，二德，你们放心，这个家不会散的，妈妈总有一天会醒来，在那之前，我们好好过日子就可以了。"

许岩揉着两个儿子的脑袋，做着认真的保证。

为了给爸爸减负，张珏最终决定走上花样滑冰的道路，用自己的天赋去兑换一些东西，比如比赛奖金、升学时的体育生名额，还有荣誉。

他喜欢爸爸，想为爸爸分担一些压力是一部分原因，还有一个原因，大概就是他被父母的爱情给打动了吧，不过这个事他永远不会告诉别人就是了。

直到后来，张珏见过了自己的亲生父亲，也和对方单独吃过饭。

他的生父出乎意料地是个开酒吧的酷大叔，音乐造诣很不错，除了给张珏遗传了麻烦的身高和心脏问题，相处时倒不算是个糟糕的人，张珏能感受到对方待自己的小心翼翼。

这个男人无法改变自己的酒瘾和暴力倾向，但也克制着自己没有朝深渊滑去，就这么不上不下地活着，做自己想做的事，还挺自在的。

张珏无权为母亲原谅生父多年前的挥拳，却也不打算用恶劣的态度对待生父。

只是在吃饭的最后，他听到生父问他："你妈妈，身体好点了吗？"

张珏说："好了，她已经醒过来了。"

然后生父就将一张专辑推到了他面前："你堂哥不是组了个乐队吗？我替他们写了曲子，录了专辑，最近卖得还可以，你给她吧，就说是你堂哥给的，行吗？"

张珏说："行，但我会说这是你要我转交的，我不想瞒着她。"

生父苦笑："行吧，如果她不肯收，你收着呗？别退回来给我就好了。"

张青燕听完了那张专辑，又将之交给了张珏："我不能收着这个，不然你爸，就是许岩会不高兴，你收着吧。"

张珏点头，后来自己待房间里，戴着耳机听完了专辑，生父没说哪首曲子是写给他妈妈的，张珏听着听着，觉得最后一首曲子是。

那是一首有关歉意的歌。

"我知道你已对我失望，我还是不会改变自己，别了，姑娘。"

听完那张专辑，张珏去了趟冰场。

这些年，他从只是想用花滑得到些什么，转变到了深爱花滑，到如今，他觉得自己应该自我突破一下，滑更多有意思的节目，也就是滑曾经的自己没有滑过的题材。

然后他就想：为什么我不能滑爱情题材呢？这种感情那么动人，而且他也成年了，滑这个题材也不会被人说了。

他向自己的挚友兼室友秦雪君提起了这件事："你觉得我下个赛季滑爱情题材怎么样？我有这方面的灵感，但教练说我从没谈过恋爱，滑这个可能会有表现力跟不上的问题。"

秦雪君回道："如果你想突破自我，挑战难关的话，我觉得爱情题材不错。"

言下之意就是爱情题材对张珏来说算难关。

张珏听出了对方的意思，他笑了笑："我不一定要在节目里表现我自己的爱情啊，在我的真爱到来之前，我可以滑别人的爱情。"

比如说，以 *The Fighter*（《斗士》）这首曲子为基础，编一支短节目，再用父母的爱情故事填充进去。

"至于自由滑嘛，我想滑流行乐，最好是那种风格轻快，带着大家一起随心所欲放开桎梏，在歌舞中一起起舞的曲子。"

张珏做好了决定，开始编自己的节目。

那两套节目在之后的赛季为张珏突破了三次世界纪录，短节目一次，自由滑一次，总分一次。

最重要的是，这套节目是张珏自己创作的，他的编舞才华在这两套节目里展现得淋漓尽致，世人都称赞他的才华。

张珏在赛季结束前的最后一个采访里却说："能创作这套节目，我要感激我的父母，谢谢他们告诉我爱是什么，所以这套节目最大的功劳，在他们身上。谢谢你们，爸爸，妈妈，以后也请你们要幸福。"

举着摄像机的记者问："那你自己对爱情是什么看法呢？"

张珏仰着头思考了一会儿，对镜头露出一个笑，像是在对镜头后的某个人说话："我会对爱抱有期待的，我等着它到来的那天。"

图书在版编目（CIP）数据

花滑 . 平行篇：全二册 / 菌行著 . -- 长沙：湖南文艺出版社，2023.8

ISBN 978-7-5726-1169-8

Ⅰ . ①花… Ⅱ . ①菌… Ⅲ . ①长篇小说－中国－当代 Ⅳ . ① I247.5

中国国家版本馆 CIP 数据核字（2023）第 078580 号

上架建议：畅销·青春文学

HUAHUA.PINGXING PIAN：QUAN ER CE

花滑 . 平行篇：全二册

著　　者：菌　行
出 版 人：陈新文
责任编辑：匡杨乐
监　　制：邢越超
策划编辑：郭妙霞
特约编辑：万江寒
营销支持：文刀刀　周　茜　李美怡
封面设计：CHyugan
版式设计：潘雪琴
插图绘制：崖　山　虞　山　圣　圣
内文排版：百朗文化
出　　版：湖南文艺出版社
　　　　　（长沙市雨花区东二环一段 508 号　邮编：410014）
网　　址：www.hnwy.net
印　　刷：三河市中晟雅豪印务有限公司
经　　销：新华书店
开　　本：680 mm×955 mm　1/16
字　　数：573 千字
印　　张：34.5
版　　次：2023 年 8 月第 1 版
印　　次：2023 年 8 月第 1 次印刷
书　　号：ISBN 978-7-5726-1169-8
定　　价：79.80 元（全二册）

若有质量问题，请致电质量监督电话：010-59096394
团购电话：010-59320018

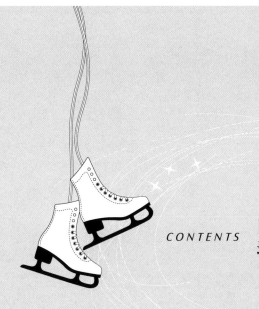

CONTENTS 目录

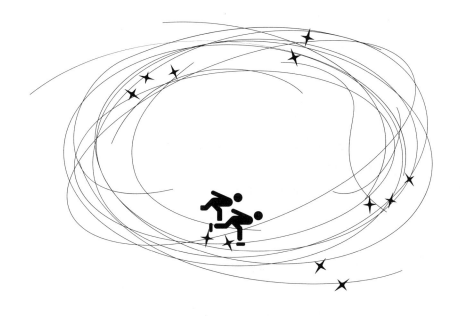

一　终有回响

1. 新血来袭

长子的呼唤声在黑暗中传到张青燕的耳中，她动了动手指。有人用熟悉的力道握住她的手，是许岩。

她努力动了动眼皮，艰难地睁开眼睛，眼前一片白。

有人惊喜地叫起来："醒了醒了！"

家属很快退开，医护人员上前，张珏被爸爸、老舅、弟弟拉着，小脑袋急切地向前探着。

2011年上半年，对张珏来说最重要的事情有两件。

一、妈妈醒了，正在复健，要时常去探望和关心她。

二、中考快来了，必须努力备考才行。他这样的学霸，背后还有秦雪君这样的学霸邻居辅导，不考个重点中学都说不过去。

张俊宝拍桌："那花样滑冰呢？都快6月了，你还没把今年滑什么曲子定下来，编舞也没找，再这样下去连做考斯腾的时间都快不够了！"

张珏还趴在他妈妈的病床边写作业，张俊宝继续发怒："成天缠在妈妈身边又不能加快她的恢复！那是医生的事，你个混账玩意儿关注一下自己的花样滑冰行不?！"

新赛季要到了！

唰啦，张珏从便笺贴上撕下一张递给老舅，老舅接过一看，发现上面写着两个曲名。

短节目:《太阳照常升起》久石让

自由滑:《月光》贝多芬

行吧，他终于把要滑什么曲子想好了，张俊宝嘴角一抽："滑贝多芬我可以理解，但《太阳照常升起》……这个曲子你打算怎么滑？"

张珏双手捧着小脸蛋，嘿嘿笑："我就要滑这个，张麻子好帅！"

在 2010 年上映的喜剧电影《让子弹飞》可谓群星云集，一堆戏骨飙戏，张珏跟着老妈一起看过《上海滩》，冲着发哥也要去看这部电影。上映时是秦雪君带他一起去的，即将进入社会的大学生进影院就被这处处是名场面的电影震惊得目瞪口呆，而还没进社会的张珏则很单纯地迷上了张麻子。

张俊宝愁啊，真滑这么个曲子，考斯腾又要怎么做？总不能在衣服上画上麻将里的九筒。真这么干的话，光孙指导那一关就过不去。

真让个国家队的运动员带着麻将上世界赛场，那还得了?!

张珏真的会打麻将，这还是张俊宝教的，他们家逢年过节和亲戚们聚会时，张俊宝就过去凑角。张珏从小就爱和老舅一起玩，看着看着就学会了。

写完了作业，张珏将课本递给妈妈，张青燕捧着看了一阵子，搂着儿子揉了他脑袋一通："不错，虽然妈妈睡了这么久也没见你长多少个子，但能长学问也不错。"

在同一批接受神经电刺激疗法的病人里，张青燕算是恢复最快的，大概是因为天生体质就好。她现在不仅能下床走动，还能给儿子检查作业，说话吃饭，朝过来探望的前夫扔椅子都十分利索。

张珏无比自然地扭着身子和他妈撒娇："我怎么就没长？你睡的时候我才一米五，现在我都一米五六了。"

张青燕十分诚实地回道："你以前还有小肚子，看起来还有点胖，现在你都瘦得快能看见肋骨了，看起来和小学生似的。"

真是扎心了。

过了一会儿，许德拉和许岩一起过来换班，张珏背着书包起身："时间到了，我得去食堂吃晚饭了，妈妈拜拜。"

张青燕给他整理了一下衣领："拜拜，路上注意安全。"

张俊宝也跟着起身，一边走还一边说："姐，小玉过了这个月就满 14 岁了，你也不要老是这么惯着他。"

张珏走路的姿势一瘸一拐的，他最近在练 4T。四周跳大家都懂，就是挑战人体极限的玩意儿，每掌握一种新的四周跳，都需要承担伤病的风险。张珏只是崴了个脚，都算得上是好运气了。

相比之下，同样是青年组的黄莺就因为和关临练习抛 4S 而导致韧带严重拉伤，差点就到了需要去做手术的程度，被医生勒令休息至少一个月。

临近赛季，他们还没能好好地练习新节目，女伴就倒在伤病上，这事急得教导他们的马教练嘴边都长出一个泡。

不过就算受了伤，小朋友们也不会轻易外食，张珏还得去食堂吃饭，再在舞房进行拉伸，做些不伤脚的舞蹈训练，或者是用器械做些无氧运动。

抵达食堂的时候，关临正好也在那里，他报了自己和黄莺的名字，阿姨顺手将两人的餐食放在保温桶里，问道："小临一日三餐地给莺莺送饭，会不会耽误时间啊？我记得你在高中学业也挺忙的。"

关临腼腆地笑笑："不忙，我是莺莺的搭档，照顾她是应该的。谢谢您，这蹄花真香。"

食堂阿姨是四川人，会烧川菜。根据"以形补形"的民间理论，关临特地拜托她做了一道老妈蹄花，拿香菜、香葱、蒜末、小米辣、生抽、酱油、花椒油做了蘸料一起带过去，准备让黄莺蘸着吃。

相比之下，张珏的营养餐就素许多，毕竟他是易胖体质。本来养伤期间运动量就不大，这时候再让他大鱼大肉地吃着，等伤养好了，光是减脂就能把教练组逼疯。

教练们已经在对抗脱发的道路上走得够远了，再让张珏出点问题，他们恐怕会全部学孙指导去理光头。

食堂阿姨给张珏端了一大盘沙拉，还有水煮鸡蛋、水煮鸡胸肉、清蒸胡萝卜、一杯脱脂牛奶和几块全麦面包。

张珏渴望地看着锅里的牛肉，食堂阿姨充满怜爱地看着他："别想了，这个不是给你吃的。"

张珏委屈地走开了，食堂阿姨偷偷和切牛肉的宁阿姨说："张珏那小眼神太让人不忍了，他一露出想吃的表情，我就特想给他多打点。偏偏干咱们这一行的，最要不得的就是在打饭时心软。"

宁阿姨十分淡定："他是故意露出那个表情的，别心软，一旦如了他的意，老鹿能给他将训练量翻倍，到时候苦的还是他自己。"

孙指导从H省省队把张珏、鹿教练、张俊宝、杨志远一起挖过来的时候，顺便将张珏的师弟师妹，也就是徐绰、秦萌、察罕不花、蒋一鸿也拉过来了。中途，他一瞅小孩们的身体数据，觉得实在是养得好，就干脆把H省省队的王牌营养师，食堂一把手，今年50多岁的宁阿姨也哄进了国家队。

据说他去办相关手续的时候，宋总教练看孙指导的眼神充满了杀气。

国家队从地方队带走优秀的运动员甚至是教练，这都可以理解，你连队医和营养师都不放过，好家伙，这是一锅端哪！

也就是宋总教练年纪大了，不想再挪地方，不然孙指导能连他也端到国家队。

而在这个休赛季，除了鹿门被端来国家队，让单人滑的后备力量一下子充足了不少，冰舞那边也收获颇丰。

一对来自韩国的转籍小运动员，已经与江潮升教练一起训练一个月了。

张珏走到靠窗的桌子边坐下，正好看到刘梦成将一个剥好的鸡蛋放入尹美晶的碗里，用半生不熟的中文说道："美晶，吃单。"

张珏顺口纠正道："是蛋，第四声。"

刘梦成露出恍然的神情，将那句话重复了一遍，美晶对他露出甜甜的笑："谢谢，梦成哥。"

这两位选手在决定转籍到中国时就已经在进行中文的学习了，其中刘梦成的语言天赋极好，现在已经能听懂大部分日常对话，口语也在飞速进步，还学完了拼音，掌握了两百个汉字。

美晶差一点，也已经学完了拼音，平时和教练交流训练的细节还是得用英语，日常交流则换成了普通话，目前说得最好的词分别是"梦成哥""教练""小玉""谢谢"。

从张珏的小名排在第三位就知道，他们和张珏的关系非常好。

这也不奇怪，因为小玉大王和他们是一个学校的，这两人现在都读初三，张珏转学到京城后和他们同校，同班。三人平时一起上学放学，由张俊宝统一接送。

他们一起适应新学校，张珏承担了他们在学校里的大部分翻译工作。老师为了方便两个才拿到中国国籍的朝鲜族学生听课，直接把张珏安排在他们边上，他们的关系自然也越来越亲近。

张珏前几天练 4T 扭伤的时候，还是刘梦成把他背下冰面的。张青燕醒来的时候，尹美晶还提着水果篮，和刘梦成一起去探望了张妈妈，张珏的父母都知道并且很认可儿子的这对朋友。

三人一边聊一边说着有关备战新赛季的事。

按照规定，参加过奥运会的运动员在转籍三年以后才可以代表新国家出赛，但青年组的小运动员没有这个限制，尹美晶和刘梦成从今年开始就要作为中国的青年组运动员去参赛了。

自然，大家都需要准备新节目。

他们的节目音乐是早就选好的，韵律舞《波尔卡舞》，自由舞《罗密欧与朱丽叶》，编舞则是来自英国的弗兰斯，队里的小运动员私底下都喊他裤衩哥。这个外号没人敢在张俊宝和弗兰斯本人面前叫，但就连孙千都知道弗兰斯有这么一个"雅号"。

现在张珏的节目音乐也定了，刘梦成关心地问道："你打算找谁编舞？"

张珏想了想："自由滑打算找我邻居的奶奶编，她以前是俄罗斯芭蕾舞团的首席，艺术感特别好；短节目还没有想好。"

尹美晶提议："要不让弗兰斯试试？他早就想为你编舞了。"

"弗兰斯？"张珏思考起来，"听起来是还可以啦。其实我原本倾向于找国内的编舞的，我的短节目题材偏中式，但金塑龙叔叔那边已经编了沈哥和金子瑄的节目了，再让我老舅去折磨他的话，说不定他会去理光头。"

张俊宝在编舞和考斯腾设计方面不是一般的吹毛求疵，金叔叔已经很不容易了，今年换个弗兰斯让舅舅祸害似乎也不错。

他点头："那行，我待会儿就和老舅说。"

说完这事，他就认真吃起了东西，尹美晶看着他小脸鼓鼓的样子，胃口也跟着好起来，直到刘梦成提醒她："美晶，明天又要小考，就算我们的卷子是老师单独出的英文卷，你也要记得复习啊！"

尹美晶的笑容渐渐消失。

孙指导已经和他们说过会给他们安排高中。中考的时候只要理科成绩过得去，加上有体育特长，上高中是不成问题的。

然而临近中考，校内测试还是不少。

尹美晶抓着头发："还考？要死要死，我还没把全文朗读和背诵的那个什么背完。小玉，救命啊！"

她一下扑到张珏身上："你在期中可是考了全校第一啊！求求你，教授我考试的秘诀吧！"

张珏吃着沙拉，含含糊糊地讲话："这个我帮不了你啊，课文这种东西多看两遍就可以记住了，理科只要上课听讲，考试的时候用点心就能满分了啊！"

那一刻，即使尹美晶和刘梦成在转籍前也是学霸，也不由得产生了一种想要掐这个小子小脸蛋的冲动。

张珏还叹气："唉，要是跳四周跳和数学考满分一样容易就好了，我做数学题的时候顶多需要查资料，4T 就不一样了，好家伙，要不是我落冰的时候用手撑了一下冰，它能把我送去给黄莺做病友。"

尹美晶实在没忍住，到底还是在张珏脸上掐了一把。

2. 两个编舞

中考当天，花滑国家队的青年队一下少了好多人，张珏、金子瑄、樊照瑛、刘梦成、尹美晶，全部考试去了。

黄莺今年还没到中考的年纪，但她依然向教练请了假，提着冰镇绿豆汤和西瓜汁跑去给她临哥加油，就连张俊宝都提着香蕉和酸奶、巧克力去考场门口等人了。

少了经常惹事的张珏，以及跟着他一起闹事的其他人，队里一下就安静下来，让孙千都有点不习惯。

老爷子坐在场边，看着在冰上练滑行的孩子们，和江潮升嘀咕："你家那对考试真的没问题吧？"

江潮升比大拇指："可以的，他们只要理科像样就行了。梦成应该能做到所有科目拿高分，他在来中国之前都是高中生了，很多知识对他来说都很简单。美晶起码也是中上的水平，他们两个都很努力，已经通过 HSK 的三级考试了。"

练得起花滑的家庭绝不会缺少给孩子补课的钱，从古至今，许多花滑运动员都家境良好，有不少花滑冰童的父母都是高级知识分子，教育孩子也很舍得投入，所以孩子们的学习成绩大多不差，像黄莺那种需要男伴补课的"学渣"才是少数。

正所谓考场如战场，张珏在考场里努力答题，之后又检查了几遍。

卷子上没有一道他不会的题，但答案到底对不对就不好说了，理科张珏可以保证拿满分，但文科……看运气吧，谁叫今年中考的作文主题也不是检讨呢。

他拎着文具健步如飞地走出考场大门，在人流中，身材娇小的他被遮得看不见身影，但是身高一米九八的堂哥兰润踩着凳子，硬是找到了他。

兰润指着张珏的方向喊："俊宝叔，张珏出来啦！"

张俊宝："哈哈！我家娃终于出来啦！"

许德拉连忙拿起剥好壳的冰镇荔枝与饮料往那边走，许岩连忙给还在医院的妻子发信息。接着兰润开道，几个人一起去把张珏接过来，围着他好一阵嘘寒问暖。没过多久，尹美晶和刘梦成也出来了，大家和老师打了招呼，直接把孩子们带回了家。

啥也不说了，孩子们考试辛苦，先一起去洗个澡，换身衣裳，喷上驱蚊花露水，开三个椰子，插了吸管人手一个，然后商量明天去哪儿玩。

大家不是不在意成绩，但考都考完了，尹美晶和刘梦成都要走体育生的路了，一切有孙指导安排，张珏则完全不需要任何人操心，人家是学校老师早就认定的状元苗子。

商量到一半，张俊宝提醒他们："我得提醒你们，孙指导只给了你们一天的假，后天就要回去训练了。"

美晶靠着梦成，两人点着地图："故宫、长城、颐和园都去过了，一天的时间去哪儿好呢？"

要是普通人还可以上网搜索在京城游玩吃饭的攻略，但他们是运动员，出门玩都最好是自己备餐，吃这个选项早早就被画掉了。

张珏嘀咕："我想去郊外找座山露营，晚上拿天文望远镜看星星。"

在城市里很难看到星星。

美晶打了个响指："好主意，那等下个休赛季的时候，我们就一起去露营吧，叫上莺莺和临哥。"

最后在兰润的提议下，他们一起去了附近的一家游戏厅，玩玩投篮、保龄球、骑摩托之类的，回家时张珏又去给父母、老舅买衣服。张女士醒了，他家一下就宽裕起来，张珏也敢买新衣服了。

张珏本来就有国家队运动员的津贴，手头有点小钱，但花销并不多。买衣服也是专挑透气的纯棉材质的。

他和尹美晶说："我老舅好节省，裤衩穿烂了还不知道换，还得我给他买新的。"

尹美晶倒是不介意陪他逛内衣店，毕竟她自己也要给刘梦成买，但是……小玉为什么总是给老舅买那么花的款式？

张珏茫然道："啊？可是他就喜欢花的啊，不过京城这边的店都好潮，还流行什么纯色款，想找个花的都难，我翻了好多店才找到这一家呢。"

尹美晶面露震惊，所以张珏是找了好多家店，特地给他老舅买这种花裤衩吗？

朝鲜族少女不由得想起那个国际花滑赛场上的传闻——据说中国的单人滑教练都来自东北地区，特别喜欢穿花裤衩，而且特别珍惜这种裤衩，一旦丢失，甚至会跨国寻找。

这居然不是虚假传言，而是真的！

张珏回归训练的时候，那个拉着大家一起开冰上小火车，或者带头玩冰上保龄球的调皮蛋也跟着回来了，鹿教练的吼声在训练场馆中回响着。

"张珏！滚去绕冰场滑五十圈！"

看着张珏以堪比速滑队员的速度绕着冰场刺溜刺溜地滑行，金子瑄吐槽："难怪他的体力那么好。"

而且大概是滑行训练量较大，张珏在整个休赛季进步最大的就是滑行技术了，以前他滑得快，但控制力并不算好，如果脚上有扭伤的话，滑到一半摔个五体投地都是常有的事情。也就是他还小，伤病少，这一点才不明显。

但是现在，张珏对于用刃越发游刃有余。

张俊宝画掉一行字，看向正在做托举训练的尹美晶和刘梦成："他们对小玉的帮助也很大。"

冰舞是最吃滑行和表演的项目，而张珏的滑行课、表演课都是和这一对一起上的，就连舞蹈课也有一部分重叠。

鹿教练这时接了个电话："她来了，我去接人，盯着小玉，别等人家过来了，正好看到他在闯祸。"

张俊宝的表情也严肃起来："是！"

旁边几个年轻的教练对鹿教练突然一脸慎重地离去感到不明所以，过了一会儿，就看到对方领进来一个一看就知道是纯正欧洲人的老太太。她满头银发，看着年纪不轻，却腰背挺直，身材高瘦，尤其是后颈弧度非常优美，是正宗的天鹅颈。

老教练带着她走到孙千面前，介绍道："这位是米娅·罗西巴耶娃，曾在1978 年做过叶卡捷琳娜堡芭蕾舞团的首席，她的学生获得了上一届莫斯科国际芭蕾舞比赛的少年组独舞一等奖。她是张珏本赛季的自由滑《月光》编舞，也会负责张珏接下来的舞蹈课。"

这位米娅女士有着与张珏的邻居秦雪君一模一样的灰眼睛，她是秦雪君的奶奶，以前也曾给张俊宝编过舞，编花滑节目的经验并不少。

老太太看着张珏的身影，点头，张口就是非常纯正的东北话："比例很好，身材也练得不错，外形条件比俊宝当年还好。"

说到这里，她略微嫌弃地看张俊宝一眼："这小子退役以后越来越壮实，要是他在役的时候就这个身材，我绝对一个节目也不给他。"

张俊宝讪讪一笑，心想他现在的身材哪里不好了？明明他走在外国的大街上，还经常被搭讪呢，就是来搭讪的人太多这点让他有点苦恼。

米娅奶奶是个做事利索的人，她立刻把张珏叫去舞蹈室，先检查柔韧性和舞蹈底子，随后露出嫌弃的表情。

"他的基本功很好，可他到底有多久没上课了？"

张珏挠头："一年半。"

对擅长编芭蕾风格节目的米娅女士来说，张珏要滑她的节目，就必须练舞。

想到这里，她向鹿教练提出要求："他每天要和我上至少 2 小时的舞蹈课。"

鹿教练干脆地回道："可以，反正他已经中考完了，时间充裕得很，随便你折腾。"

张珏蒙了："啊？我的训练时间又变长了吗？"

张俊宝搂住张珏的肩膀，微笑道："一天 8 小时，而且舞蹈训练相较于冰上训练强度没那么大，你可以的。"

张珏掰手指："那我趁着暑假看剧打游戏的计划呢？"

教练们一起说道："玩什么玩？训练！"

随后张珏当场造反，一边爬窗台一边大喊"开什么玩笑，真照你们这么搞，我这个暑假放了和没放一样"，张俊宝单手将他拉下来，压着他开始撕胯。

张珏号起来："啊！别压了，要断啦要断啦！"

他叫得太过惨烈，路过的金子瑄、樊照瑛纷纷打了个寒战，连忙低头跟教练跑了。

米娅女士比张珏以往跟过的任何一任舞蹈老师都要严厉，教学水平和编舞水平都不是一般的好。

如果编舞的满分是 10 分，去年为张珏编舞的金塑龙就是 7.5 分，而米娅女士怎么也能有个 9 分。不过她的 9 分也看人，如果选手是张珏这种芭蕾底子厚的，就能将她的节目魅力展现出来，如果是没有舞蹈底子的话，她的节目只能说结构严谨、内容饱满。

而弗兰斯在看完张珏推荐的《让子弹飞》后，哪怕电影上只有英文字幕，他也熬了一天一夜，硬是把节目的框架先给张珏搭起来了。

两个编舞一起全力开动的待遇在全队都算是独一份的，但张珏从米娅女士手中接到《月光》的音乐剪辑版时，却被最终成品给吓住了。

"为什么这个《月光》是带着摇滚味的版本？"

米娅女士平静地看着他："因为你的性格里带着一点疯，我想比起纯粹的优雅唯美，潇洒外放的曲风会更适合你。"

接着，她拿出一张手绘的图纸，上面是一件深蓝色的上衣，左肩到手臂部分是深蓝到透明的渐变色，上面有弯月的图案。

米娅女士提议道："你要不要试试在比赛的时候上些蓝色的眼影？会和考斯腾很配的。"

听到化妆，弗兰斯十分兴奋，他扭头："化妆？化什么妆？要我帮忙吗？"

三线编舞弗兰斯，是一个在网络上小有名气的美妆博主，手艺相当不错。

张珏转头就跑："我不化！"

鹿教练对杨志远抬下巴："把他抓过来，让弗兰斯试试。"

杨队医起身："得令！"

就在张珏挣扎期间，张俊宝拿着手机高高兴兴地跑过来。

"小玉，你小子可以啊，我刚才查了成绩，你考了全市第三！这下你想去什么学校都随便去了！"

张珏愣住了，他转头不敢置信地喊道："第三？真的假的？我那个作文没成扣分大户吗？"

张俊宝喜滋滋地蹲下，给他看手机屏幕："是第三没错，而且你的语文分数不低，就扣了 4 分而已，作文没扣分。"

这一年的中考作文题是根据一段短文来写一篇 800 字的文章，而张珏当时考得头昏脑涨，下笔的时候就格外阴阳怪气，将短文里的所有角色辛辣地讽刺了一通。这样的文章居然还能成满分作文？

还有，另外两个分数比他高的是谁啊?! 他居然不是第一？

3. 未尽之诺

在"鸡娃"这个词还没有流行起来的时候，海淀区补习班、海淀父母、学区房等词的流传，就已经说明了京城学子们也有不小的压力。

重压之下，往往会出现牛人，比如距离满分只有 6 分差距的状元，再比如只比张珏高 1 分的榜眼。

张珏握紧拳头，咬牙切齿道："可恶! 我竟然会输。"

大家纷纷安慰他："你只是输在文科不行。"

"是啊，英语听力扣了 2 分。"

"英语作文再扣 2 分。"

"历史和政治都只能说是不拖后腿的水平。"

"想开点啊，你可是前三名里唯一一个理科全部满分的人啊!"

张珏仰头长叹："我就是不擅长写文科的分析题啊……"

旁听的鹿教练吐槽："你的体育可是满分，那个榜眼的体育分可是刚刚过线，每个人都会有擅长和不擅长的地方。"

张俊宝："嘻，张珏的体育要不是满分才有鬼呢。"

张珏好歹 A 级体育赛事的奖牌都攒了一金一银，全锦赛也是成年组男单的银牌得主，妥妥的国家级运动健将，拿的津贴都比别人高些，张珏的体育老师都没他牛。

上个赛季，张珏在测试赛屈居第二，差点连第二站分站赛名额都没拿到手。今年就不一样了，他因脚踝扭伤没有参加测试赛，却还是被上头分了两个分站赛名额。

他被分到了法国站和克罗地亚站，原本他是打算去日本站、俄罗斯站晃晃的，但国际滑联要求张珏去参加青年组赛事的海报拍摄，拍摄地点就在法国巴黎。

也就是说，他是被赛事主办方强硬地塞到那边的。

没办法，在伊利亚和寺冈隼人、妆子纷纷升组后，张珏就成了青年组唯一的明星运动员，但青年组的比赛上座率一直不行，这时主办方想要加大宣传力度也是可以理解的事情。

像俄罗斯、日本这种花滑正在兴盛的国家还好，哪怕是地区赛事都不缺观众，而法国站、克罗地亚站这种小站，就很需要高人气运动员去撑一下场子了。

沈流沉默许久，揉了揉张珏的小脑袋，好心建议道："去了法国站，多用点冰跳会比较好。"

张珏茫然道："啊？什么意思？"

沈流反问："你觉得什么冰面滑起来最顺？"

张珏："那当然是冻得软硬适中，还加了牛奶的冰面啊，脚感比较好。"

沈流点头："没错，如果是冻得太硬的冰面，做点冰跳就会脚尖很痛；如果是冻得不够，冰面偏湿滑的话，在上面用刃跳就容易打滑。"

然而世界上冰场那么多，不是每一家的冰面质量都能冻得恰到好处，所以像瓦西里、麦昆那种技术储备雄厚、比赛经验丰富的运动员，就会视冰面情况调整跳跃配置。

硬冰配刃跳，滑溜溜的冰面用点冰跳，好最大程度地应对场地。

沈流叹了口气："法国的冰面一直质量不行，滑溜溜的，还有点湿，我在成年组第一年的时候就去过法国站，摔得屁股都青了，你也小心点，别受伤啊。"

张珏："啊？那我的 4S 岂不是不能用了？"

大家则用相同的沉痛目光回望他。

等到张珏真的抵达法国站的冰场，亲自在合乐的时候尝试了一把 4S。他不得不承认这回沈哥说得对，法国站的冰场真的不行，他试跳了好几次 4S，差点把下巴给摔出血来。

小朋友用冰袋敷着下巴，咬牙切齿地发誓以后再也不来这破地方了，官方邀请也是能推就推。

这也就算了，4S 用不成，就在冰上使用他才练成的 4T 呗，可是当张珏千辛万苦地拿下冠军时，他发现法国站的金牌居然是塑料做的。

而在升国旗的时候，法国站用的也不是真的国旗，而是直接在屏幕上显示国旗的画面，把布料钱也省了。

张珏面无表情地站在领奖台最高处，完全笑不出来。

这还不是最糟糕的一场分站赛，等到了克罗地亚站，张珏才算明白啥叫悲剧。

其实前往赛场的路程还是很有趣的，他们坐飞机抵达目的地，又乘坐蒸汽火车摇摇晃晃地到了一座雪山下，冰场就建在那里。

张珏晕机晕车，坐火车的时候也晕晕乎乎的，就靠着老舅的胸肌，半睁着眼看窗外的风景。

张俊宝突然说："以前我还在役的时候，有一个赛季状态还不错，恰好那一届世锦赛在瑞士，我就和沈流约好，我会争取参加世锦赛的机会，等比赛完了，不论名次如何，我们都要一起买车票去布里恩茨旁边玩玩。"

布里恩茨是一个湖边小镇，据说风景优美，位于阿尔卑斯山旁。

但是后来张俊宝的髋骨伤病越发严重，别说是参加世锦赛了，全锦赛才比完，人就进了医院。

后来他没有再说话，张珏也不当回事，闭上了眼睛，睡梦中听到老舅和鹿教练低低的说话声。

"沈流的膝盖伤很重了。"

"嗯，他说等小玉能进成年组的时候就退役。"

"撑不到索契冬奥会了吗？"

"大概率是不行了，除非他想下半辈子坐轮椅。"

这里的场地在所有比赛场地中都算得上小的，张珏又是个滑速高的类型，对经验不够丰富的小运动员们来说，为了控制好跳跃距离，把控好节目的节奏，他们大多会选择在靠近挡板的位置起跳。

于是在比短节目的时候，为了完成还不熟练的4T，张珏助滑的时间久了点，最后整个人都撞在挡板上，好不容易爬起来继续比赛，最后也只拿了短节目第四，还是靠自由滑才翻盘拿了金牌。

张小玉——青年组跳跃远度第一人，从未想过有朝一日自己的优点会变成缺点。

为什么呢，明明隼人和伊利亚都升组了，他就是青年组唯一的霸主，接下来一个赛季只要在青年组像个小霸王一样包揽金牌就好了，可是为何他完全高兴不起来？

比赛的时候没有对手让人寂寞，分站赛的场地差得一塌糊涂，以两站金牌，积分排行榜第一位的名次冲进总决赛的张珏完全不高兴。

他臭着巴掌大的脸，才回国就先进医院检查身体。克罗地亚站短节目的那一撞让他腹部疼了好几天，教练组和队医都担心他受了内伤，要照个 CT 才肯罢休。

张俊宝想得更多："来都来了，顺便给他做个全身检查算了。"

张珏露出委屈的表情："那我又要在清晨憋尿，等到早上来医院放水，还要让护士在我身上扎针抽血吗？不要啊，就检查一下伤就好了。"

全身体检很烦人的啊，平时运动员的尿检已经够频繁的了，而且运动员的尿检前提是，他们的尿要当着药检组织官员的面排出来，其实那样蛮伤自尊的，以至于到了现在，张珏已经很不喜欢经历不必要的尿检了。

张珏坚定地认为，既然他已经通过了赛季初的运动员体检，其他多余的检查项目就没必要了。

最后还是已经出院，但陪着儿子过来体检的张青燕女士拍板："听你舅的吧，正好你今年还没做全身体检，就趁这次一起做吧。小玉听话，体检虽然不能治病，可是能以防万一。"

他悲伤地发信息给自己的朋友们，尤其是日本的隼人和妆子，表示他分明健康得和头牛似的，实在没有浪费体检费用的必要。

隼人给他发了个蜡烛，妆子却回道："按时体检是好习惯，有病早治，没病安心，我现在也是让妹妹三个月体检一次的。"

三个月？这也太频繁了吧?! 张珏咋舌。

相比张珏在青年组的所向无敌，乃至于已经开始由于缺少对手而感到没劲，隼人和伊利亚在进入成年组后，纷纷享受了被前辈击败的滋味。

男单运动员的巅峰期大多在 18 岁以后，他们两个才 16 岁，技术和表现力都远远算不上成熟，其中隼人又因为四周跳的练习有了些伤病，而麦昆和瓦西里正值巅峰期。

旧王未老，新人又没强到可以称王，挨揍也是没法子的事了，两场分站赛比下来，最后只有伊利亚凭着还算稳定的发挥，勉强地以积分榜第六位的名次进入总决赛，隼人则以积分榜第八而遗憾地错失与张珏在总决赛重逢的机会。

而妆子的情况与男单选手不同，她在进入成年组后，立刻成了新的女单霸主,但凡出战,绝不拿冠军以外的成绩。但她并非完全没有失误,也许是因为成长带来的体重增加,又或者是其他原因,她的体力出现下滑,在自由滑后半段会有撑不住的情况。

她也不是那种会疏忽体力训练的人,联想起两人的聊天内容,张珏想,妆子的身体状态也许不太好。

思及自己身边就有个见习医生,做完检查的张珏又悄悄给隼人打了电话,随即背起他的恐龙双肩运动包,一路小跑到医院妇科诊室。

此时是中午时间,秦雪君看到张珏时意外了一下,但他恰好不忙,就朝张珏招招手,用脚尖将一个塑料凳挪到旁边,示意小朋友坐下。

张珏乖乖巧巧地坐着,顺便看了一眼秦雪君的盒饭,豆角茄子加一个卤蛋,菜的油水略重。

秦雪君给他剥了根香蕉:"你来找我做什么?"

张珏眨着黑亮的眼睛,不好意思地小声问道:"我就是想问问,反复发烧、胸口疼、流鼻血、牙龈出血,还有体重减轻,一般来说,像是什么病的症状?"

秦雪君想了想:"嗯?有关这个,如果不做检查的话,我也无法给你确切的答案,普通的可能就是要补充维生素,然后打个点滴就可以解决,严重的说不定是白血病,你是替谁问的?"

"就我自己好奇。"张珏叹气,"我的朋友最近不舒服,但她遇事总爱自己扛着,我有点担心她。"

会关心朋友是很好的品质,秦雪君微笑起来,想要安慰鼓励小朋友一番,门外就传来急急的脚步声。他的室友老徐脸色难看地进来:"小萍刚才进急救室了,她看起来不太好。"

4. 生死之命

小萍是秦雪君导师手下的一个小病人,还是很小很小的女孩子,但是由于肿瘤扩散转移,已经被宣布无法救治,只能拖时间。

张珏和秦雪君上下楼,前阵子秦雪君情绪不好,张珏担心他,还特意连续三天跑他家里送吃的喝的,陪他打游戏,等他情绪好了,才知道是他手底下有一个小病人没治了。

这大概是每个医生都需要面对的一关，他们为了挽救生命而从事这个行业，却总是有生命无法被挽回。

秦雪君内心经历了什么挣扎，张珏并不知道，但是在第四天的早晨，秦雪君特意等在小区门口，等着晨跑归来的张珏，对张珏说了一句话。

"医药有穷尽，现在我能给予小萍的，也唯有不竭的爱了。"

说完这句话，他如释重负，整个人也恢复成了平时的样子，张珏看着高大的邻家哥哥，心想秦医生以后正式给人治病后，一定是那种医术和医德都很让人放心的医生。

而现在，那个名叫小萍的孩子被送去急救，秦雪君沉默一会儿，将盒饭收拾好，又回归了岗位。

张珏跳下凳子，走了几步，就看到秦雪君忙碌的身影。

他在病人面前永远都是好脾气的样子，不会对他们发火，对自己又严谨到苛刻的地步。

雪君哥是真正的为了梦想竭尽全力的人，那自己呢？

张珏有为了花滑付出巨大的努力，但是要说把感情和心也全部投入进去的话，却还没有过。

今年的总决赛在加拿大魁北克举办，中国今年入围的有七人，其中六人在青年组，分别是尹美晶、刘梦成组合，黄莺、关临组合，张珏，以及他的师妹徐绰。

成年组的金梦、姚岚今年终究还是撑不住退役了，两人退役的时候，女伴还坐着轮椅养伤，想想都心酸，但青年组的小将们逐渐崛起，也让这两位满心欣慰。

而成年组唯一的入围人选正是沈流，他的四周跳在今年依然不算稳定，但大概是压榨编舞压榨得爽了，加上米娅女士在赛季开始前顺手给他做的舞蹈紧急特训，让他的上肢没以前那么僵硬，表现力就比以前好了些，加上平均线之上的旋转与滑行，他终于崛起了一把。

在看到自己的名字进入总决赛名单的时候，沈流的眼泪都快下来了。

他进总决赛啦！这代表着他终于在职业生涯末期冲进一线啦！

沈流提着行李箱和张珏他们一起上飞机的时候还有点不敢置信，他真冲进来了？不是因为积分榜第六名退赛然后递补，而是靠自己的实力进的总决赛？

那懵懂的表情简直让人看不下去，张俊宝把惯例晕机的张珏哄睡着，就坐在沈流旁边敲他脑袋："喂，快点睡，不然到地方以后不方便倒时差。"

沈流回过神来："哦，这个……好的，不过不用担心我倒时差的问题，我很擅长这个。"

他又叫了一声："师兄。"

张俊宝应道："嗯？"

沈流："这大概就是我的最后一个赛季了，是不是每个临近退役的运动员都是有点这样惆怅的心情？"

张俊宝干脆地回道："不知道。"

虽然他也经历过退役，但那也是很多年前的事情了，那时候张珏还是个才学会走路的孩子，被他姐姐和姐夫喂养成圆滚滚的小胖子，被自己牵着手上冰时滑了一跤，坐在冰上咯咯地笑。

现在张珏都开始他的第二个赛季了，张俊宝哪里记得那么多年以前的事情？

在役的时候，张俊宝也希望自己能拥有精彩的职业生涯，赢几个国际赛事的金牌回家，但是现在，他更想培养出远远超过自己，能拿很多奖牌回家的运动员。

沈流不说话，只是安静地望着窗外的蓝天。

抵达魁北克的时候，张珏抱着呕吐袋脸色难看，张俊宝把他背去了酒店，让小孩连睡十二个小时补充精神。

这次他们依然是提前好几天过来的，上头批的预算足够，这点住宿费也就不在话下，重点是要让小运动员们有充足的适应时间。

此时正是 12 月，魁北克本就纬度偏高，气候也不是一般地冷，十分适合冰雪运动的发展。

张珏躺了两天，就有了撒欢的力气，他和伊利亚约着出去玩，妆子和她今年才升入青年组的妹妹庆子也在，四个年轻人一起乘坐雪上摩托，又尝试了滑雪，之后还去参观了当地的博物馆。

虽然比赛在即，但作为运动员也不是非要待在合乐的副馆里，大家都是年轻人，张珏又才卸掉妈妈沉睡这个心理负担，本赛季也有了和大家一起外出玩耍的兴致。

原本他们还想尝试乘坐哈士奇拉的雪橇，但被瓦西里拦住了，这位有着蓝眼睛的斯拉夫帅哥将他们赶回去，还顺手没收了伊利亚新买的酒。

张珏拉了拉伊利亚的袖口，问他："他会不会偷喝从你这里没收的酒啊？"

伊利亚慎重摇头回道："他不会的，瓦西里上个月才开始第九次戒酒，虽然他也嗜酒如命，但为了戒酒成功，他甚至把客厅酒架子上所有的酒都倒了。那可是他从 14 岁攒到现在的收藏，是他的一整个青春！"

听起来瓦西里为了戒酒，付出了相当大的代价，但张珏、妆子、庆子还是面露惊愕。

啥？那个世界冠军原来从 14 岁开始就是个酒鬼了?!

伊利亚闻言露出一个可爱的笑："是，但我相信他这次一定能成功，因为他真的很擅长忍耐。我睡觉打呼噜，鲍里斯教练常常受不了我，一起外出比赛的时候都不愿意和我住一间房，可是瓦西里就能忍，他既然忍得了我，那肯定也能忍得住对酒的渴望。"

张珏忍不住说道："伊利亚，你太有自知之明了。"

妆子和庆子在旁边点头。

他们玩得很愉快，还拍了不少照片，然而在比赛的前一天，不断反复的高烧让妆子的教练强行将弟子拖去了医院，这就导致在热身的时候，庆子身边只有她的教练森树美。

徐绰在热身时不断往那里看，眼中含着担忧，张珏揉了揉她扎着丸子头的小脑袋："没事的。"

他也担心妆子，可他相信这位友人没事。

徐绰低下头，小声说道："我之前……在楼梯间看到庆子哭。"

张珏顿了顿，又说了一遍"没事"。

然而在下午，张珏就知道了。

妆子何止是有事，她是有大事！

被查出白血病早期的小女单选手没来得及摘下她人生中的第一个成人组 A 级赛事金牌，就直接被教练带回国去治病了。

一位人气女单选手被查出重病接着退赛，给了众人沉重的一击，张珏在热身时都觉得成年组女单的另外五位选手情绪低沉。

在赛场上输给对手固然令人不爽，可是以这种方式不战而胜，似乎比那更加让她们难以接受。

今年是鹿门大放异彩的一年，徐绰进入青年组后，成绩与白叶冢庆子不相上下，两人在短节目的分差仅有 0.6 分，而张珏继续在青年组称霸。

而在自由滑中，张珏终于决定上他那套绝妙的配置了。

5. 摇滚《月光》

如果说上个赛季的张珏是令全场惊艳的小仙子的话，今年的他就是有点疯癫的小仙子，这不是说他在赛场上失误，而是他的表演风格出现了变化。

比起大多数连自身风格都没有找到的同龄运动员，张珏压根就不是有没有风格的问题，他是能驾驭多种表演风格！

超凡的表现力，加上两个比去年更加精致的节目，使他在本赛季备受瞩目。

当他在短节目滑《太阳照常升起》时，网络上就是一片赞扬之声。

【小鳄鱼今年的短节目莫名带着股痞气和潇洒，不错，表演越来越好了！】

【原本真的担心这个小孩会碰到瓶颈，他上个赛季的表演给人的感觉就是灵气十足，但除了灵气，并没有把节目撑到更高的层次，没想到今年就突破了。】

【滑行的进步肉眼可见，考斯腾设计得也好，鳄鱼宝宝今年的编舞是哪位啊？】

【是弗兰斯和米娅奶奶吧。米娅奶奶还好说，H 省队运动员的亲妈，沈流和张俊宝的代表作都是她给的，出手少，但水平稳定，弗兰斯之前只是三线编舞，今年也是好节目碰上好的演绎者，估计下个赛季生意会好不少。】

【最令我惊讶的是《太阳照常升起》这个正儿八经的精品居然是弗兰斯的作品，而《月光》那个滑起来有点疯癫，节目结构极端的节目居然是米娅老太太的手笔。人不可貌相啊。】

张珏的两个节目在本赛季都获得了极高的评价，其中《月光》正是如此，或许是因为编舞是俄式芭蕾前首席，他的自由滑音乐也被灌注了俄式的清冷忧郁，以及北方呼啸般的摇滚风格。

音乐的最初是《月光》的第一乐章，幽婉的钢琴声中，身穿蓝色考斯腾、戴着同色长手套的少年在冰上展现着他的步法。

出色的乐感是他的武器，张珏的滑行永远不会给人一种"他在表演步法"的感觉，而是给人一种"他在冰上跳舞"的优美与自然感，即使不做跳跃，也足以吸引所有人的眼球。

是的，在节目前半段，张珏没有进行任何跳跃，仅仅来了一组跳接燕式加甜甜圈旋转，以及提刀燕式旋转，顺便将接续步也做完了。

米娅女士给他编排的步法不可谓不复杂，技巧衔接塞得满满当当，但张珏做起来完全不仓促，反而流畅得不得了。

而在节目进入后半段，所有的跳跃都能得到基础分乘以 1.1 倍的加成时，他终于开始发力了。

第一跳，4T（后外点冰四周跳）！

清脆的点冰声响起，张珏完成了比起上个赛季从容和游刃有余许多的四周跳，接着 3A+3T 也同样漂亮地完成了。

接着是 3Lz+1Lo+3S，在这完美的夹心跳结束后，张珏以 illusion 难度姿态进入躬身转，单手提着冰刀举过头顶，完成了一个单手提刀贝尔曼旋转。

从这里开始，他的节目进入高潮，跳跃一个又一个，每个都精彩绝伦，出色的高远度、时不时使用的举手姿态，还有进入跳跃及滑出时的衔接步法，让他的跳跃 GOE 远超对手们。

当他完成了一个举手 4S 时，就连给他打分的裁判们都暗暗觉得这小子升到成年组以后会不得了。

不论是技术，还是表现力，张珏都展现出了不逊于成年组一线选手的水准，而他如此年轻，有着极大的成长空间，在他之前，从未有运动员在青年组就强到如此地步。可以预料的是，等明年他进入成年组，他将会对现役的选手造成极大的冲击。

当然，此时张珏最令人吃惊的还是他优秀的体能。

这种把所有跳跃全压到后半段的操作，也是张珏首创的，虽说这样的节目看起来难免头轻尾重，且带着把规则吃透的功利感，但张珏硬是用他的表现力将这个配置演得挺好看的，甚至给人一种这个摇滚味的《月光》就该这么演绎的错觉。

去年的张珏在自由滑还以炫技为主，今年的他不仅炫技，艺术性也越来越强，极致的乐感给观众们带来极致的视觉享受。

直到节目结束的那一瞬，张珏低头，双臂打开，汗水从额头滑落，场上响起一阵阵掌声。

麦昆也鼓着掌，他和自己的教练说："这小子太厉害了，今年成年组要是有他，我说不定就要和这个小学生一起上领奖台了。"

他的教练沉着地回道："就算今年你们不上同一个领奖台，明年的你们也要上同一个了，还有，他应该是高中生。"

张珏今年 14 岁，明年 15 岁。在赛季开始前的 7 月 1 日满 15 岁正是升入成年组的条件之一，6 月 29 日出生的张珏所处的中国并没有比他更出色的男单选手，前一哥有重伤在身，他肯定是要升组的。

张珏完成节目回到冰下，和教练们一起等分的时候，大家都清楚张珏今年又能拿下一个冠军。

甚至还有三个被刷新的青年组世界纪录。

不出所料，当他的分数在大屏幕上出现的时候，满场是惊呼与喜悦的掌声，张珏舔了舔嘴唇，拿着毛巾擦了把汗。

"跳跃全放在后半，还要兼顾表演的确是有点累，而且步法太复杂了啊，我滑的时候都怕腿打结。"

老舅怜爱地摸他的头："傻娃，你下面长的是腿，不是绳子。"

他们当然不知道，张珏的分数已经高到了令成年组的男单选手们产生了危机感，比如俄罗斯男单二哥谢尔盖，他看张珏的眼神就含着忌惮。

张珏的自由滑分数，已经无限接近他本赛季到目前为止的个人最高分了！而根据运动员升组后表演分会提升的惯例来看，张珏明年就可以超过他了。

如果不算表演分，只看技术分的话，张珏的技术分已经可以排入世界前十，甚至是前六，他已经攻克了两种四周跳，并且可以把跳跃全放在后半段，这种技术优势简直太可怕了！

而在男单的自由滑结束后，冰舞的自由舞也随之开始，转籍后在中国复活的"美梦成真"组合今年同样表现辉煌，从分站赛到总决赛就没拿过除冠军以外的成绩，早在分站赛第二站的时候就破过一回世界纪录。

国家队努力给了他们良好的生长环境，这对组合立刻回馈了好几块金牌给孙指导，让老爷子大叹这一对归化得值。

冰舞选手的生涯寿命比单人滑的长得多，如无意外，他们起码能为中国滑两届冬奥会，甚至能给中国带回奖牌，孙千的要求也不高，有个铜牌就够他乐和的了。

"明明《罗密欧与朱丽叶》在花样滑冰中已经是被滑烂的题材，可是美晶和梦成哥的演绎，无论看几次都能让人感到感动。"

他们此时的年龄与莎翁故事中的罗密欧与朱丽叶相仿，而且说句不夸张的，他们对彼此的爱也未必比故事中的两人浅，合适的题材在他们身上大放光芒，进而造就了一部经典。

张珏自知还小，他不能理解美晶和梦成之间的情感到底是什么，只知道世人笼统地用爱情去概括，但他又觉得如果是他们俩的话，他们之间不仅拥有爱情，还有随时能为对方奔赴刀山火海的友情和信任。

每次看到其他运动员在场上情意绵绵地滑爱情主题时，张珏就特别想学迈克尔·杰克逊唱一曲 *Too Young*（《太年轻》）。

也许他真的是太年轻了吧，张珏默默打了个寒战，反正在成年以前，他恐怕都滑不了爱情题材。

他从来不滑自己领悟不了的题材，因为没体会，就没法把内容通过肢体传达给观众，这就和很多青年组的小朋友去滑深刻的题材，但效果未必好是一个道理。

青年组的比赛结束后，更加激烈的成年组赛事随之展开，瓦西里今年继续和麦昆斗得昏天黑地，而俄二哥谢尔盖与法一哥马丁为了铜牌同样斗得精彩，沈流和排名第五的伊利亚对视一眼，露出羞涩一笑，也拼了个 clean 出来。

总决赛成年组男单最后一名的伊利亚在比赛结束后，跪坐在地上。

成年组的世界竟残酷如斯，比瓦西里的鞋子还令他痛苦。

此时张珏正拿着把香蕉路过，见朋友这副模样，他好心掰了根香蕉递过去，伊利亚抬起头，瘪瘪嘴，一把搂住张珏的腰。

"coco，明年我一定会崛起的！"

张珏没什么诚意地应道："好啊，反正你再怎么崛起，明年我还是能赢你，毕竟现在我掌握的四周跳比你多。"

伊利亚只有一个 4T，稳定性还不高。

伊利亚闻言露出惊愕的表情。小鳄鱼，你这话说出来是安慰我的吗？我怎么觉得不像呢？

而对张珏来说，这场总决赛，最重要的并不是赛用节目，而是表演滑。

他的表演滑 *Too Young*，在赛季开始前由弗兰斯创作，是他给张珏编短节目的"添头"，质量却非常高。

现在，这个节目将成为张珏送给一位小女孩的礼物，他对她并无爱情，却有爱意和祝福，即使他知道对方的生命已经无法被挽回，但他希望在她离开这人世前，可以将自己化作她生命中美好回忆的一部分。

领完奖后，张珏悄悄给秦雪君发了短信，表示老舅会将他的表演滑录下来，再用电脑传回去，希望秦医生可以帮忙转播给小萍女士。那边很快就发了回信。

【好。】

张珏抿抿嘴，想起已经被确诊白血病的妆子，叹了口气。

虽然他知道这么想不现实，但是如果世界上没有癌症该多好啊。

总决赛最后一天，加拿大时间下午 3 点，在这个与国内有 12 个小时时差的地方，2011—2012 赛季的总决赛表演滑现场，随着主持人的报幕声落下，清澈如泉水的声音在场地中响起。

张珏作为开场的第一位运动员，穿着简单的蓝衬衫、白裤子站在冰上，转头对拿着摄像机的老舅露出一个笑。

才下了夜班的秦雪君坐在笔记本电脑前，看着网友们直播的表演滑，灰眼睛中浮现一丝暖意。

就像张珏无比欣赏作为医生的秦雪君一样，此时秦雪君也认为，张珏是他见过的最好的花滑选手。

只有他，才能滑出如此动人心扉的节目。

妆子看着妹妹转播的节目，微笑起来。

这是个好节目，如此美好，此时此刻的 coco 肯定无比享受在冰上飞翔的感觉吧。

看来她也要努力治病，争取早日回去了。妆子握了握拳，心想还不到放弃的时候，她存了脐带血，马上开始治疗的话，或许还有回归的一天。

然而想要为病人们带去希望的张珏，在表演滑结束后，突然感到不适，他捂着心口揉了揉，觉得有些不对。

以前他滑完表演滑的时候，心跳会一直这么快吗？

6. 帮帮我啊

表演滑的流程，是受邀的选手上场表演自己的节目，然后在末尾跳群舞。张珏的节目是第一个，结束后就轮到了本届总决赛双人滑青年组冠军黄莺和关临。

麦昆一边准备上场，一边琢磨着如何去和张珏打个招呼，他真是太喜欢这个小朋友的表演了。

而张珏在下场后，脸色却差到候场的运动员都看得出来，伊利亚上前想要关心几句，接着张珏就捂着心口蹲在地上，喘了几口气才缓过来。

要不是站在旁边的谢尔盖顺手扶了一把，张珏可能要跪到地上。

有着丰富的照顾师弟师妹经验的瓦西里立刻上前，打量着张珏。

"他在场上的表演很正常，应该不是肌肉或者关节受损之类的伤。"接着瓦西里握住张珏的手腕，对照着手表的秒针，立刻感到小孩的脉搏快到不正常。

张珏的体力是出了名的好，而表演滑的强度又不大，正常情况下，在他完成谢礼下冰后，还会有接近 170 的心跳吗？

他转头用英语对杨志远喊道："他的心跳很快！"

最后张珏没能参加群舞，伊利亚迷茫地看着张珏被教练、队医带走的背影，转头问瓦西里："他是生病了吗？"

其实他想问的是张珏的情况严不严重，但瓦西里不是医生，他不能回答师弟这个问题，只是揉了揉他的头。

瓦西里叹道："你啊，虽然傻了点，但身体也算皮实。"

麦昆则遗憾地说道："真可惜，这次又没和那个小朋友打上招呼，原本我还想邀请他参加我在休赛季的冰演呢。"

张珏很快被送回了国。

"是特发性室性心动过速，在儿童和青少年中多发，一般引起这种问题的主要原因有三种，一种是上呼吸道感染，一种是运动，还有一种是情绪紧张抑郁。"

医生说完这句话后，张俊宝怔了怔："他已经很久没生过病了，唯一一次和心脏有关的病还是 8 岁半的时候发作的。不过他是运动员，平时运动量挺大的……这个病还和情绪有关吗？"

从姐姐沉睡到苏醒期间，张珏看起来很坚强，总是能快速调节好自己的心情，但张俊宝是张珏的老舅，自然知道张珏在等候母亲醒来的那一年多心里压了多少东西。

原本张青燕醒来，大家都松了口气，但是很快，张珏的好朋友妆子又得了癌症，连总决赛都比不了就退赛了，这么一想，能让那孩子伤心的事情还真是不少。

一想到张珏可能是由不良的情绪引发了这种病的话，张俊宝的心里也跟着揪起来。

心动过速对普通人来说不是要命的病，对运动量极为可怕的运动员来说就是要命的东西了，看看张珏，在完成一次表演滑后他就难受成那个样子。

按照他平时的训练量，心动过速的时候也不是没有过，但那都是正常的运动带来的，和病理性的心动过速自然不是一回事。

遇到这种病，大多数运动员恐怕都要退役了。

那孩子还年轻，他那么聪明，中考全市第三，现在读着最好的重点高中，因为成绩好，学校都不收他学费，还给奖学金，张珏总是请假去训练、出国比赛，学校也不会斥责，孩子取得成绩，师长们还会打电话恭喜他。

张珏是那种未来光明绚烂的孩子，不做运动员的话也能过得很好，甚至是更好，毕竟做运动员那么苦……

张青燕按住弟弟的肩膀，冷静而坚定地对他说："不管你现在想什么，最后做决定的只有小玉。"

张俊宝怔怔地看着她："姐姐，如果让小玉继续在役会害死他的话，那么现在不劝他退役，就会是我一生中最大的罪过了。"

张青燕笑起来："也没那么严重吧，现代医学这么发达，我都能醒过来，心动过速也不是什么罕见的病，趁着孩子小早点治了，也不会有大问题吧？"

她看向医生，礼貌地鞠躬。

"谢谢您，医生，有关治疗的事情，能否等我们和孩子说了情况以后再谈？"

医生扶了扶眼镜："当然可以。"

姐弟俩去找张珏的时候，小孩正陪秦雪君坐在长椅上说话，小萍还是走了，秦雪君拉着张珏说他的表演滑很好看，小姑娘很喜欢，走的时候也不是很痛苦，神情很安详。

张珏有点懒洋洋的，小声说道："太好了。"

是啊，太好了。

"你呢？你那个得了白血病的朋友情况如何？"

"她这个毛病是家族遗传的，出生的时候就存了脐带血，说是治疗的事不用操心。她怕妹妹也有这个毛病，平时去代言拍广告赚的钱都不敢乱花，大部分都攒着做医疗基金，结果自己先用上了。"

说起妆子这位心大的朋友，张珏也是无奈，在通过电话问候的时候，他就大致能感觉出来，妆子恐怕对自己发病这事有所预料，只是不甘心成年组第一个赛季就这么因病泡汤，好胜的劲头和面对死亡时的无畏让她决定不去检查，继续死撑。

但她没料到还是被发现了端倪，她被教练逼着，被妹妹的泪眼注视着，去了医院，现在已经老老实实地躺在病床上，开始了一边打吊针一边盯着电视屏幕给妹妹喊加油的日子。

秦雪君安慰他："按她的情况，恢复健康一定没问题的，你只要安心等她恢复就好，你自己呢？现在心跳还快吗？"

张珏拍拍胸脯："已经缓过来啦，不然杨队医都不让我坐飞机。"

就在此时，妈妈走了过来，张珏眼前一亮，跳起来朝她跑过去，像一只猫一样。

张女士熟练地接住已经只比自己矮 2 厘米的儿子，神情不说十分慈爱，眼神却是温柔的。

这是母亲看孩子的眼神，是秦雪君从未从亲生母亲那里得到的东西，不过看到张珏被妈妈这样爱着，他一点嫉妒的心思都没有，只是觉得温暖。

等张珏听完自己的病情，妈妈和老舅也将治疗方案摆在了张珏面前。

心动过速只要不是剧烈运动的话，影响不大，但如果想要继续在役的话，就要去做射频消融手术，手术风险据说不大，但也不能百分之百保证一次搞定，或者是以后再也不复发。

张珏眨巴眼睛，问道："那我做完手术以后，还赶得上世青赛吗？我在青年组就差这一块金牌了。"

这位一开始是为了金钱才走上赛场的孩子，在面对选择时，想也没想就选了继续在役。

他依然是一脸稚气，眼中含着与妆子一样不畏死亡的天真和坚定，谁也不知道当他的人生陷入灰暗时，冰面带来的友谊和胜利给了他多大的安慰，飞翔的感觉又有多让他心醉神迷。

张珏问："我这个赛季能不结束吗？"

没有不会结束的赛季，但是中途退出的话，他还是会不甘心，这个时候张珏又能体会到妆子的心情了。

此时已经是12月，如果现在放弃本来就参加不了的全锦赛立刻做手术，要参加来年3月底的世青赛也太赶了。

在这么短的时间里完成术后恢复，几乎是不可能的。

妈妈和老舅的沉默，让张珏不自觉瘪了瘪嘴。

他低下头，秦雪君按住他揪着裤子的手。

"小玉……"

眼泪落在秦医生的手背上。

张珏抹了抹眼睛："我不想现在就结束，我还想比完这个赛季。老舅，就当是我求你了，帮帮我啊！"

7. 苞米起飞

对任何运动员来说，因伤病面临退役都是非常残酷的事情，张珏练出两种四周跳后都没有大伤，是全队所有运动员中做体检时心理负担最小的，张珏本人也做好了起码滑两个奥运周期的准备。

结果他现在连青年组的比赛都不能滑了？他要在14岁就面临心脏问题？

开什么玩笑?!

猝不及防的意外让他情绪失控，最后被老舅背回了家，许岩爸爸这时候也下班回来了，一家子围在一起，商量着对策。

看张珏哭成那个可怜巴巴的样子，张青燕就知道这个儿子想要继续在役的心坚定得不得了。

张俊宝也舍不得张珏，这孩子的能力太出色了，正处于高速成长期，几乎是一天一个样，每次出赛都能拿出新的技术，孙指导嘴上不说，心里都快把张珏当作索契冬奥会的夺牌点、平昌冬奥会的夺金点来培养了。

这么多年下来，中国男单就捡着这么一株能冲击世界冠军的好苗子，哪有不疼的道理？

孩子自己的意愿强烈，国家队便努力给他治病，让他出赛，秦雪君还凭借导师的关系请了最好的相关领域的专家给张珏看了身体，专家说小孩子恢复力强，做了手术，不是没可能重返赛场。他现在做手术，之后再努力恢复的话，明年可以直接去参加成年组的新赛季。

但张珏本人的想法是，他希望参加本赛季的全锦赛，然后把世青赛也比了，不必立刻手术。

张青燕的意思是，让张珏先吃药控制，比完他想比的比赛，再让小孩去手术。

就在大家争执不下的时候，鹿教练冷静地给张珏打了电话。

张珏捧起手机，听到老爷子的声音："小玉，你想参加世青赛吗？"

他坚定地回道："想！"

鹿教练沉默了一会儿，淡淡地说了句："好。"

张珏临时退出总决赛群舞不是秘密，现场也有冰迷录下他在表演滑结束后，捂着心口蹲在场边的画面。很快，他的身体可能出问题的消息就在网上传播开来。

冰天雪地论坛，冰迷们纷纷讨论着。

【我觉得今年的花滑总决赛有点邪性啊，赛前最有潜力的新生代女单选手查出有白血病，赛后最有潜力的新生代男单选手也倒下了，具体是啥病还不好说，但恐怕不轻松。捂胸口啊，不是心就是肺，总不能是胸肌拉伤吧。】

【啊呸！我就觉得是胸肌拉伤，说不定是小鳄鱼做下腰鲍步的时候动作大了点呢？】

【就是！他才 14 岁，还是运动员，身板应该比 99.9% 的人都强，心脏出问题的概率太小了。】

【楼上，这个就不好说了啊，我是医学生，这世上有多少种青少年多发的疾病，我可以一样样给你数，你以为一个小孩子全须全尾健康长大是多容易的事吗？每年因各种疾病退出运动领域的小孩多了去了！这都是运气！】

【打死三楼那个！鳄鱼仔身体好是出了名的！莺妹还说赛季开始前的全队体

检里，就他一个啥问题都没有！壮得能打死牛！】

网友们吵得热烈，谁知更令人恐慌的消息还在后面等着呢。

【坏消息，张珏被查出患有特发性室性心动过速，各位，我们家太子恐怕是要退役了……】

此话一出，众声喧哗，过激言论也开始出现。

【开什么玩笑，我才办好签证准备去看今年的世青赛，结果你告诉我一号种子心脏病？什么时候病不好，偏偏这时候病？】
【楼上的，张珏也不想这时候生病啊！你恼怒，人家运动员和教练组更难受好吧！一个潜力无限的新星突然心脏出了问题，这谁想得到啊?!】

一时之间，骂张珏病得不是时候，还有希望他退役养病千万别拼的冰迷战成一团。

他们好不容易盼来一个强大的未来一哥，结果青年组都没比完，就要中途退役了吗？

鹿教练挂断电话后没多久，孙指导就打来了电话，他告诉张俊宝，张珏需要改节目构成，将把所有跳跃全压在后半段的极限配置换成正常版，并且向上头递交他的诊断、开药的资料。

"全锦赛就不用参加了，先让孩子好好养身体。放心，不就是去个世青赛吗？只要通过队内测试，我这儿自然有他的参赛名额。"

孙指导的语气没鹿教练那么冷静，但也带着历经世事的老人的沉稳："运动员生病是没办法的事情，带着心脏病或者哮喘继续运动生涯的，在游泳队那边也有好几个，把该走的程序走一下就行了。"

"小玉啊，别紧张，教练们知道你不想放弃，我们都会尽力帮你。"

张珏没大伤，除了心脏其他地方都很健康，竞技水平和潜力摆在那里，自己也有拼劲，花滑国家队的领导们也不是瞎子，这时候不会吝啬伸出援手。

虽然他们不能像俄罗斯冰协宠爱伊利亚一样，给张珏在国际赛事上安排最好的打分待遇，也不能像北美裁判一样闭眼给自家选手高分，但他们也疼自家的紫微星。

最重要的是，把张珏换下去，让其他人代替他参加世青赛，也不可能拿到比张珏更好的成绩。

他就是最好的。

孙指导和鹿教练一起给张珏争取了足够的休赛时间，但也给张珏定了标准，如果在3月以前，他不能适应新的构成，心脏状态恶化到扛不住比赛的话，他们是不可能把他放出去比赛的。

张珏的训练量骤减，很多激烈点的训练方式都被改成和缓的，一天狂跑20公里的体能训练也被换成了游泳，舞蹈课和滑行课的比例提升……

这么一通改下来，他的训练量从黄莺的1.8倍变成了她的1.2倍，约等于尹美晶的0.9倍，虽然看起来还是不少，但训练的时候，杨志远会随时在旁边待命，只要张珏自己觉得不对，训练就会立即停止。

等张珏不打算退役的消息传出去后，网上又是一片骂声，张俊宝首当其冲，被骂不管运动员死活，强行让其参加比赛。

他可是张珏的亲舅舅，这个时候还不把孩子拽去医院好好治疗是在做什么呢？为了点成绩连外甥的命都不顾了吗？

鹿教练也挨了骂，许多人质疑老教练年纪大了，想在退役前取得更多成绩，不管张珏的身体。而且他年龄都那么大了，训练方式肯定也是老一套吧。

最后就连孙千也被上级打了电话询问，外加质疑，但就是这个时候，一群教练硬是扛住了压力。他们禁止张珏玩手机，他的智能机被没收，只留下一个键盘机来打电话用。

从决定帮张珏比完世青赛开始，他们就下定决心，让张珏安心训练，不要再有多余的精神压力，等比完世青赛，立刻把他送去做手术。

与此同时，弗兰斯也被叫到了中国，和米娅女士一起对张珏的节目进行改刀，减少繁复的步法，将跳跃分布做出了两种方案，一种是大部分跳跃在节目前半段完成的省力版，还有一种是跳跃均匀分布在节目前后两段的匀称版。

对一切一无所知的张珏被师长们安抚得好好的，他安心在家养了几天，顺便摸起了自从抱回家后就没怎么一起玩过的狗子。

是的，他家还有只广西血统的土松，名叫苞米，一身蓬松的白毛，加上微笑嘴，长大以后几乎可以冒充萨摩耶，但又比萨摩耶好养。

土狗嘛，生命力旺盛得很，苞米的血统也好，亲妈在十几岁高龄怀胎，平时吃的也不过是剩饭剩菜，多年来什么病也没生过，可见有多好养。

在秦雪君的建议下，二德在养狗时，不给苞米吃以谷物为原材料的普通狗粮，而无谷的高级狗粮又贵，他们家干脆就自己做狗饭，各类肉买回来清水煮了，加个蛋黄和胡萝卜泥拌了喂。有时候还给吃点生骨肉，现在狗狗长大了，皮毛油光水滑，加上遛得勤快，它也不胖，身形灵活得很，眼睛也水灵有神。

原本苞米只在许德拉的教导下学会了定点上厕所，张珏闲下来以后，干脆从老舅那里借来《如何让你的毛孩子听话》认真阅读。

每天开饭以前，张珏就拿着食物教苞米各种动作，先是等待，接着是握手，之后是随行，转圈、叼东西也被排上了日程。

也不知道是这狗本来就智商不低还是张珏驯狗有方，等张珏休完病假回去训练的时候，苞米已经学会了自己开门。

张珏拍拍屁股回冰上了，留下他的父母和弟弟面对一个时不时在他们上厕所时开门进来，蹲在旁边凝视他们的苞米。

许德拉十分可怜，因为在苞米第一次开厕所门进来的时候，他正在提裤子，接着就被苞米吓得一个趔趄，整个人往旁边一倒，最后把脚给崴了。

就这，他还不觉得自己是被哥哥坑了，在去看医生的时候，还对询问受伤原因的医生竖起大拇指："我哥特厉害，我家狗跟着他，连开门都会了！"

8. 减肥地狱

只要不发病，张珏的运动能力就依然是全队第一，在融入了举手技术后，他的4T和4S都跳得从容，至少比起第一次把跳跃拿到赛场上那会儿，现在他的四周跳肯定都是足周的。以他的能力，适应新的技术构成当然也没问题。

孙千开完会回到冰场，正好看见张珏轻巧地完成一个4S，眼中闪过一丝欣慰。

他和江潮升感叹："只要看到张珏好好的，我在领导那里挨点骂也值了。"

但张珏也不是每天都能保持好状态，有时候心脏狂跳，他也只能赶紧找个地方吃药休息。毕竟小命要紧。

大概是养病带来的压力太大了，他这次在期末考拿了全校第二，虽说大家都对他的成绩感到满意，认为他在兼顾比赛训练的情况下还保持这么好的成绩，已经是非常不容易的事情了，但张珏心里明白，他这次没发挥好。

以他对知识的掌握，真的考出好状态的话，理科应该是全部满分才对。

生病对他的影响是方方面面的。

1月底的时候，终于有一个好消息传来——妆子的手术很成功，现在已经进入恢复期了。

日本和中国的时差不大，平时通话联系也很方便，在手术开始前一天，妆子给庆子、隼人、张珏打了电话。

张珏叹气："可惜我现在提交出国申请也来不及了，不然我作为朋友，怎么也该在你的手术室外等着的。"

妆子哈哈笑起来："没事啦，等我们都恢复以后，你再来日本玩啊，或者我去中国找你玩。医生说我的状态很好，如果恢复得不错的话，我说不定能复出呢，虽然复出以后的竞技状态可能不好说。"

张珏睁大眼睛："真的？你不打算退役吗？"

妆子自信满满："只要能滑，我就会继续滑下去，不要小看我的毅力和决心啊，小子。像妆子我这样的天才，要是生在男单项目的话，你和隼人早就没饭吃了！"

张珏："就算你是男的，你也赢不了我！"

谁还不是个天才了？

两人开始互放狠话，什么"我复出以后要把你们通通干掉""金牌绝对是我的，世界纪录也刷新给你看"，反正什么话听起来有气势就说什么。

就在此时，两个天才的电话里都传来了其他人的喊声。

妆子的电话里传来庆子的喊声："姐姐，来喝红豆水啦！不要一边抠脚一边打电话啊！"

张珏的电话里传来他老舅的喊声："小玉，来吃饭吃药啦，闻到饭菜的味道还不知道出来吃，你小子要修仙啊！"

天才们浑身一僵，面露尴尬，虽然他们心里明白对面那个人应该听不懂自家亲人在说什么，但还是觉得很丢脸，最后只能强撑着用淡定的语气互相道别。

而在世青赛前两周，在队内的领导教练们的观看下，张珏站在冰上，将改好构成的节目滑了一遍。

他 clean 了。

孙千松了口气："不错，有这个配置，比个世青赛肯定是没问题的。"

而领导则拍了大腿："每次我来看队内测试的时候，除了那个归化过来的冰舞组合，就张珏 clean 的概率更高吧？要是这孩子心脏没问题多好？"

感叹完这个，领导又和孙千说："老孙啊，张珏这个情况，网上也是有不少人关注的，你这阵子的压力不小，带他出去比赛也要承担更多的舆论压力，你没问题吧？"

孙千十分自信："放心，我活了这么多年，什么事没经历过？"

别看老爷子被张珏愁到去理光头，当年他也是做过知青、考过大学、做过新中国第一批花滑选手的，多年以来，风风雨雨他都经历过了，让张珏出门比赛所需要经受的压力，对他来说都只是小意思了。

2012 年花滑世青赛，将会在白俄罗斯首都明斯克举办，时间则是 2 月 27 日，比往年早一些，张珏适应新节目的时间也比原定的短。

最重要的是，2012 年张珏只来得及和家里人过完除夕和春节，就要回队里训练了，2 月下旬要上前往明斯克的飞机，春节后几天的陪老舅、爸妈、弟弟一起回东北老家吃团圆饭，一起包饺子的破五等习俗，他全遵守不了。

他出门的时候，张青燕女士还给大儿子封了个大红包，又叮嘱他和张俊宝："记得在外别和人吵架，吵了也别打，打了也不要动扫把。"

张俊宝连连点头："懂，大年节的动扫把会扫掉财运嘛。"

张珏从前都不关心这些，现在临出门了还被亲妈说了一堆注意事项，恰好路过的秦雪君愣了一下："那如果已经动过扫把了该怎么办？"

小伙子今年过年没回东北老家陪爷爷奶奶，而是继续苦读写论文，时不时还要去医院值个班，好不容易空闲下来，才来得及给家里做了个大扫除，谁知道还犯了过年的忌讳。

张珏顺手从口袋里摸出一个红色的小包，塞了一百块钱进去，递给秦雪君："来，我的财运分你一点。"

秦雪君才接过，就听到张珏看了眼手机，嚷着"不行了，我们真得走了，不然赶不上飞机"，说完就和老舅一起噔噔噔地下楼。

秦医生看着他的背影，叹气："运动员真是不容易，连过年都不能在家里过。"

白土松站在门口，看着张珏的背影摇着尾巴，清脆地叫了两声，张青燕蹲着揉揉狗狗的耳朵，对秦雪君露出友善的笑。

"小秦，忙不忙？不忙的话来阿姨家里喝汤啊，你许叔昨天炖了好多甜汤，张珏不肯喝汤，嫌油太重，他弟弟和我加一块又喝不完那么多。"

小秦一米九五的身板，一看就知道是能吃能喝的，反正大家年夜饭都是一起吃的，此时再拉他喝汤也自然。

秦雪君闻言，腼腆一笑："那就谢谢阿姨了。"

今年和张珏一起出门比赛的还有金子瑄和石莫生，黄莺、关临、尹美晶、刘梦成也代表各自的项目出场。

石莫生头一回看到张珏晕机多严重，从京城到明斯克的飞机上，前半程他吐得没停过，后半段靠着他老舅睡觉。

杨队医小声和鹿教练交流着："他的反应比之前激烈，之前明明都有点适应了。"

石莫生有点忧虑地看了张珏一眼，从这个少年出道以来，他就是压在国内所有同龄男单选手头顶的大山，大家既仰望他，又想赢他，可是到了赛场上，不怵张珏的也少，用一个业内教练的话说就是张珏身上有股狠劲，其他人和他一比，和羊、兔子似的。

见过张珏的人，都说他是当前国内最有冠军相的男单选手。

但直到第二天，石莫生才感受到张珏有多强。

甭管前一天状态多差，到了合乐的时候，这个人一点破绽都没有，在轮到他合乐前，张珏先绕冰场滑了几圈，熟悉了场地，接着进行跳跃，确认比赛时在什么地方起跳，然后回到挡板边和教练们确认方案。

他练了五个构成不同的跳跃方案来预防赛场上发生的所有意外，每一套的配置都是冲着冠军去的。

从决定参加世青赛开始，张珏就没考虑过第一以外的名次，那种绝对的自信和坚定，让这个身高不到一米六的小选手拥有了足足两米八的气场。

在短节目开始前，哈萨克斯坦的哈尔哈沙，以及加拿大的克尔森、查理·布鲁森金、挪威的阿伦·海尔格等几个有希望冲上领奖台的运动员，竟是没一个敢上前和张珏搭话的。

结果全场除了同国的队友，和张珏最熟的就是比他小一岁的日本女单选手白叶冢庆子，小姑娘有着成功率高达 90% 的 3F+3Lo，也是本场世青赛的种子选手。

他们在短节目结束后都排在各自项目的第一，还凑在一起说了会儿话，看他们严肃的表情，石莫生认为他们谈的一定是和花滑有关的事情，又或者是和白叶冢妆子有关的事。

结果他走近的时候，就听到庆子小姐用非常沉痛的语气说："coco 尼桑，你恐怕是真的胖了。"

张珏的表情严肃得仿佛下一秒就要上台演讲："别说了，我也不想的，这阵子运动量不够大，吃得又好，鱼汤都喝到想吐了，体脂率也升了两个百分点，我来明斯克前最怕的就是万一跳不动四周跳该怎么办。"

庆子："恐怕等做完手术以后，你得为了减肥狠狠拼一阵子呢。"

张珏沉默一阵子，和庆子一起仰头："减肥就是地狱啊。"

他们聊着一点也不高大上的话题，最后还抱怨起了自己的教练，嫌他们有时候太凶，然后又说等明年总决赛的时候，大家可以约上朋友一起去开鲱鱼罐头玩。

听到他们的话，石莫生仿佛看到了各国教练暴跳如雷地去逮人的场景。

石莫生默默地离开了。他想，今天张珏和庆子的对话还是不要泄露出去比较好，毕竟要是让别人知道就是这么两个货把他们赢得爬都爬不起来，对心理的打击也太大了。

然而就在第二天的自由滑之前，张珏已经做完了拉伸和热身，准备跟同组的运动员上场合乐时，他突然停了下来。

他旁边的克尔森问道："Jue？你还好吗？"

"Fine." 张珏冷静地回了一句，面色如常地上了冰。

已经比完的石莫生看着他，总觉得有哪里不太对。

丩. 世青金牌

张珏在努力地调整呼吸。

要是换了没得病那会儿，训练的时候心跳飙到一百八算个啥啊，那只是运动员的训练日常而已，完全不需要在意，但是现在的话，他只要练得狠一点，就担心自己的心脏玩罢工。

不是说它真的罢工过，毕竟要是真发生了这样的事，张珏还在不在都不好说了。

如今金牌就在眼前，九十九步都走了，倒在最后一步也太倒霉了点，张珏暗自咬牙，在不确定是否发病的情况下还是硬着头皮上了冰，还不敢让别人看出来。

真这个时候出现不对劲的话，鹿教练绝对拽也要把他拽去医院，金牌也就泡汤了。

等 6 分钟训练即将结束的时候，他终于觉得自己恢复了一些。

能恢复就是好事，张珏助滑了一阵子，打算跳个 3Lz，毕竟在 6 分钟练习里一个跳跃都不做也不好，结果大概是起跳的时候身体过于紧绷，张珏直接摔了个大马趴。

"天哪！"

有追到明斯克看比赛的中国冰迷惊呼一声，而这也是张珏在进入 14 岁以后，第一次在跳 3Lz 的时候摔跤。

明明这个跳跃的赛场成功率都是 100%，哪怕训练到很累的时候，他都能保证 80% 的成功率来着。

张珏呆了两秒，狠狠一捶冰面，爬起来下冰，石莫生站在挡板边，正好看到了他的侧脸，那双出了名好看的眼睛里，是一股令他心惊的狠劲。

鹿教练看着张珏："还是要比？"

张珏低头捶着大腿和臀部的肌肉："我不想放弃。"

"那就不放弃吧。"鹿教练压低声音，"但是你要明白，一旦你在冰上出了什么事，无论是你老舅，还是我，都将一辈子无法原谅自己。"

张珏的动作顿住了，他看起来又倔又无奈，眼圈也渐渐泛红。

孩子小声说："对不起，教练。"

鹿教练拍拍他的头："没关系，现在先调整呼吸吧，放轻松，这场比赛很重要，但肯定不是你人生中最重要的一场比赛。别怕输，想想以后，你可是有潜力成为咱们国家第一个男单奥运冠军的天才，区区世青赛的金牌而已，咱们还是输得起的。"

张俊宝也用开玩笑一样的语气说："当然，你要是能把这块奖牌赢回来，那肯定是更好的。"

张珏笑出来，他抹抹眼角："嗯！"

放轻松，放轻松，如果太过紧绷的话，就算是平时成功率100%的跳跃，也是会失败的。

张珏闭上眼睛，深呼吸，嘴里念着他即将在场上展现的跳跃，没有人认为这会是张珏职业生涯中的最后一场比赛。

既然得了癌症的妆子都还在坚持，他们就没理由让张珏就此退却。

在张珏上场前，全场没有一个男单选手在赛场上完成四周跳，身为青年组唯一的四周跳小将，张珏身上的关注度毋庸置疑。

他是最后一个出场的，而在他准备上场比赛前，大家都将目光集中在了他的身上。

戴着蓝色长手套的少年再次睁开眼睛时，他的目光已经恢复成以往的坚定和果断，他活动着肩膀，摘掉刀套踩上冰面。

这一次，《月光》的琴声再次响起时，张珏的目光变得沉静起来。

他的脸色苍白，神态却没有丝毫慌乱，他稳定而快速地在冰上滑行，随着一声清脆的点冰，他高高跳起，举着手在空中转了四周。

接着他就摔了。

观众席传来一阵惊呼，但在张珏爬起来的时候还是给予了鼓励的掌声。

网友们纷纷讨论着。

【张珏的脸色好差啊，他的心脏没事吧？别是带病强撑。】

【绝对是强撑啊，你们看他6分钟练习的状态，全程只滑行，唯一一个跳跃还摔成那副样子。】

【完了完了，今年的金牌要捞不到了。】

然而张珏仿佛是摔清醒了，他的身体不再紧绷，而是放松下来，各个动作都变得自然和洒脱起来，肢体感染力直线上升。

接着是3A+3T。

张珏的 3A 稳定性非常高，这一跳虽然落冰不佳，但也硬是撑着没摔，而后面的 3T 则是他硬生生靠肌肉力量接起来的。

他想赢，真的很想赢。

下一刻，冰花在他的脚下绽开，张珏又来了个举手的 4S，从这一跳开始，他的跳跃状态回升到了平常的状态。

《月光》曾被贝多芬评为"好像一首幻想曲"，它本身就带着梦幻的色彩，又有着赠予爱人的缠绵与温情，还有细腻的心弦波动透过乐声传达，这是贝多芬送给热恋对象朱丽埃塔的礼物，是音乐史上的不朽之作。

张珏对待音乐和舞蹈一向认真，他的表演从没有敷衍了事，当融入音乐时，他就仿佛在通过表演与已经逝去的灵魂对话，而他不会辜负这些灵魂。

虽然是摇滚版的《月光》，张珏演绎起来却有着难以言说的古典味，他的肢体优雅地舞动着，考斯腾上长手套的设计越发凸显出他优美的手臂线条。

之前张珏的表演风格其实有点"虎"，虽然大开大合也有美感，但此时他的表演中多出了一种成熟的风味，更加柔软。

而且比起其他也开始练习举手跳跃的运动员，张珏的举手更加从容，有种悠然感，看起来很轻松，视觉效果更强，也更容易拿分。

虽然在后半段的时候，张珏摔掉了最后一个跳跃——2A，但他展现出来的水准，依然和他的对手们是两个档次。

张珏摆好结束的 pose（姿势），捡起一个冰迷们扔下来的鳄鱼玩偶，笑着下冰，张俊宝扶着他走到 kiss&cry。

"好好缓一下。"

张珏咽了下口水，胡乱点了头，就垂着眼眸喘气，等待着心跳恢复，要不是还在镜头前，他真是恨不得立刻掏出药来。

过了一阵子，场上出现了张珏的得分。

他抬起头，发现自己这次的自由滑分数仅仅比加拿大的克尔森高 1 分，但克尔森是第二，而且他的短节目是第一，所以他的总分比其他人至少高 10 分！

石莫生倒吸一口凉气，张珏这是以带病之身击败了一群健全之人啊！

中国小将张珏以大比分优势位居第一！

张珏一挥拳："赢了！"

这枚世青赛金牌是他的啦！

网上此时也是一片欢腾。

【厉害了，看他开场就摔，还以为这一场要崩了，结果张珏硬是稳住了！】

【带着心脏病都这么稳，小金快要羡慕哭了。】

【之前唱衰的是哪些人？快出来！爷爷打你们的脸！】

【小鳄鱼脸色好差啊，他看起来真是强行撑完自由滑，太了不起了！】

【这是我国第一个拿到青年组金牌满贯的男单选手啊，真是天才！】

14 岁的张珏，在他踏上赛场的第二年，也就是青年组的最后一个赛季完成了青年组的金牌大满贯。

领奖的时候，张珏还是蔫巴巴的，最后还是铜牌得主扶了他一把，张珏转头一看，发现这小伙子有一张典型的斯拉夫人的脸，浅色的头发和瞳孔，还有高窄的鼻梁，搭配起来很是英俊。

他眨眨眼："你是……"

好心的俄罗斯人对他露出个笑："我是阿纳沙，虽然我是俄罗斯人，不过我的教练不是鲍里斯，我的教练是阿列克谢。"

张珏萌萌地点头，并不认识他口中的阿列克谢是谁，只哦了一声。

阿纳沙对他说："你的坚持和勇气都非常棒，我原本一直练不出 3A，都想转行去练双人滑了，但是看到你，我还是决定继续在男单项目上努力。"

张珏眨巴眼睛："你不是有 3A 吗？"

阿纳沙："托你的福，今年我的教练研究了你的举手技术，让我进一步提高了转速……"

克尔森轻咳了一声："别说了，要颁奖了。"

阿纳沙停止说话，又对张珏友好地笑笑。

张珏站在台上，低头让颁奖的滑联官员将金牌挂在他脖子上，并与对方握手，合影。

颁奖典礼结束后，他立刻找了个地方坐着，鹿教练让他穿好外套保暖，将药和拧开的水壶递给他。

张珏一仰头吞下药片，咕咚咕咚地灌了两口水，长舒了一口气。

"教练，我可能要退出表演滑了。"

鹿教练回道:"那我帮你和主办方提交申请。"

杨志远扶着张珏起身,带着他离开,庆子看着张珏的背影,眼中闪过淡淡的怅然。

她问自己的教练:"森教练,你说 coco 尼酱还能回来吗? 我下个赛季还能在赛场上看到他吗?"

森树美教练温柔地回道:"会的,无论是妆子,还是 coco,他们都会回来,这绝对不会是他们的最后一个赛季。"

这一届的世青赛男单项目其实远没有上一届精彩,伊利亚和隼人的升组,让张珏在青年组一家独大,完全找不到对手。

然而张珏本身的疾病,却为这场比赛带来了诸多话题,许多人都在质疑张珏为何要带病来比赛,也质疑他的教练组,但张珏赢下了他想要的金牌。

即使他再次退出表演滑的举动,让许多冰迷十分忧心这会是他的最后一场比赛,也许之后张珏就要因为心脏问题退役,但他依然在赛季末,在"本年度最佳花滑新人"中,以 9000 票的优势排在了第一位。

世青赛结束当晚,伊利亚在社交网络上发了一条"下个赛季见",并 @ 了张珏和白叶冢妆子的账号,接着瓦西里也跟着转发,隼人、庆子等其他小运动员紧随其后。

上赛季,张珏对伊利亚说,希望在总决赛再次重逢,这次轮到伊利亚了。

张珏才回国内,他的父母已经火速为他约好了医生,而他回来以后的第一件事就是做检查,接着确定手术时间。他甚至没来得及多庆祝一下自己完成了青年组满贯,就被打包送进了病房,换上了他妈妈给准备的小鳄鱼纯棉睡衣。

张珏振臂大呼:"射频消融手术只是微创而已,我不要住院! 快放我走,我要回家做题,开学摸底考的时候我要重回年级第一! 我还要回去教苞米买东西!"

许岩无奈地将一碗鸡汤塞到他手里:"看你这手冷的,快喝点汤暖暖,反正你寒假作业早就写完了,剩下的题也不急于现在就写。"

自从张珏教会苞米开门后,家里就被折腾得够呛了,之后他们还发现苞米不仅会开门,还会叼东西,有时候许德拉出去遛狗,回来的时候苞米嘴里就叼着不知道从哪里捡到的空瓶子,现在家里都攒一箱了,他正准备找个收废品的阿姨处理呢。

再让张珏教苞米新东西的话……谁知道那狗能进化成什么样。

10. 生长加速

张珏在开学摸底考试中王者归来，重回第一，这不是他一个人的功劳，还有赖于他拥有一个"学神"邻居，秦雪君。

自从他为了张珏从高中时代的文科状元老同学那里弄来了各类题材的作文模板大全后，张珏就在心里默默地为他加了个新标签——万能的雪君。

这么多年了，他的作文终于有救了！

张青燕捧着儿子的成绩单心情大好，拍着胸脯说小秦以后值夜班的夜宵他们家全包了。

总之可能是投缘吧，秦雪君稀里糊涂就混成了张家的一员，他一站到门口，还没掏出钥匙开门呢，里面的苞米就先过来开了，门开了以后还会端庄地坐着，咧开嘴笑，对秦雪君开朗地叫一声。

秦雪君低下身子摸摸狗狗的脑袋，又捏了捏它的耳朵。

客厅内，张珏正在跳绳，浑身都是汗，看起来十分有活力。

明明时间才过去不到三个月，秦雪君发现自己恍惚间已经有点想不起张珏做完手术后到底有多虚弱了。

这孩子的病情比想象中严重，做手术的时候心跳一度停止，最后又被打肾上腺素、电击等手段抢救了回来。回来以后他脸色苍白地躺了好几天，才睁开眼就问手术成不成功，他还能不能杀回赛场。

年轻人那种为了追梦不顾一切的拼劲在他身上展现得淋漓尽致，而秦雪君坐在病床边问了他一个问题。

"你就这么喜欢花样滑冰吗？"

张珏当时思考了一阵子，回道："我对花滑的感情连我自己也说不清，不过在妈妈睡觉的时候，还有心情烦闷的时候，如果能上冰，我的心情就会好很多。可能是因为冰面给了我太多珍贵的东西吧，我总是觉得，在那里可以遇到更多奇迹。"

之后张珏回了训练场不久就又出现了不适，经过检查，他不得不做了第二回手术，上个月才出院，现在还处于观察期。

回过神来，秦雪君手里已经被塞了一瓣柚子，而张珏还在努力蹦跶。

张珏养病的时候不仅有父母关心，国家队的领导、教练甚至是食堂阿姨也跑过来关心他，好吃好喝的也塞了一堆。张珏作为运动员，养病的时候不能运动，饭量却没跟着运动量一起降，结果等他出院的时候，他胖了足足8斤。

他本来就骨架小，这么多脂肪长到身上也容易显出来，张俊宝看到张珏的体脂检测结果时几乎是崩溃的，偏偏又顾及张珏的身体，不敢下手狠练。

张珏只觉得舅舅太温柔，给他的训练都不够辛苦，回家后会很自觉地加训。等跳完1000下绳，张珏又做了100个波比跳，接着去外边跳台阶，努力的程度令人惊叹。

秦雪君感叹："张珏现在一天的运动量就是我一周的，难怪他瘦得那么快。"

许德拉捧着薯片，含含糊糊地应道："嗯，哥哥超级努力，他每天早上会和妈妈看早间新闻，但妈妈是坐着看，他是一边做开合跳一边看，看完后骑车上学。"

秦雪君暗想：这是什么体力怪？

不管怎么说，张珏现在看起来比第一次手术之后要活泼许多，应该是恢复得挺好的。

就在此时，厨房里传来张青燕的喊声。

"苞米，去帮我买瓶酱油。"

苞米迈着小碎步跑进厨房，出来的时候嘴里已经叼了个篮子，里面装着钞票。

是的，在养病期间，张珏真的教会了苞米买东西。

秦雪君目送那只神奇的土狗出门，沉默许久，转头问许德拉："请问苞米的妈妈最近生了小狗吗？"

许德拉干脆地回道："没有，大红都快19岁了，生不动了。之前她下的最后一窝崽子才出来就被舅舅老家那儿的人抢得精光，最贵的那只卖了九千多。不过苞米有个姐姐，今年12岁，正怀着呢，你现在去订，多花点钱，应该能买到一只。"

正常狗12岁都该寿终正寝了，苞米的妈妈、姐姐也不知道是不是主人饲养得好，一个比一个能活。

秦雪君想抱一只回来给自家爷爷奶奶养，不过在把狗送到老人家身边之前，他想请张珏先帮忙驯一阵子。

起码定点上厕所、握手、站起、坐下、随行这些基本技能要学会。

等张珏减完肥的时候，他的身体数据就变成了身高 160 厘米，体重 47 公斤，体脂率则被压到了 9%。

对和张珏同一时期的小运动员来说，2012—2013 赛季有着特殊的意义。

张珏在 6 月 29 日满了 15 岁，在那之前，黄莺早他一段时间过了 15 岁生日，加上尹美晶、刘梦成、金子瑄、石莫生，今年中国有好几个优秀的青年组运动员要升入成年组。

只有进入成年组，真正的世界顶级赛场才算是向这群优秀的年轻人敞开了大门。

虽说每个国家在每个赛季的升组名额都有限，不过以张珏的水平，就算做了两次手术，有青年组的金牌大满贯和几个世界纪录傍身，名额肯定有他一个。

也许有人觉得这样不对，张珏做过两次心脏手术，还差点没了命，让他去成年组经历更加激烈的赛事多不好，但只要张珏能行，他就是无可替代的。

而在去年拿满了青年组银牌的徐绰今年则继续要在青年组，和白叶家庆子斗下去，察罕不花同样作为青年组的小将外出比赛。

不知不觉，鹿门要出国的小运动员就从张珏一人变成了三人。

2013 年 5 月，鹿教练坐在冰场里看着手底下的小孩训练，沈流坐在旁边记录着数据。在上个赛季末尾，沈流拿下了世锦赛第九名，并在之后宣布退役，现在正在国家队做助教，主要给鹿教练打下手。

如无意外的话，这个年轻人也会朝着教练的方向发展。

"说起来，张珏热完身了吧？"

鹿教练回道："差不多了。"

他话音才落，就听到身后传来一阵阵冰鞋与地面接触时发出的声响，运动员穿冰鞋时当然不可能直接用冰刀接触地面，为了保护冰刀，他们会在外面套上刀套。

张珏穿冰鞋走路的声音对鹿教练来说尤其特别，这小子走路时总是大摇大摆，从容笃定，像是巡山的大王。

鹿教练回头，就看到小孩双手插兜，跟着他的舅舅走了过来。

沈流用甜甜的声音对张俊宝喊道："师兄，早上好。"

张俊宝："啊？哦，早啊。"

张珏走到鹿教练旁边坐下，探头看他的本子："这是什么？"

鹿教练顺手摸了他一把："节目架构，之后还要和你的编舞谈这个。张珏，你今年既然回来了，就好好滑，要是不出意外的话，到了世锦赛的时候，有些责任需要你扛。"

此时距离温哥华冬奥会已经过去了三年，明年就是冬奥赛季，2014年的冬奥会将在索契举办。

而在花滑项目中，决定一个国家参加冬奥会时能有多少名额的，就是运动员在世锦赛上的名次，争夺名额往往是各国花滑项目一哥一姐们的职责，现在沈流退役了，一哥的位置就要由新人里最强的去接班。

那个人自然是张珏，除了他也没别人了。

而张珏的教练们为了帮助张珏，费的心思也不少，比如小孩的减脂方案、恢复四周跳的训练菜单、新节目的编舞邀请、考斯滕的设计……林林总总下来，事情不要太多。

有些选手为了求稳，会在奥运赛季沿用旧节目，省去打磨新节目的功夫和适应期，张珏却很喜欢在每个赛季尝试新的东西。

新节目的曲目是他在养病的时候就考虑好的。

短节目 *Sweet Remembrance of You Featuring*（《与你甜美的回忆》）。

自由滑是《教父》。

在养病期间，张珏显然补了不少电影和电视剧，鹿教练嘀咕："一开始我还以为你会用《天堂电影院》作为自由滑。"

张珏笑起来："我觉得还是《教父》更适合我，《天堂电影院》的音乐太柔和感性了，我现在还演不好那个。"

但如果是悲壮、深沉、黑暗一点的教父，他应该会更有感觉。

鹿教练："行吧，今天下午，金塑龙会带你的考斯滕过来，你准备好试衣。"

张珏应了一声，拿过他今天的训练单扫了一眼，朝冰上走去。

看着他的背影，鹿教练喊住张俊宝，张俊宝回头，不解地看着他："老师，我要去看孩子们训练呢。"

鹿教练摇头："先让他们自己练着，我就问你一句，小玉今年的身高生长速度是不是比以前快了？"

张俊宝也是个敏锐的人，他立刻开始回想："是比往年快了些，我原本还以为是他之前吃得太好，所以在横向发展的时候顺便长了长个子。"

但是仔细一算，张珏已经满 15 岁了，到了一个对花滑选手来说相当危险的年纪。

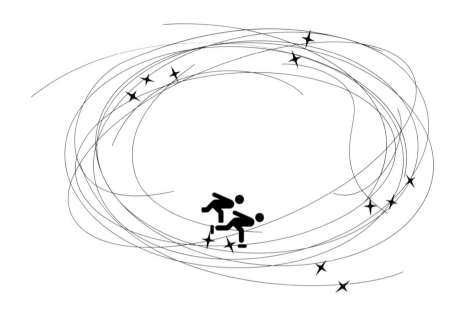

二　金色精灵

11. 脾气，硬气

每个赛季正式开始前，领导们都喜欢把大家聚起来发表讲话，意在鼓舞士气，让运动员们今年也精神饱满地去赛场上为国争光。

孙千清了清嗓子："孩子们，新的赛季就要开始了，大家把出国要带上的东西准备好，尤其是今年升组的，比赛的时候争点气。"

见场下一群人没啥反应，他提高嗓门："只要表现得好，派你们去参加世锦赛也是有可能的。"

小崽子们立刻兴奋起来，举起手喊"耶"，尤其是那个最前排的矮个子，他就是带头举手喊"耶"的人。

孙千又说道："不过到了世锦赛要争下赛季的名额啊，上头今年派人也会格外慎重，所以关键还看全锦赛的名次。"

崽子们的手放了下去，孙千再次提高嗓门："但是2014年会举办冬奥会！"

冰场上又是一片"耶"。

孙千："还有，队里又要进新人了。"

见众人兴味索然，孙千扯着嗓子喊："她叫闵珊，是女单那边的，以后也跟着鹿教练。珊珊啊，过来和你的队友打招呼！"

接着一个娇小玲珑的女孩跑出来，重点在娇小，张珏一看她的身高，再次举手。

"耶——"

鹿教练走到他旁边，给了他后脑勺一下。

自从这臭小子进国家队以后，队伍就越来越不好带了，一个熊孩子给教练们带来的管理难题多得很，也亏得孙指导不和他计较。

介绍完新师妹，又鼓励大家要勤恳训练，在赛场上稳住心态，比赛时要能拼能稳、再创佳绩，等等，孙千终于提到了正事。

"新人们，本国的冰协终于把你们今年的分站赛名额运作好啦。"

"黄莺、关临，你们今年去日本站和中国站。"

"张珏、美晶、梦成，你们三个的分站一样，美国站、俄罗斯站，要加油啊。"

张珏大喊一声"耶"，和尹美晶、刘梦成拍手，满脸高兴。

"太好啦，这次比赛结束后我们也可以一起玩啦！"

虽然是在学校里考试常常第一的学霸，但张珏的本质还是熊孩子，他对美国不熟，每次去那里倒时差也总是会很辛苦，但他喜欢俄罗斯啊，他的好朋友伊利亚就在那里。

美晶也高兴："太好了，到时候我们可以一起去买套娃，可惜每次去比赛的时候都撞不上打折季，不然在那里购物超划算的。"

要是换了别的运动员，听完分站后不仅不为了比赛紧张，还要商量去哪里购物，教练们早就开骂了，但张珏和尹美晶在这方面有特权。

张珏的抗压能力是出了名的，尹美晶就更不用说了，就在去年，她被评为冰舞项目近十年来最有潜力的新生代女伴，不管是技术、表现力还是抗压能力都被专业人士夸了又夸，这两个都是比赛前还能找地方睡一觉的类型，只不过前者靠着老舅睡觉，后者直接让男伴给膝枕。

但正是他们强大的心理素质，还有在赛场上绝对不让人失望的表现，让教练们对他们放心得很。

孙千说完事情就挥挥手让孩子们散了："行了，去吃饭吧。"

张珏蹦蹦跳跳地和小伙伴们往食堂走，虽然他穿的是运动服，但不知道是不是路人的错觉，大家常常觉得这人走路时背后有个大大的鳄鱼尾巴甩啊甩，这就和他神气地说话时明明没有叉腰，但大家总觉得他心里叉腰了一样，属于自带的气场。

他和美晶、梦成、金子瑄说他在家驯狗的趣事，接着顺口说到伊利亚家里养了条哈士奇，叫波卡，今年2岁，会拉雪橇。

张珏评价："哈士奇这个犬种一到高纬度地区，聪明的智商就重新占领高地了。我估计是因为那边气温低，把它们脑子里的水冻起来了，所以狗也聪明了。"

尹美晶："扑哧！"

徐绰今年还要在青年组，不过她在青年组的第二站也在俄罗斯，虽然她那一站比赛的举办时间和成年组差了一个月，但也不耽误小姑娘跟着哥哥姐姐们听俄罗斯的风土人情，还有哪些地方好玩。

她是个乖巧的妹子，一边听一边给师兄剥了两瓣蒜，张珏顺手拿起来一瓣咬一口，又低头塞了一大口牛肉。

闵珊跟在师姐旁边，因为现在和大家还不熟，她也不敢插话，干脆也帮着一起做剥蒜小妹。小姑娘是正儿八经的中国产朝鲜族，和尹美晶算同族，家里经济条件不错，爸爸做着服装布料生意，是老家那一块出了名的土豪。她很有教养，徐绰立刻喜欢上了她，连带着最小的秦萌都蹭过来。

闵珊偷偷打量着张珏，对方有着比屏幕上更加鲜活生动的美丽面庞，是典型的不上相美人，笑起来很爽朗，气质却格外清冽，甚至自带一份冷意，虽然个头不高，但腰细腿长，比例非常棒。

在她眼中，张珏少年气足足的，还有饱满的青春和活力，看起来就是走在校园里能让无数人为之驻足的校草，但由于五官过于漂亮，说他是校花恐怕也不出奇。

就是这么个看起来不是很强悍的人，居然是国内唯一一个同时攻克了 4T 和 4S 的花滑运动员，真是人不可貌相。

顺带一提，张珏还是国内花滑的海报销售排行榜冠军，他的小鳄鱼挺肚子、靠着舅舅的胸肌嘟嘴撒娇等照片都相当有名。

闵珊当然不会告诉张珏大师兄，她的卧室里贴了好几张他的海报。

很快，教练组就完成了和闵珊前教练的沟通，以及对她本人的分析。

和有力量型潜力的徐绰不同，闵珊的身体柔韧性很好，有希望练出和张珏一样的烛台贝尔曼旋转、单手提刀贝尔曼旋转，力量却不出色，但她的体形娇小纤细，很适合在适当练习力量的同时更进一步地打磨转速流技术。

鹿教练心里默默判断，这姑娘才 12 岁，比徐绰小 3 岁，如果说男单运动员是四年一个辈分的话，女单运动员这边就是两年一个辈分，所以她的巅峰期和徐绰是错开的，要是培养得好，刚好可以给她师姐接班。

但她的上限……恐怕没徐绰那么高。

徐绰这姑娘要不是少了那大心脏，仅仅看身体方面的素质，简直就是另一个白叶冢妆子。

最令老教练忧心的，是张珏和徐绰的发育关，也不知道是不是倒霉事总是集中爆发，今年张珏和徐绰，也是在同一个时间段出现了身高增长加速的状况。以老教练的经验，他们的发育恐怕已经开始了。

闵珊以前只通过电视看到过张珏，等真正接触后，她才明白这位师兄有多厉害，不仅有那种肉眼可见的规范的技术，以及业界闻名的延迟转体与举手技术，他的跳跃高远度也非常惊人。

这世上很少有人可以在做跳跃时飞出三米三以上的远度，但张珏做到了，他也是当前国际赛场上跳跃远度最远的一个。

而在人类的视觉感官中，远能够带来的视觉震撼度高于高，所以张珏这种超远型跳法，也让他成了国内运动员在国际赛场上拿跳跃 GOE 拿得最高的一个。

大家都预料到了张珏本赛季的成绩不会差，但谁也没想到张珏到了美国站后，居然一举拿下了金牌。

那可不是青年组的金牌，而是扎扎实实的成年组的国际赛事的金牌！尤其是张珏在这个分站还撞上了世界排名第二的意大利一哥麦昆，这份胜利就越发显得有价值。

不懂花滑的人也许体会不深刻，但在临近冬奥会的时候，国内才升组的小将展现出堪比顶尖男单选手的战斗力，这对所有人来说都是莫大的鼓舞和激励，因为这人就是绝对的夺牌点。

而与张珏同行的"美梦成真"组合不甘示弱，也跟着拿下了金牌，并且击败了两个国际上颇有名声的老牌组合。

等他们一回来，负责商业活动接洽的白主任立刻跑过来，表示张珏在东北老家那块儿的一个本土牛奶品牌想要找他代言，好像是叫梯子山来着，闵珊小时候也喝过这个牌子的奶，对其印象很好。

结果现在她的师兄的形象即将被印到梯子山牛奶的包装盒上，这让小姑娘有点激动呢。

这也是张珏的首个代言，将会为他带来七位数的收入，小朋友回国以后被拉去拍了两天的广告片，回来的时候蔫巴巴的，嘴里嘀嘀咕咕，似乎对品牌方要求他穿着奶牛连体衣卖萌很是无奈。

他代言的是梯子山牛奶的儿童线及 15 岁以下的青少年奶粉，而"美梦成真"组合则代言了成年的盒装牛奶。

临近冬奥会，许多品牌都会在这个时候找有潜力拼出好成绩的运动员进行押宝，这时候以相对低的价格和他们签约，只要他们在冬奥会有了成绩，品牌方会立刻开始宣传，借着冬奥会的效应扩大品牌知名度，这也是双赢的做法。

张珏和"美梦成真"组合就是本届冬奥会最被国内品牌看好的潜力股，尤其是美国站金牌的到来，更为他们的潜力做了佐证。

他们三个这次拿下代言，也让花滑国家队与梯子山建立了合作关系，很快闵珊就发现，她每天喝的牛奶也出现了这家奶企的 logo（标志）。

这些奶都是免费的，而且来源绝对安全可靠。

这真是沾了师兄师姐们的光了，小姑娘感叹着："要是我什么时候也可以像师兄、美晶姐、梦成哥他们一样就好了。"

徐绰跟着点头："是啊，他们都是很优秀的运动员。"

路过的金子瑄犹豫了下，憋出来一句话："他们都很棒，身上有我们没有的东西。"

闵珊懵懂地转头："什么东西啊？"

金子瑄："脾气和硬气。"

对张珏、尹美晶、刘梦成来说，这笔到手的钱反而不是当下最重要的，最重要的是那个逼得"美梦成真"组合转籍，欺负他们的师姐，猥亵过许多无辜韩国花滑少年少女的教练，终于要进监狱了。

这个人渣被判了五年零六个月。

看到这个结果时，尹美晶直接把手里的水瓶狠狠砸在地上，张珏指着电视骂道："这么个缺德欠揍的玩意儿居然只判这么点时间？有病吧！"

刘梦成搂住美晶的肩膀，眯起眼睛，看起来也很不快。

闵珊张大嘴，这……这是脾气和硬气吗？

不过很快，满口"我要在五年后把那家伙套进麻袋里"的张珏就被鹿教练拉到一边挨骂去了。

12. 爱上总裁

也不知道是不是牛奶喝多了，张珏在美国站开始前就关节疼，就好像身体在被人往两边拉扯一样，甭提有多让人别扭了。

他又是运动员，关节的疼痛感对他的影响很大，这次能赢下美国站的金牌，不得不说也有运气的成分在里面，他在冰场上有失误，麦昆比他失误还多。

要不是麦昆"做慈善"，他大概率是赢不了的，但其他人没拿到，金牌就是他的了，所以张珏的成年组首秀，还是成功成了本年度的花滑最佳新人秀。

其他同批升组的运动员因为比他少了心脏手术术后恢复的时间，编舞完成得也早，所以升组后大多都参加了比分站赛更早的 B 级赛。

别看 B 级赛只要有钱、满足一些基本的参赛条件就可以去参加，其实少比这么一场对张珏还是有损失的。

毕竟等到了赛季末，国际滑联排运动员的国际排名时不是光看谁拿了世锦赛金牌，而是看运动员本赛季参加的几场比赛，再根据他们在赛事中的排名及与排名相对应的积分来算。

像各大 B 级赛事，以及大奖赛总决赛、四大洲锦标赛、世锦赛这三个 A 级赛都可以获得积分，而瓦西里上个赛季之所以能稳稳压住麦昆，拿到世界第一的排名，就是因为他在赛季初比麦昆多参加了一场 B 级赛。

"算了，反正也不指望第一个赛季就赢遍成年组。"张珏起身伸了个懒腰。

鹿教练安慰他："你能这么想就对了，起码在本赛季，我们是不建议过多参加比赛，加重关节负担的。"

他这么说着，看了一眼手里的张珏的体检数据，明晃晃的 162 厘米在上面摆着，从赛季初到美国站结束，这小子又长了这么多。

可能是养病期间吃得太好，张珏本赛季长高得相当明显，已经被确认进入了发育关。

另一边，张俊宝捧着徐绰的体检单，温柔地揉了揉小姑娘的头："没事，只是长高而已。"

徐绰有些忐忑不安地问道："我真的不用节食吗？"

张俊宝笃定地回道："不用你节食，我待会儿会和宁阿姨说给你调整饮食结构，但你不要怕减重。不过发育带来的重心偏移、体重增加会无可避免地影响你的技术。不要紧张，为了预防那一天的到来，你现在就继续精进跳跃举手的技术，这个技术可以让你调整轴心和加大转速，你小玉师兄就是靠这一招，练出了两种四周跳。"

徐绰欲言又止。队里的前一姐米圆圆休赛养身体去了，今年的世锦赛没有给力的运动员出场，2014 年的冬奥会，中国女单极有可能只有一个名额，如果要她此时减重，为冬奥会做准备的话，她也毫无怨言。

但是为了她的长远发展，张教练最终坚定地不许她那么做，他一定也扛了不少压力吧。

就像张师兄，从他带病参赛，再到他术后复出，教练们都受到了不少舆论方面的压力，可是只要他自己不放弃，教练们就会在保障他健康的同时，最大限度地支持他。

相比之下，有些运动员的命运就不算好了，就在前日，北美那边传来新闻，有一名运动员因为服药导致出现肾脏疾病，现在只能退役做手术去了。

当初能够坚持自己的想法，来到张教练手下真是太好啦。

接着她就听见教练们开始聊手底下学生们的学习成绩。别人家的教练管不管孩子的学习徐绰不知道，但鹿门由于大弟子张珏是个让教练们操心个没完的熊孩子，所以在带后面的孩子时，教练们也习惯了训练他们技术的同时，顺带操一把爹妈的心。

"张珏这次月考好像又落到第二了，成绩才出来那会儿在家里气得打滚呢。"

"还是不花这方面心态好，他只要成绩不掉出班级前十就稳得不行。"

"闵珊和秦萌还在念小学呢，都不需要操心，太好了，蒋一鸿的成绩比较好，他爸妈盯得紧。"

"徐绰的数学这次掉了 20 分啊，这姑娘心态还是不稳，遇到点事，学习的时候就不够专注，得多和她爸爸沟通一下。"

徐绰心想：救命啊！

俄罗斯是冰雪大国，张珏对这儿也算比较熟了，只要跟着教练们走，基本不会出错，但这次他和美晶、梦成落地时却出了点意外。

美晶正在经期，她一到这个时候就容易拉肚子，加上 11 月的莫斯科已经冷得可怕，她的脸色也不好，就说要找卫生间去换卫生巾。刘梦成在外面守着，张珏则和他说了一声："我去给她买杯热牛奶回来。"

结果张珏一去不回。

这次带队的是张俊宝和江潮升、杨志远，等他们拿完行李回来的时候，就发现张珏不见了人影。一问，完了，出事了。

张俊宝两只手使劲地抓头发："他是个俄语白痴啊！俄罗斯人又一直觉得自家语言才是最动听的，说英语他们都不带搭理的，机场里的工作人员说的弹舌英语张珏也不知道听不听得懂。"

江潮升面色凝重："要不咱们报警？不对，这个事是不是要找大使馆？"

杨志远："快住手！真的为了张珏迷路这种事惊动大使馆的话，今年张珏就又要登顶花滑搞笑榜了！"

去年张珏和伊利亚一起蹲在酒店门口的台阶上一手拖鞋一手香蕉的画面就在那个榜单上排到了第三位，上榜理由是"他们看起来像两只倒霉的猴子"。

虽然事情的真相是伊利亚在酒店房间里发现了蜘蛛，吓得急忙给张珏打电话，而张珏手提鞋子过去救援，事后伊利亚请他吃香蕉作为感谢，但真相曝光后，反而将照片的搞笑度又提了一个档次。

就在此时，机场里响起广播。

"走失的张俊宝，您的家长 Jue 正在广播台等您……"

大家沉默，张俊宝从行李箱中拿出一个塑料衣架，低声说道："走吧。"

张珏本赛季的俄罗斯之行，从挨揍开始。

整体来说，他们的俄罗斯之行还是很开心的，才到酒店，张珏就朝着伊利亚跑过去，而伊利亚当时正仰着头在和一个帅气姐姐说话，脸上是两团红晕，眼中满是仰慕。

那位姐姐叫安妮塔，拉脱维亚人，据说拉脱维亚女性的平均身高排世界第一，在她身上，这点体现得相当明显。她曾经是一名模特，近期在莫斯科大学拿到了计算机的博士学位，对张珏也很熟稔的样子。

张珏对队友们介绍道："安妮塔人很好，俄罗斯今年的黑色周五到来的时候，她帮忙买了好多东西给我们。"

俄罗斯的黑色周五一年一次，每次的折扣力度都超级大，像 Dior（迪奥）这类大牌都能打到六折，其他商品就更不用说了。在知道张珏要过来时，她还帮忙买了好几张莫斯科市内的通行卡，据说拿着那张卡坐地铁、公交和有轨电车都很方便，而且有优惠，拿这张卡还可以去参观好多室内的博物馆。

尹美晶张大嘴好一阵子才拉住张珏："喂，我记得她好像是前两年华伦天奴和 Elie Saab（艾莉·萨博）的开场秀模特啊，你到底做了什么让她这么照顾你的？"

张珏懵懵懂懂："啊？她照顾的不是我，是伊利亚啊。她和伊利亚是一对，你不知道吗？"

尹美晶面露震惊。

伊利亚不是只比你大 2 岁吗？怎么这就脱单了？等等！俄罗斯的合法婚龄

是 14 岁。那没事了，人家这会儿别说恋爱了，结婚都合法。

他们当然不知道伊利亚多么爱这个姐姐，在知道对方退出模特行业，伊利亚立刻交出积蓄想要支持姐姐的事业，结果被拒绝了，理由是姐姐不想和他分享公司的初始股份。

伊利亚毫不气馁，之后又想从其他方面给姐姐支持，包括但不限于上门给姐姐买菜做饭，最后炸了人家的锅子，还有帮忙打扫卫生却将姐姐的珍贵地毯洗坏。

最后还是张珏挽救了他——安妮塔姐姐家里也有一只狗，3 岁多了还不会定点大小便，她希望伊利亚帮忙驯一驯，而张珏给了他们远程指导。

而驯狗增加了伊利亚和安妮塔的相处时间，最终他总算是把自己送了出去，并成了男单三傻中第一个成功脱单的人。

隔空做红娘的张珏此时享受到的照顾都是媒人福利，安妮塔姐姐不仅给他们办卡，给他们提前说清楚了去比赛场馆的路线及注意事项，还叮嘱他们莫斯科未来几天会有雨夹雪，注意保暖和带伞。

不仅如此，她还做东请大家吃了饭，说比赛当天会带着公司员工一起在观众席举横幅为他们加油。

对了，伊利亚现在只要到莫斯科，就会和安妮塔住到一起，过两人两狗的幸福生活，连比赛都是安妮塔开车送他。

张珏早知道安妮塔和伊利亚恋爱后对他很好，此时也不得不感叹了一句："原来这就是恋爱的快乐吗？"

13. 金色精灵

莫斯科和京城的时差是 5 小时，比起与美国东部的 12 小时时差，张珏适应起来比去年要轻松得多。

手术过后身体健康值回升，加上两个赛季的倒时差经历，外加在莫斯科本地游玩的诱惑，他很快就恢复了精神。

到处和小伙伴玩玩闹闹的时候，美晶终于找到了她想要的卖套娃的精品店，张珏对这些没什么兴趣，又嫌店里太闷，就站在门口吹风，不经意间看到了一个熟悉的身影。

那个人是……瓦西里？

出于对业界当前第一的男单运动员的好奇，张珏下意识地跟了上去，最后才发现瓦西里去的地方是一个小剧院，特别小，连卖门票的都没有，不过台上的人也没有穿戏服，应该是在排练吧。

他听不懂俄语，只知道台上的人演得很认真，演员是位看起来二十七八岁的女士，她的容貌不算出色，身材略微丰满，声音却动听如夜莺，没有麦克风也让站在门口的张珏都清晰地听到她的歌声。

她唱的应该是《夜色如此深沉》，又称《夜深几许》，旋律优美，歌词温柔美好，而瓦西里坐在下方，耐心地看着她。

瓦西里在本赛季的身体状态据说非常差，他和张珏一样没有参加 B 级赛，才做完膝盖部位的手术出来比第一场分站赛的时候，差点连领奖台都没上去。

作为俄罗斯在近两个周期最被看好的运动员，他也是全世界第一个同时拥有了 4T 和 4S 两种四周跳的运动员，是只要拿到索契的奥运金牌就可以职业生涯大满贯的夺金热门。

张珏自己做运动员时常常会有这里的压力大过其他地方的感想，而肩负着在本土举行的冬奥会夺金压力的瓦西里，现在又是什么想法呢？

张珏和瓦西里的接触不多，但在总决赛这种重要比赛结束后会有赛后的晚会，也就是 banquet，而瓦西里虽然是个俄罗斯人，却会主动提醒年纪小的青年组运动员不要喝酒。有次张珏偷偷拿了杯香槟被他逮住了，他什么都没说，将酒杯拿走，又将张珏推到人群中，说："去玩吧。"

张珏对他的印象还挺好，而且在去年的总决赛表演滑里，瓦西里也是最早发现他不适的人之一。

那时候张珏蹲在地上难受得不行，而瓦西里握着他的手腕，让他冷静下来调整呼吸，其实给了张珏很大的帮助。

过了一阵子，瓦西里起身，张珏吐吐舌头，立马转身跑了，等回到路边时，尹美晶已经站在那里等了有一会儿了。

她看到张珏时明显松了口气，张口就是一股带着京味的普通话："我才出来就发现你人不见了，差点就要给你老舅打电话，吓死我了。"

张珏不好意思地回道："对不起啦。"

美晶弯弯眼睛："原谅你，来，这个是给你的。"

她递给张珏一个套娃，张珏打量了一下，发现套娃下面画了冰刀。在俄罗斯有些套娃的制作并不算好，越打开里面，套娃上的图案就越粗糙，这个套娃却制作得很精致，哪怕是最里面那个小的，衣服上面也用心地用带着闪粉的颜料涂了碎钻的装饰。

恰好张珏喜欢在考斯腾上加亮亮的水钻。

张珏捧着套娃："这个套娃的头发颜色怎么是金色的啊？"

美晶眨眨眼："因为这个的原型是瓦西里吧，他是现在俄罗斯国内最好的运动员，花滑主题的套娃差不多都是他和达莉娅的。"

达莉娅是目前俄罗斯国内一个有名的女单选手，同样在鲍里斯门下训练，但据说她的身体状态不佳，上赛季曾败给妆子，因此一度被认为在索契夺牌困难，人气也有所下滑。

听伊利亚说，他那位师姐似乎是有点厌食，现在还在看医生。

张珏张大嘴："她都厌食了还不退役吗？我记得这个挺严重的吧？"

伊利亚的回答是："得心脏病的人都不退役，有厌食症的人想要撑到索契冬奥会结束后也很正常。"

索契冬奥会临近，想要为之搏一把太正常了。

其实伊利亚的师兄师姐们都是很强的运动员，花滑项目有句话叫老鲍出品必属精品，他们也许没有横空出世的紫微星们那么令人惊艳，但技术肯定都是一流的，艺术表现力也起码有个中上的水平，且大多能形成自己的风格。

相比之下，伊利亚似乎都只是技术方面有些优势，表演属性还在成长中，之所以看起来不差，只能说他师门底蕴够厚，做的基础训练已经够他在赛场上表现了。

而且套用一句沈流的话——俄罗斯人的艺术感是缪斯追着喂饭的级别。

俄罗斯站开始的那一天，张珏拉着行李箱入场，发现门口不仅有热情的冰迷围着，还有许多摄像头对准这边。在俄罗斯，花滑运动员的人气可以和明星媲美。

张珏路过的时候，还听到有人在喊他"crocodile"，还有人直接叫他"coco"，他大大方方地朝那边挥手，露出一个有点腼腆的笑。

这一站的男单看点在于上赛季世界排名第三的谢尔盖与张珏、伊利亚两个四周跳小将的混战。

冰天雪地论坛与微博超话也对此议论个不停。

一个极有名的体育博主表示：张珏这次很凶险啊，谢尔盖和伊利亚都是俄罗斯本土的强者，裁判肯定会偏着他们，除非张珏能拿出超越众人的水平，否则金牌是甭想了。

另一位粉丝则表示：小鳄鱼已经拿到了美国站的金牌，积累了 15 积分，只要再在第二站上个领奖台就稳进总决赛，所以赢不赢熊二和太子没关系，能有奖牌就是胜利！数遍咱们国家历代男单选手，能在升组第一年就冲进总决赛的人又有几个？小鳄鱼已经很棒了。

中国冰迷很擅长为各国有名的花滑选手取外号，瓦西里年轻时是熊大，由于滑过《小王子》里和玫瑰相关的曲子，又被粉丝称为焦糖玫瑰、小玫瑰，谢尔盖是熊二，伊利亚是俄罗斯太子，妆子是美妆，庆子就是庆妹，寺冈隼人则是日本太子。

张珏的外号最简单易懂，无论哪个国家的冰迷，都喜欢叫他小鳄鱼。

相比之下，女单那边的看头就不算大了，除了本土的一姐达莉娅，其他国家都没有强手过来，一家独大的赛事又有什么趣味？

而看头最大的则是冰舞，初次升组的尹美晶、刘梦成不说，美国的冰舞一哥一姐，俄罗斯本土的冰舞二哥二姐都来了。

在这两个老牌组合面前，尹美晶、刘梦成居然都显得青涩起来，他们或许天赋极高，但在细节的处理、裁判缘、比赛经验等方面都远远不如另外两对，最重要的是，在面对这些强敌时，刘梦成的心态出了点问题，在韵律舞出现了小失误。

等到韵律舞结束后，"美梦成真"组合只排在了第五位，若是要进入总决赛的话，他们必须在这一站上领奖台。

刘梦成看起来十分失落，尹美晶却仍然斗志满满，她紧紧握住男伴的手："没关系，我们在自由舞把分数追回来就行了。"

刘梦成犹豫着："可是……我……"

"只是追比分而已，我们在比赛里翻盘的次数还少吗？"美晶踮着脚为男伴捋了捋鬓发，笑得温柔可爱，"别怕，我在这里。"

咔嚓，张珏放下手机发给了黄莺，那边很快回了个感恩的表情包。

黄莺是队里出了名的嗑 CP 小能手，可惜这姑娘是沉船体质，嗑一对塌房一对，分手对她嗑过的 CP 来说都是最好结局，最惨的是这一个爆出出轨，那一个又成了法制咖。

唯一幸免的也就是"美梦成真"了，自从这两人入队以后，黄莺就像是一只天天吸猫薄荷吸嗨的猫咪，徜徉在爱的海洋之中。

就在此时，沈流对张珏挥手："张珏，来换考斯腾。"

少年回头，露出自信的笑容。

"来了。"

他轻快地跑去热身室，乌黑的发丝在奔跑中飞扬，一个同样朝着热身室走去的俄罗斯少年看着他的身影，忍不住笑起来。

"还是这么有活力。"

阿列克谢教练按着他的头揉了揉："别光顾着关注他，你自己也要努力，这次为了帮你运作参加两站分站赛的名额，我腿都差点跑断了，还差点和别人打起来。"

"你知道奥夫杰教练吧？就和我之前同俱乐部的那个，他手底的瓦季姆和你水准差不多，知道名额落到你头上的时候，他差点给我一拳。阿纳尼，你得争气，否则到了明年，上头就会更青睐那个瓦季姆了。"

张珏在教练们找好的角落脱了衣服，先套黑色的紧身背心，再将金色的纱质外衬披上，将背后的拉链拉好，活动时左肩的金色飘带一动一动的，让他看起来像是黄金天使。

在很多人眼里，小仙子长相的张珏都更适合青色、绿色、蓝色之类的色彩，但今年为他做考斯腾的设计师大胆地采用了金色，最终出来的效果十分令人惊艳。

张珏意外地是个适合金、银两色的少年，除此以外，他还会在比赛中将左边的鬓发别起来，露出光洁的额头，看起来精神又帅气。

他认真一打扮，视觉效果冠绝全场，遗憾的是这件衣服做起来也很费时间，在第一站的时候，张珏的短节目考斯腾还沿用了上个赛季的，这一站才终于换上这一件。

他换好衣服、做完热身后，便跟着同组比赛的运动员上场参加6分钟练习，这次他抽到了最后一组第三位登场，在他之前上场的则是只比他大2岁的西班牙小将西哈斯，以及俄罗斯小将、去年的世青赛铜牌得主阿纳尼。

张珏听到阿纳尼的名字时疑惑地问："他不是阿纳沙吗？"

站在旁边的伊利亚闻言回道："他是叫阿纳尼，阿纳沙是这个名字的昵称啊。"

张珏眨巴眼睛，对方去年在世青赛领奖台上跟他做自我介绍的时候，就说自己叫阿纳沙。

张珏叹了口气："你们俄罗斯人的名字真的好麻烦啊，又是昵称又是父名，我有时候都不知道怎么称呼你了。"

伊利亚好脾气地笑笑："你直接叫我伊柳沙就可以了。"

说完话，张珏做了几个跳跃，然后直接将外套拉链扯开，将衣服一脱，露出里面的考斯腾。

场内响起一片惊呼："哇——"

有冰迷立刻拍照片发了出去。

【小鳄鱼换新考斯腾了！这个好美！】

【我的天！】

【要死要死！】

【天哪！】

【之前还以为是他们队里给的预算不够，让孩子连套新考斯腾都做不起。对不起，国家队，原来你们不是小气，而是大方到令我震惊的地步啊！】

【加我一个！上一站我还专门开帖骂孙老头抠门，对不起，孙指导，我错了！我误会你们了！】

【啊！这是谁设计的考斯腾?!这是谁做的?!快！我现在就要他们的联系方式！】

【是中央美院一个快 80 岁的退役教授给做的，一个超级厉害的奶奶！设计图和艺术品似的，负责制作的还是金塑龙。据说是为了还原设计图上面的效果，他们才拖到这一站比赛时完工。】

与此同时，央视五台冰雪运动解说员赵宁说道：

"下面登场的是我国小将张珏，他是大奖赛总决赛冠军、去年的世青赛冠军，今年才升入成年组，之前拿到了美国站的金牌，是一位实力相当出色的运动员。他的短节目是《与你甜美的回忆》。"

成功震撼全场的小运动员站在冰上，右手放在额头旁，做了个略显俏皮的敬礼姿势。

钢琴声响起，少年冰刀一动，在冰上画出一道弧线。

14. 碎花拖鞋

伴随着温柔深情的琴声，清脆的点冰声过后，金色的冰上精灵如同竹蜻蜓般轻快转了四周落下，完成了一个非常漂亮的四周跳。

这是一个未举手版本的 4T。

张俊宝看到这一跳，握拳一挥："好！"

鹿教练说过，运动员能在跳跃中举手固然好，可是如果他能够做到举不举手都能完成四周跳的话，这个跳跃才算是真的稳下来了。

张珏在做完手术后体重增加，力量也比以前强了一点，现在做四周跳也更稳定了，不过相应地，由于发育带来的身高变化，张珏的 4S 反而有了不稳的迹象，也算有得有失。

等张珏进入旋转后，一些看多了现场比赛的俄罗斯冰迷已经对这名小运动员的实力心里有数了。

"他很强。"

"跳跃和滑行、旋转都很出色，综合实力不比伊利亚差，身体姿态甚至更胜一筹，中国居然能培养出这个级别的花滑运动员，真是不可思议。"

今年为张珏编排短节目的是米娅女士，但这个节目并非芭蕾风，反而走了抒情的路子，而且抒发的情感不是爱情，而是亲情与对逝去时光的怀念。

常人听到《与你甜美的回忆》这个曲名时就会下意识地觉得这是给予恋人的曲子，但张珏不这么认为，他第一次听到这个名字时，想到的是一座城市的老城区，黄昏时的阳光仿佛为街头巷尾染上了金色，而他的妈妈牵着他回家。

人总是越失去什么就越珍惜什么，张珏曾经差点就失去了母亲，也因此更加珍惜与母亲的回忆。

他今年的短节目，其实就是站在孩子的视角，来演绎那段温暖的过往。

当然了，要张珏明着说这是他为妈妈滑的节目，那他肯定是不好意思说出口的，少年总是会在这些地方感到羞涩，但他投到节目里的心意又是实打实的动人。

之后的 3A、3Lz+3T 联跳同样完成得十分干净标准，张珏的 3Lz 现在在业界也十分有名，他的勾手跳刃压得很标准，起跳时总是看着毫不费力，轻轻一蹦就起来，接着就利落地转体，十分美观。

等跳跃完成后，这个节目也进入了高潮。

这一刻，张珏屏蔽了外界一切干扰，在流泻而出的琴声中自由地朝着前方奔去，他的接续步并不十分复杂，但每一次变刃、压步都和音乐契合，神态更是快乐而放松，他是如此享受滑行，让观众也愉快起来。

思念母亲的时候，虽然有时会悲伤，会想她想到哭起来，但到最后，内心那份母亲给予的快乐情绪，才是这些回忆中最重要的部分。

瓦西里坐在观众席上，露出柔和的神情："虽然不知道他想要表达的是什么故事，但是……"

这一刻的张珏，看起来就像是飞起来去见某个人一样，再联想起《与你甜美的回忆》这个节目名称，实在是再可爱不过了。

这个节目细究起来未必被融入了多么精深复杂的内涵，但这真情实感的表达，却比那些装出来的高深更能打动他。

节目结束的那一刻，场上许多人都鼓起掌来，这在俄罗斯站还是挺罕见的，身为外国花滑选手，要在他们的地盘上打动这群在艺术方面十分自负的俄罗斯人真是太不容易了。

张珏做到了，不仅许多来观赛的冰迷为他鼓掌，瓦西里也在为他鼓掌。这个画面还出现在大屏幕上，虽说这一幕的出现有导播在搞事的嫌疑，但这个节目的出色是毫无疑问的。

披着金色纱衣的少年舒了口气，他朝裁判席、观众席行礼，捡起一个不知道谁扔下来的小鳄鱼帽子戴好下了冰。

"滑得不错。"张俊宝高高兴兴地拍了张珏的脑袋，搂着他坐到 kiss&cry，一坐下，沈流就将手指按到张珏手腕上。

心跳只有一百出头，一百二都不到，张珏小脸红扑扑的，带着自然而健康的红晕，一看就知道他比完短节目后体力还绰绰有余。

过了一阵子，大屏幕上出现张珏的分数。

技术分：50.8
表演分：38.12
得分：88.92

"旋转在升组后一直都稳在四级，接续步这次只评到三级，看来还要继续努力。"张俊宝这么说着，对张珏的成绩其实已经十分满意了。

说到底，张珏这次也没上最高的配置，但他的分数已经接近 90，这代表在裁判那里，张珏的评分待遇不是顶尖也是一线水准了，而且作为新人，只要一直表现稳定，张珏的打分待遇是会慢慢上涨的。

短节目的表演分满分是 50 分，等张珏正式进入一线，他的短节目表演分应该就可以正式突破 40。

不过在老舅、瓦西里、鲍里斯等很多专业人士心里，张珏这次的表演比在美国站时更加打动人心。

少年终于迈过了靠天赋撑表演的阶段，那可怕的表演天赋与肢体感染力得到了更进一步的开发，使得他在花滑男单项目就像是旭日一般升起，也令无数老将感到了威胁。

在美国站翻车，被一个小将赢了的麦昆且不说，本站世界排名最高的谢尔盖在短节目只拿了 86.4 分，位居第二，伊利亚则是 84.33 分，两人在短节目同样逊色一筹。

张珏的表现让他的冰迷们十分振奋。

【咱们新一哥今年又有了极大的进步，各方面比以前都提升了，鹿老头打磨得好啊。】

【有珏哥接班一哥的位置，大家都是放心的！】

【谁说小鳄鱼在莫斯科赢不了的？站出来！】

【说来张珏的短节目很厉害啊，从本赛季开始，他的短节目分数就一场比一场高，裁判们恐怕也喜欢这套节目。】

【这说明他基础打得扎实，厉害的表演是高楼，建高楼的前提就是地基不能垮。别看张珏空了四年，他的技术规范程度在新生代里是排前三的，也就寺冈隼人和伊利亚能和他比一比，他本人又是最适合竞技运动的大心脏，有这个水平，短节目不强就怪了。】

【说起心脏就想流泪，据说他上半年做手术的时候还挺惊险，第二次手术的时候经历了一次抢救才活过来，没想到现在看着活蹦乱跳的。话说有老哥知道给张珏做手术的神医是谁吗？我有个侄女也有心动过速的毛病，她是打篮球的。】

【打篮球的个头高吧？当心是马方综合征，做了具体检查没有？】

这个帖子不知道怎么发展的，最后竟成了在京城工作的心内科高手盘点，内有多张医生们的工作照，看发量就知道一个个的全是不得了的强者。

张珏在领完小奖牌后，拉住他舅舅的手，说了一件事。

"我觉得我的鞋子有点小了，这次做跳跃的时候紧了点。"

张俊宝愣了一下，连忙蹲下摸了摸孩子的鞋尖，发现是有点紧。

张珏不是很费鞋的那类运动员，这和他本人过于敏感有关，有些运动员练得狠，一个赛季能换四五双鞋，张珏却一个赛季只准备两双鞋子，其中一双作为备用鞋还不一定用得上。

换鞋对张珏来说是一件难事，他太敏感，一点点变动都会影响他跳跃的感觉，每次换新鞋后的两周内他都更容易受伤。

一般情况下，教练组会在赛季初就为他换好新冰鞋并度过适应期，小孩子虽然还在长身体，但脚的码数起码一个赛季内不会变化太大。

唯有这个赛季，张珏开始发育了，冰鞋能撑的时间也比他们预料的更短。

张珏的长势太快，已经从一米五几长到了一米六三，如果在赛季中途让张珏换鞋子的话，不知道他能不能调整过来。

尤其是这一站结束后，张珏就要面对总决赛了。

作为教练的基本素质就是心里再多思绪，在运动员面前也要表现出一副淡定的样子，安运动员的心。

老舅点头："行了，回去给你处理，现在先将就着用这双鞋滑完俄罗斯战。"

张珏挠头："好吧，不过穿这双鞋滑冰真的有点不舒服，尤其是做四周跳的时候，我觉得脚趾疼得很。"

他这么说着，找了个地方脱鞋，露出已经轻微变形的脚踝和微微发紫的大脚趾，张珏脚上是有茧的，此时大脚趾的指节处还有点磨破了皮。

唉，这点皮外伤对运动员来说不算什么，但在还有一场自由滑的情况下遇上这事还真是让人头疼。

杨志远拿双氧水给张珏消毒，又摸出两个创口贴。他这人仔细，先是给里面一层的创口贴上剪了个和伤口一样大的洞再贴上去，接着贴第二层，这样就不怕摩擦伤口，撕的时候也不会扯到。

接着他还给张珏按了按脚，张俊宝又从包里翻出一双拖鞋给他穿上："反正没比赛，你就这么穿着吧。喏，这还是你粉丝在你生日的时候寄到国家队的礼物呢，原来码数大了点，现在就刚好了。"

张珏看着这双碎花底，鞋面上缝了两只Q版小鳄鱼的拖鞋，犹豫一阵子，将他的脚塞了进去。

看起来是手工制品啊，脚感不知道好不好……噫！踩起来好软！

张珏原地蹦了蹦，露出快乐的笑容，已经得知张珏开始发育的张俊宝、沈流、杨志远看着他的身影，露出相同的慈爱笑容。

等到明年，张珏应该就发育成青年的模样了，现在的他正处于最后一段能卖萌的日子，他们都会好好珍惜的。

就在此时，谢尔盖走到张珏身边问道："你看到伊利亚了吗？"

张珏眨巴眼睛，指着楼梯间："他应该在那里吧。"

他之前路过那里的时候，看到伊利亚甜蜜地靠在安妮塔的怀里，将他的小奖牌挂在了女朋友的脖子上。

谢尔盖愤愤地吐出一串俄语，接着又用英语对张珏简短地说道："谢谢，还有，你的四周跳和勾手跳很漂亮，自由滑见。"

当晚，张珏收到了他的好朋友伊利亚的短信，这位陷入甜蜜恋爱许久的少年和他的挚友张珏说他的师兄、教练和他的女友已经就如何更好地管理他达成了一致，而就在刚才，谢尔盖、赛丽娜这两位同门在鲍里斯教练的指示下"洗劫"了他收藏的酒，狂笑着离开了他的家。

伊利亚哭诉着："他们是在嫉妒我不是单身！一定是的！谢尔盖至今都没有追到喜欢的女孩子，赛丽娜最近又分手了，只有我找到了一位性感、美丽、智慧的女士，还得到了她的求婚，拥有了一枚三克拉的钻戒！"

张珏闻言沉默，说实话，和伊利亚相处的时间越长，他就越觉得第一印象这玩意儿不靠谱。时至今日，还有谁记得伊利亚出场的时候被称为冰王子呢？

等会儿！这小子的钻戒有三克拉那么大？

张珏立马打开笔记本，搜索三克拉钻戒的价格，然后倒吸一口冷气。安妮塔也太豪气了！

好家伙，拿出这么多钱去买求婚戒指，安妮塔到底是有多宠伊利亚啊！

15. 发育难关

"是，他说鞋紧了。"趁张珏睡得整个人在床上都翻了一百八十度的身，头已经从床头转到了床尾，张俊宝在阳台上给鹿教练打电话。

鹿教练沉着地回道："按张珏的长势和检查结果，他在今年说不定会到一米七，我会联系金塑龙开始准备更大码的考斯腾，以防万一。"

"是。"

等一通电话打完，张珏依然睡得无知无觉，枕头已经被他挤到地上，张俊宝俯身捡起枕头扔到张珏头边，见他闭眼将枕头抱进怀里，又给他拉了拉被角。

做完这些，张俊宝将手轻轻摁在张珏的脖子上，轻轻摁那条动脉，感受着规律的跳动，低头看着手表里秒针的转动。

过了一阵子，他松开手，心里轻松起来。

到底是年轻人，恢复起来特别快，做手术的时候凶险得让他妈妈做了好几天噩梦，现在又健康得和一头小牛似的。

张俊宝独自陷入温馨的回忆中，结果床上响起一阵诡异的笑声，他吓了一跳，看到张珏抱着腿坐起来，满脸得意。

老舅满脸惊慌："张珏，你在干什么？"

这是做了什么梦才笑成这样啊？

张珏眼睛亮亮的，看着舅舅："我刚才梦到从很高的地方掉下去了，有很强烈的掉落感！"

张俊宝不明所以："所以呢？"

张珏振臂一呼："网上说这是要长高的征兆啊！对了，我还腿抽筋，你说这是不是因为生长导致缺钙，我才会抽筋的？老舅快给我钙片！"

一听到长高两个字，张俊宝的头就痛了起来，偏偏他的大外甥光顾着自己欣喜，全然不想长高带来的副作用，还找他讨钙片吃。

他愤愤地倒了两粒钙片塞张珏嘴里，又给张珏揉脚，心里想着，你吃，使劲吃！将来真长成你亲爸那个个头的话，别说继续赢花滑了，不退役才是怪事！

可恶，这么一想一切都是兰瑾的错！

虽说赛前不少人都不看好张珏在俄罗斯继续获胜，但张珏的技术优势才是俄罗斯站最大的那个，他的 4S 只是出现不稳定的迹象，但还没彻底丢，赛场成功率仍然保到了 70% 以上，比不少运动员的 3S 成功率更高，只要状态好，做单跳是绝对没问题的。

能高质量完成更多种类跳跃的运动员永远更吃香，张珏在短节目只拉开了 2 分多的分差，到了自由滑，这个优势被他进一步扩大到了 15 分。

大家都说张珏擅长比短节目，其实只是因为短节目时长有限，只要基础稳定、心态稳定就可以比下来，而自由滑才是真正让张珏将体力优势发挥到最大值的地方。

固然四分三十秒的表演更容易出现差错，但只要不翻车，获得的收益也是很大的。

张珏本赛季的第二个特点就是稳定，至少在正式比赛中，他从不会有大失误，偶尔有小失误也会在之后用备用方案进行弥补。

一场完成度比美国站更高的《教父》结束，他轻松奠定了胜局，总分距离当前的世界纪录只差了 12 分，对新人来说已经足够可怕。

因为光看他和那个世界纪录的差距，技术方面只有 2 分的分差，表演分还有一些差距，而新人的表演分待遇大家都懂，谁不是一个赛季一个赛季慢慢涨起来的？

最让人欣喜的当然是张珏在比赛结束后，维持了他一贯的轻松表情，心率的确比平常高，但还比不过他在训练后的心率，可见还有余力，这一场他可谓胜得游刃有余。

不过这场比赛结束以后，张珏的脚就更不舒服了，颁奖典礼一结束，他就跑去找他老舅要那双碎花拖鞋，杨志远朝他招招手，让小孩乖乖坐好，脱了冰鞋一看，另一只脚的大脚趾也破了皮。

伤员本人还挺得意，他把受伤的脚放在凳子上，翘着脚尖让队医上药，双手叉腰："嘿，这个赛季我都要赢够了。"

沈流看得实在没忍住，在他肚子上摸了摸，只摸到结实的腹肌，不由得遗憾地说："唉，可惜你是练花滑的，不然留点小肚子也挺可爱的。"

让张珏挺肚子终究只能是表情包和冰迷手绘图里的事，现实里的张珏没有小肚子，只有越来越坚硬的腹肌。

路过的央视体育台记者把张珏叉腰得意的样子拍下来，拍的照片里，张珏胸前挂着的金牌一闪一闪，配上他那小表情，一看就知道是意气风发的天才少年。

灯光也打得好，温柔地冲刷掉张珏才下赛场时未褪尽的锋芒，留下惹人爱的青春气质。

这张照片后来也印了海报，销量相当不错，与他的短节目考斯腾海报一起登上了销售榜前三，那朦胧的金色在冰上流动和跳跃着，有那么一瞬间让人以为张珏就是胜利的化身。

连续两场拿下分站赛金牌，让张珏一下就得到了所有关注男单项目的冰迷的注意，他曾四年不曾涉足花样滑冰、他过于优越的外表和身材比例、他强大的技术和灵气十足的表演都成了冰迷们讨论的话题……

有冰迷放出话来。

【张珏绝对会是索契冬奥会的重要夺牌点。】

而在这个评论下，有点赞的，也有不少来掐架的。

张珏本人没办法再参与到这些争论中，因为他很快就发现，生活就像心电图，一起一伏的。

才说完"赢够了"没多久，生长痛就正式来袭，把张珏给击沉了。

一个人的生长速度如果达到一个月 3 厘米的话，不仅很容易出现生长痛，而且要谨慎提防长太快导致的生长纹。

而对运动员来说，最可怕的点就在于，随着身高的变化，他们的身体重心会往上移，尤其是腿长的运动员更明显，跳跃轴心也会倾斜，身体变重，跳起来也不会再如以往一般轻快，这些因素结合起来，将会对花滑运动员的技术造成毁灭性打击。

知道张珏即将进入长高期的教练们，终于遇到了他们职业生涯以来最大的挑战。

砰！

俄罗斯站结束的第三周，张珏的 4T+3T、4S+3T 的成功率正式跌破 60%。

鹿教练悲哀地发现这小子虽然身高长势还在控制范围内，但体重增长超过了他们的预想。

沈流严肃地看着张珏的跳跃姿态："不行，他的第一跳很容易歪轴，纯粹靠着举手才稳住四周跳单跳，但要在第二跳接 3T 就太难了。"

不是张珏现在就蹦不起来了，其实论肌肉力量的话，张珏还挺行，主要是轴歪了啊，张珏的联跳特色就是第二跳直接干拔，所以对第一跳的质量要求就格外高些。

张俊宝叹气："不仅是 4+3 不能用了，他在三周跳后面接 3Lo 的成功率也下滑到 70%，明明之前还有接近 90% 的成功率呢。"

一口气跌将近 20%，股市一般都不会跌得这么猛。

这时大家都看向了经验最丰富的鹿教练。

老大，怎么办？

鹿教练低声说道："在张珏结束发育前，至少要保住一个四周跳的单跳，让小宁加营养，俊宝管好他的体脂率。"

无论如何，他们得让张珏健康又苗条地过完这个发育关。

唯一令人欣慰的点大概就是考斯腾的用料本来就很有弹性，起码在总决赛还不用换考斯腾，而金塑龙那边已经开始做新的大码了。

"没事的，只要这小子别一口气冲到一米八五以上，还是可以稳住的，大不了每个跳跃都举手稳轴心。"

鹿教练陷入沉思，每个跳跃都举手固然有点投机取巧，但现在他也不由得庆幸张珏把这一招练得纯熟，否则他真不知道怎么办了。

可怜鹿教练活了七十来年，从没见过哪个练男单的运动员，居然有个一米九三的爹，这类运动员本来应该在教练选材时就被刷下去，或者直接去练双人滑！

国际上并非不存在大个子男单运动员，比如今年以积分榜第六位进入总决赛的比利时男单大卫·卡酥莱，就是一米八六的大高个，这小子发育前也是世青赛冠军，升组后因发育沉寂了两年，现在又捡回了四周跳，重新爬了起来。

对于现在的花滑赛场来说，有一种四周跳就可以稳住一线的地位了，张珏的话，鹿教练认为在他适应了新轴心后，能保住的跳跃还不止一种。

12 月上旬，张珏随队再次前往俄罗斯比成年组的总决赛，这一次他的赛场却不在莫斯科，而是下一届冬奥会的举办地——索契。

当他出现在镜头前的时候，许多冰迷都露出了茫然的表情。

这……这个美少年和张珏好像，不对！这就是张珏本人啊！

他怎么这么快就长到接近一米六五的高度了？

16. 高高举起

很多人觉得张珏应该不到一米六五，是因为大家会习惯性地认为他只是视觉身高高一些。

毕竟人只要比例好，看着就会比实际上要高，之前张珏只有一米五几的时候，就有人说过张珏是不是长到了一米六，结果一问实际身高，才知道比看起来矮了好几厘米。

从那以后，很多人都会下意识地给张珏减身高。

然而张珏现在已经是扎扎实实的一米六五，穿上冰鞋有一米七以上，有关这一点，今年终于把伊利亚挤下去，以积分榜第五名进入总决赛的寺冈隼人可以做证，他现在一米七六，张珏看起来已经只比他矮 10 厘米了。

所以是的，在张珏发育以前，当他还只有一米五六的时候，和他有着近 20 厘米身高差的伊利亚和隼人对待这个萌萌的小朋友，就是抱着看可爱小弟弟的心态，等到张珏现在更大了一点，他们的心态就变成了"他们看着长大的小弟弟不仅在长高，连世界排名都快超越他们了"。

宁阿姨喂养得好，让他长势飞快，以至于有些省队甚至开始向国家队的食堂发出了希望营养师过去开班授课的邀请。

在看到张珏现在的个头以后，许多冰迷心里也哀号起来。

完了完了，他们家张珏继去年心脏病问题后，今年又冒出了个发育关问题，这下总决赛可能要泡汤了。

然而等短节目结束后，想要找鹿教练去开讲座的人已经多过了想要邀请宁阿姨的。

每个在运动员一口气长了五六厘米的时候，还能让他一边发育一边稳住四周跳的教练都是真正的精英。

更何况除了 4T 及不稳定的 4S，张珏在总决赛之前又掐着时间把 4T+3T 给练了回来，而对发育前的张珏来说，4S+3T 才是他经常使用的联跳组合，4T 反而是他后练出来的，接联跳的技巧也不够娴熟，4T+3T 其实算得上他在本赛季为过发育关正式开发的新招。

冰迷们也议论纷纷。

【原本看到张珏现在的个头我还说坏了，结果一看短节目，好家伙，拿了第二名不说，还勇上两个四周跳。】

【鹿老头简直太牛了，张珏以前可没有在短节目连开两次大招的本事。】

【一边发育一边上难度，简直闻所未闻！他身高长得那么猛，还能有现在这技术，简直不科学！】

【不会是强撑着上的吧？希望短节目的状态不是昙花一现才好。】

【张珏的教练组要是真能带着他挺过这个赛季，在国内封神是绝对没问题了，心脏病、发育关这两关随便来一个都能把一个运动员逼到退役，鹿老头和张教练让张珏恢复到可以在成年组第一赛季就冲进总决赛的程度，在张珏明显发育后也没掉技术，真的很可以了。】

【这么一说，其实他们更适合带女单选手啊，君不见折在发育关的女孩比男孩多太多了。】

说到发育中的鹿门女单选手，冰迷们又是一阵沉默，然后不约而同地掉起眼泪来。

青年组一姐徐绰妹妹今年也在发育，和她师兄同时碰上发育关要死了，为什么那两个发育前娇小玲珑的小朋友，居然都有潜在的高个子基因？这简直太不幸了！

徐绰的父母身高分别是一米七八和一米六五，不知道是基因问题还是宁阿姨的营养餐太有效，小姑娘从今年 10 月开始进入发育关，等到总决赛的时候，已经从一米五七长到了一米六二。

上个赛季这对师兄妹都在呼吸海拔 1.5 米的空气，这个赛季就一起享受到了一米六的视角，还不知道他们以后对一米七以上的世界感不感兴趣，让人不禁为七十几岁高龄的鹿教练捏一把汗。

徐绰本来已经练成 3Lz+3Lo，准备在今年和庆子战个天翻地覆，但对女单选手来说，发育期不掉技术，是比男单选手更难得的事情，以至于大家对她也没了更多的要求。

同样也是因为发育，徐绰本来十拿九稳的总决赛青年组女单金牌，在众人眼里也变得不那么稳当，庆子拿着 3F+3Lo 气势汹汹，发誓就算老姐还躺在医院里，她也不要输。

不过大家不知道的是，在鹿教练心里，徐绰的发育关其实比张珏的还好应付一点。

小姑娘的天赋其实不低，在同样的身高下，徐绰的骨架比张珏还大一点，经过专业的训练后，她的腿围也比张珏更粗，也就是说，在下定决心走力量型路线，并且本身只要稳定住三周跳，不需要去挑战四周跳的情况下，徐绰的压力比张珏小多了。

张珏的 4T+3T 算是赛季初练好，接着一度丢失，又在总决赛前捡回来的，徐绰却是真的一边发育一边出难度。

在女单短节目时，小姑娘的考斯滕是无袖的款式，所以她一上场，那结实明显的手臂肌肉线条，比别人粗了一圈却线条优美的大腿和臀，代表的是肉眼可见的爆发力，一下就把周围的青年组小女单选手们衬托得像是柔弱无力的小鸡崽，视觉效果十分惊人。

何况论身高，徐绰也是今年总决赛青年组女单的第一高度，她比别的国家的小女单选手大了一号还不止，根据体检结果，教练组判断这姑娘在发育结束后恐怕会有一米七的高度。

接着小姑娘伴随着《绿袖子》的音乐，在开场就漂亮地完成了一个 3A。

在完成这个跳跃后，她整个人的气场都变得越发明亮，看起来挺雀跃的，虽然和《绿袖子》略带忧伤的曲调不搭，但米娅女士给她编的芭蕾动作还算完成度不错，最终的节目效果也算能看了。

大众对青年组表现力的要求永远是能看、不出戏、不像广播体操就可以了，何况徐绰长高后也不是没有外形方面的优势，她同样比例很好，肢体修长而舒展，做动作时也比别人多出一份美感。

张俊宝看到徐绰的样子，还是有点发愁："她要是到了成年组还这副样子的话，想要更进一步就难了。"

张珏比他想得开，还拍着老舅的肩膀："没事啦，小绰这个赛季的进步已经很明显了，你看她的蹲转都拿到三级了，步法也稳定到了三级的水平，去年她的旋转和步法还是连三级都困难的样子呢。"

徐绰的旋转轴心很稳，几乎不会偏移，做蹲转的时候也能靠着扎实的力量蹲得稳稳当当的，但她的直立旋转就有点差了。

小姑娘是典型的力量强、柔韧性不佳的类型，原本做贝尔曼旋转还能转个四圈，现在只能转两圈交叉，还不知道什么时候就要报废，甜甜圈旋转、提刀燕式旋转、Y 字转、I 字转的姿态都不算好。

相比之下，明明是个男单选手，柔韧性却好到可以做单手提刀贝尔曼旋转的张珏才是异类。

花滑运动员最常见的有两类，一种是力量强但柔韧性不佳，一种是柔韧性强但力量不足，力量柔韧难以兼得，徐绰就是前者。

比起师妹，张珏本来就骨架小，看起来细细一个，大概是营养都被拿去长高了，看起来就像个瘦长的竹竿，精神归精神，但也真的瘦，看起来就像后者。

谁也不知道张珏的力量测试数据在同体形少年里差不多是坐二望一的水准，那个一还只能从冰舞和双人滑的男伴里找，虽说和张珏一般高的男伴也挺难找。

徐绰最终靠着跳跃的分数拿下短节目第一，乐呵呵地跑到张珏面前显摆。

"师兄，我第一！"

和男单运动员升组后要被成年组大佬暴打不同，女单运动员本来就是发育前更容易出难度，青年组第一升组后，只要综合能力不差，大多都是稳进一线，拥有了 3A 的话，极有可能和妆子一样，升组后立刻成为世界前三的顶级强者。

张珏怜爱地摸了摸她的小脑瓜："哦，恭喜你。"

徐绰又乐呵呵地跑去鹿教练身边求夸奖，结果直接被训了一顿。

表演分下面有五个小项，分别是滑行技术、步法衔接、节目完成度、编舞、音乐表现。

鹿教练看了徐绰赛后的小分表，将她的表现从技术到表演细细捋了一通，发现徐绰音乐表现跌破本赛季平均值，还不如分站赛呢。

下午比的是青年组的女单短节目、男单自由滑，以及双人滑短节目，张珏等了一阵子，他对青年组男单的赛事不感兴趣，谁知在比赛正式开始前，有人结伴过来找他。

那是一个长得很俊美的北美小男单选手，据说也是个天才少年，比张珏小 1 岁半，正式接受花滑训练也不过是近两年的事，却已经五种三周跳齐全了。

他站在张珏面前，结结巴巴地说："我……我是亚瑟·科恩，Jue，我很喜欢你，能请你帮我签个名吗？"

张珏挑眉，接过少年递过来的签名笔和海报，瞬间变了脸色。

只见海报上，一个挺着肚子的自己被穿着长颈鹿连体睡衣的刘梦成从后面举起，如同《狮子王》里被举起的小狮子辛巴。

谁把他青年组最大的黑历史印成海报了啊？

17. 一场斗舞

随着亚瑟·科恩开了头，另一个青年组男单选手也跑过来要了签名，接着青年组的女单选手、双人滑的女伴、收拾赛场上花束玩偶的冰童们也跑了过来。

张珏猝不及防被孩子们包围，有些受宠若惊，在他的认知里，能有这个待遇的不应该是明星吗？

张俊宝也看得稀奇："嘿，这小孩的人气居然还挺高。"

等张珏回来，他还摸了一把小孩的脑袋："你怎么不送他们点糖吃？"

张珏将裤兜翻出来，里面空空如也，还带着线头："没有啊，被鹿教练没收完了。"

这次鹿教练没收得特别干净，一点没给他剩，而且张珏本人也不会轻易送吃的东西给其他小运动员，即使是亲密度很高的寺冈隼人和伊利亚，在他这里能得到的也只有巧克力棒。

运动员对入口的东西再怎么谨慎都是不为过的。

晚饭大家吃的也是食堂提供的餐食，张珏尝试了罗宋汤，又用列巴片夹了牛蒡丝、鸭胸肉、煎蛋，啃了一根水煮玉米，吃了一大盘金枪鱼蔬菜沙拉，喝了500毫升的脱脂牛奶，喝完以后打了个嗝。

尹美晶顺手在他背上拍了几下，张珏瞥她一眼："你不要把我当宝宝照顾。"

尹美晶收回手："不好意思，忘了你已经长大了。"

她比张珏大一点，早就完成了发育，身高一米六八，去年和张珏说话时还要低着头，现在两人已经可以平视对方了，但可能是初遇时张珏给人留下的小孩印象太过深刻，她在张珏面前总有一种自己是姐姐的心态。

话是这么说，面对此时的张珏，还能把他当小孩看的人其实已经不多了。

张珏吭哧吭哧地吃完东西，然后跑了，过了一阵子，张俊宝终于向国内的孙千汇报完工作过来吃饭，路过一个暖气通口的时候陷入了沉思，奇妙的感觉在那一刻充斥他的内心。

他仰头在热风下眯起眼睛："我总觉得风在向我倾诉着什么。"

沈流好奇地看着不知犯什么糊涂的师兄："什么啊？"

张俊宝沉默了好久才开口："不知道，但这种感觉很熟悉，仿佛经历过无数次，但又说不出具体的缘由。"

沈流"嘻"了一声，拉着他去吃饭，两人端着餐盘坐到鹿教练旁边，发现老爷子一边慢吞吞地吃东西，一边戴着金丝边老花镜翻书，学习的努力劲头丝毫不比正在上高中的张珏差，让几个年轻教练都心生敬意。

沈流好奇地趴下侧着脸看书名，鹿教练顺手把书页抬起来方便学生看，几个大字也映入了沈流的眼帘——

《莫生气，控制血压的100个小窍门》。

沈流十分无奈。

作为张珏的教练，看这本书似乎也没毛病。

张俊宝也歪着脑袋看书名，他顺嘴问道："您之前不是在看《如何抚平宠物的焦躁情绪》《与孩子共度青春期》《给少男的幸福秘籍》吗？"

鹿教练头也不抬地回道："看完了。"

老爷子年纪大了，为了不在未来的某天步入老年痴呆的行列，他坚持锻炼、按时晒太阳、注重饮食结构，并自学钢琴、绘画、围棋来活跃大脑，并天天和张珏斗智斗勇，思维敏捷程度比起年轻人来也不遑多让，阅读速度和吸收知识的速度也高于平常老人。

沈流轻笑起来："我记得张珏也喜欢看书，可惜他的学习任务太重了，能空出来看课外书的时间应该挺少的吧？"

张俊宝："是啊，他这个月只看完了《小狗钱钱》和四部电影，昨天还和我抱怨娱乐的东西太少，精神世界要干涸了。"

一般情况下，张珏的阅读量是一个月3到5本书，阅读范畴从世界名著到赚钱秘籍、爱情小说都有，但现在他将更多的时间放在了训练、比赛和备考上面。

顺带一提，小孩阅读的习惯也是深受家人长辈的影响，张青燕、鹿教练都是有看书习惯的人，后者在张珏生日时送的固定礼物就是书，张青燕则在醒过来后，每个月都会空出一晚的时间带张珏去看京城某个剧院的话剧或者歌剧，并听了两次音乐会。

青燕妈妈的脑子里从来没有孩子不该看爱情、犯罪类题材的概念，在张珏读小学的时候就和儿子一起看了虹猫蓝兔的爱情故事，有时和张珏一起看完一部剧后，还能和儿子一边嗑瓜子一边骂剧里的渣男。

张珏能在这么小的年纪在表演方面傲视群雄，能说出许多古典乐背后的故事，理解并表达出一个节目的情感，大概也受他妈妈的影响吧。

就在此时，瓦西里听到隐隐有音乐顺着风声传来。

在12月的索契，室外气温处于零摄氏度以下，外面却不知不觉聚集了一群人，有人放着音乐，而人群中心是正在斗舞的运动员，其中一个赫然是张珏！

也不知道这帮年轻人是哪里来的活力，在这种天气还能街舞、探戈轮番上阵，张珏的舞蹈底子本就是出了名的好，而他对面的人丝毫不输。

沈流看着那边低呼一声："是冰舞的朱林。"

加拿大的冰舞组合朱林、斯蒂芬妮是本周期最强的冰舞组合之一，与他们在美国的老对手一直旗鼓相当，索契新崛起的冰舞组合中也只有"美梦成真"组合可以勉强追到和他们一个层次。

两个年轻俊美、风格不同的帅哥在雪地上跳舞，神情都很欢快，周围的观众们不时发出叫好声，阵阵白气顺着他们的嘴、鼻腔喷出，带着特别的生命力。

会跳舞真好啊，如果让沈流上的话，他除了扎马步打一套拳外别无他法。

这一幕实在是很美好，就是旁边一个俄罗斯青年正一边抹眼泪一边离开，看起来很是可怜，而他不是伊利亚，不是瓦西里，不是阿纳沙，也不知道是哪位又被人缘好的张珏撞上的俄罗斯男生。

鹿教练带着欣赏的目光看了一阵子，才缓缓站起来，拿着拐杖下去，他的直觉告诉他，只要他的视野内出现流眼泪的人，张珏逃不了干系。

等走到下面，鹿教练就从旁观的寺冈隼人口中得知，那个青年叫瓦季姆，在比赛的时候想给张珏递手帕，但上面的味道让张珏打了喷嚏，而且他还说了一句特别伤人的实话，把瓦季姆气走了。

鹿教练："他说了什么？"

寺冈隼人："他问瓦季姆是不是有狐臭。"

即使欧美人比亚洲人更容易有体味，并导致香水、古龙水等产品的流行，但被这么直白地点出来，还是很伤年轻人自尊的。

鹿教练沉默一会儿，叹了口气："算了，我去揍他。"

此时那边斗舞结束，张珏得意扬扬地拿到他的战利品——一条红围巾，跑回来以后还兴致勃勃地和教练们念叨："那个朱林好像运气很不好。"

教练们好奇地问："为什么你知道他的运气不好？"

张珏理所当然地回道："因为他说，如果他在斗舞里赢了，就要我给他一件可以提升签运的好运道具。"

可他的签运一直都很好，和道具没有关系啊。

老舅好奇地问他："如果你斗舞输了的话，你打算给他什么？"

张珏："不知道。估计回国以后，随便买一张钟馗海报寄给他吧。"

听到他的话，众人都觉得朱林输掉真是太好了。

鹿教练忍了又忍，还是把张珏抽了一顿，连同瓦季姆和朱林的份儿。

直到回了房间，张珏才捂着屁股揉了揉，神情冷静下来，拿起手机和他全知全能的"学神"邻居嘀咕起来。

"那个人绝对在斗舞的时候掐我了，他要是下手重点，我还以为他是在找我麻烦，这种轻轻掐还不止一次，我觉得他不怀好意……"

秦雪君："那你为什么不直接揭穿他呢？"

张珏嘬嘴："可我们正在俄罗斯，在俄罗斯，国情不同，可能他们自己不觉得这么做过分。"

秦雪君很想说"你当场说人家有狐臭也挺过分的"，但想起张珏被占了便宜，还没声张，事后还被鹿教练教训了一顿，也就罢了。

过了一会儿，他听到张珏的声音。

"我对未来的规划也包括成年后找个像妈妈一样优秀的女孩子做女朋友。"

少年对未来的憧憬总是单纯又可爱，秦雪君笑了笑，走到窗边看着外面的夜景。

"张珏，其实无论是喜欢谁，都是付出爱的一个过程，你还小，也许不懂，但只要不伤到他人，你喜欢谁都没关系。"

18. 轮到你了

在自由滑正式开始前，一个小冰童在伙伴的鼓励下跑到张珏身边，结结巴巴地询问："Jue，我能找您要个签名吗？"

张珏蹲下，友善地回道："可以呀。"

小冰童像是被激励到了，又小声问道："那我……可以请您帮我要 Shen 还有'美梦成真'的签名吗？啊！抱歉！我不该对你这么说的！"

张珏不明所以地歪头："什么叫不该这么说？我可以帮你要他们的签名啊，虽然我觉得你自己去找他们要签名，会让他们更加开心。"

"可以？偶像不都是喜欢粉丝只喜欢自己一人吗？"小冰童犹疑地看着他，

让张珏忍俊不禁地摸摸他的脑袋。

"可我们不是偶像啊，我们是花样滑冰运动员，没人规定冰迷只能喜欢一个运动员，喜欢一个以上就是对另一人的背叛。你喜欢的是这项运动，而我们作为运动员是这项运动的一部分，我很开心你能喜欢我们。"

张珏说的是真心话，他真诚地认为不管是什么项目，得到最多关注的都是冠军，但即使没有拿到奖牌，依然有许多运动员值得喜欢。

而且他也不觉得有些粉丝规定的只能喜欢一个运动员，对其他运动员要抨击、排斥是好事，他本人觉得这种做法不叫喜欢花样滑冰，这是不尊重花滑，更不尊重那些在冰上拼搏的运动员。

说实话，就连瓦西里和麦昆这对宿敌离开了赛场以后，关系也没那么差，至少见面点个头的交情是有的，也就是部分不理智的冰迷和媒体硬是在他们中间添柴加火，两边粉丝还成天互黑。

小冰童的眼睛亮了起来，接着张珏把他牵到尹美晶、刘梦成和沈流面前，得知小冰童对自己的喜欢后，他们也都高高兴兴地给小冰童签名、与他合影，氛围相当愉快。

就是这孩子走之前对张珏说了一句话，让他的笑僵住了。

"Jue，我最大的遗憾就是没在你长高前鼓起勇气与你合影，不过你现在也很可爱，你是我崇拜的所有花样滑冰运动员里最喜欢的那个，希望以后我们可以在赛场上见面。"

张珏沉默一会儿，扭头问大家："难道我长高以后，就没小时候帅了吗？为什么那么多人都觉得我发育前的样子更好看？"

尹美晶、刘梦成和沈流都憋着笑摇头："没有没有，你现在也很帅。"

进入运动员行列前，花滑大奖赛总决赛是张珏觉得最棒的赛事之一，原因就是总决赛的参赛人员少，各个项目都只有六个人，水平还都很高，看起来十分精彩。

成年组6分钟练习时间，瓦西里、麦昆、谢尔盖、寺冈隼人、张珏、大卫陆续入场，法国一哥马丁今年出现了严重的伤病，为了留下更多精力去比更重要的世锦赛，他放弃了总决赛。

张珏扫了一遍场地，将跳跃的起跳和落冰点大致记住才开始跳跃。

4T、4S，还有在这两种四周跳后面接联跳，以及3A……张珏把他需要做的跳跃过了一遍。

值得一提的是，现场除他以外，瓦西里是唯一和他一样拥有两种四周跳的人，而其他人虽然有 4T，稳定性却都在 60% 至 80% 之间，其中今年才重新崛起的比利时一哥大卫的 4T 成功率仅有 55%。

即便如此，他们也可能已经是地球上四周跳最为精熟的六人了，在 2012—2013 赛季的前半段，他们也是男单项目的最强六人。

有冰迷看着看着，和旁边的人嘀咕："大卫这个赛季也可以练举手了。"

他的朋友点头："毕竟是当前最先进的跳跃技术之一，能稳定轴心，还能提高转速。"

别说号称男单最高海拔、足足有一米八六的大卫了，其他运动员也都或多或少练过这项技术，只是未必所有人都会将之放在赛场上使用，比如瓦西里，他不举手，跳跃轴心和转速也够他出四周跳，他就不举。

赵宁翻着手里的资料，她旁边的解说员搭档是已退役的前女单一姐米圆圆。

赵宁用柔美的声音说道："我们可以看到，张珏刚才尝试了四周跳，很成功。"

米圆圆应道："是的，张珏是一名比赛气质很好的运动员，心态和技术都远超同龄人，而且本届总决赛男单选手的质量也是前所未有的高，首先他们都有四周跳，其次就是他们的综合能力很强，滑行、旋转基本无短板，最巧的是，他们都曾是世青赛冠军。"

论坛里，冰迷们也议论纷纷。

【是啊，今年这六个人全都有世青赛的金牌，连大卫都有。】

【大卫当年可是横空出世的欧洲第一天才，要不是后来长得太高，早就被欧系裁判捧上 A 级赛的领奖台了，亏他还能崛起，也是够拼的。】

世青赛是青年组的终点，对成年组来说却只是个起点，有的世青赛冠军能在升组后立刻冲进一线，有的却会沉湖，还有的则像大卫一样，因发育关沉湖，现在又爬回一线。

【而且六个人的技能都挺全的，可惜瓦西里和麦昆有伤病，谢尔盖爱抽风，寺冈的腰据说有伤，今年一次提刀燕式旋转都没做过，大卫个子最高，跳跃不稳。】

【好家伙，我们张珏居然是唯一的六边形战士，但他还在过发育关啊。】

【这六个人的脸也都很好看啊，但最帅的还是张珏，小孩以前太漂亮，长开以后才有那种帅哥的感觉。】

大卫是短节目最后一名，但对他来说，能进入总决赛就算是创造了职业生涯纪录，他不奢望上领奖台，只要用自由滑往上追一名就心满意足了。

他在上场前看着谢尔盖和寺冈隼人的身影，这两人才是他要对付的对手，他们在短节目的分差不大，可以追！

寺冈隼人往那边看了一眼，深呼吸，他的教练按住他的肩膀："别紧张。"

"嗯。"

大卫不擅长古典乐，不擅长从电影里提取情绪，但对哥特风、爵士风掌握得不错，因而形成了独特的表演风格。寺冈隼人不同，他的滑行最强，本就在表演方面有优势，但练习 4S 导致的腰伤严重影响了他的发挥。

这两人是真的不相上下，比起来相当精彩，而谢尔盖虽然是稳稳的一线选手，抽风次数却也稳居一线选手之首，每年都进总决赛，每年都上不了领奖台，这次出乎所有人预料地 clean 了节目。

但为了求稳，他这次也只在自由滑里上了一个 4T。

等到他们三人的自由滑结束，屏幕上三人的总分分差居然没超过 5 分。

大卫在第二名，在他后面还有三个厉害的没登场，如无意外，他会是本届比赛总决赛的第五名，而寺冈隼人将位居最后一名。

他看了日本少年那边一眼，发现他正和教练去后台，手里拿着一帖膏药。

果然那个失误是伤病导致的，大卫这么想着，在心里为对方感到遗憾，作为热爱花滑的人，本届总决赛中最令他期待的，是瓦西里、麦昆和张珏这三人的奖牌颜色。

在大卫看来，这三人的水平差不多，其中瓦西里有裁判缘优势，麦昆心态最稳定，张珏体能最强。

但令他没想到的是，本应最稳定的麦昆，却在比赛开场就摔了一跤狠的，场内响起一阵惊呼，麦昆表情不变，手一撑冰面爬起来继续滑，并试图将他摔掉的四周跳补起来，却又摔了一跤。

张珏眼神好，立刻看出来不对："他的跳跃轴心其实很好，但落冰时膝盖没撑住。"

沈流也是因膝伤退役的，他吸了口冷气："肯定痛死了。"

内行都知道带伤比赛有多难受，麦昆却全程保持着笑容，坚持把这一场滑完了，比赛结束的那一刻，张珏立刻鼓掌。

他没有因为麦昆是对手而敌视过对方，他为对方的坚持而感动，也为对方在节目中展现的情感而动容。

或许因为麦昆发挥失常而失落愤怒的人有很多，但现场也有许多和张珏一样的人，连瓦西里都跟着鼓掌，他的教练站在旁边一脸淡定，完全不觉得自己的学生为对手喝彩有什么不对。

麦昆的分数出来了，他的总分比寺冈隼人低了 1.5 分，垫底。

就在此时，张俊宝看向张珏："轮到你了。"

短节目第二名的张珏脱下外套，露出其中纯黑的考斯腾，以及被布料包裹的纤细而不失力量的身躯，他的身上仅有左肩镶了十字架装饰，脖子上戴了 choker（颈链）。

沈流朝他丢了副纯黑皮手套，张珏接过戴好，对教练们露出自信的笑，上冰。

解说员赵宁和米圆圆对视一眼，两人的神情都变得比刚才更加认真，赵宁用带着期待的语调说道："现在上场的是我国小将张珏，他即将表演的自由滑节目是《教父》。"

米圆圆："他的编舞是米娅·罗西巴耶娃。"

此时，现场的广播也开始报出选手的名字。

"Representing China, Jue Zhang."（代表中国上场的是张珏。）

备受瞩目的少年站在纯白的战场中央，他垂下眼眸，双手自然地垂在两侧，尼诺·罗塔为电影《教父》创作的不朽乐曲响起。

张珏双手捂住脸向后滑行，明明在赛场上，却给人一种从阳光下退入了黑暗之中的决然感。

鹿教练点头："嗯，这次找对那个味了。"

《教父》是男人的篇章，要深沉，要挣扎，也要冷静和狡猾，张俊宝带着张珏把《教父》的电影看了不知道多少遍，可算有了点意思。

伴随着点冰声，少年教父在冰上腾起，一个高远的 4T 落冰，冰刀在冰上画出一道流畅的圆弧。

这是张珏本赛季至今质量最好的一个四周跳！

19. 衰萌领奖

在张珏之前，男单项目也有人演绎过《教父》，其中最著名的就是传说中的表演家坎德罗罗，他不仅曾贡献过至今最经典的一版《教父》，还在节目的末尾展现了他自创的坎德罗罗转。

虽说那位前辈比赛的时候，花滑打分赛事还是 6.0 制，这种打分制公正性难以保障，但在还不够规范的时期，运动员们在宽松的环境下更会玩也是真的。

相比之下，张珏版本的《教父》在技术方面肯定更高，但也无可避免地在表演方面，被拿去和那位优秀的前辈进行比较。

而就像鹿教练说的，张珏直到本场比赛才找对味道，所以他之前的比赛，自然给人一种技术方面游刃有余，表演方面尚显青涩的感觉，并和本场比赛形成了完全不同的效果。

《教父》讲述的是柯里昂家族两代教父的故事，老教父维托·柯里昂，以及他的继承者，迈克·柯里昂。

鹿教练一早就看出来，张珏的年纪和阅历都不适合在表演里代入老教父的角色，老教父那种岁月沉淀出来的风度、老辣、慑人的威严压根就不是一个十几岁的小运动员能表现出来的，但张珏要代入小教父不是一般的合适。

在原著中，迈克·柯里昂虽然心性最适合继承教父的位置，却因叛逆跑去参军，之后又因刺杀敌人而逃亡西西里，并在那里娶妻，度过了一段美好时光，在经历了许多波折后，妻子被害死，他回到了家族中继承父亲的位置。

这位年轻的教父性格精明、冷静、坚强，关键时刻狠得下心、担得起事，虽不如先代教父慈爱，却用尽一生保护家人，这些形容词若是放在张珏身上，也完全不突兀。

别看张珏经常表现得像只吃饱了以后浑身是劲无处发泄的熊，又或者是看到瓜田就要进去审一审的猹，鹿教练活了这么多年，识人的本事过硬，早就察觉到张珏的心里有相当深沉细腻的一面，也就是常人说的心思深。

在他的身上，有一种凌厉与冲劲，以及无论面对什么困难都会理性面对的沉稳心态，这一切结合起来，让张珏终于在总决赛找对了《教父》的感觉。

瓦西里看着赛场上少年的身影，眨了眨冰蓝色的眼睛，微笑起来。

难以置信，这个 16 岁的少年居然看起来像个"王"了，作为公认的男单赛场上的王者，瓦西里面对这位正在崛起的"新王"的表演，眼中满是欣赏。

在第一个四周跳完成后，张珏又来了个4T+3T的联跳，第三跳则准备上4S，然而在落冰时出现了轻微失误。

他的腿还是太长了，这导致他的刃跳轴心往后倾斜，空中姿态不稳定，要不是落冰时硬生生凭着过人的反应力拗了一下，怕是要摔一下狠的。然而就算没摔，他也扶冰了一下。

张俊宝在张珏起跳的时候就知道这一跳要失误，嘴里念叨着完了完了，看到孩子没摔，很是振奋地一挥拳，鹿教练却皱起眉头。

硬拗着落冰非常伤关节，这也是为何他在训练时强调一定要使用规范技术，这小子没事吧？

张珏很快用一个3A证明了他没问题，他很行。

作为花滑运动员中偏少数的擅长跳跃方向朝前的A跳高手，张珏的3A看起来轻轻松松，一下就能蹦出去老远，还能来个延迟转体，而接下来完成的勾手跳质量竟然不亚于这个3A。

无论什么时候，都可以相信张珏的勾手跳质量，他的外刃是目前国际上最标准的一个。

而令人惊喜的是，张珏的旋转通通评到了四级。

这就是鹿门抠细节的好处了，鹿教练严厉，抓学生技术里的小问题格外用心，誓要学生把分值没有跳跃那么高的旋转水平也提上去，而这是值得的。

自由滑三组旋转，如果全部只拿了三级，就比全部拿四级少了1.4的基础分，接近一个3A与3Lz的基础分差，但一个运动员要将3A练稳，要花费很多的时间、精力甚至是健康才能完成，相应地，把旋转练到满级反而没那么难。

俄罗斯单人滑教父鲍里斯看出了更多东西："coco的滑行弧线比以前更明显了。"

张珏的滑行在初始阶段就很优秀，但那时的他用刃较浅，只是乐感和滑速好，所以看起来棒，但真正下了苦功练习的滑行用刃是很深的。

而且现在的张珏已经能做到随着音乐节奏的变化控制滑行的速度，这就是对脚下冰刀掌控力增强的体现。

他已经不是光吃天赋的天才少年了。

抠滑行和旋转的细节，其实是一个性价比很高的做法，而对张珏这种本就跳跃强的运动员来说，让所有属性均衡发展，可以让他在裁判那里得到更高的综合评价，加快攀升的速度。

此时节目进入后半段，少年对上方做了个飞吻，神情却凝重，他没有坎德罗罗那种充满意式风情的潇洒范，在沉肃与阴暗、痛苦方面却犹有过之，看到最后，居然给人一种霸王的感觉。

张珏自带霸气气场。

他保持着这种气质直到节目结束的那一秒，然而就在音乐结束的那一瞬，这个少年的表情就立刻脱离了他要演绎的故事氛围，重新变回活泼阳光的样子，眼珠子灵动地左转右转。他露出一个灿烂的笑，大大咧咧地朝四周行礼。

张珏出戏的速度太快，以至于不少还没醒过神来的观众露出懵懂的表情。

什么？这就结束了吗？

而已经反应过来的观众，则开始为张珏鼓掌。

不管张珏在节目中是霸王也好，教父也罢，在现实生活中，他就是一个年纪不大的少年，才脱离了小学生的体形、进入少年期没多久，却已经展现出了如此高水准的竞技水平。毫无疑问，他是一个值得大家送上关注与期待的闪亮新星！

张珏下冰的时候活动了一下脚踝，沈流急忙问他："怎么了？不舒服？"

少年摇头："没，就刚才扭了一下，也没影响到后面的跳跃。"

扭了一下的意思就是还是伤到了，但不严重，约等于正常人走路时脚踝扭了扭，不会影响人继续走路甚至是跑，但酸痛感还是存在的。

这点小伤在日常训练里也不罕见，张珏没当回事，走路也正常，教练们也按下心中的担忧，领着孩子坐到 kiss&cry。

自由滑的体力消耗比短节目大得多，张珏也出了一身汗，他抽了几张纸巾胡乱地擦脸，赛前上了发胶的头发这会儿没散，却有一粒粒汗珠顺着额头流下，脸颊也带着运动后的健康红晕。

鹿教练评价："这次的步法和旋转都做得不错，就是刃跳不稳定，要不要考虑在四大洲锦标赛和世锦赛改构成？"

反正现在顶尖男单选手们的自由滑里也就上两个四周跳，张珏是为了上第三个四周跳，才把 4S 拿了出来，但放弃也不是不可以。

张珏回道："总要上第三个，我觉得没必要放弃。"

竞技体育是不断发展的，现在是双四周跳配置便足以称雄的年代，但不代表未来还是这样，为了发育而一时停止前进，让别人追上他，还不如继续往前冲，一直冲到所有人都追不到的地方。

年轻人的身上有毫不遮掩的野心，他向往更高处，并愿意为之流血流汗，鹿教练心说，他就知道张珏会这么回答。

这孩子的心气太高了，他像是一只满身活力的刚成年的小豹子，才闯入成年组的世界，就干劲十足地对最高处发起冲击。

但张珏冒险上三个四周跳配置的自由滑是有价值的，当他的分数出来的时候，张珏以拳击掌，开心地跳起来。

"耶！"

他的总分是 295.25，这是张珏的个人最佳，也是本赛季所有运动员中的最佳，其中自由滑距离世界纪录仅有 4 分之遥，主要分差来自短节目和自由滑的表演分不够高。

毕竟才是成人组第一个赛季的新人，裁判一般不会给太高的表演分，张珏今年的表演分待遇就到了一线的水平，在很多人眼里也是一场奇迹。

而作为现在的世界纪录持有者，瓦西里脱下外套，对教练竖起个大拇指。

鲍里斯教练叮嘱："不要太勉强，你这个赛季最重要的还是世锦赛。"

而且瓦西里身上有伤，但他在比赛开始前仅仅服用了止痛药，一针封闭都没打，他的耐力会随着比赛不断下滑。

鲍里斯会出声让弟子悠着点，就说明瓦西里在他心里，本就是一个遇到对手容易冲动使出全力，而忽视自身伤病问题的人。

瓦西里果不其然使出了三个四周跳的配置，鉴于一种四周跳顶多在节目里同时出现两次，使用三个四周跳的前提，就是运动员本身的技术储备里有两种及以上的四周跳，这种三个四周跳的配置现在是张珏和瓦西里的专利。

他们两人同时在赛场上出最高难度的时候，对冰迷来说就是一场视觉盛宴！

相比张珏，瓦西里的表演技巧、风格已经成熟，还有东道主选手特有的裁判缘加成，在技术水平一样的情况下，他本应该更有优势。张珏的确很强，但他还没输！

寺冈隼人喃喃道："张珏没有 clean 节目，表演分和打分待遇不行，瓦西里如果能 clean 自由滑就能立刻翻盘……"

瓦西里完成了三个四周跳，却在跳 3A 时扶冰，这下他和张珏的节目完成度就一样了，他们都有三个四周跳，也都出现了失误。

在瓦西里的节目结束后，整个会场都陷入了寂静。

这场比赛会是谁赢？

是仍然年轻的王者瓦西里，还是跃跃欲试要争夺王座的小将张珏？

有的冰迷甚至屏住了呼吸，还有的冰迷双手合十祈祷起来。

国内的网络上，关注这场比赛的冰迷也都激动起来。

【张珏好牛！真的好牛！】

【厉害了，老大追花滑比赛这么多年，还没见过哪个男单选手才升组就这么猛的！】

【之前只觉得张珏升组以后能进个总决赛就不得了了，没想到他能拼到这个地步，话说还有人记得他正在过发育关吗？】

【顶着发育关拼到现在，鳄鱼哥真牛，他的教练也牛，鹿老头用这半个赛季证明了他是个神仙！无论是鳄鱼哥还是绰妹，谁都没被发育关整垮！】

【不管张珏今天拿不拿金牌，我认为他都是本赛季最争气的男单选手！一边疯狂发育一边和瓦西里干到这个地步，就问还有谁！】

媒体是擅长煽风点火的，在瓦西里坐在 kiss&cry 等分的时候，他们还专门在屏幕右下角开了个小窗实时播放张珏的表情。

接着许多紧张的冰迷就看到张珏一口咬下半截香蕉嚼嚼，小脸被食物撑得鼓起来，明明表情也挺严肃的，但就是没法让人感到紧张。

有现场的中国冰迷吐槽："他现在还吃得下东西？"

这人旁边一女生回道："生长期少年的胃是无底洞，不过他这心也是真的挺大的，唉，要是小金有他这心态，早就摆脱'内战之王'的头衔了。"

"啥'内战之王'啊，今年全锦赛肯定是张珏夺冠，他这性格的确比小金更适合做一哥。"

这次裁判们出分出得很慢，估计是全体都在努力按计算机，又过了 30 秒，大屏幕上出现了瓦西里的总分。

296.15 分，比张珏高了 0.9 分。

张珏："哎呀，银牌。"

张俊宝："小玉，现在是镜头前面，你不许哭。"

张珏："我上次为自己只拿第二而哭都是好几年前的事了！我现在已经是大人了，不会再为一时输赢哭了好不好！"

都几年前的事了，他老舅怎么还记得那么清楚呢？

少年郁闷地吃完剩下的香蕉，将皮放在垃圾袋里，又在垃圾袋外面套了一层，最后塞进包里，准备等颁奖典礼结束后再去找地方扔。

对于自己只拿银牌这事，张珏也不是没有心理准备，他到底才升组半个赛季，自身发挥不是完美无缺，拿金牌是侥幸，输了也无话可说，起码瓦西里的表演比他成熟，他也算心服口服。

不甘的想法肯定是有的，但张珏认为自己下次会滑得更好，又不是输了这次就没下次了，加上好歹即将有一块 A 级赛事的银牌入手，他打起精神，准备让自己高兴起来。

颁奖典礼开始了，全场的灯光灭了大半，只有最亮的几束光落在领奖台上，广播依次喊出冠军、亚军、季军的名字，他们依次入场向四周挥手、行礼致意，跑到领奖台上站好。

张珏是第二位入场的，好歹在青年组称王了那么久，他对颁奖流程十分熟悉，然而领奖台前有一层红毯，上台前要走过红毯。

大概是运气不好，张珏正乐呵呵地要跨上台子的时候，冰刀前段的刀齿被钩住，接着他整个人就往前扑倒。

张珏摔倒了，瓦西里也被吓了一跳，他连忙蹦下台子，把人扶起来。

"Are you ok?"

张珏灰头土脸地爬起来："I'm fine! I'm cool! I'm good!"

少年时期曾有焦糖玫瑰美誉的俄罗斯花滑王者没有嘲笑他，而是保持着一如既往沉静的神情，将他扶起来，友好地抱了抱这个年轻人。

张珏的体脂率是个位数，身体并不软，却很有柔韧性，他的眉目间满是稚气，肢体却蕴含着足以完成四周跳的强大力量。

瓦西里心想，后生可畏，他明明才 24 岁，在这个比伊利亚还小 2 岁的孩子面前，也无可避免地感到苍老。

后浪一拨比一拨强，可他还不打算被这个孩子拍死在沙滩上。

他拍拍张珏的肩膀："世锦赛的时候，我会打封闭，到时候再比一次。"

张珏看他一眼，还没来得及回答，瓦西里又说："如果你想赢我的话，要不要试试去闻一些古龙水的味道，探究那些香水背后的故事？"

张珏不解地看着他："香水？"

瓦西里对他眨眨眼："你知道的，想要让大众对你的印象从孩子过渡到男人可不容易，我当年也经历过转型的阵痛期，后来闻到一款古龙水的味道，想象着在场上表现得像那款香水一样，才终于找到感觉，你要试试吗？"

张珏面露疑惑，这个人在干什么啊？他难道是在教作为对手的自己如何变强吗？

伊利亚看着领奖台上的大师兄和好朋友 coco，吹了口气将眼侧的刘海吹开，哼了一声。

"瓦西里肯定又在宣扬他那套抽象的香水理论了，正常人怎么可能从香水里领悟到如何突破表演风格的方法啊？"

20. 鲱鱼罐头

瓦西里对张珏的好印象来自这个年轻人规范的技术，还有敢于一边过发育关一边和顶级选手硬拼的勇气。

作为战斗民族，他就欣赏这种勇敢的孩子。

比赛结束后的第二天，选手们会参加表演滑，晚上还有 banquet，而在表演滑开始前，张珏拉了一群和他玩得好的小运动员开鲱鱼罐头。

这鲱鱼罐头自然是网购的，下单人士是俄罗斯本土小选手伊利亚，钱是三人平分，罐头祸害的运动员涵盖这届总决赛所有青年组 18 岁以下的成员。

开罐头的是张珏，罐头打开后先倒下一片。

等张珏嚷着"来，准备吃了啊"，几个胆大的上前，接着差点被熏吐。

伊利亚最猛，他咽下半条鲱鱼，转头对大家艰难地露出微笑，俯身吐了出来，呕吐物和罐头的味道结合，令剩下的人也纷纷倒下，其中寺冈隼人正面朝下趴在地上，脚尖时不时抽一下，恰好他和伊利亚在赛场上互看不顺眼，这一下是伊利亚伤敌一千，自损两千。

生命力最旺盛的庆子滚到房间边缘，打开门爬了出去，敲响隔壁杨队医的房门。徐绰用纸团堵住鼻子，坚强地冲去开窗通风。

在这天之前，很多人以为三剑客只是擅长给自己的人生增加黑历史，为花滑圈趣事添砖加瓦，现在他们明白了，他们给别人增加黑历史的功力更加深厚。鲱鱼罐头事件后，不知道多少小孩被教练拧着耳朵骂了一顿，但他们自己回想起来的时候，又觉得这事还挺好玩的。

和三剑客一起玩，尤其是张珏，是绝对不会无聊的，就是有时候会被坑到。

由于开罐头的地方是张珏和张俊宝的房间，被鲱鱼罐头熏过后，这房间是不能住了，张珏不得不和老舅一起去鹿教练那里打地铺。

去年张珏参加总决赛时还是青年组小将，而且因为心脏病发作，直接退出表演滑被带回国休养，今年他终于能完整地参加表演滑了。

本届总决赛中，中国团队收获颇丰，张珏是成年组男单银牌得主，"美梦成真"是成年组冰舞铜牌得主，黄莺、关临拿了成年组双人滑的铜牌，而徐绰在青年组女单赛事中夺冠。

大家都没有空手而归，自然都高高兴兴的，在表演滑里也情绪高涨，顺带在张珏的带领下和不少运动员交换了联系方式，在推特上互相关注。

唯有教练们心中略忧虑，成年组小将们的优秀代表至少在未来一个周期内，中国花滑都有人好好地撑起来，而青年组只有徐绰能撑起来，而且这姑娘明年也要升组了，她升组后，青年组还有人吗？

青年组的运动员是否出挑，意味着国家队的板凳厚度够不够，板凳不够厚，只靠着偶尔出现的天才撑场子，注定不会有好结局。

鹿教练叹气："要加强对不花和一鸿的培养，之前我们把太多目光放在张珏和徐绰身上了。"

这俩孩子才进发育关那会儿的确是各种不适应，到了总决赛才渐入佳境，教练组难免在他们身上花更多心思，但为了下个周期、下下个周期中国花滑还能继续在国际赛场上保持夺牌争金的竞争力，对小朋友们也要抓紧才是。

"俊宝，你要多带带秦萌，我到底年纪大了，等小玉退役，我大概也要跟着退休了，孩子们还是要你和沈流来管。"

张俊宝低声应是。

其实鹿教练不说，老舅心里也明白，老爷子是为了张珏才高龄复出的。

他看着冰上伴随着 YMCA 的音乐蹦蹦跳跳的少年，眼神柔和起来，2010年，他没想过张珏会走上花样滑冰的赛场，2011年，他没想过张珏会拥有现在的成绩，应该说那个时候，没人猜得到张珏能有现在的成就。

世事变化总是难测，老舅也不知道以后能不能再培养出张珏这样的选手，毕竟紫微星不常有，不过他的教练之路已经步入正轨，张珏的师弟师妹们也都是努力的好孩子，而在冰上，还有其他孩子在拼搏着，在未来的花滑赛场上，总有中国选手绽放光芒。

"据悉，我国 16 岁小将张珏于昨日，在索契举办的本赛季花样滑冰总决赛中，以总分 295.25 分取得了银牌的好成绩，这是我国男单项目在花样滑冰 A 级赛事中的突破性佳绩，创造了全新的历史……"

这条新闻在央视五台播出时，国内的冰迷都很振奋，而认识张珏的人大多都会发出"天才就在我身边"的感叹。

总决赛结束后，已经高二的张珏提回家一堆真题密卷，以头悬梁，锥刺股的精神开始念书。

每次出门比这种大赛，张珏就会有一周的学习真空期，偏偏花滑项目的重量级大赛集中在 12 月底和 3 月，一个接近期末，一个撞上开学，而张珏今年升组，又多了个和春节撞时间的四大洲锦标赛。

要在训练的同时把学习也兼顾起来不容易，秦雪君身为医学生平时也忙得很，张珏不可能光依靠这位邻居的笔记和补习来维持成绩，哪怕对方愿意帮忙，他也不好总是打扰人家，最后还是要自己多下点功夫。

比如做个时间表，严格安排时间并坚决执行，以及在被舅舅开车接送时利用碎片时间背单词和课文。

别看张珏在比赛的时候调皮捣蛋，但那是因为他只有在比赛的时候才有空找朋友玩，平时在国内，他已经很少有娱乐时间了。

作为学生，张珏周一周三周五这三天只上上午的课，下午会拿着老师批的条子提前离校去国家队，在发育关来袭后，为了让体能、力量、柔韧性、身体控制力都能继续稳步提升，他需要做的训练非常多，冰上训练不说，冰下有无氧运动、每天必跑的 15 公里，还有每周 8 小时起步的舞蹈课。舞蹈课的老师正是秦雪君的奶奶米娅女士。

张珏有心脏病史，所以必须保持每天 8 小时的睡眠，好维持身体状态去进行高强度的训练，每天还要再抽至少 1 小时的时间去做理疗。

总之不知不觉，张珏就成了没有时间玩的小孩，他恨不能把自个儿掰成两半使，如果一个人一天有 48 小时，只睡 8 小时，其他时间都拿来学习训练，这才是他想要的人生。

许德拉和哥哥一起写作业，这样有啥不懂的，可以直接去问他那中考全市第三的亲哥，等听完张珏发出的那番感叹，二德心里咯噔一声。

不得了，他哥怕是要被逼疯了。

张珏这么自觉地努力再努力，自然和三年前那场车祸有关，在那之后，张珏就无比迫切地渴望长大，成为家里的支柱，曾经差点失去一切，让他的危机感相当强烈。

所以他得成绩好，这样学校不仅不收他的学费，每学期还要给他发五万元的奖金，在张珏吃饭全在国家队食堂的情况下，这笔钱可以支付他和弟弟的学杂费、房子的租金和水电费。

而他在国际大赛上获奖的话，不仅有比赛奖金，队里也给发奖金，还有他代言的那款牛奶给的八十万，在考斯腾、编舞、冰场花费、冰鞋购置全由队里报销的情况下，张珏滑冰同样是赚的。

张青燕和许岩偷偷靠在儿子的书房旁边，对视一眼，在对方眼中看到相同的无奈。

孩子努力是好事，但张珏把自己逼得这么紧，又让他们无比担忧。

张青燕小声道："他这样下去心理压力太大了。"

别人压力大点都算了，但青少年压力过大可能导致心跳过快这点，已经在张珏身上验证过了。

许岩同样小声地回道："我下周六晚上 7 点演出，把儿子们都带去戏院耍耍。"

即使张珏不能外食，他们也可以给儿子背上平板、笔记本电脑、PSP（一款掌上游戏机）等玩耍的机器；即使张珏不爱看戏，玩玩电脑手机也可以。

只要张珏别把自己逼得太紧，让他的小心脏又出问题就好了，再看儿子进一次手术室，当爹妈的也要心疼死。

张青燕掐指一算："可以，儿子这周五要比全锦赛，周六下午就能比完。"

由于张俊宝早年也是花滑运动员，张青燕和许岩作为姐姐和姐夫，早就对花滑规则十分了解，儿子的比赛更是一场不落地看完，他们对张珏的全锦赛成绩倒是不怎么担心。

以张珏的实力，除非瓦西里和麦昆脑子被驴踢了准备转籍，又或者张珏的师弟察罕不花、蒋一鸿突然被紫微星附身获得了新技能，否则张珏在国内就是无敌的。

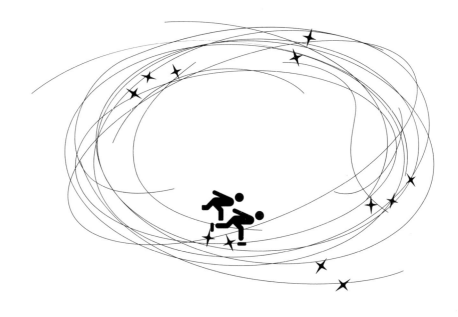

三　无妄之灾

21. 牛奶爆火

对花滑项目来说，全国锦标赛的意义重大，虽然国内赛的成绩不算积分，对他们冲击更高的世界排名没啥用，但赛季后半段的欧锦赛、四大洲锦标赛、世锦赛的名额有限，不在国内表现出高水平，名额是落不到他们头上的。

张珏去年没上全锦赛，但还是拿到世青赛名额，这属于特例，是运动员本身强大到和其他小运动员出现断层，而国家队的领导、教练们也帮了忙的关系，而且名额不止一个，竞争再激烈，好歹没超出上面可以运作的程度。

要是去年世青赛只有一个名额的话，被送过去的人肯定就不是张珏了。

今年终于让张珏赶上了全锦赛，压力那是完全没有的，兴奋倒是有不少。

国内的冰迷们也都十分高兴，能去国外看比赛的到底是少数，像张珏这种水准的运动员，地区性质的无积分小比赛他也不会出场，所以如果要看他、黄莺、关临、"美梦成真"组合的现场的话，全锦赛就是最好的机会。

而且国内花滑的热度不高，买票也很便宜，好多网友打车去场馆的钱都比门票贵。

在全锦赛的官网开始售票时，工作人员惊讶地发现，门票在三分钟内就少了一大半，接着他们的网页就崩溃了。

人流量出乎意料地大，他们的服务器没顶住。

没过几秒，投诉电话打了进来，一个甜美的女声言辞犀利地指出他们的网站质量太差，影响冰迷对花滑的热情，中国本就不多的冰迷若是因此减少，你们就是最大的罪人云云……

客服连连道歉，另一边使劲抢修，女孩终于买到票，才冷哼一声说："加强服务器吧，咱们家运动员正处于上升期，来年买票的肯定更多。"

啪，电话挂了。

客服和技术员相视苦笑，技术员摊手："我尽力了，网站应该能撑到票卖完为止。"

客服小哥抹了把冷汗："这好像是咱们花滑全锦赛第一次票卖得这么好呢。"

明明以前的全锦赛上座率都只有 65% 到 75%，今年居然变化这么大。

但想想也可以理解，毕竟无论是男单、双人滑、冰舞，今年都有了非常出色的选手升组，并在国际赛场上取得好成绩，女单又有个明日之星在明年升组，而且刚好明年就是冬奥会赛季，而国内赛的同项目赛事会把青年组、成年组放在一起比，总分都是一起算的，徐绰可是今年的全锦赛女单金牌热门人选。

而在全锦赛当天，张珏在出门前和张俊宝撒了个娇。

"老舅，我想带苞米一起去比赛。"

要是一米五几的张珏这么撒娇，张俊宝指不定就从了，然而现在的张珏看起来只比老舅矮了 2 厘米，撒娇效果大大减弱，老舅无视张珏的撒娇攻击，冷漠地表示不行。

张珏："我保证苞米不会随地大小便，也不乱吃别人给的东西！"

张俊宝："我知道这条狗会用马桶、冲厕所还有自己买东西吃，但我们不能带狗去场馆。你又想写检讨了？"

张珏不甘，最后被许德拉推出了家门。

好在进了比赛场馆后，一个小老太太操着被称为地瓜腔的闽南风味普通话过来掐他的脸，让张珏的心情又好了起来。

"大胖，你瘦了好多，长得好高，比赛会好辛苦的。吃了饭没有？阿嬷给你准备了你最喜欢吃的鸡蛋糕，你吃不吃？"

张珏娴熟地伸出手："刚好我没吃饱。阿嬷，谢谢你的鸡蛋糕。"

当张珏还是个不懂梦想是什么，对滑冰也只当作普通锻炼方式的小胖子时，鹿教练的妻子亲手做的鸡蛋糕，就是他一周去上五次滑冰课的最大动力。

鹿教练咳了一声，将小老太太拉到一边："老婆，别掐大胖脸了，孩子要去热身呢。"

而且鸡蛋糕明明是做给他吃的，怎么张珏一露面，好吃的就到张珏手上了？

他再看张珏一眼，发现这熊孩子已经十分自然地把好吃的塞进了嘴里，还找他老舅要牛奶，说是牛奶配鸡蛋糕最香最好吃。

张珏吃完好吃的，意犹未尽，想再伸手去要，被张俊宝拍了一下。

"还吃？当心明天有氧运动翻倍！"

张珏："不吃就不吃嘛，鹿教练在哪儿阿嬷就在哪儿，我迟早还能再从她那里得到更多鸡蛋糕。"

跟在他身后的徐绰、察罕不花、蒋一鸿、闵珊都捂嘴偷笑，大师兄的胃口好是国家队里出了名的，偏偏他还是个易胖体质，常常被控制饮食，大师兄也因此和食堂的宁阿姨上演了一场场经典剧目。

"阿姨，能再给我一点吗？"

"小玉啊，真不能再给了！"

就在此时，阿嬷又兴奋地喊张珏："大胖，你知道这次全锦赛还有谁来了吗？"

张珏转头："谁啊？"

看阿嬷的表情，莫非这届全锦赛除了他的同门、同为国家队的队友，还有其他熟人出场？

阿嬷："二胖也来了啊！"

有大胖自然有二胖，为了让小孩减肥送他们去运动的家长有不少，张珏的父母也只是其中之一，而二胖是张珏曾经的邻居兼好友，比他大 1 岁，是张珏小时候最要好的朋友。

在张珏这里，最要好的朋友等同于被他坑的次数最多。

在鹿教练的记忆里，张珏孩童时期每每闯祸，旁边必然跟着敦实、憨厚的二胖，但鹿教练深知二胖的本性很老实，所以通常是大胖小玉把他忽悠着一起调皮捣蛋，而二胖回过神来，已经和张珏一起挨上了揍。

这么一想，那个倒霉孩子的童年阴影怕不就是张珏。

老爷子说："我记得二胖后来搬家去 J 省了啊。"

阿嬷说："是啊，那孩子后来单跳的难度上不去，顶多能跳 3Lo，但是个子比较高，他爸爸一米七九，妈妈一米六九，J 省省队的马教练觉得这孩子适合练双人滑，就收了他做徒弟。"

听到马教练的名字，这次来参赛的鹿门弟子都眨巴眼睛。

如果说现在国家队的单人滑老大是鹿门的鹿教练、张教练、沈教练的话，双人滑的老大就是总教练孙千，以及黄莺、关临的老师，孙千门下大弟子马教练。

张珏笑起来："他跑去练双人滑了？女伴今年多大啊？进青年组了吗？"

为了方便练习托举动作，双人滑、冰舞项目的女伴通常会比男伴小几岁，也就是小男生举更小的女生，但这也导致男伴们在升组时要等女伴。

像黄莺就比关临小了 3 岁，她进青年组时 13 岁，那时候关临 16 岁，连升成年组的年龄线都过了。

阿嬷回道："是个 12 岁的小姑娘，明年才进青年组。"

张珏想起这位童年玩伴，许多回忆涌上心头，还记得初遇那年，他 2 岁，二胖 3 岁，张珏啥也不记得了，但据二胖说，那时候他送了张珏一块冬瓜糖吃。

他们两个读幼儿园时在一个班，每次老师发零食时，张珏都会顺便伸手说："我帮二胖也拿一份。"这样他就可以获得双份零食。等到二胖去领时，老师便会面露茫然："你不是已经领过了吗？"

还有他们上小学一年级时，张珏爱上了打水仗，每天带着一把小水枪上学，时不时朝二胖喷一下，这位憨厚的胖墩就无奈地望着他，给他买学校门口的鸡柳吃。

而且张珏小时候爱打架，每次打架都会大呼二胖，老师喊家长时都是两个人的父母一起喊，两人挨打也是一起挨。

随着张珏的回忆，他旁边的师弟师妹们表情都微妙了起来。

"师兄，听你这么一说，那位二胖恐怕不会乐意见到你这个童年阴影。"

闵珊小声和徐绰说："那个二胖和金子瑄肯定很有共同语言。"

徐绰咳了一声，点头表示赞同。

张珏终于走到了少年组双人滑的热身地点，他左右看了看，目光停留在一个少年身上，他看起来一米七出头，上肢肌肉线条明显，脸长得十分端正英俊，气质优雅，身边还跟着个精致得像洋娃娃、身高一米五出头的小女孩。

"二胖！"张珏喊了一声，那英俊少年一个趔趄，转头，露出惊恐的表情。张珏开开心心地跑过去。

姜秀凌看着眼前这个好看得比小时候更有攻击性的童年友人，发出一声不知道是叹息还是笑的气音。

"小玉啊。"

他的女伴洛宓好奇地看着姜秀凌："胖哥，你认识张珏呀？"

姜秀凌应了一声，指着张珏："小宓，这是我小时候最好的朋友，张珏。"

跟着师兄过来看热闹的徐绰、闵珊、察罕不花、蒋一鸿在心里叫了起来。

他们都做好传说中的二胖看到大师兄转头就跑的准备了，没想到对方居然还认大师兄这个朋友！而且还是最好的朋友！

大家一下就认定这个姜秀凌是好人。

没过一会儿，黄莺和关临一起跑过来给同门师弟师妹姜秀凌、洛宓组合加油，少年组的比赛本来就比成年组举办得早，马教练很快来赶人。

"去，去，做你们自己的事，别打扰这里一群小孩子。"

在国内，黄莺、关临和张珏就是明星级的人物，他们站在这里，谁还有心思热身啊？

张珏被赶了也不生气，又溜达去了尹美晶、刘梦成那边，回来的时候手里多了一杯刘梦成自己榨的豆浆。

他不知道自己在冰迷这里有多高的人气。很快，网上的花滑论坛就出现了一个帖子。

【熊孩子走到哪里都有人疼，点我就看张珏那些年在赛场上被其他选手投喂的视频。】

帖子里不仅有冰迷拍摄的全锦赛画面，还有张珏从青年组第一个赛季到现在为止参加过的各场比赛，而投喂他的寺冈隼人、白叶冢妆子、伊利亚等他国选手也进入了画面。

什么生巧克力啊、大福啊、蜜饼……张珏走到哪儿都不愁饿肚子，虽然他吃得少，但架不住种类丰富，喂他的还都是俊男美女。

一时之间，冰迷们竟然不知道羡慕谁才好。

就在此时，张珏代言的唯一一款商品梯子山牛奶突然爆火了，一位网友将张珏还是小学生体形时捧着牛奶笑眯眯的海报发到网上，又将他现在的样子一起发了上去。

对比鲜明。

想要孩子长高吗？那就来买 H 省特产的梯子山牛奶吧！看看他们代言人的长高速度，就知道这牛奶有多好了！

22. 教练们吃

骂归骂，买归买，梯子山牛奶一炮而红，随着冬奥年即将到来，品牌方和运动员互相成就，都在这次牛奶爆火的风潮中涨了不少人气。

说起来，这次牛奶爆火不是因为张珏代言后猛长个子，仅仅是因为有网友评比近五年最帅的品牌代言人是谁。

许多当红的明星自然榜上有名，张珏凭着一张脸，硬生生在他只在冰雪运动里比较有名的情况下冲进了前十名，大家这才发现原来在运动员里还藏着这么一个超级美男子。

接着大家又发现，之前没能注意到这位美男子也不是因为花滑冷门，主要还是张珏之前压根就是孩子模样，他帅起来是最近的事。

是什么让一个小萌娃变成大帅哥的？哦，他长高了，顺便一提，这个帅哥代言了一款牛奶，而众所周知，喝牛奶能长高。

网友们还能说什么呢？当然是立刻下单!

随着牛奶的热卖，冰迷们对梯子山的怒骂也跟着火了一遍，以至于许多人第一次知道了发育关，并得知国内花滑项目的希望之星、世青赛冠军、青年组总决赛冠军张珏正面临着严峻的发育问题。

即使不关心花样滑冰，但对这种优秀的小将，大家也会关心他的状态，于是网上有暖心网友询问。

【张珏现在还好吧？技术下滑得严不严重啊？万一不舒服别硬拼，健康最重要。】

【他好着呢，最近技术不仅完全稳定下来了，跳跃高度还更出色了，在全锦赛的对手们面前，短节目超出第二名20分。】

【张珏不是在过发育关吗？发育关不是很凶险吗？】

【是啊，但他的教练恰好擅长带人过发育关!】

一边发育一边出难度的花滑运动员不止张珏一个，张珏的师妹徐绰也是一边发育一边出难度，这就是教练组的厉害了。

徐绰原本比张珏还矮点，随着她的大师兄冲到一米六八，小姑娘也长到了一米六五，杨志远保守估计她发育期结束的时候能进一米七，换了其他女单运动员发育时一下子长这么多，技术崩塌都不稀罕，但徐绰硬是保住了技术，还把 3A 给练出来了。

网友们开始注意到这位女单希望之星。

【张珏有个同门师妹，叫徐绰，今年 15 岁，也在发育，女单选手的发育比男单选手还可怕，这姑娘照样在横扫青年组，先前总决赛那会儿还破了个青年组女单的自由滑世界纪录，很牛的。】

【我做证，那姑娘真的牛，她有 3A 啊！自从白叶冢妆子因白血病退赛以后，女单选手里就剩这一个还能跳 3A 了，我预言，绰妹升组后还会继续横扫，鹿老头真牛。】

【明年绰妹升组，正好撞上冬奥赛季，女单选手恰好是才升组那两年技术最好。在最好的年纪去冬奥会，这叫天命在她（感谢教练组），鹿老头真牛。】

【男单好像是 18 岁以后才进入巅峰期吧，张珏明年才 17 岁，就要作为独苗一哥去参加冬奥会了，啧啧啧，不过他先前才拿了块总决赛的成年组银牌回来，才 17 岁就这么强，20 岁的时候还得了？平昌冬奥会肯定是夺金主力了，鹿老头真牛。】

在热心冰迷的介绍下，许多人才知道花滑男单项目之前低迷多年，一直都是靠着独苗一哥们撑场子，到了前一哥沈流这一代才有了个准一线，等张珏开始比赛那会儿，大家才看到点崛起的曙光。

这名优秀的小将虽然岁数不大，却已经是板上钉钉的索契夺牌点，技术超强，滑行优秀，旋转强悍，跳跃稳定，难度高，还有国际赛场上独树一帜的肢体感染力和表演天赋。他勤奋爱学习，是个中考时拿了全市第三的学霸，训练时努力肯吃苦，体脂率只有个位数。

优秀吗？

可太优秀了，优秀到张珏比完短节目没多久，队里负责商业洽谈事务的白主任就过来，和他、教练组说有好几家经纪公司过来，想签张珏，还有品牌方想趁着冬奥会没开始在他身上押宝，最后还有一个明星想拍 MV，在那之前想和他吃个饭。

要说商家在冬奥会前找有潜力的运动员签约，然后在运动员在冬奥会拼出成绩后立刻开始炒人气，顺带增加自家商品销量都是常见做法，那乒乓球队、跳水队、跨栏队都有这样的待遇，张珏长相帅气又关注度高，有人找过来也正常。

但一听到经纪公司想签张珏，还有想找他吃饭的，别说熟悉人情世故的鹿教练了，就连老舅、沈流的表情都警惕起来。

张俊宝斩钉截铁地表示："张珏不会和任何人出去吃饭！他是运动员，冬奥会前只在食堂就餐，这是我们教练组的决定，他敢外食，我们就罚他写检讨！"

正在用手机发消息找金子瑄、姜秀凌约饭的张珏动作一僵，他抬头："可是我想和小金他们去吃海鲜啊！"

鹿教练、张教练、沈教练还有蹲在旁边整理针灸包的杨志远一起对他吼道："你闭嘴！"

张珏眨巴眼睛，服从安排，但闭嘴前又说了句："不去就不去嘛，好好说话，别凶我。"

张俊宝开始赶他："去！去！找小金玩去！"

张珏起身走人，鹿教练还叮嘱他："别跑远了啊！"

张珏悻悻地走了，白主任只觉得神奇，本以为像张珏这种外形的天才少年性格会高傲一些，然而事实是，在教练们面前，他就是个熊孩子。

他露出个笑："我就知道你们听了这事会不高兴，行吧，那些事我都帮忙拒绝，代言那边有两个值得谈的，一个是国内第一的冰鞋品牌，还有一个是护肤品牌，国产的，他家的婴儿面霜质量挺好，我家孩子小时候也用这个。唉，不和娱乐圈的经纪公司扯上关系就算了，我知道你们想让张珏专心滑冰，但你们怎么还排斥吃饭啊？"

张俊宝咳了一声："孩子马上就高三了，现在光训练和学习都让他忙不过来了，小玉自己都说兼顾这两项特别累。你也知道那个圈子诱惑有多大，万一孩子分了心，他妈妈能过来打死我。"

也不是老舅不信张珏的自制力，但就他自己的经历而言，别说是去参加和那个圈子沾边的饭局了，他和朋友吃饭时都有过被劝酒劝到不得不喝的时候，张珏可是一滴酒精都不沾的人，酒量好不好说不准，真醉了以后，有些事就不是他自己能控制的了。

别和他们说没人敢对未成年下手，鹿教练活了七十多年，见过的人渣数不胜数，像他女儿 16 岁那会儿被他的堂弟，也就是孩子的堂叔拍了下屁股，鹿教练直接带着老婆，一人一把折凳将他堂弟送进了医院。

这个世上从未缺过人渣，张珏就和鹿教练的亲孙子一样，在女儿为了梦想去山区扶贫的时候，老爷子可不就把一腔护犊子劲都交给张珏了吗？

接代言倒是没问题，冬季项目难得碰上好的代言，只要产品质量可以，让孩子去赚点钱也好。

张俊宝知道自家大外甥在很多时候的不安全感，就来自母亲变成植物人时，家里缺钱到让弟弟退兴趣班时的窘迫，那么只要让他有钱，他心里的压力也能少点吧？

白主任又说："对了，还有个趣事，你们知道体操队那边也经常找体形小的孩子对吧？自从张珏这事火了以后，其他牛奶厂家就在各个运动项目里找那种父母高，但孩子本身还没发育成大个子的小孩。"

教练组一窘，鹿教练叹气："那些人，把运动员的发育当成容易的事啊？"

运动员发育和开盲盒似的，谁也不知道他们长大后到底多高，颜值是上升还是下降，而且就算是鹿教练，也不能打包票说每个运动员的发育关他都能帮忙过。

张珏和徐绰的力量天赋都强，又肯吃苦，天赋还高，这才过得比较容易，换了其他人，技术下滑是免不了的，等到长成以后，才能慢慢调整回来，也就是有个沉湖后再出湖的特征。

又过了一阵子，孙指导也过来，试探着问起了教练组要不要再多带两个孩子。

国内有发育问题的可不止张珏和徐绰两个，大家都不想被身体的变化击垮，鹿门展现出来的能力让他们看到救星。

比如 S 省的一个女孩子，家里有点关系，就找到孙千这里，求他问问鹿教练，能不能给孩子一个机会。

鹿教练抬起眼皮："她多大，有多少跳跃？"

孙千："14 岁，会三种三周跳，还有 3T+3T，就全锦赛青年组第十三个出场的那个，你记得吧？"

鹿教练记得，他直言："那姑娘我记得，但我收不了她。"

竞技运动没有人情可讲，一个女单选手如果只是为了兴趣去滑冰，那她能不能有竞争领奖台的实力都无所谓，但发育前本来就是女单选手出难度的最佳时期，那姑娘发育前的跳法依赖转速，但看她的体形，还有赛前找妈妈要可乐的样子，不像是自制力强的。

运动员喝碳酸饮料？是真觉得自己骨头太结实要流失些钙质才开心呢？张珏要敢喝这玩意儿，鹿教练早收拾他了。

鹿门的训练和食谱苦到张珏这种完全不怕苦的孩子都时不时造反，在教练面前乖到逆来顺受常被鹿教练训斥"你也要有点主见"的徐绰也会偷偷叫他白发魔，察罕不花、蒋一鸿、闵珊、秦萌都在训练里被骂哭过，看起来脾气最好的沈流严格起来也能让张珏以外的几个孩子发抖，鹿门的编外成员，编舞与芭蕾老师米娅也是个训练学生时下手很狠的老太太。

教练们十分重视运动员们的健康，但有点娇气的孩子真不适合进鹿门，或者说不适合做运动员。

孙千："那我和那边说你们没空带？"

鹿教练坐得稳稳的："我是有空收新徒弟，但那姑娘的确不行。还有，我们收学生的途径只有两个，一个是每年的国家队夏令营，一个是比赛时去选材，闵珊就是夏令营那会儿进来的，张珏有时候带点巧克力棒，是因为他再贪吃，心里也有个数，这姑娘没自控力。"

…………

金子瑄一直自认是个很敏锐的人，直觉也很准，这让他从小签运出色，也让他的危机感很强。

所以当房间的门铃响起时，他立刻浑身激灵。

小伙子警惕地看着门，慢慢过去开了门，就看到张珏举着一盒 UNO 牌冲他笑，张珏的背后还站着尹美晶、刘梦成、黄莺、关临、徐绰几人。

金子瑄暗暗叹口气："闵珊、察罕不花、蒋一鸿呢？"

张珏："他们在写作业，没空。"

金子瑄："你高二呢，你就有空了？还有美晶？"

不仅张珏高二，黄莺今年初三，即将中考，而关临大一。刘梦成的成绩还行，尹美晶的语文却到现在都不好，听说可以，阅读和书写完全不行。

张珏："我们有时间玩。美晶的作业被梦成写完了，小金，一起玩呗？"

金子瑄吐槽："男伴帮女伴写作业难道是什么花滑传统吗？算了，你们进来吧。"

从见到张珏开始，他就知道自己的休闲时光结束了。张珏是一个很好的朋友没错，但对神经脆弱的金子瑄来说，和张珏这种闹腾孩子相处，也挺让他有压力的。

幸好这次张珏没打算捣乱，只是打个 UNO 牌，还有贴纸条，而且他带了一包牛肉干过来，据说是察罕不花的哥哥亲手饲养的那头牛，之后又亲自宰杀，亲手将肉风干，因此这肉吃起来绝对安全健康。

尹美晶神秘地笑笑，说："我这里也有好东西。"

说着，她摸出了一盒炸蜂蛹："野生蜂蛹，是妆子寄给我的，说是能养容颜、抗衰老，庆子也吃，保证安全。对了，先问一句，有人异体蛋白过敏吗？过敏的话这个就不能吃。"

张珏眨巴眼睛："我能吃，我小时候吃过蜂蛹、蚕蛹、知了猴，隼人说庆子在日锦赛的时候和他分享过这个。梦成哥，你吃过了吗？"

刘梦成不明所以："吃过啊，怎么了？"美晶有好吃的都会和他分享，他当然吃过了。

出于某种微妙的心态，张珏和刘梦成都只是吃了两三个尝尝味道，金子瑄也是长期控制饮食的孩子，难得碰上这种高蛋白、不易长胖的小零食，难免多吃了点。庆子寄过来的蜂蛹多，吃完一罐还剩一罐，被刘梦成送给了张珏。

张珏捧着这盒美食，心里盘算着，鹿教练 70 多岁了，舅舅和杨队医也 30 多岁了，这个就给他们吃好了。

23. 闪光灯亮

2013 年 1 月举办的全锦赛可谓群英荟萃，花滑四项都涌现了可以说得上是几十年一遇的新星，冰迷们购票也极为积极，观众席都坐满了人。

双人滑和男单目前是关注度最高的两项赛事，一个是传统强项，一个拥有花滑第一美男的一哥。

黄莺和关临是目前双人滑赛事中最年轻的一线组合，他们拥有抛 4S 及抛四周捻转两大绝活，并且在和"美梦成真"组合、江潮升一起训练的时候进一步精进了表演和滑行，关临虽然个子矮了点，大赛气质却极强，越是关键时刻越顶得住，是公认的顶级男伴，黄莺则性格外放，表演风格现代而热情，裁判缘相当好。

在双人滑自由滑赛事中，随着这两个人的出场，现场不仅有喊他们名字的，还有人大喊"小莺小临永结同心"的，黄莺还好，关临的表情却尴尬起来。

不论他和黄莺的感情如何，花滑项目又是如何支持双人滑、冰舞等男女搭配的项目往情侣方向发展，进一步增加默契和表现力，问题是黄莺才 16 岁，关临 19 岁，说句不客气的，但凡黄莺成年以前和关临有什么实质性的关系，那都是关临耍流氓。

关临骨子里有股绅士品格，他可以对黄莺多有照顾，给她补课、偷偷帮写作业，可以在黄莺即将摔倒时扑过去给她当垫子，可以拼命锻炼发誓绝不让这个女孩因自己的失误受伤，可以为了黄莺学会每个月按时煮红糖水、在她受伤时炖猪脚汤给她。

他还可以在黄莺发育时对领导说"如果你们给我换女伴，那我以后就不滑了"，并不在意被罚写上万字的检讨当众朗读，甚至可以在黄莺被其他人诋毁"这女的肯定过不了发育关"时和人打一架，连续一周都双眼乌青，还被黄莺笑"临哥你好像熊猫嘿嘿"。

但他绝不会在这个女孩懂事前对她表示心意，他们已经牵手做搭档很多年了，黄莺是他最珍爱的女孩子，他绝不会伤害她，这是他爱人的方式。

人的气质和表演风格来源于内心，关临风度翩翩、文质彬彬、谦虚有礼的风格，让他在张珏崭露头角前，在国内拥有最多的女性冰迷，连带着在国际赛场上也颇受好评，他是个名副其实的绅士。

这种在拥有近万观众的场地里喊着要他们永结同心的场面让黄莺、关临的教练黑了脸，黄莺没那个意识，依然大大咧咧的，满脸笑容，关临却暗地里调整了一下心态才开始比赛。

他们今年的节目是很传统的风格，选择的都是经典的古典乐，却由于演绎者水准出色而展现出了惊人的魅力，从他们开始表演之后，许多观众都再也移不开眼。

这对年轻的选手已经拥有了扛起中国双人滑旗帜的能力，他们是如此出色，默契无间。

而到了"美梦成真"组合登场时，粉丝的欢呼声越发大起来，这下没人黑脸了。

没法子，这一对太真了，尹美晶为了保护刘梦成敢对抗人渣教练，能去受过欺负的师姐家里游说她去告人渣，并亲自去能打官司的律师家里求人帮忙，将自己的所有积蓄都交给师姐，从告人渣到送人渣进监狱全程陪伴帮忙，最后还和刘梦成一起转籍。

至于刘梦成，虽然他在敏感方面能和金子瑄媲美，但只要尹美晶安抚他，他就能在比赛中平稳发挥，偶尔爆发。国家队从总教练到食堂大妈，都默默地关注着他们。

尹美晶今年18岁，刘梦成21岁，两人分别比张珏大了2岁和5岁，由于转籍和语言问题，他们目前一起读着高二，和张珏不同校但同级，他们长相出色，表现力已达世界一流水准，虽没有跳跃、抛跳等动作，但他们节目的赏心悦目程度比起黄莺、关临有过之而无不及。

马教练不停地夸江潮升："美晶这个用刃太深了，又流畅，看起来和脚底抹了黄油似的，而且她对男伴的信任度高到惊人，看都不看就往后仰，然后完成托举，梦成也接得好。"

江潮升不好意思地笑笑："这俩的滑行天赋都厉害，而且和你家小莺小临一样，也是从小就牵手练到现在，默契肯定比那些乱拆乱配的好。"

马教练："从小配对，长大后身体条件还这么合适也是够幸运了。"

在小孩真的长大以前，没人料得准他们发育完以后是什么身高体形，比如张珏这种，不显山不露水，一进发育期就在身高一米九三的亲爹的基因作用下疯长，而尹美晶和刘梦成分别是一米六八和一米八五，两人的身高分别是冰舞男伴女伴里最合适的，修长而比例优越，且身高差17厘米，男伴托举女伴也不吃力，这叫冰舞黄金身高差。

和他们一比，张珏和徐绰的身高，在单人滑里就是累赘，要不是天赋实在好，教练组也给力，不低迷也要受伤。

今年被提到了无数次的张门师兄妹对视一眼，有点同病相怜的意思，徐绰一摊手："大师兄，今年咱们长得这么快，教练他们没骂我们也是不容易。"

张珏："还好啦，是人类都是会发育的嘛，人之常情。"

徐绰抿嘴一笑，她就喜欢大师兄说话的这个调调。

大师兄虽然有时候很暴躁，但他的脾气其实比徐绰认识的大部分男性都要

好，礼貌、爱干净、细心，最让徐绰对他有好印象的就是有次队里男孩和女孩
互相吐槽另一个性别的缺点，其中一个男生跳脚骂女孩们大嘴巴，唯有张珏听
到别人说自己的缺点时一点也不生气，还说出一句经典的话。

"无论男女，哪个群体里都有缺点啦，有就让人说嘛。毕竟我们都是人，都
长了嘴，可以说别人也可以被说，意识到错了就改啊。但如果有些事情只许男
说女，不许女说男，那到底是男的不是人，还是女的不是人啊？"

都是人类，一视同仁，互相吐槽不是什么大事，硬要上纲上线的，八成是
真的被戳中痛脚了吧，反正张珏听别人吐槽的时候给出的最激烈的反应就是拍
腿大笑。

在那以后，张珏和他的好朋友们在国家队的女性成员眼中，地位便远高于
其他人了，尤其是张珏，他说话比一些助教还管用，大家都乐意听他的话。

双人滑和冰舞的比赛结果，自然是黄莺、关临组合和"美梦成真"组合
夺冠，而且他们都比第二名高 20 分以上，如无意外的话，张珏也可以做到这
一点。

金子瑄现在能稳住的也只有加了一个四周跳的自由滑，在已经能上三个四
周跳的张珏面前完全不够看。

小金同学自己也想得开，赛前该喝水喝水，该热身热身，由于没有要夺冠
的压力，反而状态前所未有地好。

张珏的状态略紧张，他比起总决赛才结束那会儿又高了些，虽然靠着举手
保住了跳跃难度，但滑行时，尤其是进行接续步时，面对步法中繁复的变刃，
他的控制力不如以前，练习步法时也偶尔会摔跤。

这真不能怪张珏，他能保住四周跳就很不错了，其他的只能等发育期结束
再慢慢调整，反正一个人的疯长期不超过一年，张珏绝对赶得及在冬奥会之前
调整好。

樊照瑛、石莫生、柳叶明、董小龙同样位列全锦赛男子单人滑最后一组，
五个小将、一个老将，水平都不低，比赛观赏性同样不低。

按照惯例，赛前有 6 分钟练习时间。

六名选手上场时，观众们都很给面子地鼓掌，张珏上场前回头对金子瑄伸
手："今天加油？"

金子瑄笑起来，和他击掌："那不是当然的吗？"

咔嚓一声，闪光灯亮起，一位冰迷转头，看到一个女孩举着手机十分兴奋地尖叫。

"张珏好帅！小金好可爱！他们是真人啊！"

冰迷连忙伸手在她眼前晃了晃："嘿，姑娘，别开闪光灯啊，这里是赛场。"

那姑娘回头，气冲冲地道："你干吗？我要拍张珏的美照发到群里！不让打光我怎么拍出照片？"

冰迷一噎，但还是好声好气地解释道："花样滑冰是很精密的运动，需要运动员投入很高的专注度，这时候过大的异响、闪光灯对眼睛的冲击，都会影响他们的发挥，收一下吧。"

姑娘噘嘴："我是张珏的粉丝！拍他的照也不行吗？"

冰迷坚定地回道："粉丝也不能违反赛场规则！"

一个人成了粉丝就能无视赛场礼仪？提醒这姑娘的冰迷也追星，可她咋不知道一个人只要成了粉丝就可以这么高贵？

而且听这姑娘的喊声，她似乎还是个CP粉，冰迷也知道在一些喜欢纯爱的冰迷内部，张珏的人气一直不低，原先他看起来太小，现在变成了绝世美少年，迷上这位实力强横的大帅哥，并将他和花滑圈内的其他人配在一起的不在少数。

但就算嗑CP，大家也不会到处宣扬，毕竟张珏是活生生的人，还是个只有16岁的弟弟，有些事就得避讳，这也是冰迷内部一些成熟的哥哥姐姐们再三提醒过的。

他们是粉丝，但他们也是有道德的人。

另一边，随着在冰上滑行，张珏慢慢放松起来，呼了口气，他试着跳了一个举手4T，跳的时候能明显感觉到身体比以前更沉，但周数还可以。

不过现在想要维持四周跳跳跃轴心的话，他就必须绷紧核心肌群才行，张珏在心里做了个鬼脸。

他的腰部肌肉最近特疲劳，做理疗的时候都比别的肌群更紧绷，针灸、推拿、敷药都试过了，也只能缓解。

少年心中暗暗做了决定，这次就不做贝尔曼旋转了吧，以直立旋转做结尾，只要周数和姿态保持好，还是可以拿到四级评价的。

他又试跳了一组3Lz+3T，同样成功落冰，小伙子在心里满意地点头，很好，他的联跳节奏还是很流畅的。

金子瑄也同样试跳了 4T，在训练中，他的四周跳成功率其实高于张珏，只是他一上大赛就心态不稳，加上滑行、表演、旋转不够强，技术不全面，硬是一直被张珏稳稳压着。

在张珏比总决赛的时候，小金也想过，如果他也能进入总决赛的话该多好，如果他能在四大洲锦标赛比出成绩该多好，如果他能在世锦赛进入前八名该多好？

张珏一直在朝前冲，他也要努力才行！

想到这里，金子瑄的表情坚定起来，他再次起跳，准备试跳 4T+3T。完成四周转体落冰时，运动员的关节要承受相当于体重 5 到 7 倍的压力，所以这时候更要全神贯注地控制身体。

然而就在此时，一阵闪光亮起，闪得金子瑄眼花，他一个趔趄，冰刀跟着失控，整个人趔趄着朝旁边撞去，正在高速滑行温习步法的张珏睁大眼睛，压根来不及躲开，被撞了个正着。

张珏压根没反应过来，视野天旋地转，接着就倒在了地上，额头磕在冰上，又凉又疼。

他几乎是蒙的，整个人以一种别扭的姿势侧躺在冰上，就在此时，樊照瑛惊呼一声，过来扶他。

"小金，小玉，没事吧？"

金子瑄呻吟一声，面色痛苦地说："不太好，我的手臂好像脱臼了。"

柳叶明看着张珏额头与冰面接触的地方出现的一小摊血迹，脸色都白了，他连滚带爬到旁边，喊道："小金，我知道你难受，但你能先起来吗？张珏也不太好，他的头在流血！"

金子瑄一听，整个人身体一颤，立刻咬着牙让樊照瑛把他架起来，等他被挪开，董小龙蹲在旁边喊张珏的名字。

"张珏，你还好吗？听得到我们说话吗？"

张珏吸了口冷气，艰难地回道："听得到，我的神志是清醒的，就是坐不起来，我的腰抻着了，脚踝的骨头不对劲，也疼。"

直到此时，张珏的痛觉神经才像是反应过来，开始向大脑反馈脚踝处的伤势，张珏说完这句话，眼角都湿了。

这位今年才满 16 岁的男单一哥没被发育关打倒，没被高强度的四周跳训练折腾出大伤，却倒在了一场闪光灯带来的意外下，受了他运动员生涯开始以来最严重的伤。

24. 无妄之灾

这是张珏本人有生以来最为狼狈的时刻，他以前不管运动量多大，教练组和队医看护得好，理疗都让他第一个做，被当成宝一样，硬是从没受过大伤。

但现在他很清晰地感觉到，他的脚踝出了很大的问题，韧带还好，主要是骨头，疼得他动都没法动。而他的腰绝对是抻到了，相比之下，额头滴血的伤虽然看起来最严重，其实反而是最轻的。

他对自己的伤情判断是对的。

杨志远一看张珏的样子，就知道他的脚踝恐怕不是单纯的扭伤，而是骨骼层面的问题。

他给张珏固定好伤处，将张珏送上了担架，和工作人员将张珏抬了下去，金子瑄虽然立刻被场边队医接了手臂，也能自己走下去，但看起来也是脸色苍白。

一场突发意外，直接让中国男单的一哥二哥退场了，这件事不仅受伤的运动员自己蒙，场上大部分的冰迷也蒙了。

张珏、金子瑄，这两位正处于上升期的小将，眼看着前者要成为索契冬奥会的夺牌点，后者四周跳越发娴熟，也可以进团体赛冲刺一把，结果居然被意外击沉了？

中国花滑男单项目是做错了什么，居然要在即将崛起之际遇上这种事?!

一些老的运动迷，只要一看运动员下场时的状态，就能判断出他们的伤势多重。长了眼睛的都明白，一哥坐都坐不起来，再让他滑是要他死在场上，二哥手耷拉着，正所谓伤筋动骨一百天，他短期内也没法出赛了。

那个提醒粉丝不要在赛场开闪光灯的冰迷愣了许久，转头拉住那个看起来还是初中生的女孩摇晃着，尖叫着："你在干什么啊?!"

那个女孩这时终于感到了一点害怕，她立刻哭起来，扭着身子躲开："你才是干什么，为什么这么凶啊？又不是我撞上张珏的，是金子瑄撞上去的！"

"不是你开闪光灯，金子瑄怎么会撞上张珏？他那个跳跃的轴那么正！"

冰迷胸口一起一伏，她这一排离冰场最近，眼力好些的都能看出金子瑄是被一瞬间的光刺激得眯起眼睛，才导致落冰失衡，连带着路过的张珏也倒了霉。

"我只是想给他们拍照而已，我又有什么错?! 粉丝拍照天经地义!"那女孩直接哭出来，"我告诉你，我有抑郁症，你再凶，我现在就发病给你看!"

相信对现场的许多人来说，这是他们第一次看到此等奇人，但他们还真不能拿一个未成年，还口口声声说自己抑郁的女孩子怎么样，包括那个最初提醒她的冰迷姑娘。

大家这一刻的心情就仿佛吞了只死耗子，暂时没吐，只是恶心，再过一阵子肯定就要吐了。

就在此时，一个看起来与粉丝相似但更加高挑美丽的女孩挤过来，她瞪着这边："你抑郁? 李雨雨，你什么时候记忆错乱了? 上次做检查时抑郁的可是你姐姐我，你不是挺健康的吗? 别在这里污名化抑郁症了!"

李兰兰内心几乎是崩溃的，她在大学时开始喜欢花滑，但一直十分克制，会嗑 CP，会追星，但绝不到处乱舞，平时都是自娱自乐，导致连家人们都不知道她喜欢这些。虽然有中度抑郁，但她在努力控制，治疗进展很好。

直到妹妹上了初中，不知道怎么接触到这个领域，然后从不知何时起，就总是摆出"我是追星女孩，可以为追的星付出一切"的模样，当姐姐的只把这视作未成年人的表现，谁知看个花滑全锦赛，才发现自己的妹妹的脑子出了大问题。

顶着粉丝的头衔，就目无法纪，觉得自己拥有可以无视规则的特权，到现场拍个照就觉得自己很高贵，这已经不只是道德层面的事了!

而且张珏是男单独苗啊! 中国的男单项目低迷了那么久，大家等了多久才等到这么一个人才，国家队又是投入了多少，才把张珏培养到现在，而张珏又是付出了多少努力，才顶着发育关拼出现在的成绩?

张珏的出挑不仅是他自己努力的结果，还是无数人的心血啊! 万一他因为这次意外留下什么不可挽回的伤势，李兰兰死的心都有了。

而小金，他之前一直被称作"内战之王""抽风机"，可他在这个赛季的进步同样是惊人的，在张珏接过成年组一哥的位置，扛起最沉的大梁后，金子瑄肉眼可见地放松起来，在赛场上也慢慢更稳定了。

他好不容易突破了心理障碍，开始朝更高处发起冲击，其间想必也经历了不少挣扎，而李兰兰扪心自问，她的妹妹有什么资格，断送这位一直在拼搏的运动员的前途？

她搂住妹妹，内心满是忐忑，面对着周遭责怪的目光，简直羞愤欲死，却还是强撑着低头说道："李雨雨，你开了闪光灯就是不对，我们现在去道歉，然后给爸爸妈妈打电话，求他们来处理这件事，张珏和金子瑄受了很重的伤，我们不能逃避这事。"

而李雨雨怔了怔，尖叫一声，将姐姐使劲一推，大喊："我没错！是金子瑄撞的，他是个浑蛋，心态不稳，就知道坑队友！"

啪！

李兰兰爬起来，狠狠给了妹妹一巴掌，她的尾椎骨隐隐作痛，却硬是提着气第一次吼了妹妹："你到现在还没清醒吗？张珏和金子瑄是活生生的人，不是你嗑 CP 的工具人！他们因为你受伤了，你要面对现实啊！"

不要像个 3 岁小孩似的无理取闹了，做错了事就得认。

这一场闹剧的动静过大，连带着孙千都注意到了那边。他沉默一阵子，低头抹了抹眼睛，用一种牙关紧咬的语气，转头和江潮升苦笑："我们小玉和小金犯了什么错，才要有此一劫啊?!"

江潮升捏着眉心，深呼吸，道："对不起，孙指导，我先去吃个降压药，真的受不了了。"

接着他扶着旁边的挡板，一脸难受的样子，刘梦成连忙扶着教练缓缓坐下，尹美晶翻出药递过去。

得，看到男单项目两个主力遭受无妄之灾，这位向来老成持重的资深教练也痛心到真的发病，而鹿教练现在还撑着老迈之躯，和沈流一起驱赶围过去的人群，队医和张俊宝都紧紧盯着张珏的情况。孩子伤到了头部，现在已经恶心想吐了，还不知道严不严重，马教练拉着主办方成员一起维持秩序，关临已经叫了救护车。

场面一片混乱，孙千环顾四周，眼圈也差点红起来。

明明是好好的一场向支持本国选手的冰迷们展现中国花滑崛起的全锦赛，怎么就变成这样了啊？

大家高高兴兴地来，可最后一场备受瞩目的比赛，却在无尽的悲惨中结束，樊照瑛拿下了这一届的全锦赛金牌，可他连颁奖仪式都没肯参加，拿了奖牌就走，说是去看队友。

其实大家都明白，这次的事情要追责非常困难，再怎么往大了说，不过是个小女孩赛场开闪光灯，能罚她违规，要她为受伤的运动员赔偿无比困难。

毕竟张珏以前也碰到过粉丝现场开闪光灯的情况，但他有颗稳定的大心脏，面对什么强度都不尿，更不会让小事影响跳跃。金子瑄不同，他非常敏感，许多小事都会影响他的发挥。

真算起来，恐怕有些嘴毒的还能倒打一耙，骂金子瑄太脆弱，连带着害了张珏，然而他们两个都是受害者。

可那位犯事的还是个未成年女孩，真的动用影响力去逼迫她，人家说要以死谢罪，说被逼出了抑郁，怎么办？

孙千活了这么多年，见过的类似的人、类似的事太多了，很多最后都是不了了之，伤员要养伤，国家队现在的主力教练，马教练、江潮升、鹿教练都年纪大了，张俊宝、沈流等年轻人要管其他运动员，还得顾着伤员心态，没人有时间和精力去和一个小女孩打长期官司。

这亏吃了也白吃，真的除了酸苦什么都剩不下来。

然而到最后，孙千还是决定，这事要追责，而且他要把动静闹大。他追责的主要目的也不是钱，花滑在国内再冷门，还不至于让国家队穷到没钱看病吃饭训练，但他得让那个女孩当着所有人的面发布道歉声明。

而且他下定决心，以后只要是在中国举办的花滑赛事，不许开闪光灯，不许干扰运动员！任何人都不行。

孩子们流汗流泪走到现在，是为了去国际赛场上大放光芒，看红旗升起的，而不是让别人去祸害的。

25. 队长小玉

一个人如果伤了一只脚，还可以单脚蹦跶，那他即使有点难过，也不至于太慌，但如果他伤到了腰，脑子里想的事情也许就会多些。

比如说，他的腰椎没事吧？他现在坐不起来，该不会以后都只能躺着吧？

张珏听说过早年体操领域有人因训练时失误摔出了高位截瘫，还有另一个项目的某某命都直接没了。

竞技体育是挑战人体极限的行当，风险其实一直都不低，何况张珏今年还跟着秦雪君学了一些有关人体结构的知识，最怕的也是腰椎出问题。

张小玉是个活泼好动的孩子，他不想下半辈子只能躺着啊！

最严重的当然是大椎出了问题，然后导致他呼吸神经受损，最后只能在无尽的绝望中窒息而亡。

在赛场里的时候，张珏再难受，顾及着现场还有近万观众盯着他这边，硬是撑着没哭，等进了救护车，他才哀伤起来。

秦雪君一进病房，就看到张珏流着眼泪，拉着他老舅的手叮嘱："我的私房钱藏在了我的猪猪存钱罐里，里面都是我在银行买的纪念金币，总共两百克，纯度很高，我的枕套里还有一张存折，里面有两百万，你们把钱拿出来分了吧。"

"老舅，我觉得我呼吸困难，我是不是要走了？"

金子瑄在旁边的病床上噭的一声哭出来："小玉，你不要走！"

虽然小玉天天坑小金，自从小玉加入国家队，小金就经常被他连累着挨骂，检讨都写了十多份，罚跑圈的频率也相当频繁，但小金还是把小玉当成最好的朋友。

金子瑄总觉得如果没有认识张珏，他的人生就像是一口枯井，乖乖仔固然能被家长、教练们夸赞，但偶尔调皮一下也很有乐趣。

他悲从中来，一时之间竟然哭得比张珏还惨。

张俊宝原本又难过又愤怒，但看到张珏这副样子，内心发窘，情绪翻腾着翻腾着，就只剩下了无奈。

他和走进来的秦雪君对视一眼，双手一摊："他说没看到科学的检查结果，无法判定自己会不会死，所以提前把遗言交代好。"

秦雪君原本还挺心疼张小玉，现在却只能努力憋笑，他绷着脸回道："结果出来了，头部的皮外伤不碍事，缝了针以后只要不感染，保证连疤都留不下。小玉，你还有轻微脑震荡，别哭了，不然待会儿又得吐。"

他话音才落，就像摁了什么开关，张珏的哭声一下就没了。

秦医生低头继续说道："腰伤也不重，休息半个月，按时去理疗，能好。左脚脚踝的伤严重点，是骨裂，从现在开始养，保守估计要到 2 月底才能好，而且骨头受损过一次，会不会留下后遗症也不好说。"

就连韧带、肌肉这种软组织受伤严重了也会出现长期伤病，何况是骨头。

张珏的恢复力一直很好，受了伤只要给他时间养，基本都可以回到不错的状态，属于队里在伤病方面让人操心得比较少的孩子。

如无意外，他起码在这个赛季都可以带着这种满血+发育debuff（减益效果）的状态去战斗，而发育debuff正在消退，张珏的实力也在缓慢回升，在世锦赛的时候，他会达到本赛季的状态峰值。

世锦赛是一个赛季的收官之战，今年的世锦赛和冬奥会名额有关，更是重中之重，教练组千辛万苦给张珏把状态巅峰时间推到赛季末，也是为了让他多拼几个名额回来，不过就算最佳状态被调到4月初的世锦赛，但大家对张珏在2月的四大洲锦标赛夺冠也充满了信心。

男单最强的俄罗斯帮成员——瓦西里、谢尔盖、伊利亚只能去参加欧锦赛，麦昆作为意大利选手也是如此。

张珏在四大洲锦标赛就一个对手，那就是寺冈隼人，而寺冈隼人练四周跳练得腰伤特别严重。张珏有两种四周跳，他敢在短节目上两个四周跳的配置，在自由滑上三个四周跳。

本以为小玉这次四大洲锦标赛稳稳的，小金今年状态也不错，或许能争取个铜牌。

现在好了，张珏受伤了，四大洲锦标赛肯定参加不了，寺冈隼人抬头四顾，压根没对手，四大洲锦标赛的金牌怕是只能归日本，而以张珏的恢复进度，他痊愈时距离世锦赛只有一个月，光复健的时间都不知道够不够用。

金子瑄的伤情没张珏那么重，但也是左臂脱臼，而且有过类似伤势的人都知道，一旦某个关节脱臼过一次，以后就可能形成习惯性脱臼，这对一个运动员来说，是致命的问题，将会长期影响他以后的训练，乃至葬送他的运动生涯。

而且金子瑄也要养伤，肯定赶不上四大洲锦标赛了。

金子瑄听着听着又哭了起来，他转头对张珏说："小玉，我对不起你，要是我没被闪到眼睛，全锦赛金牌和四大洲锦标赛金牌都该是你的。"

对运动员来说，成绩是十分重要的，也是他们退役以后生存的资本之一，全锦赛作为国内最重要的花滑赛事，金牌十分关键，而让队友错失一块国内赛金牌、一块 A 级赛金牌这种事，金子瑄自问他根本就赔不起。

张珏大气地挥手："啥，咱俩都是受害者，你没啥需要对我道歉的。"

他对金子瑄笑笑："我们在倒下去的时候，你还努力伸手要扶住我呢，不然你的手也不会脱臼了，要道歉也该是我才对。我当时做步法，但没注意好周围，不然我应该能躲开的。"

杨志远坐在旁边整理着秦雪君带过来的检查报告，头也不抬地说："你俩都没错，真正有错的让孙指导去追责，老爷子这次气炸了，正联络他这些年积累的人脉呢。"

张珏沉默一阵子，没问那位加害者的事，只问："江教练、鹿教练他们还好吧？"

他之前看到两位教练吃药了。

杨志远叹了口气："不太好，江教练的高血压是老毛病了，毕竟也上了年纪嘛，他带美晶和梦成那对又特别用心，平时还要给队里其他人上滑行课，操劳得不少，这回一受刺激，也要休养几天。他还说不能歇，不然美晶和梦成没人管。"

"鹿教练的话，他就是气着了，刚才也被拉去做了个体检，医生只给他开了个痔疮膏，至于血糖、血压、血脂通通正常，其他部位健康得堪比 30 岁出头的年轻人。医生最初没细看他的脸，以为他才 50 多岁，还夸鹿教练起码能再活三十年。"

鹿教练要是真活三十年以后，这人都成百岁寿星了。

想起那个每天早上陪张珏一起跑步，跑完 5 公里才下场的 70 多岁的老头，张珏又笑起来："看来老爷子比我健康。"

张俊宝拍了拍外甥的肩膀："至少在你的伤势恢复前，他还真比你健康。"

张珏眨巴眼睛："我们为花滑团体赛编的开场舞也不知道能不能用了。"

提到那个节目，病房里众人嘴角同时抽搐。

《武林外传》的第 11 集，在怡红阁老板请来的艺人扈十娘怒砸宝箱离开后，同福客栈众人决定跳舞补扈十娘的缺。

而今年张珏受邀参加在日本举行的花样滑冰的世团赛，并决定带队友们一起表演个群舞节目做开场，炒热现场气氛，届时他们会伴着《好汉歌》，双手持黄色布条，用西北大秧歌的欢快劲在冰上一起扭动。

在节目的末尾，他们还要摆个造型，张珏会站在最前方呈前弓步，金子瑄等几人紧随其后，而在张珏身侧，刘梦成和关临背着他们的女伴，女伴则和其他人一起舞动黄布条。

张珏给这个节目命名为《快乐的好汉歌》，英文翻译成 Happy Song of a Good Man，听在外国人耳里，大概会被理解成"快乐的好男人之歌"。

一般人想不出这种节目，但张珏不是一般人，答应陪他一起玩的其他队员，则都抱着"张珏好调皮我好爱"的纵容心态。

看他的情绪这么好，现场所有大人都松了口气，而且由于张珏足够镇定，旁边的金子瑄也没有过于紧张自责。

杨志远想，张珏虽然年纪不大，却已经有了那种名将特有的沉稳的气场，他稳住了，其他小队员也能稳住。

之前花滑国家队都没有设队长这个位置，但确定索契冬奥会将会举办花滑团体赛时，领导们就开始商量立一个队长出来，而张珏的票数非常高，那种掌控全场，在赛前一句话就让队员们情绪平稳、脱离焦虑紧张的能力，只有张珏才有。

连双人滑、冰舞、女单的一哥一姐们都对他很是服气，不过关临和尹美晶对张珏估计不只是服气，还有对弟弟一样的宠爱。

发现这点的时候，大家都很惊讶，没想到张珏这小子检讨写得最多，居然还是个领袖型人才，唯一让人顾虑的，就是他的年纪太小了。

才 16 岁的小伙子，能意识到成为队长意味着什么，要负什么责任吗？所以上头都说观察一个赛季，下赛季初再立队长。

如果张珏没有伤的话，以他平时在赛场上的表现，这个位置非他莫属。想到这里，杨志远内心十分遗憾，他已经见过太多天才在崛起之际被伤病打倒，从此即使再想爬起来，也终是有心无力。

孙千看完孩子们的伤情报告，行动效率越发高，当晚花滑国家队就办了新闻发布会，声明以后花滑赛场绝对不能开闪光灯，违者最高罚款 5000 元。

对于张珏和金子瑄的伤情，5000 元根本做不了什么，光两个运动员的后续理疗费用都不止这个数，但这已经是孙千努力和上面争取的结果。

之前在赛场违反观赛规则，顶天了罚款 2000 元，而且新法不追过往，那个女孩依然只要赔偿 2000 元，并公开道歉。

未成年的名头现在也不好使了，犯事的女孩 16 岁，作为受害者的张珏才 16 岁呢！

这事要立案都不容易，顶天了把人送去拘留几天，还只是治安拘留，不会留案底，压根不影响这人以后考公，但孙千还是把肇事者送进去了。

他要忍了这一次，等以后还不知道出什么事！其他项目怎样孙指导不管，但花样滑冰不受这气！甭管张珏多帅，这不是孩子被伤害的理由。

美丽无罪。

对以往总是被人忽视的冰雪项目而言，孙千这次的动作相当大，央视五台也做了个十几分钟的专题报道，将事件完整地展现在大众面前。

原本孙千还有招绝的，这次犯事的是 CP 粉，满嘴胡言乱语，他找到这些信息后，准备告对方一个诽谤，他不缺钱，不缺资源，也认识厉害的律师，誓要给对方留个案底，是张珏在从杨志远口中得知这件事后，立刻打电话请求孙千不要这么做。

孙千拿着手机，满脸不敢置信："你在说什么，张珏？我给你讨公道，你让我停止？"

张珏单手捧脸坐在病床上："在脑子里想象美好的感情然后开心地笑出来同样不是罪，如果大家只是脑子里想想，自己开心，只要不到处散播不实言论，我不想追究她们。所以如果我们去告她，固然也希望让她受到更严重的惩罚，但其他无辜的、只是在脑子里想想的女孩子就很惨了，她们会被连累的。"

不能为了一个坏人连累好孩子啊，尤其花滑项目也有不少运动员是真的 CP，尤其双人滑和冰舞里不少，这次闹得波及他们的话，以后那些嗑真 CP 的冰迷可咋办？

"我接下来会发布不原谅那个女孩的微博，也会在微博里说对爱情的美好幻想不是错，但我只是不原谅她对我的伤害，其他的我无所谓，只要不过分、不干扰公序良俗即可。"

至于公开追责一个自称已经被冰迷攻击到有抑郁倾向，但被亲姐姐揭穿"心理检查报告没有问题"的女孩子，会不会被路过的键盘侠骂"斤斤计较"，则是张珏自己的事了。

他又不怕键盘侠，张珏嘴皮子利索，脑筋灵活，完全可以自己骂回去，实在不行他关掉社交软件，专注学习也可以。

孙千听得十分疑惑，站在他旁边听着的江潮升却像是想起了什么，他把手机拿远一点，对孙千小声解释。

熊孩子也不是光靠长相才混到了好人缘，他是真的脾气好，开明，通情达理，让人觉得和他处起来舒服，才有那么多的人喜欢他。

而且这孩子虽然看谁都会去掉标签，只看其人本性，性别、国籍、年龄都不是个事，却不代表他不知道这些标签的存在，而他也会因此去体贴他人。

听完张珏的理由，孙千看着手机，思考一会儿，叹了口气。

他说："行吧，到底是队长说的话，我就听他一次。"

60多岁的孙千心里是觉得那些疯狂追星的孩子不可理喻，但他知道，张珏是对的。

江潮升挑眉："还是选他？"

孙千摇摇手机："不选他选谁？"

队里有队长气度的人有三个，张珏、关临、尹美晶，其中尹美晶由于是归化运动员，上头的领导还是有些犹豫，关临的性格比张珏少了几分果敢，而且别看这小伙子脾气温和，他为了黄莺可是直接撑过领导们的。

而张珏除了年纪小、人气高、形象好、成绩亮眼、商业价值高，能让所有人都服气能进国家队的运动员，哪个没傲气？但大家就是服张小玉一人，现在他又展现了包容这项品质。

这很好，懂得宽容意味着张珏不会仗着队长的名头欺负人……话说这小子要欺负人也不需要靠队长的身份。

选来选去，孙千还是定了这孩子。

至于那位被要求道歉后发布自己被冰迷言语攻击到抑郁言论的女孩，在被姐姐戳穿根本没病后，又被父母发现因为过于沉迷嗑CP导致成绩下滑，被爹妈抽了一顿，被压着道歉后，正关在家里学规矩。

后来那位姐姐来送过钱，希望能赔偿，张俊宝没有收钱，并安慰了这个可怜姑娘几句。

而很清晰地在微博上表示不想原谅的张珏，虽然也被键盘侠们骂了几句，但键盘侠们显然小看了张珏的战斗力，熊孩子正因伤病只能躺在床上休养，闲得无聊，一看到键盘侠，就兴奋起来，捧着手机快速按键，十分钟不到就把对面撑得丢盔弃甲。

从此张珏又获得了一个新外号——张撑撑，并与俄罗斯那位时常批评一些技术不干净的运动员的谢尔盖，被并列为花滑圈两大快嘴。

26. 小金夺牌

张珏的腰伤得有点严重，毕竟本来就有过度疲劳的问题，再抻一下，简直是雪上加霜。

国家队是把他当索契夺牌点，甚至是夺金点在看的，在他出事后，立刻就请了多位专家进行会诊，等脚踝的骨裂处理好了，腰部却恢复得比所有人想象的慢。

他之前练习贝尔曼旋转和刃跳给腰部带来了太大负荷，现在集中爆发了。

最后还是秦雪君的爷爷，秦堂老先生给张珏推荐了他老家的一位女中医，姓贺，祖籍湖南，是 H 省第一医院针灸推拿方向的大拿，两年前退休，去年又被返聘回来，据说在治疗腰部疼痛方面很有一套。

为了治疗腰伤，张青燕收拾好行李，推着儿子的轮椅，带他上了返乡的道路。

走之前张俊宝和许岩都很担忧，许岩直言："要不我找二大爷请几天假？燕姐，小玉现在块头挺大的了，你带他真的不方便。"

张珏养伤这阵子，身高已经逼近一米七，而张青燕才一米五八，之前还躺了一年，背着装满衣物的背包推轮椅就不容易了，上车的时候，想扶儿子起来都难。

张青燕坚决摇头："你得工作，火车站不是有工作人员吗？找他们帮忙就行了。"

她在醒来后一直没找那种按时上班的工作，平时就挂职在一家事务所里，帮附近一些商铺算账交税，一个月只能赚两三千的零花钱，因不需要坐班，才能在时间安排上自由些，许岩可不行。

至于许德拉小朋友，且不说他跟过去也帮不上什么忙，作为初中生，他也要学习，和亲哥相比，许德拉的成绩一直靠努力来维持，但凡松懈一点，年级排名立刻就掉下去了。

张珏就这么回了老家。

他们老家的房子还在，打扫一下就能住，而那位贺奶奶对待病患温柔亲切，张嘴就是一口湖南话，将张珏称为满崽，这也是湖南人称呼家里年纪最小的孩子的方式，对比自己小很多的孩子也可以用。

张珏习惯了下狠手给他撕胯的米娅女士，还有抢着拐杖追着他跑的鹿教练，再面对这种和蔼的老人，竟有一种不适应的感觉。

是啊，其实好多老人都对小孩子很和善，米娅和鹿教练那两个人才是另类啊。

老奶奶也很喜欢张珏，她在给张珏做理疗的时候，一边插针一边说："我看过你对这次事的处理。"

张珏趴着，闻言仰头竖了个大拇指："我处理得很好吧？"

贺奶奶："还可以啦，主要是你的后续情绪处理得好。"

随着老奶奶的念叨，张珏才知道她还有心理咨询师的资格证，而在她学到的知识里，女性从出生开始就被社会潜移默化地变成一位母亲，她们习惯能容忍他人给予的糟糕情绪，是照顾者、安抚者，而男性大多没有这个技能点，所以他们在共情、同理心方面大多不如女性。

但张珏不同，他能不能做照顾者不确定，毕竟孩子是未成年人，能管好自己都不错了，但他作为安抚者无疑是合格的。

"你安抚了教练、队友的情绪，接受了他们无意识的负面情绪宣泄，而且自己的心态也很好，这挺了不起的。好多成年男人都不如你。"贺奶奶说完这话，又感叹了一句，"难怪你是大心脏运动员。"

别的男性运动员如何达到"大心脏"的境界不好说，但张珏的"大心脏"肯定源于他内心的强大和自信。

张珏被夸得特别不好意思："可能是因为我妈妈一直把我当她的小棉袄吧？"

一般人说"我想生个小棉袄"，都是指生女儿，但张家教孩子的方式就是"男孩子也可以做棉袄"。在成长的过程中，张珏从未被灌输过"你是男生，所以你可以粗枝大叶，不顾他人情绪"的刻板观念，反倒是帮助弱势群体、尊重异性、孩子、老人的理念被教了不少。

张珏的好教养不说全部归功于父母，说有一半是父母的原因是绝对没问题的。

他小时候太调皮了，而且暴躁冲动，行动力特强，他妈总担心他长大了做坏事，所以绝不在张珏走歪路的时候宽容他，晾衣架子往张珏的屁股上一挥就是十多年，挥出一个好人。

但在理疗的最后，贺奶奶也提醒张珏，不管他消化情绪的能力有多强，还是要适当发泄。老人家活了太多年，一眼就看出张珏是那种平时捣蛋，真遇到事了反而会憋在心里自己消化的性子，她怕张珏憋坏了。

她说的是对的，自从受伤以后，张珏一直将对伤情的忐忑不安压在心里，为了安慰同样受伤且很容易自责的金子瑄，他最近都没欺负人家。

而且对好动的张珏来说，让他一直躺在床上长肉也很难受，做题固然能转移注意力，可题又不是做不完的。

他只用了几天时间，就把这个学期的习题册全部做完了，现在又做卷子。在张珏决定拿奥数题来折腾自己之前，张青燕开始一边照顾他一边复习考研英语。

张女士不仅对儿子们的学习抓得紧，对自己也很严格，一把年纪了还考研。

张珏抓到了空隙，趁机坐轮椅溜出了医院。

他也不知道自己要去哪儿，但他不想每天只在医院的花园里放风，他要自由。

如风般的自由少年坐轮椅去了附近一条街道，他不敢吃路边卖的食物，怕里面有激素，只买了瓶矿泉水，饿了就在树荫下面待着，掏出背包里的玉米啃了起来。

他背后是一家吵吵闹闹的宠物店，里面时不时传出宠物的嗷嗷叫声，张珏不经意间回头，就发现一个摆满了仓鼠幼崽的架子上，有一只奶茶仓鼠正蹲在玻璃后面，专注地看着他。

那黑幽幽的眼睛、看起来就很温暖的皮毛、一抖一抖的小耳朵，在刹那间折服了张珏。

他想，哦，它好可爱。

张珏情不自禁地转着轮椅进了宠物店。

贺奶奶说得对，他得消解自己的情绪，这世上还有比养一只毛茸茸的小动物更治愈的吗？

啥？他家里已经有苞米了？

苞米和仓鼠是不一样的，苞米可以为他扔垃圾，买菜，开门关门，看门护院。可这只仓鼠与众不同，它拥有灵动的眼神，那盯着张珏看的眼神，让张珏坚信他们有缘。

他自信仓鼠看的一定是他，而不是他手中的玉米。

"纱织，爸爸来了！"

半个月后，张珏的腰康复。贺奶奶医术高明，张珏回到京城时，不仅可以靠自己坐起来，还能挂着拐杖单脚蹦跶，然后坐着拉伸，瑜伽里的鸽王式也可以做出来。

在此期间，张青燕女士完成了考研，根据她自己事后的估分，绝对能过。

张俊宝特意开车去接大外甥和姐姐，见这两个人精气神十足地站在家门口，张珏的情绪特别好，在路上还开着录音机放音乐。

那是一首叫 Bridges 的歌，少年趴在窗边，迎着路过的风，没有修剪而略长的黑发飞扬着，那一刻，这孩子仿佛一条清澈的河流，倒映着骄阳，反射着金色的阳光，带着温暖的粼粼波光。

张俊宝透过后视镜看到大外甥的侧脸，深深地明白了为何审美格外严格的米娅女士也曾偷偷和他说，张珏是她生平见过的气质最为优越的少年。

就是这孩子一直执着地抱着他新买的仓鼠，在他们于加油站休息买零食上厕所的间隙，连车都不下，就专心地给那只叫纱织的奶茶仓鼠剥瓜子。

瓜子仁九十九粒，纱织一粒，张珏九十八粒。

在养伤阶段完全没有训练，关节也没有再天天经受巨大冲击力的张珏在此期间生长速度进一步加快，身高已经正式突破一米七大关。

当他重新出现在众人面前的时候，许多人看着又帅了一圈的张珏发出了疑惑的声音："帅哥你谁啊？"

张珏面露茫然："啊？"

最后徐绰上前戳了一下张珏的手，就见这人懵懂地睁着眼睛歪脑袋，小姑娘回头表示："是张珏没错。"

柳叶明和察罕不花嘀咕，正所谓男人也有嫉妒心，看到比自己帅很多的男人站在一边会不高兴，内心酸酸地冒几句"不过如此，我也不差"，这也不是他们有坏心思，纯粹是张珏这人不符合常理，小时候就好看，长大了更好看，颜值从没崩过。

察罕不花挠头："啊？他不一直都是咱们中间最好看的那个吗？"

黄莺、关临、尹美晶、刘梦成、樊照瑛还有陆晓蓉等人都已经出国去比四大洲锦标赛了。金子瑄的脱臼伤势还没全好，也强撑着跟了过去。大家心里都明白，张珏不去是丢了金牌，金子瑄不去则代表着男单这边一个上领奖台的人都没有。

张珏现在还不能训练，就过来借器材活动一下没受伤的部位，顺便吃个饭，和大家伙一起看四大洲锦标赛。

为此，他特意将苞米和纱织一起托付给了今天放假的秦医生。

他掐时间点也很准，过来的时候察罕不花、徐绰、闵珊、蒋一鸿都已经做完了早上的训练。

徐绰今年 15 岁，3 月就要参加最后一届世青赛。闵珊 12 岁，明年升青年组。师姐妹完成了青年组的无缝衔接，所以都被盯得很紧。徐绰且不说，她的3A 正越来越稳定，闵珊也被压着练起了 3Lz+3Lo，毕竟小姑娘不趁着发育前出难度，发育后再拼就难度倍增。

赛前，大家一起分析着："小莺、临哥的金牌不用担心，他们的对手都在欧锦赛，美晶姐、梦成哥和北美那两对比起来还是有点嫩，要拼一把。"

"小金虽然滑行和旋转、表演不够强，但稳住四周跳的话，也是寺冈隼人以外最强的了，就是不知道他稳不稳得住。"

张珏打了个哈欠："再不稳住，他那'内战之王'的头衔就真的摘不掉了。"

他们看的是央视五台的赛事直播，自家人的镜头肯定对准自家运动员，在男单短节目即将开始前，镜头中的金子瑄神情凝重，他拍打着胳膊和大腿，原地蹦了蹦，跳起的高度相当高。

作为张珏崛起前国内公认的男单第一天赋，这小伙子是真的弹跳力惊人。

金子瑄难得在国际赛场上拿出了最佳状态，短节目赛事结束时，他排在了第一位。

看到这个排名时，许多人下意识地揉了揉眼睛，发现没看错，这人真的拿了短节目第一！

最清楚金子瑄有几斤几两、寺冈隼人有几斤几两的张珏目瞪口呆："厉害！"

柳叶明眯眼："寺冈隼人的腰伤也挺重的了，不然以他的水平，不可能在做旋转时突然摔个屁股蹲儿。"

张珏："小金能抓住机会也不错了，他的手臂也没好全，这次应该是爆发了。"

"内战之王"金子瑄终于在外战时爆发出应有的实力，一时间冰迷们欢欣鼓舞，既高兴于二哥的成绩好，又高兴于金子瑄既然表现得这么好，伤情应该也恢复得不错，但知道这人具体伤情的人心里还揣着一把汗。

短节目的消耗不大，小金还挺得住，但他到底不是张珏那种体能大户，到了自由滑，他还能继续撑住吗？

身体方面的问题属于运动员不可控的部分。

果不其然，到了第二天，金子瑄的自由滑出了岔子，他在跳节目后半段的3A时脚打滑，不得不用手臂撑了一下，接着他就露出了痛苦的表情，以至于在节目最后的30秒，他的表演越发僵硬，下场时已是浑身冷汗，脸色苍白如纸。

金子瑄跪在冰上，十分不甘地捶了一下冰面，眼圈微微发红地向四周行礼。才下冰，他的教练就冲过去扶住自家孩子，现场的孙千立刻给他披外套，蹲着给他戴刀套。

金子瑄哽咽着："对不起，教练，孙指导，我还是把咱们的金牌给丢了。"

他心里有数，就他自由滑那表现，绝对摸不到金牌。孙千起身拍拍他的肩膀："没事，你已经突破自我了，好孩子，别给自己太多压力。"

金子瑄摇头："我不担这份压力，压力就要移到别人身上了。"以往张珏比他强一大截，责任给他就给了，金子瑄没啥感觉，现在张珏还在挂拐杖呢，小金就觉得自己该把担子挑起来。

谁知道这个担子这么沉，他差点就被压得趴下，而这就是张珏以往面对的，如果他还不能成长起来，以后张珏还要独自面对这些。

张珏看着屏幕上的金子瑄，挑了挑眉，等到比赛结束，在颁奖仪式开始前的间隙中，他对沈流低声说："我去打个电话。"

拐杖点地发出清脆的声响，张珏离开食堂，张俊宝回头看他："这小子去干吗呢？"

沈流也看着张珏的背影，他顿了顿，微笑："大概是联络队友吧，小金这次拿了四大洲锦标赛铜牌，也是他的第一枚A级赛事奖牌，他们关系那么好，张珏肯定得立刻恭喜。"

而以沈流对金子瑄的了解，那位玻璃心少年现在的确需要队里的定海神针给他稳一稳，才能带着笑去领他的奖牌。

只是看小金这个状况，也不知道他的手臂、他的心态，能否撑起在世锦赛冲击前十二名的责任，如果他不行的话……张珏就得在2月底，也就是伤势才恢复的时候就立刻投入复健了。

到时候那小子恐怕要一边吃止痛药一边练四周跳。

27. 真诚微笑

"确诊了吗？"

"确诊了。"

随着这句话，张珏的教练、金子瑄的教练都脸色难看起来。

在四大洲锦标赛结束以后，金子瑄的状态勉强回升了一点，虽说身上还受伤情的影响，好歹他的心态比以前稳了，也算好事一桩。至于手臂的脱臼伤，比腿上的伤好处理，花滑运动员跳跃、落冰、旋转、滑行都主要靠腿，何况金子瑄的伤迟早会好。

都是年轻人，没道理张珏的恢复力强大，金子瑄就差了，谁知大家还没来得及高兴，金子瑄就又脱臼了一次，医生一查，好嘛，惯性脱臼。

这个毛病对普通人来说都相当影响日常生活了，何况金子瑄还是个运动员，想要摆脱这个问题，他就只能往骨头里放钢钉来稳固关节。

本来手术要放在2月底做，但如果他去做手术的话，还指望他去比世锦赛就太不现实了，恰好张珏这会儿步入养伤期末尾，大家伙准备看看张珏的恢复进度，视情况让张珏和樊照瑛去世锦赛。

感谢上一届世锦赛中前辈们的拼搏，让今年的中国男单拥有了两个世锦名额，只有一个名额的话，上头看着大伤初愈的张珏及伤情加重的金子瑄怕不是要抓破脑壳。

张珏在2月下旬就已经摆脱拐杖正常走路了，只是光靠右脚过了这么久，左脚难免在各方面都变得没那么灵便，需要努力复健，在恢复上冰的第一天，他还摔了个大马趴。

自从4岁以后，张珏都多少年没体会过这种在冰上连站都站不稳的感觉了。

张珏拒绝了旁人的搀扶，自己爬起来，扶着挡板站稳，围着冰场滑了几圈，找回了一点脚感。试跳了一个 2Lz，很顺利，接着是 3Lz，落冰时虽然打晃，但也勉勉强强站住了。场上不少人偷偷看着小队长的身影，见他逐渐变得如以往一般轻巧灵活时，心中都松了口气。

然而在试跳更简单的 2T 时，张珏再次摔了一跤，他坐在冰上，摸着左脚的脚踝，叹了口气。

不知是伤没好全还是心理因素，他无法用左脚点冰，以他对自己的能力的评估，短期内，他可以恢复 3T，4T 是绝对练不回去的。

"明明 4T 是我这个赛季最重要的得分利器，可我居然用不上它了。"

看他这副搞怪的样子，张俊宝按下心中的不安，扇了他一下："行了，有空在这里叹气，还不快点去练，要是在世锦赛之前你还恢复不了至少一个四周跳的话，这届世锦赛就没你的份了。"

按规矩，四大洲锦标赛、世锦赛的比赛名额要交给全锦赛成绩最出挑的人，而张珏和金子瑄压根就没比全锦赛，便被送去了医院，金子瑄之前被送到四大洲锦标赛，是因为除了他实在没别人有四周跳了，而全锦赛第二的老将董小龙因此错失一次去四大洲锦标赛的机会。

到了张珏这里也是同理，他要是能恢复个七八成，上头就开特例把他送去加拿大争来年的冬奥会名额，他恢复不了就好好养伤，今年中国只拿一个男单名额，而张珏则留着精力等明年去拼这一个名额，然后在冬奥会独自扛起男单的所有荣耀。

摆在他面前的就这两个选项，选哪一个都是压力山大。

见大家眼中都还有忧虑，张珏爬起来拍拍屁股，十分笃定地说道："我能恢复。"

他很有效率地去和教练组商量并确认了接下来一个月的训练菜单，并以极高的专注力迅速投入练习中。

张珏的高速发育还没彻底结束，身高和体重在休养时再次发生了变化，现在已经是一米七四的个子，体重却控制得还行。在腰好了以后，小伙子时不时去用器材做些不伤脚的动作，肌肉也保持了下来，核心依然稳定。

他现在要做的就是进一步强化腿部力量，重新适应新的身体重心，尽快找回技术。

他早前就有过四年没上冰，之后在教练的指导下快速找回技术且更进一步的经验，这份经验现在给了张珏莫大的帮助，不说将恢复进度加快个几倍，至少让张珏内心保持了高度自信。

他可以找回技术一次，就可以找回第二次。

备赛的气氛是紧迫而紧绷的，许多人在这种环境下都会压力倍增，张珏的神经却和铁打的似的，他还和张俊宝偷偷念叨："幸好期末考试已经完了，这个寒假我可以尽情把时间放在训练这边。"

张俊宝："你们假期不补课啊？"

高二的学生假期不补课？张俊宝才不信呢。

张珏说："反正我不补，只要成绩不下滑，老师连我平时去不去上课都不管，真好。别人在听老师讲复习点的时候，我在冰上做自己喜欢的事情。"

张珏有时候觉得自己挺像一些小说里的主角，他是个每次考试都稳居年级前三的学霸，还是世界级的花样滑冰运动员，本人还长得那么好看。

啊，他真是个不管做哪种小说主角都绝对能完美胜任的男人。张珏把自己想的说给老舅听。

鹿教练路过，揪着这个完美的熊孩子的衣领："走了，去练舞，米娅等你好久了。"

张珏被扯得倒着走路，还对他舅舅比了个耶的手势。

张俊宝面无表情地看着他，将方才没来得及说出口的话说出："乡村文学也可以吗？"

等会儿，他这个大外甥似乎还真会种植物，他们家里阳台上的植物可都是张珏买回来亲手打理的，而且从张珏养狗养鼠的技术来看，他要开个养狗场、养鼠场，业务水准应该也不错。

啊，他的大外甥真是个神奇的孩子啊！

在世锦赛开始前一周，张珏把3A恢复过来的当天晚上，孙千拍板，决定将去世锦赛的名额给他一个。在老爷子看来，现在手里能送过去的运动员里都只能完成三周跳，张珏的表现力、旋转、滑行是最好的。

都是赌，不如赌个大的。

至于第二个名额……

孙千的目光游移着，最终停留在一个名字上，他叹了口气。

"兜兜转转到最后，还是要为难两个伤员。"

他在董小龙的名字后面打了个钩。

樊照瑛的韧带伤势在四大洲锦标赛复发，现在也只能休养。董小龙作为年纪最大的老将，3A 稳定，表现尚可，满身伤病，但他同样是那种搏一搏就能爆发的类型，若是打了封闭去比赛，至少能做到不拖队友的后腿。

唉，全锦赛开始前，所有人都说男单要崛起了，那时候谁又知道到了赛季末，他们竟然又要面临这种无人可派的窘境。

为了世锦赛，不仅是骨裂伤势才恢复的张珏火速投入高强度的训练中，金子瑄也首次表现出坚决的态度，和教练、父母都吵了一架，硬是把手术时间推迟到世锦赛以后。

用小伙子的话说，他知道这次的世锦赛必然是一场难打的仗，所以他更不能让自己的队友们孤军奋战，他还能滑，他有机会进入世界前十二名，拼一拼或许排名能更高，他可以做队友们的有力支援！

在听到金子瑄这番话的那一刻，每个曾为金子瑄的玻璃心苦恼不已的教练都明白，这个孩子终于长大了，伤病催熟了他。

可孙千不能这时候派金子瑄出去，张珏之前伤势重不假，可他也是治好了才回来的，金子瑄却是要推迟治疗带伤上阵，万一他在赛场上又摔个脱臼，导致手臂问题更加严重，以后还要不要继续做运动员啦？

运动员的实力强、自己想拼固然好，可孙千也得为他的以后着想。

而那个害了两名高潜力小将的粉丝，最后付出的也不过是 2000 元，以及网络上冰迷们的痛骂，可是人家都被父母没收了手机、电脑，被关着学习了，偶有网友骂得狠了，那孩子的父母能直接说再骂就告他们，委实是一对不好招惹的"成年人"。

最终他们能做的，也不过是将那个女孩列入黑名单，以后国内的花滑赛事绝不许她入场，这还是国家队所有运动员联名申请，孙千使了力才得到的结果。

罢了罢了，就当孩子们是被狗咬了一口吧，事到如今，他也只能这么安慰自己了。

孙指导摸出手机，和两个运动员的教练打了招呼，谁知在第二天，董小龙拿着退役申请出现在他的办公室中。

孙千看着那份报告变了脸色："小龙，你这是要做什么?!"

世锦赛就在眼前，以前中国男单在世锦赛总是只有一个比赛名额，队里都是派沈流过去，这次破天荒有了两个名额，而樊照瑛又受了伤，董小龙去是无可置疑的，他难得有一次去国际赛场上的机会，这时候喊要退役，莫不是路过舞蹈教室的时候被张珏飞来的舞鞋击中了脑子?!

张珏真的干过跳舞时把鞋子跳飞，最后鞋子砸到孙千头上的事。

董小龙腼腆一笑："就……觉得自己该退了。"

孙千："这我可就不懂了，你退什么？你有什么好退的？我看你明明还能继续滑！"

董小龙说是老将，其实比沈流还小一个辈分，也是个正在上大学的年轻人，而且是国内除张珏外 3A 最稳定的一个运动员。

要不是董小龙在青年组时期受了重伤，他也是有希望出四周跳的。

董小龙平静地回道："孩子们比我更出色，比如小金。"

"孙指导，我觉得小金比我更适合参加这一届世锦赛，我看过他最近的训练情况，他那手臂说是不稳定，其实没什么问题，如果能让他和张珏一起上的话，一定可以有好成绩。"

为此，他可以退役，把机会让给更强的年轻人。

董小龙握紧拳头，露出一个真诚的微笑。

28. 嘿嘿嘿嘿

3月，加拿大伦敦市，张珏和金子瑄一起拉着行李箱下了飞机，张珏打了个哈欠，揉着眼睛："我最讨厌到北美这边比赛了，十二个小时的时差，倒起来超级困难。"

他连选大奖赛的分站赛时都会刻意避开美国站、加拿大站及法国站，时差太大的地方他都不爱去。

金子瑄看他一眼，眼中含着无奈："至少你现在不晕机了。"

"我已经适应很多交通工具了。"

张珏抓着头发，他不擅长倒时差这点还挺让他苦恼的，作为一名高二的学生，张珏距离高考、选择大学和专业并不遥远，而以他本人的性格，目前最青睐的专业有三个，一个是航空航天方向，一个是农作物种植，还有一个是数学。

航空航天自然是出于对天空的向往啦，这年头别说男孩了，女孩里也不乏想要往天上飞的，尤其是张珏成绩好，身体条件棒，视力也好，原先一直想往天上飞。只是他去年才做了一回心脏手术，除非将来技术发展到降低航空身体要求的程度，不然他在这方面的上限会很有限。

至于想去学农学的话，则是因为张珏本人对袁爷爷抱有强烈的崇拜情绪。

而选数学就纯粹是懒了，张珏的理科天赋很好，只要认真学，高中水平的考试都可以拿满分。如果大学进名校学数学，再努力拿到硕士、博士的学位，毕业以后去做个老师什么的似乎也可以，但这是张珏最不想考虑的方向，他觉得以自己的性格，去教书育人恐怕不太合适。

正因为他是个熊孩子，张珏比谁都知道鹿教练、老舅、沈流、孙指导被自己折腾得多么憔悴，他才不要以后被熊学生逼得脱发剃光头。

上辈子杀猪，这辈子教书，他退役后既不做老师，也不做教练。

张珏："算了，先找个地方吃饭吧，我好饿。"

听到他的话，黄莺的肚子也发出咕噜噜的叫声，关临看过去，就见小姑娘抓头发，露出一个腼腆的笑。

"嘿。"

张珏、黄莺都喊饿了，大家立刻去找地方用餐。

徐绰、察罕不花的世青赛早就比完了，两人分别拿了冠军和季军，成绩算得上不错。不过徐绰这次赢得相当惊险，她的柔韧性不行，旋转姿态不多，滑行功底不如白叶冢庆子，自由滑差点被庆子反超，这让她拿完金牌后，被鹿教练狠狠训了一顿。

这届世锦赛的中国参赛团则以小将为主力，男单这边是张珏、金子瑄，女单只有陆晓蓉一人，双人滑有黄莺、关临及另外两组同样升组不超过3年的新人，冰舞有尹美晶、刘梦成一组。

加上教练组和随行队医，这次他们来了二十多个人，取行李的时候还因其中两人的行李箱太像，差点拿错，最后干脆包了辆车去酒店。

在这一届世锦赛名单出来的时候，网上也吵翻了天。这份名单可以讨论的地方实在是太多了，高兴于小将们崛起的可以夸小运动员们争气，虽然年龄小，但已能撑起一片天，可更多的人还是忧虑。

其中最热的话题有六个。

【男单一哥二哥那个伤病真的没问题？一哥的左脚还能点冰？二哥的膀子不是四大洲锦标赛又脱了一回臼吗？】

【双人滑还是只能期待黄莺、关临，另外两对有点打酱油的意思。】

【米姐正式退役，陆晓蓉顶上，为什么不让有高级联跳的罗岚上？明年徐绰拿一个名额去冬奥会，得，男单才从压力全放在独苗的窘境里出来，女单又陷这个坑里了，闵妹妹啥时候滑出头啊？】

【冰舞只有归化的那对能看，队里另外几对冰舞组合能不能向他们学学，早点进步，江教练怎么只带这一对啊？莫不是其他人都带不出来？注重人才梯队建设好不好？看看鹿门，张珏下头有两个师弟，徐绰背后有两个师妹，差两三年就有一个接班的。】

【孙千疯了吧，冬奥会快到了不让那群伤员好好养伤，硬是把他们送出去比赛，男单一哥之前伤得只能横着下场，二哥2月又脱臼一回，拖到4月还不手术，陆晓蓉不是膝伤严重吗？莺妹不是抛跳时扭了脚吗？】

【突然发现除了这群伤员，孙千居然派不出别的人去比赛。这群伤员不出场，明年冬奥会花滑四项全部只有一个名额，太惨了。这群小孩经得起这么耗吗？花滑这几个项目近几年也算老天爷青睐，接连出现紫微星，归化的那对也潜力大，就是血条都不长。】

放张珏这群小将出门比赛，孙千是真的扛了挺多舆论压力，不过老爷子也习惯了，不管是什么项目，只要热度稍微高一点，都有的是键盘侠挑毛病。但他可以拍着胸脯说，定这个名单，他问心无愧。

董小龙拿退役说事，虽然被孙千劝了下来，但那小子也只能撑到索契周期结束了。孙千左思右想，还找张珏、金子瑄一起来聊，被张珏一拍桌子。

"让小金上，他能行。"

行吧，队长都这么判断了，孙千就信他一回，而其他三个项目派人也都经过了千思万虑，他甚至自己拿电脑和江潮升、鹿教练三个老头一起琢磨着搞了个表格，将队里这些运动员的对外比赛的频率和胜率都算了一遍，最后发现张珏是只要出战必拿奖牌，黄莺、关临差了点，上奖台率也有80%，"美梦成真"组合的夺牌率则和张珏不相上下。

张珏连着两年在大奖赛总决赛、全锦赛期间出身体问题，全锦赛金牌数量和他的实力完全不匹配，而黄莺的伤病问题就没消停过，但把他们往国外一送，一个字，稳。

重点就是这个稳字，这几个小将是真的面对谁都不怵。陆晓蓉可能实力次了点，最难的联跳就是3Lo+3T，可国内另一个水平不错的女单选手罗岚实在太不稳定了，那姑娘外号"什么比赛都敢输"，孙千早年也给了她不少大赛机会，可她只有内战给力，外战时滑不出来啊。

家里的板凳厚度不够，不派这几个外战大师派谁？派键盘侠吗？

张珏是吃完就睡了，这一睡就是十七个小时，人醒来时还抱着头嗷嗷叫了几声，想让杨志远扎几针缓缓。

杨志远面无表情地表示："你这是睡久了，坐着缓缓。慢慢起来，去洗漱，再吃饭，包好。"

张珏吃完老舅送过来的早餐，将运动鞋、冰鞋、毛巾、纸巾等物品都塞到一个小拖箱里，自己把脚塞进一双毛茸茸的仓鼠拖鞋里，披上黑色长羽绒服，戴着个白色的毛线帽，打着哈欠出了门。

和只有六人能进的大奖赛总决赛不同，今年世锦赛的参赛男单选手有五十一人，人多竞争大，赛前合乐的时间安排也更加紧凑。

伊利亚和寺冈隼人作为本国的种子选手，都被送到了加拿大，他们各自聊着天。

伊利亚有些担忧："coco在全锦赛受了那么重的伤，这次还来参赛，来得及痊愈吗？"

骨头的伤势恢复起来可是很慢的。

寺冈隼人摇头："平时和他打电话的时候，他的情绪还挺好的，可惜他的推特账号上只有狗和仓鼠，一张自拍照都没有，具体情况我也不知道。"

就在此时，他们背后传来一道清朗的男声，听起来陌生中带着点熟悉。

"伊柳沙，隼人，好久不见！"

被叫到的两人同时回头，就看到一个熟悉里透着陌生的大男孩站在他们面前，身高与他们差不多，身材瘦却结实。

完成了变声，身高冲到一米七五的张珏笑嘻嘻地挥了一阵手，却发现两个小伙伴都没有回应，只沉默地注视着自己，他低头看了看自己的衣服、裤子、拖鞋，都很正常啊，没有脏污。

他歪头回视两人："怎么了？"

伊利亚用混合着迷惑、犹疑情绪的语气断断续续地问道："请问……你是……？"

张珏沉默。

他将拖箱交给金子瑄，双手叉腰挺肚子。

"是我。"

伊利亚和寺冈隼人同时松了口气，看这个恼怒中透着可爱的模样，是他们认识的那个张珏没错，接着两人就扑过去。

这三人被某位女单选手戏称为"男单三傻"，并且该称呼不知不觉已经扩散到整个冰迷群体，且在鲱鱼罐头事件后被广为认可。他们不好好合乐，却在场边打打闹闹，居然也没让大家多惊讶，顶多是张珏现在的体形让人有点点惊讶……帅哥你谁啊？不过是几个月没见，那只萌萌的小鳄鱼怎么就变得这么帅啊？毛毛虫变蝴蝶都没这么夸张！

以前没发育的张珏就是个高手，现在的他没了体形方面的劣势，战斗力比之从前只强不弱。

寺冈隼人最先出局，三人混战中，每个人都是一打二，伊利亚在张珏和寺冈隼人对战时总是忍不住更多地针对寺冈隼人，接着张珏和寺冈隼人混战，张珏一个三角绞将人锁住，伊利亚拍着地板表示认输。

张珏得意扬扬地爬起来，两只手举起，如同一个才做完一套动作的体操选手，下巴抬得高高的，发出得意的笑声。

"嘿嘿！"

29. 帅哥你谁

张珏是一个以强大稳定性闻名的选手；他不仅在比赛里稳当，合乐时也能将节目大差不离地滑个没差没错，然而在把他送到世锦赛的会场没两天，孙千就得知张珏的赛前合乐没有一次是完美完成的。

他每次合乐都出现了好几个不同程度的失误，合乐成功率比金子瑄还差，尤其是他的左脚之前还有骨裂伤势，这让他做 3T 的成功率下降到 60%，如果要在联跳的第二跳接 3T，失误率就更高了，已经可以被视为他的命门。

这孩子受伤势的影响太深了。

杨志远评价："不只是伤病，他的身高、体重也变了很多，受伤以前，他的体重可没过 50 公斤。"

现在张珏可都有 59 公斤了，要不是张珏的力量基础好，正常花滑运动员体形变化这么大，技术全丢全废都不是不可能的。

教练组愁得脱发，连脱发烦恼全国家队最轻的张俊宝都一天掉了一撮头发，就张珏自己挺淡定的，合乐结束后还和小伙伴们一起聊天，主要是为伊利亚解答养狗时的困惑。

"啥？你家的狗一听你摸零食袋子就凑过来偷吃啊？"

伊利亚愁眉苦脸："是啊，我有时候吃点东西都要避开它们，最神奇的是，我把垃圾袋抖开装进垃圾桶里的时候它们就不过来，它们居然分得清零食袋和垃圾袋的声音！"

运动员本来就饭量大，伊利亚会备些鸡肉干、牛肉干在家里，饿得慌的时候吃一两根，再使劲喝水，就能短暂地压下饥饿，加上他本来就比女朋友矮 10 厘米，这体重一控制，竟比他女朋友还轻。

张珏："我家苞米也是一看到家里人吃东西就凑过来，这时候别惯着它们，狗本来就是由狼驯化过来的，主人要像头狼一样，我们吃完狗再吃，这样狗才明白家庭地位，才听你的话。再说了，人的零食本来就油盐更多，它们吃了也不好。"

伊利亚："我家的零食……没有油盐。"

张珏的零食也没啥油盐，从某种意义上来说，他们的零食和市面上那些宠物牛肉粒、鸡肉干差不多，大家都只能吃高蛋白低脂肪低油盐的食物。

他又悉心传授了一番驯狗秘诀，顺带用得意的表情炫耀自己的狗最近还学会了挖坑，因为张珏搬回家一个大土槽，准备种点蔬菜吃，那放种子的坑都是他伸手一指，苞米拿狗爪子给挖出来的。

苞米还特别懂看眼色，在家里的时候，张珏只要脚一抬，苞米就会立刻奔过来给他垫在脚下。

寺冈隼人："coco，我经常觉得你不是把苞米当宠物养。"

这是宠物狗吗？这分明是工具狗！

他们聊完，张珏默默观察着两人的表情，发现他们看自己的表情总算自然了点，似乎是终于接受了自己现在的外表。他拍拍屁股起身，重新走上冰场，要趁着场馆没关再练一阵子。

往常他不会这么加练，但现在情况特殊。

此时许多人都已经下了冰，他们看着独自站在冰上的少年，眼中带着迷惑。

他要做什么？

张珏要保证自己的联跳能力。

自从进入发育关后，张珏的联跳就以接 3T 为主，一是作为点冰跳的 3T 更容易控制轴心，二是他这个赛季一直有腰肌疲劳的问题。但很多人都忘了，他是一个刃跳高手，鹿门现在给徐绰、闵珊练的接 3Lo 独门技巧在国际赛场上颇有名气，因为他们的联跳节奏都非常漂亮，只要成功就能拿高 GOE，而这份技巧就是以张珏的技术为基础开发的。

他用没有受伤的右脚点冰，左脚呈外刃起跳，落冰后没有停顿，单脚跳了一个 3Lo。

"好！"沈流喊了一声，拍了拍手，这一跳周数非常足。

杨志远："他这腰的力气又回来了？"

鹿教练舒了口气："贺医生很厉害，张珏的腰在她那里彻底好了，别看咱们这阵子限制他练贝尔曼，他前两天还闲着无聊做烛台贝尔曼旋转姿态呢。"

腰力一回来，运动员整个身体的核心都稳了几分，何况张珏养腿那阵子也不是完全没练，他当时经常跑去国家队，借用健身室里的器械练其他部位的肌肉，而张俊宝就站在旁边帮忙和指导。

这些他人没有注意到的付出，让张珏硬生生以一个月的时间就适应了新的身体重心、轴心及大部分跳跃技术。正如孙千所说，越是大赛，他越愿意派张珏，因为他只看这小子平时的训练状态，就知道张珏能担重任。

金子瑄跟着喊："张队，厉害！"

张珏得意一笑，又啪地来了一个 4S，虽然依然是靠举手提转速才保证了空中转体速度，落冰时还跟跄了一下，但依然算是跳成了。

江潮升连忙跑到挡板边，露出一个大大的笑："哎哟，年轻就是好，小伙子恢复得真快。"

张珏乐呵呵地下冰，正好听到这句，他直言："我不是恢复得快，您看我左脚，现在连个 3T 都跳不出来，就是腰养得好，刃跳恢复了 90% 的水平。"

他也不是没有练 4S，无奈时间太短，目前只把成功率重新提到 60%。

江潮升赞道："大部分一线选手的四周跳成功率也就 60%，你能恢复到这个程度已经是个很大的惊喜了。哎，之前队里做测试的时候，你怎么没用这个？"

张珏不好意思："那会儿 4S 的训练成功率只有 20%，周数也不太足，拿不出手。"

江潮升说的队内测试就是派张珏来世锦赛前的事情，距离现在仅有半个月，也就是说，这个人只用了半个月的时间，就将技术恢复了这么多。

大家只觉得这小子是个怪物。

金子瑄听到张珏的话后一阵心酸，他之前练了好几年的四周跳，去年的 4T 成功率还是 50%，今年才勉强冲到 65% 的水平。

他摸摸自己比张珏细了一圈的手臂，又看看自己相对张珏更细的腿，即使两人现在有 6 厘米的身高差，他的骨架小了一米七五的张珏一圈也很正常。但张珏是近半年抽条成现在这样的，他的腿相对于自己的身高也很细，好多肌肉都没来得及练起来，但金子瑄知道，张教练给张珏定下的训练目标就有大腿腿围要达到 55 厘米以上。

自然，运动员的腿围增长不可能是胖出来的，而是练肌肉练出来的，作为男单选手，他还是要多练力量，让腿围更粗才好。

小金不是张珏那种胖得快，长肌肉也快的体质。他吃不胖，但肌肉也增长缓慢，平时胃口不大，要是盘子里的肉菜多的话，他就连一碗米饭都吃不完，与总在食堂窗口前和打饭阿姨拉锯的张珏形成鲜明对比。他已下定决心，回去以后要找教练和营养师改食谱，实在不行，他就把自己当猪喂！

四周跳没肌肉真的撑不起来！

此时还不流行短视频，但架不住张珏在国内花样滑冰项目的地位太高，身上背负了太多期望。此次他带伤出战，不知道让多少人忧心，顺带着让孙千挨了不少"逼小将带伤硬拼"的骂，沈流便又让张珏跳了个 4S，拍了视频发到自己的微博账号上。

沈流：@张珏，我们小玉的四周跳成功回家。

视频链接在下方。

此时国内不少冰迷正在论坛讨论张珏到底有没有把时差倒好。到底是人气小将，随着张珏的人气上涨，他以前不少事都被挖了出来，比如他是个倒时差困难户，有时候才下飞机就靠着他舅舅睡着，有时候下飞机十几个小时后还不困，在酒店房间里跑酷折磨他舅舅。

反正他舅舅总要被折腾就对了，而大家现在探讨的就是张教练有没有管好他大外甥，别又光顾着熊孩子，不顾阳台上晾着的裤衩，最后花裤衩飞出去，又给张珏勾搭个编舞回来。

不过这么一想好像也不错。

就在此时，一位冰迷尖叫，到各个帖子大喊："大家快去看沈哥的微博！他发了视频！"

大家不明所以，顺着他给的链接过去，一看视频里的内容，顿时精神一振。

视频里的人一下在冰上来了个高飘远的举手4S。

有网友惊呼："天哪，这个帅哥是谁？咱们国内啥时候又多了个可以跳4S的男单选手？他怎么没被派到加拿大去？让张一哥在家好好养伤呗。"

"这个美男哪儿来的？身段修长，气质高冷，侧脸完美，骨相顶级，乌发雪肤，在我的大脑中竟没有他的姓名！"

"三分钟，我要知道他的名字！"

发出这样言论的人不少，而那些看视频前看标题的人连忙提醒："沈哥说这是小玉的四周跳回来了，视频里那个就是咱们张一哥啊！"

无数人面露震惊。

张一哥的四周跳带来的震撼感，和他的新外表给大家带来的震撼感居然差不多。

等沈流收拾完张珏的水壶，又翻开手机时，就发现自己的微博底下有一群人在盖楼，每一层楼都只有四个字。

帅哥你谁？

第二高的楼也是同一批人盖出来的，每层楼里的内容也是一样的——一哥跳得好棒！

沈流嘴角一抽，他想起张珏的新考斯腾，心想，等张珏站在赛场上的时候，得有多少人指着电视问他的名字啊？

他转头，正好看到张珏在摘练习手套。

张珏咬住中指、无名指的指尖扯了扯，拿着手指的部分将那双黑色的皮手套摘开，一缕刘海垂在脸颊一侧。摘了手套，他又叼了个巧克力棒，舌头顶着巧克力棒的一端，让棒子一动一动的。

张俊宝在他后背上扇了一巴掌："吃东西就好好吃，玩什么？"

张珏冲他嘿嘿笑，带着大男孩特有的阳光清新。他背起大大的运动包，换回毛拖鞋，拉着拖箱走人。

少年自然不知道，每当他走过一个地方时会吸引多少目光。

同样来参加世锦赛的选手，不少趴在挡板上看着张珏的身影，满眼迷醉。有人提醒："醒醒。人家未成年呢。"

30. 重回赛场

赛前，金子瑄的主管教练乔教练看着自家小孩热身，而张珏跟金子瑄没分到一个组，金子瑄是倒数第三组出场，张珏作为新人却被排进了倒数第一组，两人比赛时段不同，热身时段方面，张珏也晚一点。

所以这会儿他们就听到鹿教练在给张珏做赛前思想动员。

鹿教练手里拿着水壶、毛巾，张珏正在压腿。

"这一届想拿名额的人不少，像俄罗斯那边压力小，因为他们派出来的三个人都是强手，所以最难对付的就是他们。日本那边只有寺冈顶用，法国的马丁伤病很严重，下面的师弟还没滑出来，麦昆也是意大利独苗，这三个人想要搏一把的念头会很重，他们越搏就越容易失误，你的优势就越大。

"不过短节目最看基本功，所以这时候大家都会稳着来，等自由滑再搏。咱们逆着来，你在短节目上四周跳，联跳就做 3Lz+3Lo，该举手就举手，先尽量争取到 5 分的优势。但搏肯定有风险，你要在风险和稳定之间找到平衡点……"

老爷子说了一通，而张珏肉眼可见地亢奋起来，他跃跃欲试，鹿教练最后说道："兴奋起来了？很好，把这股劲给我压住，到了赛场上再迸发出来。来，吃个香蕉。"

张珏的竞技状态出来了。

乔教练看得心里咋舌，心想这老爷子果然有两把刷子，他对张珏的了解非常深，很清楚如何让运动员在赛前把心态调整到适合竞技的情况，又能让运动员把状态峰值留到赛场上，对张珏的对手们的分析也很细致，看得出是研究过的。

跳跃教练沈流这会儿还在和杨志远一起看金子瑄的陆地跳跃，小金那个没做手术的手臂就是个隐形炸弹，不定什么时候就炸了，大家都小心得很。

而张珏这会儿吃完香蕉，谁也不理会，铺了块瑜伽垫继续拉伸舒展身体肌肉。

之后金子瑄上场，在他上场前，乔教练握着孩子的手，叮嘱道："这时候我也不说什么了，短节目收着点滑，注意安全，咱们到自由滑再放开。"

金子瑄嗯了一声，转身滑开，拿了个 84 分，在倒数第二组、倒数第一组出场前，他是短节目最高分。

他没搏，但拥有四周跳本就是巨大的优势，加上滑行、旋转即使不算出众但也不拉胯，只要 clean，分数就不会难看。

另一边，张珏换上新考斯腾，在无数人的关注中完成最后一套热身动作。

在他上场之前，鹿教练在挡板前又短暂训了一段话："滑的时候注意脚下动作，你就是有时候太粗放了，加上这个赛季你身体控制力下降，有时候滑着滑着就摔一跤，要注意。"

张珏点头，鹿教练又笑着问："知道我为什么一定要你在短节目拼出优势吗？"

张珏想了想，机灵地对他眨眼："因为我在短节目获得的优势越大，在自由滑要搏的那几个人心理压力也会变大。"而在花滑项目，心理压力大就意味着失误率的上升。

鹿教练："聪明，去吧，滑得你自己舒服就一定能成。"

张珏和他对了一拳。

两人说的都是东北味的中国话，在外国人听来基本就是加密对话，没人知道这爷俩要打心理战，站在旁边的乔教练则瞪大眼睛。

花……花滑这种项目也可以玩战术？

但仔细一想，鹿教练说的全部在理。张珏的实力强劲，即使之前有发育问题，现在又有伤病，可他的底子摆在那里，他表现得越强势，别人就会被影响，而张珏本身的脚踝状态不佳是现实，通过心理战术尽最大努力削弱对手也是谋取胜利的技巧。

人家也没犯规，就是拿实力让别人压力大而已，巧的是，花滑是最看状态的行当，其中不少玻璃心就特容易在对手滑出好状态时崩盘，而张珏的执行力、本身实力也撑得起这种战术。

鹿老头不仅教导技术是一流，他还是个帅才啊！

鹿教练说的滑得舒服，其实就是用刃要注意细节，但也要自然，不要用太多劲在滑行上而忽略了其他动作。加上张珏之前一直压着兴奋劲，表现力和跳跃状态也会比平时更令人放心。

比起赛季初的金色战衣，张珏现在穿的考斯腾是金塑龙做的新版本，以黛蓝这种发灰的蓝为主色调，加上许多细碎的亮钻，看起来就像身披星河，而腰上的银色流苏，后背的深 V 则增加了设计的轻盈感。

这套造型的亮点在于张珏的额头也戴了与考斯腾同风格的额饰，这让他身上充满一种异域美，看起来就像《一千零一夜》中的小王子来到现实，神秘而优雅。

他的出场令许多人都呼吸一滞，有冰迷指着他不敢置信地大喊："那是中国的小鳄鱼？"

"他怎么变成这样了？"

"他俊美得令我窒息！"

许多女性都睁大了眼睛，冰迷们直接把目光盯在了张珏身上，有一人看得太过入神，手里的加油横幅都掉到了地上。

瓦西里看着张珏，张大嘴，过了好几秒才合上，喃喃道："他变化真大。"

鲍里斯教练淡定地回道："长高那么多，身体重心都要毁了，不过他的举手技巧很精妙，或许会有让人惊喜的表现。"

要说当今花滑赛场谁最能扛发育关，从发育开始到现在长了十几厘米还能继续四周跳的张珏绝对榜上有名。

这孩子能扛的程度已经到了许多有发育危机的运动员、教练们都开始研究他的地步。

节目开始前，张珏选择了背对裁判。

"不仅是考斯腾，张珏的短节目起始姿势也变了！"

音乐响起，他回头一笑，微微低头，垂眸回首，才抬起眼眸，嘴角勾起，又转身去往另一处。

这个回首设计得极有风情，使张珏整个人都显得充满柔情，他脚下的动作却干净而迅速，轻盈而稳定地滑过小半座冰场后，他双足呈八字起跳，冰屑在冰刃旁绽开，他在空中转体，落冰的那一瞬，场上响起一阵掌声。

一个人的外形是会影响他人对他的观感的，原先张珏看起来像孩子，《与你甜美的梦境》这首曲子搭配献给母亲的温暖情愫再合适不过，但现在张珏长大了，他身上多出了一份成熟的色彩，那么随着外貌变化改变节目的演绎方式，是一种极好的让运动员的表演风格发生蜕变的方式。

张珏本人对这种改变并无意见，他想要表达的感情已经在总决赛表达过了，情绪在那一刻倾泻了出去，以后再想完成同水准的表达就有点难，那么只能另辟蹊径。

他从不是一个拒绝改变的人，在得知教练组的决定后，就向许岩爸爸请教了京剧演员对眼波流转一词的演绎。

在这个节目里，他要将自己变成一场令人沉浸其中的"美梦"。

要美，美到如梦似幻。

他抬起一边手臂，上身后仰，手臂上的飘带在风中飘荡着，在一个下腰鲍步后，张珏双手向后甩，接着往前使力，带着身体朝前旋转，加上腿部发力，一个完成度极高的 3A 也平稳地落冰。

冰刀在冰上画出一道道柔滑的弧线，这一刻，他像是携带着星光的晚风掠过白色的雪地。

节目的结构改动、风格改变几乎是让张珏重新适应一个新节目，可这一点没影响张珏的节目完成度，他从容不迫地一样一样地完成自己应该完成的技术动作，上了现在能完成的最高难度，却连一个细节的差错都没犯过。

他的步法迅捷而变刃极多，看起来却不仓促，甚至给人一种水流冲刷过大地的流畅，黑色的冰刀留下的划痕在冰上蔓延。

而贝尔曼旋转也在此刻重新回到了张珏的节目中。

在节目的末尾，他以右足点冰，先是完成了一个 3Lz，接着立刻拔 3Lo，其实明眼人都看得出来，张珏的第一跳轴心不对，变化过大的身高让他很容易出现这种问题，但他的第二跳硬是接住了。

这时候可能有人会好奇，为什么张珏总能做到在联跳的第一跳不完美时，还硬是接住第二跳。

而张珏的回答也很简单，一个字：练。

在训练时要力求每个动作都做到完美，要全神贯注，要死命挑自己的毛病然后以把自己扒一层皮的精神去改掉那些毛病，就算腿不能动了，也要通过器械辅助去练其他部位。他的小腿、大腿、臀肌、腹肌，在养伤期间都在继续生长，为张珏支撑起了强大的跳跃力。

张珏的体力很强，但他不止一次把自己练到吐出来，摔到身上到处是瘀青擦伤，哪怕是已经来比世锦赛了，张珏被考斯腾包裹的身体也带着青紫痕迹，这都是练滑冰时摔的。

无数的血汗汇聚起来，才有了他现在的实力。

懂行的人一看张珏这表现就明白，张珏这是吃了不知道多少苦头，才硬是在大伤后迅速回归赛场，并撑起了中国男单在国际赛场上的竞争力。

可张珏在冰上总是很容易就遗忘了这个项目为他带来的辛苦和伤痛，他很享受在冰上驰骋的感觉，风掠过他的指缝，耳畔是音乐和观众们的掌声、欢呼声，而这一切就是他想要的。

历经磨难，他终于又一次回到了这里，回到了赛场上。

这一天，张珏以 97.82 分拿到了短节目第一名。

在他的分数出现的那一刻，大家看到那个分数后面显眼的 WR 的符号，都明白了一件事——新的世界纪录诞生了。

满场掌声如海啸般向张珏涌来，在数不尽的欢呼声中，他呼了口气，转头对鹿教练比了个胜利的手势。

"咱们这作战算成功了吧？"

这可是世界纪录啊！绝对让他的对手们都压力山大了吧，哈哈哈！

鹿教练看着他，心想，自己还是小看这小子了，他已经强到不需要战术的程度了。

与此同时，许多人都忍不住期待起张珏过完发育关，伤病痊愈后的完全体，那个时候的张珏，又该是怎样的姿态呢？

定下心理战术的鹿教练和作为执行人的张珏当然不知道，看到张珏那个分数后差点心态崩掉的人有不少，可是燃烧起斗志的同样不少。

瓦西里拍拍手臂和大腿，露出一个攻击性十足的表情。

31. 一哥担当

以往，花滑在国内的热度都集中在总决赛和世锦赛，而关注他们的主要还是冰迷，路人顶多是偶尔说几句"我们国家的双人滑今年拿了个什么奖牌。什么？男单和女单？他们都十来年没拿过奖牌了"。

自从张珏出场后，男单的存在感就开始直线上升。

所以当张珏拿到了短节目第一，并打破了花滑男单短节目世界纪录的时候，不仅是央视五台在体育新闻频道里给了他 20 秒，微博的热搜榜单末尾上也有了他的名字。

【喜报，我国花滑男单小将于加拿大伦敦市世锦赛打破短节目世界纪录。】

此时哪里还有人记得起张珏是个伤号，左脚踝的骨头三个月前还裂了两条缝呢，大家都喜不自胜，奔走相告，他们中国男单终于出息了！紫微星开始发光了！

为张珏庆幸的也有不少，在竞技运动，因为一场伤病从此一蹶不振的人简直太多了。在张珏受伤后，很多人都担心他在伤病和发育关的打击下不堪重负退出竞技赛场，没想到他杀回来以后居然爆发出了比以往更大的力量，这真是个不得了的惊喜！

他们当然不知道，张珏在确定自己以 2 分优势领先瓦西里后，立刻松了口气，然后被张俊宝扶着退了场。

才上了车，他就脱掉运动鞋，揉着自己酸痛的右小腿肌肉吸气。

左脚暂时使不上力的结果就是右脚必须被迫承担更多的压力，不仅是 F 跳和 Lz 跳需要右脚点冰，当他在联跳里去接 3Lo 时，按他的联跳节奏，左脚落冰前，他就要靠右脚单足跳出 3Lo。

而为了能在世锦赛上取得好成绩，他在恢复期间就几乎天天练这些技术了，这么多天下来，已经给右腿的肌肉极大的压力，现在还能扛，只因为他年轻力壮，身板好，恢复力强。

但人体是有极限的，张珏也不能摆脱这条定律。

他是人不是神，就肯定会有伤病，这个赛季没有，下个赛季也会有，摔伤、擦伤、扭伤、疲劳导致的无菌炎症……这些对运动员来说太常见了，他们只是不知道自己会被哪一次伤病击垮，但绝对避不过它们。

　　杨志远沉默着和张珏身边的张俊宝换了个位置，给张珏揉着小腿，张珏保持着一条腿架在队医手上的姿势，拿出手机和小伙伴们发短信玩。

　　鹿教练回头看了他一眼，难得没训斥小孩在车上玩手机，而是自己也掏出手机，给国内的弟子们打电话，并叮嘱徐绰和闵珊要好好补钙，并保持每天喝一杯豆奶的习惯。

　　体脂率太低的女孩子容易不来月经，鹿门很看重孩子们的健康，但练了这个项目，过瘦也成了常见的状况。豆浆含有天然的植物雌激素，对女性有很大的好处，美白护肤，还能延迟中年女性进入更年期，而对女单选手们来说，喝豆浆补雌激素是一种健康安全地养护自己身体的方式。

　　像张珏、察罕不花、蒋一鸿不需要补雌激素，教练们就只叮嘱他们多喝奶，牛奶、羊奶什么的，能补充钙质的就是好奶。

　　只是不知道为啥，自从张珏进入发育关后，不仅许多网友觉得梯子山牛奶很不错，就连队里都有不少人对这个牌子的奶青睐有加。张珏对此十分无奈，明明作为队友，大家都知道他有个一米九三的爹，他被发育关折腾得最难过的时候，他老舅可没少骂他爹，他的疯长又关无辜的梯子山牛奶什么事呢？

　　张珏这么想着，打开手机，和祖国的家人们视频通话。

　　"纱织，是我，daddy（爸爸）。"

　　短节目和自由滑之间有一天的间隔，张珏本打算用这段时间让自己的右腿肌肉好好歇歇，可在自由滑开始当天，他的肌肉告诉他，不，一天的休息时间远远不够。

　　他还是疼，甚至比之前更疼，张珏左思右想，拉着杨志远悄悄地问："我这是不是有点炎症了？"

　　杨志远："有啊，就你这么个练法，发炎是迟早的事。"

　　张珏小声道："那我可以打封闭不？"

　　"能。"鹿教练不知何时站在他们背后，黑着脸说出这个字，吓得张珏如同一只被惊吓的雪豹嗖的一下跃起，惊恐地回头看着他。

　　要是换了平时，教练们哪里舍得让才16岁的宝贝打封闭硬上比赛啊？可张珏已经死撑着带着还没好全的左脚来了世锦赛了，要是连个好名次都拿不回去，岂不白拼这一场？

　　鹿教练也不乐意让张珏这么拼，可还是那句话，但凡是运动员，当他们在这条路上走到某个节点的时候，就避不开这一遭。

张珏接受了他竞技生涯中的第一针封闭，他也很清楚只要自己继续在这条路上走下去，以后还会继续挨很多针。

他不知道其他人打封闭后是什么感觉，但张珏的感觉就是，在最开始的疼痛结束后，他觉得自己的右小腿肌肉麻木了，他感觉不到那块肌肉的疼痛，但又觉得那里有点僵硬，让他不是很习惯。

张珏拿绷带，用发了狠的力气把小腿绑了起来，束得略紧，又在地上跺脚，跺得地板砰砰响，才感觉自己的腿部神经给了点反馈。

金子瑄看着张珏这股折腾劲都觉得牙酸，然而等进入比赛场馆时，张珏就看起来一副没事人的样子，要不是他将热身动作里的跳绳环节给去了，看起来就和平时没两样，他依然从容自信，给他的对手们带来强烈的压迫感。

张珏决不让人看出他虚弱的样子，金子瑄突然意识到，这就是他和张珏不一样的地方。

他总是会犹疑，也习惯表现出自己软弱的地方，而他的教练总会安慰他。他相信张珏这么做的话，他的教练组也会围在他身边，可张珏的撒娇总发生在无关紧要的地方，关键时刻，张珏是将自己视为支撑者的。

那种强韧、骄傲和坚毅的性格，让张珏成了孙指导最看好的下一代中国花滑的领头人，并让他在 16 岁的年纪压过了年纪更大的关临成了队长。

比赛一场一场地进行，轮到最后一组时，金子瑄排名全场第六，如无意外的话，他会是本届世锦赛的第十三名，这也是他在世锦赛的历史最高排名，距离前十二名仅有一步之遥，这让他非常遗憾。

只要进入第十二名，即使张珏不出场，中国男单也将获得两个冬奥会名额，届时张珏的压力会减轻很多。

小金满怀歉意地看了正准备上场进行 6 分钟练习的张珏一眼。

"抱歉，如果我在后半段没有那个失误的话……"

张珏摇头，打断他的话："别在意，你已经做得很好了。"

金子瑄："你别一副从没指望过我的样子好吗？"

张珏意外地看他一眼："你怎么会这么想？我一直指望你，不然等到了索契团体赛，我难道要一个人包揽所有出场机会吗？"

作为队长，学会指望队友也算是必修课了，只不过小金今年带着伤，能到世锦赛来就不错了，张珏对金子瑄的期待都是未来式的，觉得这位朋友到下个赛季才靠谱。

他没说全，金子瑄却被安慰到了。小金对他握拳："加油，队长。"

此时不仅是金子瑄对张珏这么说，正在后台准备双人滑自由滑的黄莺、关临看着电视里张珏的身影，也满心激动。

马教练看着屏幕，嘴角抽搐："怎么镜头又到张珏身上去了？"

也不晓得是不是他的错觉，这个导播员只关注长得好看的，除非是比赛时，否则镜头一直都在尹美晶、张珏、瓦西里、海伦娜等花滑圈出名的大美人身上轮着打转。

这四人两男两女，分别代表中国、俄罗斯、意大利，被誉为花滑圈东西方男性与女性的长相巅峰。

摄影师是那种懂行的人看了就想给加鸡腿的高手，在他的镜头下，这几个人真是十分美丽。

好在赛事主办方还算有谱，当镜头在张珏身上停留了六秒后，又纷纷扫过其他上场进行练习的最后一组的男单选手。

真就是一扫而过，等瓦西里登场，镜头又多停了几秒。

被扫过的麦昆、马丁、大卫、伊利亚其实也都是走在大街上有人回头的帅哥，麦昆倜傥，马丁沉稳，大卫清爽，伊利亚冷漠，四人各有风姿，不过距离瓦西里、张珏差了点。

要不是大家明白短节目排名越高的人越晚出场，最后一组的六人就是短节目成绩最好的六人，不知情的还以为花滑世锦赛是根据脸来挑压轴组的成员呢。

这届的世锦赛男单最后一组 6 分钟练习无疑是视觉盛宴，然而在许多冰迷眼里，这一组的每个人都是让他们心疼的大宝贝，因为他们每个人都伤痕累累。

瓦西里是老伤号了，麦昆同样如此，这两个曾一时瑜亮的运动员都进入了职业生涯末期，他们的膝盖、韧带都带伤。马丁的伤势最重，他的脊椎在练习跳跃时出现了问题，这次是打了封闭强上世锦赛为祖国争冬奥会名额，大卫则在过发育关时摔出过骨折伤，之后沉寂好几年。

张珏就更不用说了，正是由于他的伤势，本届世锦赛立下规定，所有观众在入场前都要当着安检人员的面把手机闪光灯给关了。

央五的解说员赵宁这时也出声："好的，最后一组的 6 分钟练习已经结束，第一位出场的伊利亚留在了冰场上，即将开始他的自由滑。"

她的解说搭档陈竹说道："这届世锦赛的质量其实很高，像男单这边啊，倒数第二组就已经是人均一个四周跳了，只是现在出场的这一批，他们的四周跳成功率更高，而且综合能力更强，差不多就是最强的六人。"

"像瓦西里和马丁，他们分别是温哥华冬奥会的银牌和铜牌得主，而麦昆和瓦西里一样都有世锦赛金牌在手，且都破过世界纪录，而大卫、伊利亚、张珏是冉冉升起的新星，他们在索契周期升组，并朝老将们发起了冲击。"

比赛开始，第一位出场的伊利亚表演中规中矩，四周跳一如既往地精彩，可他的状态其实不算好，尤其是到了自由滑后半段，分别在 3Lo 和旋转上出现了失误。

在这种所有人都打算拼了的比赛中，两个失误几乎是致命的，伊利亚在下场时脸色很不好，他心里明白，只要进了最后一组就有希望上领奖台，可现在他能不能上那个位置，就得看其他人会不会出现更严重的失误了，可他并不希望自己的胜利来自他人的放水。

他希望能靠自己的实力、赛场上的完美发挥来获得奖牌。

鲍里斯瞥他一眼："你的表演还可以更进一步。"

伊利亚低下头："是。"

在伊利亚之后上场的是大卫，这位比利时男单选手在本赛季势头极盛，他的表现力、滑行都不差，旋转也无短板，加上表演风格独特，是罕见的能驾驭哥特、暗黑风格的选手，很有点要取代麦昆、马丁做欧洲男单一哥的架势。

他今年的自由滑节目有种说不出的诡秘、幽深、空灵之感，搭配他娴熟的4T，同样获取欢呼声一片。

在大卫表演的时候，陈竹点评道："大卫在发育前，一度被认为是继瓦西里后，又一位有希望攻克第二种四周跳的男单选手，遗憾的是，他后来长到了一米八六，不过他今年用实力告诉大家，他回来了。"

"顺带一提，大卫是国外一个视频网站上非常有名的网红，他擅长极限运动，并会做相关题材的直播，十分精彩，但这也增加了他的受伤风险。去年他参加大奖赛时，有半个赛季，手腕都包着厚厚的绷带。"

虽然回归，但大卫显然也没把轴心调整好，他同样练了举手的技术提升自己的四周跳成功率，但练习的时间不够长，效果也有限。

直到法国一哥马丁出场时，许多正在说话的选手都安静了下来，将目光投注到他身上。

不出意外的话，这个赛季将是马丁的最后一个赛季，所以这届世锦赛的自由滑，就是马丁的最后一战了。

张珏认识马丁，他在青年组的老对手亚里克斯就是马丁的师弟，但更令他记忆深刻的是马丁本赛季的节目。

这个选手的表演一直给人严谨优雅的感觉，从青年组到成年组一直如此，从未变过，张珏觉得他很棒，却没有被惊艳过。

可是马丁本赛季的自由滑节目是不同的，那个节目，拥有打动人心的力量。

著名古典乐章《自新大陆》的调子响起，马丁的手臂有力地展开，自信而沉着地开始了表演。

他看起来不像是来参加自己的最后一场比赛，整个人都非常放松、自在，像是一位骑着马儿驰骋在陌生的山峦间的冒险者，神情兴奋且跃跃欲试，充满了对未来的期待。在马丁的节目中，张珏很轻易地感受到了他对花样滑冰的热爱。

而马丁的竞技状态与他的精神状态相似，他在赛前挨了好几针封闭，因此在赛场上短暂地重回巅峰状态，一个又一个跳跃出现，配合他极具感染力的神态、肢体语言，掀起了海浪般的掌声与欢呼声。

他的短节目排名并不高，距离排名第一的张珏差了 7 分多，他的自由滑难度也不是最高的，仅仅在节目里放了一个 4T 单跳的他，注定无法压过自己后面出场的选手，也很难靠自由滑翻盘。

可是在节目结束的那一刻，所有人都知道他尽力了，他拿出了自己整个职业生涯中最精彩的一套节目，也收获了他的职业生涯最高分。

最重要的是，马丁的师弟亚里克斯已经锁定了第八名的位置，而马丁又拿到了目前的总分第一，即使他后面出场的三人一起爆发，他也是第四，和亚里克斯的排名加起来是十二，这意味着法国将在来年冬奥会拿到三个男单项目的名额。

这位法国一哥在退出赛场前，用尽他所有的力量，为他的后辈们将前往冬奥会的路铺得更加宽阔。

马丁在下场时脸色苍白，与亚里克斯击了一掌，看起来高兴极了。

张珏看着那边，心中莫名一动，如果换了自己到了职业生涯末期，他会为了后辈们这样拼搏吗？

少年思考了一会儿，他想，他会那样做的。

毕竟他是队长嘛。

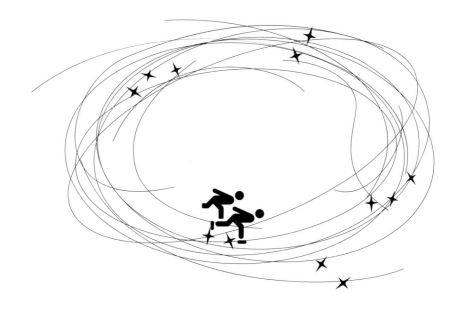

四　奔向冬奥

32. 最了不起

在热身室的墙上挂着一台电视，实时转播赛场上的情况，选手们在这里也可以看见对手们的表现，不过金子瑄总是很少看那边，以他的玻璃心，如果看到对手发挥太好的话，轮到他自己上场的时候就很容易崩盘。

不过他的比赛已经结束，此时站在场边观赛就行，而黄莺、关临才是通过电视关注着这边的人。

现在场上还剩三个人没出场，他们分别是意大利一哥麦昆，俄罗斯一哥瓦西里，以及中国一哥张珏。

黄莺露出牙酸的表情："这是场好硬的仗，张珏不好赢。"

小姑娘敢肯定，这三个人都是打了封闭上场的，尤其是瓦西里，他今天的气势强得许多人都没法分心去注意他那张焦糖玫瑰般的美丽面孔。

她可怜的小队长啊，自升组以来，打的全是硬仗，就没见他轻松过。

关临神情凝重："张珏这次的目标应该是保二争一，但他的 T 跳几乎是报废的状态，他现在连 3T 都接不起来。"

而自由滑有两组二联跳，一组三联跳，张珏的三联跳可以用 3A+1Lo+3S 来解决，但另外两个总不能都接 3Lo，以他现在的状态，4T 跳不了，要拿够技术分的话，就必须上两个 4S。根据规则，相同的两个跳跃，必须有一个放在联跳里使用。

张珏难道还能做 4S+3Lo 吗？别开玩笑了，是人都知道这不可能，张珏有本事在三周跳落冰后硬接 3Lo，可四周跳是不同级别的高难度跳跃，光落冰时的冲击力就够许多选手摔得满地乱滚，更别提立刻单脚起跳来个刃跳了。

金子瑄就在训练里说过，他可以做 4T+3T，但 4T+2Lo 是绝对做不了的，虽然金子瑄本人对刃跳其实有些畏惧，但也说明了一些问题。

关临看着屏幕，在心中问道，张珏，你要如何冲破这一困境？

而他的队长一如既往地摆着"本大王跃跃欲试，一点也不紧张"的神情，在挡板旁候场。

麦昆在倒数第三位登场，他是那种很有特色的运动员，但比起张珏、瓦西里又没那么有特色，他的综合能力很强，几乎没有短板，放在游戏里就是那种所有属性都为 A+ 的存在。

而这也是他的弱点，他没有一项属性冲破 A+ 达到更高的层次，像张珏，他的经验及一些属性不如麦昆，但他的表演和跳跃可以在某些时刻冲上 S，也就是说，麦昆的上限有限。

以他的年纪和健康状态来说，现在再突破也来不及了，大家都明白麦昆的巅峰期已经过了，现在还能维持在世界前三的水准，已经是这位意大利男单独苗尽力的结果。

可那又如何呢？麦昆依然是一位迷人的选手，他是张珏升组前女粉最多的男单选手，魅力四射，极为擅长调动观众们的情绪，用富有节奏的音乐和表演带着大家一起热烈起来，看他的节目是一种享受。而且所有人都知道麦昆很稳定，他绝不会在赛场上让人们失望。

麦昆的分数出来时，看台上举着法国国旗的人都发出失落的声音，因为麦昆的自由滑并不如马丁，可他的短节目优势让他的总分恰好比马丁多那么 0.8 分，这意味着如果张珏和瓦西里没人崩盘的话，马丁在他的最后一届世锦赛上将一枚奖牌都拿不到。

而指望张珏和瓦西里崩盘也挺不现实的，张珏自从开始比赛后，还没有一次比赛是空手而归，他只要出战就肯定能上领奖台，而瓦西里也只是在成年组的第一年、第二年偶有失手，之后就一直稳稳站在顶峰。

"瓦先卡。"鲍里斯叫着弟子的昵称，发现他沉默着站着，微微低头，嘴里说着什么，似乎抓紧上场前的最后一段时间默背自己在场上的技术构成。

鲍里斯有些惊讶，自从 2009 年世锦赛后，他的弟子已经很久没有过这种紧张里带着期待，且全神贯注的状态了。在温哥华冬奥会，瓦西里的紧张情绪压倒了一切，这让他失误了两次，最终只拿到了银牌，而在温哥华冬奥会结束后，瓦西里就再也不许自己在赛前紧张。

也或许是因为自那以后，再也没有对手让瓦西里产生一种必须拼上全力的紧迫感了。

毫无疑问，瓦西里的压力之源是那位年仅 15 岁的中国少年，他们的技术难度差不多，且都健康状态不佳。热身的时候，鲍里斯还看到那位小选手苦着脸喝加了止痛药粉的运动饮料，最后因为太过难喝，还干呕了两下。

想到这里，鲍里斯露出骄傲的表情，还是他的瓦先卡好，无论给那小子多苦的药，他都能面不改色地咽下去。他甚至自创了一种榴梿酱，然后蘸着列巴片咽下去，可惜那种饮食热量太高，后来被鲍里斯禁止了。

从瓦西里登场开始，全场的气氛达到了高潮，这年头只要是喜欢竞技体育的，就没有谁不喜欢强强对决的场面。

瓦西里和麦昆原本是旗鼓相当的对手，可他在温哥华周期开始后，逐渐将对方甩在身后，可他还没有来得及松口气，张珏又开始冲击他的王座。

他为此兴奋不已，且燃烧起了前所未有的斗志。

曾经的瓦西里就像一座冰雕，看起来完美无缺，但也冰冷，让人无法靠近，现在他看起来生机勃勃，连带着那份美貌都鲜活起来。

他的表演也活了，张珏在观赛时意识到了这点。瓦西里曾是出了名的技术远强于表演的运动员，这是他在职业生涯早期一度被麦昆压制的重要原因，可现在他的表演里有一种生命力，让他蜕变到了更高的层次。

这次不用鹿教练在赛前激励他，仅仅是看对手的表现，张珏的灵魂就沸腾起来。

和那些从小就练习花滑并一直以职业选手为目标的同行们不同，张珏是10来岁才因为钱走上这条路的，滑了一段时间以后，他才开始正视自己对这项运动的感情。

他的性格一直很有攻击性，喜爱冒险和新奇的事物，乐于接受挑战和迎难而上，属于天生的竞技者，瓦西里的强大让他的脊梁都在发麻，他的呼吸粗重起来。

沈流看他一眼，小声和张师兄嘀咕："北美那个安格斯·乔不是因为吃药导致肾脏出问题，之后退役了吗？咱们张珏就不一样了，他不吃任何药都兴奋。"

张俊宝苦笑："他这个状态也要靠对手激发才能出来。"

不过张珏的确是一身清白，他除了止痛药，其他时间即使感冒也只喝点维生素C水自己去扛，吃喝都在国家队食堂，哪怕自从在总决赛夺冠后，WADA（世界反兴奋剂机构）对张珏的审查就变得更加频繁，但队里除了有点烦，从没担心过张珏过不了药检。

瓦西里的节目结束时，场上的欢呼声和掌声已经大得让耳朵都嗡嗡响，看着观众们激动的样子，张珏的队友们难免有点担心他。

而张珏则原地蹦了两下，将外套一扒，昂着头朝冰场走去。与瓦西里擦肩而过的那一瞬，他们对视一眼，黑润的眼眸与冰蓝的眼眸对上，眼中是对手的身影。

瓦西里动了动嘴，张珏略微惊讶地睁大眼睛。

他在本场比赛中最大的对手，竟然用生涩的中文对他说了一声"加油"。张珏受宠若惊，对瓦西里露出一个大大的笑容，友好地回道："你的比赛很精彩。"

两位运动员第一次发现不仅自己欣赏对方，对方也很欣赏自己，这让他们心情大好，连带着瓦西里等分的时候，表情都没有平时那么高冷了。

而张珏在他等分时，进行了赛前30秒的场地适应，他捶了自己大腿和臀部的肌肉群，指望着它们给点力，也希望自己的右小腿能帮他撑住每次跳跃。赛前，他拿着运动饮料仰头灌了两口，深呼一口气。

鹿教练一改训练时恨不得拿鞭子抽着这熊孩子的态度，很平和地表示："虽然事前我和你说过在短节目搏，自由滑稳着来，但你不要真以为自由滑只要滑得平庸就好。你也看到了，你前头出场那几个没有省油的灯，大意的话，绝对上不了领奖台。"

张珏凝重起来，心里那根弦跟着绷紧："我明白的。"

鹿教练点头，在张珏转身的那一瞬用力地拍着挡板，喊道："加油！"老爷子喊话时气沉丹田，发出的声音如同一头老狮子，一瞬间爆发出来的气势连站在不远处的寺冈隼人的胖老头教练都惊了一下。

大家都是老头子，怎么那个姓鹿的气势这么恐怖？难怪小鳄鱼赛场上霸气惊人，果真是什么教练带出什么学生。

张珏滑到冰场中心，考斯腾依然以黑色为底，比起之前那套更加正式，身后的燕尾在风中飘着，脖子上戴了有十字架的项链。

他转身看着裁判席，左手抬起，掌心对外，做出一个掌控的姿态，下一秒，如泣如诉的小提琴声响起。

张珏的神情变得阴鸷又冷漠，嘴角带着志在必得的笑意，他一转，清冷地扫过四周，带着睥睨的姿态。他看起来一点也没有伤病的虚弱，而且坚定地认为自己可以压过现场所有人。

这是教父，他黑暗、冷傲而不失沉着，处心积虑地谋取着每一次胜利。

张珏骨子里成熟的一面在这个节目里展现得淋漓尽致，也让他与音乐的适配性达到了全新的高度。

在短暂的助滑后，他看起来十分轻盈地起跳，在空中高速转体四周后落下，落冰的时候双臂有力一振，带着阳刚的力道。

过往张珏给人的感觉是中性而美丽的，而在这个赛季，他不断地蜕变、突破，等到世锦赛时，他的《教父》已然成了全场最为阳刚的节目。有人说《教父》是男人的圣经，男人要做什么？他们要注重家庭，抽时间陪家人，要时刻保持理智，不可粗心大意，要有权势，要控制自己的权势，要有野心、勇气和担当。

虽然有部分男性远远达不到《教父》里对男人的标准，但鹿教练心里是认可张珏的。这孩子的性格和责任感、勇气与头脑，他对金牌的渴望和进取心，让他成了一个野心十足的运动员，也让《教父》成了最适合从少年走向男人阶段的张珏的节目。

完成了第一跳后，张珏又来了个 3A，他的跳跃远度非常惊人，以至于有一位解说员看到这一跳时惊呼出声："天哪，他简直是为阿克塞尔跳而生的！"

但接着张珏又做了一件可怕的事情，他在 3A 落冰的一瞬间继续蓄力起跳，接了一个 3Lo。

世界上第一个在正式赛场上完成的 3A+3Lo 的出现让赛场上沸腾了！

观众们本以为瓦西里已经做到了最好，他们的热情也在瓦西里的节目里耗了大半，待张珏上场时，观众们都已经有了点疲惫的感觉，可现在张珏仅仅用两个跳跃就让他们的情绪重新振奋起来。

这位杰出的小将气势惊人，即使音乐是洪大的交响乐，他也完全压住了场面，与音乐配合完美，他随着音乐继续跳跃，3A 的单跳、3Lz。

在节目前半段的四个跳跃结束后，他进入了燕式旋转、跳接蹲转、直立旋转，接着便是接续步。

在步法的开端，他两腿下蹲，上身后仰，以一段长距离蟹步滑过了小半面冰场。

麦昆看到这个动作时吹了声口哨："惊人的核心力量，我敢肯定他每周的力量训练高于 10 小时。"

这个腰腹的力量简直太可怕了。

有一位外国友人看到这一幕还咽了咽口水，转头看了看清瘦的男友，又看看张珏，内心感叹了一句："好想和他谈恋爱。"谁不喜欢腰力强、体力足、脸好看的帅哥呢？

随着体重的增加，张珏的跳跃中带上了更多的力量感，而他的滑行也不像以前一样有种飘忽的、刃压不下去的感觉，现在他的用刃更深，滑行质量也上涨了不少。

在步法的末尾，张珏再次起跳，蹦了个 3Lz+3Lo，此时节目开始进入后半段，张珏的每个跳跃，包括这个 3Lz+3Lo，都将拿到基础分乘以 1.1 倍的加成。

瓦西里专注地看着张珏的身影，之前张珏只用了一个 4S，但他绝对会在节目里放第二个四周跳，甚至是第三个……瓦西里知道要做到这点很不容易，但张珏的对手是自己，所以如果张珏不拼上全力的话，他就绝对赢不了。

而瓦西里感觉得出来，这个年轻人的好胜心强得惊人，他第一次参加世锦赛，可他绝对是冲着冠军来的。

他喃喃地道："你的二联跳已经用完了，第二个四周跳要放进三联跳吗？你一定还藏着什么，让我看看吧。"

张珏一定还有大招。

果不其然，在音乐的某个重音即将开始时，张珏再次双足呈八字起跳，完成了一个 4S，就在大家以为他会将第二个四周跳放进 4S+2T+2T 时，张珏却轻巧地接了个 1Lo，接着又是 2F。

4S+1Lo+2F！一个 4+1+2 的夹心跳。

已经喘过气的法国一哥马丁直起上身，被这一跳惊得大力鼓掌。难以置信，这名中国小将竟然在自由滑后半段还能完成质量如此高的高难度夹心跳。

他的师弟亚里克斯低呼道："他简直太出色了。"

有的人生来就注定要征服一个时代，张珏无疑就是此类天才，他又跳了个 3S，此时，他已经只剩最后一个跳跃还没有完成了。

不过也有人看出来，张珏恐怕是想跳 3F 的，只是没能成功，但这样的尝试依然出色，尤其是张珏本人原先并不擅长 F 跳。

根据滑联规则，同一种跳跃在一个节目里只能出现两次，张珏之前已经完成的跳跃有七组，分别是 4S、3A+3Lo、3A、3Lz、3Lz+3Lo、4S+1Lo+2F、

3S，大部分跳跃都已经被重复使用了两次，但他连一个 3T 都没有跳过。

毫无疑问，张珏的伤情封锁了他左脚点冰的能力，连带着 3T、4T 都没法使用了，但是，他还有 3Lz 的单跳没有跳过，他的最后一跳会是这个跳跃吗？可是如果这样的话，他的跳跃基础分就要低瓦西里 2 分，而张珏的短节目也只比瓦西里高出 2 分。

根据花滑赛场的打分规律，同水准的运动员中，老将表演分总是更高一点，这么一算，这样下去的话，张珏就要输了。

张珏会就此认下这个局面吗？他甘心如此吗？如果他不甘心，他又要如何破局，用什么方式将缺失的基础分找回来？

他们很快看到了张珏的答案。

在完成了一组换足旋转后，张珏深吸一口气，在节目的最后，再次右足点冰，左脚呈外刃起跳，这当然是一个勾手跳（Lz），可他起跳前的助滑时间、他起跳时决然的神情，都说明了这一跳不同寻常。

少年跳起的高度前所未有，转了四周后落冰，看得出他非常想要站稳，但最后还是不得不用手在冰上撑了一下。

这是一个 4Lz！

麦昆一下站了起来："他练成第三种四周跳了？"

而且还是六种四周跳中，分值仅次于 4A，基础分高达 12.6 分的 4Lz?!

张珏的跳跃教练沈流捂脸，得了吧，张珏今年又是过发育关又是过伤病关，能在这个时候去练新的四周跳，甚至是练成，那不是见鬼了吗？

张珏的 4Lz 根本没有练成，他只是能够凭着举手的技巧强行转够空中的周数，但落冰一塌糊涂，站住的概率连 10% 都没有。

可这就是张珏的战术，3Lz 的基础分只有 6 分，4Lz 的基础分却有 12.6 分，只要周数转足，这个跳跃在规则中就可以被判为成立，哪怕他落冰失误很大，裁判要扣他 3 分 GOE，也还剩 9.6 分，这不就比跳 3Lz 要高了 3 分多吗？

除此以外，张珏在自由滑里的步法、旋转都评到了四级，各项技术的 GOE 也不低，举手技巧的存在让张珏的跳跃 GOE 一直远远高于同辈选手。

这么算下来，他硬是把自己与瓦西里的那点差距给补了起来，原本必输的局势也被他翻盘成了旗鼓相当！

瓦西里原本稳稳的金牌突然就变得即将脱手，他本该感到不安和不爽的，可是这个少年的跳跃、表演还有他在这个节目里采用的战术，都精彩得让他心跳加速起来。

太棒了，Jue，你真是个优秀到令人难以置信的选手！

他畅快地笑起来，让鲍里斯教练吓了一跳，转身用看神经病的目光看着弟子。

此时音乐结束，张珏单膝跪地，一手握拳，露出欣喜的神情。

掌声响起，观众们一个一个起身，给了张珏花滑赛场中一个节目能获得的最大荣耀——standing ovation（全场起立鼓掌）。

张珏带着骄傲的表情向四周行礼，捡起一个小鳄鱼玩偶放在脸上贴了贴。

现在，这一届世锦赛男单项目的金牌到底属于谁成了最大的悬念，随着张珏下场，穿好外套、戴上刀套走到 kiss&cry，场馆前所未有地安静起来。

谁才是男单冠军？

是披荆斩棘冲到现在的黑马小将张珏，还是在本届世锦赛突破伤病桎梏重回巅峰的瓦西里？

无论是谁夺冠都理所当然，他们都拿出了担得起冠军头衔的表演，无论是谁输了都没有怨言，因为他们的对手强大到足以称霸一个时代。

张珏屏住呼吸看着电子计分板，心里却不怎么紧张。

他已经尽力了，今天不是金牌就是银牌，怎么都能带 3 个名额回家，有金牌固然好，没金牌也不影响，反正他还年轻，又不是滑完这一届就要滚蛋了。明年他会以更强的姿态拿出更好的节目，总之他想得开。

也不知道裁判们此时把计算机摁得多么响亮，反正大家等了好一会儿，大屏幕上才终于出现了张珏的分数。

看到那个分数的瞬间，许多冰迷都发出了失落的叫声。

Oh！No！

张珏的分数非常高，是他的职业生涯最高分，但是，比瓦西里的总分低了 0.3 分，这个微小的分差，让张珏的第一届世锦赛只能以银牌收场。

张珏本人心里浮现出一点点失落，但他早就做好了心理准备，说到底，节目最后的那个 4Lz 是他在赌，但瓦西里 clean 了三个四周跳配置的节目，而他没有，节目完成度逊于对方，最终让他与金牌擦肩而过。

鹿教练看他一眼，眼中有些许担忧，结果他担心的那个人站起来，落落大方地对观众席行礼挥手，接着转身一把抱住他这个老头子蹦了两下。

张珏兴高采烈："教练！我拿到银牌啦！"

老爷子被吓得差点心脏病发作，可是张珏这么一副傻乐的模样，让鹿教练也忍不住翘起嘴角。

是啊，银牌也不错了，才16岁的徒弟在成年组第一个赛季就冲到了世界第二的位置，纵观花滑历史，也是前所未有。

鹿教练摘下老花镜擦了擦眼角，拍了拍张珏的肩膀。

"恭喜你，小玉，你要上世锦赛的领奖台。"

也谢谢你，小玉，你的成年组第一个赛季如此艰难，又是发育，又是左脚踝骨裂，你好不容易练成了两种四周跳，等到世锦赛开始时，能用的只剩下一个。谢谢你，身处困境中，你依然为祖国赢下了3个冬奥会名额。

你是一个非常了不起的运动员，无论输赢，你都能继续保持斗志，用笑容面对你的对手，你是令你的所有冰迷都为你骄傲的国家队队长，因为你永远不会让他们失望。

颁奖仪式开始了，张珏站在银牌得主的领奖台上，看着自己的国旗升起，目光虔诚，耳边是俄罗斯的国歌。

少年暗暗发誓，到了明年，在冬奥会的赛场上，那面最高的旗帜一定会是红色的，上面有最亮的星。

他歪头看着同样站在领奖台上的两位前辈："瓦西里、麦昆，期待与你们在冬奥会再会。"

麦昆对他比了个OK的手势，瓦西里低头看着他，伸手在这个孩子头上揉了揉。

"那不是当然的吗？"

33. 我们来了

张珏是个时常干出无厘头事情的人，这点队里的人都知道，但他在关键的事情上特别靠谱，这点大家也都知道，所以在徐绰和闵珊一起开始修炼3A+3T时，教练们放心地将两个师妹丢给了张珏。

要说两个小姑娘的修炼进度差吧，也不是，跟着张珏，徐绰和闵珊的跳跃进步速度不说一日千里，也是稳中有升，但在看到张珏传授给她们的训练方式后，鹿教练还是发了火，拎着拐杖追着张珏揍了一顿。

张珏："是这样的，你们知道 3A 就是要在空中转三周半嘛，这就对你们的转体能力有更高的要求。据我个人的经验来看，如果通过吊杆练习四周跳，哪怕最后不成功，转体能力也会比以前强，你们可以试试让我吊着练个 4T 或 4S……"

张珏敢说，徐绰和闵珊敢信，结果就是当鹿教练开完会和沈流、张俊宝回到场馆的时候，他们发现自家的女孩在练四周跳。

在 2013 年，女孩子别说练四周跳了，能练出个 3A 就是突破人体极限的壮举，何况徐绰才过完发育关，技术都没完全捡回来，闵珊还不满 13 岁，是个骨骼都没长好的孩子，让她们两个练四周跳，在教练们看来就是自找伤病。

要不是张珏跑得快，徐绰和闵珊护得紧，鹿教练绝不会只追了张珏 2 公里就停住脚步。

老爷子体力好得很，他要认真追，起码能再让张珏多跑 2 公里！

旁观这一幕的金子瑄嘴角一抽："我记得鹿教练前几天参加京城的 60 岁组别的八百米，是拿了冠军吧？"

路过的沈流随口答道："是啊，他是 60 岁组别里年纪最大的，还跑破了大赛纪录呢。"

这老爷子身板硬朗得很，队里每半年就送教练们去做一次体检，鹿教练啥毛病都查不出来，顶多开个痔疮膏回家，那痔疮还可能是张珏气出来的。

冰雪运动许多到了中年、即将步入老年的教练都特别羡慕鹿老头，不知道多少人说，要是他们到了 70 多岁还有这状态，做梦都能笑醒。比起同龄人，鹿教练几乎不需要在医药方面有什么花销，光省下的钱就是一大笔。

老爷子的身板这么好，和他天天追着张珏跑也有关系。

沈流摸摸自己似乎比以前高了的发际线，面露哀愁。

骂完张珏，鹿教练翻着白眼让杨志远给两个女孩子做体检，趁俩姑娘坐着检查脚踝的时候，他训着话："你们也不要太听张珏的话了，别他说什么就是什么。他一个男孩子练四周跳都有不少伤病风险，你们一个还没发育，一个才发育完，连重心都没调整好，眼瞅着珊珊你要进青年组了，小绰要升成年组，你们要是在这当口受了伤，谁担得起？"

张珏蹲在一边，不满地辩解着："她们训练的时候我都看着好吗？吊杆都是我亲自在提。"

2013年5月，张珏已经长到了一米七八的个子，他又是运动员，天天做器械训练，力气大得很，吊师妹真没问题。

鹿教练深吸两口气："你知道让运动员做超出她们身体极限的动作，伤病率有多高吗？"

张珏满脸无辜："所以我提珊珊的杆的时候都用了很大的力气啊，她几乎是被我提着起来的，落冰时我也使着劲呢。"

他只提了闵珊，没提徐绰，鹿教练多了解张珏啊，立刻听出张珏的言下之意是他认为四周跳没有超出徐绰的极限。

老爷子顿了顿，转头看向蹲在旁边给师兄、教练、师妹剥橘子的徐绰。这姑娘也过了发育关，现在是一米六七的个子，之前在训练，她就扎了个马尾，教练一看过去，她就讪讪一笑，捧着剥好的橘子。

"教练，吃橘子。"

鹿教练接过，咬了一瓣，问道："这橘子不错，哪里来的？"

张珏开开心心地举手："是我种的，我去年就和小区物业沟通了一下，在我们楼底下种了棵橘子树，今年结了果，就提了一袋过来和大家一起吃。"

橘子一般是10月下旬成熟，张珏种的是晚熟的品种，3月至4月熟，张家现在遛狗都是把苞米牵到树边，让它给树施肥，他自己也侍弄得精心，不仅种出来的橘子备受亲友好评，他家阳台上的蔬菜也十分水灵。

鹿教练对这个徒弟喜爱种植的爱好不予置评，只打量了一番徐绰，就把张珏和闵珊赶去做跳跃训练，自己领着小姑娘去做体测。

张珏在正事上不掉链子，他对队员的了解，还有在很多事情上的判断，都让教练组、领导们十分重视，因为这小子真的就在这些事上从没出过错，既然他这么肯定地认为徐绰可以跳四周跳，已经说明徐绰的能力高出他们的预期。

徐绰的天赋非常高，哪怕国家队里的那群小孩本就是千挑万选、经历了无数竞争才被选进来，每个人都称得上万里挑一，但徐绰依然非常出色。

在鹿教练心里，运动员分为三个档次，一种是冠军级的运动员，他们天赋高、心态稳、头脑出色，一旦出世就可以被视为紫微星。目前国内够得上这个档次的运动员只有三个，张珏是三人之首，尹美晶其次，关临虽然个头在双人滑男伴里算是矮的，但也勉强能位列第三。

至于国外的话，寺冈隼人、伊利亚、瓦西里、没有因病退役的白叶冢妆子也算这个层次的成员。

在这三人之下，就是顶级的天赋，此类运动员要么身体天赋高，要么心态和头脑、意志格外强，只要他们没被伤病击倒，总能进入一线选手的水平。事实上许多一线运动员也大多是这个层次，比如白叶冢庆子，她的身体天赋不如姐姐，但心性极高，她还在青年组的时候，鹿教练就觉得这个女孩潜力很大。

而闵珊则和庆子相似，她的身体天赋不差，心性好，只要教导得当，也是冲击领奖台的好苗子，要稳拿冠军却非常难，如无意外，她和庆子将会是一时瑜亮。

徐绰的身体天赋堪比白叶冢妆子，她是女单选手里非常罕见的力量型，只是她的意志力、为长远未来的规划与思考、心性还是 15 岁小女孩的常见水准，她没什么主见，如果碰上不够好的教练极有可能被坑。她也没有她的大师兄张珏那样百折不挠的坚韧与临机应变的头脑。

举个例子，张珏在场上一旦出现失误，会果断加大后半段的难度，以弥补丢失的技术分数，而且他不会被失误影响之后比赛的心态。

徐绰做不到这点，她前半段一旦失误，就会立刻受到影响，后半段能没有失误地把原定动作好好滑完都算不错了。

但是鹿教练没想过，其实力量型女单选手的上限比很多人想的都高。

力量对运动员来说是最重要的属性之一，张珏在发育期不仅长了个头，身高与体重的增长，也让他的力量进一步提升。世锦赛结束一个月后，张珏的伤病痊愈，接着他就火速恢复了 4T，成功率高达 80%，而 4S 的成功率更是被提升到了训练前二十分钟的成功率为 90%，等到他的身体开始疲惫，成功率才逐渐下降。

张珏的跳跃训练强度不低，为时六十分钟的四周跳训练中，他能一分钟做三次四周跳单跳，训练结束时全身都是汗，腿部肌肉也会有麻麻的感觉，这是落冰时冲击力太大，让肌肉感到了不适。

而随着力量增长，张珏也将完成 4Lz 正式提上日程，近期 4Lz 已经成功落冰了 8 次，成功率为 30%，比发育前提高了不少。

力量啊……

鹿教练心里叹着气，检查了徐绰的转体能力、跳跃的最高高度，还有她的其他数据，最后发现这姑娘在力量方面已经远超发育前的张珏，且无限逼近现在的金子瑄。

金子瑄的身高只有一米六九，体重比徐绰重 4 公斤，4T 在训练中的成功率是 75%。

临近索契冬奥会，队内一直期待着孩子们能够在冬奥会上拿出好成绩，但索契是俄罗斯运动员的主场，裁判打分必然会偏向他们，只有加大己方砝码，才能提高徐绰的竞争力。

他看了看徐绰的健康报告，发现这姑娘没白吃宁阿姨那么多营养餐，筋骨健康得和头小牛犊似的。

行吧，让她试试好了。

鹿教练转头给张俊宝打了电话："小宝，整理一下徐绰的训练单，她的 3A+3T 练得差不多了，咱们应该给她开发新跳跃了。"

张俊宝："啊？可是她的六种三周跳已经练全了啊，高级联跳也都全了……"

鹿教练："花样滑冰不是还有比三周跳更高难度的跳跃吗？对了，通知宁大妹子，让她加大徐绰的补钙力度，多喂点高蛋白质的肉，她要比现在更强。"

张俊宝愣了。

等到第二天，张珏看到加入他、金子瑄的跳跃训练课程的徐绰，露出一个开朗的笑："欢迎加入我们。"

徐绰疑惑道："加入你们？哦对，鹿教练是让我来练 4T 的，可是师兄，我真的可以吗？我是女单选手啊！"

张珏做了几个拉伸动作，无比自然地回道："女单选手怎么了？无论什么事都会有第一个去做的人，我是第一个完成 4Lz 的男单选手，你是我师妹，成为第一个完成四周跳的女单选手也没什么。"

可能是张珏的语气过于笃定，让徐绰也相信了，觉得自己真的很厉害，可以成为女单四周跳第一人。

就在她投入更加可怕的地狱训练中时，日本福冈，另一位业界知名的力量型女单选手穿上冰鞋，扶着挡板踩上冰面，最开始差点摔倒，但是很快，她就把感觉找了回来。

她站在冰上沉默了许久，仰着头捂着眼睛，流下欣喜的泪水。

她终于回来了，也许养病造成的空档会让她永远无法抵达真正的巅峰，可是只要能回到冰上，对妆子来说就是最大的幸福。

庆子站在冰场旁，抱着姐姐的外套，和寺冈隼人相视一笑。隼人朝旁边招了招手，对新师弟喊道："刚士，热好身了没？咱们的训练要开始了！"

俄罗斯，瓦西里完成晨练，回到宿舍换了套衣服，站在阳台上，晨风吹来，撩起他金色的发丝。

他捧着一张光碟，看着上面的红衣女孩，微笑起来："这个赛季，就滑《辛德勒的名单》吧。"

索契冬奥会，我们来了。

34. 因为好看

赛季开始前，教练们例行训话，给熊孩子紧一紧思绪。

其实在往年，队里的孩子都比较乖，这个训话也和走过场一样，说几句就算了，但自从张珏入队以后，孙千在这方面的话也多了起来。

"说了多少次了，不要在跳舞的时候扒掉上衣，这里重点批评张珏和察罕不花，你们好歹套个背心啊！不然路过舞蹈教室的同志们老是走不动道，堵塞在那里算怎么回事！

"吃饭的时候不要和打饭阿姨讨价还价，你们的饮食都是营养师定好的，不能多吃。一个个的吃那么多，就不怕身体变重跳不动啊？说的就是你们，张珏！徐绰！刘梦成！你们三个的块头都那么大了，克制点！"这三个是胃口最好的，敞开来吃能和举重队比饭量。

"我记得三天前我就说过了，不要在教练训话的时候，蹲在他们后边做鬼脸。张珏！黄莺！你们两个别老是嬉皮笑脸的！"团宠二人组虽然是教练们的大宝贝，但该骂的还是要骂。

花滑国家队近两年挨总教练的骂越来越多，张珏绝对是罪魁祸首，他一调皮，队里一群人跟着调皮，着实让不少教练掉了大把头发。

等总教练骂完人，鹿教练和江潮升也登场，重点讲了赛季注意事项，比如不要外食，比赛的时候不要离开酒店乱跑，可以交朋友，但一定要注意人身安全，恋爱可以，但要确保自己和对方都是成年人（这一条等于直接说队里大部分人都没资格谈恋爱），还有训练之余也不要忘记学习。

最后，张珏作为队长又给大家开了会，别看他是总教练的重点批评对象，但他还是有点威严的。

小伙子搬了个凳子坐好。

"我也说两句。成年组的，黄莺，你那个 3S 单跳还是不行，争取本赛季稳下来，找沈教练自己领训练单。徐绰争取在本赛季把跳跃前收紧身体的技巧练好，你也知道裁判打分那点猫腻，不拿出点绝对优势，你还想拿金牌？我告诉你，这届冬奥会是很多人机会最大的一届，四年以后大家还有没有现在这个健康状态可不好说……"

他将所有人的缺点都说了一遍，给他们点明这个赛季要克服哪些技术弱点，重点攻克哪个技术，要找哪个教练更有效，和哪个队员结伴训练更合适，对队员们的状况了解细至毫微，成年组的说完说青年组，没人幸免，最后他拍拍手。

"行了，我就说到这里，教练们没给我们太大压力，但大家心里紧着点，毕竟赛场无常，谁也不能打包票说自己能参加完这届冬奥会又参加下一届，现在就把该拼的拼起来。走吧，该干吗干吗去。"

张珏调皮归调皮，在训练方面从不懈怠，无论什么动作都会全神贯注地做到标准，保质保量，所以他做的都是有效训练。相比之下，有些人锻炼时，就会忘记肌肉发力，将体重都压到关节上，动作没做标准，很容易受伤不说，锻炼效率也不行。

他跟着关临、刘梦成在器械室呼哧呼哧地锻炼，尹美晶和黄莺的训练都是和男伴一起的，这会儿黄莺抱着个哑铃练陆地 2S，尹美晶则在做哈克深蹲。

从去年开始就被评为新生代最出色冰舞女伴的尹美晶是一位奇女子，因为她不仅能在比赛里被男伴托举，甚至还能反过来托举男伴。

训练其实是一个很艰辛的过程，因为他们苦完了以后还可能要面对训练带来的伤痛，可这份训练的成果能否达到将他们推上领奖台，谁也不知道。

他只能说自己尽力一搏。

"考斯腾做好了吗？"关临问张珏。

张珏的嘴角抽搐："已经做好了，主要是那个教授今年硬说要提高考斯腾的艺术性，然后在考斯腾腰两边各挖了个洞，要给我多露点。我老舅为了这事和他掰扯了好久。"

他的好队友们闻言看过来，关切地问道："那洞最后挖了吗？"

黄莺更绝，她说："队长之前不是只能代言学习机、牛奶、冰鞋、运动鞋吗？你太年轻，有些针对人群为成年人的产品都不找你，要是今年的赛场造型做得成熟性感一点，指不定就能被邀请去拍时尚大片，赚更多钱了。"

张珏："我还没穷到这地步。不是，我是说我对露肉没兴趣，洞没挖，那边又给我改成了露肩款，那个教授特别喜欢让我露肩膀，让人怪不好意思的。"

哪怕他有一张漂亮的脸，一身漂亮的肌肉，但他还是觉得靠实力吃饭比较好，最主要的是他手头的钱暂时够花，冬奥会前想在他身上押宝的品牌很多，已经让他赚了不少钱。

刘梦成关心他："我记得你最近才买了房子？多大啊？经济压力不重吗？"

张珏："嗯嗯，四室两厅，一百五十平方米，压力肯定是有，而且装修还没做，接下来花钱的地方肯定不少。"

不过他是贷款买的房子，付了五成的首付，其余的慢慢还，手头剩下的钱也够他给房子做个精装修。至于为期十五年，每个月 6000 元的房贷对张珏来说都不算什么。

张珏的父母也很能赚，他妈妈已经加入一个很大的会计事务所，月薪50000 块，爸爸在京剧那边也越赚越多，加上张珏，全家有三个劳动力，最小的许德拉也是个读书不需要花钱的人。这小子很努力，不仅学费全免，还能按时带奖学金回家。

就连苞米都能偶尔带点钱回家，它作为白土松的品相实在太好，自从上次配种后，下的崽都健康聪明。最近还有狗贩子上门，说是要花 10 万买苞米去做种公，要不是张珏舍不得，死活不肯松口，苞米就真的要被卖掉了。

听到张珏成功买了这么大的房子，队员们虽然羡慕，但也心态平稳，大家都是冬奥会种子选手，花滑队的还都是美人，在负责商务的白主任的努力下，他们今年都有代言进账，买房的也不止张珏一个。而且他们中间只有张珏需要买大房子，其他人都是买的小户型，经济压力同样不大。

关临买的是三室一厅两卫，主卧、书房、次卧齐全，就是不知道为啥，这位理性的工科男，却选了迪士尼童趣风来装修自己的新家，那明明是黄莺更喜欢的风格。

而刘梦成和尹美晶虽然身处的冰舞项目人气偏低，但他们有两个人，把参加商演、代言的钱加一起，两人也凑钱买了两室一厅，算是正式在京城安了家。有一阵子，他们完成训练后就要一起去逛家具城和电器行，俨然是一对装饰新家的小两口。

赛季即将到来，不仅队员们辛苦，教练们也紧张起来，一个个恨不得拿鞭子抽孩子们努力，等测试赛结束后，张珏成功拿下第一，然后接到了去加拿大比秋季杯的指令。

B级赛也是可以积累积分，提高国际排名的，而积分的高低，将会决定运动员在冬奥会上是否能被排到最后一组。裁判的脾性大家都明白，要是出场的位次早了，他们就会习惯性压分，相对地，最后一组的打分待遇会好一些。

这是一场出于长远考虑的安排，张珏乐意接受，就是对秋季杯颇有微词。

"为什么是秋季杯啊？我去加拿大要调十二个小时的时差，干吗不让我去参加意大利的旋转杯，或者是芬兰的雾迪杯？"

孙千白他一眼："因为瓦西里、麦昆、伊利亚、寺冈隼人都集中在那边的比赛里，你想在赛季初就撞上强敌吗？"

张珏嘀咕："比起倒时差，我宁愿现在就和瓦西里他们比赛。"

孙千懒得理他，只挥手赶人："行了，别在这儿烦我，去！去！"

张珏顺从地走了，他出了总教练办公室，又熟门熟路地进了舞蹈教室，在那里，一个白发苍苍、文质彬彬的男人带着一个塑料模特站在教室中间，模特身上披着一件以黑色、蓝色为主要色彩的考斯腾。

该如何形容这件崭新的衣物呢？

它就像是黑夜与海洋在视野尽头交织，星河洒在上面，云雾缠绕着星河，露肩的设计使它看起来更加轻巧且富有灵气。

张珏走到模特旁，抚摸着柔软而弹性十足的面料："这就是搭配自由滑的那件？"

老教授转头，指着正被学生搬进来的另一个塑料模特："不，你指的这件是配短节目的，自由滑的在这儿呢。"

张珏回头，就看到一件以浅黄、鹅黄为底色，缠绕着红纱的衣物，那黄色很淡，淡得令人联想起清晨染着阳光的雾气，红色的纱主要缠在背后的深 V 部分。

张珏沉默了一阵子，问老教授："所以您老为什么总是执着于让我把肩膀、脖子还有肩胛骨露出来呢？"

老教授一本正经地回道："好看呗，你真的不考虑露腰？"

张珏："不了吧，我老舅看到您之前发过来的设计，差点就要给我换个考斯腾设计师了。"

35. 农学方向

排除老教授性格里那让张珏无语的部分，他的设计还是一如既往的美，而且考斯腾制作精良，穿起来也不影响活动，张珏还挺满意的。

因着来到了冬奥赛季，上头拨给队员们的预算也比往年多，大家也请得起大牌编舞，制作更高质量的衣物了，像黄莺这姑娘连备用冰鞋都买了三双。

而且由于有张珏这块金字招牌，队里的人都找了那位老教授画考斯腾的设计图，制作则分别包给了金塑龙的工作室，以及闵珊家。

这叫肥水不流外人田，但也是因为金塑龙和闵老板家产品质量过硬，因为不仅国家队青睐这两家，就连国内其他的花滑儿童、花滑少男少女，也都喜欢到这两家定做考斯腾。比起往年要做好看的考斯腾只能去俄罗斯、日本的麻烦劲，国内出现两家靠谱的工作室，对国内的花滑人士来说无疑是好消息。

对于存在感向来稀薄的冰雪运动来说，能这么奢侈一把的也就只有冬奥赛季了。

而临近赛季，有些事情也频繁了起来，比如药检，在拿完秋季杯的冠军后，张珏又经历了两次药检，一次是在赛后，一次是才从回国的飞机上下来的时候。

像张珏这种才升组就开始不断摘金夺银的运动员，一直都是 WADA 的重点关注对象，哪怕是他得心脏病那会儿，这个组织也没有放松过对他的检测。而张珏也硬气，要吃的药全部备案提交记录，心脏好了以后，感冒发烧全部只吃维生素 C 硬挺，从不外食。

他在家吃点蔬菜水果都是自己种的，施的还不是化肥，而是他用苞米的粪便搭配煤灰自己搅拌的。

他妈还说过，只看大儿子拌狗屎时不怕脏不怕臭的劲，他就是个种田的好料子。

张珏心里吐槽：妈，虽然我会种田，但农学真的不是学种田的。

哪怕有一阵子他一个月要接受两次药检，赛前赛后也要药检，但张珏次次都完美通过，偶尔体内检查出点药物成分，也和兴奋剂无关，而是止痛药物的残留成分。

外人也许不知道，张珏在发育期间的止痛药服用剂量和瓦西里、马丁是持平的，后两者都是老将，而张珏则是为了在发育时保技术而运动量过大，他的右小腿、臀肌、背肌都有点问题，不打封闭的话，只能靠吃药缓解，他又不喜欢那股药味，有时候喝了就吐，吐完继续喝，十分辛苦。

清白如张珏是最不怕药检的那一拨人，时间久了，连负责他的官员看他的眼神都带着敬佩。

即使花滑要求运动员对身体拥有极高的精密掌控，向来都不是适合使用药物的项目，查出服药的概率也远低于田径、游泳等大项，但像张珏这样的，也足以称一声狠，因为拥有心脏病史的他，其实是有资格去申请用药豁免的，可他就是不要。

一路折腾下来，等到上巴士的时候，张珏已经是一副蔫巴巴的样子。

他抱怨着："今天来检查的那个我认识，他明明晓得我是讨厌倒时差的，才从加拿大那边回来，肯定累得很，他还揪着我要检查，好烦。"

这次拿了秋季杯铜牌的金子瑄安慰自家队长："那也没办法，药检是不能拒绝的。"

而且明明他和张珏两个人都在场，那机构却没有检查他，这种无视，也让小金默默地心中流泪。

咋了，没有 A 级赛事奖牌，就这么容易被无视吗？好歹他上个赛季的世界排名也是第十三名，说得夸张点，他就是六十亿人里最擅长滑冰的十三人之一。

张珏又嘀咕了一阵子，然后接了个电话。

"什么？那条熊猫头的有人要买？那条是极品，俄罗斯那边有个女老总要花五十万卢布买一条伴侣犬送'岳父'，过两天就要来中国抱狗了，不要卖他。"

打完电话，张珏还和周围人解释："我家苞米新年那会儿去天津认识了个老姐姐，那是只品相特别好的 13 岁黑土松，那边找我时说是想给配一窝长寿基因的纯土松出来，结果这一窝居然全是黑白花的，好在他们的品相都不错，我带了两只回家在教。"

家里有条是个懂行的人都说极品的白土松，苞米做上门女婿的次数也有五六回了，张珏稀里糊涂就学会了一点相狗的技术。

什么头大、爪爪大、肉垫饱满、温驯亲人之类的好犬标准，苞米才和13岁老姐姐生下的五只小狗全占，其中有一只花色与熊猫极为相似，各方面条件是兄弟姐妹里最出挑的。

虽然没能生出一只如同偷袈裟黑熊般的黑色土松，这只熊猫头的身价却远在黑土松之上。

熊猫头拥有浅淡的褐色眼眸，在阳光下仿佛是金色的，两只眼睛周围有一圈黑毛，耳朵、四肢也是黑毛，舌头为土松里常见的蓝舌头，而且才一个月就学会了定点大小便和握爪、坐下等指令，智商相当高，极有可能是苞米所有的后代里在智商方面最接近它的。

正好伊利亚和他女朋友想要买个宠物送给鲍里斯教练作为生日礼物，挑来挑去，通过张珏挑中了那条熊猫花色的土松。

对于张珏把狗卖到国外的行径，只要运输等流程合法，教练们已经懒得说他了，反正程序也有那位西伯利亚女老总自己跑，但对张珏念叨着要在狗狗出国前教会它自己冲厕所这件事，所有人都感到不靠谱。

不是他们怀疑张珏的教学能力，而是鲍里斯教练万一半夜起床，发现一条狗在冲厕所，他的老心脏真的承受得住吗？

张珏，你清醒点！鲍里斯教练又没有鹿教练那么好的身板，他的高血压特别严重，脸和脖子都发红好不好！

然而他们这时候阻止张珏也来不及了，因为等张俊宝带着闪珊比完青少年大奖赛的第一站回来时，熊猫头已经学会了冲厕所，只是个头太矮，没有凳子托着，它按不到抽水马桶的冲水键，还容易自己掉马桶里去。

张俊宝松了口气，太好了，按照这个进度，鲍里斯教练要受惊吓也得等熊猫头长成大狗，那起码得是八个月以后的事情，那时候熊猫头还记不记得这个技能都不好说。

没过多久，大奖赛中国站正式开赛，张珏作为东道主选手参赛，和他一站的选手有俄罗斯的伊利亚、法国的亚里克斯、比利时的大卫，而徐绰也会在中国站开启她的成年组首秀，而她的对手则是复出的白叶冢妆子、升组的白叶冢庆子两姐妹。

伊利亚的航班抵达北京，张珏抱着狗坐在车里等候，过了一阵子，伊利亚和他的安妮塔拉着行李箱过来，张珏开了车门，指着那边。

"胖达，去亲那个姐姐一下。"

一只花色的"猪猪"冲出去，摇晃着毛茸茸的尾巴，舔了一下安妮塔的裤脚，蹲坐在地面上，仰头用清澈的眼睛看着她。

安妮塔冷硬的面孔浮现一抹红晕，她蹲下，捧着熊猫头小狗轻叹："哦，虽然在视频里，我就知道你长得非常可爱，但我没想到现实里的你更加迷人。"

伊利亚打量了熊猫头两眼，凑到张珏耳边说："我还是更喜欢那只只有一只脚是黑毛的。除了那只脚，其他部位可以冒充萨摩耶，你知道的，我家老头觉得品种狗更聪明。"

张珏："我家这只也是品种狗啊，超纯的土松，别人开价九万九我都没卖。还有，我和你说过白色的那只脸有点尖，在相狗这一行有句话，叫尖嘴狼相，这种狗很凶的，不适合在城市里养。"

尖嘴小土松被一个开厂的老板买走看院子去了，身价只有熊猫头的十分之一，也就是九千九，走之前和亲爹苞米学会了握手、随行和装死，据说才到厂子里就掏了一窝老鼠。

伊利亚爬上车，见张珏又给他分了一袋自己种的葡萄，沉默了一阵子，问他："你上次在电话里说，想要考到农业大学去，是认真的吗？"

他本来还以为张珏是说着玩的，结果看这人养狗一流，还会种葡萄、橘子，畜牧种田都来得，似乎和农学还挺搭的。

张珏一摊手："我最想去的航天专业课业繁重，我没法兼顾航天工程和滑冰。数学什么的，毕业以后的就业方向我不喜欢，只有农学了。"

那边安妮塔还在逗狗玩，这边伊利亚却提起了另一件事："你们团体赛的优势很大，我们教练说，这次索契冬奥会的团体战，金牌只会在俄罗斯与中国之间出现，瓦西里已经确认出任队长。对了，他让我转告你，记得关注俄罗斯站的比赛，他会在那一站开启赛季首秀。"

"还有，他的短节目作曲家，跟你的自由滑作曲是同一人。"

听到这里，张珏终于精神了，他惊愕地转头："不会吧？我去找拉尔夫要编曲的时候，可没有撞上瓦西里！"

"是四年前就编好的曲子，瓦西里本来想带那首曲子去温哥华冬奥会，但最后还是选择了古典乐，这次他决定做自己。"伊利亚轻描淡写，"你要对付的，是回归自我的瓦西里。"

张珏挑眉："而我一直是我。"

36. 抱抱她吧

张珏的亲爷爷是开养鸡场的，外公开养猪场，二外公家，也就是张俊宝的家里开果园，真算起来，他的农学天赋也是有源头的。

而他的运动天赋也有源头，比如说张珏那个在他心里没有地位和存在感的亲爹，曾经是国家队的篮球运动员，后来因伤病和心脏问题、打架问题等多重因素退役，但他在役的时候，拥有堪比黑人的身体素质，过人的身高、超出25厘米的跟腱，以及惊人的弹跳力。

可惜兰瑾身体素质再好，先天条件再优越，他的心理素质和脑子都不行，最后顶多打成国内的一流，但张珏只继承了这位的身体素质，头脑、性格还是更像妈妈，这为他冲击竞技运动顶峰提供了有力的支持。

"观众朋友们大家好，这里是2013年花样滑冰大奖赛中国站现场。经过两天的鏖战，男子单人滑、女子单人滑、双人滑和冰舞都已经完成了短节目的比拼。目前我国小将张珏位列男单短节目第一，比利时的大卫·卡酥莱位列第二，俄罗斯小将萨夫申科位列第三，我国小将金子瑄位列第四。"

在中国站的男单项目里，取得短节目前六的有一半都是小将，年龄大点的大卫也没有超过22岁，准确地说，除了张珏，他们大多处于18到22岁，也就是男单选手的黄金年龄，这个时期的他们技术已经成熟，表演风格逐渐形成或已经成为完成体。

大部分男单选手也是在这个年纪，比到了职业生涯的最佳战绩。

唯有张珏是个异数，在有心人眼里，他已经是国内在索契最有希望的夺牌点之一，上头对他的要求就是保三争二，不求金牌，但也要有所收获，然而他才16岁，大部分男单选手在这个年纪，都还在青年组混着。

虽然男单选手是历代花滑选手里攻克新跳跃的主力军，是花样滑冰单跳难度的代表，但他们很难大器早成。

而张珏，在中国站的亮相，震撼了除他自己与教练组以外的所有人。

冰天雪地超话

【爆了爆了，又爆了！这次鳄鱼的短节目距离世界纪录只有 1.2 分了！】

【他的 4T 回来啦！】

【据说在秋季杯的时候受时差影响，张珏的状态还不是很好，短节目一般，后来是靠自由滑翻盘夺冠，在中国站状态就不错，所有技术都施展得完美。】

【张珏和古典乐超级搭！而且和拉赫玛尼诺夫的适配性超高！】

张珏今年的短节目是《拉赫玛尼诺夫第三钢琴协奏曲》，这首钢琴协奏曲号称世界上最难演奏的作品，演出一场需要付出的体力约等于"铲十吨煤"，因此在年轻的古典乐爱好者群体内，如果有人说"我最喜欢铲十吨煤"，懂行的人就能会心一笑。

这首曲子是米娅女士推荐给张珏的，她是现代芭蕾的高手，擅长情绪化的表演，退役前格外擅长将古典乐改编成舞蹈并进行独舞，一度是最出色的独舞者，《拉三》也是她演绎过的作品。

张珏的芭蕾舞功底深厚，对情绪的感知力深厚，随着年龄的增长，他对古典乐的领悟也越发深厚，而花滑裁判青睐能够演绎古典乐的选手不是秘密，这个短节目的编排也有投其所好的意思。

最重要的是，他这个短节目的难度也达到了有史以来最难的程度。

竞技项目有句老话，叫如果想竞争世界冠军头衔的话，就必须保证自己的能力足以打破世界纪录，并将破纪录的水准在比赛里拿出来，因为在这个行业，不能一直打破极限的话，就无法一直屹立于巅峰。

张珏从去年开始就跻身于顶级男单选手的行列，但他明白，要拿下奥运冠军的话，就必须在这个赛季表现出破纪录的水准。

为了达到这个目的，他在短节目里编入了 4S+3T、4T、3A 的当前最高难度的短节目跳跃配置，以及只要完成就绝对能评到四级的步法和旋转。

即使他的体力充沛，要完成这么一套节目，也得汗湿衣背。

伊利亚和大卫被他在短节目就领先了至少 5 分，幸好这次带伊利亚过来的是没那么严苛的副教练和编舞，最严厉的鲍老头为了瓦西里的伤病，留在莫斯科的医院了，不然伊利亚怕是才比完就要被训一顿。

而张珏是真的挨骂了。

在分数出来以后，他家鹿老头就毫不客气地训道："你的步法还是仓促了，以你的滑行能力，本该从容地完成这段步法，我和你说过多少次了，不要着急，跟着音乐来……"

张珏用毛巾擦着汗，闻言吐了下舌头："知道啦，在下一站比赛开始前，我会磨合好这段步法的。"

拿了第四名后心情蛮好的金子瑄挠头，转头问教练："我下一站要不要试试再提一下旋转的难度？"

虽然有张珏在，但这也不代表他就可以不努力了，小金也是想要崛起的。

乔教练温和地道："行，那咱们试试，你有这个心气就是好的。"

张珏和金子瑄上个赛季的伤病都不轻，尤其是小金的膀子里还有钢钉，教练们对他们一开始也不敢下狠手，结果有一天，他们发现金子瑄已经在张珏的撺掇和指导下尝试了 4S。

那一刻，教练们的心情和孙指导差不多，就是"哪儿哪儿都有你"。

教师妹练四周跳的是你，教队友开发新四周跳的还是你，带他们上蹦下跳到处闯祸的又是你。

但最让人无语的是，这些队员真就听张珏的话，而且他们还真的训练进度不错，金子瑄现在的 4S 成功率是 50%，以他的心态，这个成功率的跳跃是没法现在就拿到赛场上用的，可是距离冬奥会还有几个月，怎么也够他再把自己升级一次了。

而徐绰……这姑娘练了十天 4T 就成功落了第一个，再次用她的力量天赋震惊了队里一群人，以至于好几个教练暗暗可惜这姑娘长得太高，不然她还可以更进一步。

张珏比完了自己的短节目，也没歇口气，就跑去看师妹的热身。

徐绰的发育结束了，而她现在的身高是一米六八，站在女单选手旁边，她鹤立鸡群，看起来比平均身高一米五八的其他选手大了两圈，张珏过去的时候，张俊宝正在让徐绰喝水，然后顺便训她。

"你跳以前别犹豫啊，说跳咱就跳，在这一站，教练们给你的跳跃配置都是你在训练中成功率超过 85% 的，这个已经很可以了。"

徐绰拿脚尖点地，站在和自己差不多高的教练面前，小声回道："可是人家旋转又不好，我现在贝尔曼旋转顶多能转两圈，然后就得放下来，要是又连三级都评不到的话，你会不会骂我啊？"

张俊宝："我会啊，你刚才热身走神就是想这事？"

徐绰："教练，都快比赛了，你就不能安慰我说不会骂我吗？"

张俊宝："不能，滚去训练，别撒娇。你可是运动员，教练们只是给你帮助，输赢导致的后果可都要你自己承担，评级评不上去挨骂也活该。"

徐绰眼珠子骨碌骨碌转，嘿一声，蹦跶着走了。看她这模样，情绪还挺好的，就是那个神态熟悉得让人想抽她，一看就知道是和她大师兄学的。

老舅想，徐绰才来那会儿多乖啊，现在却变成个教练训话时都能嘿嘿笑的老油条，都是张珏带的。

比起这边，白叶冢姐妹就安静得多，妆子盘腿坐着，给庆子的脚踝和小腿绑上运动绷带。

"我上个赛季没有比赛，也没有世界排名，这次在第二组就要上了，庆子，看着姐姐，好吗？"

庆子坚定地回道："我会一直看着你。"

她们紧紧握住对方的手，相视一笑。

在得知妆子复出的时候，徐绰就很紧张，对她这一代的女单选手来说，妆子一度是不可战胜的、需要所有人仰望的强者，哪怕她没有拿过成年组的 A 级赛事金牌，但她的横空出世，几乎重新定义了女单的竞技强度。

在她之前，拥有高级 3+3 联跳，表演、滑行和旋转不是太差的女单选手就可以去竞争 A 级赛领奖台。在她之后，没有个联 3Lo 的技术的女单选手，都不好意思说自己是冠军。在妆子之后，庆子、徐绰、俄罗斯的达莉娅、赛丽娜都接连拿出了高难度的跳跃。

在女单项目上，公认的天赋第一是白叶冢妆子，但她被疾病削弱了，复出以后，也只在日本内部的地区赛展现了一个 3F+3T。徐绰呢，个子太高，约等于巅峰期妆子的百分之九十五，不过她也在冲击四周跳。

所有冰迷都关注着中国站的女单赛事，关注度甚至超过了拥有张珏的男单，这便是妆子带来的影响力。

妆子的短节目是梅林茂为中国电影《十面埋伏》创作的 *Lovers*（《爱人》），带着古典与忧伤，在她的演绎下，带着一份怅然与潇洒。

穿着竹绿色考斯腾的少女在冰上滑行，那比庆子、寺冈隼人更胜一筹的滑行，赏心悦目到令人心醉。

看到这一幕，想必看过《十面埋伏》的冰迷脑海中都能想起那句经典的"山花烂漫处"。

妆子看起来像是正凝视着爱人的少女，可她的目光投注的方向在冰上。

她的爱人是冰，是这片让她飞翔的洁白战场。

"我有时候会觉得，妆子就是女版的小玉。"沈流看着少女的身影，这么和鹿教练说着。

鹿教练警场上一眼："小玉的柔韧性比现有的所有力量型女单选手都好，发育完以后，他的力量也比她们强。"

不过这种综合能力强、表演天赋超好的特点，的确容易让人想到张珏。

伊利亚用胳膊肘捅张珏一下："她这个赛季的表演滑是你给的？"

张珏："嗯，怎么了？"

伊利亚目露哀怨："我之前都不知道你会编舞，而且还给她编的是皮亚佐拉的 *Oblivión*（《遗忘》），早知道你这么厉害，我也找你编舞了。"

张珏嘴角一抽："她找我编舞，是因为她为了治病花了太多钱，而我恰好在学习编舞，那支《遗忘》是我的练手作，要价只有一千美元，她为了省更多钱，让妹妹去找劳瑞女士编舞，才在来中国做考斯腾的时候，顺路从我这里买走了《遗忘》。"

一千美元，相当于人民币六千多，真正的价格低廉，和白送一样了，而中国做考斯腾的价格也比日本便宜，所以妆子今年连考斯腾都是在中国这边做的。

说来都是钱闹的，又不是每个人都和伊利亚一样有个总裁女友。这赛季总裁为了帮他冲进冬奥会，直接去日本买了价格超贵的布料"天女的羽衣"给他做衣服。

妆子的短节目跳跃配置是 3Lz、3F+3Lo、2A，比起地区赛那会儿，她接 3Lo 的技术也已经正式回归，可见恢复进度不错。

遗憾的是，疾病到底影响了她，张珏可以很清晰地感受到这位老友的体力大不如前，比完短节目后都气喘吁吁的，也不知道她怎么撑自由滑。

相比之下，徐绰的表演曲目就硬一些，这姑娘在表演方面没那么高的天赋，教练们只能努力寻找适合她的曲子，并从考斯腾、节目舞蹈动作设计等方面为她的表演加码。

在张珏的推荐下，徐绰这个赛季的短节目是《杀死比尔》，她的考斯腾是一身炫酷的黑色皮衣皮裤，还上了黑色眼影、眼线，只恨不得把酷炫二字写在脸上。

虽然这个选曲没 Lovers 那么深情，但看起来还挺能调动气氛的，加上是东道主选手，观众们在节目后半段纷纷开始击掌为徐绰打拍子。

等小姑娘下场时，面上一片红扑扑，看起来开心得不行，还能像个兔子一样蹦跶着去 kiss&cry，如同来郊游的小朋友。

而到了双人滑和冰舞时，比赛基本就没悬念了。

黄莺和关临是这一站的霸主，"美梦成真"组合更是没有压力，比完以后甚至还有心情找张珏去补习。

大家今年都是高三的学生，学业可重了，刘梦成已经可以把八百字的作文写到 40 多分，尹美晶还是看到文言文就头晕，哪怕他俩都跑去学了理科，他们的教练江潮升也还是为了两个孩子的成绩操碎了心。

说白了，这俩孩子转籍以后，身边唯一可以照顾他们的长辈就是江潮升了，老爷子自己的亲女儿又跑去当了兵，和鹿教练那位去贫困山区扶贫的女儿一样，逢年过节都回不了家，可不就把学生当亲生的一样在照顾吗？

他俩连过年都是在江教练家吃的饭。

中国站的比赛到了第二天，竞争强度就更大了。

单人滑这边，张珏和伊利亚、大卫斗得昏天黑地，金子瑄则努力求稳，争取上个领奖台，但在大卫没失误的情况下，金子瑄最终还是以 2 分之差与领奖台失之交臂。据乔教练说，金子瑄还是输在了滑行、旋转的评级不够，他评三级，大卫评四级，分差这就出来了。

就算这样，男单这边还不算中国站斗得最激烈的地方，张珏的优势大，冠军拿得还算稳，女单那边才是真正的修罗场。

在中国站正式开始前，大家都觉得庆子和徐绰才是 BOSS（头目），谁知道妆子经过一段时间的沉淀，表现力超出想象。

她在自由滑中用一曲《天方夜谭》惊得许多冰迷都无话可说，且拼着老命完成了一个 3A，宣告自身技术的回归。哪怕她体力不行，后半段摔了一下，一个旋转的轴心也偏了，最后她也还是获得了全场起立鼓掌的待遇。

徐绰的自由滑 *The Fire Within* 则还是走了酷炫的风格，小姑娘穿一身用皮带装饰的黑色镶蓝色亮片的考斯腾，如同深海游出的海妖，又像燃烧的蓝焰，眼中燃烧着斗志，舞蹈里也带上了一股杀气，使她的表演拥有了张力。

妆子的成绩给她的刺激很大，让徐绰有了一种自己不拼不行的感觉，这让她硬是把成功率还不够的 4T 也拿了出来，虽然直接摔了，但她的确是足周了，这让现场的冰迷们都兴奋起来。

花样滑冰不仅拼节目的难度和表现力，还拼完成度，妆子和徐绰为了拼难度而失误，结果最后上了冠军领奖台的居然是只有 3Lz+3Lo 的庆子，这姑娘完美 clean 了自己的自由滑《阿拉拉特山》。

张珏在赛后指着徐绰哈哈大笑："我早说过了吧，你现在在比赛里上四周跳绝对要摔，不听我的，果然摔了吧？"

徐绰要是针对妆子的体力弱点，不硬上难度，好好 clean 原本的配置，冠军绝对是她的，结果即将到手的鸭子飞到了庆子手里，该！这就是她不用脑子滑冰的结果。

徐绰被师兄半调侃半训斥了一顿，捂着脸蹲着："好啦好啦，我知道我那时候冲动的样子很傻，师兄你别说了。"

张珏终于止住笑，揉了揉她的头发。徐绰抬头，看着大师兄俊美的面孔，第一次没有沉浸在美色之中，而是感叹了一句：

"师兄，虽然这次丢了金牌很遗憾，可是能和旗鼓相当的对手一起拼尽全力竞争的感觉好好，难怪你和瓦西里总是惺惺相惜。"

张珏瞥了白叶家姐妹的方向一眼，发现她们也将目光投了过来，目光落在没有注意到她们的徐绰身上。

他笑道："是啊，我想你的对手也很享受这场竞赛。"

"小绰，待会儿在领奖台上抱抱妆子吧，她会很高兴的。"

徐绰响亮地回道："嗯！"

此时可怜的徐绰当然不知道，在确认她的表演上限有限，至少在本赛季是很难突破到新层次之后，她的教练组及大师兄就暗暗下定决心，得在索契冬奥会开始前，让这丫头把 4T 给练出来。

毕竟，女单不是只有徐绰和妆子、庆子这三个选手，俄罗斯的达莉娅也有 3A，而赛丽娜也有 3Lz+3Lo。

不让她拿出技术优势，在竞争极其激烈的女单赛场上，如何能让珍贵索契冬奥会的金牌落到她头上？

被宁阿姨喂到健壮如牛犊子的徐绰妹妹，魔鬼训练正等着你。

37. 学习为重

胖达，苞米之子，祖籍广西的中华土松，在出生的第四个月，疫苗全部打完之后，被送上了前往俄罗斯莫斯科的飞机。

就在花滑赛季进行得如火如荼时，胖达被抱出了笼子，踏上了西伯利亚的土地，小熊猫头蹲坐在地上，乖巧地汪了一声，路过的一个小女孩指着他叫了一声。

"Panda!"

安妮塔不得不一路解释"这不是 panda，是长得像 panda 的狗"，一边将熊猫头牵回了家。

幼犬新到一个地方会很不适应，容易生病，所以这时候不能给它们换狗粮，不能给它们洗澡。

但胖达没有吃惯的狗粮牌子，张珏喂狗的时候十分随意，除了中午会喂正经的生骨肉，其他时间都是拿不加盐的肉汤拌剩饭。

可能是胖达的父母辈基因太强，导致它适应环境的能力也出奇地好，所以它在来到俄罗斯的第一天就吃了一大盘剩饭，把自己吃得肚皮滚圆，尾巴更是一甩一甩的。

最让安妮塔和伊利亚惊讶的，则是这只小狗似乎很清楚厕所是什么地方，才进门就立刻奔去了厕所，拉了第一泡尿，一点不让人操心大小便的事。

别看换了个国度，周围人使用的语言都彻底变了，但张珏教胖达时使用的坐、站、握手等词都很简短，配上音标以后，即使是伊利亚都可以清楚地念出来，鲍里斯教练想必就更没问题了。

伊利亚大喜："太好了，胖达这么乖，教练肯定会喜欢它的。"

安妮塔则怜爱地摸着胖达那身完全可以冒充熊猫的毛："谁能不喜欢它呢？"

此时这两人都还不知道，当鲍里斯教练发现伊利亚送给他的礼盒里爬出一只熊猫头时，这老爷子受了多大的惊吓。

以伊利亚往日的行为，鲍里斯真的有那么一瞬间以为傻徒弟偷了只熊猫出来。

张珏这边送走了胖达、汤姆两只苞米的狗崽，感觉家里变得清静了许多，以至于他撸着苞米的狗头发出了感叹："儿子，咱们要不要去米娅奶奶家看看你侄女？"

苞米的姐姐也是一只白土松，生的最后一窝狗崽里有一只纯黑的小土松，幼年期看起来就像一只小黑熊。大家都知道《西游记》里有只黑熊精想要偷唐僧的袈裟，以至于狗友们看到这种黑熊一样的小狗，就会戏谑地问："这熊长大后能偷袈裟养我吗？"

而这只小黑土松后来被张珏训了一段时间，就被送到了米娅女士家里，名字相当洋气，叫"温蒂"。

因为秦雪君的俄文名是"彼得"，昵称"佩佳"，而在《小飞侠》中，彼得的好朋友就是少女温蒂。

张珏上门去探望米娅女士，进门先放开狗绳，让苞米和温蒂两只狗狗一起玩。接着他去检查了米娅女士家的米桶、面粉桶、调料架子，又去楼下的超市买了两袋10公斤重的五常大米、面粉10公斤、一桶调和油、一桶花生油，还有一堆调料，一口气扛上了三楼。

接着张珏又查了一下米娅女士家的水电天然气，米娅女士站在厨房里说："灶台底下那根管子有点漏气，但我不知道怎么报修。"

张珏比了个OK的手势："我现在打电话，放心，天然气公司的人效率都很高的，今天就可以过来。"

然后小伙子又把米娅女士和秦堂老爷子那松动的床脚修了修，主要是拿工具箱里的螺丝刀紧了紧床架连接处的钉子，最后还用电饭煲炖的南瓜稀饭，以及他自己带来的包子、馒头、秦雪君亲手做的俄罗斯泡菜，和两位老人吃了一餐。

秦堂老爷子对张珏一直喜欢得很，也知道张珏作为运动员饭量大，直接拿像头一样大的碗给他装稀饭："佩佳平时老在医院里蹲着，有些事也没法找他处理，结果让你把孙子该做的事都做完了。"

张珏笑嘻嘻的："您二老把我当孙子就对了，我心里可是把你们当爷爷奶奶看待的。"

两位老人的儿子和前妻离婚后，和现任一起做生意，平时几乎不回家，也不管秦雪君。他作为父亲不管儿子，二老也不指望他还有良心管父母，所以他们十分硬气地拿养老金养大孙子秦雪君，平时米娅女士会出去做芭蕾老师，秦堂老爷子也会给认识的人做推拿、拔罐，赚些零花钱。

秦雪君十分争气，从小到大都拿着奖学金，小学、初中时期也连续跳级，但他选了医科，便注定是个不着家的人。本来他们都觉得自己是亲情淡薄的人，也做好了互相扶持着过晚年，不给年轻人添麻烦的准备，谁知等米娅女士收了张珏做关门弟子后，这小子就一脸自然地把照顾他们的担子挑了起来。

像什么将自己种的蔬菜水果送到老人这里尝鲜，时不时给他们背个米面粮油都是常事，有一次秦老爷子半夜发烧，张珏接了电话就立刻跑过来，将老人背去了医院。

对老人们来说，年轻人的陪伴及关键时刻能靠谱地给予关心和照顾，就是他们最大的安慰。

相应地，张珏平时有啥事也不和他们客气，于是米娅女士被请到了国家队做舞蹈课教师，平时也会给运动员们编舞。这个赛季，她不仅编了张珏的《拉三》，金子瑄、徐绰、闵珊的短节目与自由滑都出自她之手。

众所周知，运动员在每场比赛的状态不同，有时候一个节目的编排动作，这一场能顺利完成，下一场万一腰不舒服或者哪里不舒服，有的动作就要打水漂。而有了米娅女士坐镇，运动员出啥问题，她可以立刻给运动员改动作，并保证这个技术动作的定级不会被降低，因此身边就有个编舞对花滑运动员来说是一项福利。

张珏这次来顺便商量改配置的问题："小绰的贝尔曼旋转快留不住了，米娅老师，可以把她短节目里那个结尾旋转改成其他的吗？"

米娅："还是要四级吗？我说过了，她旋转的问题不少，除了蹲转，其他的都还要矫正，不然再怎么改也不靠谱。"

张珏："改着呢，她正在改，目前准备先矫正她的直立转，您看看把最后一个旋转变成燕式接小跳变换足侧身蹲转可以不？"

米娅女士沉吟片刻："那最后还要接个 I 字转才行，你那个腰最近有理疗没？不然我也给你弄一套备用旋转配置？"

张珏："可以可以，我现在体重变大了，又要保接 3Lo 的技术，有时候腰部压力是不小。现在我想把贝尔曼旋转都放在节目的前段或者中段，节目后半段体力不够了，还是用直立旋转比较安全，不然容易揿到。"

对张珏的判断，无论是他的教练组，还是米娅女士都十分信任，这个小伙子对自己的情况永远清清楚楚，也能清晰地描述出自己的需求，给他做老师最轻松的地方就在这里。

接着张珏又将察罕不花、蒋一鸿的节目问题也说了一遍。他这两位师弟一个是柔韧值为零，另一个则体力差一点，而且蒋一鸿的滑行有点浮，给他复杂点的步法编排，他能滑着滑着摔一跤，两位都需要编舞随时跟进，并在场边指点和矫正。

一顿饭吃下来，米娅女士和张珏的同门们都多了一堆事情。张珏又拿保温桶装了稀饭，提着几个奶油花卷去医院给秦雪君送饭。

认识的时间久了，张珏对秦雪君的工作地点也熟悉得很，才进了他的办公室，就发现这位身高一米九五、面孔英俊的混血大帅哥正坐在一条凳子上，拿冰袋敷下巴。

张珏凑过去看了看，啧啧两声："哥，你怎么又受伤了？米娅老师都叮嘱过你多少次了，看到来闹事的病患家属就躲远点，别老仗着自己块头大上去帮忙。"

秦雪君解释道："这不是被医闹的人打的，是今天给一个小伙子接骨头，他痛得挣扎，拿脑门给我顶的。只是肿了一块，不碍事的。"

张珏："幸好我给你带的是稀饭。"

他将保温桶打开，坐在旁边给秦雪君剥了个水煮蛋，秦雪君乖乖地坐在一边喝稀饭，没过一会儿，又有个护士小哥过来，请他去修个椅子。

骨科这个科室里的医生对于电锯、电钻、小锤的使用不比木工们差，维修点小东西也没有问题。

秦雪君仰头将稀饭倒进嘴中，顺手将一个奶油花卷塞进嘴里，就起身准备过去帮忙。张珏见他忙得很，道了别，就准备去接苞米回家。

那位来请他的男护士嘿嘿一笑，小声问："你那个弟弟，今年多大了？"

秦雪君："问他年纪干吗？"

护士小哥招手："还不是他太帅了，一进医院大门，好家伙，有好几个路过的姑娘眼睛都看直了，还有几个住院病患，到处打听你弟弟的名字。"

秦雪君一听这话，眉头皱得死紧："我弟弟才 16 岁，而且他是运动员，平时不是训练就是学习，你可不许把他的信息告诉别人，尤其是那些脏的臭的。"

护士小哥立刻敬礼："好嘞，你放心，既然弟弟是个未成年人，我就绝不暴露他的信息，保护祖国的花朵人人有责嘛。你们兄弟的感情真好，这都他第几回给你送饭了？"

秦雪君想了想，发现张珏来给他送饭的次数他居然已经数不清了。

他们都认识好几年了，小萌娃发育成了一米七九的大帅哥，走到路上经常被人要电话号码。

时间过得真快啊！

秦医生这么感叹着，熟练地提着工具箱去修桌椅板凳。

他不知道的是，张珏在医院门口被一个看起来清秀白皙的陌生人拦住，那人穿着病号服，手里捏着手机，有些害羞地看着张珏。

"弟弟，你好，我是云思，刚才在二楼窗口那里看到了你，那个……咱们能交个朋友吗？"

张珏冷淡地回道："不好意思，我没空。"

他今晚和金子瑄、刘梦成、尹美晶他们约了 10 公里夜跑，还有跑完一起开学习会。金子瑄是队里唯一的文科生，他要给大家补写题的技巧，而张珏则给大家补理科。哪怕正处于冬奥赛季，大家也不能放松学习。

身为国家队队长，张珏哪里有空和这个突然拦在他跟前不让走的人交朋友？

张珏向来是个十分敏感的人，当初刘梦成的那个人渣教练看他的眼神就让他很不舒服，面前这个人的眼睛看似黑白分明，目光却浑浊得很，让他本能地不喜。

但看这人是病人，也不能强行推开，张珏往后退了几步，把脚踝活动了一下以后，他往前冲了几步，轻快地闪过这个陌生人伸出来的手，抬脚一跳，以并不标准的跨栏姿势跳了过去，跑远了。

才带苞米回到家，张珏就接到了电话，他开开心心跑到小区门口，看到刘梦成开着一辆小轿车朝他挥手。

"嘿，队长，嘿！"

张珏欢快地跑过去，和他击掌："嘿！"

尹美晶坐在副驾驶座，见到张珏，就从车窗探出头来："你可算来了，再晚来几分钟，梦成哥收到的纸条就能突破两位数了。"

金子瑄坐在后座扑哧一笑。

一群个子不低、肌肉结实的俊男靓女坐一辆车上，不知道的还以为他们要一起去酒吧蹦迪呢，只有知情的人才知道，这几个人的书包里满满的都是学习资料。

张珏和他的队友们都是规规矩矩、勤奋好学的年轻人。

张珏在路上还顺便问了队员们的志愿。

刘梦成说："我和美晶还是打算去北体大。我学营养学，以后向宁阿姨讨教也方便，说不定还能读她的硕士和博士。美晶打算去学运动医学，以后向杨队医看齐。"

金子瑄："我也是北体大，不过我想学心理学，退役了以后也可以多多帮助有心理问题的青少年。"

张珏哀怨道："结果还是只有我一个人想去学农学啊。"

众人心想，其实主要是因为除了可以特招国家队队员的北体大，我们也没有能稳上的学校，即使想陪你去农大，我们也考不上啊。

38. 对手不在

张珏今年选择参加中国站、俄罗斯站两站比赛，两站之间隔了 50 天。之所以这么安排，主要是为了在索契冬奥会开始前，多适应俄罗斯的气候和氛围。

今年因为这个原因选择俄罗斯站的不仅是他，尹美晶、刘梦成也是如此，三人正好能搭伴过来。

张珏起飞前两天有点感冒的症状，偏偏好多药他都不能吃，只能猛灌热水、吃维生素 C，又拔了火罐，但还是出现了晕机的症状。

他之前好不容易才适应了坐飞机，但身体状态不佳的时候，晕机的毛病便复发了。

刘梦成很关心这位比自己小了好几岁的队长，下飞机时还询问张珏需不需要他背去酒店，张珏十分硬气地挥手："不用，我自己走。"

这么说话的人，在进了酒店房间后，连行李箱都没有收拾，更没有刷牙，就直接扒了衣服趴到床上呼呼大睡起来。张珏最近喜欢只穿背心和裤衩睡觉，和他住同一间的刘梦成还看到他背后发紫的火罐印，叹了口气，将被子给他盖好。

11月的俄罗斯可不是一般的冷。

毕竟是年轻人，张珏的恢复能力还算不错，好好睡了一觉，又出了身汗，等再清醒时，他感觉舒坦许多。

张珏当即发了条微博：感冒已经恢复，准备在莫斯科的冰上大展身手。

沈流看到了这条微博，立刻也跟着发了一条：小玉大病初愈，但依然会在冰上奋勇向前 @张家大玉。

孙千看到了这条微博，也跟着发了一条：我们的小将即使伤病缠身，也会坚定地走下去，这就是运动员精神！ @张家大玉

某领导看到了，继续发：我们小玉受伤了？没事吧？怎么伤的？有没有去医院？ @张家大玉

也不知道这群人为什么不点转发键，而是硬要自己编写微博，更不知道他们后来是怎么传的，反正等张珏背完100个单词后，他妈突然打了个电话。

张珏："什么？我一下飞机就出了车祸，结果被送到了莫斯科的医院，而伊利亚还在我的手术室门口大哭，眼睛都哭肿了？这谁传的谣言啊?! 我好好的，身体超健康！"

张家大玉在来到莫斯科的第二天，稀里糊涂就在网络上成了一名车祸奇侠，后来还是名叫"思佳班长"的网友将这件事的前因后果调查清楚并做了长图发了出来，大家才明白怎么回事。

再让好事冰迷胡猜下去，他连头七都快过了。

等睡了一觉起来，尹美晶就过来敲门，顺手给屋里两个男生带了早饭，又和刘梦成两个互相掏耳朵，刘梦成还给她梳了头发，搞了个蝎尾辫。

张珏看得忍不住，就说道："你们两个这样子好像互相梳毛抓虱子的猴子。"

他的两位好队友沉默了几秒，不约而同地把旁边的枕头朝他扔去，张珏自觉讨嫌，也不继续待在房间了，嗖的一下跳起来跑了。

等到了酒店大厅，他又看见伊利亚委屈巴巴地在大门口拉着安妮塔的胳膊："亲爱的，不要离开我啊，至少看完我的比赛再走嘛！"

安妮塔冷酷地甩开他的手："不行，我不工作的话，下个赛季怎么给你买更贵的考斯腾，怎么给我的公司修大厦？圣彼得堡的房价也不便宜，再不工作，我连地基都修不了。"

她是决然地走了，留下伊利亚站在原地满脸伤心，不知道还以为这家伙碰上了渣女。但知情人只要一想起他两套加起来价值五百多万卢布的考斯腾，就觉得安妮塔对伊利亚是真的大方。

别看安妮塔有钱，但她自己创办公司也很花钱。身为前模特，她身上穿的衣服有不少都是模特时期留下来的，对于伊利亚，她却从来没吝啬过，今年还请了个学历不亚于宁阿姨的营养学博士去圣彼得堡为鲍里斯的弟子们升级食堂。可见作为被安妮塔宠爱的男人，伊利亚的小日子过得有多好。

张珏纠结一下，还琢磨着自己要不要去给伊利亚递个纸巾擦擦脸，结果就看到他脸色一变，神情兴奋地朝着一只熊猫头小狗扑了过去，嘴里还嚷着"胖达"。

张珏抬头，就看到鲍里斯教练牵着熊猫头站在酒店门口，表情矜持地解释着："它真的不是熊猫，只是一只长得像熊猫的狗而已。"

工作人员："真的？这真的不是你从动物园里偷出来的熊猫幼崽吗？"

鲍里斯打了个响指："胖达，叫一声。"

熊猫头清脆地汪汪两声，还站起来朝工作人员作揖。

胖达用实力证明了自己是一只狗，并获得了工作人员爱的抚摸。不过放狗进来前，工作人员还是问了一句："它不会乱拉吧？"

鲍里斯十分骄傲："没问题的，它的嗅觉很敏锐，想拉了会自己去找厕所，我也会跟着它给它冲厕所的。"

熊猫头现在还没长到可以自己按马桶按键的个头，以至于大家都不知道它的技能库里还藏着个自己冲水。

比起还在国内那会儿，胖达现在块头大了两圈，一身皮毛油光水滑，其色泽堪比天天被宁阿姨追着喂的张珏的头发，站在那里当真是好一只器宇轩昂的迷你"熊猫"。

听到伊利亚的叫声，它敏锐地转头，咧嘴吐舌头，做出个笑一样的表情，伸出前腿和伊利亚握了一下，尾巴摇得很是欢快。

张珏也走过去，和鲍里斯打了个招呼，蹲着摸了把胖达的脑袋："小伙子在俄罗斯过得好吗？还适应这里的环境吗？"

伊利亚抢答道："它过得可好了，胖达上火车要坐运输箱，鲍里斯为了它干脆开车走公路过来，胖达也对这里的环境适应得很好，在圣彼得堡每天散步两次，偶尔在路上遇到熊了还会和对方打招呼。"

张珏嘴角抽搐："熊？"

伊利亚连忙解释道："也不是天天都能遇见！"

张珏内心吐槽：熊这种生物遇到一次就不得了了吧！

鲍里斯平静地说道："那头熊叫葛秋莎，是一个农场主的宠物。它平时都住在乡下，偶尔才会和主人一起住到郊区的别墅里，大部分时间都被关着，还不如我和胖达在公路上遇到的狼群危险。"

就算俄罗斯地广人稀，高速公路附近出现狼也让人很意外啊！

他们越解释，张珏越有种不知道从哪里开始吐槽的感觉。

比起中国站，俄罗斯站可谓强者如云，本土的二哥谢尔盖、太子爷伊利亚及对张珏一直很友好的阿纳尼都在本站。除了他们，哈萨克斯坦的哈尔哈沙、捷克的尤文图斯、西班牙的罗哈斯等准一线的选手也都过来了。

参赛的人，包括张珏都是自己国内的男单一哥，他们一起到俄罗斯站，简直就是一场冬奥会花滑赛事的预演。

张珏听伊利亚说这些的时候，疑惑地皱眉："瓦西里没在本站吗？我记得他每年都会参加一站俄罗斯站的，之前也在名单上看到了他。"

伊利亚怔了怔，眼中出现一抹失落："他的膝盖不舒服，所以已经决定退出大奖赛了。在冬奥会以前，他也只会参加俄锦赛确定冬奥会名额，欧锦赛也不参加了。"

作为伤病过多的老将，瓦西里彻底放弃了其他赛事，专心备战冬奥会。

所以今年张珏在大奖赛上怕是遇不上瓦西里了。

张珏面露失落，趴在桌上："我原本以为在俄罗斯站就可以和他交手，然后打败他呢。伊利亚，你告诉我，他不会过完这届冬奥会就退役吧？不然我打败他的机会，可就只剩冬奥会那一场了。"

伊利亚面露憨厚的微笑："很遗憾，我也不知道他的健康状态，不过他打封闭的次数很多，去年世锦赛为了赢你也打了封闭，你应该很清楚，这种东西每打一针，都会减少运动寿命。"

张珏当然清楚，他自己也打过封闭，正式注射以前，队医、教练都和他强调过封闭的副作用，并再三询问他要不要打。

结果他还是打了，只是因为他年轻，所以后果也还承担得起，可瓦西里没他这么厚实的身体基础，这个赛季就要付出代价了。

直到俄罗斯站结束，张珏也没能见到他最想对付的对手，只能满心遗憾地带着这一站的金牌回国，并以积分榜排名第一的成绩，成了三傻中第一个确认进入总决赛的成员。

39. 妆子虾饺

在瓦西里退出大奖赛后，经过六站的分站赛，这一届的总决赛名单也确认了下来。由于身处冬奥会赛季，这个名单里的运动员们也被广大冰迷认为是冬奥会领奖台成员预备役。

男单由张珏打头，接着是麦昆、大卫、伊利亚、寺冈隼人，以及一个战斗力在一线里垫底，但由于分站时没遇到太厉害的对手，积分排名第六的谢尔盖又受伤退赛，所以靠运气混进来的罗哈斯。

谢尔盖今年也是运气差，他没比瓦西里小多少，在索契周期也可以当老将看了，自身伤病不少，在训练蹲转时由于蹲的时候力气没使好而扭了膝盖，现在还在家里养伤呢。

如无意外的话，去掉罗哈斯，其他五个人加瓦西里，就是索契冬奥会男单最后一组的成员了，谢尔盖也许能仗着国籍优势和大卫抢一抢最后一组的名额，其他人的位置都是比较稳定的。

女单这边，白叶冢妆子和庆子两姐妹，徐绰，俄罗斯的达莉娅、赛丽娜，为冬奥会复出的意大利一姐海伦娜也进了决赛。

而双人滑和冰舞则还是老局面，五组老将带一组小将，而且那一组小将还都是中国这边出的。

国内冰迷们纷纷吐槽："今年又是四个项目的新生代一哥一姐独挑大梁进决

赛，其余的都不行。最争气的金二哥也止步于分站赛排名第八位，就比罗哈斯那个走狗屎运的差一点。"

而罗哈斯在分站赛里遇到的都是不能打的，金子瑄分到的两站却都强者如云，金二哥这个总决赛名额真不是丢在实力上，而是丢在运气上了。

金子瑄对这个结果不能说不失落，但小伙子已经在赛场上受过太多打击，加上头上还有个张队长顶着，他的压力也没那么大，就去做一套张教练爱心肌肉训练，服用一份宁阿姨营养套餐，去队医那里被扎个针，最后再躺着睡一觉，接着哭两天就好了。

如果是张珏、闵珊、黄莺这样心比较大的运动员，最后一个流程可以省略，关临和尹美晶这种比较淡定的同上。

等金子瑄哭完并平复情绪后，确定要去日本福冈参加总决赛的队伍休整完毕。

除了成年组四项的一哥一姐们，青年组还有闵珊、察罕不花两个小的。

大家都不是第一次出国，这会儿上飞机也熟门熟路，加上中国和日本的时差不大，张珏下飞机时还精神抖擞的，感觉自己已经克服了坐飞机这一影响比赛状态的大弱点。

日本的花滑运动人气高，虽然这个时候大家应该提行李直接去酒店，但事实是他们不得不一路走一路给签名。

比如张珏，他才拿完行李，就有可爱的女孩们举着应援物跑过来求签名，为了方便手拿，大部分人手里的都是鳄鱼团扇或者是只比 A4 纸大一些的手绘画板。

张珏从青年组开始就人气相当旺，尤其是总决赛、世锦赛这个时段，有能力来看比赛的狂热冰迷会拥到赛事举办地。这个时候在机场、酒店外、比赛场馆外遇到粉丝是不可避免的事情，所以他自认也磨炼出了熟练地应对这些冰迷的技巧。

以前才一米五出头那会儿，张珏面对人群还觉得憋闷，现在他都四舍五入一米八啦，往日本的土地上一站，基本能做到一览众山小。何况围着他的主要是女孩们，而女孩大多不高，周围压根没人能挡他的视野和抢他这个高度的空气，让张珏十分自在。

小伙子友善地给女孩们签名，又给合影，这时一位看起来年纪不大、应当是欧美冰迷的棕发少年用英语对他说道："coco，你的发尾有些长了，是想留长发吗？"

张珏眨了下眼睛，耸肩："有这方面的意向，其实我的头发已经可以扎起来了，不过不扎也没关系。"

他并不打算把头发留太长，只是因为妈妈看《哈尔的移动城堡》时和他说了一句男主很帅，张珏就打算剪个和男主相似的发型。谁知剪完以后，给人的感觉却更像瑞凡·菲尼克斯。

算了，好看就可以了，至少在换了新发型后，张珏的粉丝越来越多。

那位男性粉丝着迷地看着张珏，张珏觉得有些不自在，转身想要离开人群。这么几十个人围在这里，说实话，他能顶住，但队友们已经等了他很久，而且会影响周围的路人。

就在转身的那一瞬，他感到有人扯了一下自己的头发，张珏下意识叫了一声，捂着痛处转头，却找不到伤害自己的人。

刘梦成性格敏感，此时也立刻察觉到不对，大身板连忙挤过来，帮张珏脱离了人群。众人跑到巴士上，张珏吐了口气，还有点没缓过劲来。

"天哪，我刚才是被黑粉攻击了吗？太可怕了吧？运动员也要面对这个啊？"

张俊宝帮他提着行李，这会儿正在安置那几个箱子，闻言头也不回地说道："得了吧，看看你自己的微博，下面一群冲着你脸来的，真正只看花滑的人反而被挤得没存在感了，你既然人气开始能和三线小明星比，碰上这种事也没办法了。"

沈流正帮师兄的忙，闻言也顺口回道："痛吗？到了酒店要不要让杨志远看看，顺便上点药什么的？放心，也就在国外会这样，等回了国内，凭咱们花滑的超低人气，你再注意点，此类事情基本可以杜绝。"

张珏哈哈一笑："我们花滑的人气也没那么低啦，我不痛，用不着上药，那个人只是趁乱薅走我几根头发。"

他头发多得很，所以也就被扯走头发那会儿疼一时，现在已经没事啦。

尹美晶就坐在他后面，关临、黄莺也看到了，几人对视一眼，默契地不说这些。尹美晶上前拍了拍他后脑勺上的头发，弄下一些棕色的碎发，黄莺掏出梳子。

"小玉，你的头发乱掉了，看起来好傻，我给你理一下吧。"

张珏连忙坐好："好的，谢谢。"

这位看起来高挑修长但其实只有 16 岁的少年并不知道，在一些变态眼中，他们喜欢将自己的东西放在盯上的人身上。

尹美晶在读以前的高中时就遇到过这样的变态，他趁体育课时纠集一群人围过来，然后趁乱剪掉她一截头发，又将自己的碎发撒在她的衣领里，往她的饭盒里扔指甲，甚至还会把自己的血放在她的水壶里。要不是刘梦成细心，而且她对吃进嘴的东西也很谨慎的话，她就要中这恶心的招数了。

这是一种非常可怕的事情，他们对盯上的人并非真实的喜爱，也没有珍惜，只是去打自己的标记，满足自己肮脏下流的欲望罢了。

美丽是无罪的，但他们的确容易因此受到伤害。

身为队里的大姐，尹美晶眼中闪过一丝怒意，她悄悄用手机给其他人发信息。

【这几天别让队长一个人行动，他长得太招变态了，那点自我保护意识对付普通坏蛋有余，应对变态不足。梦成哥，你之后找个小玉看不到的时机，带着那些碎发去和教练们说这件事。】

大家纷纷应是，但黄莺提出了疑问。

【为什么我们不告诉队长这件事呢？】

尹美晶愣了下。

【如果他知道这件事，以后还会留长发吗？美丽无罪，我不想他因为这件事不愉快，所以还是问过张教练他们，让他们来告诉队长这件事吧。】

她认为这世上最了解张珏的还是鹿教练、张教练这些人。现在鹿教练还在翻书，研究比赛规则，琢磨着如何给张珏的步法提级又减少他在滑行时所耗费的时间，所以还是让张教练来吧。

少女心里一直将小队长视为弟弟，也是她在这个国家的亲人，她总是对自己人爱护得很，又因为刘梦成敏感易受伤的性格，在保护他人时，她也会小心翼翼地呵护着他人的心，所以她总是选择最稳妥的方式。

她希望张珏不受伤害，也希望他不要因为一个变态，就觉得自己留长发是错的。他现在的发型让他看起来非常好看，她从没见过比张珏更符合"美"这个字的男人，而美丽无错。

变态风波让巴士的气氛十分安静，大家都低头做自己的事，张珏则闭上眼睛，靠着察罕不花打瞌睡。

等到酒店门口，庆子和寺冈隼人也正好从一辆车上下来，看到他们便立刻高高兴兴地拉着寺冈隼人过来，小姑娘兴奋地伸出手。

"嘿！coco！嘿！"

张珏和她拍了一掌："嘿！"

接着他和寺冈隼人对了一拳，两人勾肩搭背，张珏左看右看："妆子呢？"

那个开车送庆子和隼人过来的司机大叔用中文说："虾饺还有些工作要处理，晚饭时再来。"

张珏："啊？虾饺？"

寺冈隼人："他说的是社长，妆子不是在赛季开始前发现家里没钱了吗？所以她就答应了一位已经退役的前辈的邀请，开始和那人一起创业，专做线上跨国购物，最近拉到了一笔投资，连参加四大洲锦标赛的考斯腾都准备做新的了。"

近几代的花滑女单运动员一直都是花滑项目的智商高地，上名校、创业的优秀女性一个接一个往外冒，妆子现在要加入这个队伍也不让人意外。

那司机大叔据说是妆子的助理，语言专业毕业，站在旁边一脸敬佩地说："虾饺是位了不起的女性。"

张珏心想：不行，已经没法直视虾饺这种食物了。

40. 她是哥们

妆子请大家吃了一顿非常昂贵的怀石料理作为接风宴。

张珏捧着豆腐汤喝了两口，呼了口气："真好，让我想起老妈做的鱼头豆腐汤，感觉已经好久没吃过了。"

寺冈隼人不解地看着他："你不是和家人住一起吗？怎么会吃不到？"

张珏："我一日三餐都在国家队的食堂吃啊，没空在食堂吃也会让人帮我打包，总之我不会轻易外食的，不然尿检出了问题，实在是担待不起啊！"

像这种和交情好的运动员一起出门吃饭，他都是提前和教练组报备过的，来之前也会被反复叮嘱注意事项，而且席间也是以海鲜、蔬菜为主，不能碰的一样没有。

张珏本人都好几年没吃过猪肉了，有时候家里做红烧肉，他就捧着自己的饭盒坐在房间里自己吃，不然馋得受不了。

在晚饭末尾，妆子和张珏说了件事："我们这边最近要做一部花滑题材的动画片，大约 12 集，想找你邀一支节目，你有兴趣吗？"

张珏好奇："什么风格的音乐？角色的性格设定是怎样的？"

妆子说："这部动画片叫《冰上的尤里》，讲述的是他为了追逐偶像勇利而踏上花样滑冰运动员道路的故事，男主角那条主线是青年组的，不过他有个同龄的对手是中国人，希望你可以给他编一曲《罗密欧与朱丽叶》。"

《罗密欧与朱丽叶》是花滑经典曲目，几乎每个赛季都能看到滑《罗密欧与朱丽叶》的运动员，撞曲的概率也很高。花滑界有句俗语，叫"每个运动员都有一支《罗密欧与朱丽叶》，没《罗密欧与朱丽叶》的有《歌剧魅影》，没《歌剧魅影》的有《卡门》，没《卡门》的有《红磨坊》，没《红磨坊》的有《天鹅湖》"。

张珏应道："可以啊，让对方联系我的教练组就可以了，他们会安排负责商业合作的工作人员与对方对接。对了，如果这事成功的概率大的话，记得让他们提前把角色的人物设定给我，我提前编好。"

自从妆子的表演滑出来，知道张珏会编舞的人就多了不少，不少人还将他和妆子组 CP 呢。就连老舅都打趣过张珏，问他妆子是不是很漂亮呀，是不是很令人心动呀。

对这件事，两位当事人都十分平静，他们从青年组时期就认识了，长得也都是一等一的好，真要能发展，他们自己也会有感觉，但事实就是他们只把对方当兄弟看。

他们太过相似了，同样强硬的性格及对事业的追求，让他们都全身心地投入奋斗之中。

哪怕没有谈过恋爱，这两个智商不低的人也知道，他们两个在一起会没法过日子，而恋爱和婚姻不就是一起过日子吗？既然谁都不可能退一步在家里做贤内助，也不可能为了对方跑到异国他乡经营家庭，他们就注定走不到一起。

像张珏和妆子这种目光长远的人，在走到动心这一步之前，就会在心里判断这个人能不能往恋爱的方向发展，而他们在见了两面以后，就都不约而同地决定把对方放在挚友和知己的类别里，因为他们一开始就明白，他们两个是不可能的。

他们喜欢打江山（拼金牌）和守江山（持续拿金牌），恋爱这种事情可以往后推。

这就和俄罗斯女老总没有选择别人，而是选择了憨憨的伊利亚一样，因为安妮塔小姐也清楚，再也没有其他男人能如伊利亚一样外貌出色、本身才华出众之余，还能发自内心地欣赏她的事业心，支持她去拼搏，包容她的强势。

他们需要的是为了爱而主动让步的那个人，而不是和他们针锋相对的人。

在付账的时候，张珏路过，看着酒架子耸了耸鼻子："在我小时候，我老舅的师弟董小龙从日本比赛回去，带了一瓶清酒给他做礼物，后来那瓶酒被我当饮料全部偷喝光了。"

妆子白他一眼："好喝吗？"

张珏挠头一笑："不记得了，后来我醉得不行，醒来以后又被家长打了一顿，都没来得及回味清酒的味道，现在更不记得那是什么滋味了，只记得还挺香的。"

妆子温和地回道："你喜欢的话，等你退役以后，我可以请你喝酒。"

张珏和她对了一拳："谢了，虾饺老姐。"

妆子脸瞬间黑了："再叫我虾饺，我先把你打成虾饺的肉馅。"

张珏立刻闭嘴，两人对视一眼，同时笑了起来。妆子叹了口气："你那个师妹把我逼得都快火烧眉毛了，她在两站分站赛都在不停地尝试四周跳，第二站的时候周数都足了，她在训练中已经能落冰了吧？"

张珏摊手："你和你妹妹那么强，她想要拿索契冬奥会的金牌，可不得拼命吗？"

妆子："说真的，怂恿她去练 4T 的那个人，就是你吧？全世界也只有你能干出这种事了。"

张珏笑了笑："要是你没有白血病的话，说不定比她还早出四周跳呢，那丫头个头太高了，各方面条件比巅峰期的你还是差点。"

妆子哼了一声，又捶他一下："就是因为你，庆子也不得不开始向隼人请教四周跳了。下个周期，女子单人滑必定会进入四周跳时代。"

她本来就是才在大病过后回归赛场，能撑多久也不好说，以她现在的状态，四周跳也难以出来，即使出来了，放到比赛里使用也不现实，因为她的体力连正常的比赛都难以撑完，何况继续加大难度了。

妆子看得分明，徐绰在头脑和策略方面绝对不如她，架不住张珏帮她谋划。他不仅让师妹练习四周跳，还加强了她的体能训练，就是打着让徐绰用体力和技术击败她的主意。

她感叹道："幸好你不是女单运动员，不然我直接原地退役去做社长了。"

张珏："得了吧，不管对手强不强，你都会在赛场上撑到撑不住的那一天。"

他们谁还不了解谁啊？

看到张珏回席间收拾东西，大家看着他们，眼里都闪烁着光芒。唯有关临看出了什么，转头和黄莺说："别瞅了，这艘船别说沉了，一开始就没驶出港口过。"

黄莺面露哀怨："又来？"

除了尹美晶、刘梦成是真的，这已经是她喜欢的第 28 对失败的 CP 了。

第二日热身，张珏发现自己身边的防护力度突然就大了起来。原本随着年龄的增长，教练们都不会再在他换衣服时拿东西给他遮挡，成年男性的上半身露一下也不会少块肉嘛，看了就看了。

结果现在老舅又开始给他找隐蔽的地方换衣服，走在人多的地方，杨志远这个人高马大的队医还专门跟在他后面，像是替他防着谁一样。

由于下午是青年组的比赛，张珏还带了个睡袋，准备洗漱之后小睡一会儿，他老舅还不许他去卫生间接水，硬是只让他用矿泉水漱口。

张珏皱眉："你们怎么啦？"

张俊宝："没怎么，你睡你的，我在你边上看着呢。"

张珏："你不用去看不花吗？他今天下午也要出场。"

鹿教练干脆地插话道："我陪他去。"

教练们都一副必须留人守着他的样子，张珏也不再说话，只仰头躺倒，在路人震惊的目光中裹着睡袋睡得小脸红扑扑的。

啥叫大心脏？这就叫大心脏！总决赛就要开始了，这个运动员不仅不紧张，居然还能在热身的地方睡觉！

张珏的睡眠质量很好，一夜无梦到天亮也是常有的事，休息效率也高，基本上只要他自己愿意，想睡多久，睡得深还是浅，都可以控制一下，这是他被很多队友羡慕但就是学不来的优点。

在其他运动员看来，赛前睡觉，容易导致浑身慵懒无力，没有好的状态去竞赛，但张珏爬起来后去比了个短节目，直接以 97.94 分高居榜首。

拿了青年组男单短节目第二的察罕不花满眼羡慕："师兄就好像没长紧张那根筋一样，真好，我要是心也这么大的话，比赛的时候也不用摔掉那个 3Lo 了。"

国际滑联要求今年的青年组男单选手在短节目中必须完成 A 跳、Lz 跳和 Lo 跳，察罕不花的刃跳是弱项，今年在这个跳跃上栽了好几次了，比张珏栽 3F 的次数还多。

闵珊同样对师兄羡慕不已："师兄的 3A 好远，我要是也有他这个技术的话，也不至于靠着举手才能完成 3A 了。"

和在短节目遥遥领先其他人的师兄师姐不同，闵珊和察罕不花都只拿了短节目第二，头上还压着其他对手。

察罕不花的对手是来自北美的亚瑟·科恩，而闵珊的对手则是俄罗斯小将卡捷琳娜。

然而在这个晚上，像他们一样将目光集中于张珏身上的人还有很多很多，原因也很简单，那就是这位 16 岁的少年才滑出来的 97.94 分，是一个全新的世界纪录！

鹿教练对张珏的状态十分满意，然而看着徒弟意气风发地接受所有人的赞誉和掌声时，老教练的眼中也闪过一丝忧虑。

他希望看到张珏一直赢下去，可是在冬奥赛季，张珏提前展露獠牙，不知是好事还是坏事。

至少对俄系裁判来说，现在他们最大的心腹之患已经不是麦昆，而是张珏了。

41. 冰舞爱恨

其实在张珏的短节目才结束那会儿，他就清楚这会是一个新的世界纪录。做了这么久的运动员，张珏对自己的水准心里有数，知道这次他将自己应有的水平完整地呈现到了赛场上，技术和情感都饱满完整，绝没有排到第二的理由。

然而在等分的时候，他还是有点忐忑的，也不知道是不是错觉，这次分数出来得特别晚，等小奖牌颁奖仪式结束后，他还听庆子在手机上群发八卦消息，说是裁判席在给张珏打短节目分数的时候，有裁判打了起来。

张珏看到这个消息时，乐得仿佛看到一群小黄人踩着高跟鞋在他面前跳桑巴舞，全然没有自己已经被一群裁判盯上的自觉，也不能理解为啥教练们忧心忡忡的样子。

反正不管那群人怎么打，纪录还是落到他手里了。

与此同时，超话上也出现了对这场比赛的讨论。

【张队今年势如破竹，没想到他过完发育关，恢复健康以后状态这么猛！】

【瓦西里不在，张珏就是索契周期最强男单选手啊，而且他更年轻，体力更好，真和瓦西里对上也未必会落下风。】

【从这场比赛来看，攻克更多种类的四周跳是以后的大趋势，麦昆实力差吗？也不是，这家伙的各方面属性都和张队长差不多，蹲转还更精致，但他只有一个 4T，这就限制了他可以在节目里施展的四周跳数量。】

【目前除了张珏和瓦西里，别的男单选手也没攻克第二种四周跳的了啊，光是攻克一种都够人要死要活的了，不过张珏应该是有 4Lz 的储备的，不说现在立刻拿出来，起码有底子在。】

【他在上一次世锦赛的时候就 4Lz 足周了，那会儿他还状态很差呢，我怀疑他已经完成这招了。不过他平时会放在比赛里使用的跳跃，训练时的成功率都是高于 90% 的，也不知道 4Lz 的成功率是多少。】

大家众说纷纭，谁也不知道张珏的难度储备到底有多深厚，只知道这人深藏不露，绝对还有东西藏着没用。

张珏的 4Lz 成功率是个谜，成功率低于 50% 的跳跃都不算练成，而张珏练没练成，完成度距离放在赛场上使用差多少也只有亲近的人才知道。

麦昆是这次总决赛的短节目第二名，他与短节目第三的伊利亚一起参加了小奖牌颁奖仪式，并接受了记者访问。

其间有记者询问张珏："您觉得麦昆先生作为对手如何呢？"

张珏回道："他令人敬畏，无论是技术还是表现力，都有很多值得我学习的地方。"

这名东方少年虽经常调皮闹事，青年组时期让其教练花裤衩的事传遍花滑界，直到现在这事都让各路教练引以为戒，绝不让自家孩子碰到自己的裤衩，但在这种公众场合，他一直算得上得体。

麦昆心里觉得张珏已经比他高了一个层次，只要比赛时张珏自己不掉链子，基本就没有他赢的份。可张珏的话多好听啊，又是敬又是畏的，不知道的还以为他一个已经濒临退役的伤病老将能再掀起什么浪花。

12月的福冈虽比12月的莫斯科要友好得多，雪一下来也是冷的。麦昆拿完奖牌出门时，看到张珏举着金色的小奖牌逗他的青年组师妹闵珊。他个头高，手一抬，闵珊就要蹦着才能够到奖牌。

这些孩子也长大了啊，麦昆这么想着，双手插兜走入雪中。

瓦西里，你看到张珏长大时也是这样的心情吗？

曾几何时，我们也青春年少，意气风发，敢在比赛里挑战任何动作，觉得自己无所不能，有无尽的潜力可以挖掘，前辈看到我们也会生畏。可惜没有谁能够在竞技运动中永远占据不败之地，现在也轮到我们即将被新人淘汰了。

至少张珏是个不错的年轻人，本身有技术和艺术表现力，做人也讨喜，圈子里的人都对张珏很有好感。

夜晚10点，麦昆买了杯热果汁喝着，他们住宿的酒店在20楼有一个大露台，上面也积了雪，他路过那里的时候，听到了年轻男女们欢快的笑声，往那里一看，这届年轻人正打着雪仗，地上还堆了几个小雪人。

比起他和瓦西里，这一代普遍交情不错。

莫名地，他想起自己14岁那年去莫斯科参加青年组的总决赛，那时候地面堆积的雪比这里还厚，他也蹲在那里玩雪，然后瓦西里抱着一条围巾路过。

那时候他本来也想喊住瓦西里，请他一起玩的，但可能是面子薄，也可能是才在比赛里输给了对方令他心中不快，那时候他们对视了一下，又各自转过头，再后来媒体们不断炒作麦昆和瓦西里的对立，连带着他们也再没有过友好的时候。

现在想想，如果那时候他喊住瓦西里就好了，说不定他们会成为类似于三傻那样亲密的朋友。

第二日，张珏在比赛中稳定地完成了 3 个四周跳，也是全场唯一达成本项成就的运动员。

比起张珏这边的一帆风顺，无人可敌，以及几乎没有悬念的胜利，其他项目就激烈多了。

徐绰在总决赛的自由滑中终于完成了她的第一个 4T，以张珏的目光来看，这个跳跃的瑕疵太多，周数刚好够，落冰全靠运气，跳跃时的轴心也向后倾，一个四周跳新手会犯的错中了一半。

但她站住了就是站住了，张珏松了口气，和沈流、鹿教练、老舅握手。

有赛事解说员惊呼："这对女子单人滑项目来说是历史性的一刻，诸位！这个跳跃的 GOE 为 +1.1，是正的！该跳跃成立！"

这个跳跃成立了以后，徐绰整个人的气场都明亮起来，从这一刻开始，她的表演就有点不能看了。

小姑娘完成 4T 以后太兴奋，把自己今年的节目是酷炫风都给忘了……而且节目后半段的 3Lz+3Lo 又摔了。

鹿教练看得捏鼻子："她的联 Lo 技术不行，连闵珊都没法比了，在索契得换一套配置，不然她还是要输。节目完成度的重要性可不亚于难度储备。"

众教练纷纷点头应是。

之后妆子 clean 了双 3A 的自由滑，直接将这次总决赛的冠军摘入手中，证明了即使徐绰有四周跳，她也能凭一个稳字立住优势，以及全面发展综合能力的重要性。

可怜徐绰才创造了历史，下场就被教练和师兄围起来训了一顿，这边来一句"你觉得联 3Lo 不稳不知道换配置吗？"，那边来一句"不是让你练了体力，为什么还能被白叶冢妆子干下去？"。小姑娘被训了个满头包。

好在她也被鹿老头严厉对待了这么久，脸皮早厚了，挨完骂以后还能挠着后脑勺嘿嘿一声。

闵珊在下午的青年组赛事中就用自由滑的稳定发挥翻盘拿到金牌，而双人滑那边的黄莺、关临则被一对德国老将继续压在了银牌的位置上。

到了最后，这一届总决赛的所有目光，还是集中在了冰舞上。

电视机前的孙千也紧张起来，他很清楚，这次总决赛其实是冬奥会前的最后一场大练兵，运动员们在这一场上的状态，基本就是他们本赛季能放在冬奥会上的水准。

自从四项都有优秀的人才涌现后，上头对花滑在这届冬奥会的表现就越发期待了，分配名额时也言明他们四个项目里起码要有四块奖牌，其中一块还得是金色的，至于这块金牌到底是团体赛还是个人赛，随便，反正孩子们得拼出来。

孙千的压力大啊，他明明已经没头发了，还经常觉得头皮紧绷，他看着指标就头痛得要吃止痛药。

思来想去，老爷子还是觉得这群小将在个人赛上差点火候，除了徐绰可以拿四周跳搏一次运气，张珏可以祈祷瓦西里失误以外，其余人都不够，还是团体赛的金牌最有竞争的希望。

而团体的关键，就在于冰舞这一对。

中国的冰舞向来都是弱项，在归化尹美晶、刘梦成前，他们压根没有拿得出手的选手，而北美、俄罗斯的冰舞都十分厉害，法国冰舞近两年也崛起了一对不错的新人。

最难对付的当然还是北美那两对，加拿大对团体赛金牌也虎视眈眈，而他们的冰舞参赛选手正是温哥华冬奥会的冠军，美国那对今年拿出的节目堪称绝世经典。

而他们的美晶和梦成，用的节目是弗兰斯这个新晋一线编舞的作品，之前在分站赛也不是没有失误过，他们可以赢吗？他们能展现出赢下这些强敌的力量吗？

他们在韵律舞以猫王的《监狱摇滚》获得了第一名，这歌还是张珏推荐的，虽然发行时间在 20 世纪 50 年代，比尹美晶的奶奶还老，但那股摇滚风味以及时尚感到了 2013 年都不过时，经过弗兰斯的编排后迸发全新的魅力。

其实张珏也拿这曲子给他们编了个节目，但看起来太过复古，容易让人联想起 20 世纪 90 年代的旱冰场，更容易让领导骂，后来就被孙千打回去了。

此时镜头也对准了即将上场的尹美晶，比起还没转籍那会儿被教练折磨得连考斯腾都透着廉价感的日子，这个赛季国家队可谓下了血本给运动员们做考斯腾。

张珏那两套还比较好，除了和作为设计师的老教授掰扯"少让孩子露那么多"没什么问题，尹美晶这一套却是直接以华丽风为标准在做，要不是运动员觉得太重了妨碍比赛的话，设计师恨不得直接拿水钻给她做衣服。

好在江潮升深知刘梦成在赛场上举着尹美晶做托举已经不容易了，再给孩子加重量是要废了他的肩膀，及时为即将狂奔上不归路的设计师们喊了停，这才有了尹美晶现在的表演服。

尹美晶身穿黑色天鹅绒材质的考斯腾，背后做了深"V"造型，露出她覆盖着薄薄一层背肌、有着优美蝴蝶骨的背部，红色的水钻在她的裙摆、腰腹、胸口处堆出暗红色的玫瑰。

刘梦成的考斯腾相对而言朴素许多，身上一点水钻都没有，衬衫的设计也显得颇为高级，这就是闪珊的爹闪小帅老板提供的援助了。

他们的节目是《自由探戈》。

江潮升握紧拳头，屏息凝神。这个节目的编排难度极大，而且要求选手在节目中展现出对对方爱恨交织的情愫，而尹美晶、刘梦成对于对方只有爱，演绎这种曲目无疑是挑战自我。

他们能行吗？

随着音乐开始，观众们、运动员们、教练们、裁判员们的大脑逐渐除了场上两人的身影再无其他。

这是……探戈？是的，这当然是探戈，可是这精湛的步法与握法分明就是冰舞这项竞技运动的极致展现，而他们眼中复杂的爱则像是一个旋涡，让人无法移开目光。

需要两个人合作的运动的奇妙就在这里，单人滑项目再精彩，可他们能展现的终究是一个人的爱恨与故事，而两个人走到一起，他们的情感交织时，能奉献出来的情绪无疑复杂得多，而这也是双人滑与冰舞不同于男单、女单的魅力之处。

旁观的沈流敢肯定，哪怕是之前从没看过冰舞的门外汉，只要看到尹美晶、刘梦成演绎的《自由探戈》，就一定会领略这个项目的美。

而张珏看着队友的精彩表现，眼中的光越来越亮。

他的团体赛金牌离他越来越近啦！

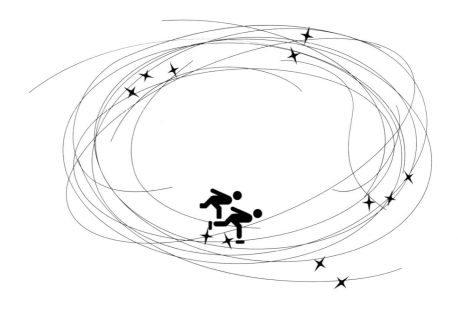

五　来吧，索契

42. 一起来吧

【有史以来第一次，我们的花滑四项全部拿了奖牌回家！】

【张珏金牌（虽然瓦西里没参战），徐绰银牌（这姑娘后半段又崩了），双人滑银牌（就是干不过德国那一对），冰舞金牌（近十年来归化得最值的一对运动员）。】

【不要提醒我这群人的奖牌背后有那么多让人忧心的信息。】

【没法子，新人的表演分就是不占优势啊，绰妹的对手虽然都年轻，但是她的表演和旋转滑行真的都差一点，所以咱们家的小将们只能使劲提高技术难度才能与对手抗衡，其中也是带风险的。】

【没错，越难的技术就意味着越高的体力负荷、伤病风险，而且他们又没有队友，四个项目全是独挑大梁的，压力大得能压死人。】

在张珏率队于福冈拿下优异的成绩后，国内冰迷们纷纷振奋不已，但也不得不承认他们这是一时的繁荣，但凡四项里哪位一哥一姐出了问题，都没有人可以补缺。

与此同时，大家还讨论起了另一件事，那就是"美梦成真"组合的表演滑。

众所周知，他们男单一哥今年在学习编舞，目前已经为白叶冢妆子编出了堪称精品的作品，并被妆子演绎成经典水准的皮亚佐拉的《遗忘》，而冰舞这边的表演滑也出自他手。

原本知道这个节目也是一哥操刀的时候，大家都抱着期待，可是一看到成品，就发现了一个很大的问题。

张一哥的编舞水平大概不是很稳定……

他发挥得好，就是优雅而深情的《遗忘》，这个节目就像是一段流金岁月具现于冰雪之上，发挥得不好，就是蹦迪。

虽然表演滑的时候，几乎所有的选手都在使劲整活，那加拿大的冰舞组合在表演滑直接就是拿着大扫把上冰演绎北美经典的清道夫主题，但"美梦成真"组合今年的表演滑《处处吻》还是让很多人沉默了。

在创作这个节目的时候，张珏脑子里想的都是些什么东西啊？为什么要把好好一首歌整成这副样子？

其实这是尹美晶和刘梦成特意要求的风格，他们的师母，也就是江潮升教练的老婆是广场舞的领舞，在他们那个小区特别有名，两个年轻人买的房子是二手的，恰好和师父师母一个小区，平时大家在一起，也会一起跳跳舞。

所以张珏把一首《处处吻》搞成这样土的风格，绝不是他发挥失常，而是完美满足了甲方要求。

观众们心想：这到底是什么怪东西？好奇怪，不行，我得再看一眼！

看尹美晶、刘梦成表演的时候，沈流悄悄戳了张俊宝一下："小玉的编曲水平真的不错，他什么时候学的？"

张俊宝小声回道："他不是有个堂哥叫兰润，在搞摇滚吗？就是他哥教的。"

张珏本来就是艺术细胞发达的类型，从小到大音乐、舞蹈都学得好。

比起只会玩摇滚，但在创作方面还有一段漫长的路要走的堂哥，张珏本身的资质让他轻松跨级，他现在已经整明白了剪辑、混音及改编等技能。金子瑄今年的表演滑便是张珏改编的经典爵士曲 The Last Waltz，经过他一通改，整首曲子不仅保留了那种复古与悠扬结合得恰到好处的爵士魅力，长笛与手风琴的加入更令曲子多出了一份少年独有的轻快。

当然，外人肯定不知道，金子瑄会选择这首曲子，是因为他本人觉得两件比赛用的考斯腾太费钱了，表演滑就朴素点，西装小马甲、蝴蝶领结、一顶帽子搭配起来就足够了。

尹美晶、刘梦成、金子瑄找张珏要节目时，张珏收钱了吗？

他收了。

一万块钱一个节目，童叟无欺，物美价廉，编舞就是他们天天见面的队友，要是哪里不满意，张珏可以随时帮忙改。

比赛结束时，比利时一哥大卫跑过来询问张珏："我下个赛季可不可以找你约短节目和表演滑？"

大卫搓着手："是这样的，我的情况这个行业里知道的人不少，我父母都走了，现在我靠做极限运动直播来维持学业和滑冰的花费，太贵的编舞我真的请不起……"

张珏作为新人编舞，哪怕下个赛季要提价，也比大部分一线的编舞要便宜许多。

张珏很淡定地点头："可以啊，不过我不可能去你的国家给你编舞，你知道的，像我这样顶级的运动员，出国都需要向上头打报告，所以你可能要自己到我们中国来，这样不会耽误你训练吗？"

大卫爽快一笑："没关系，我平时做直播的时候经常跑到不同的国家，只要有冰鞋和冰场，我就可以练习。我的教练也习惯通过线上指导我了，虽然这样效果不如现场教学，但为了钱也没办法啦。"

这家伙还念叨着回去以后要研究一下中国有没有适合他做直播的地方，然后就跑掉了。说来也是奇怪，明明花滑是烧钱的运动，但从大卫到张珏这一代，厉害的角色几乎都是家里有各种困难的，这导致孩子们在很小的时候就开始自力更生，性格也更早熟、坚韧些。

用孙指导的话说，能扛着那么多困难走到现在的，没有一个是省油的灯。

好多一哥一姐能有他们后来的地位，不光是因为他们的天资强横，还因为在困难来袭时，其他人倒了，而他们还能爬起来。

2013 年底，张珏获得了自己的第一枚大奖赛总决赛成年组金牌。虽然由于瓦西里并未参战，以至于这块金牌的含金量被不少人质疑，但张珏在比赛里拿出了打破世界纪录的水准，也算堵住了不少人的嘴。

而在 12 月底，张珏再次参加了全锦赛。

去年的全锦赛出了一场意外，众望所归的冠军张珏、亚军金子瑄一起进了医院，所以樊照瑛拿了那一届的金牌，到了今年，主办方就格外重视对运动员们的保护。

在观众入场前，场馆门口已经竖起大大的告示牌，上面白纸黑字印着观赛礼仪和注意事项，还有个大喇叭循环播放"请不要在运动员进行练习、比赛时喧哗，请入场后自觉关闭手机铃声与闪光灯……"

一位穿着粉红色毛衣的冰迷站在门口，和身边的好友感叹着："去年就有个人在男单自由滑 6 分钟练习的时候开闪光灯拍照，把金子瑄的眼闪花了，结果他摔了不说，还把路过的张珏撞倒在地上，最后金子瑄手臂脱臼，为了做治疗还打了钢钉，张珏脚踝骨裂，养到世锦赛都没好全，要打封闭才能比赛……"

她的好友连连点头："我知道这个人，论坛和超话置顶里面骂她好多次了。"

粉红毛衣冰迷叹气："我就是当时提醒她不要在场内开闪光灯的人，结果她就是不听，结果差点葬送了我们男单一哥的运动生涯。"

最后那人只赔了两千块，还在微博上哭诉说国家队咄咄逼人，害她得了抑郁症要吃药，结果被亲姐姐揭露撒谎。其实她根本没病，在网上发布的病历是她姐姐的。

张珏和金子瑄遭受的无妄之灾，一度让许多人痛心不已。张珏可是脚踝骨裂了，对花滑运动员来说，脚踝出事多要命?! 而金子瑄的肩臂处还要打钢钉固定，不然就习惯性脱臼，那可是好几根钢钉!

两千？连治疗费和后续理疗费用的零头都没有。

幸好这两人养好伤以后，在本赛季表现得状态大好，张珏是无可置疑的一号选手，金子瑄也有了冲击世界前十的能力。

随着运动健儿们在总决赛取得骄人的成绩，这一届的国内冰迷也格外热情，但凡有点时间，经济也撑得住的，都来了现场，甚至还有国外冰迷专门追过来看比赛。

张珏出场进行 6 分钟练习的时候，发现可以容纳万人的场馆里坐得满满当当的。

少年微笑起来，他没有做跳跃，而是将一套燕式滑行为主的热身动作拿了出来，他的燕式滑行本就优美，搭配少年在风中飘扬的黑发，越发清爽帅气。

现场响起一阵阵惊叹。

等他全部完成热身下来时，张俊宝松了口气。

"太好了，这小子今年可算能拿全锦赛冠军了。"

之前两年，张珏又是心脏病又是 6 分钟练习意外受伤，以至于两次与全锦赛冠军擦肩而过，张珏本人也成了国内第一个从没拿过全锦赛冠军的一哥。

这一次，他终于可以拿到应有的荣誉了。

由于下面的小孩还没有能滑出头的，这一届全锦赛的男单最后一组的阵容与去年没有差别，还是张珏、金子瑄、柳叶明、樊照瑛、石莫生、董小龙六人。

就在比赛即将开始时，张珏站在选手通道口，高高举起手，回头灿烂一笑。

"兄弟们！去冬奥会的名额有三个，去掉我这个还有两个，想和我一起去索契的话，就加把劲啊！"

随着这位小队长的话音落下，除他以外的几位选手神情都认真起来。

身为运动员，哪有不想去奥运会的？

柳叶明握紧拳头，石莫生和樊照瑛对视一眼，眼中俱是燃烧的烈火，而董小龙垂下眼眸，眼中浮现坚定的神采。

唯有金子瑄与众不同，他转头对教练露出苦兮兮的表情："我……我现在有点紧张。"

乔教练一个趔趄。

43. 令人心动

金子瑄，关键时刻总是支棱不起来的前"内战之王"，与樊照瑛一样拥有全锦赛冠军的头衔，虽说他拿这个冠军的时候，张珏正在养心脏，导致他的金牌含金量同样被质疑过，但他在国内赛的表现的确很强。

他表现得好的前提是压力不大。

而这一届全锦赛的名次等于能否前往索契参加冬奥会。

金子瑄迎风流泪，他也不想紧张，可是他控制不住自己。

乔教练看他这样不行，只能将求救的目光投向鹿教练："鹿哥，可以让你家张珏再骂小金一顿吗？"

鹿教练："啊？"

众所周知，张珏很擅长给自家的队员打气，徐绰每次比赛前，一旦她表现出精神状态不好的迹象，张珏就会视情况以安抚、威胁、训斥等方式让她打起精神来。犹记得本届大奖赛总决赛正式开始前，徐绰才练成 4T，那阵子走路都飘，结果被张珏逮着一顿骂，小姑娘立刻脚踏实地地做完一套体能训练，心态也回来了。

张珏在收拾心态不对劲的队员时总是十分利索。

在乔教练的请求下，张珏拉着金子瑄到没人的地方，黑着脸："你小子，这次比赛不会又抽风吧？"

金子瑄一激灵，连连摇头："不会不会，我……我不敢！"

什么叫不敢啊？张珏心里无语，面上还一副恶霸的模样："我陪你练了那么久的四周跳，你要是这个当口给我掉链子……"

小金一下子就精神起来，直接在短节目打破了自己的个人最佳纪录，只低了张珏7分。

一般来说，7分在花滑比赛中已经是很大的分差，在短节目出现5分以上的分差，都足够第一名拿到断崖式的优势，架不住张珏今年破了短节目世界纪录，他就是这个领域的最强者，能接近他10分以内，都是一线选手的水准。

教练们这才发现，其实通过赛场的历练，金子瑄的心态已经比以前强得多，以前的他要是赛前被唠叨，还不知道能崩成什么样子，但现在大家已经可以通过威逼利诱让他爆发了！

乔教练摩拳擦掌，整个人都兴奋起来。

其实对国内的花滑四项来说，一号种子选手都是不用比也知道的，像张珏、徐绰这批一哥一姐，即使他们不参加全锦赛，上头也会安排他们去索契，真正要争的还是二号、三号名额。

而女单那边情况特殊些，由于去年徐绰并未升组，女单那边的世锦赛排名并不好看，冬奥会名额只有一个，从一开始就属于已经练出高级联跳、3A和4T的徐绰，争都没法争。

徐绰心里也苦，其实她还挺想有队友陪她一起去索契比女单的，毕竟要是只有她一个人的话，她就得独自全勤参加团体赛的短节目、自由滑，自己还要在个人赛争金牌，就说这安排合理吗？她的体力和精力也是有限的！

唯有张珏最淡定，甭管是谁陪他上冬奥会，他都是会把重点都放在个人赛上的，团体赛他就上一场短节目。

比赛结束后，张珏找了个地方盘腿坐好，将冰鞋脱下，发出啐的一声。

他捏了捏右脚脚尖，大拇指上贴了创口贴，等将它撕开，其下粉红的肉就露了出来。

张俊宝蹲着给他换药："你练4Lz练得太狠了，点冰时的力道又大，脚尖会负荷不了的。"

张珏撇撇嘴，看着自己已经有些变形的脚："是啊，我的脚丑死了。"

张俊宝低笑一声，他也是退役的花滑选手，一双脚比张珏的还丑，经历的沧桑也更多，可谁叫他们选了这样一条路呢？

张珏换上新的创口贴，穿上厚厚的棉袜，套上最喜欢的毛拖鞋，披上一件黑色的长款羽绒服，在老舅的掩护下离开了场馆。

和金子瑄不同，张珏在比国内赛的时候基本没什么压力，所以也有空和朋友约着出去玩，教练们看这孩子今年又是备战高考，又是冲击奥运会，过于劳累，很愿意在这个时候给他放行。

12月底的京城冷得不行，风呼呼地吹，能把皮肤都吹裂开，秦雪君开了辆二手牧马人在路边等着，张珏钻到副驾驶位上坐好时，被车内的暖气吹得浑身舒适。

少年稀奇地摸着车座："这就是你新买的车子呀？"

秦雪君应了一声："是啊，原来那辆在开业余比赛的时候耗费太大，已经报废了，只能换一辆新的。"

秦医生今年20岁，两年前就考了驾照，平时闲得没事会去参加业余的赛车比赛，也会给张珏兼职司机。

见张珏很喜欢这辆车，秦医生说："等过两年，你也可以考驾照了。"

张珏嗯了一声："是啊，对了，驾照是怎么考来着？我记得是分等级的，不从事赛车手职业，也不做货车司机什么的，考个C1就够了吧？"

秦雪君想起张珏以前自告奋勇帮他修电视，结果半天修不好，脾气上来了直接一巴掌扇上去的行为，觉得这孩子耐性不是很好，遇上车子熄火的问题说不定又是一巴掌扇在车上。

他好心建议道："你还是考C2吧，这个更好过，而且自动挡的车比较适合你。"

C1驾照可以开手动挡和自动挡，C2只能开自动挡，但后者不容易熄火，让张珏去考C2，无疑是让他放过他自己，也放过车，放过驾校教练。

张珏对这事不懂，有经验的秦雪君这么说，他就跟着点头，他又问道："你室友呢？"

秦雪君答："他最近和学姐一起深夜在教室里玩桌游，后来不小心被门卫关在教学楼里，吓坏了，现在只能躺在家里喝汤。"

张珏笑喷了："真的？哈哈哈哈，对了对了，和他一起玩桌游的学姐不会就是给他割痔疮的那个吧？"

秦雪君肯定地回道："就是那位，老徐还是喜欢她，追对方好久了，这次一起玩桌游，也是他听说学姐喜欢一些惊悚卡牌游戏才特意安排的。"

张珏闻言沉默一会儿，反问："可是如果是在教学楼里玩桌游的话，他们难道不会觉得更容易遇到那些徘徊在学校里的前辈吗？"

水木大学作为国内的名校，曾出过许多学术泰斗，万一遇到他们，然后泰斗们一问"孩子你学习怎么样啊？""这个知识点掌握得如何啊？"，你是答还是不答，跑还是不跑？

秦雪君顺着张珏的想法一想，也跟着乐了。

秦医生之后载张珏去了后海，两人钻进一家酒吧，在吧台后面搬了小板凳坐好。

调酒师睨他们一眼："来看兰润他们表演？"

张珏笑呵呵地点头："是啊，润哥说他写了新歌，叫我来品鉴品鉴。"

调酒师嗯了一声："我们老板患心脏病入院了，你要不要问问你妈，去看他一下？"

张珏回道："我妈和我提过这事，她说我可以去看，所以我前天就送了个果篮过去，也是那时候和润哥碰上的。不过你们老板都不敢和我说话，我只好坐在一边找话题聊，等我提起摇滚的时候，他又突然滔滔不绝讲了2小时……"

张珏和他那位生父相处真的好累。

调酒师嘴角抽搐："他平时不这样的，可能是在你面前紧张。"

不过看张珏的表情，他对生父并不亲近，但也谈不上排斥，就是正常的面对陌生人的态度，因为有血缘关系，所以会在对方生病时去露个面。

调酒师在心里感激张青燕女士的宽容和大度，让他家老板不至于明明有儿子，却在住院时连儿子的面都见不着。

张青燕是老板写在遗嘱上的名字，而张珏更像是这两个已经分手的前夫妻间仅剩的联系。

秦雪君对此没有别的想法，无论他的父母以后要过怎样的人生，他们的遗嘱上都不会出现秦雪君这三个字，他是被抛弃的孩子。

此时舞台上响起一阵贝斯独奏，一米七九的张珏扒着吧台，露出半张帅脸，就看到他堂哥一米九八的伟岸身躯，以及被粉丝们誉为国内最帅贝斯手的俊脸，而一米九六的秦雪君在他后面一手拿果汁、一手拿饼干，安安静静地填着肚子。

酒吧内一片喧闹，张珏拿手机拍了几张照，准备之后发给润哥，证明他真的来过，然后也蹲着和秦雪君吃水果。

吧台之外，灯光不知何时变得柔和起来，场内放起了慢歌，兰润和他的老板手拉手进了舞池，相拥着缓缓移动脚步，头靠在对方的肩上。

张珏的动作越来越慢，最后靠着秦雪君肩头，眼睛一眨一眨的。作为运动员，他的作息总是十分规律，平时这个时候早就已经睡觉了。

秦医生将外套披在张珏身上。因为瓦西里的建议，张珏这一年也有尝试通过香水的味道，来让自己的表现力更加成熟，现在他的身上就喷着"罪爱"。

在酒水与水果的香气间，那一缕香气渗入了秦雪君的鼻腔，他垂眸，正好看到张珏长而翘的睫毛。

那一刻，不管场上的观众们是否觉得这个赛季的张珏变得成熟，秦雪君是真的意识到张珏长大了。

最后张珏是被秦雪君背回去的，他也不知道秦医生心里想了些什么，只觉得自己出门玩了一趟，紧绷的弦得到了放松。他状态大好，在全锦赛以从容的姿态，轻松摘取了金牌。

至此，张珏距离成年组的大满贯就只差一枚世锦赛金牌，以及一枚冬奥会个人赛金牌了。

44. 感染源头

经过激烈的角逐，这一年的中国花滑也定下了前往冬奥会的名单。

男单有张珏、金子瑄、董小龙，女单有徐绰，而双人滑则是黄莺、关临带着两组师兄师姐，冰舞那边则是尹美晶、刘梦成，还有花泰狮、梅春果，以及魔都队的一对冰舞组合。

在冬奥会之前，他们将要一起前往高原地区参加集训，进行最后的冲刺。

孙千这时候找到张珏，问了他一个问题："你还参加四大洲锦标赛吗？"

张珏眨眼，坚定地回道："不去！"

他和四大洲锦标赛不适配是所有人都知道的事情，而且他的绝招还没有完全练成，在那之前，张珏不打算再参加比赛了。在张珏之后，董小龙也决定退出四大洲锦标赛。

于是孙千转头将金子瑄派了出去，谁料寺冈隼人今年也没有参赛，根本没有能给金子瑄造成压力的选手，于是在张珏还与他的跳跃纠缠的时候，一个消息传回了国内。

金子瑄居然夺冠了！

不得不说，当金二哥爆发的时候，冰迷们真的好幸福。

中国、日本、比利时等国要定下冬奥会名额实在是不难，毕竟他们的板凳厚度太薄了，人才只有那么多，能上的都会上，唯有俄罗斯，他们的名额争夺战格外激烈。

都说 A 级赛事，也就是大奖赛决赛、世锦赛、四大洲锦标赛、欧锦赛、冬奥会这类比赛是修罗场，而俄锦赛比之 A 级赛事丝毫不输。

不过他们每个项目的名额都是 3 个，撕到最后，能派到冬奥会的也都是精英里的精英。

退掉大奖赛的瓦西里终于再次出赛，轻轻松松赢下了金牌，又飘飘然地离开了公众视线，与他的鹦鹉一起在家里过着近乎隐居的日子。只有他的教练和同门才知道，这个人最近是在准备硕士论文。

众所周知，鲍里斯是俄罗斯单人滑教父，而他本人更是莫斯科体育大学的教育系系主任，一般俄罗斯运动员要是进了这所大学，都得尊称鲍里斯一声主任。他还是个博导，不过他是个严格的性子，能在他手下念硕士、博士的很少。

而瓦西里就是在鲍里斯手下读了硕士，之后还准备在他手下读博，并继承老师的教练事业，成为尤比莱尼冰场的下一任总教练。

伊利亚对师兄学识的敬仰程度不亚于他对对方语言能力的敬仰，因为他本人是个靠着绘画特长、运动员身份才念上现在的大学的学渣，要不是安妮塔希望他能念好书，他本打算学到本科就不想继续学了。

据安妮塔说，他们将来要是有了小孩，她希望由伊利亚来教导孩子，所以他本身的素质至关重要，伊利亚总不能只有一张帅脸遗传给孩子。

张珏想：女老总要去拼事业嘛，没时间管孩子。

俄锦赛结束当晚，《爱宠小知识》这档节目顺利在俄罗斯某台的晚 10 点档播出，鲍里斯抱着狗准时在酒店房间蹲守。

"其实狗狗们的排便方向非常有讲究，如果有养狗的朋友的话，就会发现他们的狗狗在排便前，会先将头对准南北轴的方向……"

鲍里斯低头记着笔记，熊猫头摇着尾巴，不明所以地看着主人，大大的眼睛里带着纯真的疑惑。

和他住一间的瓦西里露出痛苦的表情，他就不该建议安妮塔送鲍里斯宠物做礼物的，自从胖达来到俄罗斯后，鲍里斯就对这只狗入了迷，老爷子自己的女儿成天跟着芭蕾舞团到处巡演，他干脆把胖达当儿子养。

瓦西里暗暗叹气，揉了把胖达那顺滑的毛，总觉得这一晚自己的梦里恐怕都是狗了。

但比起鲍里斯，他更不想和谢尔盖、伊利亚住一间。谢尔盖是个猫奴，和他住一间，就意味着要听他和猫咪讲半个晚上的肉麻话，而伊利亚比赛过后会熬夜到凌晨 3 点。

最后，瓦西里的两个师弟都睡觉打呼噜、磨牙，他超嫌弃这两个人。

有时候一想起自己退役当教练后，可能还要带伊利亚到退役，瓦西里就想找张珏的教练打听防脱发秘诀。

相比之下，寺冈隼人的日子就好过很多，他的日锦赛赢起来可容易了，除了他没一个人的总分超过 280 分，而女单那边也是白叶冢姐妹称霸。

而在他再次蝉联成年组冠军的同时，他的师弟千叶刚士也拿到了青年组的冠军。

与此同时，他的教练，一位胖胖的 60 岁秃头老头——清水次郎先生住进了医院。

毕竟老爷子也年纪不小了，偏偏他又控制不住食欲和体重，血糖、血脂、血压一起升高，接着又出现了胰岛素抵抗，然后就是 2 型糖尿病，最后心脏病也跟着发作，真是他不进医院谁进医院。

清水先生还是很想得开的，他积极治疗，说是怎么也要在冬奥会时陪弟子去索契，之后再带千叶刚士去世青赛，带他们完完整整走完这个赛季。

寺冈隼人和千叶刚士一起去看望教练时，十分诚恳地建议道："教练，从今天开始，咱们还是控制饮食，好好减肥吧。张珏的教练以前也胖，减肥以后健康得不得了。"

很多疾病都是肥胖导致的，其实大部分情况下，只要控制下体重，坚持运动，保持健康作息，人的身体也不会随随便便就出毛病。寺冈隼人也不求教练可以和那位还有腹肌、手臂肌肉线条分明的鹿老头媲美，但好歹得瘦回正常人的样子！

清水教练十分不好意思："我已经在减了，为了控制饮食，我都好几天没吃饱了，但运动这事……我也不能强行运动啊，你看教练我都这把年纪了。"

千叶刚士补充道："可是中国的鹿教练就是在您这个年纪从安西教练那样的胖子瘦到拥有腹肌的。"

清水教练在心里大喊：那是因为鹿老头身边有个熊孩子叫张垞！

要说鹿老头唯一让各国教练都同情的地方，就是他家孩子都特别调皮，把其他国家的熊孩子都衬托得乖巧起来。

而在定下冬奥会名额后，但凡是有点条件的运动员，都开始了冬奥会前的最后一次集训，而像俄罗斯、中国这些国家，都干脆地将运动员送去做高原训练。

比如说俄罗斯运动员，他们从 20 世纪 80 年代开始，高原集训的地点就在格鲁吉亚的苏呼米，瓦西里、伊利亚、谢尔盖三个男单选手一起上了飞机，伊利亚左看右看，露出迷茫的神情。

"达莉娅怎么没有来？"

达莉娅是这一届俄锦赛的女单冠军，拥有 3A 和 3F+3Lo，纸面实力和白叶冢妆子持平，是世界排名第三的女单选手，比庆子还要高一名。

这个女孩还是鲍里斯的弟子，他们的师妹。

鲍里斯冷淡地说道："达莉娅的厌食症又犯了，她要留在莫斯科进行治疗，等到 1 月份再过来。"

"可怜的达莉娅。"谢尔盖叹了口气，"她本来可以更进一步的。"

能被鲍里斯收为弟子，达莉娅的潜力极高，她拥有出色的柔韧性和表现力，但在发育前控制不住食欲，被教练逮住偷吃巧克力蛋糕，为此写了不知道多少检讨。

可是她在发育时偷偷地节食了，即使鲍里斯逼着她吃东西，她也吃不下。

得了厌食症后，达莉娅在比赛和训练时多了一份决然和坚强，但这个病也让她难以更进一步了。

正是达莉娅在发育时的心理问题及发育前的自制力缺失，让鲍里斯不太乐意收女弟子了，哪怕大家都知道达莉娅是特例。

说起女弟子，瓦西里想起在俄锦赛见到的某位少儿组选手，那个女孩拥有相当出色的举手能力及活泼大胆的性格，与张珏很是相似，而且跳起来力量感很足。

如果她愿意的话，瓦西里是很希望在自己成为教练后，能够收到这么一位弟子，并将对方朝着四周跳女将的方向培养的，如同张珏将自己的师妹引向了四周跳第一人的位置一般。

女孩们的极限远比很多人想象的更高，男单这边的极限自有后来人去做，而女单的极限挖掘起来难度更高，可是一旦成功，她们会是冰上最耀眼的明星。

他感叹道："如果青年组和少儿组的优秀选手也能去格鲁吉亚就好了。"

瓦西里可喜欢那些出色的小孩了，如果可以的话，他很愿意带着伊利亚、谢尔盖一起给那些孩子进行指导和示范。

他不知道的是，中国今年不仅让冬奥会选手们去参加了高原训练，也将青年组的种子选手们一起拉上了，其中花样滑冰项目的老大张珏负责在训练期间给孩子们做指导和示范。

训练基地的某棵树差点在某天被张珏和熊孩子们一起挖掉，而张珏也因此在前往索契前，写了一篇主题为环保的小作文，在几百号运动员在食堂吃饭的时候，嬉皮笑脸地站在桌子上进行了朗诵。

不知道是不是张珏的影响，这一批参加青年组的小运动员后来虽然也涌现出几个厉害角色，但他们都比较调皮。

45. 教练叮嘱

为了让运动员们保持好的状态，营养师们铆足了劲给他们做好吃的，有时候一碗汤都能投进去上千元的食材。

50 多岁的宁忠诚在花滑国家队被总教练亲切地称为宁老妹，她是张珏在食堂讨食时收拾他的主力军。在她的精心喂养下，花滑国家队的队员们都茁壮成长，增肌效率比以前高了好几个百分点。

而在高原集训基地，宁忠诚听到过的最多的称呼，却是宁教授。

这位食堂阿姨可是已经拥有了硕士生导师资格的营养学大拿。

就在此时，宁阿姨又听见了熟悉的声音。

"阿姨，多给我一块肉嘛。"

"不行啊，张队长，你的分量我们都拿秤称过了，不能再加了。"

"我会加训的！不要怕我吃胖！"

又来了。

宁阿姨放下汤勺，走到窗口，对着张珏说："小玉，你是长胖快，长肌肉也快的体质，如果你吃得多，练得多的话，肌肉就会太多，这会加大你的体重，以后你跳起来可就没有轻盈感了。"

张珏撇嘴，知道自己趁着宁阿姨没在窗口时撒娇要多点食物的计划落空，老老实实地端着餐盘离开。

有人看着张珏的背影说道："张队也是执着，一看到宁教授不在，就要和食堂阿姨打拉锯战。"

宁阿姨心里嘀咕，张珏那是欺软怕硬呢，这就和他敢开老舅和沈流的玩笑，却不敢对鹿教练恶作剧，敢当着伊利亚和寺冈隼人的面得意地说他比他们高，却不敢在白叶冢姐妹面前炫耀身高是一个道理。

这熊孩子还挺会看人下菜碟，但愿他到了索契以后也能天天好胃口，保持这种精神活泼的状态直到比赛结束。

在指导完了一群青年组小将后，张珏的高原训练终于进入了尾声，这段时间他吃好喝好。除了因为有心脏病史，需要体检的次数高于其他运动员，他的健康指数十分乐观，保守估计已经是所有集训运动员里最健康的那一批。

谁叫他年轻呢，16岁，这是个身体机能还没走到巅峰期，但真的伤病远比巅峰期的20岁出头的运动员们少得多的岁数。

1月底，张珏吃着面条唱着歌，手里打着中国结。看已经结束集训的金子瑄在四大洲锦标赛夺冠，张珏吐槽："这个人不仅比我先拿到全锦赛金牌，连四大洲锦标赛的金牌都比我拿得早。"

二德："谁叫哥哥你不去参加比赛的？"

张珏摸了摸自己的脚踝："没办法啦，我这阵子练大招，脚踝负荷有点大，而且我想把最好的状态都攒着留给冬奥会。"

2月初，张珏带领队友上了去索契的飞机。

临走前孙千还拉着他叮嘱："外头不比家里，你要乖乖的，别给教练们添麻烦，看好其他人，作为队长要做出表率，这时候千万别调皮了。还有，俄罗斯冷，下飞机前要套个外套……"

老爷子絮絮叨叨，张珏嗯嗯啊啊地应着，最后露出个阳光的笑脸："孙指导您放心，我们肯定给您把一块金牌三块奖牌的指标完成。"

孙千抹了把额头上的汗："可别，你们健康就好，一群小将能参加冬奥会就不错啦，四年以后才是你们的巅峰期，不要给自己太多压力，但该亮剑还是要亮。对了，我刚才有没有叮嘱你在比赛的时候就别纠集一伙人开鲱鱼罐头了？"

张珏："啊？"

孙千："要是金子瑄再紧张，你记得骂他一顿。还有，不许黄莺在奥运村里乱买，她爸妈只给了她两千块的零花钱，让徐绰不要又因为赛前紧张一晚上敷五张面膜，不然又得长痘了。让美晶和梦成比赛时注意点，别老摆出一副爱看不看，别打扰我们二人世界的架势。我还会叮嘱关临，让他盯着你，在国外的时候，你可不能再带着一群人调皮捣蛋……"

孙千早就看明白了，他们花滑国家队一个个的都不是省油的灯。

哪怕是金子瑄这个看起来乖巧的小孩，不知不觉也长成了队长上树他架梯子的模样。

他孙某人怎么就养出这么一帮孩子？

要不是鹿教练及时出声，张珏差点就坐不上这趟飞机了。

等好不容易坐下了，边上的金子瑄还在不停地抖腿。

张珏："别抖了。"

金子瑄："我……我紧张。"

这一届索契的花滑赛程安排得很紧，开幕式前一天就要开始比团体赛的短节目，这就意味着张珏不久就将出赛。等比完花滑四项的短节目，张珏要作为队长迅速提交自由滑的四项成员名单，而金子瑄大概率会上团体赛男单自由滑。

算来其实也没几天了，这也是为什么花滑国家队要提早出发去索契，而不是和后头的大部队一起走。

毕竟，花样滑冰运动员在赛前必须参加抽签及通过合乐熟练场地，索契的赛场被称为冰山宫，是一座可以拆卸移动的赛场，脚感必然和他们以往经历过的不一样。

金子瑄默默祈祷冬奥会赛场的冰面质量比四大洲锦标赛的好一些，之前他参加四大洲锦标赛的时候，总觉得那儿的冰冻得不够结实，踩上去有点打滑，最后能赢连他自己都很震惊，可如果冬奥会也是这种冰面质量的话，金子瑄的心态就真要崩了。

张珏瞥他一眼："你紧张什么，我才是队长，压力都在我这儿呢，你好好比就行了。"

接着，这个说压力都由自己扛着的人摸出眼罩往眼上一戴，十秒内安然入睡，完全看不出有压力的样子。

据说此人在托运往索契的行李里还有个睡袋，估计是打着如果比赛前累了就地睡觉的主意。就算知道他是大心脏，金子瑄还是愣住了。

其实索契蛮好的，对张珏来说，在俄罗斯比赛的体验不算差，食堂的罗宋汤味道还可以，偷藏在行李箱里的方便面还没有被发现，教练们经常对他嘘寒问暖，队医杨志远的按摩超级舒服。团体赛抽签的时候，他还替中国队摸到了一枚好签。

张珏的签运一直很好，加上是队长，这次的抽签他也当仁不让地亲自上了。

奥运村这个地方聚集了全地球上体格、身材最好的一群人，加上年轻人只要练了体育，精气神好，怎么都不会难看。

而张珏是即使放在一群美女帅哥如云的花滑项目里也常常被夸好看的美少年，这阵子他被人暗示邀请的次数太多了。张珏不胜其烦，每每挥手拒绝道："走开，不要打扰我做题，我今年上半年就要高考了，比赛正式开始前，我每天都要做题。"

恰好尹美晶、刘梦成也是今年高考，黄莺只比张珏大一个月，也是即将高考的人，加上教练们管得严，中国花滑国家队硬是在喧闹的奥运村里摆着小桌子，用习题净化了心灵。

这期间他们的好朋友伊利亚、寺冈隼人、白叶家姐妹过来瞅了一眼，大受震撼。庆子问道："你们不觉得坐在这里写作业，无法消耗完一天的精力吗？看到外面那么热闹，你们真的没有蠢蠢欲动吗？"

张珏比了个 OK 的手势："只做作业是有点无聊，所以我还带了一副 UNO

牌，放心吧，我们的娱乐活动有很多。"

实在不行，他们还可以用手机联网打麻将，但这就是绝对不能让别人知道的事了。

大家一起做题，过来采访的记者舒峰干脆为这群同时担任了学生、运动员两个职业的运动员们剪了一期短片，讲述我国花滑小将们在冬奥村里的朴素生活，其中包括大家对伙食的感想，以及孩子们的学习成绩、赛前准备。

做题、吃饭、比赛，这就是这群中国学子的冬奥会日常生活。

由于大家为电视机前的观众们展现出了勤奋好学、团结友爱的正面形象，上头的领导还特意夸了夸孩子们。等领导走了，张俊宝就揪着张珏的耳朵出去骂了一顿。

"张珏！黄莺在采访里说你晚上泡面，还和金子瑄、关临、刘梦成分面汤是怎么回事？你什么时候带方便面了？"

张珏面露痛苦："疼！疼！老舅，松手松手，我耳朵要掉了！"

46. 选曲达人

张珏这人虽然看起来已经蛮有担当了，但其实还是有点 16 岁少年特有的没轻没重，比如说他吐槽尹美晶、刘梦成腻歪的样子像互相抓虱子的猴子这事，够尹美晶记一辈子。

好在这人干正事永远不掉链子。

在团体赛短节目期间，张珏的表现是全场最好的，他对新的比赛场地适应程度相当高，比那些俄罗斯本土选手也不差，全程没让裁判抓到一点可以扣分的地方，节目的感情、艺术性也表现到位。

比赛结束的那一刻，张珏的队友们都乐疯了，黄莺和尹美晶举着国旗高高兴兴地跳着，刘梦成和关临去给张珏送水、披外套、拿刀套，把教练的活都抢走了。

张俊宝看着这群兴奋的年轻人，无奈地摇了摇头，和沈流相视一笑，而张珏在队友的簇拥下坐到座位上，明亮的眼看着上方的电子计分板。

黄莺在他耳边叫道："肯定是第一名！"

张珏对镜头比了个心，转头又朝队友们笑："我知道，我可是卖了全部力气滑的。"

毕竟他要让自己的队友们进决赛，并确保中国队的积分在一开始就占据优势。

等到分数出来的那一刻，场上再次响起掌声，张珏的成绩十分出色，虽然没有再次打破他自己创造的世界纪录，但总体表现也可以称得上完美了。

此时谢尔盖站在入场的地方，深吸一口气，鲍里斯安慰他："我们肯定能进决赛，你只要正常滑就行。"

俄罗斯的女单、双人和冰舞也是强项，整体的强大让运动员上场时也能压力不那么大。

谢尔盖低声说道："可是瓦西里无法出战团体赛。"达莉娅还在吃药控制厌食症，不知道会不会影响状态，这两个人都要攒着最佳状态留给个人赛。

他要在短节目拼命，才能保证团体赛的成绩，这时谢尔盖就额外感激自己在俄锦赛爆发了，以 3 分的优势险胜第四名的阿纳尼，拿到了第三个索契名额。俄罗斯国内能稳定输出四周跳的只有鲍里斯家的三大男单选手，阿纳尼拥有一米八五的身高，跳个 4T 就费了全部力气，能不能落看命，这个赛季还担不起重任。

按照常理，下个周期，也就是平昌冬奥会周期才是张珏、寺冈隼人、伊利亚、阿纳尼这一批人崛起的时候。

可是现在，张珏已经超过了伊利亚，是瓦西里最大的对手了。

谢尔盖又看了张珏一眼，滑到了赛场中心。

他的短节目是霍洛维茨版本的《斯克里亚宾练习曲 Op. 8 No. 12》，霍洛维茨本就是 20 世纪最伟大的钢琴演奏家之一，他的《斯克里亚宾练习曲 Op. 8 No. 12》被誉为其代表作，每每演奏都能得到大片掌声，而谢尔盖选择的，则是霍洛维茨在鼎盛之年演绎的巅峰版本。

作为古典浪漫派钢琴的最后一位巨人，20 世纪的"老琴皇"，霍洛维茨的琴声有力而不失丰沛的情感，且有着战斗民族特有的那股劲，在他年轻时，每次演出后，他的施坦威钢琴都像是散了架一样，让调琴师挠头不已，他甚至还有弹断琴弦的记录，所以又被中国乐迷戏称为"雷神"。

而鼎盛之年的霍洛维茨已经走到了举重若轻的境界，无论是按动琴键的节奏，还是对音色的控制和情感处理都进入了超高水准。

张珏今年的短节目在古典乐界外号"铲十吨煤"，极为消耗体力，而霍洛维茨在75岁高龄时依然能继续"铲十吨煤"，可见其功底深厚。

谢尔盖本人在花滑界素有"炮哥"的称谓，他这人特直率，且喜欢用嘴炮轰一切自己看不顺眼的人和现象。

他这种直白热烈的性格，结合老琴皇演奏的钢琴曲，迸发出令人意想不到的效果。

谢尔盖的节目进入接续步段落后，现场的观众们的掌声就没停过。

鲍里斯和瓦西里对了一拳："你给他推荐的曲子不错，这小子的确和霍洛维茨适配性很高，而且冬奥会的氛围让他的状态也起来了。"

瓦西里："是coco和我说的，他认为谢廖扎适合霍洛维茨。"

谢廖扎就是谢尔盖这个名字的昵称，作为谢尔盖的师兄，瓦西里当然可以这么叫他。

鲍里斯意外地看他一眼："你什么时候和他交流了和谢廖扎有关的事情？"

瓦西里回道："去年5月份，我们在打网络麻将的时候，谢廖扎放了三把炮，coco当时在语音里笑得不行，问他是不是气得要去炮轰什么东西泄火，谢廖扎就说不打了，要去找他的猫抚慰心情，然后我们就在语音里顺便说起谢廖扎的事情，当时我提到他在为新赛季选曲而苦恼……"

然后张珏就推荐他去滑霍洛维茨演奏的曲子。

张珏在音乐方面的品位相当厉害，他从出场到现在，从来没有在选曲方面翻过车。不仅是他自己，他为自己的队友们推荐的曲子也都匹配率、演绎效果极为出色。

瓦西里很清楚张珏在这方面的奇特天赋，所以在张珏推荐了霍洛维茨后，他就拉着谢尔盖连听一周的霍洛维茨，最终挑选了老琴皇版本的《斯克里亚宾练习曲 Op. 8 No. 12》及《卡门主题变奏曲》作为他在冬奥赛季的短节目和自由滑曲目。

谢尔盖在这一场滑出了他的个人最佳成绩！

鲍里斯听完以后沉默一会儿，小声和瓦西里说："自从看完coco给'美梦成真'组合编的表演滑后，我还以为他的品位发生了可怕的变异。"

没想到小鳄鱼该给力的时候还是很给力的嘛。

张珏看着对手滑出这么好的成绩，还感叹了一下："我就说他适合霍洛维茨。"

鹿教练在他后脑勺上扇了一下："你还笑，蠢货，他现在是团体赛男单短节目第二了！你别随随便便就给人家挑曲子行吗？"

只差 2 分，张珏就要被谢尔盖赢了！

鹿教练这会儿也挺震惊的，他算是发现了，张珏每次给别人挑曲子，那曲子与运动员的适配性能高得让运动员自己都目瞪口呆，而当别人询问张珏如何挑得这么准确时，张珏就只会说这是帅哥的直觉。

张珏很淡定："没关系啊，他只有一种四周跳，我有两种，无论如何他都赢不过我的。"

其实张珏今年也考虑过滑霍洛维茨，不过他喜欢的是老琴皇的《降 b 小调第二钢琴奏鸣曲》，这首奏鸣曲由拉赫玛尼诺夫创作，意境宏大，里面的才气满得几乎要溢出来，而霍洛维茨演绎的版本数次被誉为最佳。

张珏一直觉得自己和拉赫玛尼诺夫老爷子的适配性也挺高的，就像他今年的短节目"铲十吨煤"《拉赫玛尼诺夫第三钢琴协奏曲》也是这老爷子的作品，但最后他还是觉得自由滑要更加有个性。

所以他要有一支独一无二的、前人没有滑过的曲子来做自己的自由滑曲目，于是他去找了一位作曲家，专门为这个赛季写了一支曲子。

巧合的是，瓦西里的短节目也是那位作曲家的作品，在坚持了四年后，他放弃了古典乐，选择带那首曲子走入冬奥会赛季。

张珏看向瓦西里的方向，从本赛季开始，瓦西里出赛的次数就少之又少，他只在俄锦赛正儿八经地比过，赢过了所有人。

瓦西里恰好也在这时看了过来，两人隔空对视，又不约而同地移开目光。

当团体赛的四项短节目都结束时，中国队以积分榜第一名进了团体赛决赛，此时重要的时刻也来了，为了争夺团体金牌，张珏需要尽快确认自由滑的名单，并提交给组委会。

他和教练们站在一起说着话，队友们看那边一眼，金子瑄深呼一口气，捏紧拳头。

金二哥深知，他这辈子最有希望碰到奥运金牌的机会就在这里了，他的能力有限，要在个人赛争金实在太不现实，但如果他可以在团体赛奋力一搏的话，说不定就能上领奖台。

那个所有运动员都梦寐以求的领奖台。

然而他们的对手都不是省油的灯，如果张珏要求稳的话，这时候恐怕会选择自己继续上自由滑。

徐绰站在他边上拍了拍他的肩膀，俯视着队友安慰着："别紧张，师兄做出的选择肯定是最恰当的。"

金子瑄苦笑："我从来不怀疑张珏的判断力，我怕的是我自己的能力不够强。"

就算张珏不选金子瑄，他也没什么可怨的，一旦张珏选了他，他又在赛场上翻车，连累队友无法冲金，那才是让金子瑄愧疚一辈子的事。

就在此时，张珏站起来，拿着记着名单的纸张朝主办方工作人员走去。

金子瑄在这一刻意识到，名单已经定下了，他捏紧拳头，咽了下口水。

过了一会儿，张珏回来，拿着名单念道："团体赛自由滑名单如下，双人滑还是黄莺和关临，你们要注意身体状态，必要的时候可以申请打封闭，但为了个人赛，建议还是别打，要打等个人赛打，在那之前还是吃止痛药挺一挺。"

黄莺、关临认真点头。

"冰舞，刘梦成、尹美晶，我记得梦成哥的肩膀一直不舒服，该吃药就吃药。"

"女单还是徐绰，没别的人替你了，你自己注意身体状态。男单，金子瑄。"

话音落下，金子瑄抬头看着张珏，而张珏对他点头。

"加油。"

16岁的小队长将他的信任交给了很有实力但发挥不稳定的队友，而金子瑄又是受宠若惊，又是忐忑不安。

他真的可以去团体赛了？他可以去冲奥运会领奖台了？

可是他能做好吗？他不会翻车吧？

天哪……

张珏这时候又来了一句："大家都知道，孙指导今年的指标是四块奖牌，而且其中必须有一块金色的。我琢磨了一下，大家个人赛都肯定是要玩命的，团体赛也不要太收着力，该拼就拼吧。都到冬奥会了，这时候不上全力什么时候上啊？咱们今天就给孙指导长长脸！"

"团体金牌，咱们一起冲！"

张珏伸出手，队友们相视一笑，纷纷将手掌按了上去。

"加油！"

"哦！"

47. 越跳越好

【团体赛积分榜暂列第一！】

【张队是神！他的短节目太完美了！】

【"美梦成真"组合今年的节目真的都超级精彩，明年也请继续让张队挑曲子吧！】

【莺妹临哥棒棒的！那个抛 3F 的质量全场无敌！】

【绰妹给力啊！虽然是全场块头最高最大的女单选手，但她的技术也是最好的，表现力也进步好多了，到底是鹿门大师姐。】

网络上对中国队在索契的表现一片赞扬，但也有人担忧张珏是否会在团体赛自由滑出场，有冰迷认为张珏要在俄罗斯主场夺冠很难，还不如把劲都放在团体赛使。

很快，冰迷们又开始讨论花滑队成员们在比赛中的获胜概率，其中最被关注的不是双人滑，也不是冰舞、女单，而是男单。

原因很简单，张珏最帅，还是队长，在世界赛事中的成绩也最亮眼，商业价值最高，关注度也是全队最高，大家这会儿都盯着他呢。

原本鹿教练是和乔教练商量着没收金子瑄的手机的，免得这小子看网络上的舆论把心态看崩了，他以前就出过这个问题。反正队里的孩子们都带了作业，觉得无聊的时候就让他们做作业吧。

张珏提出了抗议："不行，你们把他的手机没收了，我唯一能打网络麻将并且打赢的同国对手就没了，而且小金的手机被没收，我们的收不收？那其他人能干？美晶一天要和江教练打三次电话，给她的师母那边要打五次，黄莺的家长天天给关临打电话问女儿情况……"

大家虽然还算不上手机儿童，但架不住国内的家长们操心得不行啊。

鹿教练觉得张珏的重点还是那个麻将，他和乔教练对视一眼，在张珏的努力抗议下打消了这个念头，而这也就导致金子瑄可以随时通过手机看国内的舆论情况。

【反正张队还年轻，这届个人赛不行还有下届，这届就拼拼团体赛金牌嘛。第一届冬奥会花滑团体赛的金牌得主的名头说出去多好听啊，金子瑄还是不够稳，让他去团体自由滑就是拖后腿，而且张队身体健康，就算全勤参加团体赛和个人赛也不会有影响的。】

【楼上的，你到底懂不懂个人赛对运动员的重要性？张队是人不是神，他要对付的瓦西里更是索契周期的大佬。张队出道至今没怎么赢过的就只有这一个了。如果他要攒着劲去对付瓦西里，不管索契裁判多偏心眼，我都支持他去拼一把！】

【可现在明显是团体赛更有希望！张队也要顾大局啊！不然让他做队长干什么？关键时刻人得学会为了团体牺牲自己！】

【你也知道让张珏全勤是牺牲他的个人赛啊！张嘴就要人家牺牲，你谁啊你？】

【我交税养的这群运动员，怎么？还说不得了？】

网络上吵成一团的时候，根本没想过要上团体赛的金子瑄会通过网络看他们的争论，更不知道这位玻璃心选手的小心脏离心碎也不远了。

张珏看金子瑄的表情不对，一把夺过手机，手指划拉几下，哼了一声："你又被这种评论动摇了？"

金子瑄低下头："对不起，我知道我不该看这些，可我忍不住，你说晚上就公布名单。"也就是说，接下来某些网友又要骂人了，骂他是个抽风机，担不起重担，骂张珏不比团体赛是不负责任，骂教练们排兵布阵不合理……

张珏用一种近乎冰冷的目光注视着他："除非你隐藏在没有人找得到也没有人会关注的角落里，否则总有人要对你指指点点。"

何况就算网友要骂人，以张珏对网络舆论的那点了解，首当其冲的也是他张珏，他不仅是国家队粉丝最多的运动员，也是黑子最多的，可他有因为这些人动摇过吗？

让负面舆论影响自己的状态是绝对不可能的！

张珏笃定地想着，同理，即使他不参加团体赛自由滑，也不会让那些舆论影响到金子瑄的发挥。

他一把揪起金子瑄的衣领："走吧，我带你去冰场练练。"

金子瑄的确是个一闲下来就爱胡思乱想的性格，这时候把他拉去运动，练一身臭汗就可以了。

仗着一米八的身高和比金子瑄重了30多斤的体重，张珏粗暴地将只有一米六九、体重50公斤出头的金子瑄拖走了。

路过的徐绰叹了口气："在师兄手里，小金脆弱得就像是鸡崽子一样。"

关临："因为小金是正常的男单选手体型，而你和你师兄才是单人滑里的另类。"

在张珏面前，队里除尹美晶、徐绰、刘梦成以外的人都像是小鸡崽，就连关临在张珏面前都显得娇小玲珑。

张珏发育前，谁看他都可爱；张珏发育后，他看谁都可爱。

也亏得徐绰和张珏居然真能过了发育关，还滑出现在的成绩，难怪他俩一发育完，鹿教练立马在国内封神。

此时金子瑄还不知道，在他被张珏强迫绕冰场滑50圈的时候，张珏已经直接把团体赛决赛名单发了出去，还@了名单里的所有人，意思是记得转发，这条消息迅速在花滑圈内扩散开来。

让舆论的暴风雨来得更猛烈些吧！

鹿教练是对张珏有特别关注的，老爷子将手机打开，看了一会儿，叹气："他对小金真是一点也不温柔。"

乔教练凑过去看了一眼，嘴角一抽搐。

小玉对小金的确是从没温柔过，虽然了解这人的都明白他对金子瑄已经极有耐心了，他深刻地明白小金就是那么个性子，想要一次性让小金改过来，从此每场比赛都自信无比是不可能的，只能一遍又一遍地去关注并对症下药。

幸好金子瑄就吃这一套，每次都是张珏给他的鼓励效果最好。

训练完的金子瑄看到提前发布的团体赛决赛名单差点晕过去，最后还回屋哭了一阵子，张珏又递给他一瓶从伊利亚那里弄来的冰果汁，拍了拍他的肩膀。

"木已成舟，你就认了吧。不就是挨骂吗？那些人也就只敢在网络上嚼舌头，真有人敢到现实里和我约架，我反而敬他几分。"

这是张珏的经验之谈，他妈妈之前从植物人状态苏醒，又靠自己入职高级会计事务所，这事迹后来被她一个同事发到了网上。由于张女士有一张显年轻的脸，又容貌美丽，就有男士在视频下面评论了一句"此女可娶"，这个评论还被回复了很多条，下面还有其他网友表示这女的做过植物人，活不久，到了五六十岁说不定要男人去伺候她，赚得再多也不能娶。

张珏看到这些言论气炸了，他妈妈优秀是他妈妈的事，这不知道哪里来的玩意儿指指点点，一副他妈那么优秀的全部意义就是嫁人一样，实在是让他恼火得很。于是张队直接大号回复"放心，此女绝对瞧不上你"，然后和人对骂几百条，最后大获全胜，那人临走前放了狠话，张珏直接回复要不要现实里约架。

该键盘侠再不敢回一句话，灰溜溜地滚了。

从那以后，张珏的火暴脾气在国内的冰雪项目圈子里尽人皆知，而他也因为在公共网络上发布约架言论又被罚了一篇小作文。

金子瑄想起张珏的辉煌事迹，脑袋立刻痛了起来，却又莫名地感到心安。

张队总是会为他们顶住一切，他真好。

如果小玉不在小金练跳跃的时候，和伊利亚、寺冈隼人站一边对着他指指点点，时不时挑他跳跃的缺点就更好了，虽然小金知道小玉是好意，但他真的是玻璃心，他们越笑他越……咦，他怎么越跳越好了？

看来小金的队长总有办法治他。

另一边，张珏又和伊利亚、寺冈隼人谈起大家最近看的书。

张珏："我不是今年就要高考了吗？平时看课外书的时间也越来越少，最近只看完一本《海边的卡夫卡》。"

寺冈隼人眨眨眼："我觉得《寻羊冒险记》更好看。"

张珏看他一眼，眼中带着意外："你是认真说出这句话的吗？"

寺冈隼人朝他做了个鬼脸："没骗你，这是庆子推荐给我看的，她的文学、音乐品位也很好，我觉得不逊于你，所以我和刚士还准备明年请她帮我挑赛季曲目呢。"

对于庆子偏爱的文学、音乐类型，张珏也有所耳闻，他心想那丫头莫不是打算给隼人挑支中岛美雪的曲子滑，嘴上又关心道："那你的教练身体好点了吗？"

"好多了，刚士正在监督他减肥，他已经瘦了 2 斤了。"

张珏和伊利亚沉默，减了快两个月才下去 2 斤，清水教练真的是在减肥吗？换了张珏自己的话，两个月都够他瘦 15 斤了，要是鹿教练的话，也可以瘦 10 斤左右。

正如张珏承诺的，他亲自公布了团体赛决赛名单，也独自扛了大部分压力，包括上头领导的质疑，并拍着胸脯和他们保证小金绝不拖后腿，而他也会在个人赛搏出好成绩。

或许他年轻，但队长应有的担当和头脑，张珏一样不缺。孙千越发喜爱这个年轻人，只恨张珏心仪的大学是农大，而不是体大，不然等张珏毕业再退役后，他就可以立马把这小子拉国家队做教练。

孙千觉得比起张俊宝，张珏在执教方面的潜力或许更高，甚至接近鹿教练。

而鹿教练目前是国内单人滑的神。

两天后，团体赛的决赛来了。

这一次，张珏将坐在赛场边，看着他的队友们奋勇向前，然后等待自己在冬奥会的第一块奖牌，并期待着那块奖牌的颜色。

4日. 汪嗷嗷嗷

"美晶，他们在看这边。"

听到这句话，尹美晶顺着刘梦成的目光看过去，微微怔了怔，那是她曾经的队友们，只是不同于帮助过她和梦成哥的崔正殊，这些人，在美晶的心中是沉默的帮凶。

她拉住刘梦成的袖口："别管他们，我们去找小玉。"

找到张珏的时候，他正在和别人打电话。尹美晶现在普通话水平可好了，加上耳朵灵敏，她听了一会儿，就知道电话另一头是张珏的水木学神好友秦雪君。

张珏自从家里宽裕一点以后，就习惯将自己的净收入分成两半，其中一半不动，但如果秦雪君所在的科室里出现没钱治病的小病人，张珏会匿名帮忙。

当年张小玉的妈妈变成植物人，家里很困难的时候，他们也受到过很多人的帮助，从省队的宋总教练、国家队的孙指导，到许岩家的二大爷……张珏很懂感恩，所以别人遇到困难时，他也会尽可能地帮忙。

不过就尹美晶所知，张珏本人还挺俭朴的，这次黄莺出国比冬奥会只带了两三千块的零花钱，已经是队里比较节省的孩子，至少在花滑项目上，出国还只带这么点的人真的很少，但张珏的花销更少，他具体带了多少没人知道，他这些天花出去的钱恐怕连两百块都没有。

反正吃住、运动装备由队里包，张珏的日常生活主要是备赛、看高考复习资料，还有注意其他队友的状态，连买纪念品的商店他都没怎么去过，全是他老舅在那边逛。

尹美晶在旁边等了一会儿，等张珏打完电话，没说话，张珏也没问发生了什么事，就淡定地带着她回去。其间又路过了韩国队，又有人叫了尹美晶和刘梦成的名字，张珏瞥那边一眼，在尹美晶张嘴前，对他们说了句话。

"不想应就别应，回去写作业。"

尹美晶抿嘴一笑，内心感到了巨大的安全感。

作为队长，张珏真的很靠谱，这也让她对四年后的平昌冬奥会多了一份期待，即使到时候要回到那里去比赛，似乎也没什么可怕的了。

有张队长在的好处就是其他队友在比赛时都特别安心，在团体赛决赛开始时，张珏就像是定海神针一般坐在那里，他也不客气，直接把许多教练的工作都揽过去了。

黄莺和关临是不用操心的，张珏就在上场前给关临和黄莺调了加入止痛药的运动饮料，又在他们热身的时候盯着。

比起派二号选手上决赛的俄罗斯，中国这边却是一哥一姐参加短节目和决赛，实在是他们板凳上没人了，只能这样。

但也正是这份安排，让中国队拥有了田忌赛马的优势，王牌选手碰其他国家的二号的结果，就是他们的双人滑也排在了第一位。

金子瑄上场前，张珏手握水瓶和毛巾，跟在他后头念着："要勇于拼搏，我看了冰，质量还可以，你能适应。你的体力比以前好，可以用那套把第二个四周跳压在后半段的方案，这时候拼一拼说不定能拿到金牌。你已经有了四大洲锦标赛金牌，再来个团体赛金牌，你小子就发了！"

金子瑄出征，滑出了个人最佳，最后排在了男单第四。

大家都明白小金已经尽力了，他前头的几人分别是麦昆、伊利亚和寺冈隼人，大卫都被他压到后头去了，能有这个成绩，大家也心满意足了。

没关系！他们的女单和冰舞还没上呢！徐绰可是他们队里技术优势最大的，作为女单四周跳第一人，她绝对能扳回一城，而尹美晶、刘梦成更不用操心了。

徐绰上场前，张珏给的就不是鼓励了。只见大师兄黑着脸，警告小姑娘："女单这边的竞争激烈程度远高于其他项目，达莉娅、庆子都是你的老对手了，不许浪，听到没有？"

张俊宝都听笑了。

徐绰上场的时候，庆子也在不远处，她是今年的大奖赛总决赛冠军，加上正处于升组第一赛季，身体状态也处于女单的巅峰期，战斗力不是一般的强。

妆子摸了摸她的头发："嗯，这次头发梳得不错，你上发胶了？"

庆子弯弯眼睛："是隼人帮我梳的，发胶也是他借给我的。"

妆子一愣，回头看寺冈隼人一眼，就看这位队友露出讪讪的笑，对她双手合十，又是鞠躬，看起来尿得很。

妆子回头，看着妹妹严肃地说道："庆子，虽然现在快要比赛了，但姐姐还是要叮嘱你一句和比赛无关的话，男人这东西光会赚钱还不行，还得有气魄和胆量，关键时刻做得了决断。"

庆子露出纯真的眼神："可是气魄和胆量这东西我有就可以了啊，比起那种主见太强不听话的男人，我比较青睐懂事爱做家务的贤惠系男子，而且隼人说过，他不介意将来做家庭主夫，也不介意入赘。"

入赘就代表孩子得姓白叶家。

庆子说得有点道理，妆子差点就被妹妹说服了。

比起为师妹的性子头疼的中国队队长，不希望妹妹嫁人的日本队队长，俄罗斯队队长面对的情况就正常得多。

瓦西里坐在凳子上，用严厉的目光看着师妹达莉娅："以你的身体状况，下一届冬奥会恐怕是撑不到了，成败都在这一届，去吧。"

达莉娅对他竖了个拇指，神情是与师兄如出一辙的严肃，师兄妹对了一拳。

就像张珏说的，徐绰有优势，但不明显，至少当全世界只有一个中国女单选手能跳四周跳的时候，国际滑联可不会因此额外给她高分，反而会认为徐绰只是个跳跃机器，表演、滑行远远跟不上跳跃的水准，偏科严重，除非欧美国籍也能出现四周跳女单选手，那时候他们才会鼓励上四周跳。

张珏的赛场经验比徐绰丰富，对这点看得更清楚，所以他今年给徐绰挑的曲子都是最适合小姑娘的风格，以便她在表演方面不落于人后。

然而比起徐绰现代化、带着酷炫风的演绎，裁判们此时还是更青睐那些能够驾驭古典乐的女单选手，他们普遍认为这样的女单选手更优雅和赏心悦目，富有花滑气质。

达莉娅以双 3A 的配置，压过了后半程失误了一次的徐绰，位居第一，而徐绰则位列第二。

在女单的比赛结束后，决赛局落到了冰舞项目上。

张珏看着积分排行榜眯起眼睛，和教练们对视一眼。

现在俄罗斯和中国在积分上差得不多，加拿大位列第三，美国第四，但加拿大和美国的冰舞是强项，他们能拿出手的那两个组合更是上一届冬奥会的金牌与银牌得主。

如果尹美晶、刘梦成能够拿到第一第二的话，他们就有竞争金牌的可能性，但如果落到第三，或者说俄罗斯的冰舞组合靠着主场打分优势把他们挤到第四的话，他们这次就有极大可能是团体银牌或者团体铜牌。

此时国内的冰迷们看着积分排行榜，额头也在冒冷汗。

【我说啊，这次咱们一群平均年龄不到 18 岁的小将能拼到稳上团体赛领奖台的程度已经不容易了，就算没拿到金牌，大家也不要苛责运动员好吗？】

【是啊是啊，要知道咱们四个项目，除了男单，其他三项都是一哥一姐全勤参加的，大家都很拼。】

【尹美晶、刘梦成现在肯定压力爆表了，偏偏他们这边的竞争强度和女单都差不多，无论他们最后滑成什么样都不要骂他们，作为归化运动员，他们已经证明了我们归化他们超值了。】

【谁会骂尹美晶、刘梦成啊，他们要对付的那两对那么难缠，美国那对在本赛季的节目更是传世经典的编舞，要赢实在太难了。要骂也骂张珏，如果男单在决赛里派出的是他，绝对可以拿第一名。】

【就是，金子瑄只拿了第四，我知道他已经尽力了，但他真的不适合在这种决胜局出场，他上限不够！】

【张珏作为队长，却连全勤都做不到，偷懒啊？还是说他以为自己不上，让

金子瑄上，可以让金子瑄蹭到一枚团体奖牌吗？现在看来他的确是能蹭到一块奥运奖牌，可金牌要丢了啊！】

【我不喜欢把希望都压到归化那对的感觉，决胜点应该还是本国运动员上比较好啊！】

【我怀疑上头那些人全是傻子，你们到底还记不记得是谁在短节目的时候拿了男单第一，力保中国队在短节目结束后成为团体第一的？】

【人家立功的时候你们看不到，有点什么事都要骂他，好家伙，张队在你们眼里怕不是……】

网络上的争论从未停息过，张珏作为队里最能名正言顺地看手机的人，这时候也懒得大号下场和人扯皮，只安慰尹美晶、刘梦成。

"滑好你们自己的就可以了，能走到这一步，孙指导和领导们已经很惊喜了。"

尹美晶和刘梦成相视一笑，尹美晶突然抱住了张珏，刘梦成将他们两个搂进怀里。

美晶在他耳边说道："小玉，在都灵的时候能够遇到你，是我和梦成哥的幸运，你是我们的幸运星，现在轮到我们做你的幸运星了。"

刘梦成也坚定地回道："等着我们把金牌带回来给你吧。"

虽然嘴上不说，他们却很清楚，在归化他们的时候，在他们入队的时候，在他们适应新学校的时候，张珏有意无意地保护和照顾了他们多少次，而在挑选曲目、编舞、制作考斯腾时，张珏也尽力向上面为他们争取了更多资源。

或许张珏只会觉得他做了队长应该做的事情，没什么大不了的，但他们也是知恩图报的人。

小玉今年其实健康状态没有那么好，他去年在世锦赛的时候，由于左脚脚踝骨裂，从而在训练的时候让右脚扛了大部分压力，今年又要练习右脚点冰的4Lz，导致右脚的大拇指出现了籽骨炎。

如无意外，张珏在个人赛的自由滑肯定是要打封闭的，但他还是在团体赛出战了。

他扛了那么多压力，却一句抱怨的话都没有和他们说。美晶下定决心，她要保护这个孩子，他们会证明张珏的安排是对的，这样的安排能让中国队在团体赛夺金。

上场的那一刻，江潮升接过两个孩子的刀套，调侃道："紧张吗？美国队刚才表演的《天方夜谭》那么精彩，有没有压力？"

尹美晶开朗地笑起来："他们是很棒，但我们的《自由探戈》不比《天方夜谭》差。"

"教练，我们会赢的！"

美梦成真，冰舞项目新生代的最强组合，女伴天赋、心志均出色到无人能及，男伴身体天赋力压群雄，现在，他们要去拿自己的第一枚奥运金牌了！

当穿着天鹅绒考斯腾的尹美晶背对刘梦成站好时，刘梦成也露出自信而锋利的目光，按住了女伴的肩膀。

下一刻，皮亚佐拉创作的《自由探戈》响彻索契的花滑赛场。

冰舞是花滑四项中总是被人误解的那个倒霉孩子，因为和双人滑一样都是男伴、女伴组合表演，因此总被误以为是同一个项目，还有的人认为冰舞不是花滑。

然而对资深冰迷来说，冰舞是花滑四项里表现力最精彩的一个项目，不需要跳跃，仅仅是步法的演绎、同步捻转的默契、托举时的互相信赖，还有表演者的倾情演绎，便能展现一个个精彩的瞬间。

美晶是一位善于展现自己的女孩，而刘梦成永远存在于她的故事之中，论默契和信赖，他们更是所有冰舞里的第一位。

而当这两位年轻人在冬奥会的赛场上展露了他们最耀眼的光芒时，注定会让世界为之瞩目。

在这曲探戈结束的瞬间，张珏便和教练们握起手来。

张珏对江潮升说："江教练，恭喜啊，您以后也是带出过奥运冠军的教练了。"

江潮升回道："哪里哪里，也恭喜你有金牌拿了。"

要不是他们面上的喜悦都太过真实，不知道的听到这些话还以为他们在打官腔呢。沈流无奈地叹着气，和张俊宝去给尹美晶、刘梦成送外套、递刀套，鹿教练扯了江教练一下，提醒他去和徒弟们坐到 kiss&cry 等分。

等到分数出来后，大家都高兴得跳了起来，不过最激动的还是金子瑄，这小伙子直接高兴得哇的一声哭出来。

他捂着脸嗷嗷地哭："我……我有金牌啊，我真的有奥运金牌了啊！乔教练，我在做梦吧？"

乔教练："别哭了，镜头对着这边呢。"

小金啊小金，你明明也是四大洲锦标赛金牌、冬奥会团体赛金牌得主了，为什么还总是一副胆怯样子呢？

对于这点，别说乔教练百思不得其解，就连冰迷们也无法理解他。

最后还是张珏看金子瑄一时半会儿哭不完容易耽误领奖，才扯着他的领子凶了一句。

"擦脸！颁奖仪式要开始了！你要和巴尤尔一样耽误领奖吗？"

49. 配得起吗

张珏在清晨起床的时候，正准备出去晨练，就正好看到黄莺、关临在外面慢跑。黄莺只有一米五出头，跑起来慢些，关临就配合着她的速度不紧不慢地在前带着她，顺便挡个风，两人的黑色跑鞋都是同款。

作为队长的张珏眨巴眼睛，摸出手机拍了一张他们的背影，发给关临。

【小玉大王：不用谢，咱们是兄弟嘛。】
【关临：我还没说谢，你就先不用谢了？】
【小玉大王：嘿嘿。】

过了一会儿，尹美晶也和刘梦成去晨跑，这两人直接就穿了白色的情侣装。道路上的雪都被清干净了，他们在上面跑着也没什么感觉，没过多久，尹美晶就蹦到雪地里拿起一个雪球，朝着刘梦成砸了过去。

刘梦成一边伸手挡一边笑出来，接着捧起雪跑到尹美晶身边撒她头上，尹美晶也不恼，直接撞进他怀里，仰着头笑嘻嘻的。

张珏将这一段拍了视频发到了尹美晶的手机里，顺便打了个嗝，路过的张俊宝一脸疑惑："小玉，你又偷吃方便面啦？"

虽说方便面里的防腐剂也有一定概率导致尿检阳性，但张珏早在集训时就从其他运动员那里打听到了安全的方便面，偶尔也会偷吃一两口，然后自觉地加训把多余的热量消耗掉，体重几乎没有变化。

这会儿他理直气壮地直视老舅："没啊，我还没吃早饭呢。"

张俊宝眯起眼睛，拿出软尺往张珏腰上绕，张珏立刻努力吸气，结果张俊宝扇了他后脑勺一下。

"臭小子，你平时量腰围时都不会吸气的！果然还是偷吃了！"

张珏恍然大悟，原来他老舅不是通过腰围来判定他是否有偷吃，而是看他被量腰围时的反应来判断的。

不愧是他老舅，真了解他，张珏被揪着耳朵去跳绳，一副已经被教训惯了的老油条样，让同房间的金子瑄露出微妙的表情。

小玉之前也分了他一半面汤，他是不是也要去加训呢？

老实孩子金子瑄摸出跑鞋套上，打算出去跑个 10 公里，结果出门时还被张珏扔在地上的米色邦尼兔绊了一下。金子瑄看着脚下的兔子，睁大眼睛，跑步暂时往后推，提着兔子跑进卫生间，拿湿毛巾擦了二十多遍，又拿吹风机呼呼地吹，心里犹豫着要不要给张珏的兔子上个护发素，但那样就要用水洗了，恐怕来不及在张珏训练结束前弄完。

冬奥村里的时间平淡地过着，时间很快到了 2 月 11 日，双人滑的个人赛正式开始。

谁也没想到，在温哥华周期的时候，中国花滑队还没有一战之力，等到了索契周期，他们就全面崛起了。

仿佛老天爷特意将有天赋的选手都集中在索契周期一般，这段时间，国家队先后涌现了黄莺、关临、张珏、徐绰等天才，接着又归化了尹美晶、刘梦成。

等到了索契冬奥会，这群人更是一起为中国花滑完成冬奥会金牌的零的突破，而且还是团体金！

一时之间，在赛前于中国花滑队这群小将身上押宝的商业品牌纷纷喜不自胜。

有了这枚金牌，他们押的宝不仅保本，还能赚啊！

孙指导今年的指标是四块奖牌，其中要有一块金的，张珏和队友们一起争气，在第一场大赛里就把最重要的指标给完成了，有了这块奖牌，国家队的教练们也全体松了口气。

接下来就是个人赛了，花滑四项里第一个迎来个人赛的是双人滑，而双人滑这边除了黄莺、关临组合，另外两对都没有竞争领奖台的能力，进个前十二名就不错了。

这就意味着17岁的黄莺、20岁的关临将要承受最大的压力，要是换了其他人肯定早心态爆炸了，但对欢迎光临组合来说，这样的状态才是常态。

关临牵着黄莺，两人站在赛场上对视着，眼中有着纯粹的信任与快乐。

能够踏上冬奥会的赛场，对这两个年轻人来说是快乐，能够携手拼搏也是快乐，和对方滑冰的每一天都是快乐。

黄莺的眼中有明亮璀璨的光，关临垂下眼眸，做了个王子邀舞的姿势，两人的短节目也就此展开。

在花样滑冰项目中，这样的开场其实并不罕见，也不是没有先例，但关临邀请黄莺的姿态格外不同，他的神态并不外放，甚至带着挥不去的、独属于他的东方式内敛，却别有一种打动人心的力量。

而只要他伸出手，黄莺就会欢快地朝他奔去。

张珏评价道："他们两个没有尹美晶、刘梦成的那种甜蜜感，不过也挺让人感动的。"

在新生代的双人滑、冰舞项目上，为了提高裁判的印象分而组CP，在镜头前表现得亲热是常见做法，在国外甚至有了点普及的现象，大家都是赛场亲热，离开赛场就只做普通朋友处，是再标准不过的合作伙伴。

而黄莺、关临压根没有组CP的意识。

经过奋勇拼搏，2月12日，黄莺、关临最终在他们的第一次冬奥之旅中摘下了一枚银牌。

虽然不是金牌肯定有遗憾，但因为对手的实力很强，两个年轻人也想得开，只是在领奖台上相拥着，一起发誓要在下一届拼出更好的成绩。

他们还年轻，他们还有无限可能。

而2月13日，就是男单的个人赛了。

这一天张珏起了个大早，站在窗帘前深呼吸，回头对金子瑄挑眉："有没有信心在冬奥会滑进前八名？"

金子瑄盘腿坐在床上，腼腆一笑："我尽力吧，你呢？有信心去夺金吗？"

张珏："我有啊。"他永远自信放光芒。

他为了这场比赛已经准备了太久太久，在上个赛季，他就为了可以在这场赛事中获胜，豁出去练习了之前从未有人完成过的技术。

如今是检验他成果的时刻了。

张珏往后一仰，做了个单手翻，蹦到衣柜前，将放在里面的考斯腾拿出来，认认真真地叠好塞进背包里，又将冰鞋拿出来保养了一遍冰刀，套上刀套。

金子瑄关心地问道："你现在感觉怎么样？"

张珏在昨天打了两针封闭，脚上面一针，腰上一针，由于脚上的空间小，封闭注射进去后张珏痛了好一阵子，金子瑄还挺担心他的。

张珏大大咧咧的："已经没事了，走吧。"

与此同时，瓦西里接受了肩部、后腰、大腿、膝盖四处的封闭注射，总共五针，打完以后肯定还是不舒服了一阵子，但等缓过来以后，他露出了舒适的表情。

"好久没这么轻松过了。"

鲍里斯看他一眼："封闭这种东西，打一次毁一次职业寿命。"

瓦西里："不打我连这一场都比不好。"

伊利亚紧张地啃指头，瓦西里路过他身边的时候，顺手把他的手指从他嘴里扯出来，他的神态没有了平日的冷静，而是带着跃跃欲试，目光里甚至含着狂热的情绪。

他终于可以用全盛状态来和张珏比上一场了。

瓦西里在心里对那个少年发出疑问：你能在我的国度夺取我的王座吗？年轻人，你可以接下这个位置，然后守住吗？你可以不负自己的王冠吗？你可以拿出配得上冠军头衔的表演吗？

而张珏很快会用行动回应他：既然你做得到，我当然也做得到。

竞技运动总是一代更比一代强的，年轻人还有着健康这一无法被忽略的优势，但瓦西里是一个固执的旧王，他早已发誓，要在这场比赛中拼上全部。

一场世纪之战即将展开，而不甘沦为配角的麦昆、大卫、伊利亚、寺冈隼人等人也跃跃欲试，紧盯着这两人的位置，时刻准备掀翻他们。

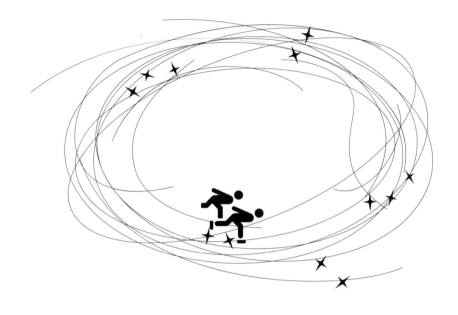

六　摘取王冠

50. 短节目一

"观众朋友们大家好，这里是中央电视台体育频道，这里是索契冬奥会的花样滑冰男子单人滑现场，我是解说员赵宁，接下来将由我和陈竹为各位解说这一场男单大战。"

【主持人好，赵宁姐姐还是那么美，陈姐气质还是那么高贵又亲切。】

【终于到男单大战了，虽然今年张珏的对手全是老将，但他们也是上个周期的霸主，希望张队给力啊！】

【兄弟们，我已经做了排行榜，有兴趣的可以去看一下，www.hasfgh.com】

秦雪君出于好奇，顺手点开了这个网址，发现里面有一个总结榜和一个天赋榜，总结榜的内容就是从 2000 年到 2014 年的世青赛冠军在成年组的战绩，女单那边还有个大满贯，男单这边一个也没有。

所谓大满贯，就是把所有 A 级赛事的金牌都拿遍的运动员，可遇不可求，不仅要有实力，还得有运气，张珏和瓦西里都是青年组金牌大满贯，但他们的成年组还差了最重要的金牌。

瓦西里差一枚奥运会金牌，而张珏差了四大洲锦标赛、世锦赛金牌，但他又比瓦西里多一枚团体金牌，而瓦西里显然是没有下一届冬奥会了，所以他要大满贯就得瞧这一届，而张珏拿完奥运金牌，之后还得继续拼。

瓦西里是男单榜单上破世界纪录次数较多的两人之一，至少在 COP 打分系统于都灵周期推广开来后，他是破纪录次数最多的，麦昆紧随其后。

这也是大家都说张珏比较难的原因，或许在下个周期，张珏会是一代霸主，但现在他还没长成完全体，而他的对手没有一个是吃素的。

至于另一个天赋榜，则采用了某游戏的设置。

在那个游戏里，天赋指数的满级只有 3，以剑术天赋打比方，在那个游戏的千年历史中，只有支线才出现过三次剑术天赋为 3 的人，而在主线里，剑术天赋为 2 的主角已经是天赋排世界前 20 名的天才了，而天赋为 1 的则是普通人里天赋较高的。

在这个游戏里，大部分人的所有天赋值都是 0，哪怕通过后天学习将某个技能修炼到炉火纯青，他们的天赋值依然是 0。

且不提这个游戏的排行规则多么冷门，在他的榜单上，张珏则是 2.9，那 0.1 的扣分主要在身高上。

瓦西里是 2.8，但他在青年组就练得狠，导致天赋上限被伤病毁了一部分，后继乏力，难以冲到更高的地方。

毕竟，瓦西里是 16 岁发育完了以后才开始请年薪极高的专业力量训练大师帮其增肌的，而张珏是增肌大师张俊宝从 12 岁开始守着练肌肉的，这点优势到底是让张珏拿到了。

除了实力榜单，颜值榜单今年也一如既往的火热。其实瓦西里青年组时代被称为焦糖玫瑰，那时候的他和现在的张珏是一个水准的好看，哪怕斯拉夫人的保质期有限，现在的他和张珏已经有了点差距，但裁判还是更喜欢他那张欧美脸，于是他和张珏又在颜值榜上打了个不相上下。

热身室里的镜头也主要对准了他们两个，曾经与瓦西里一时瑜亮的麦昆的存在感也没以往那么强了。

在瓦西里做准备动作时，鲍里斯坐在一个瑜伽球上看着他，说道："那小子从冬奥会开始后就没有闲过，作为队长什么事都能管，他的队友就像小鸡一样围在他身边，也不知道比赛准备得怎么样了。"

瓦西里想了想，发现张珏确实事情不少，毕竟奥运村内部有点乱谁都知道，大部分情况下，大家都不会找未成年运动员的麻烦，也不会轻易招惹不认识的人，但架不住总有人不长眼睛。

前阵子鹿教练去找北美某冰球队的教练约架，吓得对方装病两三天才敢出门也不是什么秘密，瓦西里那时候才知道原来那个鹿老头早年是冰球队里专门负责打架的狠角色。

而张珏主要负责保护队友，尤其是转籍的那一对。令人不敢置信的是，虽然猥亵学生的那个人渣进了监狱，但是他的朋友是这次的韩国女单教练。尹美晶性格强势，路过那边只是被喊个名字，只要跟紧队长的脚步就没事，但刘梦成就没这么好的待遇了。

在团体赛热身的时候，刘梦成才换好考斯腾，那个人渣的朋友就过来，以打招呼的名义，伸手就按在他肩膀上，刘梦成还没反应过来，肩上的碎钻都被扯掉了几颗。

张珏当时也惊呆了，他以为秦雪君前阵子和他讨论的某小区物业保安在和业主打架时撕某女业主的衣服已经是极限，谁想到这年头男人也不安全了，幸好他反应快，才有一点不对的苗头，他就立刻将刘梦成往身后一拽，露出凶恶的表情，将那人给赶走了。

张珏和鹿教练在护犊子方面的手段和气场十分相似，也可以说他就是鹿教练教出来的。

那是团体赛时发生的事情，瓦西里也有看到这一幕，那时候他就觉得张珏对自己人的保护欲很强，而且很强硬，但他也忧心过张珏会不会由于把太多目光放在他人身上，而忽略了自己的备战和状态调整。

要是换了张珏青年组时期的状态，瓦西里毫不怀疑他会在每场比赛中都拿出拼命的劲头。他听说过那时候张珏的母亲需要大量的费用去维持生命，而张珏对金钱的渴望，常常让瓦西里怀疑这小子哪天会转项目专门去练高奖金的体育项目。

近两年张珏其实对金钱已经看淡了不少。

瓦西里是准备拼命了，他希望张珏也拼才好，不然赢起来都不爽快。

此时张珏正在换袜子。

到底是货真价实的未成年小将，平时再稳，到了这时候也要紧张一把。张珏的紧张维持在一个让他兴奋但不会影响发挥的程度，但他事比平时多，只见这人一会儿要喝运动饮料，一会儿说裤管好像比赛季初要紧，一会儿又说袜子湿透了，要换。

他大大咧咧地坐下，将蓝白条纹的运动袜扒开，有点畸形的脚暴露在空气里，散发出一股汗味，不过不臭，这就胜过现场大部分人了。

四年前，张珏的脚还是看起来漂漂亮亮、白白嫩嫩的。

天天把脚套进运动鞋、冰鞋里的大男人，脚趾、脚踝畸形，脚臭都是常见情况，不臭的已经是少数了。

等换好袜子，少年将身上的队服脱下，露出里面的考斯腾，那是黑蓝相间时形成的夜晚星河，肩部的肉色网纱形成的露肩效果使之看起来更为轻灵。

这件其实原本是露肩的，后来张珏在练四周跳时摔到了肩膀，疼了一阵子，张俊宝心疼外甥，硬是在这一块加了布料，好在视觉效果不错，毕竟肩上有了布料，设计师就又可以在这里加亮钻了。

身披星河的少年将鬓发往耳后一别，将半边刘海都用夹子别起来，另一边散下来，看起来有点动漫人物的味道。

被分到倒数第二组最后一位出场的金子瑄已经开始比赛，场上是他今年短节目的乐声。张珏看着后台的电视，发现自己赛前给他的激励效果不错，金子瑄成功 clean，就连滑行和情绪都比以往处理得更好些。

张珏冷静地评价："在最后一组出来前，他应该是可以排在第二位的。"

今年有块四大洲金牌撑着，让金子瑄的积分足以将他送入倒数第二组，这就意味着观众们的期待值会更高，裁判给的打分待遇应该也会更好。

倒数第一组的人是瓦西里、张珏、伊利亚、麦昆、谢尔盖、大卫，寺冈隼人由于积分问题和金子瑄一组，金子瑄赢不了隼人，却压过了其他人，也算是突破了。

张珏对队友成绩的预判一直都是可以的，金子瑄果不其然暂列第二位，然后他和鹿教练说："其实小金要是滑李斯特的《爱之梦》也会效果不错，浪漫又柔和，他那性子就滑不了阳刚的。不过得是乔治·勃列特弹奏的版本，那一版比较好找情绪。"

鹿教练："你等着，我把这个记下来，待会儿和乔教练说。"

而等最后一组出场时，赛场的氛围便胶着起来。

是个人都知道，甭管前面的人表现得多好，冠军还得从这六人里面出来。

6分钟练习时段，张珏在冰上滑行，路过一面的观众席时，看到了上面摇晃的红旗，其中好几个都顶着猪猪侠的帽子。

他没有打招呼的意思，只是绕场滑了两圈后，在那一处跳了他在6分钟练习的第一个跳跃，也就是一个举手的 4S。

这位年轻的小将什么都没有说，却又像是用行动表达了一个意思——我知道你们与我一样是渴望胜利的，也请相信我一定能将胜利带给你们。

直到广播提示，除大卫以外的所有选手下场等候，而大卫留在冰上，与挡板边的教练握手。

他的教练一脸感叹："发育关和贫穷都没有击败你，能够克服身高带来的劣势，靠着做惊险直播赚钱，靠线上教学走到现在这一步。大卫，你让我看到了一个激励人心的故事，现在是时候给这个故事一个高潮了。"

教练坚信这不会是大卫人生中最后一场冬奥会，也知道大卫的强敌极多，他要拿奖牌很困难，但是，不论前路如何困难，他们也抱着希望走到这里了。

他抱了抱弟子："享受这里的一切。"

比起以往总是偏向于诡异神秘的表演风格，这次大卫难得选择了很"正"的花滑主题，他的短节目曲目是门德尔松的《春之歌》。

比起命途多舛的贝多芬、舒伯特等大佬，门德尔松自幼家境优渥，没吃过什么苦，家人也对他诸般疼爱，这让他创作的作品带着一种宁静温柔的幸福感。门德尔松的作品结构严谨，听起来优美舒适，因此从他那个时候至今，一直都是古典乐迷们的心爱之作。

大卫算是家世不幸的人，其苦处冰迷皆知，联系他以往的表演风格，人们一度以为他无法驾驭优雅美好的曲目，也不适合古典乐。

可是此刻，他的表演让人想起了他在青年组时期的模样。

曾几何时，家人们还没有出事前，他也是父母宝贝的孩子，衣食无忧地长大。他外表不差，又有运动天赋，是国内数次蝉联冠军的花滑天才，也曾是一个小王子般的男孩。

发育改变了他的外形，经历改变了他的气质，但那个小王子从未死去，就像他父母留给他的幸福回忆，直到今天也在他的心中。

张珏眨眨眼："他适合门德尔松。"

鹿教练瞥他一眼，都懒得为张珏给对手推荐音乐发表什么感想了，沈流则以拳击掌："我想起来了，大卫的自由滑也是门德尔松的，是那个《E大调回旋随想曲》吧？"

张珏吐舌头："对啊，但我也告诉过他，那个等他更成熟一点的时候去滑比较好，现在滑这个，他可能容易翻车，还不如换成欢快点的音乐，不过他说裁判不喜欢欢快的音乐，不敢冒险选欢快的。"

众人沉默。

得亏大卫在这件事上没听你的。

51. 短节目二

大卫在风格上的突破，以及对古典乐的演绎，让裁判们感觉耳目一新，进而印象分都跟着涨上去了。

他拿了一个相当高的分数，96.56 分，这也是大卫的个人最新纪录。

看到这个分数时，大卫惊喜地捂住嘴，眼睛瞪得大大的。他低叫一声，又紧紧地抱住了教练，比起一米八六的大卫，他的教练只有一米六二，在他的边上显得娇小无比。

鲍里斯往那边看了一眼，和伊利亚说："那是 1980 年冬奥会的男单最后一组的比利·巴特罗，他比在役时老了不少，岁月真是不饶人。"

比利·巴特罗是那一届冬奥会花滑项目的大帅哥，曾经也是花一样的美少年，现在已经被岁月这把杀猪刀杀得鲍里斯都要眯着眼睛打量一阵子才能认出来的地步了。

老教练也参加过 1980 年的冬奥会，他是那一届的双人滑铜牌，而他的女伴就是他老婆，两人后来也一起经历了不少风雨，包括 20 世纪 90 年代一起去北美做教练赚钱养家，20 世纪 90 年代后期又回国开创新事业。

鲍里斯当年也是由于发育关没挺过去，才转项目练双人滑，其实他心里还有个单人滑的梦，所以在做教练以后，他便主要带单人滑选手了。

这些上了岁数的世界级教练，每个人的经历都足以出书。

在大卫之后上场的是谢尔盖，这位以炮哥之名闻名冰场的帅哥在短节目延续了团体赛的好状态，张珏记得热身的时候，他还在给自己破掉的血泡上药呢，但到了赛场上，这人一点也不含糊。

这一届最后一组的男单选手们目前为止都表现得已经抛弃保守，一个比一个放得开，但紧随谢尔盖出场的麦昆表现得更加亮眼。

沈流和张珏说："麦昆上一届太紧张了，短节目就摔了一次，最后连块铜牌都没捞到手。"

原本麦昆在温哥华周期也是和瓦西里不相上下的双子星，结果瓦西里拿了银牌，麦昆却以 3 分之差，眼睁睁看着法国一哥马丁拿了铜牌，据说当时都伤心哭了。

在麦昆之后上场的就是这届欧锦赛的银牌得主，伊利亚。

伊利亚小朋友这两个赛季都参加了欧锦赛，并取得了铜牌、银牌的好成绩，唯有金牌从没碰过，而拥有四大洲锦标赛金牌的寺冈隼人没少拿这个笑他。

张珏这时候总会当自己不存在。

按照部分冰迷的迷信说法，有的运动员就是天生和某项比赛不合，而张珏和四大洲锦标赛就是这样一对冤家，好在他和冬奥会之间目前来看还挺合得来。

自从得了籽骨炎后，张珏的脚总是疼，可来到索契后，他还没发过病，现在封闭一打，更觉得自己无所畏惧了。

欧锦赛亚军伊利亚穿着全场最贵的考斯腾，滑出了一个平平无奇的成绩，不能说他崩了，可他也没爆发，短节目里就一个四周跳，落冰看似还行，但大家都看得出来这人肢体有点僵。

还是紧张。

其实作为小将，在这种紧要时刻过于紧张都是可以理解的，没人会怪他，伊利亚却无法原谅自己。

大家都在拿出优异的表现，只他一人平庸，那他就要落后！

少年在kiss&cry露出明显的不甘，张珏捧着水壶最后喝一口水，跳了跳，脱掉刀套上冰。

《拉赫玛尼诺夫第三钢琴协奏曲》的完整曲目有好几十分钟的长度，要将之放在花滑赛场上演绎，就必须进行剪辑，所以自赛季开始后，也有人认为张珏把一首经典的曲子剪得支离破碎，是对古典乐的不尊敬。

而且比起两分半的短节目，怎么看也是四分半的自由滑更适合这首曲子。

张珏在俄罗斯举办冬奥会时，选择了俄罗斯人拉赫玛尼诺夫创作的《拉三》做节目曲目，也是有迎合俄罗斯裁判的意思吧。

反正从张珏公布选曲开始，质疑他的声音就没少过。

然而在赛季过半时，绝大多数的冰迷和裁判都被折服了。在他们看来，张珏这支短节目的质量和完成度都非常高，甚至可以说是有史以来演绎得最好的花滑版《拉三》。

有些老冰迷能从一个运动员的节目看出他是否有冠军相，而张珏的《拉三》，就是本届冬奥会最有"冠军相"的节目，古典、优雅而不失奔放，结构严谨且情绪丰沛。

音乐响起的那一刻，张珏抬起左臂，他的手掌在空气中一握，考斯腾紧贴他修长的手臂，显现优美的肢体轮廓与肌肉线条，给人的感觉十分阳刚。

接着张珏开始滑行。

他的滑行质量其实非常好，高出平均值的身高和体重让他在滑行时习惯性地将体重压在刃上，加上对小关节和腰、腹等肌肉的灵活运用，便形成了用刃深、滑速大的优势。

顺畅有力的滑行让这个节目一开始便赏心悦目，而运动员本身更加高大的身形和阳刚的演绎，则让这个节目的味正了。

拉赫玛尼诺夫因马凡综合征的影响而指长惊人，这也导致他创作的曲目跨越音域更大，其风格也较其他古典乐更加自由不羁，而他的音乐被乐迷们誉为"纯俄式古典"，那种特有的悲凉、伤感、对苦难的抗争，也在张珏的刃下展现得淋漓尽致。

这一场张珏滑得非常痛快，他的跳跃全都十分精准干脆，从起跳到落冰，从进入到滑出，还有步法、旋转全都完美得挑不出错处，节目效果如磅礴的瀑布从千尺高处落下，十分震撼。

难以想象的是，这种成熟、从容、流畅的演绎居然由一名16岁的小将完成。事实上大部分20多岁的老将都难以兼顾如此高难度、高质量的技术表现和无与伦比的情感展现。

旁观的瓦西里看了许久，只觉得酣畅淋漓。

是的，这就是《拉三》在冰上应有的姿态，它是乐中王者，配得起它的也该是王者才行！

节目结束的那一刻，全场安静了好几秒，之后才响起了雷鸣般的掌声。在客场比赛却征服了几乎所有人的张珏向四周行礼，捡起一个鳄鱼玩偶下冰。沈流意犹未尽地看着他，和他对了一拳："你真的不考虑出一个自由滑长度的《拉三》？我太喜欢你滑这支曲子了。"

张珏喘着气："这曲子费体力，滑短节目都累死了，还来自由滑？"

放过他吧，滑冰选手滑这个容易脚抽筋好吧？

他这会儿也觉得自己才铲完十吨煤，浑身都是汗，偏偏考斯腾的材料都比较脆弱，不好洗，只能用爽肤粉去拍，把味道遮一遮。从赛季开始到现在，这套考斯腾张珏穿的次数不超过十次，但他已经不想穿第十一次了。

还是伊利亚幸福，他的考斯腾是新做的。张珏暗暗发誓，等他再多赚点钱，以后也每个赛季换两三套衣服。

张珏最后的得分非常高，他拿到了 102.5 分，打破了世界纪录！在他的分数出来的那一刻，全场惊呼。

张珏选择了正统的古典乐来作为自己的冬奥会节目，瓦西里四年前也做过这个选择，遗憾的是他对古典乐的演绎一直都不如现代乐，强行避开自己擅长的地方去迎合裁判，滑得不顺是自然的，结果就是他当时的表现和这一届的伊利亚差不多，虽然没崩盘，但也不出彩。

幸运的是温哥华出彩的也没有索契的这么多，于是他还是拿了块银牌，但瓦西里内心对自己温哥华的成绩是从没有满意过的。

现在他想开了，索契是他的主场，选曲风格不合裁判口味也已经不是大问题了，那就由着心情来吧。

最终，他还是将那支四年前就已经被完成，名为《暴风雨》的纯音乐定为自己的短节目曲目。

俊美的俄罗斯一哥身穿与瞳色相同的冰蓝色考斯腾站在冰上，有那么一瞬，几乎让人以为青年组时期令无数人惊艳、雌雄莫辨的精灵美少年重新回来了。

在这支曲子里，瓦西里表现得如同在风雪中起舞的剑士，姿态优雅、眼神空灵，他的表演里没有什么烟火气，带着透明的质感。

虽然曲名是《暴风雨》，这个节目的主调却是冰冷与纯粹，如同寒风中的冰晶，分明是情绪化到了极致的演绎风格，却说不出瓦西里到底展现了什么，人们只知道这个节目实在是太美了。

张珏的《拉三》是畅快有力，那么瓦西里的《暴风雨》就是干净清冷，而这两个节目唯一相似的地方，就是运动员的技术动作都近乎完美，他们都没有任何失误，并且在节目里展现了 4T、4S 两种四周跳，难度冠绝全场。

当瓦西里以一个躬身转结束节目的时候，现场的掌声不比张珏的那一场差。

张俊宝吐了口气："厉害，他要四年前就有这个表现力的话，最后也不至于输给一个连四周跳都没有的人。"

鹿教练："表现力是要人生经历打底的，四年前的他太年轻了，现在就正好，心态成熟了，技术也没下滑得太狠，打个封闭还能救一下。"

不过在青年组结束后，瓦西里就再没做过躬身转了，没想到时隔多年，他的躬身转质量这么好，转起来和天仙似的。

在瓦西里等分时，场馆内的气氛也紧张起来，张俊宝屏息凝神，紧紧盯着电子屏幕，直到瓦西里的分数出来的那一刻，他握紧了拳头，心里啧了一声。

瓦西里的短节目得分是 103.33 分，比张珏高了 0.83 分，不出意外的话，瓦西里和张珏的 GOE 应当相差不多，但张珏的表演分会低一些。

鹿教练眯起眼睛，转头看向张珏。

这点落后也不全是坏事，起码俄系裁判们通过这场比赛觉得瓦西里还算压得住张珏，到了自由滑，张珏会在瓦西里前面出场，面临的压分方面的压力也会小一点。

满场都是欢呼与掌声，在同一场比赛里，世界纪录被两次刷新本就代表着这场比赛的精彩，能追到现场的冰迷就没有不爱高质量比赛的，这场比赛可谓让他们大饱眼福，而本土一哥的出彩表现，更是让占据了场馆大半的俄罗斯冰迷们激动不已。

而在教练组心里，他们也不觉得这点落差多么严重，无论拿不拿金牌，张珏的能力都可以保他上领奖台，只要有奖牌拿，领导们就高兴，16 岁的小将如此争气了，他们还期盼啥。

唯一让人担心的，也就是张珏的心态了。

此时有镜头对准张珏，小伙子往那边看了一眼，笑了笑，对镜头比了个心。

看来他心态不错。

52. 自由滑上

看到激烈的竞争时，有人会希望对方尽快输，而运动迷大多会兴奋地享受比赛，期待着自己喜欢的选手爆发，但也希望对方选手有好的表现。

张珏在俄罗斯比赛的时候面对的就是这样的氛围，他敢肯定全场大部分人都期待着瓦西里夺冠，但奇异的是，他比赛的时候也不是没有俄罗斯冰迷的支持。

比起 clean 了短节目却得到不少嘘声的麦昆，张珏的待遇好到不知道哪里去了。

据鹿教练说，这是张珏人缘好，之前就和鲍里斯那一系的人把关系搞得不错，资深点的冰迷对自己喜欢的运动员的好朋友态度也不会太差。

张珏其实都做好全场一起嘘他的心理准备了。

结果大家那么友好，他可不就有心情比心了吗？

张珏吸一口果汁，为了缓解过大的心理压力，晚上又拉着已经比完赛的黄莺、关临和没什么事的沈流打网络麻将。杨志远这会儿给金子瑄揉腿，没空过来陪他玩，不然张珏才不会同时和黄莺、关临这两个人玩一盘麻将。

而尚未迎来比赛的徐绰正在接老爸的跨国电话，战战兢兢地表示她已经在师兄的看管下把作业都写完了，是是是，复习资料也写完了，保证开学摸底考的时候不留空白。

尹美晶正蹲着给刘梦成煮泡面，并在面里搁了荷包蛋和火腿肠，但她自己不肯吃，说是怕现在一时放纵吃太胖，比赛的时候让男伴不好举，刘梦成心中感动，给她削了个苹果做夜宵。

金子瑄正一边抹眼泪一边努力进入瑜伽冥想状态，奢望沈教练传授的瑜伽可以让他在明天的自由滑拿出好状态，但人类是无法一边哭一边冥想的。

作为花滑队领队的鹿教练看着这帮孩子，心想，这一批的学生虽然天赋都好，但也一个比一个有个性，幸好他是被幼年期张珏折磨过的人，还算压得住张珏这个调皮大王，压住了他，其他人调皮自有张珏去收拾。

张俊宝坐在他边上和孙指导发邮件，电脑叮咚一声，他点开邮件一看，嘴角抽搐："老师，孙指导说国家队要招新。"

鹿教练："招什么新？招新不都是赛季结束后，在暑假办夏令营试训，然后从里面选人吗？"

张俊宝："不是招运动员，是招教练，赛季结束后不是有一段休赛季可以让运动员歇一阵子顺便去参加商演赚点钱吗？队里的意思是这段时间就把我和小沈送去培训，您坐镇队里，压着熊孩子的时候顺带看看新来的教练水平行不行。"

鹿教练心里纳闷，这事平时不都是孙老弟在处理吗？怎么又轮到他来了？

算了，到时候把张珏和小金、徐绰一起丢给那个人带几天，张珏调皮又有主见，金子瑄心理脆弱，徐绰一得意就容易浪，在这三个人的折磨下还能不崩溃的，再让为首的张珏看看业务水平，这个教练的能耐就基本可以摸透了。

张珏 + 徐绰 + 金子瑄 = 教练崩溃。

根据这个等式可知，他们三人的教练组平时过的是什么日子了。

做瓦西里和谢尔盖、伊利亚的教练就要轻松一点，鲍里斯的夜晚生活就是处理完部分工作后，开视频和爱犬胖达聊天，而谢尔盖则正和他的猫视频聊天，伊利亚和他的女朋友视频聊天。

瓦西里接受完一段俄罗斯某电视台的采访后，回来和教练打了招呼，又拿起鞋子把伊利亚、谢尔盖赶到床上睡觉，从伊利亚装内裤的袋子里翻出两小瓶伏特加，又从谢尔盖的泡面盒里拿出一袋医用酒精，最后才冲澡躺下。

虽然索契冷得很，但瓦西里有洁癖，一天不洗澡就不舒服，而且他的肩膀总是很痛，用热水冲一下会舒服很多。

鲍里斯的包里肯定也有酒，但瓦西里已经困了，所以他也懒得管了。

2月14日，情人节当天，男单自由滑正式开战。

说是情人节，其实这次索契最后一组的男单选手全都过不了这个节，瓦西里、张珏、谢尔盖、大卫都是单身，麦昆才因为脚臭和前女友分手不到半个月，伊利亚家的那位总裁女士出差去给他赚办豪华婚礼的钱了。

自由滑对身体的消耗极大，为了让身体维持一个轻盈、方便跳跃、精力充沛的状态，张珏这天都没有吃饭，只是在饿的时候喝一点代餐粉，再补充些运动饮料和维生素。

别看张珏在宁阿姨那里吃得不错，其实他在休赛季是减重了至少6公斤的，这可以让他的身体更加灵活轻巧，方便他在赛季开始前攻克新的难度动作，顺带着让关节压力小点，在赛季开始前他又增肌，加强对身体的控制力。

这么反复折腾肯定苦，但有效。

使用代餐粉，只用维生素片和钙片、高蛋白粉来维持身体所需等极端一点的减肥方式张珏用得无比熟练，重要比赛前轻度断食他也不是第一次做了。

看张珏还挺精神的样子，鹿教练翻开笔记本，上面是男单短节目的排名。

第一名103.33，瓦西里【俄】

第二名102.5，张珏【中】

第三名98.65，谢尔盖【俄】

第四名97.92，麦昆【意】

第五名96.56，大卫【比】

第六名 94.67，伊利亚【俄】

伊利亚之后就是寺冈隼人和金子瑄，从这里就可以看出俄罗斯裁判真的已经尽力了，不然寺冈隼人才应该是第六名。

俄罗斯三位男单选手都被放到了最后一组，意味着他们有可能在保金的同时另有一人上领奖台，但张珏和麦昆恐怕不会如他们所愿。

此时赵宁也开始进行直播。

"各位观众大家好，这里是索契冬奥会花样滑冰的比赛现场，正在进行的是男子单人滑的自由滑最后一组的比赛。在先前的比赛中，我国男单选手金子瑄以个人最佳成绩 279.62 暂列第二名，日本小将寺冈隼人以 289.67 分暂列第一，最后一组即将上场。

"如无意外的话，本届冬奥会的男单冠军，就要在 40 分钟后出现了。"

解说员们趁着 6 分钟练习又介绍了一遍参赛的六名运动员的姓名、年龄、国籍及优势劣势，重点介绍张珏，表示咱们自己家的孩子不仅年轻，还是全场块头最大、最能蹦的那个。

"张珏的技术优势其实是有的，遗憾的是他在上个赛季因为意外出现过严重伤病，这拖累了他对新技术的攻克和稳固，所以我们也只能期待他能够扛住压力，发挥出高水准。"

赵宁在解说的时候使了心眼，她知道唯金牌论在竞技运动里是一道难以抹去的声音，张珏又是夺金点，一旦他发挥失常，肯定是要挨骂的，所以她先摆出张珏的劣势，给大家降低一下预期。

他不是去年摔出骨裂了吗？那赵宁就把这事说出来，表示运动员万一有点岔子，那也是去年埋下的祸根，不要怪孩子，他已经尽力了，以 16 岁的年纪来说，张队真的很拼了。

孙指导看电视的时候，也和旁边的助手说："小赵说话还是这么好听，真希望以后都是她给我们的运动员解说啊。"

助手认真点头。

然而在比赛正式开始后，场面就不太对了。

花滑赛场上运动员同时 clean 比赛，和运动员同时比赛翻车的状态，是经常发生的。

要 clean 就一起 clean，要崩就一起崩，如果赛场的冰面湿滑一点，大家将会一起摔成滚地葫芦。

张珏在 6 分钟练习的时候就觉得今天的冰面质量不太行，踩上去有点滑，下来的时候脸色也有点不好看。

果不其然，第一个上场的伊利亚在最重要的 4T 和 3A 两个单跳上都出现了失误，接着大卫也在联跳摔了一下，两人下场时眼圈红红的，一个不甘地挥拳，一个直接坐在 kiss&cry 抹眼角。

太坑了，这是奥运赛场啊！为什么冰面也可以这么差？

麦昆同情地看了两人一眼，上场时就滑得谨慎一些，作为曾拿过两次世锦赛冠军，破过 7 次世界纪录的男人，他的赛场适应能力怎么也比新人们强，这就是他最大的优势。麦昆最后靠着没有失误的表现，成功拿到了全场目前的最高分——293.15 分。

而在他之后上场的谢尔盖也摔了两跤。

鹿教练叹了口气："麦昆提前锁定了一个领奖台名额，具体是第几名，就要看张珏和瓦西里的发挥了。"

如果瓦西里和张珏也摔的话，麦昆怕不是要白捡一个金牌回家。

而这就是花滑赛场，所有人都不知道下一刻会发生什么，黑马可能会因为失误跌到二十多名，大家都觉得已经进入衰退期的老将却也可能靠着稳定发挥上领奖台。

超级黑马张珏脱下外套，露出考斯滕，比起短节目那套从赛季初穿到现在、满是爽肤粉和汗味的考斯滕，张珏的自由滑考斯滕是新做的。

原来的黄色底色换成了白色，红色的亮钻如同火焰般缠绕着，增加了腰部设计。

"现在上场的是上个赛季的大奖赛总决赛冠军、世锦赛亚军，中国小将张珏。"

53. 自由滑下

张珏是新生代运动员里唯一一个被认为具备挑战瓦西里王座资格的运动员。

瓦西里更是非常清楚地认识到，这场比赛，一开始就是他和张珏在争。而以这个年轻人的性格，他一定会拿出足以打破世界纪录的配置，如同他在短节目做的一样。

而且，他的实力也绝对不只是短节目表现出来的那点。

瓦西里稳稳地站着，看着张珏的身影，眼中含着期待，这孩子一定还有没拿出来的东西，但是冰面状态不好，张珏在这种境况下是否敢放手一搏呢？

张珏在比赛即将开始前的 30 秒内绕场滑了一周，再次确认这破场地质量不行，但他是谁啊？他可是在冬天的公园湖面上都敢玩四周跳，最后被鹿教练追着揍了绕公园跑两圈的男人。

他比成年人更加冲动，更加敢拼，底气也足，反正还年轻，大不了下届再拼。

在这种心态的助力下，运动员应当是非常有斗志的，眼里都燃烧着火焰的，但张珏这会儿其实压力也不小。

拿到冠军只是一瞬间的事，但在金牌的辉煌之前永远有无数的考验，中国花滑队在本届冬奥会还没有出现一块个人赛金牌，而纵观过往的冬奥会，他们的单人滑以前也没有拿过奥运金牌。

上头把希望都押在正处于女单黄金年龄且拥有四周跳的徐绰身上，但队里都知道，徐绰的 4T 训练时成功率是 70%，赛场成功率仅有 55%，如果是在压力很大的比赛里，这个成功率还会下降。

最重要的是，俄罗斯一姐达莉娅的 3A 比徐绰稳定，徐绰拿不出 4T 对达莉娅形成压倒级的技术优势，表现力和滑行、旋转也输了一筹，要赢看命。

教练组，包括国内的孙教练也凝重地看着张珏，他们同样清楚这些事情，如果说国内还有什么能对所有对手都形成绝对技术优势的人，恐怕也只有张珏了。

在团体金牌之前，张珏才是队里最大的夺金点。

张珏看完场地回到场边时还有点时间，原本这时候应该是鹿教练过来讲话的，但他和张俊宝不约而同地将沈流推到张珏面前。

这位曾在温哥华冬奥会拼搏，却无法更进一步的前一哥握住现任一哥张珏的手："多的我也不说了，从现在开始，你走的每一步都是历史，以前我们中国男单没有人在冬奥会的赛场上走到这么远，张珏，你很棒。"

作为中国花滑男单的初代"跳跃机器"，沈流曾以强大的跳跃能力，在这个项目还式微时撑起了国内冰迷们对单人滑的期待，而作为他的接班人，从他这里学到了更为精深的点冰跳技术的张珏对他笑了笑，转身朝赛场滑去。

沈流在心中默默说道："要赢啊，张珏，你赢了，教练们曾经充满遗憾的职业生涯也会圆满起来，因为我们的缺憾，最终堆积出了不起的你。"

金子瑄深呼吸，拳头紧握："冰场很滑，我放在节目里的三个刃跳摔了一个，扶冰一个，小玉没问题吧？"

张珏是刃跳高手，在排自由滑的节目构成时，可是在里面放了包括 4S 在内的好几个刃跳的，尤其是张珏在左脚踝受伤后，练习 4T 的时间就减少了一些，4S 才是他的主要得分技能。

可是在滑溜溜的冰面上，刃跳失误率是更高的，这必然会影响张珏使用刃跳类的四周跳。

鹿教练："不用担心，他练了不止一套方案，其中一套就是专门应对湿滑冰面的。"

虽然来之前大家都没想到冬奥会的冰场也能这么滑，但鹿教练本着有备无患的想法，还是给张珏备了一套。

金子瑄愣了一下，接着像是反应过来，他失声叫道："是那一套？"

小金是张珏的队友，自然知道队长为了冬奥会准备了多少，而鹿教练所说的那一套里没有 4S，甚至连 3Lz+3Lo 这组张珏擅长的联跳，以及 3Lo 的单跳都没有，除了 3A 几乎不保留刃跳，以点冰跳为主要得分手段。

可是那一套里有一个动作的难度非常高，之前从未有人完成过，所以那一套方案也是张珏练习的所有方案里成功率最低的，只有 80% 啊！

鹿教练："有些时候，为了胜利，他没的选，我想张珏自己也做好心理准备了。"

张俊宝说："我觉得他还会把那个方案改一遍，那小子一提到金牌眼睛都冒金光，我不信他会不用 4S。"

从这一刻起，观众们的目光，镜头的焦点，裁判的注意力，对手们的关注，冰迷们的期待，教练与队友们心中对于胜利的渴望，将全部归于张珏一人身上。

四年前，才回到冰上的张珏从没想过自己会在这条路上走得这么远，但来到这片赛场至今，张珏从没有后悔过。

滑冰很苦很累，训练时总要顶着不知何时就摔成骨折的风险，但这项运动也给了他很多东西，他感激上天给予他滑冰的天赋，也感激带他来到这里的教练们。

现在是他回报他们，也回报自己在训练中辛勤付出的时候了。

张珏站在冰上，右手负于身后，左手掌心向上朝前抬起，微微歪着头，在音乐响起的那一刻，露出一个天真纯粹得如同孩子般的笑脸。

他的自由滑是《旅程》，这段旅程是他的，也是很多人的。

由于花样滑冰的特殊性，每个顶级运动员走上这条路时都还是孩子。张珏也是如此，那个时候滑冰对他来说当然也是愉快的，但不是最重要的，可就是那样遥远的时光，现在想起来也能让他发自内心地笑出来。

少年左脚脚尖点冰，高高跳起，完成了一个 4T 的单跳。

在这段柔和动听得让人忆起童年时光的乐声中，由许德拉和他现在的老师一起倾情提供的小提琴伴奏流淌在场馆中。

接着是 3A，这是张珏稳定性最高的跳跃。在跳跃时，他一只手写意地抬起，落冰时手臂一展，右臂上的飘带随风一摆，带着梦幻般的美丽。

3A 之后又是 3Lz 和 3F。

有解说员看着张珏落冰时在他的冰刃边溅开的冰花，情不自禁地感叹道："真是太美了。"

张珏的外貌是足以用美丽来形容的，可他的姿态不带阴柔，反而像一位干净的小王子。他在冰上飞翔、旋转，他的情绪是肉眼可见的享受，而他出色的肢体感染力让他在表演时，顺利地将这些快乐传达给了现场、镜头后的观众们。

此时钢琴加入这个故事，张珏做出芭蕾的姿态，滑行时的姿态更添一份优雅，花样滑冰的别称就是冰上芭蕾。步法进行到一半时，节目也进入了后半段。

有选手倒吸一口冷气，在赛场环境恶劣的情况下，张珏居然还把所有的联跳都压在了后半段，这也是只有赛场著名体力怪张珏才敢做的决定了，而这个决定的实施，也代表着张珏对金牌的渴望和他的决绝。

从这一段开始，这个节目就进入了一种"超神"的状态，张珏的滑行首次给予观者一种"出神入化"的观感，他的肢体舞动着，透过视觉观测到他的动作时，人们的大脑也只有一个反应，便是"优美"。

最初在知道张珏没有选择热情的舞曲、恢宏壮烈的交响乐，没有选世界名曲时，哪怕是最愿意相信张珏的孙指导，也担忧这个孩子能不能把那个外国作曲家给张珏创作的曲子滑出冠军级的水平。

这段音乐过于温暖和幸福，而没有波澜的故事总是更难给人们留下深刻的印象。

可是张珏用行动证明，这个节目是可以打动人心的，因为用一句他羞于说出口的话来说就是，这个节目里有他对花样滑冰的爱意。

在这段接续步结束后，张珏干脆地在一段鲍步后点冰，完成了一组 3A+3T，仅仅是看着他高飘远的跳跃，没人想到在第二组比赛结束时，寺冈隼人还曾用夸张的语气吐槽"今天的冰场湿滑得我想脱衣服在上面游泳"。

接着是 4T+1Lo+3S 的夹心跳，雪白的飘带在空中飞扬着。

是时候了，张珏在心里告诉自己，现在是拿出决胜的跳跃了，他知道的，在索契冬奥会，想要赢过瓦西里的话，他就必须保证自己的节目里拥有第四个四周跳，而他已经完成了两个。

现在还有一个单跳、一组二联跳没有完成，而看冰面情况，他不可能在跳完刃跳的 4S 后再在后面接第二跳，所以 4S 只能是单跳。

张珏这么想着，双手高举着完成了一个 4S，并凭借强大的肌肉力量硬生生地落稳了这一跳。

他笑起来，做了个跳接蹲转，然后就是最后一跳了。

胜负在此一举，在万众瞩目之下，张珏右脚脚尖点冰，左脚呈外刃。

有冰迷认出这是勾手跳的起跳姿势，他们心中叫道，这是要跳 3Lz+3T 吗？是吗？

下一刻，黑色的冰刀在空中掠过，留一道残影，那高挑的少年以高速转体四周后落冰，又接了个 3T。

4Lz+3T。

而这就是 4Lz 这个跳跃第一次在世界上完整露面的时刻了，虽然张珏在上一届世锦赛也尝试了 4Lz，但那时候他没能完好地落冰，导致 GOE 为负。众所周知，跳跃的 GOE 不为正，就代表该跳跃没有被真正完成。

现在张珏终于完成了它，在这如此重要的赛场上。

在这一跳出现前，裁判们以为张珏黔驴技穷，虽然给他的 GOE 难免干巴巴了一点，却还算是亚洲选手里的"顶流"待遇，而在这一跳后，他们明白，大势已去。

这个年轻人狡猾地将最难的大招压在了节目末尾才放，而且这一招的出现如此震撼人心，以至于全场都轰动起来。

张珏 clean 了一个放入了四个四周跳的自由滑节目！在他下场时，所有人都明白冠军已经提前诞生了，除非瓦西里也能和张珏一样在比赛里放出他的第三种四周跳，clean 一个四个四周的节目，否则张珏是不可战胜的！

张珏的自由滑得分是 209.22 分，加上短节目的 102.5 分，张珏的总分是 311.72 分，也就是说，从短节目到自由滑，再到总分，他总共刷新了三次世界纪录！哪怕短节目的纪录很快就被瓦西里破掉了，可他依然持有了两项纪录。

要是换了其他人站在瓦西里现在的位置上，心态都该崩掉了，但他如释重负一般，在上场前长长地吐了口气。

他和鲍里斯对了一拳："现在的年轻人真是强得让人敬畏，不是吗？"

鲍里斯回道："所以花样滑冰才有趣，你永远不知道这个赛场会涌现出怎样的表演者，怎样令人惊艳的天才，看到怎样精彩的节目，所以我才会爱这里爱了几十年。"

瓦西里温和地看着恩师："在这点上，我和你是一样的，鲍连卡。"

鲍连卡是鲍里斯这个名字的昵称，亲密级相当高，但瓦西里和鲍里斯情同父子，这么称呼也没什么问题。

或许他已经在技术方面落后于张珏，但瓦西里没有放弃比赛的意思，如无意外的话，这就是他在赛场上的最后一场比赛了，他想给自己一个好的结尾。

他要对得起自己，对得起观众，冰迷们一定想看他拿到金牌，既然如此，就让他用冠军级的表演来回报他们吧。

老将也有老将的尊严，就算到最后一刻，他们也不会忘记自己对滑冰的热爱，他即将退场，但他的落幕绝不会让人失望。

鹿教练拉着张珏，严肃地告诉他："张珏，你要好好记住瓦西里的节目。"

"没有人能永远年轻，人类会衰老，伤病会累加，技术会衰退，运动员的精神是你们唯一能永远保留的东西，你要记住你的对手身上的不屈和豁达。"

这或许是 21 世纪以来最伟大的一场男单竞争，胜者以绝对优势击碎了黑幕夺冠，可是拿到银牌的那个人同样是一位令人尊敬的王者。

《辛德勒的名单》真的很美，张珏被震惊，在瓦西里的节目结束后，他一把抢过金子瑄从冰迷那里拿到的鼓励花束跑到出口，像是一个见到喜欢的运动员在比赛里出色发挥的快乐小冰迷，一脸虔诚地送上那束花。

他真诚地说道："瓦西里，你是我见过的最好的花样滑冰运动员，我想我一辈子都忘不了你方才滑的节目了。"

瓦西里怔了怔，爽朗地笑起来，搂住这个年轻人，鼓励道："而我希望你以后能比现在的我更棒！"

接着他举起了张珏的一只手。

他们都比了一场无悔的比赛，渐渐地，场地里有人开始鼓掌，那掌声越来越密集，最终响彻整座场馆。

54. 索契结束

张珏，一位未满17周岁的冬奥会男单冠军，大概也是有史以来获得这个头衔时最年轻的男单选手，在夺冠十分钟后，他的名字爬上了国内各大平台的热搜，出圈了。

冬奥赛季前押宝在他身上的品牌商们自然乐得合不拢嘴，张珏本人在参加完仪式，拿了奖牌后也解脱了。

除了运动员自己，没人知道他们作为夺金点，身处奥运赛场时心里积累的压力有多大。冬奥会四年一次，花滑的风险又大，指不定什么时候运动员就被伤病送下场了，谁也不知道自己有没有下届冬奥会。

能现在就把最重要的奖牌拿了当然好，接下来张珏再拿完四大洲锦标赛和世锦赛的金牌就大满贯了，而众所周知，这两项比赛比冬奥会简单多了，光心理压力就要小不止一点点。

与此同时，冰迷群体内也感叹着，过完这一届冬奥会，好多老将恐怕就要退了，接下来的花滑男单项目大概就是三剑客的时代了吧。

不要误会，这里的三剑客不是指张珏、伊利亚和寺冈隼人，他们哥仨是"三傻"，鹿教练、鲍里斯、清水教练三个老头才是"三剑客"。

虽然"三剑客"的平均年龄是67岁，按道理都是该退休的人了，但他们教出来的单人滑选手一个比一个基础扎实，在赛场上又强得和鬼一样，所以老头们至今依然活跃在教学岗位上，想送孩子去他们手底训练的家长也一年多过一年，坐飞机跨时区带学生出国比赛更是常态。

但这三个人里，除了 60 岁的清水教练健康状态让冰迷们有点担忧，另外两个从没有人担心过他们的身体。

已经快把担子丢给瓦西里的鲍里斯且不说，鹿老头作为三剑客里年纪最大的那个，身体倍棒，上衣一撩，肌肉能让不少瘦弱体形、肥胖体形的小年轻面露羞愧；跑八百米的速度胜过 90% 的大学生，前阵子参加京城的业余八百米比赛，拿了老年组冠军。

男单之后就是冰舞的比赛，"美梦成真"要上了。

身为花滑界第一"真船"，唯一一对让黄莺嗑了还没有翻船的神奇组合，尹美晶、刘梦成自归化后就屡立战功，他们和张珏一样维持着一个惊人的纪录——只要出赛就必然能上领奖台，带一块奖牌回家。

所以哪怕前辈强势得不得了，队里也是将他们视为夺牌点培养的。

夺金点之前集中在徐绰那边，现在女单还没开始，张珏先把男单的金牌拿了，花滑国家队在本届冬奥会可谓超额完成任务，尹美晶、刘梦成的压力也不大了。

这对感情极好的小情侣手拉手在冰场上并肩作战，顶住了前辈们带来的巨大压力，最后拼下了一块银牌。

论技术实力，他们和美国那个老牌组合不相上下，节目的精致程度在一个水平线上；论观感和默契，他们这边更强。但那边还有国籍优势，加上冰舞打分更看资历，国籍相同的时候小将更难拿高分，到了他们这里，即使他们拼尽全力，也还是以毫厘之差输掉了比赛。

好在他们还很年轻，哪怕运动圈里不乏唯金牌论者，他们依然得到了许多冰迷的包容和鼓励。

上一届成绩那么差的花滑国家队在这一届各种拿牌，金牌都拿了两个啦，还能要求什么呢？

尹美晶在看到自家的总分比美国那对低了 1.5 分时，内心不是不失落的，但她什么大风大浪都经历过了，这会儿也能比较淡定地搂住男伴，温柔地安慰他，两个人约好回去以后吃最不健康的油炸食品，喝点小酒，再一起睡到昏天黑地，早上还要赖床，以此奖励为了这次冬奥会付出无数汗水的自己。

而且说真的，亚洲之前也没有哪对冰舞组合可以在冬奥会拿奖牌的，他们俩已经创造历史了。

刘梦成握着银牌，心里也挺失落。

他原本是想拿到金牌后直接向女朋友求婚，但很快他就想起了自己和美晶还没到中国的合法婚龄。

小伙子顿时变得更加失落了，看来短时间内，他唯一能做的就是好好读书了。

比双人滑、男单、冰舞的时候，虽然冰迷们很紧张，领导们也紧张，但由于中国在这几个项目的运动员都拥有相当优秀的心理素质，所以冰迷们再怕，到底还留着一份克制。

运动员的心理素质在这种时候就是格外让人安心些。

到了徐绰这里，稍微资深点的冰迷开始紧张起来。

【完了完了，绰妹在 6 分钟练习的时候看起来好紧张，教练组和张队可以治住她吗？】

其实徐绰紧张的主要原因不只有场地因素，还有她赛前接了个电话——她老妈打来的电话，那位女士似乎是在电视里殷切地表达了对于女儿夺冠的渴望，并说了很多加油的话。

然而徐绰因为这个显得格外紧张。

张珏对这事相当恼火，要给女儿打电话什么时候不好？偏偏要今天？早知道他就没收徐绰的手机了！

幸好他不仅治得了金子瑄，还治得了徐绰。

不少观众都看到比赛开始前，张队把徐绰拉到一边，也没有训斥，就是和她好好聊了聊，鼓励了她一下。

徐绰精神了。

然而她还是紧，最后干脆放弃了在短节目使用 3A，而是使用了 2A、3Lz+3T、3F 的配置，以至于短节目就落后了达莉娅、白叶冢妆子、白叶冢庆子几分，排在了第四位。

女单在短节目是不能使用四周跳的，而 3A 基础分 8.5 分，2A 基础分 3.3

分，用不用差距大得很。

鹿教练见此情形，也放弃了让徐绰继续在比赛里使用四周跳的念头，自家徒弟什么德行老爷子清楚得很，她本来就偏科点冰跳，自从发育以后，刃跳的平衡性是越发不行了，她的身高还是影响了她的轴心控制能力。

老爷子当机立断，对徐绰说道："用三号方案。"

他给徐绰也备了一套没有刃跳的方案，虽说是为了湿滑场地准备的，但这时候拿来用也没问题。

徐绰一想起她在训练场上被教练组追着训，还有师兄盯着她练四周跳的日日夜夜，打了个激灵。

她更精神了。

比起被教练组和师兄一起鼓劲的徐绰，白叶冢妆子的神态就平静很多，她拉着妹妹庆子坐在椅子上，两人聊了一会儿，气氛是旁观者也看得出来的温馨和宁静。

这两个女孩子压根就不紧张。

寺冈隼人看得特羡慕，他在男单赛事中排到了第四位，距离领奖台一步之遥，但他在比赛里也紧张了一下，有两个地方也有轻微失误，只是没摔，GOE没扣得太狠。

如果他也有白叶冢姐妹这份淡定劲的话，或许可以超越麦昆上领奖台。

而俄罗斯的达莉娅的待遇，则和徐绰差不多了，她也是被师兄弟和教练围着，大家都在给她加油打气，但也没人给她太大的压力。

虽说本届俄罗斯花滑军团被中国的花滑军团打了个措手不及，团体金牌和男单金牌都飞了，可达莉娅本来也不是夺金点，只能算夺牌点，自从她患上厌食症后，好多人就对她没什么要求了。

从某方面来说，她是最后一组的女单选手里心理压力最小的。

索契冬奥会的女单选手质量都很高，最后一组都是熟练掌握了高级 3+3 联跳，甚至是开发出 3A 和 4T 的强人，赛事开始前就有老冰迷认为这是自 1992 年冬奥会后女单选手质量最高的一届。

虽说往届冬奥会到底哪届质量高，是冰迷们内部争论不出结论的问题，索契的女单从赛事开始就是修罗场也是公认的。然而所有人都弄不清花样滑冰最后的发展会是怎样的。

比起男单时连自家二哥三哥都坑的湿滑冰面，女单选手们面对的冰面质量其实还可以。于是最后一组的女单选手们在比赛里纷纷爆发，这边妆子才出来一个离世界纪录仅差 2 分的好成绩，达莉娅后脚就把纪录往上提了 0.5 分，接着庆子把她的纪录又往上提了 1 分。

要问徐绰的话，她的分数就是那个才诞生就被刷新了两次的前世界纪录！

谁也没想到自从病愈后一直体力不行的妆子可以再次 clean 拥有双 3A、3Lz+3Lo 等高难度的自由滑构成，而达莉娅也带着病体这么拼，但最终赢家还是没病身板好的庆子。

这是健康的力量。

徐绰则因为短节目的落后，最后险之又险地超过妆子 0.6 分拿到了第三名。

在看到分数的那一刻，徐绰难过地哭了起来，不过很快她就调整好了情绪，勉强露出笑脸，对镜头比了个心。

张俊宝对她说："你还有下届冬奥会。"

徐绰回头，看着教练，坚定地嗯了一声。

是啊，她身体还很棒，她可以有下一届的，下次，她要拿到金牌！比健康的话，徐绰自认不输给任何人！

至此，索契的所有花滑项目都落下帷幕，中国代表团在花滑这边收获了 2 金 2 银 1 铜，这不仅是花滑国家队有史以来在冬奥会的最佳成绩，也激励了国内的冰迷，掀起了一阵孩子学花滑的热潮。

后来有冰迷感叹，四年前，他们觉得中国的花滑要完了，双人滑的一哥一姐年龄过大退役，接档的组合里，关临个头太矮，怎么也不像是能走到顶级水准的男伴，而男单的沈流终于不抽风了，可他的伤病越来越严重，女单直接断档，冰舞压根没存在感。

然而现在，他们对这个项目充满了希望。

黄莺、关临一起克服了先天身体条件带来的劣势，男单有了张珏这颗紫微星接班，而张珏又和教练们一起带出了徐绰，冰舞有了"美梦成真"组合。

花样滑冰要崛起了，而且可以预见的是，这些为中国花滑带来黄金时代的孩子还很年轻，还有更多可能没有挖掘出来，冰迷将能陪伴他们很多很多年。

正如鹿教练所说，没有运动员可以一直年轻，一直活跃在赛场上，老将们会退役，新人会不断涌入这个赛场。

但可以预计的是，只要还留在这片纯白的战场上，就要不断面对新的挑战。

索契花滑表演滑那一天，张珏作为男单冠军，携手女单冠军、双人滑冠军、冰舞冠军作为领舞完成了这场盛大的演出。

而在群舞的末尾，所有人都指向了崔正殊的方向。

下一届冬奥会，在平昌！

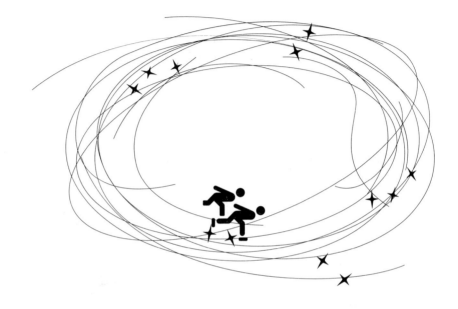

番外

学习那点事

张珏在 2014 年面对的压力最大的事情是冬奥会吗？

不，是高考！

即使是世界冠军，张珏也是要参加高考的，这不仅是因为很多名校压根不招花滑项目的体育特长生，还因为张珏事先和秦雪君打了个赌。

秦雪君的硕士快念完了，他打算在这之后歇一阵子，趁着暑假开车去京城周边进行为期一周的自驾游，张珏得知这件事后，就蹦跶着要求一起去。

还说最好带上苞米。

秦雪君闻言沉默了一小会儿，问道："你不仅要我带上你，还要我带上你的狗？"

张珏认真点头："嗯，苞米很懂事的，它绝对不会在你的车上胡乱大小便，也很安静，不会乱叫打扰你，还能帮忙背行李。而且它肠胃很好，带它出门也不用专门背狗粮，直接喂他油盐少点的剩饭剩菜就好了。"

苞米吃饭从来都不挑，好养得很。

真算起来，要自己带安全饮食的还是张珏，不过只是一周的话，他可以。

张珏对自己在高考后申请一段假期很有信心，他在之前的赛季里先后拿下大奖赛总决赛、冬奥会团体赛、冬奥会个人赛、世锦赛的金牌，世界纪录刷新了 5 次，目前也就四大洲锦标赛的金牌还没拿过了。

领导们现在看到张珏时的表情都格外和蔼，他要申请高考后放松一下，他们是愿意松手的。

要知道他在休赛季都没怎么歇过呢，自从拿了冬奥会金牌后，认为他拥有高商业价值的人越来越多，找上门来的代言也很多，体管中心那边审核了一下，就给张珏加了好几个代言。有钱赚当然快乐，可随之而来的商业活动，还有好几场国外好友们发出的商演邀请，也让他挺忙的。

要不是这一阵子的忙碌直接让他攒齐了新房子的首付的话，他妈早揍他了。

秦医生嘴上说着不想再带上人和狗，但看着张珏仰头望他时那双大眼睛，还是心一软，应下了张珏的赌约。只要张小玉能靠自己考上心仪的985级高校中农大的话，秦雪君就会在旅行时带上这小孩和苞米。

不仅如此，他还在张珏做题的时候送了他自己高中时期的笔记本，并且挤时间给他补习，把张珏的短板作文给补了起来。

后来秦雪君因为这件事在亲友里被评为史上第一好租客。

在张珏买了新房后，恰好秦雪君的室友脱单，追上了喜欢多年的学姐，因此他退了原来的两室一厅，打算租个一室一厅的新房子，张珏干脆把秦雪君请进自己家住，每个月只收他几百块的房租。

秦雪君可以咬咬牙换一辆质量更好的新车，和他在房租方面的开支减少也有一定的关系。

而张珏的另一块短板当然是沈流给补的，沈教练是外语专业的硕士，为了让张青燕女士在临近高考时允许张珏继续按时去冰场训练，他必须保证张珏的成绩不会因花滑下滑才行。那阵子沈教练不仅要研究如何教小孩们跳跃，还得研究如何教孩子学习，结果就是不仅张珏，连徐绰、黄莺等小朋友的英语成绩都进步极大。

沈流给张珏补课时，顺带着把下面那群小的一起补了。

临近高考，不仅家长们操心，花滑队的教练们也都紧张起来，好多名校不招花滑的体育生，想上体大的还好，但如果想上其他好学校的话，就得孩子自己努力。

这运动员也是没法终身从事的职业，孩子们总有退役走向新人生的时候，文凭对他们的未来当然也十分重要，所以孙指导下令，请宁阿姨那段时间多做补脑子的营养餐。

老教练是没法在学习方面给孩子们什么支援了，但他会坚定地做好孩子们的后勤。

宁阿姨的营养餐有千好万好，唯独有一点不好，就是味道不行。其实她厨艺很棒，放开了做，像锅包肉、咕噜肉、糖醋鱼都做得特别好，可这些菜张珏能吃吗？

一时之间，张珏甚至产生了一种错觉，就是全世界都在关注他的高考，并且无比支持他好好学习，只要学不死就往死里学。连微博的冰迷们都叮嘱他好好学习，他们冰迷可不会惯着张队，一旦张珏高考失败，他们绝对不会闭眼吹，而是直接批评。

幸好他也算是个学霸，在有亲友补习、后勤给力、一群人喊加油的环境里，张珏因冬奥赛季下滑了那么一些的成绩很快冲回了原来的水准，不说考全市第一，前二十肯定是没问题的。

高考那一天，张珏的父母一起请假，进厨房给儿子做营养早餐，食材是前一天就请张俊宝带过来的安全食材，其中包括补血的猪肝。

除了炒猪肝、水煮蛋、蔬菜沙拉，许岩爸爸还熬了一锅天麻鱼头汤给张珏补脑子，他妈又给弄了一盘清蒸虾肉丸。

张珏从做花样滑冰运动员到现在，头一次能吃得这么好，自是心满意足，就连苞米也格外懂事，早上都不需要张珏带它出门遛，它自己进厕所解决了大小便，然后趴狗窝里睡觉。

与此同时，张珏也收到了大量来自国外友人的加油短信，这群人也不知道从哪里得知了中国高考对中国学子的重要性，不约而同地对他发出祝福，祝他考上心仪的学校，但都在祝福后接着发问：你到底想考什么学校来着？

张珏来不及一一回复，但他知道尹美晶最近每天都会在推特上发布她的高考准备进度，包括她做了多少套卷子，写完了几本辅助材料，她还顺带告诉冰迷，张珏的复习量比她多两倍，因为张珏想考一种名为985的名校。

好多人光看尹美晶的复习资料就看呆了，更别提张珏是这个的两倍了，大家光听都替他捏了把冷汗，甚至有人做好了张队新赛季准备不足而比赛翻车的心理准备。

张珏将手机交给父母，心想他才不会翻车呢，他可是要在新赛季完成大满贯的。

等张珏拿着文件袋出门，秦雪君就拿着车钥匙在那等着，一米九六的大块头微微屈膝，友好地说：“我送你去学校。”

考前准备多让人崩溃，真考起来的时候张珏就有多解脱。他惊喜地发现，自从他采用了秦雪君的建议，在复习时多做了几套各个省的卷后，高考对他而言就简单许多，好多题他扫一眼就知道答案，闭着眼都能完成。

人逢喜事精神爽，高考题目简单就是张珏目前最大的喜事，张珏出考场的时候整个人都喜滋滋的，脚步轻快，只差没一边蹦跶一边走，与周围苦着脸的同学们形成了鲜明的对比。

半个月后，此人时隔半年想起了自己的微博登录密码，将他的成绩单和分数贴了上去。

661分。

有这分数，大部分985高校都会朝张珏敞开大门。张队无比满足，立刻收拾了行李，拉着狗，和秦雪君欢快地跑出了门。

上车后，他一看手机，发现再次有冰迷在他的评论区询问他到底要去哪所学校，学什么专业。

是心理学吗？是医学吗？还是和他妈妈一样的会计？抑或是艺术类专业？

张珏微微一笑，发了一张苞米的照片。

"我要学的专业，和苞米有关。"

就是这句话，让张珏在之后的很多年里，都被外国冰迷误以为他是花滑圈第一兽医。

而此时，张珏完全不知道那些以后的事情，他只是对着后视镜一笑。

"佩佳，接下来我们要去哪儿？"

秦雪君愉快地回道："去看海。"

苹果花

　　小萍出院那天，她的主治医生哭了，抱着她夸她是个坚强的好孩子，祝她往后一生顺遂平安。

　　小萍笑弯了眼："好，我会以此为目标努力。"

　　在小萍住院时待的那个病房里，她是最幸运的那个，也是唯一活着走出来的人。

　　她家经济条件还可以，父母做点美妆生意，虽然在女儿得绝症时两口子卖了房产，但苦干几年，生活水平就回来了。

　　癌症有复发概率，但日子还要过下去。在医生的建议下，小萍父母打算给她报个运动兴趣班，给孩子锻炼一下，不用太激烈，只要适量运动，提高免疫力就行。

　　他们是 L 省人，城里好几个冰场，加上近年本省往国家队输送了两个不错的冰舞组合，国家队的冰舞教练江潮升也是 L 省出去的，小萍就也练了冰舞，又能跳舞，又能滑冰，还不用做最激烈的跳跃，大家都认为这很适合她。

　　恰好，小萍在生病前上过国标班，底子还算有一点。

　　练了几年后，小萍没复发，身体健康，要是她不说，好多人都不知道这个女孩得过癌症。

　　在给医院里认识的一位秦医生打电话时，小萍高兴地说起自己的体检结果依然很好，那边传来笑声。

　　"我说过，你是个幸运的孩子。小萍，以后也要早睡早起，好好吃饭，保持心情愉快，你一定要健健康康的。"

对曾经带过小萍的医生来说，她的健康大概是一种生命的希望吧，因为她得的癌症死亡率很高，而她是万中之一的奇迹。

在那之后没几天，小萍的 13 岁生日就到了。

当时还是花滑赛季，电视里的花滑比赛中出现了许多中国选手领奖的画面，她想起那位秦医生有个特别好的朋友叫张珏，就是男子单人滑里十分厉害的超新星，这几年成绩尤其亮眼。

"你看张珏，把目光都拉到男单那边去了，我们冰舞都快没人看了。"一个男生咬着鱼饼，在她旁边嘀咕。

这男生是小萍的邻居，叫罗星湖，比她大 2 岁，原来是学芭蕾的，知道小萍练冰舞后，他也跑到冰上来，嚷着说他也要追花滑梦，不如大家一起训练。行吧，那就一起练，几年过去，他们也成了一对搭档。

几年时间足以让曾经的青年组小选手逐渐成为成年组的霸主，也能让一个生病的女孩子变成一个技术不错的滑冰老手。

小萍看着电视，说："星湖哥，我们要不要去参赛啊？"

罗星湖："我正想和你说这事呢。"

他举起手机，笑嘻嘻："滑《秋日》好不好？"

《秋日》是花滑选手张珏在某个赛季的表演滑，也是小萍永远抵挡不了的诱惑，就像她永远热爱枫叶红这种颜色一样，那是在她养病时听到过的最好听的音乐，屏幕中伴随《秋叶》起舞的少年也是她心中的偶像。

小萍是希望能离对方近一些的。

不过在得知她的参赛决定后，小萍的父母都表示了反对，在他们心里，女儿还是那个孱弱的孩子，不该进入竞技体育的赛场。

教练也劝女孩冷静："体检报告只能体现表面的东西，我不能确定你可以参加竞赛，如果只是想去参加比赛开阔眼界，那倒是没问题。"

小萍是个倔强的姑娘，她是真的想参赛，回家抹眼泪，下保证，说了一堆话哄父母，终于让父母点了头："你要只是想去玩一玩，也行，只是身体不舒服就立刻停。"

搞定了最难过的一关，接下来的编排节目、剪辑音乐、做考斯腾反而没那么难了。

距离下个赛季开始还有八个月，他们时间充沛，小萍一边练技术，一边被罗星湖带着到处跑。

给他们编舞的是罗星湖以前的芭蕾老师，听说她是张珏的编舞米娅女士教过的学生，艺术修养很足，且品位极佳。她得知他们已经定了一首《秋日》后，又帮助他们选定了另外两个节目的音乐，分别是《天空之城》与使用了人声采样的后摇 *We Choose to Go to the Moon*（《我们选择登月》）。

罗星湖对她说："我们练花滑的年纪比较晚，你 7 岁我 9 岁，基础肯定没那些打小上冰的人扎实，所以一定要出奇制胜，在表现力方面压他们一头。"

小萍连连点头，和罗星湖戴着耳机，露出带着希冀的神情。

他们要去比赛啦。

小萍距离自己的偶像更近了一步。

最初他们参加的是国内的俱乐部比赛，起先谁也没把这两个北方小城出身的小选手放在眼里。他们的面孔是陌生的，比赛经验是零，怎么也不像能与那些种子选手竞争的模样，第一次在赛场上完成《秋日》时，小萍还掉了眼泪。

小姑娘哭是觉着自己不容易，走过疾病，走过辛苦的训练，走过漫长的编舞与修改，磕磕绊绊地来到这里，她现在也可以叫自己花滑运动员了。

罗星湖无奈地给她递纸巾："萍子，别哭了，不然不知情的还以为我们刚才发挥得很差呢。"

小萍打了个嗝，问他："那你觉得我们发挥得好吗？"

罗星湖："好得很，好得很，我觉得能摸到奖牌。"

小萍觉得罗星湖是哄她，谁知道最后裁判真给了他们一块奖牌，小姑娘稀罕得和什么似的，回去的路上都不肯把奖牌从脖子上摘掉。罗星湖又打击她："我们参加的只是一个小比赛，高手不多，裁判只能矮子里面选高个。"

小萍："那我们也有奖牌了呀，嘿嘿，我有奖牌啦。"

他们很快就让所有人大吃一惊，小萍有很好的乐感，罗星湖则有优雅而细腻的表达，脚下步法虽不是最好，却也是同龄选手里的佼佼者。通过比赛，很多人都记住了这对小选手，记住了穿着红色枫叶裙的女孩，也记住了水平稳定，托着女伴快快乐乐地满场飞的罗星湖。

他们的表演给人一种愉快的感受，这是感染力的表现，在青年组的小运动员里，他们的表现力罕见的好，而这也代表着天赋。顶级天赋是运动员最渴望拥有的东西，唯有天赋和勤奋并重，他们才能获得更多前往高处的机会。

在这一年的国际花滑大赛赛季正式到来前，国家队的江潮升教练联系了他们省队。

小萍懵懵懂懂地被叫到冰场，和同样稀里糊涂的罗星湖在教练的要求下去冰上舞了一曲，江教练就走来，十分满意："好久没看到这么好的苗子了。"

小搭档看着这个陌生的中年男人，又接受了量体，然后被夸了头身比好，身材比例优越，最后被教练告知，他们获得了这个赛季花样滑冰大奖赛青年组的中国站出赛名额。

虽然只是一个分站赛的名额，但只要是知道男单一哥张珏成长经历的人都明白，比好了第一个分站赛，下一个分站赛的名额冰协是会帮他们运作的。

对有志成为花样滑冰运动员的孩子来说，这是一条通天之路，小萍从未想过这样的机会能落在自己头上，一时竟兴奋得说不出话来。

罗星湖比她机灵点，立刻站直大喊："谢谢领导！谢谢教练，我和小萍一定好好滑冰，争取为国争光。"

之后小萍就更努力了，她的父母满怀担忧，又不忍心阻止女儿追求梦想，只好每天做些好吃的。但小萍已经开始只吃省队食堂了，这是为了饮食安全，防止误食瘦肉精等可能导致药检结果出问题的食物。

少年总是满怀憧憬，握住希望就觉得自己拼一拼肯定能走到最后，但大多数时候没那么好事。小萍和罗星湖第一次比大奖赛这种国际比赛，到了赛场上发挥得一般，比赛结束时排在第八名，距离领奖台差了足足五名。于是两个赛前还自信满满的小搭档在赛后便抱头痛哭，纷纷觉得下一站没戏了，他们两个半路出家的果然比不过那些从小上冰的。

罗星湖拆开一包纸巾，和搭档分着用："原本我以为自己找到铁饭碗了呢，要是滑出了名头，我这辈子做教练都足够养活自己了，没想到国际赛场竞争这么激烈，青年组都这样，成年组得多可怕啊。萍子啊，听哥一句话，要不咱们还是退役回老家全心全意读书吧。"

小萍继续哭得直打嗝："我还以为能去总决赛找我偶像要签名呢，这下没机会了。"

有人问她："谁的签名啊？"

小萍："张珏呗，还能有谁？"

那人就说："我可以给你签啊。"

小萍和罗星湖的哭声一起停住，两人僵硬地抬头，就看到张珏笑眯眯的脸。

张珏不仅给他们签了名，还鼓励他们："一时的失败不算什么，我看你们头一次参加比赛就贡献了完成度这么高的节目，心态和技术都很棒。好好打磨，下个赛季一定会走得更远。"

鼓励完两个小选手，张珏走了，留下两个孩子呆呆地望着他的背影。半晌，小萍用胳膊肘捅了罗星湖一下："现在你还退役吗？"

罗星湖犹豫："要不，咱俩再滑一个赛季试试？"

于是在第二年，他们成功冲进了花样滑冰大奖赛青年组总决赛。

小萍想，世事无常，她也不知道自己的生命何时走到尽头，就像躺在病房时，她总是要猜明天和死亡哪一个先来，所以现在的她才更要抓紧当下。

她的体质依然是运动员里偏弱的，耐力不足，到了节目后半段就容易动作变形，她和搭档的技术在高手如云的国际赛场上也不算上乘，可是没有关系，现在她还保留着可以穿上冰鞋走上冰面的力气，那他们就可以一直滑下去。

以前她在面对疾病时一直艰难地坚持着，好不容易赢了病魔，得到了健康，这一次她也选择坚持，并等待梦想实现的那一天。

她问搭档："星湖，你说我们能滑进奥运会吗？"

罗星湖："试试呗，说不定咱俩能行呢。"

他们不知道，张珏一直记得小萍。

这位年轻的花滑选手每年都会偷偷给患癌儿童捐款，治疗过小萍的那家医院的肿瘤科医生甚至都认识他，可是那么多孩子啊，能够康复并重新开启明亮人生的，总是不多。

对张珏及许多医生来说，盛开的苹果花是希望。

与小萍见过面后，张珏靠着窗台听了许久的《秋日》，这些生命的韧性、奇迹及随之而来的感动，让他心中某处再次温暖了起来。

火星玉米

一百年前，如果有人说，有一天人类会在太空种田，很多人都会嗤笑一声"异想天开"。

张珏出生并长大的年代，人们纷纷哀叹月球土壤不适合种田，但科学家们已经研究出了在太空种田的技术。

而在张珏走完他的花滑之路，退役专心研究农学的年代，不少年轻、身板好的农学家纷纷开始琢磨该怎么做才能亲自上天去种田。

等张珏在种玉米的道路上走到业内顶尖水准的时候，载人上火星的技术都出来了。

于是大家纷纷开始选拔到火星建设生态圈的人，各行各业都要出人，机械、化学、信息，当然还有种田的。

不管农学学子辩解多少次："我们农学真的不是种田的。"但是他们的确会种田。

在选拔合适的人选时，张珏走入大家的眼中。

年轻、学识渊博、动手能力强，照顾试验田是一把好手，曾经是职业运动员，在役时得到过奥运冠军，屡破世界纪录，直至今日都是该竞技项目个人荣誉最多的选手，最重要的是，他之前就去太空空间站种过玉米，是个太空种田的老手了，他为了上太空甚至修了两个工学学位，连飞船都会开。

综合各方考量，张珏被选拔去了火星。

此时张珏的父母是什么心情？

张珏的爸："这孩子打小就精力旺盛，会走路后就天天满地跑，但我没想到他能跑去火星。"

张珏的妈："我一直以为他最远能跑到月球，没想到是火星，但也可以理解，毕竟月壤不适合种田。"

张珏本人对此表示十分兴奋，他喜欢去未知的区域看以前没看过的东西，他一直有种冒险精神。

"理论上来说，我应该是第一个要在火星上挥铲子的人。"升空前，张珏这么和队友们说。

队友笑起来："大部分时间里，你只要操纵机器人工作就行了，需要你自己挥铲的只有极端的状况，比如我们像电影《火星救援》的男主角一样被困在火星，时间一久，补给会耗尽，但距离下一次能够往火星派航天器的窗口期还有很久，你就必须为我们种出救命的口粮了。"

任何国家往太空派人都要准备数套后备方案，理想状态下大家希望这些方案永远不要被启用，但他们绝对会备好方案。

张珏自信满满："包裹里有足量的材料供我发挥，放心，我保证在任何绝境中，我们都不会断粮，不管是土豆、玉米、红薯，想吃什么都行。"

队友们："你就只会种这些吗？"

张珏："我的研究方向就是主粮啊！蔬菜也可以种，但到了关键时刻，肯定还是主粮最要紧吧。"

另一位队友笑着说："要是我们遇到第三类接触的话，我们还得用张珏种的粮食整一桌招待人家。"

大家都笑起来："然后外星人对地球人的印象就是见面来一句吃了吗？没吃一起来吃饭是吗？"

飞船开始升空了，他们离开了走了几十年的土地，故土越来越远，星空越来越近。

坐在舱室里，张珏看着外侧的星空，用手指描摹着星辰的身影，宇宙广阔无际，大多数时候，目之所及只有一片黑色，没有星星。

张珏叹了口气，回身去照顾植物们，与它们说了会儿话，记录了数据，又跑去健身房踩单车。

即使到了太空，该锻炼还是要锻炼的。

好不容易抵达火星时，已经是 180 天后了，生态圈已经提前被投送到了火星并组装，他们只要进入其中，将内部收拾起来就好，张珏与同事们按部就班地完成工作，而那把从地球带过来的铲子，到底还是起了作用。

同组的机械工程师路源在为机器做保养，看到张珏把火星土混着肥料拿去种玉米，满脸无奈："张珏，你确定这样能行吗？"

"我已经分析过土壤了，感觉还行，而且我上来以前，农大好几个教授都说希望我能在这里进行实土栽培工作，上头也批准了啊。"张珏穿着工作连体衣，手持一把铲子，无比自信地竖大拇指，"我的直觉告诉我，这玉米能活。"

能被带上太空的种子都是同类中的佼佼者，在火星农民张珏的勤恳培育下，它们的生命在遥远的星球上生根发芽，绽放出鲜活的绿。

张珏和地球的亲友们视频通话时，对话变得奇妙起来。

亲友："张珏啊，最近干吗呢？如果是保密事项就不用告诉我了。"

张珏："我种玉米呢。"

亲友："那玉米怎么样啊？"

张珏："长得可好啦。"

如果无视张珏本人正身处火星这个事实，大多数人听到这段对话时，只会以为张珏是个在外地种田的普通农民。

在火星的前两个月，张珏的日子过得很顺。

到了第三个月，隔壁化学组一个同事有点不舒服，一直咳，才让生态圈的氛围紧张了那么一点。

离开了地球，一切都是未知的，在上飞船前大家都做过体检，能上来的个个都是健康强壮的。但专家也提醒过，人体并非无菌环境，外太空也不安全，火星环境更是充满了谜团，他们抵达火星后万一有人身体不适，一定要谨慎。

毕竟，万一细菌被火星的某种物质刺激得变异了呢？

但这时生态圈对外通信肯定还是不会断的，出于一种奇妙的默契，所有人与亲友通话时都装成没事人的样子。

张珏依然是老样子，认认真真种玉米，并按时将数据资料传给位于地球的教授，但在暗地里，他又写了封遗书。

在上飞船之前，张珏就准备好了遗嘱并进行了公证，但现在再写一封，他认为是有意义的。

打开文档，张珏一边思考一边打字。

"致我的家人与朋友，以防万一，我写下自己想要告诉你们的话，好避免也许会有的遗憾。

"我是一个幸运的人，无论是年轻时被老舅引导着成为运动员，追求一场热血的大梦，还是退役后进入农学的领域，为了人类的吃饭问题而奉献自己的智慧，这些都是很有意义的事，我很为自己自豪，我也认为这些珍贵的时光，是我人生最大的财富。

"而在我30岁这年，更加幸运的事情发生了，我很荣幸地获得了前往空间站的机会。地球几十亿人口，有记载的历史几千年，能登上太空的人不足四位数，我成了其中之一，我无法用言语表达我的快乐，但离开人类的摇篮地球，前往未知的深空，我从没有后悔过。

"火星是一颗特别的星球，它离我们很近，也许曾拥有生命。如果有一天人类要去更加遥远的宇宙的话，火星会是一个很好的中转站，所以我们来到了这里，在此建设可循环生态圈，希望可以为人类文明的进步做出贡献，能来到这里，我同样是不后悔的。

"当然，离开了地球，我们要面临的挑战和风险也是很多的。但我想说，无论遭遇怎样的困难，希望后辈们不要停止探索的脚步，请相信在宇宙里，还有很多新奇的事物等待我们去接触，了解。"

键盘敲到这里，张珏挠头，心想自己是不是写得太宏大了？那就再加点别的吧。

"以及，妈妈，我爱你。爸爸，我也爱你。弟弟，在哥哥走了以后，希望你能控制一下饮食，按时去健身房，把体重减下来，其实你瘦了以后挺帅的。"

嗯，这样就不错了。

写完这封信，张珏将之存到了一个火星生态圈研究人员公用的云端里，结果发现云端里多了许多同样的信，但是第二天去吃早饭时，张珏与同事们依然神情自然，按部就班地做着自己的工作，毕竟早在离开地球的那一刻，大家就将生死置之度外了。

他们的命属于他们自己，也属于国家，属于全人类。

后来那位同事的小感冒痊愈了，一位医学的研究员从他身上提取到了一种变异的菌类，以及更加"聪明"、更擅长针对性寻找细菌的免疫抗体，根据他的预测，这种抗体或许对人类攻克一些疑难杂症会有很大的帮助。

一场风波就这样消弭于无形，只留下好的结果，那些遗书自然也就没有发出去。

五年后生态圈建设结束，张珏开始与部分队友返程，回归地球，新的队员会来这里换班。

张珏收拾好行李，带着他这几年的成功开开心心地回了地球老家，在下飞船、做体检、休养等流程结束后，他上了好友秦医生开来的汽车，回到了他家所在的小区。刷卡进小区，乘电梯上楼，摁门铃。叮咚一声，屋内传来一阵脚步声，一个与张珏容貌相似的青年开了门。

"哥哥！"青年抱住张珏，兴奋地叫起来，"妈，哥回来啦！"

张珏手里的行李落到地上，他闭上眼睛深吸一口气，再睁开眼，露出一个大大的笑："我出差回来了，爸，妈，老弟，我还给你们带了特产呢。"

"特产？"家人们好奇地看着他，张珏得意一笑，蹲下拉开行李包，掏出一个半米长的大玉米。

"这是我亲手种的火星玉米！"

图书在版编目（CIP）数据

花滑 . 平行篇：全二册 / 菌行著 . -- 长沙：湖南文艺出版社，2023.8
ISBN 978-7-5726-1169-8

Ⅰ . ①花… Ⅱ . ①菌… Ⅲ . ①长篇小说－中国－当代
Ⅳ . ① I247.5

中国国家版本馆 CIP 数据核字（2023）第 078580 号

上架建议：畅销 · 青春文学

HUAHUA.PINGXING PIAN：QUAN ER CE
花滑 . 平行篇：全二册

著　　者：菌　行
出 版 人：陈新文
责任编辑：匡杨乐
监　　制：邢越超
策划编辑：郭妙霞
特约编辑：万江寒
营销支持：文刀刀　周　茜　李美怡
封面设计：CHyugan
版式设计：潘雪琴
插图绘制：崖　山　虞　山　圣　圣
内文排版：百朗文化
出　　版：湖南文艺出版社
　　　　　（长沙市雨花区东二环一段 508 号　邮编：410014）
网　　址：www.hnwy.net
印　　刷：三河市中晟雅豪印务有限公司
经　　销：新华书店
开　　本：680 mm × 955 mm　1/16
字　　数：573 千字
印　　张：34.5
版　　次：2023 年 8 月第 1 版
印　　次：2023 年 8 月第 1 次印刷
书　　号：ISBN 978-7-5726-1169-8
定　　价：79.80 元（全二册）

若有质量问题，请致电质量监督电话：010-59096394
团购电话：010-59320018